가곡으로 되살아난 독일 서정시 I

Die Lyrik im Deutschen Lied

김 희 열

　현재 제주대학교 독일학과 교수로 재직하고 있으며, 독일 괴팅겐 대학교, 빈 대학교, 뮌스터 대학교, 오스트리아 빈 대학교의 객원 연구 · 강의 교수 및 제주대학교 인문과학 연구소장, 국제교류센터 소장, 교무처장 및 통역대학원장을 역임했다.

　주요 연구 논문으로 〈독일 기록극에 나타난 사회 · 역사의식〉, 〈독일 고전주의와 현대 문학에 나타난 그리스 로마문학 수용〉, 〈쉴러와 프리쉬의 '빌헬름 텔' 비교 연구〉, 〈독일 가곡과 슈만의 문학적 음악세계〉, 〈슈만 예술가곡에 나타난 서정시 연구〉가 있다. 독일 어 저서로는 《한국사: 선사시대로부터 현대까지》가 있고, 이문열, 최인훈, 이청준, 박완 서 및 현길언의 작품을 번역하여 독일에서 출간하였다.

가곡으로 되살아난 독일 서정시 I
―괴테, 실러, 하이네, 아르헨도르프의 시를 중심으로

초판 제1쇄 인쇄 2014. 12. 23.
초판 제1쇄 발행 2014. 12. 31.

지은이　김희열
펴낸이　김경희
펴낸곳　(주)지식산업사
　　　　본사 ● 413-120, 경기도 파주시 광인사길 53 (문발동 520-12)
　　　　　　　전화 (031)955-4226~7　팩스 (031)955-4228
　　　　서울사무소 ● 110-040, 서울시 종로구 자하문로6길 18-7
　　　　　　　전화 (02)734-1978　팩스 (02)720-7900
　　　　한글문패 지식산업사
　　　　영문문패 www.jisik.co.kr
　　　　전자우편 jsp@jisik.co.kr
　　　　등록번호 1-363
　　　　등록날짜 1969. 5. 8.

책값은 뒤표지에 있습니다.

이 책을 읽고 저자에게 문의하고자 하는 이는
지식산업사 전자우편으로 연락 바랍니다.

"이 저서는 2009년도 정부(교육부) 재원으로 한국연구재단의 지원을 받아 연구 되었음(제1권: KRF-2009-812-A00269)."

가곡으로 되살아난 독일 서정시 I

괴테, 실러, 하이네, 아이헨도르프의
시를 중심으로

김 희 열

지식산업사

서 문

내가 독일 가곡에 관심을 두게 된 것은 우연한 기회였다. 우선은 고교 시절 〈로렐라이〉, 〈보리수〉, 〈들장미〉를 들으며 누구의 시인 지 알지도 못한 채 멜로디가 쉬워서 따라 불렀다. 그리고 유년기에 배웠던 많은 동요들, 예를 들면 〈옹달샘〉, 〈소나무야〉, 〈나비야〉 등이 우리의 전래 동요가 아니라 독일 민요에 번역된 우리말 가사 를 붙였다는 것을 유학 생활을 하면서 알게 되었다. 또한 오래전 레코드판 전집으로 나온 슈베르트의 〈겨울 나그네〉를 들으면서 독 일 가곡에 대한 관심은 이어졌다. 그러다가 독일 가곡에 본격적으 로 빠져든 것은 2007년부터였다. 그러니까 독문학을 전공으로 선 택해 공부한 지 자그마치 35년이 지난 뒤 독일 가곡에 대한 관심을 본격적으로 가지게 된 셈이다. 그 계기는 데트몰트 음대의 라이너 베버 교수가 2002년 무렵 내가 일하고 있는 대학의 우리 학과에서 해 준 '로렐라이'에 관한 특강이었다. 그는 이 특강에서 하이네의 시에 곡을 붙인 질허, 리스트, 클라라 슈만의 〈로렐라이〉를 음악적 으로 비교해서 분석해 주었다. 나는 참석자들을 위해서 그 특강의 내용을 통역해 주면서 가곡은 문학의 주요한 수용자이자 해석자라는 인상을 강하게 받았다. 그러니까 우리가 문학작품을 언어로 분석하거나 감상을 언어로 표현하듯 음악가는 작품을 음으로 표현한다는 것을 깨달으면서 가곡은 문학을 수용하는 또 다른 관점임을 인식하게 되었다.

2007년 한국학술진흥재단의 지원으로 1년 동안 독일 뮌스터에서 본격적으로 독일 가곡과 그 가곡의 가사로 쓰인 서정시에 대한 연구를 시작하게 되었다. 이때 음악을 전공하지 않은 사람이 독일 가곡에 대한 연구를 어떻게 할 것인지를 놓고 많은 생각을 하다가, 가곡을 듣는 이[청자]의 처지에서 문학과 음악의 연관성을 고찰하고 더욱이 문학적 분석과 접근을 하면 뜻밖에 새로운 연구가 나올 수 있을 것이라는 판단이 들었다. 그래서 인문학적 시각과 접근으로 우선 지정된 연구 주제에 맞게 로베르트 슈만의 연가곡 가운데 《아이헨도르프-연가곡》과 하이네 시에 곡을 붙인 《시인의 사랑》을 집중적으로 연구했다. 이를 위해서 데트몰트 음대의 라이너 베버 교수와 파더본 대학의 베르너 카일 교수가 전문적 조언을 해 주었고, 이들은 양 대학교의 음대 도서관과 데트몰트 시립 도서관 이용에 도움을 주었다. 문학 분야에서는 뮌스터대의 아힘 횔터 교수와 헤어베르트 크라프트 교수가 도움을 주었다. 그래서 뮌스터와 데트몰트를 오가면서 필요한 문헌 및 악보를 수집하고 분석하면서 작업을 할 수 있었다. 이러한 연구 과정에서 가능하다면 언젠가 독일 가곡과 관련해서 책을 쓸 수 있다면 좋겠다는 바람을 가지게 되었다. 그때는 주로 하이네와 아이헨도르프의 시에 곡을 붙인 슈만의 가곡에 한정해서 연구하고 있었기 때문에, 연구를 가곡 전체로 옮겨서 시와 음악의 관계를 집중적으로 고찰하고 싶었던 것이다.

이런 배경에서 2009년 봄 당시 한국학술진흥재단(현 한국연구

재단)의 저서집필지원사업에 응모하게 되었고, 2009년 12월부터
이 재단의 지원으로 3년 동안 본격적으로 연구 및 집필 작업에 들
어가게 되었다. 이제 되돌아 보면, 결코 짧지 않았던 5년 동안 일
상을 최소화하고 오직 글쓰기에 몰두했던 기억이 새롭다. 그런데
그렇게 정진할 수 있었던 것은 텍스트와 함께 가곡을 듣고 나서 순
수한 청자의 처지에서 글쓰기를 하는 과정이 무척 즐거웠기 때문
이었다. 시가 있고, 시의 음악적 해석으로서 가곡이 있고, 이를 다
시 청자의 관점에서 시와 음악을 동시에 해석하는 글쓰기를 한 셈
이었다. 이 글쓰기는 문학을 공부하는 사람으로서 그리고 순수하
게 음악을 듣고 느낌을 받는 청자로서의 관점과 방향에서 이뤄졌
다. 각 곡의 분석과 글쓰기에 앞서 여러 차례 곡을 들으면서, 받은
인상을 놓치지 않으려고 노력했고, 무엇보다도 음악을 듣는 일이
즐거웠기에 가능한 일이었다. 예를 들면 괴테의 시에 곡을 붙인 슈
베르트의 〈실을 잣는 그레첸〉을 분석할 때는 그 가곡이 주는 강한
인상으로 마음이 흡족하고 즐거웠다. 이 점에서 이 책을 읽는 독자
도 시와 함께 각 곡을 먼저 들어보고, 그 분석도 함께 살펴보면 독
일 가곡이 아주 새롭고 흥미롭게 와 닿을 것이라고 생각된다.

그리고 여기서 다룬 수백 편의 가곡들은 대부분 유튜브(http://
www.youtube.com)에서 독일어 곡명을 치면 약 70퍼센트 이
상 들을 수가 있으며, 독일어 가사(http://www.recmusic.org/
lieder)는 해당 사이트에서 찾아볼 수 있다.

그 밖에 시를 번역할 때는 원래 시의 행과 연을 그대로 준수해
서 옮겼다. 작곡가가 시행이나 단어 및 시연을 음악적으로 반복하
는 부분이 바로 음악가의 시에 대한 해석이기 때문에 그것을 그대
로 전달하려면 다소 어색하더라도 원시原詩의 시행과 시연을 그대

로 지키는 편이 합당하다고 여겨서이다. 또 다른 장점은 원시와 번역을 비교해서 음악을 들을 때 도움이 크다는 것이다. 반면 전문 성악가가 우리말로 독일 가곡을 노래할 때는 그 번역시 그대로 노래하는 것이 어색할 수 있기 때문에 노래 부르거나 따라 부르기에 적합하도록 시 번역을 할 필요는 있다. 여기에는 두 가지 방법으로 해소가 가능하리라고 보는데, 하나는 이 책에서 다룬 가곡들 가운데 이미 우리말로 번역되어 부르는 경우이다. 그럴 때는, 그 노랫말을 그대로 받아들여도 무방할 것 같다. 그리고 다른 하나는 우리말로 소개가 되지 않은 경우인데, 그때는 이 책의 번역을 바탕으로 해서 성악가가 그 내용을 노래 부르기에 적합하도록 시행을 변경하는 등, 자연스러운 번역을 택할 수도 있을 것이다. 그러나 독일 가곡은 독일어로 들을 때 그 참 맛을 느낄 수 있기 때문에 가능하다면 독일어로 부르는 독일 가곡을 경험하는 것이 가장 적합하다고 생각한다. 이 점은 언어가 들어간 모든 음악, 예를 들면 오페라에도 해당된다고 생각한다.

이 책《가곡으로 되살아난 독일 서정시》는 거의 같은 분량의 두 권으로 나뉘어 있다. 1권에서는 정신 · 문화사 측면에서 문학과 음악, 독일 가곡의 발달 과정을 포함해서 괴테, 실러, 하이네, 아이헨도르프의 시를 중심으로 모차르트, 라이하르트, 첼터, 베토벤, 뢰베, 슈베르트, 춤스테크, 슈만 부부, 파니 헨젤과 멘델스존 오누이, 리스트, 브람스, 볼프, 슈트라우스, 오트마 쇠크, 니체가 위 시인들의 시에 곡을 붙인 가곡 약 120편을 분석하였다. 2권에서는 뤼케르트와 뫼리케의 시를 포함해서 연가곡, 기악가곡과 악극 이전 단계 가곡을 뢰베, 슈베르트, 슈만 부부, 브람스, 말러, 슈트라우스,

니체, 볼프, 쇤베르크, 바그너, 오트마 쇠크의 가곡들을 중심으로 약 200편을 다루었다. 이 책에서는 문인과 작곡가의 생애 또한 다룸으로써 시와 음악 작품을 이해하는 데 도움을 주고자 했다.

마지막으로 이 적지 않은 분량의 책 출판을 기꺼이 허락해 주신 지식산업사 김경희 사장님께 진심으로 감사드리며, 집필 도중 의문 사항이나 의논 사항이 있을 때마다 기꺼이 조언을 주었던 우베 카르스텐 박사께도 깊은 감사를 드린다. 아울러 이 책이 문학과 음악에 관심을 가진 분들과 학생들에게 기초 도서가 되어서 음악적 · 문학적으로 좀 더 뻗어 나가는 연구의 초석이 되기를 바란다.

2014년 2월

김희열

차 례

14

2권 차례

제1장

정신 · 문화사 측면에서 본 문학과 음악

1.1 8세기 정신·문화적 시대 배경이 문학과 음악에 끼친 영향

19세기 절정을 이룬 독일 가곡을 이해하기 위해서 18세기의 정신·문화사적 시대 배경이 문학과 음악에 미친 영향을 먼저 살펴보고자 한다.

유럽에서는 15세기까지만 하더라도 궁정 사회와 귀족계급, 성직자와 지식인은 라틴어를 썼고 일반 시민들은 그들끼리 통용되는 지역어를 사용하였다. 그러니까 독일 지역만 놓고 보더라도 귀족층은 라틴어를 썼고, 일반 시민들은 독일어를 썼으며 라틴어 문헌들은 학자, 성직자와 귀족계급들에게만 독점화된 지식이었다. 이후 라틴어가 쇠퇴하면서 대신 그 자리를 궁정을 중심으로 프랑스어가 차지하게 된다. 그래서 18세기에는 프랑스 문화가 유럽 귀족 사회를 지배하였고 심지어 러시아 궁정에서도 프랑스어를 사용하고 프랑스 예법을 익혔다. 그리고 18세기 말 프랑스대혁명(1789)은 유럽 전역에 큰 파장을 일으켰으며, 당시 유럽의 거의 모든 지식인과 예술가들에게 큰 영향을 끼쳤다. 프랑스 혁명의 정신이었던 '자유·평등·박애'는 귀족 중심의 수직 사회에서 수평적 시민사회로 넘어올 수 있는 의식을 일깨웠으며, 처음으로 유럽에서 자유에 바탕을 둔 개인의 권리 개념이 싹트기 시작하였다. 말할 것 없이 프랑스혁명 이념보다 먼저 평등, 자유와 행복 추구의 천부권 사상은 1776년 미국의 독립선언문에 나타났다. 미국은 이런 사상에 입각해서 영국으로부터 독립하여 의회민주주의로 가는 길을 열었다. 반면 유럽은 같은 시기 여전히 왕정주의 체제에서 자유, 평등, 박애의 사상이 프랑스혁명을 계기로 의식

화되기 시작하였으나 의회민주주의로 전환하기까지는 오랜 세월
이 더 필요했다.

　한편, 유럽에서 영국과 프랑스를 제외한 독일 신성로마제국
Heiliges Römisches Reich Deutscher Nation의 땅에 살고 있었던 중부 유럽
인들은 18세기 말까지만 해도 자신들의 국가 정체성에 대한 별다
른 의식이 없었다. 왜냐하면 합스부르크Habsburg 가문의 황제 지배
아래 있던 독일 신성로마제국 자체가 독일인, 헝가리인, 이탈리아
인, 체코인, 슬라브인, 루마니아인, 세르비아인, 크로아티아인, 슬
로베니아인 등으로 다양하게 구성되어 있었기 때문이다. 그래서
언어, 문화, 관습이 다양하게 존재하는 것은 자연스러운 일이기도
했다. 그런데 독일어를 사용하는 사람들에게 자긍심과 독일인으로
서의 정체성을 처음으로 인식시켜 준 계기는 프로이센Preußen의 계
몽 군주 프리드리히 2세Friedrich II.〔프리드리히 대왕(1712~1786)〕의
군사적 승리였다. 프리드리히 2세는 프랑스 문화를 숭상하고, 프
랑스어를 구사하고 음악에 조예가 깊었으며 볼테르와 친분이 두터
웠다. 그리고 그의 재위 동안 프로이센은 유럽에서 오스트리아, 프
랑스, 러시아, 영국에 이어 다섯 번째 강국의 반석을 다졌다. 프로
이센은 프리드리히 2세의 아버지, 일명 '군인 왕'으로 불렸던 프리
드리히 빌헬름 1세Friedrich Wilhelm I.(1688~1740)가 1713년 재위하
면서 중상주의 정책과 광범위한 개혁 조치를 단행하여 경제적으로
강한 국가의 기초를 다졌다.[1] 그 뒤를 이어서 프리드리히 2세가 프

---

1)　프리드리히 2세와 달리 그의 아버지는 프로이센 군대의 힘을 강화하는 데
　　역점을 두었고 더욱이 그의 군위대의 군인은 키가 188센티미터를 넘는 청
　　년들이었다. 그 시대에는 그렇게 키가 큰 사람이 흔치 않았기 때문에 프리
　　드리히 빌헬름 1세는 유럽에서 모병하였고, 키가 큰 젊은이들로 구성된 근
　　위대를 두게 된 것을 자랑스러워하였다. Hagen Schulze: Kleine Deutsche

로이센을 유럽의 강국 반열에 올렸는데, 그는 국가를 군주의 소유
로 이해하지 않고 오히려 군주는 '국가의 첫 번째 하인'이라고 그
몫을 이해했기 때문에 그에게 계몽 군주라는 칭호가 붙은 것이다
(Manfred Mai 2007, 82~90쪽 참조).

이와 병행해서 18세기 말 유럽의 많은 지식인과 예술가들은
1789년 프랑스대혁명과 정치적 혼란을 겪은 뒤에 등장한 나폴레
옹Napoleon Bonaparte(1769~1821)이 인간의 권리를 수호하고 유럽의
억압된 민중들을 해방시킬 것으로 믿었다. 그러나 이 대혁명이 일
어난 뒤 10년이 채 지나기 전에 나폴레옹은 스스로 황제에 오르고
유럽의 여러 도시들을 점령해 나가자, 자연스럽게 나폴레옹에 반
대하는 민족주의와 국가 정체성에 대한 의식이 프로이센 독일인들
에게 널리 퍼졌다. 그러니까 프로이센의 강국으로의 도약과 나폴
레옹의 유럽 침략이 궁극적으로 독일인의 민족주의 의식과 정체성
을 강화시키는 촉매 구실을 한 것이었다.

이러한 국가 정체성의 문제와 민족주의 의식은 이미 18세
기 초 · 중반 여러 독일 인문학자들에 따라서 그 의식이 태동 ·
고양되기 시작하였다. 예를 들면 고트홀트 레싱Gotthold Ephraim
Lessing(1729~1781)은 18세기 중반 프랑스 문화의 모방으로부터 벗
어나 영국의 셰익스피어, 고대 그리스 · 로마 문화와 자신들의 문
화유산에 대한 관심을 기울이도록 촉구하였다. 레싱의 뒤를 이어
고트프리트 헤르더Johann Gottfried Herder(1744~1803)는 독일어를 구
사하는 사람들은 같은 정신을 소유하고 있다고 보았다. 다시 말
하면, 같은 언어를 사용한다는 것은 같은 이념과 정신을 공유한
다고 보았으며 헤르더는 이것을 '민족정신'이라고 불렀다. 이러한

Geschichte, München 2002, 68쪽 참조.

헤르더의 민족정신과 민중문학에 대한 관심은 세계시민을 지향하고 있던 괴테를 비롯해서 낭만주의 사상가와 예술가들에게 큰 영향을 끼쳤다.

고트홀트 에프라임 레싱   요한 고트프리트 헤르더

헤르더의 뒤를 이어서 낭만주의 작가들인 아힘 아르님Achim von Arnim(1781~1831)과 클레멘스 브렌타노Clemens Brentano(1778~1842) 또한 민중문학에 대한 관심에서 1805년부터 1808년까지 3년에 걸친 작업 끝에 《소년의 마술피리Des Knaben Wunderhorn》를 출간했다. 이 민요 모음은 헤르더의 노래 모음집과 더불어 나중 독일 가곡 작곡가들에게 가장 중요한 텍스트가 되었고, 《소년의 마술피리》에 실린 민요시들은 19세기뿐만 아니라 20세기 중반까지도 독일 가곡에서 주요한 텍스트의 원천이 되었다.[2] 그 밖에 루트비히 울란트Ludwig Uhland(1787~1862)는 1844년경 《옛 고지高地 및 저지低地 지역의 독일민요Alte hoch- und niederdeutsche Volkslieder》를 출간하였

---

2) 여기서 말하는 헤르더의 노래모음집은 1772년 유럽과 그리스, 로마, 프랑스, 영국, 브라질, 페루의 노래들을 모은 《노래 속에 깃든 민족들의 소리들 Stimmen der Völker in Liedern》과 1773년 《오씨안과 고대 민족들의 노래 Ossian oder die Lieder alter Völker》를 뜻한다.

고, 그는 튀빙겐 대학의 교수이자 정치 시인, 1848년 프랑크푸르트 의회의 의원이기도 했으며, 독일 통일을 지지하는 문학가였다. 야콥Jacob(1785~1863)과 빌헬름 그림Wilhelm Grimm(1786~1859) 형제는《어린이와 가정 동화집Kinder-und Hausmärchen》(2권, 1812~1815)를 발표하였으며, 1838년《독일어 사전Deutsches Wörterbuch》집필에 착수하였다.[3] 그림 형제는 1837년 하노버 공국이 새로 마련한 국가법에 반대하여 괴팅겐Göttingen 대학의 여러 교수들과 함께 선언문을 발표했다는 정치적 이유로 말미암아 이 대학에서 해고당하기도 했다. 또 18세기 중엽 고틀리프 클로프슈토크Friedrich Gottlieb Klopstock(1724~1803)가 종교시를 비롯한 여러 작품을 발표하였고, 낭만주의의 많은 작곡가들은 그의 작품을 중요하게 다루었다.[4]

한편, 18세기 중반 이후 바이마르 공국을 섭정했던 예술 애호가이자 작곡가였던 안나 아말리아Anna Amalia(1739~1807)와 그녀의 아들 카를 아우구스트Karl August(1757~1828)는 재능 있는 문학가와 음악가 및 사상가들의 후원자였다. 이 시기 빌란트Christoph Martin Wieland, 괴테Johann Wolfgang von Goethe, 실러Friedrich von Schiller, 헤르더가 바이마르에서 활동하였고 세계문화사적으로 중요한 인물들인 칸트Immanuel Kant, 헤겔Georg Wilhelm Friedrich Hegel, 베토벤Ludwig van Beethoven, 슐라이어마허Friedrich Schleiermacher 등도 독일어권 지역에 살고 있었다. 이 가운데서도 괴테가 당대에 얼마나 큰 영향을 끼쳤

---

3) 이 독일어 사전은 그림 형제의 뒤를 이어서 후학들이 1960년 최종 33권으로 완성하였다.

4) Wolfgang Beutin/ Klaus Ehlert/ Wolfgang Emmerich/ Helmut Hoffacker/ Bernd Lutz/ Volker Meid/ Ralf Schnell/ Peter Stein/ Inge Stephan: Deutsche Literaturgeschichte. Von den Anfängen bis zur Gegenwart. Stuttgart 1994, 173~182쪽 참조.

는가는 어느 역사가의 다음 표현에서 잘 드러나고 있다.

영국인들이 왕과 런던, 프랑스인들이 나폴레옹과 파리를 국가의 중심으로 여기듯이 독일인들은 괴테와 바이마르를 자신들 국가의 중심으로 여겼다(Hagen Schulze 2002, 79).

그뿐만 아니라 괴테는 독일 가곡과 밀접한 연관이 있는데 요한 프리드리히 라이하르트Johann Friedrich Reichardt와 카를 프리드리히 첼터Carl Friedrich Zelter로부터 후고 볼프Hugo Wolf와 리하르트 슈트라우스Richard Strauss에 이르기까지 거의 모든 가곡 작곡가들이 괴테의 시에 곡을 붙였다. 반면 실러의 작품은 괴테만큼 많은 작곡가들이 곡을 붙이지는 않았지만, 슈베르트Franz Peter Schubert는 괴테와 빌헬름 뮐러Wilhelm Müller 다음으로 실러를 애호했으며 베토벤 또한 실러 문학에 깊이 심취하였다.

또한 독일 문학 최초의 위대한 해학소설가 요한 파울 프리드리히 리히터Johann Paul Friedrich Richter, 일명 장 파울Jean Paul(1763~1825)이 음악가들에게 큰 인상을 남겼고 슐레겔 형제가 낭만주의를 천명하면서 《아테내움Athenäum》을 1798년 창간하였는데, 이들은 독일 문화가 융성하는 데 크게 이바지하였다. 노발리스Novalis, Georg Friedrich Freiherr von Hardenberg, 마담 슈타엘Madam Staël, 도로테아 슐레겔Dorothea Friederike Schlegel, 루트비히 티크Ludwig Tieck, 그림 형제, 아이헨도르프Joseph von Eichendorff, 뫼리케Eduard Mörike, 울란트, 음악가 라이하르트와 그의 딸 루이제Luise 등은 서로의 친분과 교류를 통해서 독일 낭만주의 문학 및 음악과 깊은 관계를 맺었다. 그리고 바켄로더Wilhelm Heinrich Wackenroder, 티크, 브렌타노와 같은 낭만주의 문학가들은 음악을 가장 순수한 정신의 창조이자 인간 영혼의 가장 심오한 계시로 받아들였다. 에마누엘 칸트에서 비롯한 독일 관념론은 음악에서 그 절정에 달했으며 이로 말미암아 음악은 아름다운 영혼의 내면세계를 충족시키는 수단이 되었다.

그런데 예술가들 또한 자신들이 처한 시대의 현실을 떠나서 존재할 수는 없는 일이었으며, 18세기 및 19세기의 예술가들도 내셔널리즘에 직·간접으로 마주치지 않을 수 없었다. 예를 들면 작가이자 음악가였던 크리스티안 다니엘 슈바르트Christian Friedrich Daniel Schubart(1739~1791)는 자신의 정치적 소신 때문에 10년 동안 감옥살이를 했으며, 이 체험을 바탕으로 〈송어〉를 썼다. 나중에 슈베르트가 이 시에 곡을 붙였고 그를 대표하는 가곡의 하나로까지 유명해진다. 또 라이하르트(1752~1814)는 프랑스 혁명에 동조한 것 때문에 베를린 궁정 악장 자리를 잃기도 했으며, 리하르트 바그너 Richard Wagner(1813~1883)는 1849년 5월 드레스덴 봉기에 동조했다가 탄압을 받아서 드레스덴 궁정 악장직을 잃고 도피하였고, 더욱이 하인리히 하이네Christian Johann Heinrich Heine(1797~1856)는 자신의 글로 말미암아 그의 생애의 절반을 파리에서 망명 아닌 망명 생활을 보내고 끝내 그곳에서 죽음을 맞이한다.

1.2 낭만주의 문학과 음악

1.2.1 독일의 내면주의

독일의 낭만주의Romantik는 '독일의 내면성 또는 내면주의'와 깊게 연관되어 있다. 흔히 내면성은 철학에서 외부 세계와 비교해서 볼 때 주관에 나타나는 모든 의식 과정, 생각, 정서들을 지칭한다.

또 문화적 영역에서는 세상으로부터 고립이라는 뜻에서 주관의 명상적이고 섬세한 감정 상태로서 종종 독일의 내면성이 언급된다. 이 독일의 내면성에는 비궁정적, 반세속적, 제국 전체에 퍼져 있던 지성, 시민계급의 문화 예찬, 자연 찬미, 가곡과 서정시에 나타난 언어의 음악성, 사회적으로 고립된 지성인의 고독이 함축적으로 들어 있다.[5] 1940년 울리히 크리스토펠은 독일의 내면성을 자신의 책 머리말에서 다음과 같이 요약하고 있다.

> 정신은 정서의 인식에서 밝아지고, 눈은 내적 감동에 따라서 맑아진다. 모든 시대를 지나 한 민족의 모든 정신적, 예술적 작품에는 감정과 내면적 삶의 기본 정서가 유일하게 표현되어 있다. 모든 노래들, 그림들, 성당들, 인물들, 사상들에서 새로운 방식으로 이 멜로디가 되살아나고 그 메아리는 다시 사상과 형상들을 자신의 내면으로 받아들이는 정서에서 재발견된다. (Ulrich Christoffel, 1940)

그러니까 크리스토펠은 한 민족이 지니고 있는 내면적 감동 또는 내면화의 정서가 바로 내면성이라고 보았는데, 그의 정의가 독일의 내면성의 모습을 모두 내포하고 있다고는 할 수 없더라도 적어도 그 본질적 특성은 적절하게 표현하고 있다. 그런데 내면화 또는 내면성이라는 개념을 외부 세계와의 고립, 단절 또는 반대 개념으로 본다면, 이것은 동시대의 문제들로부터 등을 돌리고 개인의 주관에 바탕을 둔 내면화로 고착될 수가 있다. 이런 현상이 독일의 낭만주의에서 두드러지게 나타나는데, 낭만주의자들이 미래지향이 아니라 과거 회귀로 관심을 돌린 것은 그 시대의 현실과 밀접한 관계가 있다. 낭만주의자들은 1815년에서 1848년 3월까지 혁명들이 좌

---

5) http://www.welt.de/print-welt/article379454/Die-deutsche-Innerlichkeit.html 참조.

절하고 실패하면서 현실 속에서 사회 변화와 개혁을 기대할 수 없
게 되자 먼 옛날의 민담, 설화, 신화 등의 세계에서 민족의 위대함
과 동질성을 추구하게 된다. 그 동질성의 내면화를 통해서 고통스
런 현실을 극복하고자 하는 흐름이 주도적으로 나타났고, 이런 흐
름 속에서 일련의 내면화된 낭만주의 시들이 나왔다. 다시 이러한
시들은 독일 가곡 작곡가들의 내밀함과 만나면서 독일 낭만주의 가
곡의 절정을 이루었고, 이와 함께 독일의 내면주의는 독일 낭만주
의 가곡에서 가장 큰 빛을 발휘하였다.

신학자 아우구스티누스Augustinus von Hippo(354~430)는 "외부에
서 찾지 마라! 너 자신에게로 돌아가라! 인간의 내면에 진실이 깃
들어 있다 (…) 이성은 진실을 만드는 것이 아니라 그것을 찾아내
는 것이다."[6] 아우구스티누스는 외부 세계가 아니라 내적인 인간
에게 진실이 깃들어 있기 때문에 자신의 내면세계로 돌아가야 하
며, 진실 추구란 내면화로 향하는 것이고 궁극적으로는 신을 찾
는 것이라고 보았다. 그러니까 외부 세계에서 내면세계를 거쳐
가장 내면적인 세계로 가는 것은 진실의 근원으로서 신에게 귀향
하는 것이다. 아우구스티누스에 따르면 신의 발견이 곧 내면화
의 길이었던 것이다. 한편, 클로프슈토크는 내면성이란 한 사물
의 가장 내면적인 특성을 돋보이게 하는 시적 조치라고 보았고,
헤겔은 내면성을 자기만족의 센티멘털로 보았다. 독일의 내면주
의는 18세기부터 20세기 중반까지 두드러졌는데, 이 시기 종교
적인 모티브가 들어 있는 세계 도피가 강조되고, 자신의 내면세
계로 회귀하는 것과 집과 가정에 충실한 삶이 강조되며, 공공의
삶과 관련된 정치와 개혁의 물음들에 대해서는 무관심이 커졌다.

6) http://de.wikipedia.org/wiki/Augustinus.

20세기 전반기에 게오르크 루카치Georg Lukács(1885~1971)는 낯설게 바뀐 외부 세계 때문에 주관성이 개인의 내면성으로 물러난다고 보았다. 루카치의 내면성을 활성화하려는 마지막 시도 이후 이 개념은 정신사에서 거의 사용되지 않고 있으며, 독일의 내면주의는 에크하르트Eckhart von Hochheim(1260~1328)의 신비주의, 경건주의, 하만Johann Georg Hamann, 헤르더, 낭만주의에서 크게 유효했다고 볼 수 있다.[7]

한편, 낭만주의는 유럽 전역의 예술사적 운동이었고 그 시기는 18세기 말에서 19세기에 이르렀다. 낭만주의 예술 사조는 미술에서 가장 먼저 시작되었고 이어 바로 문학으로 넘어갔으며 음악에서는 문학보다 약 30년 늦게 나타났다. 더욱이 음악과 시가 아주 가까운 친척이라는 생각은 낭만주의 예술 이론의 근본 개념이었으며, 더 나아가서 루트비히 티크는 그의《예술에 대한 환상Phantasien über die Kunst》에서 합창이 있는 추상적이면서도 그림 같은, 환상적이면서도 음악적인 문학을 강조하면서 음악, 그림, 문학이 하나가 되는 종합예술을 지향하였다.[8] 이것은 예술장르가 각각 고립되어 존재하기 보다는 그 울타리를 넘어서서 서로 긴밀하게 소통하는, 곧 오늘날 말하는 융합 또는 통섭 예술관인 것이다. 이것은 조형예술과 음악에 조예가 깊었던 괴테의 예술관이기도 했으며, 나중 바그너의 종합예술의 이념으로 전환되어 그의 악극으로 나타나기도 했다.

---

7) http://de.wikipedia.org/wiki/Deutsche_Innerlichkeit 참조.

8) Ludwig Tieck/ Wilhelm Heinrich Wackenroder: Phantasie nüber die Kunst, für Freude der Kunst. Ludwig Tieck (Hg.), Hamburg 1799. http://85.214.96.74:8080/zbk/zbk-html/B0005.html 참조.

1.2.2 낭만주의 문학

독일의 낭만주의는 18세기 말에서 19세기 중반에 두드러졌으며, 정신사적으로 볼 때 독일 이상주의의 마지막 단계라 할 수 있다. 낭만주의는 계몽주의의 이성 중시 철학의 독점과 안티케Antike 문화를 숭상하는 고전주의의 엄격성에 대한 반작용으로서 생겨났다.[9] 그래서 낭만주의의 기본 주제는 감정, 정열, 동경에 찬 마음, 신비주의, 내면주의, 내밀한 감성, 개인주의와 개인의 체험, 고통받는 영혼이다. 낭만주의자들은 세계가 분열되었다고 보았고, 이 분열된 세계를 끊임없이 결합하거나 치유하려는 다양한 시도들을 한다. 따라서 독일 낭만주의의 동력은 세계의 치유와 대립을 조화로운 전체로 결합하는 것에 대한 끝없는 동경인 것이다. 이러한 동경의 상징적 장소와 선언들은 안개에 감싸인 숲과 계곡들, 중세 수도원의 잔재들, 옛 신화들과 동화들, 자연 등이다. 이러한 분위기는 특히 낭만주의 화가들 가운데 카스파르 다비트 프리드리히Caspar David Friedrich(1774~1840)의 동경을 꿈꾸듯 창가에 서 있는 단아한 여자의 뒷모습을 그린 〈창가의 여자Frau am Fenster〉와 제목에서부터 낭만적 연상을 주는 〈안개 낀 바다 위의 방랑자Der Wanderer über dem Nebelmeer〉와 같은 그림들에서 뚜렷하게 볼 수 있다.[10]

낭만주의적 동경에 대한 상징과 그 목표는 노발리스에게서 나온 '푸른 꽃Blaue Blume'으로 볼 수 있는데, 이것은 다름 아닌 내적 어울

---

9) 낭만주의의 어원은 원래 로만어 사용 지역에서 '민중어로 쓰인 문헌들'이라는 뜻에서 비롯하였고, 이것은 통상적으로 라틴어로 쓰인 텍스트들과는 대립되는 뜻을 지녔다. 따라서 낭만주의는 고대 안티케 문화와 고전주의에서부터 벗어나는 것을 뜻했다. 또 로만어에서 유래한 낭만적romantisch이라는 개념에서 '로만Roman'(소설)이라는 표현도 생겨났다.

10) http://de.wikipedia.org/wiki/Caspar_David_Friedrich 참조.

림, 분열된 세계 치유, 무한한 것에 대한 동경을 뜻한다. 고전주의
와 질풍노도 및 계몽주의 시인들의 과제였던 문학을 통한 민중 교
육과는 정반대로, 낭만주의 시인들은 세계의 균열을 치료하는 것
을 자신들의 과제라고 보았다. 그래서 낭만주의자들은 민담, 동화,
설화 및 민요들과 중세의 신분 질서에서 자신들의 잃어버린 세계
를 찾으려 했고, 또 이국적인 나라에서도 그 모티브를 찾으려고 했
다. 그리고 이들은 진실한 것은 지적인 것이 아니라 자연스럽고 단
순한 민중의 삶에 있다고 보았다.

 독일 낭만주의의 발전은 자기 민족과 문화의 뿌리에 대한 관
심 및 의식과 밀접한 연관이 있었다. 더욱이 나폴레옹의 유럽 지
배와 불확실한 현실에 직면해서 무엇이 민족의 진정한 모습인가
에 대한 추구와 고민은 낭만주의가 대두하던 시기의 화두였다.
그래서 민요, 동화, 설화, 중세의 기념비적 문학의 재발견이 이러
한 관심과 일치하였던 것이다. 브렌타노와 아르님의《소년의 마
술피리》, 요제프 괴레스Joseph von Görres의《독일 민속책Die teutschen
Volksbücher》[11], 그림 형제의《어린이와 가정 동화집》이 출간되었는
데 이러한 작업들은 신성로마제국의 독일인으로 하여금 문화 국
민에 대한 의식을 일깨워주는 것이기도 했다. 이러한 재발견들은
민족정신의 증거인 동시에 그 정신을 다시 현재 속으로 불러들이
는 것이었다. 야콥 그림은 헤르더와 마찬가지로 민중문학은 보편
적이고 진실되며 영원한 반면 예술문학은 한 인간 정서의 개인주

---

11) 요제프 괴레스(1776~1848)의《독일 민속책》은 1807년 출간되었고 42권
   으로 되어 있다. 더욱이 괴레스는 민족과 민족문학의 개념이 무엇인지 밝히
   는 데 전념하였으며 그의 사상은 후기 낭만주의에서 중요하게 작용하였다.
   괴레스는 민중문학은 모든 계층을 망라해서 영원히 지속되며, 민요와 민중
   의 설화는 민중 정서 속에서 줄곧 내려온다고 생각하였다.

의적 문학이라고 보았다.

한편, 낭만주의자들보다 앞서 헤르더는 위대한 서정시의 본질을 추구하였고, 진정한 서정시는 단순하고 꾸밈이 적고 민요조를 띠어야 한다고 보았으며 이러한 사상은 슈트라스부르크Straburg에서 처음 만난 젊은 괴테에게 큰 감명을 주었다. 헤르더는 발터 폰 데어 포겔바이데Walter von der Vogelweide(1170~1230)를 독일 문학에서 가장 위대한 서정 시인으로 여겼다. '민요'라는 명칭은 헤르더에게서 나왔고 《노래에 깃든 민족들의 소리들Stimmen der Völker in Liedern》은 전 세계의 가장 아름다운 서정시 가운데 182편을 모아 놓은 것이며 그 가운데 40편은 독일의 민요이다. 헤르더의 정신을 낭만주의자들이 계승한 이유는 바로 민요에 대한 관심 때문이었다.

낭만주의는 보통 초기 낭만주의(약 1795~1804), 전성기 낭만주의(약 1804~1815), 후기 낭만주의(약 1815~1848)로 나뉜다. 낭만주의자들은 자신들의 정체성을 중세에서 찾았고, 기독교와 가톨릭의 통일을 추구하였다. 또한 이들은 외국 문학에도 지대한 관심이 있어서 수많은 번역을 했는데, 셰익스피어 작품 가운데 17개 작품이 아우구스트 빌헬름 슐레겔August Wilhelm Schlegel(1767~1845)이 티크와 그의 딸 도로테아의 도움으로 번역을 완성하였다. 세르반테스Miguel de Cervantes의 《돈키호테Don Quijote》는 티크가 번역하였고, 칼데론Petro Calderón의 작품은 아우구스트 슐레겔이, 플라톤의 작품은 슐라이어마허, 《에다Edda》는 빌헬름 그림이 번역하였다.

프리드리히 슐레겔(동생)   아우구스트 빌헬름 슐레겔(형)

1798년에서 1800년 사이 베를린에서 슐레겔 형제가 《아테내움》을 발행하였는데 이 잡지는 초기 낭만주의의 가장 중요한 이론적 토론장이 되었고, 낭만주의의 주요 강령이 들어 있었다. 프리드리히 슐레겔Friedrich Schlegel(1772~1829)이 《아테내움》에서 항상 주장한 것은 "시의 사실주의 이외에 진정한 사실주의는 없다"는 것이었으며, 이것은 그의 중심 사상 가운데 하나였다. 그는 시를 '보편시학Universalpoesie'으로서 이해했고 이것은 모든 형식과 장르를 반영하는 것을 뜻했다.

> 낭만주의 시학은 진보적 보편시학이다. 이 규정은 문학의 모든 분리된 장르들을 통일하는 것이며, 문학을 철학 및 수사학과 접목시키는 것만을 뜻하는 것이 아니다. 그것은 시학과 산문, 독창성과 비판, 예술시학과 자연시학을 혼합하는 것, (…) 문학을 생생하고 재미있게 만드는 것, 삶과 사회를 시적으로 만드는 것, 위트를 문학으로 만드는 것이다 (…) 낭만주의 문학양식은 되어가는 가운데에 있다. 그것은 영원히 되어가는 것, 본질적으로 결코 완성될 수 없는 양식이다.[12]

---

12) Friedrich Schlegel: Progressive Universalpoesie, in: Romantik I. Hans-Jürgen Schmitt (Hg.): Stuttgart 1974, 24쪽 참조. 이하 (Ro, 쪽수)로 표기함.

이 초기 낭만주의의 사고에는 슐레겔 형제와 노발리스에서 비롯하는 종합예술에 대한 생각, 모든 예술의 내적 연관성, 철학과 자연과학의 연관성에 대한 생각이 들어 있다. 이러한 종합예술에 대한 이념은 새로운 생산적 경향으로 나타났고, 이것은 시대의 붕괴현상에 직면해서 하나의 전환점이 되었으며 새로운 종교, 새로운 시학과 철학에 따라서 모든 현존재의 회복을 예고하는 것이었다. 그래서 슐라이어마허는 "일종의 낭만적 신학(Ro, 21)"을 주창하였고 노발리스는 더 나아가서 세계의 낭만화를 주창하였다.

> 세계는 낭만화되어야만 한다. 그러면 근원적 뜻을 다시 발견하게 된다. 낭만화된다는 것은 바로 질적 강화이다. 낮은 자아가 이 과정에서 더 나은 자아와 같게 된다 (…) 내가 평범한 것에 더 높은 뜻을, 일상적인 것에 비밀스러운 모습을, 익숙한 것에 알지 못하는 것의 품위를, 유한한 것에 무한한 빛을 줌으로써 그것을 낭만화한다(Ro, 57).

세계는 낭만화되어야 한다는 노발리스의 요구는 프리드리히 슐레겔처럼 모든 예술양식과 학문의 혼합이자 충족으로서 이해될 수 있다. 그러니까 슐레겔의 보편시학의 개념은 문학의 모든 장르를 포함할 뿐만 아니라 진보적 보편시학은 삶 자체가 문학이 된다. 그러나 "이로 말미암아 초기 낭만주의의 여러 대립된 관점들이 나타나고 그것들은 예술미학적 영역에서 논의되었다(Ro, 22)."

초기 낭만주의는 문학 이론적 대립과 자연과학적, 철학적 관심들로 이뤄져 있으며 이 낭만주의 사조의 정신적 기본 자세는 본질적으로 칸트와 피히테Johann Gottlieb Fichte(1762~1814)에서 비롯하였다. 그래서 초기 낭만주의에는 문학과 예술에 대한 많은 논쟁과 여러 시각들이 들어 있다. 프리드리히 슐레겔은 예술 이론적 맥락에서 프랑스대혁명 자체는 시학의 개선을 위한 진보라고 여겼다. 반면 노발리스는 혁명의 긍정적 영향을 인정하지 않았을 뿐만 아니라 그 영향을 부정적으로 보았다. 그는 당시의 정치적 혼동 상황에 맞서서 그것을 극복하는 데 가톨릭과 기독교의 통일을 내세웠다. 노발리스는 1799년 〈기독교 또는 유럽Christentum oder Europa〉을 《아테내움》에 실었는데 이 논문은 당시에 엄청난 격론을 불러왔다. 이 논문에 대한 몰이해는 노발리스로 하여금 극단적인 연설을 하게 만들었다. 계몽주의에서 성취한 것은 부분적으로만 인정될 수 있으며, 이미 이 시기는 붕괴의 시대로서 빛나는 중세상과 대비되고, 중세상은 다시 계몽주의와 대립된다고 주장하였다. 그러니까 종교개혁, 계몽주의, 프랑스혁명은 종교적 무정부주의로 이끌었으며 이것은 유럽의 분열이자 과도기적 상태로서 새로운 기독교를 위한 전제 조건이라고 보았다. 그러니까 옛것과 새것의 일치는 노발리스의 희망이었다(Ro, 26).

한편, 1800년대에는 예나가 낭만주의의 중심지가 된다. 이곳에서 슐레겔 형제와 그들의 아내, 티크, 노발리스, 셸링Friedrich Wilhelm Joseph Schelling(1775~1854), 슐라이어마허, 헨리크 슈테펜스 Henrich Steffens(1773~1845)가 서로 긴밀한 교류를 하였다. 티크는 영원의 순간을 시간의 흐름과 함께 현실과 세계를 통해서 느낄 수 있으며, 그것은 예술 작품으로 묘사되고, 또 내면 세계를 통해서 외형적인 것으로 나타나 현재화된다고 보았다. 그래서 완성된 예술 작품은 시간이 흐른다 하더라도 영원성을 지니고 있다고 보았다.

> 예술의 완성 속에서 우리는 가장 아름다운 순수한 천국을 꿈꾸는 형상, 뒤섞이지 않는 지복의 형상을 본다 (…) 예술의 현재성은 영원을 품고 있

고 미래를 필요로 하지 않는다. 왜냐하면 영원은 완성을 뜻하기 때문이다 (Ro. 90).

티크의 정신적 친구였고, 베를린에서 활동하다 일찍 사망한 바켄로더(1773~1798)는 자연의 언어와 예술의 언어를 구분하면서 자연의 언어는 신에게로 인도하는 반면, 예술의 언어는 우리에게 이 지상의 세계를 열어 준다고 생각하였다. 예술 언어의 힘은 "정신적인 것과 비감각적인 것을 아주 감동적이고 경이롭게(Ro, 86)" 그려 내서 인간에게 감동을 주는 데 있다고 보았다. 그리고 슐라이어마허는 1799년 그의 저서 《종교에 관해서Über die Religion》에서 이상주의와 기독교를 연결시키려는 시도를 하였다. 이 저서는 종교에서 예술을 위한 토대와 전제를 보았던 초기 낭만주의에 많은 영향을 끼치기도 하였다. 그러나 슐라이어마허는 종교를 도덕 및 형이상학과는 분리하였다. 그래서 그것은 예술과 학문 이외의 본질적 요소로서 나타난다. 종교의 '무한한 전체'에 대한 감정과 관념, 또는 그 한계에 나타난 유한성은 프리드리히 슐레겔과 마찬가지로 영원히 진행 중이다.

1805년부터 하이델베르크에서 브렌타노, 아이헨도르프, 괴레스, 아힘 아르님이 서로 만나게 된다. 아르님은 〈은둔자 신문〉을 창간했고 여기에는 슐레겔 형제, 티크, 그림 형제, 울란트, 케르너 Justinus Kerner가 동참하였다. 이들은 민족, 국가, 정신 쪽으로 관심이 증대하면서 중세에서 과거의 위대한 기념비적인 것들을 발견해 내었다. 이것은 나폴레옹 지배로 말미암아 민족주의적 낭만주의 경향이 커졌다는 것을 뜻하기도 한다. 이 시기 브렌타노는 무엇이 낭만적인 것인가를 다음과 같이 규정한다.

우리의 눈과 보기에 너무 멀리 있는 것 사이에 중재자로서 서 있는 것, 우리를 멀리 있는 대상에 가까이 가게 하는 것, 동시에 자신의 것으로부터 뭔가를 그 대상에게 주는 것, 이 모든 것이 낭만적이다(Ro, 58).

아이헨도르프는 프리드리히 슐레겔과 노발리스와 마찬가지로 낭만주의가 예술의 모든 분야를 포함해야 한다고 보았다.

낭만주의는 결코 문학적 현상이 아니다. 그것은 오히려 노발리스가 지적한 것처럼 전체 삶의 내면적 복구이다. 사람들이 나중에 낭만주의자라고 명명했던 것은 병들어가는 나무에서 문학적으로 분리해 낸 가지이다. 그 근원적 의도들, 더 높은 것을 향한 모든 이 지상적인 것, 더 위대한 저편 세계와 이 세상을 연관시킨다는 것은 따라서 예술의 모든 분야를 포괄하고 통찰해야만 한다.[13]

낭만주의 문학에서는 무의식의 세계를 문학에서 형상화하고 표현하는 특징이 두드러지지만 형식도 내용도 확정되지 않았다. 그래서 노래, 이야기, 동화와 시가 서로 뒤섞이게 되었고 시, 학문, 철학이 서로 긴밀하게 연관되었다. 낭만주의 문학은 고전주의처럼 문학작품을 만드는 데 특정한 도식을 제시할 필요가 없었으며, 예술가는 자유롭게 창작하는 천재라고 여겼다. 규칙 시학과 아리스토텔레스적 3통일 법칙의 요구는 더 이상 의미가 없었으며 오히려 문학은 작가의 주관적 활동 영역이 되었다. 프리드리히 슐레겔은 시작試作의 미완성 상태는 자의성과 시인의 자유를 따르는 것이라고 보았다. 그 밖에 아이러니는 낭만주의에서 핵심적 구실을 한다. 하지만 엄밀히 보면 낭만주의 아이러니는 하나의 형식이지만 분명

---

13) Eichendorff: Zur Geschichte der neueren romantischen Poesie, Gerhard Baumann/ Siegfried Grosse (Hg.): Neue Gesamtausgabe der Werke und Schriften, Bd. 4, Stuttgart 1958, 1069쪽 참조.

하게 정의 내리기는 어려운 딜레마가 있다. 그래서 낭만주의자마다 다양한 역설을 보여 주게 된다.

괴테는 첼터에게 보낸 1808년 10월 30일 편지에서 여러 낭만주의자들에 대해 비판적 태도를 보였다. 아르님, 브렌타노와 그 밖의 사람들은 "항상 앞으로 나아가고 있지만 모든 것은 완전히 무형식에다 특성이 없다."[14] 게다가 낭만주의자들의 해학은 그 자체에 법칙도 없고 제재도 없기 때문에 음울함과 역겨운 기분으로 머지않아 바뀌게 되는데 그것은 좋지 않다고 보았다. 그러면서 "이것에 대한 가장 끔찍스러운 예가 장 파울과 괴레스"(BW, 61)의 작품에서 경험할 수 있다고 쓰고 있다.

요약하면, 독일의 낭만주의는 1) 끝없는 것, 정열적이고 역동적인 것, 어두운 것, 규칙이 없고 무절제한 것에 이끌리는 충동을 지니고 있다. 2) 자유롭게 창작하는 판타지를 통해서 고전주의적 경계를 무너뜨린다. 이것을 고상한 형식과 훌륭한 지적 내용보다도 더 중요하게 여긴다. 3) 이성의 경계, 학문과 시의 경계, 개별 문학 장르 사이의 경계들을 무너뜨리고 '보편 시문학'을 추구하며, 이것은 동시에 학문, 종교, 문학, 시, 서사, 극, 음악인 것이다. 4) 또한 꿈과 현실 사이의 경계도 무너지며 모든 세계가 노발리스의 말처럼 '낭만화되는 것'이다. 5) 완전한 주관성, 개인주의, 기독교적 신비주의, 자유와 독립 및 세계 개방적이고 영원히 완성되지 않는 문학 형식을 요구한다. 6) 꿈 같은 것, 놀라운 것, 의식할 수 없는 것, 초감각적인 것을 그리고 삶의 현실보다는 죽음의 비밀을 선호하였다. 그래서 낭만주의는 유럽적 정신사 운동이 되었고 더욱이

---

14) Werner Pfister (Hg.): Briefwechsel. Goethe. Zelter. München 1987, 60쪽. 이하 (BW, 쪽수)로 표기함.

독일 지역에서 크게 발전하였으며 철학, 문학, 예술, 종교, 학문, 정치와 사회에 두루 영향을 끼쳤다.

1.2.3 낭만주의 음악

음악에서 낭만주의는 1790년에서 1890년 사이, 곧 19세기 음악을 지배한 예술 사조이다. 낭만주의 음악의 가장 중요한 특징은 감정에 찬 표현, 빈 고전주의 형식 해체, 전통적 화성 확대 또는 초월, 표제음악처럼 음악과 문학의 이념을 결합하는 것이다. 독일 낭만주의 음악의 대표 음악가들로 프란츠 슈베르트, 카를 마리아 폰 베버Carl Maria Friedrich Ernst von Weber, 펠릭스 멘델스존 바르톨디 Felix Mendessohn Bartholdy, 로베르트 슈만Robert Schumann, 요하네스 브람스Johannes Brahms, 막스 브루흐Max Bruch, 후고 볼프, 프란츠 리스트Franz Liszt, 리하르트 슈트라우스, 한스 피츠너Hans Erich Pfitzner, 리하르트 바그너, 구스타프 말러Gustav Mahler, 안톤 브루크너Anton Bruckner, 알베르트 로르칭Albert Lortzing 등을 들 수 있다.

음악에서 낭만주의 개념은 한편으로는 낭만주의 문학과 음악적 낭만주의 사이의 연관성에서 생겨났다. 다른 한편으로는 빈 고전주의 (하이든Franz Joseph Haydn, 모차르트Wolfgang Amadeus Mozart, 베토벤)에 대한 반대 입장을 뜻하는 개념으로도 사용된다. 문학과 마찬가지로 음악에서도 고전적-낭만적이라는 반명제가 성립하는데 이것은 독일 낭만주의와 바이마르 고전주의(실러, 괴테) 사이의 대립과 유사하게 고전주의 음악에 낭만주의 음악을 대치시킨 것이다. 문학에서 낭만주의자들은 기독교적, 유럽적, 낭만적 예술을 안티케적인 고전 예술과 대치시켰다. 이와는 달리 음악에서는 안티케적 고전 예술 개념을 낭만주의 음악적 개념으로 오해하는 혼란이 초래되기도 하였다. 그래서 낭만주의 시인이자 작곡가였던 E. T. A. 호프만Ernst Theodor Amadeus Hoffmann은 하이든, 모차르트, 더욱이 베토벤의 기악곡들이 낭만주의 음악이라고 여겼다. 왜냐하면 그는 이 기악곡들에서 음악의 최고 개념이 나타났다고 보았기 때문이다.

낭만주의 음악은 1800년 이후 빈 고전주의 음악의 그늘에서 자라고 있었다. 이것은 '괴테의 예술시대는 종말을 고했다'는 하이네의 지적처럼 1831년 음악 분야에도 들어맞는 표현이다. 그 이유는 이즈음 베토벤과 슈베르트의 죽음으로 음악사의 한 세기가 끝나고 독일 음악에서 낭만주의가 만개할 수 있는 모든 가능성이 열렸기 때문이다. 실제로 고전주의 음악은 오늘날 독일과 오스트리아를 서구 세계의 가장 위대한 작곡가들을 배출한 나라로 인식시키는 데 이바지하였다. 고전주의의 대가는 대표적으로 하이든, 모차르트, 베토벤, 슈베르트를 들 수 있다. 요제프 하이든(1732~1809)은 여러 고전주의 음악가들의 전범이었으며 100편이 넘는 오라토리오와 교향곡들을 작곡했다. 이 가운데 〈황제 4중주곡Kaiserquartette〉의 멜로디는 오늘날 독일 국가에 차용되기도 하였다. 볼프강 아마데우스 모차르트는 오스트리아 태생이며 고전주의 작곡가 가운데 가장 천재적이었다. 36세로 삶을 마감한 그는 18개의 미사곡, 아름답고 풍부한 멜로디로 가득 찬 20편이 넘는 오페라, 40편이 넘는 교향곡을 남겼다. 그 가운데 《피가로의 결혼Die Hochzeit des Figaro》, 《돈 조반니Don Giovanni》, 《마술피리Die Zauberflöte》등은 오늘날도 무대에서 자주 연주되는 곡들이다. 베토벤은 본에서 출생하였으나 30년 이상을 빈에서 보냈다. 그의 작품은 탁월한 열정과 비극성을 지녔고, 음악가로서 청력을 잃었음에도 오히려 표현의 정열은 증대하였다. 그는 가장 훌륭한 작품으로 꼽히는 9개의 교향곡과 5편의 피아노 협

주곡, 30편이 넘은 피아노 소나타, 70편이 넘는 가곡과 유일한 오
페라《피델리오Fidelio》를 남겼다. 그의 후기 작품들에서는 낭만주의
의 영향을 발견할 수 있다. 슈베르트는 고전주의에 속하는 동시에
낭만주의에도 속한다. 그의 음악적 요소들은 명랑함과 우울함을 동
시에 지니고 있으며, 그는 새로운 독일 예술가곡의 창시자로 평가
되고 있다. 슈베르트는 31세라는 짧은 생애 동안 600편이 넘는 가
곡 이외에도 교향곡들, 특히 유명한《미완성 교향곡Die Unvollendete》
과《송어 5중주Forellenquintett》등을 남겼다.

낭만주의 음악의 첫 계기는 1770년대 이후 카를 마리아 폰 베
버(1786~1826)의《마탄의 사수Der Freischütz》에서처럼 그 소재 선택
에서 나타나고 있다. 화성과 음색의 새로운 분위기와 생생한 그림
을 보여 주는 기능으로《마탄의 사수》에서는 모든 영역과 상상들
이 중재되고 이로 말미암아 낭만주의 개념과 뗄 수 없는 관계를 형
성한다. 끝없는 자연과 운명의 힘으로부터 맹목적 지배와 존재의
체험 환기, 초자연적인 것, 신화적 설화의 토대, 유토피아적 근본
의 상징이 되는 동화 같은 과거. 여기에다 민요적 음과 중세 기사
에 관한 음악이 추가된다. 자연, 유령, 설화의 낭만적 이야기가 깊
이 배어 있는 베버의 후기 작품들은 프랑스와 이탈리아 오페라의
음악적 요소들과 이어져 있다. 그 밖에 독일 낭만주의 오페라의 특
징들은 루트비히 슈포어Ludwig Spohr의《파우스트Faust》(1816), 호프
만의《운디네Undine》(1816), 모차르트의《마술피리》(1791), 하인리
히 마르슈너Heinrich August Marschner의《흡혈귀Der Vampyr》(1828),《한
스 하일링Hans Heiling》(1833), 알베르트 로르칭의 작품에서도 볼 수
있다. 그리고 리하르트 바그너는《방랑하는 네덜란드인Der Fliegende
Holländer》(1843),《탄호이저Tannhäuser》(1845),《로엔그린Lohengrin》

(1850)을 발표함으로써 독일 낭만주의 악극을 개척하였다.

내면으로 향하는 낭만적 음악 서정시는 로베르트 슈만의 음악에서 절정을 이루고 있다. 슈만은 장 파울과 호프만의 작품에 자극을 받아서 피아노곡《파피용Papillons》,《판타지 작품들Fantasiestücke》,《어린아이들의 장면들Kinderszenen》,《크라이스렐리아나Kreisleriana》와 낭만주의 시와 음악이 말 그대로 하나로 녹아든 가곡들, 예를 들면 하이네의 시에 곡을 붙인《가곡집Liederkreis》과《시인의 사랑Dichterliebe》,《미르테의 꽃Myrthen》, 아이헨도르프의 시에 곡을 붙인《가곡집Liederkreis》, 샤미소의 텍스트에 곡을 붙인《여자의 사랑과 삶Frauenliebe und – leben》 등을 작곡했다. 슈만의 낭만주의가 서정적 피아노곡에서 전개되었다는 것은 빈 고전주의 음악의 구조와 장르에서 탈피했다는 것에 대한 증거이기도 하다. 슈만의 낭만적 음악에서는 프리드리히 슐레겔의 '진보적 보편시' 이념처럼 모든 장르의 한계를 해체하는 동시에 모든 예술 사이의 장벽을 뛰어 넘어서 분리된 장르들이 하나로 합쳐졌다.

낭만주의 음악의 중심지는 주로 북부 독일과 중부 독일에 있는 베를린, 드레스덴, 라이프치히였으며 낭만주의 음악은 크게 세 갈래로 나뉜다. 초기 낭만주의는 약 1790년에서 1820년까지이며, 빈 고전주의에서 낭만주의로 옮아가는 시기는 베토벤의 작품에서 발견된다. 초기 낭만주의의 가장 중요한 대표자는 말할 것 없이 슈베르트이며, 가곡 분야에서 담시들에 곡을 붙인 카를 뢰베, 독일 오페라의 발전에 중요한 역할을 했던 베버의 작품들이며, 하인리히 마르슈너는 그의 작품에서 환상적이고 전율스런 소재들을 다루었다.

전성기 낭만주의는 약 1820~1850년까지이며, 이는 다시 두 단계로 나뉜다. 첫 단계에서 낭만적 음악은 절정에 달한다. 슈만은 음

악적으로나 인간적으로나 정열적이고 비극으로 점철된 낭만적 예
술가의 전형을 보여준다. 독일계 헝가리인 프란츠 리스트는 한편
으로는 몽상적 피아노곡을 썼고, 다른 한편으로는 진보적 '신독일
파Neue Deutsche Welle' 기수였다. 멘델스존은 고전주의 형식에 더 쏠
려 있긴 했지만 그의 음악 또한 전성기 낭만주의에 속한다. 바그너
는 최초 낭만적 악극을 썼다. 전성기 낭만주의의 두 번째 단계는 부
분적으로는 '신낭만주의Neuromantik'라 부르기도 하는데 문학과 회화
에서 사실주의 사조와 병행해서 전개된다. 바그너는 주 모티브 기
법을 발전시켜서 《니벨룽겐의 반지Der Ring des Nibelungen》를 작곡하
였다. 바그너의 진보적 이념의 영향을 받고 있던 여러 음악가가 있
었는데 그 대표적 인물이 페터 코르넬리우스Peter Cornelius였다. 이
와는 달리 바그너의 음악적 이념에 반대하여 보수주의적 태도를 취
하는 작곡가들도 있었다. 예를 들면 브람스는 교향곡, 실내악과 가
곡에서 고전주의적 논리를 이행하였고 감성의 깊이와 대가다운 작
곡 기법에 바탕을 둬서 음악을 만들었다. 이와 병행해서 안톤 브루
크너처럼 독자적 작곡가도 있었다. 그는 바그너 추종자이기는 했으
나 형식적 틀은 본질적으로 다른 작곡가들과 달랐다. 그 밖에 펠릭
스 드래제케Felix Draeseke는 작곡 기법에서 양측 사이에 있다.

　후기 낭만주의는 약 1850년부터 1890년까지 전개되는데 후기
낭만주의에서는 음악의 전통적 형식들과 요소들이 줄곧 해체되면
서 음악은 현대의 문턱에 이른다. 후기 낭만주의에 속하는 음악가
로 구스타프 말러, 후고 볼프, 프란츠 슈미트Franz Schmidt, 리하르트
베츠Richard Wetz, 막스 레거Max Reger 등을 들 수 있다. 빌헬름 푸르
트뱅글러Wilhelm Furtwängler와 같은 음악가는 전통주의자이자 현대
적 흐름에 결정적으로 반대하는 입장을 취한다. 그 밖에 엥겔베르

트 훔퍼딩크Engelbert Humperdinck, 빌헬름 킨츨Wilhelm Kienzl, 지크프
리트 바그너Siegfried Wagner(바그너의 아들)의 민속 오페라 및 동화
오페라, 리하르트 슈트라우스의 작품들이 이 시기에 속한다.[15]

음악에서 낭만주의는 학자들 사이에 이견이 많지만 가곡에서 낭
만주의는 비교적 구분하기가 용이하다. 왜냐하면 낭만주의 문학의
주제들이 모든 가곡들 속에서 재현되기 때문이다. 예를 들면 이방
인이자 방랑자로서의 예술가는 슈베르트의 두 개의 연가곡《겨울
나그네Winterreise》와《아름다운 물방앗간 아가씨Die schöne Müllerin》
에 잘 나타나 있다. 예술가의 자연 사랑은 흔히 인간사회로부터 격
리되는 상황과 더불어 나타나는데, 그것은 슈베르트의《아름다운
물방앗간 아가씨》또는 파니 멘델스존-헨젤의 아이헨도르프의 시
에 곡을 붙인 〈산에서의 기쁨Bergeslust〉에서 돋보이고 있다. 음악가
들도 낯선 동방 문화에 대한 관심을 보이거나 셰익스피어에 경탄
을 보내기도 했는데, 일찍이 헤르더가 자신의 에세이를 통해서 여
러 독일 지성인들에게 셰익스피어에 대한 관심을 일깨웠다. 그 밖
에 낭만적 시인들 가운데 독일 가곡에서 중요하게 다루어진 사람
은 아이헨도르프와 뤼케르트Friedrich Rückert였다. 뤼케르트는 동양
언어학 교수로서 약 30여 개 언어를 습득하고 있었고, 그의 서정시
들에 슈베르트, 슈만, 말러, 카를 뢰베Johann Carl Gottfried Loewe, 브
람스 등이 곡을 붙였다. 뤼케르트의 서정시가 이렇게 각광을 받은
데에는 그의 동양적 신비주의가 함께 작용했다고 볼 수 있다.

---

15) 낭만주의 음악과 관련해서 Michael Heinemann: Kleine Geschichte der Musik,
    Stuttgart 2004와 Werner Keil: Einführung in die Musikgeschichte, Stuttgart
    2010 참조.

1.3 독일 가곡과 그 발달 과정

1.3.1 시와 음악, 리트

그리스 신화에서 시와 음악의 일치는 오르페우스Orpheus에게서 나타난다. 오르페우스는 자신의 노래로 신, 인간, 동물, 식물, 돌, 심하게는 저승 세계의 신 하데스까지도 감동시키는 능력을 지닌 가수이자 시인, 리라 연주자였다고 전해지고 있다. 이 점에서 오르페우스는 최초의 민네장Minnesang(중세 독일 궁정에서 불리던 기사의 사랑 노래) 가수라 할 수 있다. 또한 시와 음악의 미분화 상태는 수천 년 전 고대 그리스 연극 축제로 거슬러 올라갈 수 있다. 고대 아테네를 중심으로 비극 작품 경연과 함께 축제가 열렸고, 각 비극 작품에는 반드시 합창이 연극 대사와 더불어 필수 사항으로 들어가 있었다. 연극 작품에 합창이 들어가는 전통은 실제로 오늘날까지도 유지되고 있다고 볼 수 있다. 시에 곡을 붙이던 작곡 기법은 독일 가곡의 쇠퇴와 더불어 종지부를 찍었지만, 그 형태가 변형되어 말과 음의 일치로서 오페라, 바그너 축제의 악극과 뮤지컬로 이어지고 있기 때문이다.

그러니까 과거에 시와 음악의 일치가 그리스 신화 속의 오르페우스, 그리스 비극 작품 속의 합창, 기원가, 찬양가, 민네장, 교술시 낭송, 마이스터게장Meistergesang, 민요 등으로 이어져 내려오다가 본격적인 조명을 받게 된 것은 18세기 후반 이후 독일 가곡에서였다. 독일 가곡은 일반적으로 시와 음의 혼연일체로서 피아노와 목소리가 서로 가깝게 시적 단계로 나아가는 독특한 관계로 융합되는 장르라고 정의되며 멜로디, 하모니, 음악의 리듬이 시의 뜻과 분위기를 정교하게 반영하는 음악 장르이다. 그런데 가곡은 기악곡과는 달리 그 노랫말이 직접 청중의 마음에 와 닿으면서 구체적 이미지를 불러일으킬 수 있기 때문에 가곡 작곡에서 시를 음악보다 더 중요하게 볼 것인가 아니면 가곡을 시보다 더 중요하게 볼 것인가는 가곡 작곡가들에게 중요한 문제였다. 또 이에 대한 관점은 시대와 작곡가마다 달랐다.

18세기에 많은 활동을 하였던 가곡 작곡가들인 라이하르트, 첼터, 요한 춤스테크Johann Rudolf Zumsteeg는 시가 음악보다 훨씬 중요할 뿐만 아니라 음악은 시를 돋보이게 하는 보조적 수단 정도로 여겼다. 마찬가지로 19세기 중반 많은 가곡을 발표하였던 슈만은 가곡에서 시의 몫을 높게 평가하였으며, 더욱이 후고 볼프는 시가 그의 가곡의 모든 구성을 규정지을 만큼 음악보다 시 텍스트가 더 중요하다고 보았다. 반면 브람스와 슈트라우스는 시보다는 음악 자체에 뜻을 두어서 민요시를 포함한 다양한 시 텍스트에 곡을 붙였다. 이런 점에서 본다면 독일 가곡 역사는 작곡가들이 어떻게 시와 음의 균형을 맞추기 위해서 노력했는가와 관련된 이야기라고 이해할 수 있다. 결과적으로 볼 때, 시와 가곡의 관계에서 훌륭한 시가 있어야만 좋은 가곡이 나왔다고는 볼 수 없다. 왜냐하면 슈베르트의 기념비적 연가곡《아름다운 물방앗간 아가씨》와《겨울 나그네》는 그 시대에 대중적 인기가 있었던 빌헬름 뮐러의 연작시에 곡을 붙였지만 시와는 전혀 다른 새로운 예술의 아름다움을 만들어 내었기 때문이다.

그뿐만 아니라 가곡 작곡가들은 자신의 음악적 언어에 적합한 시 세계에서 비슷한 영혼을 발견하거나, 시가 본래 뜻하는 바를 독자가 놓치고 지나갈 때 그 부분을 환기시킴으로써 시를 돋보이게도 하였다. 이 점에서 가곡 작곡가들은 탁월하고 적극적인 문학의 수용자라고 할 수 있는데 가곡 역사에서 볼 때 특정한 시인들의 작품들이 특정한 작곡가와 연관되어 있는 것을 볼 수 있다. 예를 들면 괴테와 뮐러는 슈베르트, 하이네와 아이헨도르프는 슈만, 뫼리케와 아이헨도르프, 괴테는 볼프, 슈테판 게오르게 Stefan Anton George는 쇤베르크Arnold Schönberg, 트라클Georg Trakl은 안톤 베베른Anton Webern, 릴케Rainer Maria Rilke는 파울 힌데미트 Paul Hindemith와 연관되어 있다. 이 점에서 한 작곡가의 특정 작가에 대한 선호는 작곡가의 섬세한 정신적 영감과 관련이 있으며, 거꾸로 한 작곡가의 음악의 특징은 종종 특정한 작가로부터 받은 영감과 관련되어 있다고 볼 수 있다. 그뿐만 아니라 가곡 작곡가들은 시에 나타난 주제, 감정들을 아주 섬세하게 음악적으로 묘사하는데 때로는 자신의 음악적 이상을 표현하고자 시어 및 시구절을 반복, 수정, 생략, 첨가하기도 한다. 그러니까 가곡에 나타난 음악적 서정시들은 수용자인 작곡가의 음악적 해석에 바탕을 두고 생겨난 것이다.

그래서 어떤 종류의 시들이 가곡에 좀 더 쉽게 사용되었는지, 완벽한 시가 음악으로 인해 그 완벽함이 좀 더 고양되었는지 아니면 그 반대의 경우인지, 시에 종속되어 음악적 내용이 충분하지 않은 가곡은 기껏해야 낭송음악이 되는 것인지, 가곡 작곡에 가장 적합한 시는 표현의 공백이 있어서 그 사이가 멜로디로 보완되는 것인지 등등 시와 음악의 관계를 다양한 관점에서 고찰하는 것은 뜻있는 일이다. 그러나 분명한 것은 가곡이 시 자체도 아니며 그렇다고 시를 낭송하는 음악도 아니다. 따라서 가곡에 나타난 시들은 곡조와 더불어 새로운 예술이 되었고, 가곡 작곡가들은 평범한 시들에서 가장 아름다운 가곡을 창조해 내기도 하였다. 가곡은 음악가 자신의 내면세계를 드러내는 수단이며 때로는 선율이 시와 분리되지 않고 음악적으로 적용되는 경우도 있으나 가곡 작곡가들은 대체로 자신의 기준에 따라서 독특하게 시를 음악적으로 해석하였다.

더욱이 낭만주의 서정시는 예감, 방랑, 무한한 것에 대한 동경과 꿈, 밤의 신비로움과 여명 등, 인간적인 영혼의 노래를 언어의 연금술이라고 할 정도로 수천 개의 상징으로 뒤얽힌 문학이었다. 신과 세계와 풍경은 기호와 기이한 문자를 통해 낭만주의 정신을 이야기하였고, 낭만주의 시들은 자연스럽게 흐르는 것 같으면서도 경이로운 것을 의식적으로 끄집어내는 표현 방식으로 독특한 정신세계의 신비로움을 창조해 내었다. 이러한 낭만적 세계는 낭만주의 가곡에서 절정을 이뤄 음악사에서 찬란한 독일 가곡을 낳았다고 할 수 있다.

가곡은 독일어로 리트Lied이다. 리트의 어원은 아직까지도 명확하게 밝혀지지는 않았으나, 17세기 신고지新高地 독일어에 와서는 '노래할 수 있는 시' 또는 '노래로 옮긴 시'가 되었다. 이러한 뜻을 지닌 독일어 리트는 1830년 무렵 프랑스에서도 'Le Lied', 1876년 무렵 영국에서도 'The Lied'로 사용된 이후 그대로 음악 용어로서 정착되었다.[16] 역사적으로 리트가 문학과 음악에 나타난 뜻을 살펴보면 첫째, 리트는 시 형식의 서사문학을 뜻하며《니벨룽겐의 노래 Nibelungenlied》와 같은 중세 영웅서사시들이 이에 속한다. 둘째, 리트는 규칙적 운율과 운, 시행과 절을 가진 시 또는 서정시를 뜻한다. 관점에 따라서 담시, 송가, 찬가도 리트와 대등한 뜻이거나 또

---

16) Peter Jost: Lied, in: Die Musik in Geschichte und Gegenwart. Ludwig Finscher (Hg.), Sachteil 5, Stuttgart 1996, 1262쪽 참조.

는 리트에 포함되기도 한다. 셋째, 리트는 노래하면서 낭송되는 멜로디를 지닌 시 형식의 포괄적인 문학을 뜻하며, 《힐데브란트 노래Hildebrandslied》나 민네장이 여기에 속한다. 넷째, 리트란 '예술성이 적은' 노래라는 뜻으로서 누구나 쉽게 배우고 노래할 수 있는 시인과 작곡가 미상의 민요이다. 다섯째, 리트는 문헌이 있는 서정적 텍스트에 곡을 붙인 것인데 미학적 관점과 목적에 따라서 인기 가곡 또는 예술가곡으로 나눌 수 있다.

한편, 19세기 그림 형제의 《독일어 사전》에서는 리트가 네 가지로 풀이되었다. 그 가운데 리트란 "노래를 위해서 하나의 또는 여러 개의 연으로 구성된 시, 특히 서정시들"[17]이라고 했다. 리트란 곧 '노래를 위한 서정시'라고 풀이함으로써 음악과 문학의 결합을 분명하게 시사하고 있다. 따라서 역사적으로 볼 때 리트는 문학적, 음악적 차원의 이중적 뜻을 동시에 지니고 진행되었다는 것을 알 수 있다. 문학적 차원에서 리트는 시로서 이해될 수 있으나 음악적 차원에서 리트는 그 개념을 정확하게 정의하는 것이 쉽지 않다. 또 리트의 수많은 하부 장르들도 가능한데, 예를 들면 리트는 내용에 따라 성가聖歌와 세속가, 사회적 신분에 따라 귀족가, 시민가, 프롤레타리아가, 학생가, 군인가, 동요, 기능에 따라 행진가, 무도가, 노동가, 목소리와 악기에 따라 독창 · 독주 가곡, 합창 가곡, 다성多聲 가곡, 오케스트라 가곡, 피아노 가곡, 하프 가곡 등 그 내용과 관점에 따라 리트 앞에 수식어가 붙은 하부 분류가 가능하다.

---

17) Jacob und Wilhelm Grimm: Deutsches Wörterbuch, Bd. 6, bearbeitet von Moriz Heyne, Leipzig 1885, 983쪽. 그 밖에 리트의 다른 세 가지 뜻은 현악기 연주, 하프의 감동, 새들의 지저귐과 노래이다.

그리고 오늘날 리트는 문학적 차원보다는 음악적 차원의 좁은
의미로서 독일 가곡을 뜻하는데, 리트는 18세기 말부터 이론적, 실
천적으로 발전한 가곡들이다. 더욱이 이 시기에는 말과 음의 밀접
한 관계, 분위기 · 표현의 통일성, 멜로디의 단순성 등이 강조되었
고 리트 개념은 실천적으로 다 일치하는 것은 아니지만 이론적, 미
학적으로는 20세기까지 이어졌다. 세계 음악사에서 볼 때 독일 예
술가곡은 훌륭한 서정 시인들과 그들의 작품이 발표되면서 19세기
의 뛰어난 가곡 작곡가들이 이들의 서정시에 곡을 붙였다. 그래서
목소리와 피아노가 가장 서정적 그리고 예술적으로 어울리는 독창
적 음악 장르를 창조하였을 뿐만 아니라 가장 효과적으로 가곡이
라는 장르를 확고히 구축하였다. 가곡은 넓은 뜻으로 보면 모든 노
래가 다 그 범주에 속할 수 있지만, 이 책에서는 좁은 의미의 예술
가곡, 더욱이 슈베르트에서부터 19세기 후반까지 절정을 이루었던
피아노 반주의 독창 가곡에 중점을 두면서 독일 시가 어떻게 음악
적으로 해석되고 있는지를 집중 고찰하고 있다.

1.3.2 독일 가곡 발달의 선행 단계

앞에서 살펴본 바와 같이 독일 가곡의 발달 과정은 문학과 밀
접한 연관성을 지니고 있는데, 타키투스Tacitus의 《게르마니아
Germania》에서 언급된 라인 지역의 게르만족의 노래에 대한 보고가
독일 리트의 시작을 유추해 볼 수 있는 최초의 문헌이다.

> 게르만족들은 역사적으로 전해 오는 유일한 방식인 아주 오래된 노래들
> 에서 땅에서 솟아난 조상 투이스토를 찬양한다.[18]

---

18) Tacitus: Germania, übersetzt und erläutert von Arno Mauersberger, Köln 2006,

《게르마니아》에 쓰인 게르만족에 관한 기록에 따르면, 이들의 노래는 일반적으로 공동체 의식을 강화하기 위한 것이었음을 알 수 있다. 이후 중세 서사시들에서 보여 주는 바와 같이 영웅 및 신을 찬양하는 내용의 노래로 확대되었는데, 아인하르트Einhard는 카를 대제Karl der Große(747~814) 전기에서 카를 대제가 프랑크 왕국을 건립한 뒤, 그 이전 왕들의 무용담과 전쟁 승리를 칭송하는 노래들이 그의 왕국에서 불렸다고 언급하고 있다. 그러나 이것은 구전으로 전해 올 뿐 이 노래와 관련된 텍스트는 남아 있지 않다. 따라서 노래의 텍스트로서 가장 오래된 것은 9세기 중엽 고고지古高地 독일어Althochdeutsch로 쓰인 《힐데브란트 노래》이다. 이 노래는 부분적으로만 전해 오는데 그 내용은 디트리히 폰 베른의 무기 담당관 힐데브란트Hildebrand가 30년 만에 전쟁터에서 집으로 귀향하다가 국경에서 자신의 아들 하두브란트Hadubrand와 마주치게 된다. 힐데브란트는 자신이 그의 아버지임을 밝혔으나 하두브란트는 교활한 훈족이 계책을 부리는 것으로 여겨서 끝내 힐데브란트의 말을 인정하지 않고, 마침내 아버지는 명예를 지키고자 아들과 결투를 벌이게 되는 것으로 노래가 중단된다. 여러 구전에 따르면 아버지가 아들을 이겼다고 전해지는데 그 이유는 영웅들의 세계에서는 부성애보다는 훼손된 명예를 회복하는 일이 더 중요한 덕목으로 추앙되곤 했기 때문이다.

9세기 말엽 고고지 독일어로 쓰인 《게오르크의 노래Georgslied》가 있는데, 이 노래는 11세기 초 한 무명의 필사자가 고고지 독일어의 문학가이자 최초로 실명이 알려진 수도사 오트프리트 폰 바이센부르크Otfrid von Weißenburg(790~875)의 필사본에 삽입하였다. 그 내용

33쪽.

은 디오클레티안Diokletian(284~305) 로마 황제 치하에서 기독교 박해가 시작되었을 때 순교한 성자인 게오르크의 기적에 관한 것이다. 또한 9세기 말의 찬양가로서 서프랑크왕국(오늘날 프랑스)의 루트비히 3세Ludwig III.(864~882)의 깊은 신앙심과 노르만족과의 전투(881)에서 승리한 것을 찬양하는 《루트비히 노래Ludwigslied》가 있다. 그 밖에 1200년경 중고지 독일어로 쓰인 《니벨룽겐의 노래》와 1240년 무렵 《쿠두룬 노래Kudrunlied》가 있다. 이 두 작품은 대표적인 기사문학 시기에 속하는 영웅서사시다. 더욱이 기사문학은 명예, 지복, 민네(여성 숭배와 정신적 사랑, 그 기원은 성모 마리아 숭배에서 유래), 절제와 순종, 불굴의 의지, 충성과 신뢰, 손님을 너그럽게 대하기, 내적 기쁨, 정신적 쾌활함을 기사의 주요한 덕목으로 다루었다. 그런데 이 노래들에 관한 악보나 멜로디는 구전으로도 전해오는 것은 없지만 노래에 쓰인 악기들과 관련해서는 500년경 프랑크 왕국의 클로드비히 1세Chlodwig I.(466~511) 궁정에서 노래가 하프 반주로 이뤄졌다는 기록이 있고, 11세기부터는 바이올린과 비슷한 피델이 동반 악기로 등장했다. 또한 성화들은 현악기 치터, 플루트, 피리와 비슷한 샬마이, 북 등 다양한 형태의 악기들이 노래의 동반악기로 쓰였음을 보여 주고 있다.[19]

신, 왕, 영웅들에 대한 찬가 이후 민네장과 마이스터게장에서 독일 리트의 발달 과정을 추적해 볼 수 있다. 그러니까 민네장과 마이스터게장은 18세기 독일 가곡의 이론이나 실천의 선행 단계였다고 할 수 있다. 1150년에서 1350년까지 약 200년 동안 민네장은 귀족들의 궁정 문화이자 문학으로서 독일어권 지역에 자

---

19) Ludwig Finscher (Hg.): Die Musik in Geschichte und Gegenwart. Allgemeine Enzyklopädie der Musik, Sachteil 5, Stuttgart 1996, 1267쪽 참조.

리 잡았다. 민네의 어원은 중고지 독일어 '민네Minne', 고고지 독일어로는 '민나Minna'에서 나왔다. 민네는 사랑이라는 뜻이며, 그 뜻이 사회적으로 "남자와 여자 사이의 에로틱한 관계들, 신과 신앙인의 결속, 가신과 주군의 관계"[20] 로까지 확대되었다. 민네장은 사랑 시 또는 사랑 노래라 이해할 수 있으며, 현재 약 110명의 민네 가수 또는 수도사가 필사한 1200편 정도의 민네장이 전해지고 있다. 그런데 민네장을 가곡의 선행 단계로 볼 수 있는 점은 시에 멜로디가 포함되어 있었고, 곧 말과 음의 통일이 있으며, 독창곡으로서 피델 또는 하프와 같은 동반악기를 사용하여 노래했다는 점이다.[21] 이 당시 가장 이상적인 민네 시인은 시인, 작곡가, 가수, 솔로 악기 주자 구실을 했다.

활짝 꽃피운 민네장

민네장 필사본에서 가장 중요한 문헌은 13세기 말 알자스 지방에서 나온 《하이델베르크 작은 노래집Kleine Heidelberger Liederhandschrift》, 14세기 초 콘스탄츠에서 나온 《바인가르텐 노

---

20) Ingrid Kasten: Minnesang, in: Deutsche Literatur. Eine Sozialgeschichte. Aus der Mündlichkeit in die Schriftlichkeit: Höfische und andere Literatur, Bd. 1, Ursula Liebertz-Grün (Hg.), Reinbek bei Hamburg 1988, 164쪽.

21) Karl H. Wörner: Geschichte der Musik. Ein Studien- und Nachschlagebuch, Lenz Meierott (Hg.), Göttingen 1993, 79쪽 참조.

래집Weingartner Liederhandschrift》과 취리히에서 나온《하이델베르
크 큰 노래집Große Heidelberger Liederhandschrift 또는 마네쎄 노래집
Codex Manesse》이다. 이들 필사본에는 수많은 작가의 노래들이 그
이름에 따라 정리·수록되어 있다. 그 밖에 14세기 중반 미하
엘 레오네의《뷔르츠부르크 노래 필사본Würzburger Liederhandschrift》
과《예나 노래 필사본Jenaer Liederhandschrift》,《빈 노래 필사본
Wiener Liederhandschrift》, 15세기에《콜마르 노래 필사본Kolmarer
Liederhandschrift》, 나이트하르트 폰 로이엔탈Neidhart von Reuental의
《노래 필사본》, 오스발트 폰 볼켄슈타인Oswald von Wolkenstein의
《노래 필사본》등이 오늘날 전해지고 있다.[22)]

《바인가르텐 노래집》의
한 부분

《하이델베르크 큰 노래집》에 나오
는 민네 가수 나이트하르트 폰 로
이엔탈

22) Wolfgang Spiewok: Anfänge bis 1525, in: Kurze Geschichte der
deutschen Literatur, Kurt Bttcher/ Hans Jürgen Geerdts (Hg.),
Berlin 1981, 40쪽 참조. 그런데 민네 시인들의 이름에 폰von이 들어 있
는 것은 귀족 신분을 뜻하는 것이 아니라 소유격 '의'의 뜻이다. 예를 들면
Wolfgang von Goethe의 경우는 귀족 신분을 뜻하는 von이 들어가 있으
나, Neidhart von Reuental은 로이엔탈 출신의 나이트하르트라는 뜻이
다. 11세기만 하더라도 성과 이름이 다 함께 쓰이는 경우는 거의 없었다.
그래서 대부분 민네 가수의 이름에는 출신을 뜻하는 von 또는 van이 들어
가 있다.

민네장은 시기별로 서로 다른 특징이 나타나는데, 고상한 민네는 남프랑스 궁정 노래 시인들의 영향으로 생겨났다. 고상한 민네 가수 가운데는 바바로사의 아들 하인리히 6세Heinrich VI.(1050~1106)도 들어 있었고 대표 시인은 헨드리크 반 벨데케 Hendrik van Veldeke 그리고 후기 가수이지만 일명 '프라우엔로프 Frauenlob'라고 불리는 하인리히 폰 마이센Heinrich von Meißen 등이었다. 고상한 민네의 특징은 민네 가수가 노래 속의 서정적 자아가 되어서 자신의 신분보다 높은 위치에 있는 여자의 도덕적 완벽함을 칭송하는데, 이것은 여성의 외적 매력을 칭송하는 것이 아니라 미덕의 총체로서 여성을 칭송하는 것이었다. 따라서 고상한 민네 시에서 여성에 대한 남자의 구애는 바로 미덕을 추구하는 것과 같은 뜻을 지녔다. 마침내 사랑을 구하는 남자는 모든 노력과 정성을 다해서 자신보다 높은 위치에 있는 여자에게 봉사하지만 사랑을 얻지 못한다. 그래서 민네장의 내용은 남자의 독백조의 한탄 노래가 된다.

《하이델베르크 큰 노래집》의 한 부분
(가운데는 민네 가수 프라우엔로프가
연주하면서 노래하는 장면임)

《하이델베르크 큰 노래집》에 나오는
민네 가수 발터 폰 데어 포겔바이데

이렇게 정형화된 고상한 민네장과는 다른 노래들이 하르트만 폰 아우에Hartmann von Aue, 볼프람 폰 에셴바흐Wolfram von Eschenbach, 발터 폰 데어 포겔바이데Walther von der Vogelweide, 나이트하르트 폰 로이엔탈, 탄호이저, 오스발트 폰 볼켄슈타인 등에 의해서 생겨났고, 더욱이 발터 포겔바이데는 고상한 민네장뿐만 아니라 정치적, 종교적, 격언적 노래 시 및 "여성의 육체적 아름다움을 칭송"[23]하거나 사랑의 기쁨, 꿈의 경험들, 많은 자연 모티브가 들어간 민네 시를 짓기도 했다. 민네장의 절정은 1190년에서 1210년 사이에 이뤄졌으며, 독일 문학사에서 중요한 민네 시인 하르트만 폰 아우에의 18편, 볼프람 폰 에셴바흐의 9편, 하인리히 폰 모룽겐Heinrich von Morungen의 35편 노래시가 전해져 오고 있다. 또 문학사에서 중요한 발터 포겔바이데는 1190년에서 1230년까지 민네장에서 가장 중요한 노래시인이었다. 포겔바이데는 수많은 민네장만이 아니라 종교적 노래 및 고상한 연애시에 대립되는 소녀들의 노래들을 썼다. 이것은 신분이 높은 고귀한 여자가 아니라 평범한 여자에게서 민네 가수들은 이루어질 수 있는 사랑을 꿈꾸는데, 여기서는 한탄이나 비탄 대신에 명랑함이 나타난다.

한편, 나이트하르트 폰 로이엔탈은 1210년에서 1240년까지 활발하게 창작 활동을 했는데 그는 '고상한 연애시'와 반대되는 '저속한 연애시'를 발전시켰다.[24] 그의 노래에는 종종 궁정이 아니라 시골 농촌이 배경이 되고, 사랑을 구하는 사람은 기사이지

---

23) Deutsche Literatur. Eine Sozialgeschichte. Bd. 1, 197쪽.

24) 민네장과 관련해서 Horst Brunner: Minnesang, in: Die Musik in Geschichte und Gegenwart, Sachteil 6, Stuttgart 1997, 302~313쪽 참조.

만 그 사랑의 대상은 귀부인이 아닌 농촌 처녀와 평범한 여자들이며, 기사의 구애 경쟁자는 농촌 총각들이다. 민네장에 나오는 언어도 이들 환경에 맞게 저속한 언어가 나오기도 한다. 이 점에서 나이트하르트는 포겔바이데의 뒤를 이어서 민네장을 대중화시켰으며, 그의 노래들은 15세기까지 큰 인기를 누렸다. 이제 민네장은 자연스럽게 일상 문화로 자리 잡아 갔고 고상한 연애시의 기조를 유지하면서도 내용은 바뀌어 갔다. 이제는 이루어질 수 없는 사랑이 아니라 이룰 수 있는 사랑을 다루지만, 제삼자의 개입으로 사랑하는 이들의 사랑은 이뤄질 수 없다는 내용으로 변하기도 한다. 노래 유형은 다른 민네장과 마찬가지로 구혼 노래, 희망 노래, 사랑 노래, 이별 노래 등이 있다. 그 밖에 민네장의 절반 이상인 750편이 13세기 중반이 지나 필사되었으며, 실제 노래가 불린 시기와 필사 시기 사이에는 큰 차이가 있다.

14세기에 이르면 여러 상업 도시들에서 민네장의 연속으로서 마이스터게장이 생겨났는데, 그 명칭은 13세기 노래 격언 시인들을 '마이스터 가수Meistersinger'라고 지칭한 데서 유래하였다. 이들은 이곳저곳 옮겨 다니면서 연애시가 아닌 교훈적인 내용을 담은 격언시를 노래했다.[25] 민네 가수이자 노래 격언 시인은 마이스터 가수의 정신적 지주였을 뿐만 아니라 실제로 그들의 수많은 음은 마이스터게장의 기초가 되었다. 15세기 초반에서 18세기 후반까지 예나와 콜마르 노래 필사본을 비롯해서 150편 이상 마이스터게장의 필사본이 전해지고 있다. 마이스터게장은 수공업자의 조합을 중심으로 14세기부터 마인츠, 콜마르, 아우크스부르크, 뉘른베르크, 슈트라스부르크, 프라이부르크, 울름, 츠비카우, 프라

---

25) Ulrich Müller: Sangspruchdichtung, in: Deutsche Literatur. Bd.1, 185쪽 참조.

하, 단치히, 브레스라우 등 여러 도시에서 노래 학교가 생겨났다.
여기서는 노래 작곡 규칙이 엄격하게 지켜졌고 그 기법이 이어져
전수되어 나갔으며, 포겔바이데를 비롯해서 에셴바흐, 우라우엔
로프 등 12명의 민네 가수이자 노래 격언 시인들을 모범으로 삼
았다.[26)]

　마이스터게장의 가수들은 "성서의 다윗을 자신들의 수호자로
서 존경하였으며"[27)], 노래 시합에서 가장 우수한 가수는 동전
에 다윗이 새겨진 은줄을 받았다. 보통 마이스터게장에서 "마
이스터가 되는 것은 스스로 텍스트를 쓰고 멜로디를 붙일 수 있
는 경우에만 그 칭호가 붙여졌"(Wolfgang Spiewok, 77)는데, 마이스
터게장의 절정은 16세기 뉘른베르크의 구두장이 한스 작스Hans
Sachs(1494~1576)에 따라 이뤄졌으며, 그의 영향은 여러 도시로 널
리 퍼졌다. 마이스터게장은 민네장과는 달리 그레고리안 성가처
럼 동반되는 악기 없이 독창으로 낭송되었고, 마이스터게장의 가
수들은 주로 수공업에 종사하는 사람들이었다. 마이스터게장은
한편으로는 "루터의 교리와 성서를 널리 전파"(Eva Klesatschke, 80)
하는 구실을 했으며, 다른 한편으로는 당시 문맹률이 높고 상대
적으로 교육 수준이 낮은 저소득층의 사람들을 계몽하고 교화하
는 노릇을 했다. 그래서 마이스터 가수 가운데는 성직자, 교사,
법률가도 있었다.

---

26)　마이스터게장과 관련해서 자세한 내용은 Horst Brunner: Meistergesang, in:
　　Die Musik in Geschichte und Gegenwart, Sachteil 6, 6~16쪽 참조.

27)　Eva Klesatschke: Meistergesang, in: Deutsche Literatur, Ingrid Bennewitz/
　　Ulrich Müller (Hg.), Bd. 2, Reinbek bei Hamburg 1991, 71쪽.

1.3.3 독일 가곡의 전개 과정

독일 가곡의 이론 및 미학은 18세기에 가서야 본격적으로 발달했는데, 이것은 이미 앞서 언급한 바와 같이 국가 정체성과 민족주의 의식이 태동되던 그 시대의 정신사적 분위기와 밀접하게 연관되어 있다. 헤르더의 《노래 속에 깃든 민족들의 목소리들》(1778~1779)과 아르님과 브렌타노의 《소년의 마술피리》(1806~1808)가 가곡 작곡에서 가장 주요한 텍스트의 원천이 되었고, 보트머Johann Jakob Bodmer(1698~1783)와 브라이팅거Johann Jakob Breitinger(1701~1776)의 민네 노래 편찬, 브렌타노, 프리드리히 슐레겔, 티크의 민네 노래 연구와 그림 형제의 전래 동화와 민담 수집도 가곡 발달에 중요한 자극이 되었다.[28] 또한 카를 빌헬름 람러Karl Wilhelm Ramler는 《독일인의 노래들Die Lieder der Deutschen》(1766)을 출판했고, 루트비히 울란트는 《고고지와 저지 독일 민요》(1845)를 출간하였으며, 그의 수많은 민요시들은 여러 작곡가에 의해서 곡이 붙여졌다.[29]

이러한 시대 분위기에서 18세기 중반 이후 베를린가곡악파에 속한 작곡가와 이론가들은 많은 가곡 작곡 및 새로운 가곡 미학의 발전을 위한 이론적 토대를 제공하였다.[30] 베를린가곡악파라는 명칭은 1750년에서 1825년 무렵까지 베를린에서 특징적으로

---

28) Christiane Tewinkel: Lieder, in: Schumann. Handbuch. Ulrich Tadday (Hg.), Stuttgart 2006, 405쪽 참조.

29) L. Röhlich: Volkslied, in: Das Große Lexikon der Musik, Bd. 8, Freiburg 1982, 304쪽 참조.

30) 베를린가곡악파와 관련해서 Hans-Günther Ottenberg: Berliner Liederschule, in: Die Musik in Geschichte und Gegenwart. Sachteil 1, Stuttgart 1994, 1486~1490쪽 참조.

나타났던 가곡의 경향을 뜻하는 말로, 1909년 베른하르트 엥겔케Bernhard Engelke(1884~1950)가 맨 처음 사용한 뒤부터 지금까지 음악사에서 그대로 통용되고 있다. 이 시기에 베를린가곡악파는 크게 세 시기로 나뉘는데, 첫 번째 가곡악파는 1753년에서 1768년 사이이며, 대표 음악가로는 크리스티안 크라우제Christian Krause, 요한 키른베르거Johann Philipp Kirnberger, 프로이센 프리드리히 2세의 궁정 음악가들인 요한 크반츠Johann Joachim Quantz, 요한 제바스티안 바흐의 아들 카를 에마누엘 바흐Carl Philipp Emanuel Bach를 비롯한 여러 음악가들이 있었다. 이들이 즐겨 다룬 문학가들은 레싱을 비롯해서 그들 시대의 작가들이었고, 단순한 유절가곡有節歌曲을 선호했다. 이들 작곡가들은 민네장에서 그 전형이 나타났던 말과 음의 일치를 강조했으며, 이들의 이상적 가곡은 쉽게 노래할 수 있어야 하고, 간단하고, 자연스럽고, 이해가 쉬운 편안한 특징을 지니고 있다. 그러나 가곡은 아리아와는 다르지만 송가와는 같은 뜻으로 사용되었다. 한편, 베를린가곡악파들은 유절가곡이라는 형식에 너무 얽매었고, 단순성과 무미건조함에서 벗어나지 못하고 있다고 크리스티안 슈바르트Christian Friedrich Daniel Schubart(1739~1791)와 게오르크 포글러Georg Joseph Vogler(1749~1814) 등이 비판하였다.

두 번째 베를린가곡악파는 키른베르거의 제자 요한 페터 슐츠Johann Abraham Peter Schulz, 라이하르트, 첼터 등을 중심으로 전개되는데, 이들은 새로운 시들의 텍스트에 바탕을 둔 가곡을 작곡하였다. 클로프슈토크, 루트비히 횔티Ludwig Hölty, 크리스티안 오버베크Christian Adolph Overbeck, 요한 마르틴 밀러Johann Martin Miller 등의 텍스트가 이 새로운 시들의 작가에 속했다. 이 시기의 많은 가곡에

서 슐츠가 《민요조의 가곡들Lieder im Volkston》 서문에서 강조한 것
처럼 "민요조의 음Volkston"은 가장 모범적인 것이 되었다.[31] 괴테와
헤르더의 민요에 대한 관심이 당대의 작곡가들에게 크게 자극이
되었고 이들은 분명하게 민요적 가곡을 표방하게 된 것이다. 그래
서 이 시기의 많은 가곡 작곡가들에게 '민요조의 음'은 가장 모범적
인 것이고, 이들은 여전히 유절가곡을 선호했으며 시가 음악보다
우위에 있다고 보았다. 예를 들면 라이하르트가 처음으로 괴테의
서정시에 많은 곡을 붙였고, 첼터는 괴테의 텍스트 75편에 곡을 붙
였으나 이들의 가곡에서는 음악이 부수적 기능에 지나지 않았다.

> 첼터, 라이하르트와 다른 작곡가들의 경우 가곡의 기능이 괴테 시와 일
> 치함으로써 음악적으로 텍스트를 소개하는 차원으로 제한되어 버렸
> 다.(Peter Jost, 1293)

라이하르트와 첼터를 비롯해서 이 당시 가곡 작곡가들은 가곡이
란 누구나 쉽게 노래할 수 있는 단순하면서도 자연스럽고 민속적
특성을 지녀야 한다고 생각했다. 그러니까 가곡은 가장 단순한 성
악 형식이며, 시의 뜻을 음악적으로 재현하는 것이라고 여겼다. 세
번째 베를린가곡악파는 첼터의 제자들을 중심으로 형성되었고, 펠
릭스 멘델스존 바르톨디, 루트비히 베르거Carl Ludwig Heinrich Berger,
멘델스존의 누나 파니 헨젤Fanny Hensel, 카를 룽엔하겐Carl Friedrich
Rungenhagen, 프리드리히 힘멜Friedrich Heinrich Himmel, 라이하르트의
딸 루이제 등이 여기에 속한다. 이들은 가곡 발달사에서 앞서 베
를린가곡악파들보다 큰 영향을 미치지는 못했다. 대체적으로 베

31) Heinrich Welti: Johann Abraham Peter Schulz, in: Allgemeine Deutsche
    Biographie, Bd. 34, Leipzig 1892, 744~749쪽 참조.

를린가곡악파의 작곡가들은 가곡을 "멜로디의 통일과 단순성이 기준이라는 전래해 오는 정의에 바탕을 두어서 장르 미학적 과제로"(Elisabeth Schmierer 2007, 101) 받아들였다.

전통적으로 미사곡과 오페라는 수백 년이 된 음악 장르이고 교향곡은 1800년경에 새로운 장르에 속하게 되었다. 이와는 달리 가곡은 슈베르트와 더불어 비로소 "다시 역사적 발전의 중심에"[32] 놓였다. 슈베르트보다 앞서 가곡을 쓴 라이하르트, 첼터, 당시 가곡의 선구자 춤스테크, 뢰베가 있었고, 실제 라이하르트는 슈베르트보다 두 배나 더 많은 약 1500편 이상의 노래를 작곡했으나 이들의 노래들은 예술가곡으로까지 발전하지 못했다. 말할 것 없이 하이든, 베토벤, 모차르트도 가곡을 썼으나 이 작곡들은 그들의 주요 관심 분야가 아니었으며, 그들의 음악적 명성에 가곡 작곡은 보통 포함되지 않는다. 그뿐만 아니라 베토벤의 초기 음악 시절에만 해도 가곡이라는 장르는 정착되어 있지 못했다. 그는 가곡에 속하는 70편 남짓한 곡을 썼지만 이것을 "가곡, 노래, 아리에테 또는 베토벤 작곡의 … 시에 붙여진 음악"(Lorraine Gorrell 2005, 95) 정도로 표현한 것으로 보아서 베토벤 또한 이 장르를 어떻게 정의해야 할지 알지 못했다고 할 수 있다. 베토벤은 1816년 알로이스 야이텔레스 Alois Jeitteles의 시 6편에 곡을 붙인《멀리 있는 연인에게An die fernen Geliebte》를 발표했는데, 이 연가곡은 당시 "완전히 새로운 양식"[33] 이었고, 이후 연가곡에 대한 구상은 슈베르트, 슈만, 브람스, 쇤베

---

32) Hermann Danuser (Hg.)﹕ Musikalische Lyrik. Teil 2﹕ Vom 19. Jahrhundert bis zur Gegenwart—Außereuropäische Perspektiven. Laaber 2004. 29쪽.

33) Gerald Abraham﹕ Geschichte der Musik. Teil 2, in﹕ Das Große Lexikon der Musik, Bd. 10, Freiburg 1983, 482쪽.

르크 및 여러 다른 가곡 작곡가들에게 이어져 나갔다.

독일 가곡은 슈베르트를 시작으로 슈만, 브람스, 볼프, 슈트라우스까지 이어지며 그 절정을 이루다가, 1890년대에 이르면 가곡은 가정 음악회처럼 좁은 범위에서가 아니라 큰 음악 홀에서 연주되는 시대적 상황을 맞이한다. 그래서 말러는 오케스트라 가곡을 작곡했으며, 바그너 이후 19세기 말 전환기에는 작곡 방향이 피아노 반주 가곡보다는 규모가 큰 오케스트라 연주를 동반한 언어 음악으로 넘어가는 것이 주도적 분위기가 되었다. 그런 가운데서도 아르놀트 쇤베르크, 알반 베르크Alban Berg, 안톤 베베른, 한스 아이슬러Hanns Eisler, 파울 힌데미트, 볼프강 림Wolfgang Rihm이 가곡 장르를 이어 나갔으나 1950년 이후 예술가곡 장르는 전체적으로 퇴조하였다. 한편, 독일 가곡은 이웃 나라의 작곡가들에게도 큰 반향을 일으켰는데 구노Charles-François Gounod, 포레Gabriel Urbain Faurè, 드뷔시Claude Debussy, 라벨Maurice Ravel, 무소르그스키Modest Petrovich Musorgskii, 라흐마니노프Sergei Vasilievich Rachmaninov, 그리그Edvard Grieg, 시벨리우스Jean Sibelius, 드보르자크Antonn Leopold Dvořák, 야나체크Leoš Janáček, 바르토크Bèla Bartók 등이 그 영향을 받았다.[34] 이렇게 낭만주의 독일 예술가곡은 19세기를 넘어서 오래 지속되지는 못했다 할지라도 서구 세계 전체 성악 작곡가들의 음악에 영향을 끼쳤고, 음악적 구상을 바꾸었기 때문에 음악사에서 큰 발자취를 남겼다.

그 밖에, 18세기 중산층 시민계급의 문화 의식과 일상적 문화생활은 독일 가곡 발달에서 중요한 몫을 하였다. 18세기 말에 이르면 예술 애호가 그룹이 귀족층에서 생활에 여유가 있는 중산층 시민계

---

34) H. Jung: Lied, in: Das Große Lexikon, Bd. 5, Freiburg 1981, 118~119쪽 참조.

급으로 넘어 오고, 대부분 음악가들도 귀족에게 예속되어 음악을
작곡하던 상황에서 벗어나게 된다. 그래서 중산층의 시민계급은 사
회적 안정과 더불어 직접 악기를 다루기도 하고, 예술 애호가로서
자신들의 문화적 욕구와 예술가에 대한 관심을 내보였다. 그러니까
예술 애호가가 귀족층에서 일반 대중으로 넘어갔고 "작곡가들은 이
제 더 이상 그들에게 생활을 제공하고 음악을 작곡하도록 요구하는
부유한 가정의 하인들이 아니었다."(Gorrell, 77)

　이 당시 독일에서 가정 음악회는 일상이 되었으며, 가정 음악-
가곡이라고 불릴 수 있는 음악적 분위기가 자연스럽게 시민계급을
중심으로 뿌리내렸다. 그뿐만 아니라 중산층 시민계급의 음악에 대
한 관심은 잡지 발행인, 악기 제조업자, 음악가 및 음악 교사들에게
좋은 시장과 기회를 제공해 주었다. 더욱이 사교 생활에서 노래 부
르고 피아노 치는 일은 독일 중산층 여성들에게 꼭 필요한 교양의
조건이 되었다. 예를 들면 루이제 라이하르트는 성악 교사로서 생
계를 꾸려 나가고자 1809년 대도시 함부르크로 이사했다. 이때 그
녀의 지인이기도 했던 빌헬름 그림이 아힘 아르님에게 과연 그녀가
학생들을 충분히 모을 수 있을지 염려하는 내용의 서신을 보냈는
데, 실제 그녀는 도착 몇 주 만에 26명의 여학생을 제자로 두었다.
이것은 당시 함부르크 중산층의 딸들이 여교사에게 노래 교육을 받
는 것을 부모들이 선호했음을 보여 주는 사례이다.

　　부유한 중산층 숙녀들은 음악, 음악 잡지, 악기, 예를 들면 피아노, 하프,
　　기타와 같은 악기를 구입할 돈이 있었고 또한 그들은 악기를 다루고 노래
　　를 배우는 여유를 가졌다.[35]

---

35)　Gorrell, 12쪽. 그 밖에 오스틴의 소설 《오만과 편견》(1950)에 18~19세기
　　중산층의 교양 및 예술적 관심이 잘 표현되어 있다.

그러나 그 시대의 사회적 분위기에선 중산층 가정의 숙녀들이 전문 음악가가 되는 것은 쉽지 않은 일이었다. 유명한 유대인 철학자 모제스 멘델스존Moses Mendelssohn의 손녀딸이자 펠릭스 멘델스존의 누나 파니 헨젤은 가곡을 포함해서 기악곡 수백 편을 작곡했고 피아노 연주에서 뛰어난 재능을 보였으나, 예술가로서 대중 앞에 나설 수 없었다. 문화 애호가였던 그녀의 아버지조차도 아들 펠릭스에게는 음악이 직업이 될 수 있지만 딸에게는 하나의 장식품에 불과하다고 할 정도였다. 멘델스존 집안에서는 창조적인 남자들의 정신에 따라서만 음악이 만들어진다는 남성 지배 이데올로기가 존재하는 점을 볼 수 있다. 그런데 파니 헨젤과는 달리, 클라라 비크Clara Josephine Wieck[36]는 음악 교육자인 아버지로부터 어릴 때부터 피아노를 배웠고, 피아노 연주 신동으로 아버지와 함께 유럽의 주요 도시들을 순회하면서 연주하였다. 클라라가 일찍이 전문 연주자가 될 수 있었고 큰 명성을 얻을 수 있었던 것은 연주를 하여 경제적 이익을 얻고자 하는 그녀의 아버지 프리드리히 비크Friedrich Wieck의 예외적 관심에서 비롯된 것이었다.

1.4 19세기 낭만주의 독일 예술가곡의 특징

19세기 독일 예술가곡으로의 발전은 그 시대의 여러 시인들이 예술가곡 작곡가들에게 풍부한 서정시를 제공하였고, 실제로 베

---

36) 독일에서는 여성이 결혼하면 남편 성을 따르기 때문에 클라라 비크의 경우도 로베르트 슈만과의 결혼 이후 클라라 슈만이 된 것이다.

를린가곡악파 및 여러 음악가들의 활동과 18세기의 정신사적, 문
학적 발전이 있었기에 가능한 일이었다. 더욱이 괴테의 시는 하
이네 다음으로 많이 작곡되었는데, "유연하고 서정적 아름다움
이 깃들어 있는 괴테 시의 주관적 천성은 예술가곡의 정신이 되
었다"(Gorrell, 41)고 평가되고 있다. 음악과 서정시의 결합은 독
일 예술가곡과 더불어 새로운 역동성을 발견하였으며 독일 예술
가곡은 민중가곡 또는 민요와는 대립되는 개념이었다. '예술가곡
Kunstlied'이라는 용어는 1841년 카를 코스말리Karl Komaly가, '민요
Volkslied'라는 명칭은 1773년 헤르더가 처음으로 사용하였다. 헤
르더는 민요에는 민족의 천성, 사고방식과 특성 그리고 이와 관
련된 모든 자연스러운 인간적인 것이 구체적으로 표현되었다고
보았다. 그러니까 "민요는 변함없고 순수한 자연의 소리"[37]인데
비해서, 예술가곡은 승화되고 고양된 형식의 시에 곡을 붙인 예
술성이 깃든 곡이라는 뜻이었다.

일반적으로 민요와 예술가곡의 차이점은 예술가곡의 경우 작
사·작곡자가 알려져 있는데 견주어서 민요의 경우에는 대체로 작
사·작곡자가 미상이라는 점, 예술가곡 작곡가들은 문헌의 텍스트
에 기초해서 노래를 만들었지만 민요는 이와 달리 구전되면서 가
사와 곡조가 시대 또는 노래하는 사람에 따라 다르게 변형되어 전
해 온다는 점, 민요는 민중들 속에서 일반 가인 또는 누구나 노래
하지만 예술가곡은 높은 수준의 곡 해석이 필요하기 때문에 전문
성악가가 노래한다는 점, 민요는 단순하고 쉬운 멜로디를 대체로
지니고 있는데 견주어 예술가곡은 높은 예술성을 지니고 있는 점

---

37) J. von Pulikowski: Der Begriff Volkslied im musikalischen Schrifttum,
Wiesbaden 1970, 68쪽.

등을 들 수 있다. 그러나 민요와 인기 가곡의 경계, 또는 인기 가곡과 예술가곡의 경계가 애매할 때도 많다. 예를 들면 하이네의 시에 곡을 붙인 질허의〈로렐라이〉를 민요로 볼 것인가 아니면 인기가곡 또는 예술가곡으로 볼 것인가의 경우가 대표적으로 그러하다. 말할 것 없이 시인과 작곡가가 존재한다는 점은 민요의 일반적 특성에 부합하지 않지만, 시와 곡이 지닌 특성으로는 오히려 민요에 가깝기 때문에 그 구분이 애매하다. 하지만 오늘날의 시각에서 볼 때, 또 독일 가곡 역사에서 보더라도 대부분 시기에 민요와 예술가곡은 서로 긴밀한 관련이 있기 때문에 민요와 예술가곡을 대립적 뜻으로 파악하는 것은 별 의미가 없다고 볼 수 있다.

결과적으로 볼 때, 19세기에 수준 높은 독일 예술가곡으로 발전한 것은 앞서 언급한 바와 같이 18 · 19세기의 정신사 발달과 문학 발전이 있었기에 가능한 일이었다. 독일 예술가곡이 융성하게 된 것은 괴테를 비롯한 뤼케르트, 아이헨도르프, 뫼리케와 같은 낭만주의 시인들과 하이네 등의 덕분이며 이들의 시는 음악가들에게 새로운 창작의 원천이 되었다. 예술가곡에서는 서정시뿐만 아니라 담시도 가곡의 텍스트로 뜻있게 받아들여졌다. 예를 들면 〈마왕Erlkönig〉은 괴테가 덴마크 민담(헤르더가 번역)에 바탕을 두고 쓴 담시인데 이 시에는 여러 작곡가들이 작곡한 최소 28개의 가곡이 있을 정도이다. 낭만주의 시대에는 많은 시인들과 작곡가들이 담시에 큰 관심을 보였는데 하이네의 〈척탄병들Die Granadiere〉과 〈똑같이 닮은 인간Doppelgänger〉, 뫼리케의 〈불을 든 기수Feuerreiter〉, 콜린Matthäus von Collin의 〈난쟁이Der Zwerg〉등은 뢰베와 낭만주의 예술가곡의 대표 작곡가들인 슈만, 바그너, 볼프, 리스트, 슈베르트, 브람스가 곡을 붙였다.

그 밖에 클로프슈토크, 실러, 장 파울과 낭만주의 문학가들이 독일 예술가곡 작곡가들에게 지대한 영향을 미쳤다. 시와 음악의 결합이 무엇보다도 낭만주의 독일 예술가곡에서 어떤 다른 장르에서보다도 잘 이뤄졌다. 말할 것 없이 예술가곡에서는 시가 먼저 있었고, 이 시에 음을 붙이는 형태로 19세기 낭만주의 예술가곡이 발전되었다. 마침내 시와 음의 혼연일체는 낭만주의 독일 예술가곡과 더불어 새로운 역동성을 발견하였고, 예술가곡은 피아노와 목소리가 서로 어울리면서 독자적인 음악장르를 구축해 나간 것이다. 슈만은 "독일 낭만주의의 가장 중요한 공헌이 음악사에서 음악적 서정시의 발전"[38]을 이루게 한 것이라고 보았다. 더욱이 음악과 시가 아주 가까운 친척이라는 생각은 "낭만적 예술이론의 근본 개념"[39]이었다. 예를 들면 프리드리히 슐레겔은 작곡 작품을 "음악으로 옮겨진 시의 번역들"[40], 장 파울은 음악을 "귀를 통한 낭만적 시"[41]라고 했다.

그런데 음악사에서 독일 예술가곡은 1814년 슈베르트가 괴테의 시에 곡을 붙인 〈실을 잣는 그레첸〉을 통해서 탄생되었다고 평

---

38) Reinhold Brinkmann: Schumann und Eichendorff. Liederkreis Opus 39, in: Musik-Konzepte 95, Heinz-Klaus Metzger/ Rainer Riehn (Hg.), München 1997, 5쪽. 그 밖에 장미영: 음악의 영감. 고전 음악에 담긴 독일 문학 이야기, 서울 2003, 107쪽 참조.

39) Constantin Floros: Schumanns musikalische Poetik, in: Musik-Konzepte. Sonderband. Robert Schumann I. Heinz-Klaus Metzger/ Riner Riehn (Hg.), München 1981, 90쪽.

40) Friedrich Schlegel: Kritische Schriften, Wolfdietrich Rasch (Hg.), München 1971, 74쪽.

41) Jean Paul: Vorschule der Ästhetik. Kleine Nachschule zur sthetischen Vorschule, Norbert Miller (Hg.), München 1963, 466쪽.

가된다. 슈베르트는 짧은 생애 동안 660편 이상의 가곡 (그 가운데 1/10은 괴테 시에 곡을 붙임)을 작곡함으로써 예술가곡이라는 새로운 장르를 정착시켰다.

> 가곡 역사에서 슈베르트의 중요성은 가곡에서 가장 높은 수준의 작곡의 요구들을 실현했다는 점뿐만 아니라 현실과 환상의 분열이라는 '낭만적 아이러니'의 뜻에서 (…) 낭만적 상상력들을 주제화한 점에 있다.(Schmierer, 115)

슈베르트는 기존의 이상향인 단순한 가곡의 특성을 뛰어넘어 새로운 예술가곡의 영역을 개척하였는데 실제로 슈만, 브람스와 볼프와 같은 19세기의 중요한 예술가곡 작곡가들은 슈베르트의 가곡들을 그들의 출발점으로 삼았다. 슈베르트가 가장 활발하게 작곡 활동을 했던 1815년에서 1816년 사이의 많은 가곡들 중에는 옛 전통에 따라서 단순하고 대부분 화음 피아노 반주의 단순한 유절의 민요조 곡들도 들어 있으나 그의 예술가곡은 그의 연가곡들에서 최고조에 달한다. 슈베르트를 시작으로 19세기 낭만주의 독일 예술가곡은 슈만, 브람스, 리스트, 볼프, 슈트라우스까지 이어지며 그 전성기를 이루었다.

그리고 독일 예술가곡의 발달은 그 시대의 새로운 악기인 피아노 제작과 보급, 사회적 관심과 수요 그리고 성악가들의 역량과도 밀접한 관련이 있었다. 피아노는 1709년 이탈리아인 바르톨로메오 크리스토포리Bartolomeo Cristofori(1655~1731)가 고안했으며, 18세기 중반까지도 작곡가들에게 별로 환영을 받지 못하다가 후반기에 이르러 기능이 많이 개량되어 독주 악기로서 자리를 굳혀 가기 시작했다. 작곡가들은 피아노가 독자적으로 음악적 효과를 낼 수 있는 점에 주목하게 되었고, 1880년 무렵 약 180년의 실험과 기술 개선으로 풍부하고 독특한 소리를 낼 수 있는 오늘날의 피아노 악기가 생산되었다.[42] 피아노는 예술가곡의 주 악기가 되었고, 더욱이 슈베르트, 슈만, 브람스의 가곡에서는 피아노가 단순 반주악기가 아니라 목소리와 더불어 시를 해석하는 구실을 성공적으로 해낸다. 그뿐만 아니라 피아노라는 악기가 비약적으로 인기와 발전을 이룬 것은 리스트, 탈베르크Sigismund Thalberg, 클라라 슈만 등과 같은 그 시대의 뛰어난 피아노 연주자들 덕분이기도 했다.

피아노는 예술가곡의 동반 악기로서 19세기 작곡 분야의 주요 악기가 되었고, 더욱이 가곡 작곡가들인 슈베르트, 슈만, 브람스의 사례에서 성공적으로 나타나고 있다.

> 슈베르트, 슈만, 브람스는 각자 솔로 피아노를 위해서 자신만의 '목소리'를 찾아내었고, 악기의 우수성을 사람의 목소리와 탁월한 협력을 이루도록 하였다. 19세기의 위대한 가곡 작곡가들은 그들의 가곡에서 피아노를 완전한 협력자로 이용했다.(Gorrell, 62)

그런데 슈만을 비롯해서 가곡 작곡가들 모두 오페라 작곡에 관심이 많았지만 그 분야에서는 성공하지 못한 특징이 있다. 그 이유는 내밀하고 섬세한 표현을 하는 그들의 천성과 오페라에 필요한 대규모가 어울릴 수 없었던 것으로 해석할 수 있다.

다음으로, 독일 예술가곡 장르의 발달에서 중요한 요인 가운데

---

42) 피아노는 클라비코드와 하프시코드에서 서서히 진화되어 세련된 피아노 악기로 발전하였다. 초기 악기 제작자들은 대부분 독일인(작센)이었으며, 이들 가운데 일부가 영국과 프랑스로 넘어가서 피아노 악기사를 최초로 설립하였다. 미국에서는 처음으로 보스톤에서 1825년 영국식 전통에 따른 피아노 제작이 이뤄졌다. L. Hoffmann-Erbrecht: Klavier, in: Das Große Lexikon der Musik. Bd. 4, Freiburg 1981, 366~374쪽 참조.

하나는 가곡의 해석자로서 성악가의 역할이었다. 여느 음악 장르보다도 가곡에서는 성악가의 역량이 중요했다. 더욱이 오페라가수요한 미하엘 포글Johann Michael Vogl은 슈베르트 생전에 그의 가곡을노래하는데 전념했고, 1876년경 오페라 가수 구스타프 발터Gustav Walter도 슈베르트 곡의 주요 해석자였다. 또 파리의 오페라 가수 아돌프 누리Adolphe Nourrit는 파리에서 리스트가 슈베르트의 〈마왕〉을피아노로 연주하는 것을 처음 들었을 때 크게 감동을 받은 이후 슈베르트 가곡을 부르는 일에 평생 전념했다. 리스트는 슈베르트의곡을 전 유럽에 알리는 데 큰 몫을 담당했으며, 슈베르트의 가곡 가운데 57편을 피아노곡으로 편곡하기도 했다. 이후 1850년 무렵 슈베르트의 가곡 360편이 프랑스에서 출판되기도 하였다.

그 밖에 여가수 빌헬미네 슈뢰더-데브리엔트Wilhelmine Schröder-Devrient도 슈베르트의 곡을 뛰어나게 해석해서 노래했다. 재미있는것은 1816년 4월 슈베르트는 그가 작곡한 〈마왕〉을 1825년 괴테에게 헌정하고자 하는 뜻을 편지로 밝혔으나 괴테로부터 회신을 받지 못했다. 그러다가 1830년경 괴테는 슈뢰더-데브리엔트가 슈베르트의 〈마왕〉을 부르는 것을 듣고 감동하게 된다.

> 연주가 끝난 뒤 괴테는 그녀의 이마에 입맞춤하면서 말했다: "난 이 작곡에 대해서 과거에는 나에게 도무지 그 뜻이 다가오지 않았는데, 이런 식으로 노래를 하니까 모든 형상들이 생생하게 다가온다!"라고 했다.(재인용, Gorrell, 79)

여가수 슈뢰더-데브리엔트는 슈만의 곡들도 노래했으며, 슈만은하이네의 시에 곡을 붙인 연가곡 《시인의 사랑》 출판본에 이 곡을그녀에게 헌정한다고 썼다. 바그너는 그가 16세 때 베토벤의 《피델리오》에서 그녀가 여주인공 레오노레의 노래를 부르는 것을 듣고 음악가의 길을 가기로 결심했다고 고백할 정도로 그 시대에 뛰어난 성악가였다. 슈뢰더-데브리엔트 못지않게 스웨덴의 젊은 성악가 예니 린드Jenny Lind도 높게 평가 받았으며, 슈만은 그녀에게 1850 년 작곡한 작품 89번을 헌정하기도 하였다.[43] 또 19세기의 독일 가곡에서 가장 중요한 성악가 가운데 한 사람인 율리우스 슈토크하우젠Julius Stockhausen은 1856년 슈베르트의 《아름다운 물방앗간 아가씨》전곡을 불렀고, 1861년 함부르크에서 브람스와 함께 슈만의 《시인의 사랑Dichterliebe》을 노래했다. 이 연가곡은 두 파트로 나뉘어졌는데, 그 사이에 브람스가 슈만의 《크라이스렐리아나》 피아노곡을 연주하는 형식으로 이뤄졌다. 왜냐하면 당시에는 가곡 전곡만으로 연주회를 하는 일은 거의 없었기 때문이었다. 슈토크하우젠의 제자 헤르미네 슈피스Hermine Spies는 브람스 가곡의 성악가로서 그녀의 명성을 굳혔다. 성악가는 가곡의 해석자로서 작품을 대중들에게 알리는 중요한 구실을 했기 때문에 작곡가와 성악가 사이의 교류와 협력은 여느 음악 장르보다도 중요하게 작용하였다. 그 밖에도 거의 모든 가곡을 노래한 현대의 성악가 디트리히 피셔-디스카우Dietrich Fischer-Dieskau의 슈베르트와 슈만의 주옥같은 가곡들과 그 가곡들 분석 그리고 프리츠 분더리히Fritz Wunderlich, 페터 슈라이어 Peter Schreier 등의 노래는 낭만주의 예술가곡을 오늘날에도 유효한 독일 음악으로 만들고 있다.

---

43) 〈빌프리드 폰 노인의 시에 곡을 붙인 6편 노래〉를 헌정하였다. Margit L. McCorkle: Verzeichnis der Widmungempfänger, in: Robert Schumann. Thematisch-Bibliographisches Werkverzeichnis. München 2003, 937쪽 참조.

제2장

시인과 음악가의 내적 교감

문학가와 음악가의 내적 교감 또는 직접적 상호 교류 분석은 독일 가곡의 범주에 제한해서 이뤄지고 있다. 예를 들면 토마스 만Thomas Mann과 바그너, 슈테판 츠바이크Stefan Zweig 및 후고 호프만스탈Hugo Hofmannsthal과 리하르트 슈트라우스, 니체Friedrich Nietzsche와 바그너, 브레히트와 쿠르트 바일Kurt Weil 및 한스 아이슬러 등의 교류와 협력 또는 문학이 음악에 미친 영향과 그 반대의 경우 등은 여기서 분석하지 않는다. 그 이유는 토마스 만과 바그너의 관계, 니체와 바그너의 관계는 바그너의 악극 및 음악 이론과 관련해서 분석될 수 있고, 츠바이크와 호프만스탈과 슈트라우스의 관계는 표제음악 내지는 오페라의 범주에서, 브레히트와 바일 및 아이슬러의 관계는 연극 음악과 관련해서 분석될 수 있기 때문이다. 그래서 여기서는 독일 가곡과 직접 관련이 있는 괴테와 다른 가곡 작곡가들의 관계에서 이뤄진 내적 교감만을 다루고 있다. 그 밖에 헤르만 헤세와 오트마 쇠크의 내적 교감 또는 상호 교류는 자료의 부족으로 여기서는 다루지 못했다.

2.1 괴테와 첼터

요한 볼프강 폰 괴테Johann Wolfgang von Goethe(1749~1832)는 뛰어난 문학적 능력만이 아니라 자연과학이나 더욱이 음악 분야에서도 남다른 관심과 조예를 보였다. 그의 삶의 3분의 1에는 음악으로부터 받은 많은 영향과 관심이 반영되어 있다고 괴테가 고백하고 있듯이[44], 그 어느 문인보다도 음악과 관계가 깊은 시인이었

---

44) Hedwig Walwei-Wiegelmann (Hg.): Goethes Gedanken über Musik,

다. 유럽 및 독일어권 음악가들이 그의 수많은 시와 텍스트에 곡
을 붙였고, 오늘날도 그의 가곡들이 노래됨으로써 괴테는 불멸의
이름을 지닌 시인이다. 가곡에 시를 제공한 것뿐만 아니라 그의
위대한 작품과 영혼에 자극을 받은 18세기 말 예술·문화사적 운
동이 예술가곡의 정착에 이바지한 점에서도 큰 의미가 있다.

괴테는 프랑크푸르트Frankfurt am Main에서 유복한 중산층 가
정에서 태어났으며, 어린 시절 그의 누이 코르넬리아Cornelia
Friederica Christiana Goethe와 함께 1763년 성가대 지휘자 요한 안드레
아스 비스만Johann Andreas Bismann으로부터 처음으로 피아노를 배웠
다(GM, 137). 이것은 그 시대 여유 있는 중산층의 예술에 대한 관
심과 참여를 보여 주는데, 부유한 지식인이자 법률가였던 그의 아
버지는 플루트와, 만돌린과 비슷한 현악기인 라우테를 연주할 줄
알았고, 그의 어머니 또한 피아노와 성악을 했다. 괴테는 유년 시
절 집에서, 당시 유럽에서 큰 명성을 얻고 있었던 쳄발로 연주자
카를 프리드리히 아벨Carl Friedrich Abel도 본 적이 있고, 이때 경험한
쳄발로 연주에 감명을 받아 나중에 슈트라스부르크와 프랑크푸르
트에서 쳄발로 연주를 배우기도 하였다.[45)]

괴테는 그의 아버지가 법학을 공부한 것과 마찬가지로 만 16세
부터 라이프치히에서 법학을 공부하였다. 그러나 무미건조한 법
학에 큰 흥미를 느끼지 못했고, 요한 크리스토프 고트셰트와 크
리스티안 겔레르트Christian Fürchtegott Gellert 교수의 강의에도 큰 관

Frankfurt/M. 1985, 31쪽 참조. 이하 (GM, 쪽수)로 표기함.

45) Günter Hartung: Musik, in: Hans-Dietrich Dahnke/ Regine Otto (Hg.):
     Goethe Handbuch, Bd. 4/2, Stuttgart 1998, 724쪽 참조. 이하 Goethe
     Handbuch (HB, 쪽수)로 표기함.

심을 가지지 못한 채 오히려 요한 요아힘 빙켈만의 저서를 공부
해서 고대 그리스·로마 예술에 친숙해진다. 이후 1770년 슈트
라스부르크에서 법학 공부를 줄곧 하면서 체류하는 1년 반 동안
헤르더를 알게 되고 그를 통해서 괴테는 순수문학의 본질을 이해
하게 되었으며, 진정한 서정시는 개인의 깊은 삶의 체험에서 나
오는 것이라는 것을 알게 된다. 더욱이 그런 서정시에는 자연스
럽고 단순한 민요의 아름다움과 본질도 함께 녹아 있다는 것을
경험하게 된다.

괴테는 1771년 다시 프랑크푸르트로 돌아와서 3년 동안 법률
가로서 일한다. 이때 질풍노도 사조의 문학작품들을 쓰게 된다.
대표적인 작품이 〈프로메테우스Prometheus〉와 같은 시를 비롯해서
희곡 《괴츠 폰 베르리힝겐Götz von Berlichingen》, 샤로테와의 사랑
을 바탕으로 쓴 자전적 서간체소설 형식의 《젊은 베르테르의 슬
픔Die Leiden des jungen Werthers》이다. 그 당시 이 작품은 큰 반향을
일으켜서 심하게는 베르테르 복장을 따라하는 젊은이와 베르테
르처럼 자살하는 이들의 숫자가 급증하기도 하였다. 이 시기 괴
테는 은행가의 딸 릴리 쇤네만Lili Schönemann과 약혼하였으나 결
혼에 예속되고 싶지 않아서 파혼하고 사랑하는 릴리를 잊고자 스
위스로 여행을 떠난다. 이후 1775년 늦은 가을 괴테는 작센-바
이마르-아이제나흐Sachsen-Weimar-Eisenach 공국의 카를 아우구스
트 공작의 부름을 받고 공국의 수도 바이마르로 향하게 된다. 당
시 바이마르는 인구 만 명도 채 되지 않는 작은 도시였으나 빌란
트, 괴테, 헤르더, 실러가 바이마르에서 활동함으로써 바이마르
고전주의를 비롯해서 정신사적으로 중요한 구심점이 된 곳이다.
괴테는 아우구스트 공작의 위임을 받고 여러 행정직을 수행하였

고, 1777년부터 여러 위원회에서 일했으며 1782년에는 재무장
관직도 맡게 된다. 또 같은 해 독일 신성로마제국의 황제 요제프
2세Joseph II.에게 귀족 작위를 받았고, 그 이후 그의 이름에 귀족
의 뜻을 지닌 '폰von'이 들어가게 된 것이다.

바이마르 행정을 맡아 일하던 시기에는 괴테에게 작가로서 시
간이 그리 많지 않았다. 이런 상황이 그를 답답하게 했으나 이곳
에서 그 자신보다 7살 연상의 샤로테 폰 슈타인 부인Charlotte von
Stein을 알게 되었고 그녀는 누구보다도 괴테의 재능을 잘 이해하
였으며 그에게 정신적으로 많은 영향을 끼친다. 그럼에도 정치
가이자 행정가로서의 무미건조한 일상에서 탈출하고자 괴테는
이탈리아로 향하게 된다. 1786년 9월부터 1788년 4월 말까지
약 1년 반을 이탈리아에 머무르면서 여러 도시들을 방문하였고
고대 안티케 문화를 재발견한다. 로마에서 화가 pJohann Heinrich
Wilhelm Tischbein을 알게 되었고 그는 〈샴파뉴에서의 괴테Goethe in
der Campagna〉(1787)라는 초상화를 그렸다. 괴테는 이탈리아에서
고대 안티케 예술에 깊이 빠져 들었고 마음의 고요함을 얻게 된
다. 괴테는 이 당시 질풍노도사조 및 셰익스피어로부터 등을 돌
리고 대신 그리스인 호메로스Homeros와 소포클레스Sophokles를 그
의 모범으로 삼게 된다. 이탈리아에서 산문 형식으로 쓴《이피게
니에》를 극작품으로, 또 희곡《에그몬트Egmont》를 완성하였으며
《타소Tasso》집필에 들어갔다. 이 작품은 나중에 바이마르에서 완
성되었다.

티슈바인의 〈샴파뉴에서의 괴테〉

괴테는 내적으로 변화되어 다시 바이마르로 돌아와서 1791년부
터 1817년까지 바이마르 궁정 극장을 이끌면서 공연작품 선정에
서부터 공연 및 재정 계획 등의 책임을 맡았다. 괴테는 당시 아우
구스트 공작의 공국에 속해 있었던 예나 대학의 주요 사안에 대해
서도 조언을 하고 있었고, 그 덕택에 피히테, 셸링, 실러가 이곳의
대학 교수가 될 수 있었다. 괴테는 바이마르에서 자신보다 10년 연
하의 실러를 만난 뒤 나누었던 이들의 우정과, 서신 교류는 문학
사에서 가장 유명하고 감동적인 사례이다. 이들의 우정은 1794년
부터 1805년까지 11년 남짓 이어졌으며 두 사람의 교류는 서로에
게 큰 정신적 자극과 격려가 되었고, 이 시기 두 작가가 교환한 서
신들은 그들의 세계관, 문학과 예술에 대한 관점과 정신적 삶의 중
요한 증거가 되고 있다. 1805년 실러가 먼저 세상을 뜨자 괴테가
보여 준 인간적 모습. 자신의 절반을 잃었다는 상실감과 그 슬픔에
대해서 한 친구는 다음과 같이 묘사하고 있다.

실러의 병이 마지막 단계에 이르렀을 때 괴테는 몹시 낙담하고 있었다.
나는 그가 정원에서 우는 것을 발견하였다. 그러나 그것은 몇 방울의 눈물이었다. 그의 영혼이 우는 것이지 그의 눈이 아니었던 것이다. 나는 그의 눈에 뭔가 위대한 것, 초월적인 것, 끝없는 것으로 가득 차 있는 것을 느꼈다. "운명은 가혹하고 인간은 작은 존재야!" 그것이 그가 말한 전부였다. 실러가 사망했을 때 큰 염려는 어떻게 그것을 괴테에게 전할까 하는 점이었다. 아무도 그에게 그것을 알릴 용기가 나지 않았다 (…) "난 그것을 느껴"라고 항상 괴테가 말했다. "실러가 몹시 아픈 것이 틀림없어." 그는 남아 있는 저녁 시간에 깊은 생각에 잠겨 있었고 무엇이 일어났는지 예감했다. 그리고 그는 사람들이 밤에 우는 소리를 들었다. 아침에 그는 크리스티아네 풀피우스에게 말했다. "실러가 어제 몹시 아픈 것 맞지?" 그가 '몹시'라는 말에 힘을 준 것이 그녀로 하여금 더 이상 슬픔을 참을 수 없게 하였다. 그에게 대답을 주는 대신에 그녀는 크게 울음을 터뜨렸다. "그가 죽었어?"라고 괴테가 단호하게 물었다. "당신이 말한 그대로예요"라고 그녀가 답했다. "그가 정말 죽었어?"라고 반복해서 말하고는 손으로 눈을 가렸다. (Heinrich Haerktter 1997, 57)

실러의 사망 1년 후 괴테는 1806년 서민 출신의 크리스티아네 풀피우스Christiane Vulpius와 결혼하였고 궁정 사회와는 거리를 두게 된다. 괴테는 이탈리아에서 돌아온 뒤 23세의 크리스티아네를 알게 되어 동거에 들어갔으며 1789년 그들 사이에 아우구스트August 가 태어났지만 당시 괴테와 그녀의 신분 차이가 워낙 컸기 때문에 결혼이 쉽게 이뤄지지는 않았다. 1808년 말년의 괴테는 《파우스트》 제1권을 완성하였고, 제2권은 1831년에 완성하였다. 《빌헬름 마이스터의 방랑시대Wilhelm Meisters Wanderjahre》, 《친화력Die Wahlverwandtschaften》 등도 그의 말년에 집필되었다. 1816년에 그의 아내가 죽고 1828년 카를 아우구스트 공작, 1830년 그의 외아들 아우구스트마저 세상을 뜨자 괴테는 더욱 외로운 처지가 된다. 그로부터 2년 뒤 1832년 괴테 또한 세상을 뜬다.

괴테가 중산층 가정의 유복한 환경에서 성장하고 음악교육을

비롯해서 여러 나라의 언어까지 교육받을 수 있었던 것에 견주
어, 첼터는 이와는 아주 다른 환경에서 성장하였다. 첼터는 1758
년 출생했기 때문에 괴테보다는 9세 연하이며 실러와는 거의 동
년배였다. 1802년 괴테를 알게 된 뒤 첼터는 그와의 서신 교류를
통해서, 더욱이 괴테의《시와 진실Aus meinem Leben. Dichtung und
Wahrheit》로 많은 영향을 받았다. 두 사람의 서신 교류는 그들이
사망할 때까지 30년 가까이 지속되었고, 그 사이 약 875통의 서
신이 교환되었다. 이 교류는 이들 두 사람의 삶에 지속적으로 큰
영향을 주었지만, 후대에서는 이들의 우정은 자주 언급되는데 비
해서 첼터의 작곡술이나 음악교육 업적은 오히려 위대한 시인의
그늘에 가려져 버린 측면이 있다.

카를 프리드리히 첼터Carl Friedrich Zelter(1758~1832)는 미장이 장
인, 작곡가, 음악 교육자, 괴테의 음악적 조언자이자 친구였다. 첼
터는 원래 아버지의 권유로 미장일을 배웠으며 1783년 미장이 장
인이 되었다. 그러나 유년 시절부터 그의 음악적 관심은 기술 직업
에 대한 관심보다 훨씬 컸으며, 16세 뒤에는 그의 관심이 주로 음
악에 쏠렸다. 1784년부터 2년 동안 그는 왕실 실내악 연주자 카
를 프리드리히 파쉬Carl Friedrich Christian Fasch에게 음악 수업을 받
았고 이미 작곡한 몇 개의 피아노 작품을 출판하기도 하였다. 그는
1786년 프리드리히 2세 서거 때 추도 칸타타를 작곡해 연주함으
로써 대중의 주목도 끌었다. 그러나 1787년 그의 아버지가 사망한
뒤 첼터는 아버지의 건축 사업을 물려받았고, 생계를 위해서 미장
일을 이었다. 그런 가운데도 틈틈이 괴테, 헤르더, 실러의 시들에
곡을 붙였고, 1800년 그의 스승 파쉬의 후계자로서 1791년 창설
된 세계 최초의 베를린 혼성 합창단 징아카데미Singakademie의 단장

이 되었다. 첼터는 30년 동안 이 아카데미를 이끌면서 이 합창단을
베를린 음악 세계에서 크게 인정받은 단체로 만들었다.

1809년 프리드리히 빌헬름 3세가 그의 음악 분야 공로를 인정
해서 첼터를 궁정 예술아카데미 음악 교수로 임명했고 이후 그는
모든 교회음악 및 학교의 음악을 책임지게 되었다. 바흐의 작품을
좋아했던 괴테의 조언으로 징아카데미에서 1829년 3월 11일 당시
20세의 멘델스존 지휘 아래 바흐의 《마태 수난곡Matthäuspassion》이
연주되었다. 이 곡은 바흐 사망 뒤 처음으로 연주되었고 이어 바흐
르네상스를 가져올 만큼 이 연주는 엄청난 갈채와 호응을 일으켰
다. 1809년 첼터는 이번에는 남성 합창단을 창설하여 이끌었으며,
1815년부터 미장이 장인 직업은 포기하고 음악에만 몰두하게 된
다. 첼터는 1825년에서 1827년까지 징아카데미의 자체 건물을 짓
는데 박차를 가해서 건물을 완성하기도 했고, 1830년 대학생 합창
단도 만들었다. 첼터의 제자 가운데 가장 뛰어난 음악가는 멘델스
존, 그의 누나 파니 헨젤, 오토 니콜라이Otto Nicolai, 지아코모 마이
어베어Giacomo Meyerbeer였다. (HB, 1213~1216)

괴테는 첼터와 서신 교류를 하기 전 예나에서 법률 고문관 고트
리프 후페란트Gottlieb Hufeland의 집에서 첼터가 작곡한 작품들을 처
음 접했다. 괴테는 첼터와 그의 음악에 대해서 알고 있었고 기회가
되면 그를 만나고 싶었다. 그래서 베를린 아카데미 교수이자 출판
업자였던 요한 프리드리히 웅거Johann Friedrich Unger에게 편지를 보
내서 첼터를 소개해 달라고 부탁한다. 그 당시 첼터는 《빌헬름 마
이스터의 수업시대Wilhelm Meisters Lehrjahre》에서 발췌한 5편의 시
〈동경을 아는 자만이Nur wer die Sehnsucht kennt〉, 〈눈물로 빵을 먹어
보지 않은 사람은Wer nie sein Brot mit Tränen aß〉, 〈고독에 처한 사람

은Wer sich der Einsamkeit ergibt〉, 〈나로 하여금 말하지 말게 하라Heiß
mich nicht reden〉에 곡을 붙였다. 그런데 시인과 음악가의 정신적 교
류와 예술적 교감은 첼터가 출판업자 웅거의 편지에서 괴테가 자
신을 소개받고자 하는 것을 알고, 1799년 8월 11일 그에게 편지
를 보내면서 시작된다. 이 편지에서 그가 실러의 작품에 곡을 붙
였으며, 괴테의 시 6편 〈마술사의 도제Der Zauberlehrling〉, 〈코린트
의 신부Die Braut von Korinth〉, 〈추억Erinnerung〉, 〈아름다운 꽃Blümlein
Wunderschön〉, 〈총각과 물레방아 개울Der Junggesell und der Mühlbach〉,
〈연방가Bundeslied〉에도 곡을 붙였음을 알린다. 이에 대해서 괴테는
1799년 8월 26일 편지에서 다음과 같이 쓰고 있다.

> 당신의 작곡들은 이미 오래전부터 나를 감동시켰다는 말을 함으로써 당
> 신의 친절한 편지에 깊은 감사로 답하고자 합니다. 그 곡들은 내 작품에
> 활기를 불어넣었고 많은 부분이 시의 경향에도 잘 부합했습니다. 그 곡들
> 이 다시 표현해 낸 것은 적극적 동감의 아름다움인 것입니다. 내 노래들
> 이 당신으로 하여금 곡을 붙이게 하였기 때문에 당신의 멜로디들이 나로
> 하여금 많은 노래들에 대한 관심을 일깨웠다고 말할 수 있습니다. 아마도
> 우리가 좀 더 가까이 함께 지낸다면 내가 지금보다도 더 자주 서정시의
> 분위기로 고양됨을 느끼게 될 것이 분명합니다.(BW, 2~3)

괴테가 첼터의 서신에 이렇게 따뜻하고 진심 어린 마음을 보인
것은 괴테가 음악에 대해서 가지고 있는 관심을 표현한 것이다.
웅거에게 보낸 같은 편지에서 괴테는 "난 음악을 판단할 수는 없
습니다. 왜냐하면 나에겐 그 목적에 맞는 수단에 대한 지식이 부
족하기 때문입니다. 그러나 난 음악이 나에게 미친 효과에 대해
서는 말할 수 있습니다"(재인용 HB, 1214)라고 고백하고 있다.
괴테로서는 이 부족한 면을 전문가의 도움으로 상쇄하고자 하는

마음이 있었고 첼터로서는 당대의 최고 지성인이자, 행정가, 시
인과 교류하는 것이 무한한 영광이었다. 괴테에게는 첼터에 앞서
자신의 고향 친구이자 음악가인 필리프 크리스토프 카이저Philipp
Christoph Kayser가 있었고, 1789년에는 프로이센 궁정 악장이었던
라이하르트가 베를린에 살고 있어서 그와 음악에 대한 조언과 의
견을 나눌 수 있었다. 그러나 카이저는 스위스에 살았고, 라이하
르트와는 정치적 견해 차이로 그 관계가 멀어졌다. 그 이후 첼터
가 괴테의 음악 친구가 되면서 음악에 대한 괴테의 모든 물음들
에 조언을 주게 된다.

요한 볼프강 폰 괴테   카를 프리드리히 첼터

　첼터는 괴테의 시에 바로바로 곡을 붙여서 그에게 보냈는데
1800년 1월 30일 괴테에게 보낸 편지에서 더욱이 짧은 시들에
곡을 붙이는 일은 가장 어려운 일이라고 고백한다. 그러면서 〈연
방가〉는 뭔가 생기 있는 역동성이 필요했고, 〈총각과 물레방아
개울〉에서 두 인물이 번갈아 가면서 노래할 때는 행운이었다고
작곡의 소회를 언급하기도 한다. 그러면서 첼터는 괴테 시에 곡
을 붙이는 것으로 시인에게 봉사하는 것이 좋겠다는 겸손을 다음

과 같이 표현하고 있다.

> 제가 당신의 요리들을 내놓는 것 이외에 당신에게 더 훌륭하게 봉사하는
> 것을 알지 못하기 때문에 난 내 가곡들로 저 자신을 추천하는 것이 가장
> 좋겠습니다.(BW, 5)

첼터의 이런 자세는 평생 지속되었고, 30년 가까운 시간의 흐름 속에서 괴테의 시 약 70편에 곡을 붙이게 될 것을 예고하는 것이기도 했다. 첼터는 시인의 말을 존중하고 음악으로 시의 뜻을 높이겠지만 시를 압도하지는 않을 것임을 뜻하는 말이기도 했다. 한편, 괴테는 첼터의 가곡들을 "시적 의도를 그대로 재생산"(HB, 1214) 해 낸 작품이라고 아우구스트 빌헬름 슐레겔에게 보낸 1798년 6월 18일 편지에서 밝혔다.

괴테와 첼터의 초기 편지들은 주로 시와 작곡에 대한 의견 교환이었다. 그러다가 1803년 이후 이들은 음악, 연극, 성악가들, 배우들, 작곡가들에 대해서 지속적이고 상세한 글들을 교환한다. 첼터는 한평생 베를린에 살았기 때문에 당시 바이마르에 살던 괴테에게 첼터가 보내는 베를린 연극에 관한 정보는 아주 유익하고 흥미로운 것이었다. 첼터는 이 분야의 사정을 잘 알고 있어서 독창적이면서도 아주 적절한 언어 표현으로 괴테에게 연극에 대한 정보를 전해 주었고, 연극이나 예술 세계에 대한 그의 의견은 괴테에게 늘 유익했다. 이 점에서 "첼터는 베를린 사정을 알기 위한 괴테의 사절이었다."(HB, 1215)

괴테와 첼터의 관계는 처음에는 서로 존경의 표시로서 존칭 '당신Sie'을 사용하였고, 이들의 우정은 평생 지속되었다. 두 사람은 30년 가까이 교류하는 동안 14번 직접 만났는데, 첼터가 바이마르

로 괴테를 방문하거나 괴테가 쉬고 있던 여러 온천장에서 만났다. 반면 베를린을 방문해 달라는 첼터의 요청은 괴테의 사정으로 말미암아 한 번도 이뤄지지 못했다. 그들 우정의 깊이에 비례해서 볼 때 그들이 자주 만난 것은 아니었지만, 서신으로 음악적인 것, 시적인 것, 개인적인 것, 공적인 것, 정치와 삶의 상황들에 대해서 허심탄회하게 의견을 나눌 수 있었다. 서신 교류로 쌓은 괴테와 첼터의 우정은 더욱이 첼터에게 개인적 운명의 충격들을 극복할 힘이 되기도 하였다. 예를 들면 첼터가 가장 아끼던 사위의 자살 소식을 접했을 때 괴테는 1812년 12월 3일 첼터에게 보낸 편지에서 가까움을 표시하는 '너du'라는 표현으로 그의 상심과 슬픔에 공감하고 위로한다. 그 뒤 두 사람의 칭호는 '당신Sie'에서 친구 사이의 호칭인 '너'로 바뀌게 된다.

또한 첼터는 괴테의 작품들을 부지런히 읽고 열광한 독자였으며, 그가 괴테 작품을 수용하는 자세는 거꾸로 괴테의 창작 과정에도 큰 영향을 주었다. 괴테는 그에게 《시와 진실》을 보내면서 "이 작품에서 얼마나 많은 부분이 당신을 직접 염두에 둔 것인가! 내가 곁에 없는 친구를 생각하지 않았다면 그것을 쓰기 위해 어디서 유머를 끌어낼 수 있었을까?"라고 괴테는 1812년 11월 3일 첼터에게 보낸 편지에서 쓰고 있다. 이 밖에도 첼터는 괴테의 새로 출판된 작품들에 대해서 베를린에 살았던 훔볼트Wilhelm von Humboldt, 아브라함 멘델스존Abraham Mendelssohn, 헤겔, 슐라이어마허, 슐츠 등과도 얘기를 나누곤 하였다. 후대는 서로 아주 다른 외적 환경에도 아랑곳하지 않고 두 사람이 돈독한 우정을 쌓을 수 있었던 것은 근본적으로 첼터의 성격에서 비롯되었다고 평가한다. 같은 맥락에서 요한 페터 에커만은 1823년 12월 1일 첼터를 괴테 집에서 만나고 난 뒤 그 인상을 다음과 같이 쓰고 있다.

> 훌륭한 인격을 갖춘 첼터와 이렇게 함께 어울린다는 것은 나에게 아주 기분 좋은 일이었다. 그는 행복하고 건전한 사람이 흔히 그러하듯, 언제나 순간순간의 감흥에 몸을 맡기고 또한 이것을 표현하는 적절한 말도 잊지 않았다. 동시에 그는 마음씨 좋고 느긋했으며, 거침없이 생각하는 것은 무엇이든 말했고, 때로는 난폭한 말까지 입에 담았다. 하지만 그는 구김 살 없이 자유로웠기 때문에 옆에 있어도 거북하다는 생각은 조금도 들지 않았다.[46]

그의 왜곡되지 않은 개방성, 독창성, 쾌활한 유머와 빛나는 위트에 대해서 괴테는 항상 깊은 인상을 받았고 1827년 6월 20일 에커만과 대화하면서 "첼터는 언제나 당당하고 믿음직스러워!"라고 평가하기도 했다. 괴테의 관점에서는 첼터가 언제나 믿음직스러운 음악 조언자였고 첼터는 괴테에게 무한한 영감과 영향을 받게 된다.

> 첼터는 괴테와 우정이 그의 삶과 의식에 얼마나 강하게 각인되었는지를 알았다. 왜냐하면 그는 괴테를 알게 되면서 삶의 여정을 비로소 열정적으로 헤아리기 시작했기 때문이다.(HB, 1216)

괴테는 음악을 이해하고 즐거움을 얻을 줄 알았으며, 첼터의 가곡은 천상의 즐거움을 준다고 보았을 뿐만 아니라 그런 "천상의 즐거움과 떨어져" 있는 것을 아쉬워하는 심경이 첼터에게 보낸 1804년 3월 28일 편지에서 잘 드러나고 있다. 또한 괴테의

---

46) 요한 페터 에커만, 곽복록 옮김, 《괴테와의 대화》, 동서문화사, 2007. 이하 (에커만, 쪽수)로 표기함. 《괴테와의 대화》는 젊은 문학도 에커만Johann Peter Eckermann(1792~1854)이 1823년부터 1832년 괴테가 세상을 뜰 때까지 괴테의 말년을 지켜보면서 나눈 9년 동안의 대화를 기록한 것이다. 이 것은 3권으로 괴테가 죽은 뒤 출판되었고 괴테의 인생과 예술, 인간과 사회에 대한 사상을 가장 직접적으로 보여 주고 있다.

가곡에 대한 의견은 첼터에게 보낸 1809년 12월 21일 편지에서
잘 드러나고 있다.

> 작곡은 어떻게 가곡이 작곡으로 완전하게 되어야만 하는지 (보여 주기 위
> 해서) 시를 보충하는 것입니다. 여기에는 뭔가 독자적인 것이 있습니다.
> 상상하거나 이미 상상했던 감격이 이제야 비로소 감각의 자유롭고 사랑
> 스러운 요소로 발전하거나 녹아들게 됩니다. 그래서 사유하고 느끼고 함
> 께 감동하게 됩니다.(BW, 71~72)

또한 첼터의 가곡들을 자신의 분신을 대하듯 큰 기쁨과 기대감
으로 기다리는 괴테의 의견이 첼터에게 보낸 1804년 7월 13일 편
지에서도 잘 드러나고 있다.

> 당신이 내 작품이나 어느 친구의 텍스트에 곡을 붙였다면 나에게 보내 주
> 시기를 부탁합니다. 요즈음 노래와 멜로디가 없는 모든 것이 내 주위를
> 감싸고 있습니다. 하지만 당신에게서 온 것은 무엇이든지 난 듣고 그리고
> 다시 시간 전체가 신선해짐을 느끼게 됩니다.(BW, 22)

그리고 그것은 괴테가 "결코 도달할 수 없는 천국에서 온 울림
들"(BW, 66)이라고 표현함으로써 음악은 괴테에게 있어서 이를 수
없는 천국과 같은 것이고, 첼터는 음악으로 그 세계에 도달했다는
대비가 들어 있다. 더 나아가서 첼터가 베를린에 살고 있어서 그들
이 서로 멀리 떨어져 있는 것이 유감이라고 생각한다. 만약 그렇
지 않았다면 그의 삶은 "좀 더 음악적인 것으로 가득 채워져서 살
수 있을 것"(BW, 115)이라는 아쉬움을 토로하기도 한다. 괴테는 생
전에 음악보다도 조형예술에 관해서 훨씬 더 많은 글을 썼으며, 대
학 시절부터 빙켈만으로부터 일찍이 그 분야에 대한 관심과 조예
가 일깨워져 있었다. 괴테는 조형예술은 "눈에 오랫동안 지속되는
즐거움을"(BW, 115) 준다는 점에서 음악보다 더 큰 장점들을 지니

고 있다고 보았다. 반면 "음악은 현재에만 그리고 직접적으로 작용
한다"(BW, 174)고 보았다.

 첼터는 종종 괴테 시를 읽게 되면 곧 그 자리에서 곡을 붙였고,
그의 시에 좋은 멜로디가 붙여진다면 그것은 바로 시가 지닌 힘
이라는 뜻을 괴테에게 보낸 1807년 4월 23일 편지에서 드러내고
있다.

> 여기 동봉하는 곡은 시가 낭송되는 동안 그 자리에서 제가 작곡한 것입니
> 다. 읽으면서 마음 속 돌 같은 근심은 나에게서 떨어져 나갔고 멜로디가
> 적중하더라도 놀라운 일이 아니며 내 덕이 아니지요.(BW, 40)

 그뿐만 아니라 괴테에게는 연극이나 오페라 또는 오페레타, 음
악적 낭송시에 가까운 단순한 멜로디의 가곡 정도는 일상화되어
있었고, 고전주의 기악곡들에 대해서도 가까이 경험할 기회가 있
었음을 보여 주는 사례는 첼터에게 보낸 1819년 1월 4일 편지에
나타나 있다.

> 이곳 (베르카) 극장장이 날마다 서너 시간 연주를 들려주네. 게다가 내
> 가 원하는 바대로 역사적 순서에 따라 제바스티안 바흐로부터 필립 에
> 마누엘 (바흐), 헨델, 모차르트, 하이든 (프란츠 요제프), 두섹을 거쳐
> 베토벤의 음악까지를 연주해 주었네.(BW, 151)

 괴테가 바이마르가 아니라 베를린에 살았다면 그곳에서 열리
는 여러 지인들의 가정 음악회에서 다양하게 음악을 접할 수 있
었을 것이다. 이 점과 관련해서 첼터에게 보낸 1829년 11월 9일
편지에서 괴테는 다음과 같이 쓰고 있다. "내가 베를린에 있다면
(친구) 모저Moser 집에서 열리는 4중주 연주의 저녁들을 놓치지
않을 텐데. 이런 식의 상연들은 기악곡을 가장 잘 이해할 수 있게

할 텐데."(BW, 304) 괴테 또한 1808년부터 바이마르에 있는 자
신의 집에서 일요 음악회를 열었으나 1829년 즈음에는 음악회가
중지된 상태였다. 당시 교양 있는 중산층 가정에서 음악회가 열
렸던 점에 비추어 보더라도 괴테의 집에서도 가정 음악회가 열렸
다는 것은 특별한 일이 아니었다. 괴테의 일요 가정 음악회는 프
란츠 카를 에버바인Franz Carl Adalbert Eberwein이 맡아서 진행하였
고, 에커만은 1827년 1월 12일에는 첼터의 가곡과 막스 에버바
인Max Eberwein (프란츠 카를 에버바인의 형)의 곡들이 불렸다고
전하고 있다. 한편 1816년 그의 아내 크리스티아네가 사망한 뒤
에는 규칙적으로 열리던 음악회 대신 불규칙적으로 음악회가 열
렸다. 괴테는 첼터에게 보낸 1822년 2월 5일 편지에서 이제 자
신의 집에서 꾸준하게 음악회를 열 수 없는 점에 대해서 아쉬움
을 표출하고 있다.

> 자네들이 떠나고 난 뒤 내 피아노는 침묵하고 있네. 그것을 다시 깨우기
> 위한 유일한 시도가 거의 실패한 것 같네.(BW, 178)

그럼에도 첼터가 자신의 시에 지속적으로 곡을 붙여 발표하는
점에 대해서 진심으로 기뻐한다. 괴테는 이 점을 첼터에게 보낸
1823년 1월 18일 편지에서 "그 노래에 깊은 감사를 드리네. 난 먼
저 그 곡을 눈으로 들었지. 자네의 사랑스럽고 개성적인 결과들
은 항상 날 기쁘게 하네"(BW, 193)라고 쓰고 또 대가만이 음악으로
"개념과 상상력 자체에 낯설게 있는 어떤 것을 붙잡아" 음악으로
형상화시킬 수 있으며 바로 그런 대가에 첼터가 속한다고 괴테는
극찬한다. 그러면서 첼터에게 보낸 1823년 8월 24일 편지에서 괴

테는 안나 밀더-하우프트만Anna Pauline Milder-Hauptmann이 소곡 4 편을 노래하는 것을 들었는데 "그녀는 정말 가곡을 위대하게 만들 줄 아는 사람이며 그것을 기억할 때마다 감격의 눈물이 난다"(BW, 199)라고 쓰고 있다. 또한 마찬가지의 감동의 효과를 폴란드 피아 니스트 마리아 시마노브프스카Maria Szymanowska의 독주에서도 느낄 수 있었다고 괴테는 언급하면서 "정말 가장 놀라운 것! 음악의 엄 청난 힘이 요즈음 나에게 엄습하네"(BW, 201)라고 쓰고 있다. 여기 서 더 나아가 음악의 감동에 대해서 첼터에게 1829년 10월 19일 편지에서 다음과 같이 쓰고 있다.

> 항상 음악은 순간을 가장 결정적으로 채우지. 음악은 고요한 영혼에 경외 심과 숭배의 감정을 일으키거나 흔들리는 감각을 춤추게 할 만큼 최고의 즐거움을 선사하지.(BW, 301~302)

또한 괴테는 첼터에게 보낸 1831년 9월 4일 편지에서 음악가인 첼터가 시에 곡을 붙일 수 있는 능력과 음으로 옮길 수 있고 "순간 을 이용할 줄 아는 타고난 재능이 있다"고 쓰고 있다. 에커만은 첼 터가 어떤 자세와 태도에서 괴테의 시에 곡을 붙였는지를 1823년 12월 4일에서 다음과 같이 기록하고 있다.

> 첼터는 작곡에 대해 이야기를 하면서 괴테의 많은 가곡을 읊조렸다. "나 는 어떤 시를 위해 작곡하려고 할 때, 우선 그 언어가 가지고 있는 뜻 속 으로 깊이 파고들어 가 그 심상을 뚜렷이 마음속에 떠올리려고 노력합니 다. 그리고는 그 시를 큰 소리로 여러 번 외울 때까지 낭송하면, 되풀이하 여 읊조리는 사이에 자연적으로 멜로디가 새로 생기는 것입니다(에커만, 82)."

이렇게 내밀한 정신적 교감을 나누던 두 사람이 같은 해 세상을 떠났다. 괴테가 첼터보다 한 달 반 정도 먼저 세상을 뜨자 첼터는 그의 죽음으로 인해서 급격하게 정신적 연대가 해체되는 것을 느꼈고, 그 상실감에서 비롯한 충격으로 괴테의 뒤를 바로 이어서 사망한 것이었다고도 볼 수 있다. 그럴 정도로 시인 괴테와 음악가 첼터의 교류는 인간적인 면에서나 음악적인 면에서나 내밀한 교감이자 그 유례가 없는 독특한 경우라고 할 수 있다.

2.2 괴테와 모차르트

괴테보다 7세 연하인 볼프강 아마데우스 모차르트Wolfgang Amadeus Mozart(1756~1791)는 괴테를 알고 있지 못했다. 예를 들면 모차르트는 괴테의 시 〈제비꽃〉 한 곡에 곡을 붙였는데, 그것도 괴테의 시인 줄도 모르고 작곡한 것이었다. 게다가 모차르트는 36세의 젊은 나이에 세상을 떠났기 때문에 단 한 번도 괴테를 알 기회가 없었고 따라서 그에 대해서 언급할 기회도 없었다. 이와 달리 괴테는 모차르트에 대해서 잘 기억하고 있었는데, 1763년 아버지 손에 이끌려 7세의 모차르트가 그의 누나와 함께 프랑크푸르트에서 연주하는 것을 들은 적이 있었기 때문이었다. 이와 관련해서 괴테는 1830년 2월 3일 에커만과의 대화에서 다음과 같이 언급하고 있다.

나는 모차르트가 아직 일곱 살 소년이었을 때 그를 만난 적이 있네 (…) 그가 여행을 하면서 연주회를 열었을 때였어. 나 자신은 그때 열네 살이었을 게야. 머리를 묶고 칼을 찬 그의 작은 모습을 지금도 똑똑히 기억하고 있네.(에커만, 398)

또 괴테가 1791년부터 바이마르 극장장으로 있었을 때, 모차르트의 《마술피리》와 《술탄 궁전으로부터 유괴Die Entführung aus dem Serail》는 바이마르 극장의 주요 레퍼토리에 속했다. 그 가운데서도 《마술피리》는 그의 연출로 82회 무대에 올랐는데, 이는 그 당시 바이마르의 여러 무대에서 상연된 410편 작품의 가운데 가장 인기 있는 작품도 12회 이상 무대에 올리지 못했던 점에 비추어 본다면 괴테의 모차르트 오페라에 대한 관심, 애정, 평가가 대단했음을 보여주는 예라고 할 수 있다(Helmut Schanze 2009, 35). 괴테는 모차르트의 《마술피리》의 소재에 큰 관심이 있어서 마술피리 제2부를 쓰고자 했다. 그러나 괴테는 이 속편의 주제를 잘 다룰 수 있는 작곡가를 찾지 못했기 때문에 결국 미완성 시도로 남았다. 또 괴테는 자신의 작품 《파우스트》가 작곡되기를 희망했고, 모차르트가 살아 있었다면 그가 가장 적합한 작곡가라고 아쉬워하기도 하였다. 그 밖에 괴테는 모차르트의 《돈 조반니》와 관련해서 이 오페라에는 "표면적으로는 쾌활함이 들어 있지만 깊이 들여다보면 진지함이 지배하고 있으며 이 음악은 이 두 가지 특성을 탁월하게 잘 표현하였다"(GM, 185)고 극찬한다.

볼프강 아마데우스 모차르트

1791년 9월 30일《마술피리》초연
때 연극표

그뿐만 아니라 괴테는 모차르트의 오페라를 마력적Dämonisch 정신이 깃든 천재성에 따라서 작곡된 것이라고 여겼다. 곧 "그의 천재성의 마력적 정신이 그를 사로잡아서 그것이 명하는 대로 하지 않을 수 없다"(GM, 186)고 본 것이다. 이에 대해서 에커만이 생산력과 천재는 같은 것인가라고 묻자 괴테는 양쪽은 서로 아주 가까운데가 있다고 답했다.

> 왜냐하면 천재란 저 생산적인 힘 이외의 아무것도 아니지 않겠는가. 바로 이런 것이 있음으로써 신과 자연 앞에 아무 부끄럼 없이 올바르고 영원토록 사라지지 않는 행동도 나타나는 것이 아니겠는가. 모차르트의 모든 작품은 이러한 종류의 것이지. 그 가운데에는 시대에서 시대를 거쳐 영향을 끼치고 시들어 없어지지 않는 생산력이 있는 것이야.(에커만, 670)

이러한 괴테의 천재론에 입각해서 보면 모차르트는 천재였던 것이다. 그러나 모차르트는 괴테가 보기에 결코 행운아는 아니었으며 오히려 천재가 지닌 위협들의 끔찍스러운 사례로서 사춘기가 반복되는 "문제가 많은 천재였다(Helmut Schanze, 32)." 괴테는 천재에게 위협적인 순간을 오히려 생산력의 전제로서 높게 평가한다. 그의 천재론에 따르면, 그 시대의 명성뿐만 아니라 후대에도 지속적으로 영향을 미칠 수 있을 만한 생산력을 지닌 사람들이 이 범주에 속한다. 에커만은 괴테에게 유명한 인물에게서 볼 수 있는 천재적 생산력은 그 정신에만 깃들어 있는가라고 질문한다. 이에 대해서 괴테는 모든 천재에게는 강력한 엔텔레케이아entelecheia가 육체에 침투하여 작용할 뿐만 아니라 더 나아가 정신이 우위를 점하도록 해서 영원히 청춘이라는 특권을 부여한다고 답하였다. 그래서 특별히 혜택을 받은 사람들에게서는 거듭하여 일시적인 젊어짐이 되풀이되며, 이것을 괴테는 '사춘기의 반복'이라고 칭하였다.

또 괴테는 에커만과 나눈 대화에서 누구나 갈구하는 마력적인
정신은 아무도 도달할 수 없을 정도의 위대한 인물들을 나타나게
했다고 말했다.

> 이리하여 마력적인 정신은 라파엘로를 출현하게 했네. 그는 사고도 행위
> 도 완전했지. 소수의 훌륭한 후계자들이 그의 가까이 접근하긴 했지만 아
> 무도 그를 따라잡지는 못했네. 이와 마찬가지로 음악에서는 모차르트를
> 도저히 도달할 수 없는 존재로서 출현시켰지. 또한 문학에서는 셰익스피
> 어가 그러했어.(에커만, 679)

그러니까 이러한 인물들은 너무나 큰 마력을 지니고 있어서 아
무리 뒤좇으려고 해도 따라 잡기에는 너무도 위대한 인물들인 것
이다. 그런데 에커만이 모든 재능 가운데서도 음악적 재능이 가
장 일찍 나타나는 것은 흥미로운 일이며 모차르트는 5세, 베토벤
은 8세, 훔멜Johann Nepomuk Hummel은 9세 때 벌써 연주나 작곡을
해서 주위 사람들을 놀라게 했던 점이 그러한 사례라고 말하자,
이에 대해서 괴테는 그 이유를 다음과 같이 말한다.

> 음악적인 재능이 아주 일찍 확연하게 나타나는 것은, 음악은 순전히 타고
> 나는 것이며 내면적인 것이기 때문이네. 곧 그것은 외부로부터의 각별한
> 자양분을 필요로 하지 않으며 실제 생활에서 얻는 경험도 필요로 하지 않
> 는 것이야. 그렇지만 모차르트의 출현과 같은 것은 아무리 보아도 도저히
> 풀 수 없는 영원한 기적으로 남을 것임에 틀림없어.(에커만, 455)

괴테와 모차르트의 관계에서는 괴테가 일방적으로 관심을 두었
으며, 자신의 내밀한 예술적 감각을 모차르트에게 투사하고 있음
을 알 수 있다. 그리고 괴테의 모차르트 오페라에 대한 높은 평가
는 그가 바이마르 극장장 시절 실제 공연작품 선정, 기획, 상연에
관여하면서 적극적으로 나타났다. 또 모차르트에 대한 평가는 앞

에서 살펴본 바와 같이 에커만의《괴테와의 대화Gespräche mit Goethe
in den letzten Jahren seines Lebens》에서 가장 잘 드러나고 있다.

2.3 괴테와 베토벤

루트비히 판 베토벤Ludwig van Beethoven(1770~1827)은 괴테보다 21
세 연하, 모차르트보다는 14세 연하였다. 베토벤은 모차르트처럼
일찍 피아노, 오르간, 바이올린을 배웠다. 더욱이 베토벤의 아버지
는 엄한 교육을 했을 뿐만 아니라 신동 모차르트처럼 베토벤을 만
들고자 하였다. 베토벤은 본에서 고트로프 네페Christian Gottlob Neefe
에게서 피아노와 오르간을, 프란츠 안톤 리스Franz Anton Ries에게서
바이올린을 배웠다. 이들은 뒷날 베토벤의 적극적 후원자가 된다.
베토벤은 1787년 1월에서 3월까지 스승 네페의 주선으로 쾰른 선
제후의 재정 지원을 받고 처음으로 빈으로 갔다. 당시 빈은 신성로
마제국의 수도였고 하이든을 비롯한 고전주의 주요 음악가들이 활
동했던 곳이기도 했다. 그래서 그는 그곳에서 모차르트와 하이든
의 음악을 공부하고자 했다. 더욱이 베토벤은 모차르트의 집에서
음악을 배우고자 했으나 모차르트는 젊은 베토벤의 훌륭한 능력에
대해서는 인정하면서도 자신의 가정적, 재정적 어려움으로 말미암
아 베토벤을 지도할 처지에 있지 않았다. 베토벤은 1787년 4월 이
후 빈에서 본으로 돌아와서 이듬해 본 대학을 다녔고, 프랑스혁명
이념을 가까이 접하게 되었으며 이 이념에 열광했다.
한편 하이든이 1790년 12월 영국 순회 연주 여행을 가다가 본
에 들렀을 때 두 사람은 만나게 된다. 이때 하이든은 베토벤이 그

의 제자가 되는 것에 동의했고, 베토벤은 1794년 11월 초 빈으로
간 뒤 그곳에서 평생을 보냈다. 빈에서 베토벤은 하이든과 안토니
오 살리에리Antonio Salieri에게서 작곡을 배웠고 1793년부터 그는 연
주자가 아니라 작곡가로서 음악 세계에 그 이름을 알렸다. 그리고
나폴레옹의 유럽 침략이 실패한 뒤 1814년부터 1815년 사이 유럽
정치가들이 빈회의를 열고 있었을 때, 그의 제7번 교향곡이 연주
됨으로써 그의 명성은 절정에 달하게 된다. 그러나 중이경화증이
악화되어서 1819년에는 완전히 청력을 잃었다. 1824년 5월 7일
자신의 제9번 교향곡이 빈에서 연주되었을 때 엄청난 갈채를 받았
으나 베토벤은 그 연주회장에서 자신의 음악을 들을 수가 없었다.
그로부터 3년 뒤 베토벤은 57세의 나이로 세상을 떠났다.

루트비히 판 베토벤   베토벤의《에그몬트》악보 표지판

베토벤은 괴테와 그의 작품들에 대해서 일찍부터 알고 있었고
그의 작품에 곡을 붙이고 싶었다. 그래서 그는 극음악《에그몬트
Egmont》를 작곡했고, 작곡 직후 괴테에게 그 곡을 보내고자 했다.
베토벤은 괴테와 친분이 있는 베티나 브렌타노Bettina Brentano(나중
아힘 아르님의 아내)에게 다음과 같이 편지를 쓴다.

당신이 괴테에게 나에 대해서 편지를 쓸 때 나의 가장 진심 어린 존경과 경탄을 표현하는 모든 말들을 찾아내서 전달해 주십시오. 나는 《에그몬트》때문에 편지를 쓸 준비가 되어 있다고 말입니다. 내가 그 작품에 곡을 붙인 이유는 나를 행복하게 만드는 그의 작품들에 대한 사랑에서 비롯했습니다. 누가 한 나라의 귀중한 보물 같은 그런 위대한 시인에게 충분히 감사할 수 있는 말을 찾을 수 있겠습니까?[47]

그리고 그녀를 통해서 1811년 4월 12일 괴테에게 편지를 보냈고, 그 편지에서 유년 시절부터 괴테를 알고 존경하고 있으며 베토벤이 《에그몬트》를 작곡했고 그것을 그에게 보내고자 한다고 알린다. 또 베토벤은 이 곡을 작곡할 때 작가의 생각을 추적해 가면서 음악으로 옮겼으며 괴테가 그 음악에 대해서 어떻게 생각하는지 알고 싶어 했다.

저는 이 곡에 대한 당신의 판단을 알고 싶습니다. 비난 또한 나와 내 예술에 유익한 것이 될 것이며, 가장 훌륭한 찬사와 같은 것도 기꺼이 수용할 것입니다.(GM, 194)

괴테는 1811년 6월 25일 요양지 칼스바트Karlsbad에서 베토벤에게 보낸 회신에서 감사하는 마음과 더불어 바이마르로 돌아가면 《에그몬트》를 듣겠다고 썼다. 더욱이 베티나 브렌타노가 언급한 베토벤의 음악에 대한 찬사와, 삶에서 가장 행복한 시간들을 베토벤과 보냈다는 그녀의 의견을 전하기도 했다. 또 언제 바이마르를 방문해 주면 좋겠다는 말과 더불어 그의 작곡과 연주에 대한 기대감을 표현하였다. 그 뒤 1812년 보헤미아의 테프리츠Teplitz에서 괴테는 베토벤과 만나게 되었다. 괴테는 그의 아내에게 1812년 7월 19

---

47) 재인용, Axel Bauni/ Werner Oehlmann/ Kilian Sprau/ Klaus Hinrich Stahmer: Reclams Liedführer, Stuttgart 2008, 135쪽. 이하 (RL, 쪽수)로 표기함.

일 보낸 편지에서 베토벤의 인상을, 지금까지 그처럼 "당당하고, 마음이 깊은 예술가를 난 아직 본 적이 없어"(GM, 195)라고 언급하였다. 그리고 1812년 9월 2일 첼터에게 보낸 편지에서도 "테플리츠에서 베토벤을 알게 되었지. 그의 재능은 날 정말 놀라움에 빠뜨렸네"(BW, 95)라고 썼다.

한번은 괴테가 안톤 라치빌Anton Heinrich Radziwill의 《파우스트》와 《에그몬트》를 작곡한 베토벤의 음악을 비교하였다. 1820년경 귀족 음악가 라지비우 제후가 작곡하여 상연한 《파우스트》를 보았으나 이 작품이 음악적으로 성공하지 못했다고 여겼다. 괴테에 따르면, 그 이유가 음악 그 자체보다도 파우스트의 학자적 자세를 표현한 텍스트를 음악적으로 표현하는 것이 무리였기 때문이었다(GM, 196). 반면, 괴테는 베토벤의 작품 《에그몬트》로부터는 큰 감동을 받는다. 더욱이 감옥에서 이뤄진 에그몬트의 독백과 클래르헨이 나타나는 부분에선 이루 형용할 수 없을 만큼 감동적인 효과를 주는 꿈의 형상이었다는 청중의 반응을 듣기도 했고, 스스로도 베토벤의 《에그몬트》는 대단한 작품이라고 평가하였다.

> 우리 모두의 눈물을 적시게 하는 깊은 우울함의 표현과 함께 괴테는 다음 시를 낭송했다. "달콤한 잠이여! 넌 순수한 기쁨처럼 기꺼이 오는구나, 부탁하지 않았고 간청하지도 않았는데 (…) "—이 부분에서 난(괴테) 강조해서 음악이 그의 잠을 부드럽게 표현하도록 한 것이네. 꿈의 형상이 나타나는 동안 에그몬트를 형틀로 안내하는 간수의 북소리가 울리면 그것은 사라지네. 여기서 음악이 그것을 보여 주었지. 베토벤은 경탄스러운 천재성으로 내 의도대로 표현해 냈네.(GM, 197)

그뿐만 아니라 괴테는 1821년 7월 12일 다른 지인에게 보낸 편지에서도 "베토벤의 음악은 경이로움을 불러일으켰다"(GM,197)

고 평하였다. 또 멘델스존의 1830년 5월 기록을 보면, 그가 베토벤의 C장조 교향곡의 첫 부분을 연주하자 괴테는 묘한 반응을 보인다.

이 곡은 아무런 감동을 주지 않아. 그냥 경탄하게 할 뿐이며 대단한 작품이야!(GM,197).

그러다가 잠시 생각한 뒤 괴테는 "이 작품은 정말 대단하고 정말 훌륭해! 사람들은 집이 무너지지 않을까 두려워하겠지. 모든 사람들이 함께 연주한다면 말이야"(GM, 197)라고 자신의 경탄을 표현하였다. 괴테는 이렇게 베토벤의 음악을 높이 평가하면서도 인간적 교류에는 거리를 둔다. 그래서 평생 동안 괴테와 베토벤은 서로의 강한 개성으로 말미암아 직접 교류를 하지 못한 채 서로를 인정하는 선에 머물렀다.

베토벤의 경우와는 달리 펠릭스 멘델스존에 대해서는 괴테가 평생 동안 부성애적인 인간적 호감을 보였다. 그리고 실제로 괴테와 첼터는 멘델스존의 정신적 지주이기도 하였다. 첼터는 멘델스존의 스승이었고 1821년 12세의 그를 괴테에게 소개해 주었다. 이후 괴테는 첼터에게 그의 소식을 자주 묻기도 하고, 멘델스존이 연주하는 것을 즐겨 듣고 싶어 했다. 괴테는 멘델스존의 우아함과 천재성에 탄복했으며 그가 피아노로 연주하는 바흐의 푸가나 여러 고전주의 음악과 새로운 음악들을 몇 시간이고 즐겼다. 멘델스존의 연주뿐만 아니라 인간적으로도 그에 대한 호감이 무척 컸다는 점은 첼터에게 보낸 1831년 3월 31일 편지에서 잘 엿볼 수 있다.

무엇보다도 난 펠릭스의 친절하고 상세한 편지, 그것은 뛰어난 젊은이의

가장 순수한 마음을 묘사한 것이라는 점을 말하고 싶네.(BW, 359)

두 사람은 할아버지와 손자 정도의 나이 차이가 있었으나 멘델스존은 괴테 가족의 일원처럼 그와 가까이 지냈다. 한번은 멘델스존이 괴테 집에 여러 날 머물면서 음악에 관해 많은 이야기를 나누었고 여러 연주도 들려주었다. 그래서 괴테는 첼터에게 보낸 1830년 6월 3일 편지에서 "멘델스존이 온 것이 나는 더할 나위 없이 좋았지. 음악에 대한 내 입장은 항상 같은 것이라는 것을 늘 발견하게 되네. 난 음악을 즐기면서 동감하고 사색하면서 듣지"(BW, 335)라고 쓰고 있다. 또 괴테는 자신의 조언으로 멘델스존이 첼터의 징아카데미와 함께 요한 제바스티안 바흐의《마태 수난곡》을 지휘하여 베를린에서 대단히 성공적으로 공연을 마쳤다는 소식을 듣고 첼터에게 보낸 1829년 3월 28일 편지에서 다음과 같이 쓰고 있다.

> 위대하고 조금 오래된 음악 작품의 성공적 상연 소식이 내포하고 있는 가장 새로운 것이 나로 하여금 사색하게끔 만드네. 그것은 마치 내가 멀리서 바다의 소리를 듣는 것과 같네.(BW, 288)

그뿐만 아니라 괴테는 멘델스존에 관한 것을 늘 첼터와 공유하곤 했는데 이것은 멘델스존의 연주와 성품에 감동받은 것에서만 비롯한 것이 아니라 첼터와의 인간적 우정이 깊어가는 것에 비례해서 멘델스존에 대한 호감도 함께 커져 갔다는 것을 뜻한다. 그런데 멘델스존을 제외하고는 실제로 불혹의 나이에 접어든 괴테가 새로운 음악 또는 새로운 세대의 음악가(베토벤, 슈베르트 등)에 진지하게 접근하기에는 물리적으로나 정신적으로 쇠약해져 있었다.

제3장

괴테 시의 음악적 해석

3.1 괴테가 음악에 끼친 영향

괴테가 음악에 끼친 영향을 고찰하기에 앞서 괴테와 음악의 관계를 먼저 살펴보고자 한다. 괴테는 바이마르 극장장으로 있을 때 이미 고인이 된 모차르트의 음악을 집중적으로 무대에 올렸으며, 베토벤은 그에게 여전히 낯선 음악가로 남았고 슈베르트에 대해서는 특별한 관심을 보이지 않았다. 그러나 가곡은 평생 괴테와 그의 삶에서 중요한 예술 가운데 하나였다. 예를 들면《빌헬름 마이스터의 수업시대Wilhelm Meisters Lehrjahre》2편 11장에서 악기는 목소리를 동반해야 그 생명이 있다고 하프 타는 노인의 입을 빌려서 다음과 같이 말한다.

> 악기는 목소리를 동반해야만 하지. 왜냐하면 멜로디 또는 말이나 뜻이 없는 흐름과 진행은 마치 우리들 눈앞에 아른거리는 나비들과 예쁜 여러 새들과 같아서, 아마도 우리가 그것들을 재빨리 붙잡아서 우리 것으로 만들고 싶어 하기 때문이지. 그러나 노래는 이와 반대로 천재처럼 하늘로 날아오르고 우리들 안에 잠재하고 있는 더 높은 자아가 그것을 이끌도록 자극하지.[48]

괴테는 1823년 뒤 자주 음악에 대해서, 더욱이 첼터와 교류를 통해서 가곡에 대해서 많은 관심을 보이게 된다. 괴테는 자신의 고향 친구였던 필리프 카이저와 함께 독일에서 음악 무대를 새롭게 구성하고자 했으며, 카이저와 함께 이탈리아·독일 오페라를 연구했고 크리스토프 글루크Christoph Willibald Gluck의 오페라에 접근하

---

48) Goethe: Wilhelm Meisters Lehrjahre, in: Goethes Werke, Hamburger Ausgabe, Erich Trunz (Hg.), Bd. 7, München 1982, 128쪽. 이하 (GW 권수 및 쪽수)로 표기함.

기도 했다. 그뿐만 아니라 괴테는 자신의 오페레타 대본《빌라 벨라의 클라우디네Claudine von Villa Bella》와《에르빈과 엘미레Erwin und Elmire》에 곡이 붙여지기를 바랐으나 이것은 이뤄지지 못했다. 또 베를린가곡악파 리더이자 오페라 작곡가였던 라이하르트와 집중적인 음악 작업을 함께 하기도 했으나 정치적 견해 차이로 그와는 멀어졌다. 이후 라이하르트의 몫을 첼터가 대신했는데, 그는 괴테의 삶에서 친구이자 음악적 조언자로서 오랜 세월 함께 한다. 이로써 두 사람은 가곡을 통해서 음악에서 완성되는 시의 세계를 경험하게 된다. 괴테는 노래에 깃든 민요적 시학의 근원적 증거를 추구한 헤르더에 자극을 받아서 나온 서정시의 표현 가능성이 첼터의 가곡을 거쳐서 음악적으로 해석되는 것이 기뻤다.

이탈리아에서 돌아온 뒤 괴테는 다시 바이마르 공국의 공무를 맡게 되었는데 이번에는 1791년부터 바이마르 극장장을 맡게 됨으로써 오페라를 무대에 올리게 된다. 그는 레퍼토리 선정, 오페라의 배역을 맡길 음악가 선정, 공연을 위한 작품 개작, 무대 미술과 분장 등에도 관여하게 된다. 또 괴테는 자신의 오페레타 대본 및 작품들에 늘 곡이 붙여지길 원했는데, 1827년 1월 29일 자신의 작품《파우스트》는 모차르트가 작곡하는 것이 가장 적합하다고 여겼다. 하지만 그는 이미 1791년 고인이 되었기 때문에 그렇다면 이탈리아에서 명성을 얻고 있는 지아코모 마이어베어가 적합할 수 있다고 보았다. 괴테는 마이어베어처럼 오랫동안 이탈리아에서 살았던 작곡가가 곡을 붙여야 한다고 생각했다. 그 이유는 독일적 특성을 이탈리아 방식으로 표현하는《파우스트》오페라를 선호했기 때문이었다. 이 구상은 실현되지 못하였지만 카를 에버바인이《파우스트》1부의 음악을 맨 처음 작곡했고, 뒤이어 폴란드 출신 라지

비우 제후가 《파우스트》에 곡을 붙였으며, 이 작품은 1819년 5월에 초연되었다(Norbert Miller 2009, 18 참조).

한편 하이든, 모차르트, 베토벤의 교향곡들이 많은 진전을 이뤘음에도 불구하고 괴테는 고전주의 기악곡의 비약적 발전에는 큰 관심을 보이지 않았다. 또 1817년 네포무크 훔멜Johann Nepomuk Hummel(1778~1837)의 뛰어난 피아노 연주를 통해서 베토벤과 낭만주의 피아노곡을 접했으나 역시 큰 관심을 보이지 않았다. 장 파울이나 호프만은 음악에서 가곡이나 오페라보다도 기악곡의 우위를 인정하였으나 괴테는 그러지 않았다. 오히려 그는 이탈리아에서 크게 융성한 오페라에 큰 관심을 보였고, 음악은 말을 대신할 수 없으나 말을 생생하게 돋보일 수 있다고 여겼다. 그래서 말과 음의 상관성을 지닌 가곡, 오페라, 오페레타만이 괴테의 주 관심 대상이었다.

라이하르트를 시작으로 19세기 및 20세기의 여러 작곡가들이 괴테의 시에 곡을 붙였다. 라이하르트는 약 110편의 괴테 시에 곡을 붙임으로써 최초이자 가장 많은 곡을 남겼다. 그는 후대의 가곡 작곡가들에게 괴테 시 선정에 있어서 중요한 안내자가 되었으며, 이 점은 그의 중요한 공로 가운데 하나이다. 라이하르트와 비슷한 시기에 작곡을 했던 첼터 또한 70편 넘게 괴테 시에 곡을 붙였고, 춤스테크는 상대적으로 아주 적은 5편, 베토벤은 18편, 뢰베는 50편 이상, 슈베르트는 57편, 슈포어는 9편, 파니 헨젤은 약 30편, 슈만은 15편 이상, 리스트는 5편, 바그너는 《파우스트》에서 발췌한 7편 시에 곡을 붙였다. 안톤 루빈슈타인Anton Grigorjewitsch Rubinstein은 약 15편(이 가운데 《빌헬름 마이스터 수업시대》에서 12곡), 브람스는 약 17편, 볼프는 약 60편, 슈트라우스는 약 10편, 쇤베르크는 7편, 안톤 베베른은 6편, 알반 베르크는 3편, 볼프강 림은 12편을 작곡했다.[49] 소수의 괴테 시에 곡을 붙인 작곡가로는 모차르트, 루이제 라이하르트, 클라라 슈만, 파울 힌데미트, 한스 아이슬러, 오트마 쇠크Othmar Schoeck 등이 있다. 이 가운데 많은 작곡가들이 그의 서정시, 담시 및 극시 드라마 《파우스트》나 장편소설 《빌헬름 마이스터의 수업시대》에서 발췌한 시 텍스트에 곡을 붙였다.

따라서 괴테는 가곡이 음악 역사에서 하나의 중요한 장르로 자리매김할 만큼 발전하고 진보하는 데 크게 이바지했다고 말할 수 있다. 그뿐만 아니라 괴테의 시 정신을 탁월하게 음악적으로 해석한 슈베르트와 같은 작곡가로 말미암아 괴테의 시들은 가장 먼저 새로운 생명을 얻었다. 라이하르트나 첼터의 괴테-가곡들은 슈베르트의 훌륭한 가곡으로 말미암아 빛을 잃기는 했으나 이들이 괴테의 시를 음악적으로 해석한 시도들은 괴테가 음악에 끼친 영향에서 비롯된 것이었고 그 영향은 20세기까지도 이어졌다.

3.2 모차르트의 괴테-가곡: 〈제비꽃〉

앞에서 언급한 바와 같이, 괴테의 모차르트에 대한 무한한 찬사에 견주어서 36세로 생을 마감한 모차르트는 괴테에 대해서 잘 알지 못했다. 사실 유일하게 괴테 시에 곡을 붙인 〈제비꽃〉은 괴테의 시임을 인지하지 못했으며, 그는 요제프 안톤 슈테판Josef Anton Steffan의 시 모음에 나와 있는 텍스트를 하나 골라 곡을 붙인 것이다. 이런 점에서 모차르트에게는 시인이 중요한 것이 아니라 자신

---

49) http://www.recmusic.org/lieder/cindex.html 참조.

의 감정에 맞는 시와 자신의 창조력을 깊이 자극하는 그런 시가 중
요할 뿐이었다. 이것은 나중 괴테가 모차르트의 《마술피리》에 대한
깊은 이해를 공유하게 하는 정서이기도 하다. 그러니까 "시인과 작
곡가의 교감은 괴테가 열어 놓았던 자연스러운 것의 영역에서 이
뤄졌다."(RL, 103)

《에르빈과 엘미레》에 나오는 〈제비꽃Das Veilchen〉은 괴테와 가
까운 관계에 있던 작센-바이마르 공작비 안나 아말리아가 1776
년 작곡했고, 그녀는 괴테의 〈시골과 도시에서Auf dem Land und in
der Stadt〉에도 곡을 붙였다. 또 괴테의 친구인 필리프 카이저도
같은 해인 1776년 〈로만체Romanze〉라는 이름으로 곡을 붙였고,
1780년 라이하르트, 1785년 모차르트, 1853년 클라라 슈만, 오
트마 쇠크가 1919년〈제비꽃〉에 곡을 붙였다. 여기서는 모차르트
의 〈제비꽃〉에서 괴테의 시가 어떻게 음악적으로 해석되고 있는
지를 분석하고 있으며, 클라라 슈만의 같은 제목의 곡도 함께 비
교 분석되고 있다.

괴테의 〈제비꽃〉은 3연 7행시로 이루어져 있다[50]. 1연은 초원에
아무도 모르게 제비꽃 한 송이가 예쁘게 피어났고 한 양치기 소녀
가 가벼운 발걸음과 즐거운 기분으로 이 초원에 온다고 서술자의
시각으로 묘사되어 있다. 2연은 제비꽃의 독백으로서 자연의 가장
아름다운 꽃을 그 소녀가 생각해 주기를 바라지만 곧 자신이 그녀
의 발에 밟힐 것을 알고 단 15분 만이라도 사랑하는 사람의 품에
있으면 좋겠다고 생각한다. 3연의 1행에서 4행은 다시 서술자의
시각에서, 드디어 양치기 소녀가 왔는데 제비꽃이 피어 있는 것을

---

50) Johann Wolfgang Goethe: Sämtliche Gedichte., Mit einem Nachwort von Karl
Eibl, Leipzig 2007, 91쪽. 이하 (GG, 쪽수)로 표기함.

모르고 그냥 밟아 버려서 꽃이 죽어 가면서 노래한다고 묘사된다. 나머지 7행까지는 제비꽃이 죽어 가면서 그래도 사랑하는 그녀의 발에 밟혀서 죽는 것이 기쁘다고 노래한다. 괴테의 이 시는 김소월의 〈진달래꽃〉에서 사랑하는 사람이 서정적 자아를 떠나고자 한다면 원망하지 않고 그의 가는 길을 기꺼이 열어 주고자 하는 원망을 초월한 사랑을 연상시킨다.

한편, 모차르트는 자신의 곡 맨 마지막에 "가련한 제비꽃/ 그건 매혹적인 한 송이 제비꽃이었네"라고 덧붙임으로써 오히려 원망이나 안타까움을 강조하고 있다. 따라서 모차르트는 대체로 시의 뜻을 음악적으로 재현하다가 마지막 부분의 서술자의 내용을 새롭게 첨가함으로써 그 해석이 달라지고 있다. 괴테 시는 서정적 자아의 원망이 없는 것은 아니지만 마침내 이 모든 것을 초월한 채 오히려 죽음을 기쁘게 받아들인다. 그러나 모차르트는 초월하기보다는 죽음을 제삼자의 시각에서 안타까워하고 있으며, 이것은 제비꽃에 대한 연민을 드러내는 결말이자 3연 1행에서 3행까지의 모티브인 안타까운 죽음이 반복되는 순환 형식이 되고 있다.

모차르트의 〈제비꽃〉(K.476)은 대체로 간단한 선율의 피아노 서주와 함께 노래가 시작되며 각 연마다 길고 짧은 간주가 들어 있다. 1연 "초원에 제비꽃 한 송이 피어 있었네/ 안으로 허리 구부리고 아무도 모르게/ 그건 매혹적인 한 송이 제비꽃이었네/ 한 젊은 목녀가 거기로 왔네/ 가벼운 발걸음과 명랑한 기분으로/ 그래서, 그래서/ 초원을 이리저리 걸으며 노래했네"라고 노래하는데, 최고 음부의 단순한 민요조 울림으로 순수하고 우아하게 표현하고 있다. 더욱이 1연 5행 양치기 소녀의 "가벼운 발걸음과 명랑한 기분"에서는 마치 듣는 사람이 그 경쾌함과 즐거움을 그대로 느낄 만큼 가볍고, 다소 빠른 높은음으로 노래한다. 젊은 양치기 소녀의 가벼운 발걸음이 달리듯 16분 음표 스타카토로 표현되고 있으며 그녀의 명랑한 노래는 새소리처럼 피아노 간주곡으로 나타나고 있다. 그러니까 1연에서는 초원에는 아름다운 제비꽃 한 송이 피어 있었고, 그곳으로 양치기 소녀가 와서는 가벼운 발걸음과 즐거운 기분으로 초원을 거닐면서 노래하고 있다. 1연이 끝나면 피아노 간주가 들어간 뒤 2연으로 넘어가고 있다.

2연은 제비꽃의 관점에서 소망이 노래되는데 "아! 제비꽃은 생각한다, 내가/ 자연의 가장 아름다운 꽃이라면/ 아, 잠시 동안/ 그 소녀가 나를 따서/ 그리고 가슴에 눌려 힘이 빠질 때까지는/ 아, 아/ 15분이면 충분할 텐데!"라고 애잔하게 노래한다. 2연에서는 제비꽃은 자신이 자연에서 가장 아름다운 꽃이기를 바란다. 그러면 꽃의 아름다움에 취한 양치기 소녀가 제비꽃을 꺾어 가슴에 품고 이내 꽃이 시들어 버리겠지만 그래도 제비꽃은 그것을 소망하고 있다. 3연은 피아노 반주를 시작으로 "아! 아! 그 소녀가 왔고/ 제비꽃을 주목하지 않은 채/ 그 가련한 제비꽃을 밟았네/ 꽃은 쓰러지며 죽었고 기뻐하였지/ 난 죽어가네. 그렇게 난 죽어가네/ 그녀에 의해, 그녀에 의해/ 그녀의 발에 밟혀서"라고 노래한다. 3연의 2행과 3행 "제비꽃을 주목하지 않은 채/ 그 가련한 제비꽃을 밟았네"에서는 가장 높은 음으로 슬프게 애절함이 묘사되어 있어서 가사를 모른 채 듣는다 하더라도 그 감정의 기복은 1연과 서로 대립되는 것을 바로 알 수 있다. "난 죽어가네, 그렇게 난 죽어가네/ 그녀에 의해, 그녀에 의해/ 그녀의 발에 밟혀서"라는 부분에서는 부드러운 아르페지오(분산화음)로 고통스러운 죽음을 묘사하고 있다. 그런데 음악적인 면에서 모차르트가 사용하는 조 편성의 폭이 대단히 큰 점이 두드러지고 있다.

> 첫 소절은 사장조에서 라장조로 조옮김이 이뤄지고, 두 번째 소절은 사단
> 조와 내림나단조로 이뤄져 있으며, 서창조가 삽입된 세 번째 소절은 내림
> 마단조에서 시작해서 다단조를 거쳐 사장조로 돌아온다.(RL, 104)

이렇게 해서 모차르트는 시를 효과적으로 해석하는 동시에 가곡
의 서정성을 살리고 있다. 한편, 모차르트처럼 클라라 슈만의 〈제
비꽃〉 또한 장식이 별로 없이 가사의 내용에 충실한 곡이 되고 있
다. 클라라는 1연의 3행 "그건 매혹적인 한 송이 제비꽃이었네"를
반복 노래함으로써 제비꽃의 아름다움을 강조하는데, 처음에는 아
주 높아진 톤으로 노래하고 반복할 때는 하강하는 톤으로 노래하
면서 대비를 주고 있다. 그러나 강조의 뜻은 변함이 없다. 그리고
3연의 3행 "그 가련한 제비꽃을 밟았네"를 고양된 톤으로 반복해
서 노래하고 있다. 그러니까 클라라 슈만의 곡에서는 피아노의 서
주, 간주, 후주 없이 담담하면서도 제비꽃이 양치기 소녀에게 밟혀
서 죽어 갔으나 그 꽃은 원망하는 마음이 없다는 것을 깔끔하게 보
여 주고 있다. 이 점은 모차르트의 고통스럽게 죽어 가는 제비꽃과
대비되는 점이기도 하다.

3.3 라이하르트의 괴테-가곡들

요한 프리드리히 라이하르트Johann Friedrich Reichardt(1752~1814)는
초기 가곡 세계의 핵심 인물이며 시대사적, 역사적 사건에 큰 관심
을 지녔던 음악가였다. 그의 중요성은 슈베르트 가곡의 두 배에 달
하는 약 1500편의 가곡을 만든 비범한 작곡 분량뿐만 아니라 더욱

이 가곡 작곡에서 말과 음의 문제를 진지하게 생각했다는 점이다. 흔히 '사고하는 예술가'로 간주되었던 라이하르트는 작가로서의 노력과 단련으로 작곡에 임했고, 가곡에서 근원적이고 본질적인 시적 형상을 보았는데, 음악이 더 큰 생기, 현존과 충만을 그 형상에 부여한다고 생각했던 것이다. 그의 시대에 라이하르트는 문학의 위대한 음악적 해석가로서, 섬세하게 느끼는 모사자로서 시와 음악을 연결하는 중재자였던 것이다. 그는 자연스럽게 녹아든 멜로디를 통해서 고전적 시들을 민요 같은 곡으로 만들었으며, 그의 음악은 의식적으로 그리고 일관되게 시적 자극들을 수용하고 반향하면서 문학에 순종하는 수단이 되고 있다. 시의 음악적 거울이자 그 반응으로서, 또 시 텍스트의 음악적 해석으로서 라이하르트의 많은 가곡들은 압도적인 완성도를 보이고 있다. 그러나 그의 곡들이 후세에 기억되지 않게 된 것은 바로 그의 후계자들이, 특히 슈베르트가 더 근원적이고 더 자명한 창조력에서 라이하르트를 훨씬 능가하였기 때문이라고 할 수 있다.

라이하르트는 칸트와 같은 고향인 쾨니히베르크Königsberg에서 태어났는데, 가난해서 정규 음악 교육을 받지 못하고 성장하였다. 그는 법대 학생이자 쳄발로와 바이올린 순회 연주자이기도 했다. 칸트와 하만으로부터 많은 영향을 받았으며 23세가 되던 해 프리드리히 2세 치하에서 베를린 궁정 악장직을 얻었다. 라이하르트는 세상일에 능숙하고 사교적이며 풍족하게 쓰는 것을 좋아했고 이탈리아, 빈, 런던, 파리에서 순회 연주를 하였으며 많은 유명 음악가와 시인들과 교류하였다. 그러나 프랑스혁명 이념에 대한 열광 때문에 라이하르트는 프로이센의 궁정 악장직을 잃었고 괴테와 실러의 호감도 잃었다. 할레Halle에서 그는 염전 책임자이자 자산 관리인이 되었으나 그의 음악 활동은 지속되어 다가오는 낭만주의 세기에 영향을 끼쳤다. 류트와 호른 반주로 노래하는 라이하르트의 아름다운 딸 루이제 주변에는 티크, 바켄로더, 노발리스, 셸링, 장 파울, 아이헨도르프가 있었다. 더욱이 아이헨도르프는 이런 음악적 분위기에서 깊은 시적 인상을 받았고, 그 인상들은 유혹하는 요정의 노래이자 방황하는 사냥꾼의 호른으로서 그의 시에 나타나 있으며, 그의 시에 붙여진 다양한 가곡들에서 다시 그 반향이 일었다. 이렇게 라이하르트는 베를린가곡악파에 속하는 작곡가로서 가곡의 발달에서 핵심 위치를 차지하였고 고전주의와 낭만주의 음악을 연결하는 몫을 하였다.

라이하르트의 가곡 창작은 민요와 동요에서부터 송가, 담시, 그리고 열정적 서창조 작품에까지 이른다. 그는 베를린가곡악파의 바탕 위에서, 곧 멜로디가 단순하고 쉽게 이해되고 '가장 순수한 민중의 감각과 음'으로 곡을 만들었으며, 피아노 반주는 꼭 필요한 경우만으로 한정했다. 그는 시를 유절가곡으로 작곡했으며, 시에 나타난 다양한 표현은 성악가의 낭송으로 넘겼다. 1796년 라이하르트는 자신의 가곡 개념을 다음과 같이 정의 내렸다.

> 모든 사람에게 자연스러운 노래가 될 수 있는 목소리의 참여를 허락하고자 가곡은 특정한 감성의 단순하고 파악할 수 있는 음악적 표현이어야 한다. 쉽게 조망할 수 있는 작은 예술작품으로서 가곡은 정확하게 완성된 하나의 전체여야 한다는 것은 너무도 당연하며, 그 본질적 가치는 노래의 통일성에 있으며 꼭 필요하지는 않지만 악기 반주는 노래를 지원하는 데 머물러야 한다. (RL, 109)

라이하르트는 가곡이란 누구나 노래할 수 있는 자연스러운 것이며, 특정한 감성을 단순하게 파악하여 묘사한 음악적 표현이라 여겼다. 라이하르트는 '작은 모임들의 고요하고 순수한 즐거움'을 위해서 그의 가곡들을 가정음악의 목적에 맞도록 그렇게 규정한 것이다. 그의 시대에는 독일의 중산층 가정의 가정 음악회가 일반적이었기 때문에 그는 콘서트홀을 염두에 두지 않았다. 라이하르트의 가곡들은 오늘날 노래되는 소수의 멜로디들에 이르기까지 영향을 끼쳤으나 이 매력은 곧 빛을 잃었다. 그 이유는 요한 페터 슐츠의 경우에도 그러하지만 순수성이 근원적이고 자연스럽게 나타난 것이 아니라 의식적으로 추구되었고, 부분적으로는 인위적으로 유도되었기 때문이다. 그래서 후대는 문학의 훌륭한 음악적 해석가로서 라이하르트의 노력에 더 많은 의미를 두게 된 것이다.

라이하르트는 약 125명의 시인들의 작품에 곡을 붙였는데 애호한 작가들은 클로프슈토크, 헤르더, 괴테, 실러였으며 항상 작곡할 때 텍스트가 지닌 높은 시 수준을 중시하였다. 시인의 특성을 재현하는 데 중점을 두었고, 이 점은 더욱이 후대의 볼프에게 계승되었다. 무엇보다도 라이하르트의 시 세계의 중심에는 항상 괴테가 있었다. 라이하르트는 괴테의 텍스트에 곡을 붙일 때 감각과 감정이 들어 있는 음을 만들려고 했다. 그의 작곡들은 시와 가까이 연결되어서, 시는 리듬이 있는 노래의 매력으로 음악적 낭송이 되고, 중요한 화음의 힘으로 가장 높은 삶의 수준에 도달하며, 시인 동시에 노래가 되었다. 괴테는 라이하르트가 자신의 서정시들을 보편적인 것으로 만든 최초의 음악가라는 점을 인정하였다. 괴테는 음악가로부터 언어 표현과 음색으로 개별 음악가의 독자적 해석과 개작이 아니라 시가 지니고 있는 원래 서정적 기본 분위기로 회귀하는 것을 기대하였다. 그래서 시적이고 감수성이 풍부한 유절가곡의 대가인 라이하르트를 자신의 시의 진정한 해석자라고 보았다. 라

이하르트는 1809년과 1811년에 작곡한 괴테-가곡들을 출판하였
고, 실러-가곡들은 1810년에 발표하였다.

요한 프리드리히 라이하르트   할레 근교의 라이하르트 묘비

라이하르트의 괴테-가곡들은 그의 가곡 창작의 본질로 여겨도
손색이 없다. 그는 〈이별Abschied〉을 비롯해서 괴테의 시 약 110편
에 곡을 붙였다. 이것은 독일 가곡 역사에서 라이하르트가 괴테의
시에 가장 많이 곡을 붙였으며, 이는 슈베르트의 괴테-가곡의 두
배를 넘는다. 이 많은 곡들 가운데 오늘날도 빛을 발하는 일부 작
품들이 있다. 예를 들면 〈리나에게An Lina〉와 〈변화Wechsel〉와 같은
유절가곡들이 있으며, 이 가운데 〈변화〉에서는 3/8박자의 다장조
화음으로 맑고 서두르는 물의 흐름을 그리고 있으며 슈베르트에
가까운 쾌활한 화음 사용이 나타나 있다. 라이하르트의 괴테 가곡
들은 '낭송작품'이라고 할 수 있으며 또 부분적으로 멜로디가 결합
된 형식의 극적 표현의 힘을 지닌 언어 음악이라고 할 수 있다(RL,
107~115). 라이하르트는 괴테-가곡들에서 시인의 위대함에 가장
많이 접근하였고, 이 점에서 슈베르트는 라이하르트의 뒤를 잇는

가곡 작곡가라고 할 수 있다.

그 밖에 라이하르트의 놀라운 점은 괴테의 희곡 작품들에서 텍스트를 발췌해서 곡을 붙인 점이다. 이것은 여러 다른 작곡가들이 괴테의 소설 《빌헬름 마이스터의 수업시대》와 희곡 《파우스트》에서 텍스트를 취한 경우를 제외하고는 대단히 드문 일이다. 여기서는 극적 표현이 가장 잘 드러나는 라이하르트의 〈이피게니에의 독백〉, 〈마왕〉을 분석하고 있다.

1) 〈이피게니에의 독백〉

라이하르트는 괴테의 《타우리스의 이피게니에》의 제1막 1장에 나오는 53행으로 이뤄진 이피게니에의 독백에 곡을 붙였다(GW 5, 7~8). 괴테는 이 작품에서 그리스의 이상형을 그대로 수용하면서 인본주의 이념을 지닌 진실된 인간상을 다루고 있다. 예를 들면 이피게니에는 신의 뜻에 순종하는 아름답고 순수한 인간성을 지닌 자로 형상화되고, 토아스 왕은 상대방의 진심을 존중할 줄 아는 인본주의자로 그려지고 있다. 이 작품의 주인공인 이피게니에는 그리스의 맹장 아가멤논의 맏딸이었으나, 아가멤논이 트로이와 전쟁을 치루면서 그리스의 승전을 위해서 그녀를 신의 제물로 바쳐야만 풍랑을 잠재우고 승전하여 귀국할 수 있다는 예언에 따라서 딸을 희생시킨다. 그러나 디아나 여신은 그녀를 죽음에서 구해 내어 토아스 왕이 다스리는 이방인의 땅 타우리스에서 여신을 섬기는 여사제가 되게 한다. 이 작품은 이피게니에가 고향, 가족과 형제를 그리워하면서 해변가를 거니는 장면으로부터 시작된다. 바로 이 이피게니에의 독백 장면의 텍스트에 라이하르트가 곡을 붙인 것이다.

라이하르트는 〈이피게니에의 독백Monolog der Iphigenia〉에서 피아

노의 서주, 간주, 이중창, 후주를 통해서 독백이 지닌 단조로움을
피하면서 이피게니에의 고향과 형제를 그리는 마음을 서창조(낭송
조)로 애절하게 그려내고 있다. 이 곡은 어둡고, 느리고, 한탄스러
운 분위기의 서주를 시작으로 서창조로 이피게니에의 독백이 나온
다. 1행에서 6행 "높이 솟은 우듬지여, 네 그늘에서 나오렴/ 오래
되고 성스럽고 잎이 무성한 숲의/ 여신의 고요한 신전에서처럼/ 난
여전히 지금도 떨리는 심정으로/ 내가 맨 처음 발을 내딛었던 것처
럼/ 내 마음은 여기에 익숙하지 않구나"라고 노래한다. 여기서는
오래된 성스러운 숲의 그늘로부터 나무 꼭대기가 우뚝 솟아나 있
고, 맨 처음 떨리는 마음으로 여신의 신전에 발을 내딛었을 때처럼
이피게니에는 지금도 떨리는 마음으로 여신을 숭배하고, 토아스
왕이 다스리는 타우리스 섬에서의 삶은 여전히 그녀에겐 낯설다.
6행 "내 마음은 여기에 익숙하지 않구나" 다음 느리고 다소 가벼운
격정이 들어 있는 짧은 피아노 간주가 그녀의 낯선 심정을 강조하
고 있다.

7행에서 9행 "여러 해 동안 여기 나를 숨겨서 지켜 주시지/ 내가
순종하는 고귀한 의지가/ 그러나 난 처음처럼 여기가 낯설구나"라
고 노래한다. 그러니까 그녀가 순종하는 신의 높은 의지가 그녀를
오랜 세월 동안 이곳에 숨겨 두고 보호하고 있으나 여전히 그녀는
이방인으로 낯선 존재임을 느끼고 있다. 9행 다음 느리고 가벼운
격정이 들어 있는 짧은 피아노의 간주가 이제 여사제로서 지내는
타우리스에서의 삶 또한 그녀에게 낯설다는 것을 강조하고 있다.
10행에서 14행 "아, 바다가 사랑하는 사람들로부터 날 나누고/ 난
해안가에서 긴 나날들을 서성인다/ 그리스 땅을 마음으로 그리워
하면서/ 내 탄식에 아랑곳하지 않고 파도는/ 둔탁한 쏴쏴거리는 소

리만 내 쪽으로 실어온다"고 노래한다. 이피게니에는 해안가를 서성이면서 그리스 고향을 그리워하고, 부모와 형제자매들과 헤어져 낯선 곳에서 삶을 영위하는 점에 대해서 탄식하지만 이에 아랑곳하지 않고 파도는 자신의 자연스런 음향을 낼 뿐이다. 14행 "둔탁한 쏴쏴거리는 소리만 내 쪽으로 실어 온다" 다음에 아름답고 느린 피아노의 짧은 간주는 파도가 그녀의 마음을 아랑곳하지 않고 무심히 내는 자연의 소리로 표현하고 있다.

15행에서 17행 "슬프구나, 부모와 형제자매들과 멀리 떨어져/ 외로운 삶을 영위하는 사람은! 회환이 그의 맘을 갉아먹는구나/ 다가온 행복을 목전에서 앗아가 버린다"라고 노래한다. 이피게니에는 부모와 형제와 멀리 떨어져서 홀로 외롭게 삶을 영위하는 사람은 슬프다고 한탄하면서 이런 회한이 그녀 앞에 다가온 행복을 사라지게 한다는 것을 인식한다. 여기서 다가온 행복이 구체적으로 무엇인지 이 독백에서는 알 수 없지만 괴테의 작품 끝에 보면, 토아스 왕이 이피게니에에게 구혼을 했는데, 그것을 간접적으로 뜻한다고 볼 수 있다. 더욱이 라이하르트의 곡에서 보면 15행의 첫 부분 "슬프구나"를 거듭 노래해 슬픔이 강조되고, 17행 "다가온 행복을 목전에서 앗아가 버린다" 다음에 느린 피아노의 간주가 이어지면서 그녀의 한탄과 회한을 다시 강조하고 있다.

18행에서 22행 "줄곧 생각들이 맴도는구나/ 아버지의 궁전 홀에 대한/ 태양이 처음으로 하늘을 열었던 곳/ 같이 태어난 형제들이 놀면서 서로 단단히/ 부드러운 끈으로 묶여 있던 곳"이라고 노래한다. 이피게니에는 더욱이 형제들과 함께 놀면서 부드러운 형제애의 끈으로 단단히 연결해 주던 곳이자 맨 처음 그녀에게 하늘을 열어 주었던 곳인 양친 궁전의 홀을 생각하면서 슬픈 마음에 잠긴다.

22행 "부드러운 끈으로 묶여 있던 곳" 다음에 처음으로 이 곡에서
이중창이 나오는데, 15행과 16행의 일부 "슬프구나, 부모와 형제
자매들과 멀리 떨어져/ 외로운 삶을 영위하는 사람은"을 노래하고,
"아, 슬프다"와 "외로운 삶을 영위하는 사람" 부분은 다시 반복해
서 이중창이 이어진다. 이것은 전체 곡에서 형제와 부모와 헤어져
서 혼자 삶을 살아가는 것의 슬픔을 격정적으로 강조하고 있으며,
이중창 다음에 항상 짧은 피아노의 간주가 이어진다.

23행과 24행 "난 신들에게 원망할 마음은 없다, 다만/ 여자의
처지가 한탄스러울 따름이다"라고 노래한다. 그녀는 신들에게 원
망을 하지는 않지만 여자의 처지는 한탄스럽다고 여긴다. 24행
"여자의 처지가 한탄스러울 따름이다"는 이중창으로 후렴처럼 반
복하면서 그 내용을 강조하고 있다. 이어 25행에서 29행 "집에서
나 전쟁터에서나 남자가 지배한다/ 낯선 곳에서도 그는 스스로 도
울 줄 안다/ 소유가 그를 기쁘게 하고, 승리가 그를 장식한다/ 그
에겐 명예로운 죽음이 마련되어 있다/ 여자의 행복은 그것과 아주
긴밀하게 연결되어 있지!"라고 노래한다. 그러니까 가정에서나 전
장에서나 남자가 지배하고, 낯선 곳에서도 남자는 스스로 자신을
도울 줄 알며, 전리품과 승리는 그를 기쁘게 한다고 노래한다. 또
전장에서 죽더라도 그것은 명예로운 일인데, 여자의 행복은 이런
남자의 운명과 긴밀하게 연결되어 있다고 한탄한다. 29행 "여자의
행복은 그것과 아주 긴밀하게 연결되어 있지" 다음에 다시 이중창
으로 후렴처럼 노래하면서 그 내용을 강조하고 있다.

30행에서 32행 "완고한 남편에게 순종해야 하는 것이/ 의무이자
위로이다. 얼마나 비참한가/ 어떤 적대적 운명이 그녀를 멀리 쫓아
내 버릴 때면"이라고 노래한다. 그러니까 완고한 남편에게 순종하

는 것도 의무이자 위로이지만, 더욱이 어떤 적대적 운명이 그녀처럼 원하지 않은 삶을 살도록 하는 것은 정말 비참한 것이다. 32행 "어떤 적대적 운명이 그녀를 멀리 쫓아내 버릴 때면" 다음에 이중창이 "여자의 처지는 한탄스럽다"라고 24행을 반복한다. 또 32행 다음에 24행을 후렴으로 노래하면서 그 내용을 강조하고 있다. 다시 말하면 자신에게 비호의적인 운명이 그녀를 낯선 곳으로 데려왔으며 이런 그녀의 처지가 한탄스럽다고 강조하는 것이다. 현재 여자의 처지와 연결시킬 수 있는 적대적 운명은 완고한 남편이라는 간접적 표현 이외에 구체적으로 나와 있지 않지만 다음 행들에서 구체적으로 그것을 알 수 있다.

33행에서 42행 "고결한 남자, 토아스 왕은 그렇게 나를 이곳에 단단히 붙잡고 있다/ 엄숙하고 성스러운 노예의 끈으로/ 내가 고백하는 것은 얼마나 부끄러운 일인가/ 여신이여, 고요한 반감으로 그대에게 봉사하고 있음을/ 그대, 나의 구원자여! 내 삶이/ 자유의지로 그대에게 봉사해야만 하는데/ 난 항상 그대에게 희망을 가졌고 여전히/ 디아나 여신이여, 지금도 그대에게 희망을 품고 있어요/ 그대가 가장 위대한 왕으로부터 쫓겨난 딸인 나를/ 그대의 성스럽고, 부드러운 팔에 안아 주었지요"라고 노래한다. 여기에서는 타우리스 섬의 토아스 왕은 그녀를 노예와 같은 끈으로 단단히 매어 두고 있으며 그녀는 내키지 않는 마음으로 디아나 여신의 여사제로 봉사하고 있는데, 그런 그녀의 자세는 자신을 구해 준 여신에 대한 도리가 아님을 알고 부끄러움을 느낀다. 또한 그녀는 디아나 여신에게 바쳐진 존재이며, 자신은 가장 위대한 왕인 아가멤논의 딸로서 제물로 바쳐져 죽게 되었으나, 여신이 자신의 성스럽고 부드러운 팔로 감싸 안아 그녀를 타우리스로 데려와 살려 주었다. 42

행 "그대의 성스럽고, 부드러운 팔에 안아 주었지요" 다음에 느리고 다소 힘차고 당당한 피아노의 간주가 이어진다. 여기서 피아노의 간주는 디아나 여신의 구원을 강조하고 있다.

43행에서 마지막 53행은 이 가곡의 절정이자 시 내용의 절정으로서 이피게니에의 기도와 염원을 노래하고 있다. "그래요, 제우스의 따님이여, 그대가 고결한 남자를/ 딸을 요구함으로써 그대는 그를 불안케 하였고/ 그대가 신과 닮은 아가멤논/ 그대에게 그가 가장 사랑하는 딸을 제단으로 가져왔던 그를/ 포위된 트로이의 담벽으로부터 벗어나 명예롭게/ 그의 고향으로 되돌려 보내 주었지요/ 그의 아내, 엘렉트라와 아들은/ 그 아름다운 보물들은 그에게 남아 있었지요/ 이제 나를 내 가족에게 되돌려 보내 주세요/ 그대가 죽음에서 구원해 주었듯이 나를 구해 주세요/ 여기, 죽음과 같은 삶에서 두 번째로 구원해 주소서"라고 노래한다. 그러니까 디아나 여신은 아가멤논에게 그의 가장 사랑하는 딸을 제물로 바치도록 요구하였고, 대신 그를 그의 가족들이 있는 고향으로 명예롭게 귀향케 한 것을 칭송하면서 이제 그녀도 가족의 품으로 돌아가게 해 달라고 기도하고 있다. 제물로 바쳐진 그녀를 죽음에서 구해 내었듯이 이번에도 죽음과 같은 타우리스에서의 삶에서 두 번째로 구원해 달라고 간절하게 기원하는 것으로 그녀의 노래가 끝난다. 더욱이 52행과 53행 "죽음에서 구원해 주었듯이/ 여기, 죽음과 같은 삶에서 두 번째로 구원해 주소서"라는 부분에서 반복과 이중창이 번갈아 가면서 마지막 절정을 장식하고 피아노의 후주가 이 곡을 마감한다.

더욱이 〈이피게니에의 독백〉은 라이하르트 가곡 가운데서 단순하면서도 가장 음악적 기교와 변화를 많이 지니고 있다. 작곡가는

서창조로 노랫말의 뜻을 강조하면서도 적절하게 피아노 간주나 이
중창을 삽입하여 시가 지닌 뜻을 강조하거나 또는 되새김질하는
구실을 하게 함으로써 독백의 단조로움을 피하면서 대단히 흥미롭
게 곡을 만들고 있다.

2) 〈마왕〉

괴테의 담시 〈마왕Erlkönig〉(GG, 92~93)에 라이하르트 이외에 뢰
베, 슈베르트, 슈포어, 베른하르트 클라인Bernhard Klein, 오토 클렘
페러Otto Klemperer 등이 곡을 붙였다. 라이하르트가 맨 처음 〈마왕〉
에 곡을 붙였는데, 1연과 8연의 서술자는 같은 멜로디로, 3연과 5
연의 마왕의 유혹하는 말 또한 같은 가절로 되어 있다. 2연, 4연,
6연은 같은 유절가곡이며 아버지와 아들의 대화가 중심이 되고 있
다. 7연에서는 마왕과 아들의 대화가 나오고, 이 연은 변용된 멜로
디로 되어 있다. 전체적으로 멜로디는 통일된 느낌을 주지만 아버
지, 아들, 서술자, 마왕의 톤이 달라짐으로써 곡의 단조로움을 피
하고 있다. 그러나 이 곡은 뢰베와 슈베르트의 곡과는 달리 극적
효과가 크지 않은 담시 가곡으로 되어 있다. 라이하르트는 피아노
의 서주, 간주, 후주 삽입을 하지 않은 채 단순히 텍스트 내용 중심
으로 곡을 붙이고 있다.

라이하르트의 〈마왕〉의 1연과 8연은 서술자의 노래로서 1연 "누
가 이렇게 늦게 밤과 바람을 가로질러 말을 타고 가는가/ 그는 아
이를 데리고 가는 아버지다/ 그는 아들을 품에 안고 있다/ 그는 그
를 단단히 붙잡고 따뜻하게 안고 있다"라고 노래한다. 여기서는 서
술자가 어둡고 바람 부는 밤에 한 아버지가 어린 아들을 팔에 따
뜻하게 감싸 안은 채 말을 타고 달리고 있음을 표현하고 있다. 8

연 "아버지는 무서운 생각이 들어서 재빨리 말을 달렸다/ 그는 품에 고통스러워하는 아이를 안고서/ 힘껏 노력해서 성에 당도했다/ 그의 품 안의 아들은 죽어 있었다"라고 서술자가 노래한다. 여기서는 아들이 마왕이 자신을 붙잡는다고 하자 아버지는 불현듯 무서운 생각이 들었고 신음하는 아들을 안고 어렵사리 집에 도착했으나 마침내 그의 팔 안에 아이가 죽어 있었다는 섬뜩한 이야기로 끝나고 있다.

2연과 4연, 6연은 아버지와 아들의 대화로서 비슷한 유절가곡 형태로 진행되고 있다. 아버지와 아들의 대화 노래의 톤은 아버지는 당당하게, 아들은 다소 부드러운 느낌으로 가볍게 대조를 이루고 있다. 2연의 1행 "아들아, 왜 네 얼굴에 그렇게 두려움을 감추고 있니"라고 아버지가 당당하게 아들에게 묻고 있다. 하지만 아들은 2행과 3행 "아버지, 마왕이 보이지 않으세요/ 왕관을 쓰고 옷자락을 끄는 마왕이요"라고 두려움에 사로잡힌 채 아버지에게 마왕이 보이지 않는가라고 되묻고 있다. 4행 "아들아, 그건 안개 자락이란다"라고 아버지가 아들을 위로하듯 당당하게 말한다. 아버지와 아들의 대화는 다소 톤이 바뀌면서 이어지고 있다. 4연의 1행과 2행 "아버지, 아버지, 들리지 않으세요/ 마왕이 나지막하게 약속하는 말이요"라고 아들이 다시 아버지에게 불안스럽게 묻자 3행과 4행 "진정해라, 침착하렴, 얘야/ 바람이 마른 나뭇잎에 살랑거리는 소리란다"라고 아버지는 아들을 진정시키면서 여전히 당당한 목소리로 노래한다. 6연의 아버지와 아들의 대화는 1행과 2행 "아버지, 아버지 저기 보이지 않으세요/ 저 어두운 곳에 있는 마왕의 딸들이"라고 다시 아들이 불안스럽게 노래한다. 3행과 4행 "아들아, 아들아 난 정확히 보고 있다/ 늙은 버드나무들이 그렇게 잿빛으로 보이는 것이란다"라고 아버지는 여전히 당당하게 아들을 위로한다.

한편 지금까지의 서술자, 아버지, 아들의 톤과 가장 극적으로 대비되는 것은 마왕의 부드러운 유혹의 속삭임이다. 전체적으로 가장 극적인 대비는 아버지 및 서술자의 톤과 마왕의 톤이며, 아들은 불안스러운 마음을 담은 톤으로서 크게 대비를 이루고 있지는 않다. 3연, 5연, 7연의 1행과 2행은 마왕의 노래이며, 3연 "사랑하는 애야, 오렴, 나와 함께 가자/ 내가 너와 아름다운 놀이해 줄게/ 해변에는 많은 예쁜 꽃들이 피어 있단다/ 내 어머니가 많은 황금 옷을 가지고 있지"라고 마왕이 노래한다. 그는 아주 나지막하고 부드러운 목소리로 아이에게 해변에는 아름다운 꽃들이 만발해 있고 그와 함께 재미있게 놀아 줄테니 함께 가자고 유혹한다. 5연 "멋진 소년아, 나와 함께 가겠니/ 내 딸들이 널 기쁘게 기다리고 있단다/ 내 딸들이 밤에 윤무를 벌이고/ 잠재우고, 춤추고 노래해 줄 거야"라고 마왕이 노래한다. 여기에서도 마왕은 소년을 애타게 기다리는 그의 딸들이 춤추고 노래하고 잠도 재워 줄 것이라고 부드럽게 유혹한다. 7연의 1행과 2행에서도 마왕은 여전히 유혹적이고 부드러운 목소리로 "난 널 사랑한다, 네 아름다운 모습이 날 자극하는구나/ 네가 원하지 않으면 내가 힘을 쓸 수밖에"라고 노래한다. 시의 내용은 이제 억지로 소년을 데려가겠다는 마왕의 단호한 결심을 드러내는 데 견주어 노래는 여전히 3연과 5연의 마왕의 유혹적인 부드럽고 낮은 톤을 그대로 유지하고 있다. 7연의 3행 "아버지, 아버지, 이제 그가 날 붙잡아요"와 4행 "마왕이 날 아프게 해요"에서 아들은 이제 마왕에게 붙잡혔으며 아프다고 말하는데 여전히 불안에 떠는 기존의 톤을 그대로 유지할 뿐 죽음에 대한 극도의 불안을 드러내지는 않는다.

이렇게 라이하르트는 〈마왕〉에 곡을 붙이고 있는데, 나중 뢰베와 슈베르트의 〈마왕〉과 견주어 볼 때 라이하르트의 곡은 극적 대비의 톤들이 크게 드러나지 않고 있다. 다만, 마왕은 아버지와 서술자의 톤과 극적 대비를 이루는데 곧 마왕은 끝까지 부드럽고 유혹적인 낮은 톤을 유지하고, 아버지와 서술자는 여전히 당당한 톤을 유지한다. 심하게는 8연 아들이 죽었다는 부분에서도 서술자의 톤은 크게 달라지지 않는다. 그것은 1연과 같은 유절가곡의 멜로디를 그대로 유지하기 때문이다. 그리고 아버지와 아들의 대화의 톤은 대비되는 분위기를 지니고 있으나 원래 텍스트가 지니고 있는 뜻보다는 약화된 채 아버지는 당당하게, 아들은 불안스러워하는 목소리로 표현하고 있을 뿐 큰 대비를 이루고 있지는 않다. 전체적으로 라이하르트의 〈마왕〉에서 피아노의 반주는 특별한 기능 없이 노랫말을 뒷받침하면서 서창조의 대화 담시의 성격으로 나타나고 있다. 앞서 다룬 〈이피게니에의 독백〉에 비해서 〈마왕〉은 가곡으로서의 특징이나 기교가 특별하게 드러나지 않지만 담시를 성악가가 극적으로 낭송하는 효과는 두드러지고 있다.

3.4 첼터의 괴테-가곡들

카를 프리드리히 첼터는 음악사에서 괴테의 친구이자 음악적 조언자로서 알려져 있다. 이러한 역할에 걸맞게 그는 가곡 역사에서 괴테 시의 작곡가로서 독특한 자리매김을 하고 있으며, 이 점에서 라이하르트와 비교된다. 첼터와 라이하르트는 6살 차이를 둔 동시대인 작곡가이자 괴테의 많은 시에 곡을 붙였고, 괴테의 인정을 받았다. 두 사람을 가곡의 천재 슈베르트에 견준다는 것은 적절한 일이 아니지만 이 두 작곡가를 서로 동등한 급의 예술가로 여기는 것은 적합한 일이 될 것이다. 괴테는 라이하르트의 예술적 업적과는 상관없이 정치적 이유 때문에 그를 멀리하였고 대신 첼터와 음악적 교류 및 인간적 교감을 깊게 가졌다.

예술사에서 시인과 음악가의 30년 이상의 인간적 교류는 대단히 드문 일이었으며, 첼터는 젊은 시절 가곡을 작곡하지 않았다. 그러다가 그가 35세에 이르러 아내와 사별한 뒤 율리 파프리츠Julie Pappritz와 재혼하게 되었다. 그녀는 노래에 재능이 있었으며, 그로 말미암아 첼터가 가곡 작곡에 관심을 기울이게 되었다. 더욱이 1796년 괴테에게 그의 시에 곡을 붙인 가곡을 보내면서 교류가 시작된 뒤 1799년부터는 지속적으로 괴테와 개인적 서신을 교환하면서 가곡 작곡에 집중하게 된다. 그래서 그는 약 400편 솔로 가곡을 작곡하였다. 첼터의 가곡이 라이하르트의 가곡보다 "더 현대적"(RL, 115)으로 작용했다는 점은 놀라운 일이 아니다. 첼터는 라이하르트보다 6살 아래였는데, 이 시기는 초기 고전주의에서 후기 고전주의로 변화되는 과정에서 낭만적 경향들이 나타났기 때문에 이들은 거의 다른 세대를 대표하였다. 첼터 또한 베를린가곡악파처럼 유절가곡을 선호하였고, 단순성의 원칙을 지키면서도 모차르트의 우아한 형식과 이탈리아식 멜로디를 선호하였다. 천재적이고 불안정하고 흥분해서 산만해지는 라이하르트와는 달리 첼터는 바흐를 공부했고 작은 형식에도 노력과 철저함을 보이는 단련된 수공업자처럼 작곡을 하였다. 첼터는 많은 가곡을 짓는 데 수년 동안 노력하면서 때로는 같은 텍스트에 여러 편의 다른 버전의 곡을 쓰기도 하였다. 괴테는 첼터의 곡에 나타난 진심이 깃든 멜로디를 높이 평가하고 이외에도, 첼터의 분명하고 책임감에 찬 대가다운 노력을 좋아했다. 그래서 두 사람의 이해는 일치될 수 있었는데 음악가는 "시인에게서 아른거리는 멜로디를 찾으려"(RL,116) 했고, 그 점이 1822년 첼터의 괴테-가곡집에 잘 나타나 있다.

> 이 작품들은 수년 전부터 서로 비밀이 없는 두 친구의 상호작용에서 탄생한 것이다. 그래서 작곡가에게는 시인과 동일시되는 것이 자연스러운 일이었다.(RL,116)

1795년과 1796년 사이 《빌헬름 마이스터》에서 발췌한 텍스트에 곡을 붙인 첼터의 초기 가곡들은 그 시적 형상들이 작곡가에게 친숙했다.〈미뇽Mignon〉(너는 레몬 꽃이 만발한 나라를 아니Kennst du das Land, wo die Zitronen blühn)에는 절박한 애원이 들어 있으며, 부드러운 바람과 키가 큰 월계수가 여리게 상징화되어 있고 이탈리아식 화려한 장식적 선율로 종결짓고 있다. 이 가곡은 여러 차례 작곡되었는데 첼터는 1818년 3월 24일 괴테에게 보낸 편지에서 그 점을 언급하고 있다.

> 자네의 텍스트 그 나라를 아십니까를 단 한 번이라도 스스로 만족하고자 여섯 번이나 음악으로 옮겼네. 그리고 가장 좋은 작품이 바이마르로 가게 되겠지.(BW,148)

〈나그네의 밤 노래Wandrers Nachtlied〉I (모든 산봉우리에는 정적이 깃들었네Über allen Gipfeln ist Ruh)는 라이하르트를 비롯해서 후대의 파니 헨젤, 리스트와 볼프도 같은 시에 곡을 붙였다. 첼터는 이 〈나그네의 밤 노래〉를 1814년 작곡했는데 정말로 고요하고, 행복하고 화려한 장식적 선율로 시작하는 멜로디는 아주 부드럽게 아

르페지오의 셋잇단 8분음표와 피아노의 묵중한 8도 음정 베이스로
넘어가고 있다. 괴테는 그들이 사망하기 1년 전 첼터에게 보낸 편
지에서 이 곡과 관련해 다음과 같이 쓰고 있다.

> 전나무 숲들 가운데 가장 높은 봉우리의 외로운 산장에서 난 자네가 나
> 의 시 〈모든 산봉우리에는 정적이 깃들었네〉에 곡을 붙여서 음악의 날
> 개로 아주 편안하게 모든 세계로 실어다 준 그 가곡의 1783년 9월 7일의
> 제명을 음미하였네.(BW, 371)

또한 괴테를 아주 감동시킨 첼터의 곡으로 〈한밤중에Um
Mitternacht〉가 있다. 실제로 괴테는 이 시를 1818년 자정을 알리는
종소리가 울린 밤에 썼으며, 첼터 또한 그로부터 얼마 뒤 밤에 이
시를 작곡했다. 이 곡은 괴테의 마음에 와 닿았는데 첼터는 같은
피아노 반주에 세 가지 다른 서창조 노래 구절로 작곡하였다. 첼터
는 괴테의 의도와 뜻을 누구보다도 공감하고 멜로디를 그의 시 정
신에 일치시키려고 부단한 노력을 하였으며, 이러한 첼터의 음악
가적 자세를 누구보다도 인정하였을 뿐만 아니라 만족한 사람이
바로 괴테였다. 이 점에서 첼터는 괴테의 시에 곡을 붙이기 위해서
태어난 음악가와 같다는 인상을 주고 있다. 첼터는 괴테 이외에도
실러, 포스Johann Heinrich Voß, 마티손Friedrich von Matthisson, 슐레겔
과 티크의 텍스트에도 곡을 붙였다.

1) 〈쉼 없는 사랑〉

괴테의 〈쉼 없는 사랑Rastlose Liebe〉(GG 50~51)은 3연 시로서 1연
과 3연은 6행시이고 2연은 8행시로 이뤄져 있다. 이 시에 첼터 이
외에 라이하르트, 슈만, 로베르트 프란츠Robert Franz, 베른하르트
클라인, 오트마 쇠크 등이 곡을 붙였다.

첼터의 〈쉼 없는 사랑〉은 라이하르트의 같은 곡과 비교되는데, 라이하르트는 빠른 행진곡처럼 곡을 붙이고 있으며 피아노의 짧은 격정적 서주와 함께 노래가 시작되고 피아노의 간주와 후주는 없다. 더욱이 라이하르트의 곡에서는 1연의 마지막 6행 "쉼과 휴식이 없구나", 2연의 7행과 8행 "아 그렇게 자신의 것처럼/ 고통을 만들어 내는구나", 3연의 3행 "모든 것은 소용없는 일이구나!"와 6행 "사랑, 너로구나"가 반복되고 다시 4행에서 6행 "삶의 왕관/ 쉼 없는 행복/ 사랑, 너로구나"는 반복되면서 마지막 6행이 재차 반복되는 것으로 곡이 되어 있다. 이렇게 라이하르트의 곡은 빠른 행진 곡풍으로 산행을 하면서 흥겹게 부를 수 있는 분위기로 이뤄져 있는데 견주어서, 첼터의 같은 곡은 격정적이고 빠른 아름다운 피아노의 서주로 노래가 시작되면서 여러 차례 피아노 간주와 격정적인 피아노 후주로 끝나고 있다.

첼터의 〈쉼 없는 사랑〉의 1연은 피아노 서주에 이어서 1행에서 6행 "눈, 비/ 바람에 맞서서/ 심연의 안개 속에서/ 연무를 뚫고/ 끝없이, 끝없이/ 쉼과 휴식이 없구나"라고 노래하는데, 여기서는 눈과 비, 바람, 안개를 뚫고 협곡의 연무 속에서도 사랑은 영원히 쉼이 없다고 노래한다. 라이하르트와 마찬가지로 1연의 6행 "쉼과 휴식이 없이"는 반복되지만 이어서 서주처럼 격정적이고 아름다운 피아노의 간주가 들어가 있는 점이 특징이다. 2연 "오히려 고통으로/ 견뎌 내고 싶구나/ 삶의 아주 많은 기쁨들을/ 짊어지는 것보다/ 모두들/ 마음에서 마음으로 쏠리는 경향이 있구나/ 아 그렇게 자신의 것처럼/ 고통을 만들어 내는구나"라고 노래한다. 여기서는 그런 쉼 없는 사랑에서는 삶의 기쁨보다는 차라리 고통을 감내하는 편이 더 낫고, 모두가 마음으로 사랑을 느끼면서 이로 말미암아 고통이 생겨나게 된다. 3행과 4행 "삶의 아주 많은 기쁨들을/ 짊어지는 것보다"를 반복하고 피아노의 간주가 들어간다. 다시 7행과 8행 "아 그렇게 자신의 것처럼/ 고통을 만들어 내는구나"를 반복 노래한 다음 피아노의 간주가 들어간다.

마지막 3연에서는 반복과 강조가 교차하면서 이 곡에서 가장 변화가 많은 부분이 들어 있다. 1행 "어떻게 난 피해야 하나?"는 2행 "숲 쪽으로 향해야 하나?" 다음 다시 반복되는데 더욱이 "어떻게"는 거듭해서 반복 노래된다. 그러니까 1행 반복에서 "어떻게, 어떻게, 어떻게 난 피해야 하나?"가 되고 있다. 이로써 어디 피할 데가 없음이 극명하게 강조되어 있다. 이어 3행에서 6행 "모든 것은 소용없는 일이구나!/ 삶의 왕관/ 쉼 없는 행복/ 사랑, 너로구나"라고 마지막까지 노래하고는 3행 "모든 것은 소용없는 일이구나"를 두 번 반복한다. 이어 5행 "쉼 없는 행복"과 6행 "사랑, 사랑, 사랑 너로구나"라고 반복하고는 다시 격정적인 피아노의 후주로 곡이 끝나고 있다. 첼터의 곡은 전체적으로 빠르면서도 격정적이지만 아름다운 피아노의 반주가 돋보이고 있다. 반면 노랫말의 목소리는 높은 소프라노의 톤으로 그리 빠르지는 않지만 다소 격정적이면서도 애절함이 들어 있다.

2) 〈고독〉

괴테의 《빌헬름 마이스터》 2편 13장에서 〈고독에 처한 사람은 Wer sich der Einsamkeit ergibt〉 2연 8행시로서 하프 타는 노인이 고요히 전주곡을 타고 난 뒤 부른 노래이다. 이 〈하프 타는 노인〉(GG, 254)에는 첼터 이외에도 라이하르트, 슈베르트, 파니 헨젤, 슈만, 볼프 등이 곡을 붙였다. 첼터의 〈고독Einsamkeit〉은 괴테의 〈하프 타

는 노인〉의 곡명이며, 유절가곡으로 작곡되었고, 우수에 찬 피아
노의 긴 서주와 함께 곡이 시작된다. 아울러 1연이 끝나면 피아노
의 간주가 들어가고 2연이 끝나면 피아노의 후주와 함께 곡이 끝
난다. 라이하르트의 같은 곡과 확연히 다른 점은 첼터의 곡에서는
서주, 간주, 후주의 피아노의 연주가 곡을 흥미롭고 지루하지 않게
만들면서도 적절하게 노랫말을 뒷받침하고 있는 것이다. 슈베르트
를 비롯한 슈만, 볼프처럼 노랫말과 대등한 피아노의 연주 기능이
라고 할 수는 없다 할지라도 이미 첼터의 가곡에서도 실제는 음악
이 텍스트의 하위에 놓여 시를 돋보이게 하는 구실만 하지 않고 있
음을 알 수 있다. 말할 것 없이 작곡가 자신은 늘 겸손하게 시의 우
위를 인정했고, 더욱이 괴테와 교류하면서 그런 자세를 꾸준히 유
지하였다. 이와는 달리 그의 가곡에서는 자연스럽게 음악과 시가
어우러져 새로운 장르가 되고 있음을 알 수 있다.

  첼터의 가곡에서는 리스트처럼 특히 피아노의 긴 서주가 돋보이
는데, 우수에 찬 피아노의 긴 서주 다음 1연 "고독에 처한 사람은/
아, 이내 혼자이다/ 누구는 살고, 누구는 사랑하는데/ 자신을 고민
에 빠지게 내버려 둔다/ 그래, 내 고통에 날 내버려 두렴/ 그리고
난 한 번/ 정말로 고독할 수 있다/ 그러면 난 혼자가 아니다"라고
노래한다. 그러니까 고독한 사람은 혼자 남게 되고, 모두 다 각자
살아가면서 사랑하는데 하프 주자는 번민과 고통에 빠져 있을 뿐
이고 그대로 자신을 내버려 두라고 하면서 단 한 번이라도 정말 외
로워 본 적이 있는 사람은 혼자가 아니라고 노래한다. 왜냐하면 고
통이나 번민이 함께 하는 것은 완전히 혼자가 되는 것은 아니기 때
문이다. 이어 피아노의 간주가 1연 8행 "그러면 난 혼자가 아니다"
의 뜻을 강조하고 있다.

2연 "어느 사랑하는 사람은 엿들으며 조용히 들어간다/ 그의 연인이 혼자인지 아닌지를 알려고/ 그렇게 낮이나 밤이나 스며든다/ 외로운 자인 나에게 번민이/ 외로운 자인 나에게 고통이/ 아, 난 비로소/ 외롭게 무덤에 누워 있게 될 것이다/ 거기에선 고통이 날 혼자 내버려 둔다"라고 노래한다. 여기서는 사랑에 빠진 사람이 슬며시 그의 연인이 혼자인지 아닌지를 늘 살피는 것처럼, 외로운 하프 주자에게는 밤낮으로 번민과 고통이 찾아들고, 언젠가 홀로되어 무덤에 누워 있게 되면 고통도 그를 떠나서 완전히 혼자 남게 된다. 더욱이 2연의 6행에서 8행까지 "아, 난 비로소/ 외롭게 무덤에 누워 있게 될 것이다/ 거기에선 고통이 날 혼자 내버려 둔다"에서는 노랫말이 전체적으로 외롭고 애절함을 그대로 드러내고 있다. 반면 피아노의 후주는 노랫말과는 달리 담담하게 중립적인 분위기로 곡을 마무리하고 있다.

3) 〈마가레테〉

괴테의 《파우스트》에서 그레첸은 그녀의 방에서 혼자 물레를 돌리면서 〈내 마음의 고요는 사라졌네Meine Ruh' ist hin〉(GW 3, 107~9)로 시작되는 10연 4행시의 연애시를 읊조린다. 이 시의 1연, 4연, 8연은 같은 내용으로 마음의 고요는 사라지고, 그 고요한 마음을 결코 다시는 찾을 수 없다는 뜻을 담고 있다. 이 시에 첼터 이외에 슈베르트, 슈포어, 뢰베, 바그너, 베르디, 미하엘 글링카 Michael Iwanowitsch Glinka, 베를리오즈가 곡을 붙였다.

첼터의 〈마가레테Margarethe〉[51]는 피아노의 서주를 시작으로 1연

---

51) 《파우스트》에 나오는 그레첸Gretchen은 마가레테Magarethe라는 이름의 줄임형이자 축소 명사이다.

"내 마음의 고요는 사라졌네/ 내 가슴은 무겁네/ 난 그것을 다시는 찾을 수가 없네/ 결코 다시는"이라고 노래한다. 여기서는 그레첸이 마음의 평정이 사라져서 마음이 무거우며 다시는 마음의 평화가 오지 않는다고 물레를 돌리면서 노래하고 있다. 2연 "그가 없는 곳/ 그건 내게 무덤이구나/ 온 세상이/ 내게는 쓰디쓴 담즙과 같구나"라고 노래한다. 여기서는 연인 파우스트가 없는 세상은 차디찬 무덤 같고, 온 세상은 그녀에겐 그저 고통스럽고 괴로울 뿐이다. 이어 서주와 같은 멜로디의 간주가 들어가서 그레첸의 불안한 마음과 흔들림을 강조하고 있다. 3연 "내 가련한 머리는/ 날 미치게 하는구나/ 내 가련한 마음은/ 날 갈기갈기 찢는구나"라고 노래하는데, 이제 그레첸은 머리는 미칠 듯하고, 마음은 갈가리 찢어진다고 느낀다. 4연은 1연의 노랫말과 멜로디가 후렴처럼 반복되고, 이어 피아노의 간주가 들어가서 고요한 마음이 사라졌음을 강조하고 있다.

5연에서 7연은 그레첸이 파우스트의 모습을 연상하는 장면인데, 5연 "난 그가 오는지 살피네/ 창밖으로 내다보면서/ 난 그를 찾아 나서네/ 집 밖으로"라고 노래한다. 이제 그레첸은 행여나 올 그를 기다리면서 창밖으로 내다보기도 하고 드디어 그가 오는지 알아보고자 집 밖으로 나간다. 6연 "그의 고상한 걸음걸이/ 그의 고결한 모습/ 그의 입가의 미소/ 그의 눈이 지닌 힘"이라고 노래한다. 그레첸은 그의 고상한 걸음걸이, 우아한 모습, 미소, 눈에 비치는 광채를 기억해 내며 파우스트에 대한 동경의 마음을 감각적으로 드러내고 있다. 7연 "그리고 그의 말/ 마력적인 흐름을 지닌/ 그가 꼭 잡아준 손들/ 아, 그의 입맞춤!"이라고 노래한다. 그레첸은 파우스트의 마력을 지닌 말, 그녀의 손을 꼭 잡아 주었던 그의 손, 그리고 그의 달콤한 입맞춤을 상기하면서 사랑의 흔들림을 더욱 깊이 느끼고 있다. 그리고 8연은 1연의 노랫말과 멜로디를 반복하면서 후렴처럼 노래한다. 이어 2연이 반복되는데, "그가 없는 곳/ 그건 내게 무덤이구나/ 온 세상이/ 내게는 쓰디쓴 담즙과 같구나"라고 노래한 뒤 피아노의 간주가 그녀의 한탄과 애절한 마음을 강조하고 있다.

9연 "내 가슴은 내달린다/ 그를 향해서/ 아, 내가 만져 봐도 좋다면/ 그를 붙잡고 있으리라"고 노래한다. 여기서는 그레첸의 마음은 그에게로 향해 있고, 만져 보고 붙잡아서 놓지 않고 싶은 마음을 직접적으로 드러내고 있다. 이때 2행 "그를 향해서"라는 노랫말 다음의 피아노 간주가 그녀의 간절한 사랑을, 4행 "그를 붙잡고 있으리라" 다음의 피아노 간주는 그레첸이 연인 파우스트를 정말 놓치지 않으려 하는 마음을 읽게 해 준다. 이어 9연의 4행 "그를 붙잡고 있으리라"를 반복한 뒤 10연으로 넘어간다. 10연 "그에게 입맞춤할 텐데/ 내가 하고 싶은 만큼/ 그의 입맞춤으로/ 사라져 버린다 하더라도"라고 노래한다. 여기서는 그레첸이 파우스트를 다시만나면, 그녀가 하고 싶은 만큼 그와 입맞춤을 하고, 그 때문에 그녀가 파멸한다 하더라도 개의치 않겠다는 각오를 보여 주고 있다. 여기서 괴테의 시는 끝나지만 첼터는 9연과 10연의 일부를 조합하여 새롭게 연을 추가하고 있다.

추가되는 부분은 10연의 1행 "그에게 입맞춤할 텐데"를 두 번 반복하고, 9연 4행 "그를 붙잡고 있으리라"를 반복 노래한다. 그리고는 10연 2행 "내가 하고 싶은 만큼"을 두 번 반복해서 노래하고, 다시 10연 1행과 9연 4행 "그에게 입맞춤할 텐데/ 그를 붙잡고 있으리라", 다시 10연 2행 "내가 하고 싶은 만큼"을 반복 노래한다. 이어 10연 3행과 4행 "그대의 입맞춤으로/ 사라져 버린다 하더라도", 그리고 9연 1행과 2행 "내 가슴은 내달린다/ 그를 향해서"를 두 번 반복해서 노래한 뒤 9연의 3행과 4행 "아, 내가 만져 봐도 좋다면/ 그를 붙잡고 있으리라"라고 노래한다. 이어 10연의 1행과 2행을 반복해서 노래한 뒤 같은 연의 3행과 4행을 두 번 더 반복하면서 노랫말이 끝난다. 그런데 "사라져 버린다 하더라도"는 아주 느리고 길게 끌면서 노래하는 점이 특징적이고 전체 가곡은 피아노의 아름다운 후주와 함께 끝난다.

무엇보다도 첼터의 그레첸에는 마지막 9연과 10연의 교차 반복으로 젊은 처녀의 에로틱한 마음이 강조되고 있는 점이 여느 다른 가곡들과는 확연히 구분된다. 또한 9연과 10연의 내용을 서로 교차하여 반복한 것은 그레첸의 사랑이 비록 파멸을 예고하는 것이라 하더라도 그녀의 사랑은 변함이 없으며, 위험을 느낄수록 오히려 사랑에 대한 기대감이 커지고 있고 또한 그에 비례해서 그 파멸도 커질 수밖에 없음이 강조되어 있다.

3.5 베토벤의 괴테-가곡들

3.5.1 베토벤의 가곡 세계

루트비히 판 베토벤(Ludwig van Beethoven)의 명성은 기악곡에서 워낙 두드러져서, 가곡에서는 별로 높게 평가되지 않는 경향이 있다. 그 이유는 워낙 뛰어난 베토벤의 교향곡과 소나타 곡들로 말미암아 그의 가곡은 중요하지 않은 영역으로 여겨졌고, 베토벤 자신도 당시 음악의 한 장르로서 가곡의 뜻과 인식을 분명히 가진 것이 아니었기 때문이다. 그럼에도 베토벤은 약 70편의 독일 가곡을 남겼고, 그 이전 작곡가들에 견주어 음악적 가치와 정신적 의미를 더 많이 부여한 가곡을 작곡했으며, 가곡에 새롭고 개성적인 모습도 선보였다. 그의 초기 작품들에서는 빈이나 베를린가곡악파의 전래해 오는 형식이 나타나지만 1795년에서 1796년 사이에 작곡된 〈아델라이데Adelaide〉(Op. 46, 마티손 Friedrich von Matthisson의 시에 곡을 붙임)는 새로운 가곡 형식을 보인다. 그의 예술가적 운명이었던 독창성에 대한 의지가 가곡이라는 작은 형식을 새롭게 만들어 낸 것이라고 할 수 있다. 그래서 유절가곡과 칸타타 형식 사이의 다양한 형식들을 가곡에 썼는데 각 노래는 근원적인 영감의 산물이었다.

베토벤의 가곡들은 순수한 질적 서정성이 중요한데 그것은 대부분 자기 인식의 특성을 반영하고 있다. 종종 가곡이 개인적 체험과 분위기를 표현하고 있으며, 이 점은 교향곡이나 소나타의 객관성에서는 표현될 수 없는 것이었다. 그는 자신의 감정과 확신을 표현해 낼 수 있는 텍스트를 골랐고 멜로디의 장중함으로 그것을 강화시켰다. 사랑, 동경, 체념, 믿음과 영원에 대한 희망의 많은 노래들은 그의 내면적 자화상의 단면으로서 이해될 수 있다. 더 나아가서 그의 가곡들은 그가 자신의 시대에 만난 문학의 문헌이기도 하였다. 위대한 문학의 세계가 음악 못지않게 중요하였기 때문에 베토벤은 평생 동안 그의 집에 많은 문학작품들을 소장하고 있었다. 말과 음은 그에게 친숙한 표현 수단이었고, 시적인 언어는 그의 감정을 풀이하고 밝혀 주기도 했으며 시적 황홀은 그의 창조적 판타지를 자극하였다. 그는 폭넓게 고대 철학과 역사가들, 플라톤과 플루타르크까지 거슬러 올라가서 정신적 교양을 쌓았다. 젊은 시절에는 무엇보다도 클로프슈토크를 존경했고, 뷔르거와 마티손의 시에 곡을 붙였으며 그들에게는 서신으로 자신의 존경을 표하기도 했다. 셰익스피어는 그의 음악에 깊은 영향을 끼쳤고, 1809년 켈트족 신화에서 나오는 영웅서사시 오시안Ossian, 호메로스 및 괴테와 실러의 시에 곡을 붙인 작곡 출판을 음악 전문 출판업자 브라이트코프Bernhard Breitkopf에게 요청하기도 했다. 그러면서도 곡이 붙여진 다음에는 "작곡가가 시인보다 더 위에 있어야 한다."(RL, 125)는 태도를 견지하고 있었다. 바로 이 점은 라이하르트와 첼터의 관점과 대치되고 있을 뿐만 아니라 실제로 괴테와 인간적 교류를 지속하기가 어려운 점이었다고 볼 수 있다.

그러나 괴테와 베토벤은 대등한 정신의 소유자로서, 테플리츠에서 두 사람이 만난 일은 그들 삶에서 행복한 정신사적 순간으로 기록되는 하나의 일화였다. 정작 중요한 것은 베토벤이 괴테를 직접 만나기 이전부터 《에그몬트》를 제외하고도 괴테의 여러 시들에 곡을 붙였는데, 그것은 라이하르트와 첼터처럼 시인에 봉사하는 작곡이 아니었고, 또 모차르트의 〈제비꽃〉처럼 우연히 작곡된 것도 아니었다. 그것은 동등한 가치를 지닌 두 예술가의 창작으로서, "가곡 역사에서 새로운 것을 뜻하고 그 외로운 특별함에서 후대의 슈베르트나 볼프가 추월할 수 없고 가치를 깎아내릴 수 없는 것이었다." (RL, 125)

베토벤 가곡의 음악 형식은 다양하다. 전래해 오는 유절가곡을 변용하여 두 부분 또는 여러 개의 가절로 나누는 양식을 사용하였으며 이것은 칸타타에 가까운 형식이었다. 평생 동안 가곡 형식을 확대하려는 노력은 베토벤으로 하여금 마침내 연가곡 형식으로까지 이끌었다. 그래서 가곡 역사에서 베토벤이 처음으로 《멀리 있는 연인에게》(Op. 96)를 통해서 연가곡 형식을 만들어 내었다. 이것은 슈베르트와 슈만을 비롯해서 독일 예술가곡의 위대한 작곡가들에게 계승되어 나갔던 것이다. 이런 창조 방법으로 가곡을 스쳐 지나가는 감정의 순간들에 묶이는 것으로부터 자유롭게 하였고, 더 위대하다고 여기는 시적 분위기와의 연관성을 극복하는 길을 낭만주의 음악가들에게 제시한 것이다. 목소리와 피아노가 서로 분리될 수 없는 하나이고 전체였으며, 노래의 멜로디는 피아노와 목소리가 그 모티브를 서로 교환하지만 표현 수단으로서 각자 그 위치는 결코 잃지 않는 것을 뜻하였다.

베토벤은 더욱이 1808년 집중적으로 괴테의 시에 곡을 붙이기 시작해 15편 이상의 시에 곡을 붙였다. 그가 얼마나 진지한 의식에서 작곡을 했는가를 대표적으로 미뇽의 노래(〈동경을 아는 사람만이〉)가 잘 보여준다. 그는 비밀스런 미뇽이라는 인물을 제대로 표현해 내고자 4번이나 곡을 붙였다. 여기서는 괴테의 시에 곡을 붙인 세 편의 가곡을 분석하고자 한다.

3.5.2 괴테 시에 곡을 붙인 베토벤의 가곡들

1) 〈동경을 아는 자만이〉

괴테의 《빌헬름 마이스터의 수업시대》 4편 11장에 나오는 〈동경을 아는 자만이Nur wer die Sehnsucht kennt〉(GG, 253)에는 베토벤뿐만 아니라 라이하르트, 첼터, 뢰베, 슈베르트, 파니 헨젤, 슈만, 볼프도 곡을 붙였다. 베토벤의 〈동경을 아는 자만이〉(WoO 134)는 목소리 중심으로 소프라노가 멜랑콜리하게 부르는 노래이다. 그러니까 동경을 아는 자만이 미뇽의 고뇌를 알 수 있으며, 그는 모든 기쁨을 떠나 혼자서 저 멀리 하늘을 쳐다보는데 자신을 인정하고 사랑해 주는 사람은 먼 곳에 가 있어서 그에 대한 그리움으로 마음의 고통을 느낀다. 그래서 동경을 모르는 사람은 이 고뇌를 결코 알지 못한 다고 노래한다. 이 곡의 12행시는 "동경을 아는 자만이/ 내가 겪은 고통이 무엇인지 안다/ 홀로 그리고 떨어져서/ 모든 기쁨으로부터/ 난 창공을 쳐다본다/ 저 너머로/ 아, 날 사랑하고 아는 이는/ 저 먼 곳에 있네/ 현기증이 일고/ 속이 다 탄다/ 동경을 아는 자만이/ 내 가 겪은 고통이 무엇인지 안다"로 구성되어 있다. 괴테의 12행시가 베토벤의 가곡에서는 2행 다음, 6행 다음에 피아노의 간주가 들어 감으로써 가절을 나누는 기능을 한다. 또 딱딱 끊어지는 낭송은 더 욱이 3행의 각 단어에서 두드러진다. 대체로 간결하고 빠르지 않으 면서도 미뇽의 사랑에 대한 동경과 그리움, 고통이 묘사된다. 그러 면서 마지막 12행 "내가 겪은 고통이 무엇인지 안다"가 반복 노래 된 뒤 피아노의 후주가 그 뜻을 강조하면서 곡이 끝난다.

2) 〈동경〉

괴테의 〈동경Sehnsucht〉(GG, 53~54) 5연 8행시는 베토벤 이외에 도 라이하르트와 첼터를 비롯해서 슈베르트, 파니 헨젤, 볼프가 곡 을 붙였다. 베토벤의 〈동경〉(Op. 83 No.2)은 빠르고 명랑한 피아노 의 서주, 각 연마다 간주와 후주가 있는 유절가곡이다. 그리고 각 연의 마지막 8행은 반복해서 노래한다. 1연 "무엇이 내 마음을 이 토록 끌어당기는가?/ 무엇이 나를 밖으로 끌어내는가?/ 나를 휘어 감으면서/ 방과 집 밖으로?/ 구름들은 저기/ 바위 주위로 물러나 고/ 내가 저 위로 가고 싶구나/ 내가 저기로 가고 싶구나"라고 노 래한다. 여기서는 무엇이 서정적 자아의 마음을 휘감아 방과 집 밖 으로 끌어내는지 알 수 없지만 구름이 바위 주위로 물러나는 그곳 으로 가고 싶다고 노래한 것이다. 그러면서 "내가 저기로 가고 싶구나"를 반복해서 노래함으로써 동경의 마음을 강조한다.

　2연 "이제 까마귀 떼의/ 즐거운 비상이 시작된다/ 난 저 아래에
서 합류하고/ 무리를 따라간다/ 산과 폐벽 위로/ 우리는 날아간다/
그녀는 저 아래 머물고 있다/ 몰래 난 그녀를 살펴보고 있다"라고
노래한다. 여기서는 까마귀 떼가 즐거운 비상을 하고 거기에 서정
적 자아도 함께 섞여 날아서 산과 폐허를 지나간다. 저 아래 그녀
가 머무르고 있고, 서정적 자아는 그녀를 몰래 살펴본다. 그리고 8
행 "몰래 난 그녀를 살펴보고 있다"라고 반복하여 노래함으로써 그
녀에 대한 관심을 강조하고 있다. 3연 "저기 그녀가 와서 거닐고
있다/ 난 서두른다/ 노래하는 새 한 마리가 있는/ 관목이 무성한
숲으로/ 그녀는 걸음을 멈추고 귀 기울인다/ 미소를 머금고 있다/
그 새는 아주 귀엽게 노래하는구나/ 나에게 노래를 보내고 있구나"
라고 그녀가 말한다. 그러니까 1행에서 6행까지는 서정적 자아의
관점에서, 7행과 8행은 그녀의 관점에서 노래하고 있다. 3연에서
는 그녀가 초원을 거니는 것을 보자 서정적 자아는 서둘러 그곳으
로 간다. 거기서 새 한 마리가 수풀이 우거진 숲에서 노래하자, 그
녀가 멈춰 서서 미소를 짓고 그 새소리에 귀를 기울이고 있다. 그
녀는 새가 그녀에게 노래를 보내고 있다고 여긴다. 여기서 8행 "나
에게 노래를 보내고 있구나"는 반복하여 노래하면서 그녀에게 보
내는 노래의 뜻을 강조한다.

　4연 "지는 태양이/ 언덕을 금빛으로 물들인다/ 생각에 잠긴 아름
다운 그녀는/ 그렇게 일어나게 내버려둔다/ 그녀는 시냇가를 배회
한다/ 초원을 따라서 흐르는/ 어둡고, 더욱 어둡게/ 발걸음이 휘감
기고 있다"라고 노래한다. 여기서는 저녁놀이 산을 물들이고 그녀
는 초원을 따라 흐르는 시냇가를 배회하는데 발걸음은 점점 어둠에

휘감기고 있다. 그리고 8행 "발걸음이 휘감기고 있다"를 반복하면
서 밤이 오고 있음을 더욱 강조한다. 5연 "갑자기 나타난다/ 반짝
이는 별 하나인 내가/ 무엇이 저기 높이 반짝이지/ 그렇게 가까이,
그렇게 멀리?/ 너는 놀라서/ 반짝이는 것을 쳐다보았다/ 난 널 존
경해 마지않는다/ 그때 난 정말 행복했다!"라고 노래한다. 여기서
3행과 4행은 그녀의 관점에서 표현되고 있으며, 5연에서는 별 하나
로 상징되는 서정적 자아가 갑자기 모습을 드러내자, 그녀는 반짝
이는 별 하나가 아주 가까이, 때로는 아주 멀리 빛나는 것을 보고는
놀란다. 이때 서정적 자아는 그녀에게 존경심을 표하면서 아주 행
복한 감정을 느낀다. 그리고 8행 "그때 난 정말 행복했다"를 반복
하여 노래하면서 사랑의 기쁨을 강조하고 있다. 이어 피아노의 후
주가 명랑하고 빠르게 그 느낌을 연상시키면서 곡이 끝난다.

3) 〈오월의 노래〉

괴테의 〈오월의 노래Mailied〉(GG, 44~45)는 티끌 없이 순수한 사
랑의 마음을 자연에 투사하는 9연 4행시다. 이 시는 베토벤을 포함
해서 라이하르트, 뢰베, 마르슈너, 파니 헨젤, 오트마 쇠크 등이 곡
을 붙였다. 베토벤의 〈오월의 노래〉(Op. 5, No. 4)에서도 시가 지니
고 있는 그 맑고 투명한 사랑의 기쁨이 그대로 드러난다.

베토벤의 〈오월의 노래〉는 긴 서주와 함께 곡이 시작되고 있으
며, 피아노의 간주는 9연을 세 가절로 나눈다. 이 곡의 첫 가절은 1
연, 2연, 3연으로 이뤄져 있다. 1연 "얼마나 장엄하게/ 자연이 내
게 비치는가!/ 태양은 얼마나 빛을 발하는지!/ 평야는 얼마나 웃고
있는지!", 2연 "꽃들이 터져 나온다/ 각 가지에서/ 수천 개의 목소
리들도/ 덤불에서", 3연 "기쁨과 환희가/ 각자의 가슴에서도/ 오

대지여, 오 태양이여!/ 오 행복이여, 오 즐거움이여!"라고 노래한
다. 이 첫 가절에서는 오월이 오자 자연이 화려하게 빛을 발하고 웃
음 지으며, 꽃들은 가지마다 피어나고 무성한 관목에서도 수천 개
의 음성이 흘러나오며, 기쁨과 희열이 가슴에서 솟구치면서 대지,
태양, 행복, 즐거움을 찬양한다. 이어 피아노의 간주가 첫 가절의
분위기를 확인하면서 두 번째 가절(4연, 5연, 6연)로 넘어간다.

두 번째 가절의 4연 "오 사랑이여, 오 사랑이여!/ 그렇게 황금빛
으로 아름답구나/ 아침 구름처럼/ 저 언덕 위에서!", 5연 "넌 장엄
하게/ 싱싱한 밭을 축복하는구나/ 꽃들의 활기에/ 완전한 세계가
있네", 6연 "오 소녀여, 소녀여/ 내가 널 얼마나 사랑하는지!/ 어떻
게 네 눈이 쳐다보는지/ 얼마나 넌 나를 사랑하는지!"라고 노래한
다. 이 두 번째 가절에서는 황금처럼 아름답고 아침 구름처럼 높은
곳에 있는 사랑을 찬미하고, 들판은 축복받았고, 꽃들의 향기로 세
상은 완전하게 되며, 또 서정적 자아와 소녀가 서로 얼마나 사랑하
는지를 노래한다. 이어 피아노의 같은 멜로디의 간주가 나온 다음
마지막 세 번째 가절(7연, 8연, 9연)로 넘어간다.

세 번째 가절의 7연 "그렇게 종달새가/ 노래와 공기를 사랑한다/
아침 꽃들은/ 천상의 향기를", 8연 "내가 널 얼마나 사랑하는지/ 뜨
거운 피로/ 네가 나에게 젊음/ 기쁨과 용기", 9연 "새로운 노래들
과/ 춤을 선사한다/ 영원히 행복하여라/ 얼마나 넌 나를 사랑하는
지!"라고 노래한다. 이 가절에서는 종달새는 노래와 공기를 사랑하
고, 아침의 꽃들은 하늘의 향기를 사랑하며, 서정적 자아는 소녀를
진심으로 사랑하고, 그 소녀는 서정적 자아에게 새로운 노래들과
춤, 젊음, 기쁨, 용기를 주며, 그로 말미암아 행복은 영원하고 또
그녀를 정말 사랑한다고 노래하면서 끝난다. 마지막 9연의 3행 "영

원히 행복하여라"와 4행 "얼마나 넌 나를 사랑하는지"를 두 번 더 반복 노래하면서 사랑의 기쁨은 영원하게 될 것임을 강조한다.

이렇게 세 가절은 유절가곡의 형태를 취하고 있으며 피아노의 후주로 곡이 마무리된다. 더욱이 이 곡에서 베토벤은 피아노가 목소리와 대등하게 역할을 나누어 사랑의 기쁨을 노래하게 하고 있으며, 이로 말미암아 낭만적인 피아노의 아름다운 선율이 돋보인다.

3.6 뢰베의 괴테-가곡들

3.6.1 뢰베의 가곡 세계

카를 뢰베Carl Loewe(1796~1869)는 슈베르트보다 1년, 정확히는 2달 연상이지만 그가 죽은 뒤에도 40년을 더 살았으며 생전에 그의 음악(오페라, 오라토리움, 소나타)은 크게 인정받았다. 또 그의 담시 가곡들은 많은 유럽의 도시들을 순회하면서 그의 피아노 반주로 낭송될 정도로 인기가 높았다. 그의 작곡 활동은 노년까지 이어져, 슈베르트와 동시대인이면서 슈만과 브람스도 음악적 동시대인이라고 할 수 있다. 뢰베는 당대에 드물게 음악 교육을 제대로 받은 성악가로 자신의 곡을 노래 부르기도 했다. 그의 가곡들은 낭송 작품으로서 청중에게 다가갔으며, 뢰베의 가곡 작곡은 1820년대 절정에 달했기 때문에 보통 그의 곡은 초기 낭만주의 가곡의 범주에 놓인다. 더욱이 뢰베는 자신의 가곡 텍스트로 담시를 선호하는 방향에서 일관된 창작 활동을 했다. 말할 것 없이 뢰베가 담시에만 곡을 붙인 것은 아니지만, 그가 일관되게 담시 작곡을 선호한 것은 그 시대와 그 뒤에도 가곡 작곡가들 가운데 매우 드문 일이었다.

칼 뢰베

할레 근처 뢰베윈Löbejün에서 태어난 뢰베는 성가대 지휘자, 오르간 주자, 슈테틴Stettin의 음악 감독, 폼메른Pommern 음악 축제의 조직자로서 오페라, 오라토리오, 실내악과 가곡을 작곡하였다. 이 가운데서도 담시 가곡들은 그가 가진 재능의 가장 독특하고 뛰어난 힘들을 보여 주었기에 후대는 뢰베를 음악적 이야기꾼이라고 평가한다.

> 뢰베는 가수이자 피아노 주자로서 매력적인 활기를 띠고 담시들을 낭송하는 음악적 이야기꾼이었다. 그 가운데 하나가 괴테의 〈마술사의 도제〉인데, 그는 베를린 콘서트홀에서 제후 라지비우의 소망에 따라 연주하였다.(RL, 306)

이야기를 꾸미는 재미는 그에게 음과 주제를 제공했으며, 음악이 그토록 생생한 상상력으로 그려지게끔 만드는 경우는 뢰베가 유일무이하다고 할 수 있다. 여기에다 음악적 형식에 대한 감각이 더해지는데 그것은 생생한 개별 순간들에서 그때그때 중단 없이 전체를 만들어내었다. 뢰베는 음악적 연관성 없이 서사적 에피소드들을 나열하는 방식을 취한 다른 선행 음악가들의 실수를 반복하지 않았다. 뢰베는 소재의 다양성을 지닌 완결된 담시 형식으로 만들기 위해서 가절 분류, 주제와 음의 대비, 변용과 순환적 구조를 독특하게 하였다. 그래서 그에게 음악가란 이야기꾼과 동격이었다.

헤르더, 괴테, 실러, 울란트, 뤼케르트, 플라텐August von Platen－Hallermünde, 폰타네Theodor Fontane 등의 텍스트에 곡을 붙인 뢰베의 담시 세계에는 역사, 설화와 동화가 들어 있다. 뢰베는 지배자와 영웅의 모습들을 역사에서 찾았는데 예를 들면 카를 5세, 오이겐 왕자, 나폴레옹 등이었고 설화와 동화는 그에게 게르만 신화의 소재들을 제공해 주었다. 그의 음악에는 위대한 것이 작은 것과 내밀한 것 옆에 있고, 무미건조한 것이 판타지에 가득 찬 것 옆에, 음울하고 끔찍한 것이 유머와 함께 있다. 예를 들면 〈마술사의 도제〉는 음악적 희극의 대표적 작품이다. 악마의 세계와 현실의 무미건조함 사이의 음악적 묘사가 대비되고, 16분 음표의 빠른 박자로 빗자루의 물 긷기가 표현되기도 하고, 주술사 마이스터가 도제를 가르칠 때는 조가 바뀌는데 이 모든 것이 익살꾼 뢰베를 보여 주고 있다.

3.6.2 괴테 시에 곡을 붙인 뢰베의 가곡들

뢰베의 괴테 담시 가곡들은 판타지를 풍부하게 그리면서도 음악이 시를 뒷받침해야 한다는 괴테의 이상에 충실하고 있다. 그래서 괴테 시를 음악적으로 해석하기보다는 시의 내용을 가장 효과적으로 전달하는 멜로디와 낭송 형태를 띠고 있다. 이 점에서 뢰베의 가곡들은 라이하르트나 첼터처럼 문학에 종속되는 음악 형태를 보이고 있으나 복잡하지 않은 곡조 속에서도 담시가 지닌 이야기의 장면들은 마치 무대 장식이 없는 연극처럼 그려지고 있다. 이 점에 뢰베 담시의 특성이 있다.

1) 〈마술사의 도제〉

〈마술사의 도제Der Zauberlehrling〉(GG, 119~121)는 14연으로 구성된 괴테의 담시로서 희극적 내용을 담고 있다. 이 담시는 미숙한 도제가 스승이 없을 때 배운 대로 주술을 걸어서 빗자루를 움직여 항아리를 가지고 강물을 길어 오게 했으나 그것을 멈출 수 있는 마지막 말을 잊어버림으로써 집안이 온통 물에 잠기는 파국을 맞이하게 된다는 내용이다. 도제는 도움을 청하려고 스승을 불렀고 스승이 빗자루를 원래 모습으로 돌아가게 해서 파국을 멈춘다는 희비극적 내용을 담고 있다. 이 담시는 뢰베를 비롯해서 담시 작곡으로 유명한 춤스테크도 곡을 붙였다.

뢰베의 〈마술사의 도제〉(Op. 20 No.2)는 음악적 희극의 대표적 작품이며, 유머가 아주 풍부한 극적 낭송시를 보여 주고 있다. 이 〈마술사의 도제〉에서는 연 구분 없이 빠른 박자로, 피아노의 독자적인 서주, 간주, 후주 없이 오직 노래에 맞춰서 연주되고 목소리는 피아노와 마찬가지로 빠른 박자로 노래한다. 전체적으로 부드러움과 단호함이 대비를 이루면서 노래가 진행되고 클라이맥스는 주술사 마이스터의 느리고 힘차게 명령하는 서창조의 노래이다. 그 이전까지는 줄곧 빠른 박자로 노래하다가 이 마지막 부분에서만 피아노의 반주도 잠시 쉬어 가면서 주술사 마이스터가 정말로 빗자루에게 또박또박 주술을 거는 모습이 생생하게 그려진다.

1연에서는 마술사의 도제가 자신의 마이스터가 떠나버렸다고 명랑하고 빠르게 노래를 시작한다. 그리고 마이스터에게 배운 방식대로 "마술의 기적을 행할 것"이라는 부분에서는 여유 있고 자신에

찬 당당한 목소리로 노래한다. 2연과 4연은 같은 내용이며 2연, 3
연, 4연에서는 그 도제가 빗자루에게 마술을 걸자 빗자루가 일어
서서 걸어가서는 물 항아리에 물을 담아 와서 욕조를 가득 채운다
고 의기양양하게 노래한다. 5연에서는 빗자루가 강에서 물을 섬광
처럼 빨리 길어 와서 두 번째 물통도 가득 채우고 그릇마다 물에
넘친다고 노래한다. 6연에서는 마술사의 도제가 빗자루에게 엄숙
하고 힘차게 멈춰 서라고 노래하지만 도제는 멈춰 세우지 못한다.
빗자루를 멈추게 할 주문을 정확히 몰랐기 때문에 이 부분은 지금
까지의 당당하고, 때로는 엄숙하던 자세에서 불안한 마음을 표현
하는 애잔한 바리톤으로 노래한다. 7연에서는 도제가 집안이 점점
물바다가 되는 상황을 수습해 보려고 당황해 하는 목소리로 노래
한다. 8연은 도제가 이 상황을 그대로 둘 수 없어서 빗자루를 붙잡
고자 할 때는 아주 결연한 의지를 표현하는 바리톤으로 노래하다
가 점점 불안을 느낄 때는 다시 바리톤의 소리가 낮아진다.

9연에서도 여전히 빠르게 낭송하듯 도제는 빗자루더러 "지옥의
산물"이라고 저주를 하면서 빗자루에게 원래대로 막대기로 돌아가
조용히 서라고 주문을 거는 노래를 한다. 10연에서는 결연한 의지
로 도제가 직접 빗자루를 단단히 붙잡아서 날카로운 도끼로 쪼개
버릴 것이라고 노래한다. 11연에서 빗자루가 끌려오는 부분에서는
다소 슬프게 노래하다가 예리한 도끼가 빗자루를 내리치고 도제는
안도의 숨을 내쉰다. 그리고 다시 힘차고 당당하게 노래한다. 12
연에서는 두 개로 쪼개진 빗자루가 일어서서 하인처럼 서 있고 다
시 일할 준비를 마쳤으며, 이로 말미암아 도제가 다른 사람의 도움
을 청한다고 또한 빠른 박자로 설명하듯 노래한다. 13연에서는 두
개의 빗자루가 다시 일을 시작해서 집안, 계단 할 것 없이 온통 물

에 잠기게 되자 드디어 도제는 마이스터를 부른다. 14연은 이 가곡에서 가장 압권으로서 주술사 스승이 나타나서 엄숙하고 장엄하게 "빗자루야, 빗자루야"라고 부르는데, 이때는 그 중간에 휴지부를 두고 단호하고 느리게 명령을 내리듯 빗자루에게 원래의 모습으로 돌아가 구석으로 가라고 낭송한다. 그리고 필요하면 다시 부르겠다고 말하는 부분에서는 더욱 느리고 단호하게 주문하는 노래를 한다. 뢰베의 곡은 말 그대로 극적 이야기 시의 성격을 보여 주고 있다.

2) 〈성실한 에카르트〉

〈성실한 에카르트Der getreue Eckart〉(GG, 114~115)는 괴테의 8연 담시이며 여기에는 아이들, 서술자, 에카르트가 등장한다. 뢰베의 〈성실한 에카르트〉(Op. 44 No. 2)는 피아니시모에서 포르테로 점점 커져가는 경쾌한 피아노의 서주로 시작된다. 피아노 간주는 대체로 규칙적으로 가절이 끝나면 네 번 삽입되는데 더욱이 7연에서는 불규칙적으로 도중에 한 번 간주가 들어간다. 이 간주는 시의 핵심 내용을 강조하는 뜻을 뒷받침하고 있다. 1연에서는 어두운 밤에 마녀들이 항아리에 든 맥주를 다 마셔 버린다고 아이들이 낭송하듯 노래한다. 2연에서는 나이 많은 성실한 에카르트가 아이들에게 나타나서 마녀들은 목이 마른 채 사냥에서 돌아온 것이니 그냥 마시게 놔두라고 한다. 3연은 밤의 마녀들이 다가와서 맥주를 다 마셔 버리고 항아리는 비워 둔 채 떠난다고 노래한다. 4연에서는 아이들이 부모로부터 꾸짖음이나 매를 맞게 될 것을 두려워하자 에카르트는 "침묵하고 쥐처럼 그냥 들으면" 모든 것이 잘 될 것이라고 노래한다.

5연에서는 서술자가 에카르트는 그렇게 아이들에게 명했으며 사람들은 "기적의 남자"에 대해서 그동안 말을 많이 해 왔는데 이제 그 사람을 보게 될 것이라고 노래한다. 6연에서는 아이들이 모두 집으로 돌아와서 술 항아리를 내려놓자 매와 꾸짖음 대신에 술이 항아리에 가득 들어 있고 모두가 몇 차례씩 술을 마셨지만 항아리는 비워지지 않는다고 노래한다. 7연에서는 기적은 아침까지도 이어지고 누군가 항아리에 무슨 일이 일어났는가 묻자 아이들이 처음에는 더듬대다가 그것에 관해서 말을 하자 항아리의 술이 말라 버린다. 8연에서는 에카르트는 떠들어 대는 것은 해로운 일이고 침묵은 좋은 것이니까 침묵을 잘 듣고 따르면 항아리에는 도로 술이 가득 차게 된다고 노래한다. 이 담시에는 침묵은 금이라는 격언의 뜻이 강조되고 있다.

3) 〈마왕〉

뢰베의 〈마왕〉은 슈베르트의 〈마왕〉보다 3년 뒤에 작곡하였는데, 슈베르트의 〈마왕〉과 비교해서 분석할 만큼 흥미로운 작품이다. 왜냐하면 묘사의 사실성으로 본다면 뢰베의 〈마왕〉이 압도적인 우위를 지니고 있으나, 예술성으로 본다면 슈베르트의 〈마왕〉이 훨씬 섬세하면서도 예술적으로 표현되어 있기 때문이다. 이런 두 작곡가의 차이는 예술가의 능력에서 나왔다기 보다 시인의 의도를 반영하는 방법 차이에서 나왔다. 뢰베는 기본적으로 문학 텍스트의 내용을 가장 사실적으로 표현해 내서 시인의 의도를 반영하고자 했으나 슈베르트는 텍스트의 내용을 가장 음악적으로 해석해서 시인의 의도를 반영하고자 했다. 이것을 가장 대표적으로 보여 주는 예가 슈베르트의 경우 〈마왕〉의 8연 마지막 행 "아이는 그의 팔 안에서 죽어 있었다"라고 서창조로 괴로운 심정을 강조해서 피아노의 반주 없이 낭송한다. 이에 견주어 뢰베의 경우에는 한 단어 "죽어 있었다"를 연극적 포르테로 끝냄으로써 아버지의 고통과 당황이 더 사실적으로 강조되고 있다. 다시 말하면 자식의 죽음은 그 어떤 감정의 표현으로도 다 표현할 수 없다는 점에서 뢰베의 짧은 한 단어가 더 사실적으로 느껴진다.

〈마왕〉을 묘사한 카를 코틀리프 페셸의 프레스코 일부

뢰베의 〈마왕〉(Op. 1 No.3)은 전체적으로 슈베르트의 〈마왕〉에 비해서 아주 사실적으로 담시의 내용을 그려내고 있다. 아버지는 더욱 당당하게 아들을 위로하고, 아들은 점점 불안한 마음을 드러내다가 마왕이 아들을 붙잡는 부분에서는 정말 아들이 붙잡혔다는 것을 눈에 보이는 것처럼 사실적으로 묘사해 아들의 불안이 잘 드러난다. 또 마왕은 슈베르트의 마왕보다 부드럽고 유혹적인 목소리로 노래하는데 더욱이 5연의 마지막 행 "재우고, 춤추고, 노래한다"는 부분은 액센트를 넣어서 서창조로 노래하기 때문에 그 내용이 실감나게 들린다. 그 밖에 아버지가 아들을 위로하는 말이 들어 있는 각 연(2연, 4연, 6연)의 마지막 행이 반복됨으로써 아들의 불안보다는 아버지의 당당한 위로가 더 유효하다는 인상을 강화하고 있다. 아버지는 마왕이 쫓아 오는 것을 "안개 자락" 또는 "마른 잎이 바람에 살랑거리는 소리"라고 위로하고, 아들이 마왕의 딸들이 보인다고 하자 그것은 "잿빛 늙은 버드나무"라며 불안에 떠는 아들을 위로한다. 그러나 어린 아들은 극도의 불안에 떨다가 마왕에게 붙들려 죽고 만다. 이것은 아버지로서는 도무지 믿을 수 없는 일이었는데, 아들이 환시를 보는 것으로 아버지는 믿고 싶었거나 믿었다. 그러나 말을 달려 성에 도착하여 아들이 죽어 있는 것을 보았을 때 도무지 믿을 수 없는 그의 심정을 나타낼 수 있는 말은 단 한 마디뿐이었다. 그 한마디 "죽었다"를 강한 포르테 음으로 강조함으로써 아버지의 심정을 뢰베는 가장 사실적으로 절실하게 묘사한 것이다.

3.7 슈베르트의 괴테-가곡들

3.7.1 슈베르트의 가곡 세계

31세의 짧은 삶을 살았던 프란츠 슈베르트Franz Schubert(1797~1828)는 빈에서 아버지 프란츠 테오도어 슈베르트Franz Theodor와 어머니 엘리자베트 사이에서 13번째 자녀로 태어났다. 16명의 자녀 가운데 대부분이 유아 사망해서 겨우 4명의 형제만 성인의 나이에 이르렀다. 프란츠 슈베르트는 교장이자 음악에 조예가 깊었던 아버지 덕택으로 5세부터 음악 교육을 받았고 바이올린은 그의 아버지가 직접 가르쳤다. 7세부터는 리히텐탈Lichtental 교회의 악장이었던 미하엘 홀처Michael Holzer로부터 오

르간 수업을 받았다. 그러다 1808년부터 그는 목소리가 아름다
워서 일찍 빈 궁정교회의 소년 합창단 단원이 되어 황실 교회 기
숙사 학교에서 생활하게 되었다. 이 엘리트 학교에서 그는 벤첼
루치카Wenzel Ruzicka와 나중에는 안토니오 살리에리Antonio Salieri로
부터 작곡을 배웠고, 그 밖에 정규교육과 다른 기악 교육도 받았
다. 이 시기 그는 요제프 슈파운Joseph von Spaun, 알베르트 슈타들
러Albert Stadler와 안톤 홀차펠Anton Holzapfel을 사귀었으며, 더욱이
슈파운은 평생 동안 슈베르트의 음악을 후원하였다.(Ernst Hilmar
1997, 50 참조)

1813년 10월 슈베르트는 정규교육 과정에 흥미를 잃고 졸업을
약 1년 남기고 다시 부모님 집으로 돌아온다. 이후 아버지를 도와
2년 정도 학교의 보조 교사 생활을 하기도 했으나 주로 작곡을 하
면서 지냈다. 작곡은 1816년까지 안토니오 살리에리에게서 줄곧
배웠다. 슈베르트의 작곡 작품들은 지속적으로 발표되었으나, 생
활은 친구들의 도움으로 유지되었고 더욱이 슈베르트를 위한 가정
음악회(슈베르티아데)가 그의 친구들과 애호가들 중심으로 규칙적
으로 열렸다. '슈베르티아데Schubertiade'라는 명칭은 슈베르트의 친
구인 프란츠 쇼버Franz Schober가 지어냈으며, 이 모임에는 슈베르트
와 그와 가까운 친구들뿐만 아니라 빈에 사는 여러 지성인, 문학
가, 화가 등도 참석했다. 1825년부터는 매주 슈베르티아데에 20
명까지 모였고, 미하엘 포글Johann Michael Vogl이 슈베르트의 가곡
을 노래하곤 하였다. 가장 규모가 큰 슈베르티아데는 1826년 12
월 15일에 슈파운의 집에서 열렸는데 이 자리에는 프란츠 그릴파
르처Franz Grillparzer도 참석했고, 포글은 슈베르트의 가곡 30곡을 노
래했으며, 슈베르트는 요제프 가이Joseph Gahy와 함께 피아노를 쳤

다.(Hilmar, 60~62쪽 참조)

모리츠 슈빈트가 그린 슈파운 집에서 열린 슈베르티아데
(피아노: 슈베르트)

슈베르트는 교향곡, 실내악곡 및 피아노곡뿐만 아니라 가곡을
작곡하였다. 슈베르트는 사는 곳도 나이도 크게 다른 괴테 시에
가장 많은 곡을 붙였다. 괴테가 바이마르에서 50여년 이상을 살
았던 것에 견주어서 슈베르트는 당시 유럽 문화의 중심 도시인
빈에서 살았다. 또 괴테와 슈베르트는 두 세대 정도의 나이 차이
(48세)가 있다는 것 이외에도 현실 정치와 다양한 학문 및 예술
에 조예가 깊었고 이미 완숙한 삶의 경지에 이른 괴테와의 인간
적 교류는 슈베르트로서는 실제로 기대하기가 어려웠다. 게다가
괴테는 라이하르트와 첼터로 대변되는 베를린가곡악파의 작곡 방
향과 시를 뒷받침하는 보조적 수단으로서의 기능이 강조되었던
음악에 깊이 동조하고 있었다. 여기에다 18세기에는 목소리의 음
악은 교회 합창곡이나 이탈리아 오페라였고, 음악을 대표하는 분
야는 단연 기악곡이었다.

그러다가 본격적으로 슈베르트 가곡의 등장으로 음악사에서
새로운 장르가 열린 셈이다. 슈베르트는 음악적 진수가 담긴 가

곡의 서정성을 개척하면서, 가곡이 음악의 한 장르로 자리 잡는
데 기여하였다. 그의 가곡들은 소나타나 교향곡과 대등한 창조력
의 응축이자 음악적 예술 작품이며, 이것은 낭만주의의 풍부한
음악적 표현들을 통해서 독자적이고 진전된 표현의 풍부함을 낳
게 된다. 그뿐만 아니라 슈베르트 가곡의 선율에는 고전주의의
음악적 색채, 민요가절, 바흐의 복음 낭송 및 이탈리아 칸타빌레
풍 선율이 녹아 있다. 이 형식은 유절가곡, 담시, 아리아, 칸타타
에서 고갈되지 않는 다양성과 개별성으로 발전된다. 이렇게 다양
한 음악적 형식들로 말미암아 슈베르트의 가곡은 서정시의 모든
깊이를 파악할 수 있는 놀라운 예술작품으로 변모된다. 이러한
가곡에서 슈베르트는 독자적이고 새로운 미학을 창조하는데, 그
것은 베토벤과 마찬가지로 피아노가 목소리에 꼭 필요한 화음을
뒷받침하고, 목소리에 무조건적 우위를 두지 않는 것을 뜻한다.
따라서 라이하르트와 첼터의 이론들은 더 이상 유효하지 않게 되
고, 시인의 언어에 간단한 선율과 최소한의 피아노 선율로 만족
하던 음악가의 자기 겸손은 더 이상 뜻을 지니지 못한다.

프란츠 슈베르트   요한 미하엘 포글

피아노는 이미 반주악기에서 독주 악기로 발전하였는데 모차르트는 피아노를 통해서 울림의 우아함과 세련됨을 표현했고, 베토벤은 충만함, 다양한 색을 지닌 아름다움을 표현할 수 있었다. 슈베르트에게 이르러서는 피아노가 노래하는 목소리와 동등한 파트너가 된다. 그러나 피아노가 목소리와 동등한 파트너가 된다는 것이 목소리의 중요성이 감소한다는 것을 뜻하지 않는다. 슈베르트의 선율은 높은 예술의 장중함을 지니면서도 민요의 순수성과 연결된 자연스러운 힘이었다. 그것은 피아노와 목소리가 표현해 낼 수 있는 모든 가능성들을 수용하면서 서정적 내면화와 황홀감의 유연한 수단이 되었다. 그래서 목소리와 피아노의 동등함은 슈베르트 가곡의 본질이자 미학적 어울림인 것이다. 슈베르트는 자신의 곡을 직접 피아노로 반주하고, 그의 친구 요한 미하엘 포글이 노래할 때 바로 목소리와 피아노가 일심동귀하는 순간을 직접 경험하였다.

우리가 어느 순간에 하나가 된 것처럼, 포글이 노래하고 내가 반주하는 방식과 방법은 뭔가 완전히 새로운 것이며 전대미문의 일이다.(RL, 163)

피아노가 목소리보다 낮은 위치에 있는 것이 아니라 동등하게 두 사람의 예술가, 곧 피아노 주자와 성악가가 하나가 된다는 것은 중요하다. 슈베르트 가곡은 낭만적 깊이를 지닌 피아노 선율이 말의 멜로디와 어울려서 전체적 효과를 발휘한다. 슈베르트는 많은 경우 순간적 착상과 영감에 따라서 가곡을 창작했는데, 창조적 순간은 작곡가의 의식에서 시와 음악이 만났다는 뜻이며 시어에서 나온 영감이 음악적 선율로 전이된 것을 뜻한다. 이와 관련해서 그의 친구 요제프 슈파운이 다음과 같이 말했다.

우리는 슈베르트가 어느 책에서 마왕을 소리 내어 읽는 것에 열중하는 것을 알았다. 그는 책을 들고 왔다 갔다 하다가 갑자기 앉아서 작곡할 수 있는 가장 짧은 시간 안에 종이에 놀라운 담시를 작곡하였다. 슈베르트에게 피아노가 없었기 때문에 우리는 그 원고를 가지고 교회 기숙사로 가서 그곳에서 마왕을 같은 날 저녁에 노래했고 크게 감동을 받았다.(RL, 163)

이제 바로 읽은 글을 음악적 영감으로 옮기는 순간적 능력은 그의 창작 과정의 즉흥성과 천재성을 보여 주고 있다. 이것은 평소 훈련된 연습과 과정을 거친 뒤에 나오는 것이며, 창작 과정의 즉흥성은 창조적인 힘들이 초자연적 성과로 옮겨지는 황홀한 느낌이자 번뜩이는 감동이었던 것이다. 〈마왕〉은 슈베르트가 18세 때 작곡하였는데, 이것이 첫 작품은 아니었다. 이 작품에 앞서 15세 때 여러 가곡 작곡을 시도하였고 다양한 단계를 거치기도 하였다. 시적 영감의 감수성, 서정적 본질과 그것을 감지하는 감성, 순수하고 왜곡되지 않게 음악으로 옮기는 능력들은 처음부터 슈베르트에게 내재되어 있었다.

슈베르트는 자신이 살던 시대의 문학작품을 가까이 접했고, 자신의 시인 친구들과 교류하면서 문학적 자극을 받았으며 많은 서정시를 읽었다. 그는 더욱이 자신의 작곡의 토대가 되는 문학작품의 가치를 인정할 줄 아는 섬세한 감정을 소유하고 있었다. 그래서 별로 알려지지 않은 시라 하더라도 그에게 음악적 영감을 주는 작품의 경우에는 바로 탁월한 음악적 해석으로 시를 돋보이게 만들었다. 그 대표적인 예가 빌헬름 뮐러의 시에 곡을 붙인 그의 연가곡들이다. 슈베르트의 가곡에서 시와 음의 일치에 바탕을 둔 가곡술의 미학적 완벽성이 그 토대가 되고 있으며, 음악가와 시인이 정신적으로 동일한 기질을 지니고 있음이 그의 가곡에서 분명하게 나타나고 있다.

이 동질성은 슈베르트와 괴테의 만남에서 가장 분명하고 가장 위대하게 나타나고 있는데, 이 만남은 개인적이거나 상호 교류에서 비롯된 것은 아니다. 슈베르트는 1816년 그의 친구 슈파운의 도움으로 주요한 괴테-가곡들을 시인에게 헌정하고자 하는 뜻을 보냈다(김희열 2013, 49 참조). 그러나 이것은 동봉 서신 없이 그대로 돌아왔는데 괴테는 당시 아내의 죽음으로 말미암은 상실감을 겪고 있을 때였다. 그렇다 하더라도 괴테는 뒤에도 슈베르트에 관해서 어떠한 언급을 한 적이 없다. 여기에는 두 가지 이유를 생각해 볼 수 있다. 하나는 첼터와 라이하르트의 가곡들이 그에게는 완성된 모범적 사례였기 때문에 그것으로 만족한 데서 비롯한다고 볼 수 있다. 다른 하나는 바이마르나 베를린까지 슈베르트의 가곡의 가치와 명성이 널리 퍼져 있지 않은 점을 들 수 있다. 그 시대에는 가곡이 음악의 주요 장르로 아직 정착되지도 않았고 여전히 음악의 멜로디는 시 낭송을 뒷받침하는 부차적 수단 정도의 이해가 지배적이었다. 그러다가 나중 슈베르트의 높은 예술성이 깃든 약 600편의 가곡들로 말미암아 비로소 가곡이 음악의 한 장르로 정착될 수 있었던 것이다.

슈베르트의 가곡들은 시의 효과를 높이는 데 이바지하는 음악이 아니라 오히려 목소리와 피아노의 동등한 균형 및 말과 음의 일치에 바탕을 두고 있었다. 이 점에서 슈베르트가 가장 본질적으로 괴테 서정시의 뜻에 가깝게 음악적 표현을 한 것이다. 슈베르트는 탁월하고 창조적인 음악성을 지녔으며, 시인의 위대한 천성으로 몰입할 줄 알았다. 또한 섬세한 사랑의 황홀감 못지않게 거대하고 프로메테우스적 영역으로 감정을 이입할 줄도 알았으며, 삶에 도취하는 야성적 마성뿐만 아니라 명상의 고요한 깊이로 침잠할 줄도 알았다. 이 점에서 시인 괴테와 음악가 슈베르트는 같은 기질의 예술가로서 만났다는 표현이 가능해진다.

슈베르트는 약 600편의 가곡을 썼는데 이 가운데 57편은 괴테 시에 곡을 붙였고, 몇몇 시들은 여러 버전으로 곡이 붙여졌다. 슈베르트는 자신의 전체 가곡에서 괴테 시에 가장 많은 곡을 붙였는데, 그의 가곡들은 17세기와 18세기에 널리 퍼져 있었던 '여흥 노래'가 아니었다. 그것은 특정한 사교권에 즐거움을 주는 음악이나 베를린가곡악파로 분류되는 작곡가들의 가곡과 송가와도 달랐다. 오히려 그의 가곡은 모든 실용적이고 사교적 적용의 범위 밖에 있는 절대적이고 자율성을 지닌 예술인 동시에 창조의 강력한 즉흥성에서 쓰인 곡들이었다. 슈베르트는 이런 자신의 곡들을 '슈베르티아데'에서 노래하고 연주했다. 이 가정 음악회는 친구들이나 애호가들로 구성되어서 청중의 범위가 제한되어 있었다.

말할 것 없이 슈베르트 또한 콘서트홀 공연이나 출판으로 자신의 음악을 널리 알리고자 했다. 그러나 그의 가곡들의 음악 기술적 요구는 예술 애호가의 범위를 넘어서는 것이었고, 게다가 그의 곡을 노래하려는 전문 직업 성악가도 거의 없었다. 다만, 그 시대의 유명한 오페라 가수이자 그의 친구였던 포글은 이 점에서 예외였다. 1819년 처음으로 슈베르트의 가곡 1편이 대중 앞에서 불렸고, 1821년 첫 출판이 이뤄졌으나 그 성과는 미미했다. 그러다가 피아노 연주자이자 작곡가인 리스트가 슈베르트를 음악 세계에 널리 알렸다. 리스트는 유럽 대륙으로 슈베르트 가곡을 소개하는 여행까지도 마다하지 않았다. 위대한 피아니스트로서 리스트는 동시대인들을 놀라게 했을 뿐만 아니라 독일, 프랑스, 이탈리아, 영국 시를 사용하여 약 78곡의 가곡을 직접 작곡하기도

하였다. 리스트 덕택으로 슈베르트의 가곡은 서서히 그 뜻을 인
정받게 되었고, 그의 가곡들이 국제적 인기를 얻게 되었을 뿐만
아니라 슈베르트의 위대한 선율들이 보편적으로 이해받기에 이른
다. 말할 것 없이 이러한 명성이 그의 궁핍한 생활에 크게 기여하
지는 못했으며, 또한 가곡이 공연 레퍼토리에 들어가는 일이 일
반화되어 있지 않아서 그의 가곡들은 낭만적 유토피아적 가치를
지니는 데 머물렀다.

3.7.2 괴테 시에 곡을 붙인 슈베르트의 가곡들

1) 〈실을 잣는 그레첸〉

슈베르트의 〈실을 잣는 그레첸Gretchen am Spinnrad〉(D. 118)은 괴
테의 〈내 마음의 고요는 사라졌네〉(GW 3, 107~109)에 곡을 붙
인 것이며, 이 가곡은 음악사에서 본격적으로 독일 예술가곡의 시
작을 알리는 작품으로 평가된다. 이 시는 《파우스트》에서 발췌
된 텍스트로서 슈베르트 이외에 라지비우의 《파우스트》곡에 삽입
되어 있었고, 첼터, 슈포어, 뢰베, 바그너, 베르디, 글링카Mikhail
Ivanovich Glinka, 베를리오즈Hector Berlioz가 곡을 붙였다. 〈실을 잣는
그레첸〉은 슈베르트가 17세 때인 1814년에 작곡하였는데, 이것은
괴테 시와의 첫 번째 만남의 가장 가치 있는 결실이며 1년 뒤 작곡
된 담시 〈마왕〉과 마찬가지로 가곡 장르에서 매우 중요하다.

〈실을 잣는 그레첸〉에서는 사랑하는 마음과 그녀를 사로잡는 사
랑의 동경으로 고통스러워하는 처녀의 모습이 완전하고 바로 눈앞
에 살아 있는 것 같은 마력을 지니고 있다. 또 슈베르트는 이 곡에
서 유절가곡의 규칙적인 인상을 주지 않으려고 노력하고 있으며,
짧은 반복이나 연을 추가함으로써 단조로움을 깨뜨린다. 피아노는

그레첸의 입장에 늘 고정된 채 물레 돌리는 소리를 그려내고 있는
데, 이것은 목소리와 대등하게 기능 분담을 하면서 곡의 완성도와
예술성을 높이고 있다. 그래서 이러한 피아노의 기능은 "많은 낭만
주의 가곡의 모범이 되었다."(RL, 212)

슈베르트의 〈실을 잣는 그레첸〉 악보의 일부

《파우스트》에서 그레첸은 그녀의 방에서 혼자 물레를 감으면서
〈내 마음의 고요는 사라졌네〉로 시작되는 10연 4행시의 연애시를 읊
조린다. 이 시의 1연, 4연, 8연은 같은 내용으로 마음의 고요는 사라
지고, 그 고요한 마음을 결코 다시 찾을 수 없다는 뜻을 담고 있다. 슈
베르트의 곡에서는 피아노의 간주가 이 세 연을 감싸고 나오는데, 이
것은 시가 지니고 있는 가장 중요한 뜻을 작곡가는 피아노 간주를 삽
입해서 강조함으로써 놀라운 해석을 하고 있다.

슈베르트의 이 가곡에서는 물레 돌리는 소리를 묘사한 피아노

서주와 함께 1연에서 마음의 고요는 사라졌고 그 고요한 마음을 결코 다시 찾을 수 없다는 심정을 음울하게 노래한다. 슈베르트는 3행에서 "난 찾지 못한다"를 반복함으로써 시의 단조로움을 완화시키고 있다. 이어 물레 돌리는 소리를 묘사하는 짧은 피아노 간주가 있고 나서 2연으로 넘어간다. 2연은 사랑하는 사람인 파우스트가 없는 곳은 무덤과 같고 온 세상이 쓰디쓴 담즙과 같다고 노래한다. 이어 피아노의 간주 없이 3연으로 넘어간다. 3연은 사랑하는 마음 때문에 머리가 미칠 것 같고 마음은 갈기갈기 찢어졌다고 높은 소프라노의 고양된 음으로 노래한다. 여기서는 전체적으로 높아진 톤으로 노래하다가 마지막 4행 "갈기갈기 찢는구나"는 하강하는 톤으로 노래하고는 피아노의 물레 돌리는 주요 모티브의 간주가 짧게 나온다. 그리고는 4연으로 넘어간다.

4연은 1연과 같은 내용임에도 아랑곳하지 않고, 멜로디는 3연의 흥분된 심정의 연속으로 느껴지게 노래한다. 5연에서 7연까지는 피아노의 간주 없이 노래하는데, 5연과 6연은 비교적 부드럽고 애잔하게 노래하다가 7연은 높아진 극적 톤이 들어가 있다. 5연에서는 파우스트를 기다리다가 창문으로 내다보고는 집 밖으로 나가서 기다리는 모습을 표현한다. 이어 바로 6연으로 넘어가서 그레첸이 사랑하는 이의 고결한 걸음걸이, 우아한 모습, 입가에 떠도는 미소, 눈에 빛나는 광채를 기억하면서는 절정에 다가선 사랑의 느낌을 이 가곡에서 가장 높은 소프라노 음으로 노래한다. 그리고 7연에서는 사랑하는 사람과 손을 꼭 잡고, 그와 나눈 입맞춤에서 사랑의 기쁨이 절정에 달했던 것을 기억해 낸다. 그 절정은 7연의 3행과 4행 "그가 꼭 쥐어 준 손들/ 아, 그의 입맞춤!" 부분에서 피아노의 물레 소리도 잠시 멈추고 가장 고조된 서창조로 표현되고 있다. 여기서 3행 "그가 꼭 쥐어 준 손들"을 높아진 서창조로 노래하고, 마지막 4행 "아, 그의 입맞춤"은 힘차게 높아진 톤으로 노래하고는 피아노의 주요 모티브의 간주가 들어간다. 8연 다시 고요는 사라지고 마음은 무겁다는 것을 거듭 느낀다. 노래의 음울한 분위기가 세 번째 반복됨으로써 그레첸이라는 인물에 비극적 특징을 강조한다.

9연은 한결같은 마음으로 여전히 사랑하며, 사랑하는 사람을 꼭 붙잡고 놓지 않을 것이라고 전체적으로 높은 톤으로 노래한다. 이어 피아노의 간주 없이 바로 10연으로 넘어간다. 10연 또한 같은 톤으로 사랑하는 이와 입맞춤할 것이지만 그 입맞춤으로 말미암아 그녀가 파멸하게 될 수도 있다는 것을 예감하고 있다. 이어 10연을 반복 노래한 뒤, 다시 10연의 1행 "그에게 입맞춤할 텐데"와 2행 "내가 하고 싶은 만큼"을 반복하여 노래함으로써 사랑에 대한 동경이 강화되고 있다. 그러다 마지막으로 다시 고통이 시작되고 끝이 없다는 뜻을 강조하고자 1연의 1행과 2행 "내 마음의 고요는 사라졌네/ 내 가슴이 무겁네"가 피아니시모로 노래 부른 뒤 피아노의 짧은 반주와 함께 노래가 끝난다. 이로써 슈베르트의 가곡에서는 사랑의 기쁨과 동경보다도 음울한 심정이 더 강조되고 있다. 그뿐만 아니라 그레첸이 그녀의 의지와 상관없이 사랑에 이끌리는 마력적인 감정의 힘에 내몰리고 있음도 보여 주고 있다. 이렇게 슈베르트의 그레첸은 어둡고, 미리 예정된 운명, 고독, 죄, 감옥과 죽음의 전체 모습을 담고 있다.

한편, 괴테의 같은 시에 곡을 붙인 첼터의 그레첸에서는 젊은 처녀의 에로틱한 마음이 강조되고, 그녀의 사랑이 비록 파멸을 예고하는 것이라 하더라도 그 사랑은 변함이 없으며, 위험을 느낄수록 오히려 사랑에 대한 기대감이 커지고 있고 또한 그에 비례해서 그 파멸도 커질 수밖에 없음이 강조되고 있다. 같은 연장선에서 슈베르트의 그레첸은 첼터보다도 더 현혹되는 감정의 힘에 이끌리며 이로 인해 몰락의 어두운 운명을 예감하고 있다.

2) 〈마왕〉

괴테의 담시 〈마왕〉(GG, 92~93)은 일종의 노벨레이자 극적 줄거리를 가진 극시라고 할 수 있을 만큼 드라마틱하고 섬뜩하며 그러면서 매혹적인 요소를 지니고 있다. 이런 시의 분위기가 슈베르트의 〈마왕〉(D. 328)에서는 멜로디가 있는 활기 찬 극시로 변모되고 있다. 여기에 덧붙여 피아노의 말발굽 소리가 비극적 이야기를 한층 고조시킨다. 〈마왕〉에는 서술자, 아버지와 아들, 마왕의 네 목소리들이 서로 대립되어 분명하게 구분되며 흘러가는 선율의 흐름 속에서 나타난다. 이 담시는 8연 8행시로 이뤄져 있는데 1연과 8연은 서술자가 노래하고, 3연과 5연은 마왕이 노래하며, 2연 및 4연과 6연은 아버지와 아들이 각 2행씩 번갈아가며 노래하고, 7연은 마왕과 아들이 또한 2행씩 노래한다.

〈실을 잣는 그레첸〉에서는 피아노가 물레 돌리는 표현을 해내었듯이, 〈마왕〉에서는 말달리는 모습을 주요 모티브로서 피아노의 서주와 간주에서 표현한다. 이 피아노의 울림은 빠르게와 다소 느리게를 반복하는 선율을 통해서 정말 말이 달리는 경쾌한 모습을 연상시킨다. 피아노가 말 달리는 울림의 긴 서주를 시작하고 난 뒤 1연과 2연, 2연과 3연, 6연과 7연 사이에 간주가 있으며 더욱이 8연에는 세 번의 간주가 들어 있으며 후주가 없이 곡이 끝난다. 1연은 서술자가 바람이 부는 늦은 밤에 어린 아들을 태우고 아버지가 말을 타고 가는데, 그는 팔에 아이를 따뜻하게 단단히 감싸서 안고 가고 있다고 설명한다. 서술자는 더욱이 "단단히" 부분을 강하게 낭송하듯 노래하고 대체로 바리톤의 힘찬 목소리로 큰 감정의 기복 없이 담담하게 노래한다. 2연에서는 아버지가 아들에게 뭐가 두려워서 얼굴을 가리느냐고 묻자 아들은 왕관을 쓰고 긴 옷자락이 끌리는 옷을 입은 마왕이 보이지 않느냐고 되레 반문하자 아버지는 그건 긴 옷자락처럼 보이는 안개일 뿐이라고 대답한다. 아버지는 당당하고 용기 있는 베이스의 목소리로 두려움에 젖은 아들의 힘없는 목소리와 대비되면서 대화의 노래가 이어진다.

3연에서는 마왕이 해변에 예쁜 꽃들이 피어있고 황금 옷도 준비되어 있으며, 아이에게 재미있게 놀아 줄테니 함께 가자고 한다. 마왕은 아주 부드럽고 유혹하는 듯한 바리톤 목소리로 속삭이듯이 말한다. 5연에서 다시 마왕이 가장 유혹적으로 아이에게 말한다. "예쁜 소년아/ 나와 함께 가지 않겠니?/ 내 딸들이 너를 기다리고 있단다/ 딸들은 밤에 윤무를 벌이고/ 잠재우고, 춤추고 노래해 줄거야." 여기서 춤추고 노래한다는 부분에 오면 정말 기대감을 가지게 하고, 매혹적으로 유혹하는 것을 생생하게 느낄 수 있다.

4연에서는 두려움에 빠진 아들이 마왕이 자신에게 약속하는 말을 아버지가 듣지 못했는지 묻자 아버지는 그건 마른 나뭇잎들이 바람에 살랑거리는 소리라고 아들을 진정시킨다. 여기서 아들의 두려움에 찬 목소리와 아버지의 여전히 당당한 목소리가 좋은 대비를 이루고 있다. 6연에서는 극도로 불안에 떨면서 고양된 가늘고 높은 목소리로 아들이 멀리서 마왕의 딸들 모습도 보인다고 하자 아버지는 그건 회색 버드나무들이라고 여전히 당당하게 말하면서 말을 빨리 몰고 있다. 이것은 말 달리는 모습을 연상케 하는 빠른 박자와 멜로디의 피아노 간주로 강화한다.

　7연 1행과 2행에서 마왕이 드디어 유혹하는 부드러운 말로는 아이가 자신에게 오지 않을 것을 알고 마력으로 아이를 데려가려고 한다. 이것은 알아차린 아이가 3행과 4행에서 마왕이 자기를 붙잡기 때문에 아프다고 말한다. 여기서 비범한 반전을 주는 소년의 불안한 외침은 불협화음으로 말미암아 들을 때 깜짝 놀라게 된다. 더욱이 두려움에 떠는 아들의 모습은 〈라오콘Laokoon〉 조각상에서 아들이 뱀에 물려 고통스러워하면서 아버지를 올려다보는 시선을 연상시킨다.[52]

두 마리 뱀에 물리는 라오콘과　　　오른쪽 아들의 겁에 질린 모습
두 아들

　8연에서 서술자는 무서움을 느낀 아버지가 신음하는 아들을 품에 안고 더욱 빨리 말을 몰아서 성에 도착했다고 알린다. 그러나 이미 "아이는 그의 팔 안에서 죽어 있었다"고 괴로운 심정을 강조해서 서창조로 피아노의 반주 없이 낭송하듯이 노래한다. 그리고 이 낭송에 대한 반향처럼 피아노가 짧게 울리고는 노래가 끝난다.

---

52)　http://de.wikipedia.org/wiki/Laokoon 참조.

이것은 극적 섬광처럼 파국을 보여 주는 음악적 효과를 내고 있으며, 이 점에서 담시에 곡을 붙인 슈베르트의 놀라운 창조성이 돋보이고 있다.

3) 〈하프 타는 노인의 노래 I, II, III〉

괴테의 시 〈고독에 빠진 사람은Wer sich der Einsamkeit ergibt〉(GG, 254)에 슈베르트 이외에도 라이하르트, 첼터, 파니 헨젤, 슈만, 볼프 등이 곡을 붙였다. 슈베르트의 〈하프 타는 노인Harfenspieler I〉(D. 478)은 슈탄체(8행시) 형식의 〈고독에 빠진 사람은〉에 곡을 붙인 것이며, 이것은 괴테의 《빌헬름 마이스터의 수업시대》 2편 13장에서 발췌되었다. 이 소설에서 하프 타는 노인이 자신의 운명을 예감하듯이 혼자 부르는 노래이며, 이 시에서 외로움에 지친 사람은 곧 혼자 남게 되고 모두 각자 살고 사랑하지만 그에게는 고통밖에 없다. 그렇지만 단 한 번이라도 진정으로 외로울 수 있다면 그땐 혼자가 아니며, 사랑하는 사람이 그의 연인이 혼자인지 아닌지 살피면서 슬며시 오듯이 고독하고 외로운 그에게 고통과 괴로움이 기어들고, 언젠가 외롭게 무덤에 누워 있게 되면 그때는 완전히 혼자가 된다고 노래한다.

슈베르트의 〈하프 타는 노인 I〉은 각 연마다 멜로디가 다른 형식을 취하고 있다. 고요하고 잔잔한 호수의 물결 위를 구르는 듯한 피아노 서주를 시작으로 무겁고 장중한 톤으로 1연의 노래가 애잔한 느낌을 주면서 시작된다. 또한 1연의 3행 "누구는 살고, 누구는 사랑하는데"를 강한 톤으로 노래함으로써 하프 타는 노인의 고독과 외로움이 대비적으로 부각되고 있다. 이어 피아니시모의 간주가 있고 나서 4행에서 8행까지 고뇌에 차 있기는 하지만 명랑하게 노래하고 간주 없이 바로 2연으로 넘어간다. 2연의 1행에서 3행은 정말 아무도 모르게 슬며시 탐지하러 들어오듯 조용한 분위기로, 4행과 5행은 이와 대비적으로 높고 강하게 노래한다. 다시 6행과 7행 "아, 난 비로서/ 외롭게 무덤에 누워 있게 될 것이다"는 아주 애잔하게 노래하다가 8행 "거기에선 고통이 날 혼자 내버려 둔다"는 다시 높아진 목소리로 노래하다가 다시 감정이 절제되면서 8행이 반복된다. 이어서 6행에서 8행이 반복되고 다시 8행이 반복된 뒤 피아노의 애잔한 후주로 곡이 끝난다. 슈베르트의 음악적 해석(더욱이 2연에 나타난 반복)에서는 서정적 자아가 죽음으로 완전히 혼자가 되는 상황을 예감하고 있으며, 그의 비탄과 체념이 앞서 언급한 첼터의 곡과는 다르게 강조되고 있다.

슈베르트의 〈하프 타는 노인 II〉(D. 479)는 괴테의 슈탄체 형식의 8행시 〈문가로 조용히 스며들 거야An die Türen will ich schleichen〉(GG, 254)에 곡을 붙인 것이다. 이 시에는 슈베르트 이외에 라이하르트, 첼터, 슈만, 볼프, 루빈슈타인 등이 곡을 붙였다. 이 〈문가로 조용히 스며들 거야〉는 《빌헬름 마이스터의 수업시대》 5편 14장에서 발췌되었고, 하프 타는 노인이 화재 때 사라졌다가 다시 모습을 드러내면서 부르는 노래이다. 그는 조용히 문으로 들어와서 공손하게 서 있을 것이며 누군가 먹을 것을 건네 주면 그것을 받아서 다음 집으로 갈 것이고 누구든 그의 모습을 본 사람은 스스로를 행복하다고 여길 것이지만 왜 그 사람이 눈물을 흘리는지 모르겠다는 내용으로 시가 이뤄져 있다. 그러니까 걸인의 모습을 본 사람은 자신의 처지가 더 낫다고 여기면서 걸인에 대해서 깊은 연민을 느낀다. 그러나 걸인 자신은 자신의 처지가 비참하고 슬프다는 것을 알지 못한다.

<하프 타는 노인 II> 악보의 일부

　슈베르트의 <하프 타는 노인 II>는 8행시 "난 문들로 조용히 들어가려고 한다/ 조용히 그리고 공손하게 서 있을 것이다/ 경건한 손이 먹을 것을 건네 줄 것이고/ 그리고 나서 난 이어 다음 집으로 갈 것이다/ 누구나 행복하게 보일 것이다/ 내 모습이 그 앞에 나타날 때면/ 그는 눈물을 흘릴 것이다/ 그런데 난 그가 왜 우는지 알지 못한다"라고 노래한다. 여기서 슈베르트는 8행시를 2연 4행시 형식으로 변화시키는데, 그것은 각 연의 4행을 반복하는 형식으로 분리되고 있다. 간단하고 느린 곡조의 피아노 서주를 시작으로 "조용하고 공손하게"를 조심스럽고 부드럽게 노래한다. 그리고 마지막 1연 4행 "다음 집으로 (구걸하려고) 갈 거야"를 반복한다. 이어 피아노 간주가 나오고 2연이 노래된다. 2연의 3행과 4행 "그는 눈물을 흘릴 것이다/ 그런데 난 그가 왜 우는지 알지 못한다"는 천진한 걸인의 마음가짐을 나타내듯이 슬프고 낮고 부드러운 곡조로 노래한다. 그리고 4행을 반복하면서 피아노 후주와 함께 슈베르트의 가곡은 끝난다. 이러한 음악적 해석에는 걸인이 자신의 처지에 대해서 슬픔이나 비참하다고 느끼지 못하는 점이 강조된 것이다. 그래서 걸인은 다른 사람이 자신에게 연민을 느끼고 눈물을 흘리는 것을 이해하지 못한다.

슈베르트의 〈하프 타는 노인 III〉(D. 480)은 괴테의 〈눈물에 젖은 빵을 먹어 보지 않은 사람은Wer nie sein Brot mit Tränen aß〉(GG, 255)에 곡을 붙인 것이다. 이 시에 슈베르트 이외에 라이하르트, 슈만, 리스트, 볼프 등이 곡을 붙였다. 슈베르트의 〈하프 타는 노인 III〉의 텍스트 〈눈물에 젖은 빵을 먹어 보지 않은 사람은〉은 소설 《빌헬름 마이스터의 수업시대》 2편 13장에서 나왔으며 2연 4행시로 되어 있고, 이 시 또한 슈탄체 형식을 따르고 있다. 이 작품에서 주인공 빌헬름은 가슴을 뒤흔드는 애수에 찬 그러면서 슬프고 괴로운 노래를 듣게 되는데, 그것은 하프 타는 노인이 부르는 노래 소리였다. 하프 타는 노인은 "환상곡과 같은 것을 연주하며 몇 소절을 노래하듯, 읊듯 되풀이하고 있어서, 엿듣고 있던" 빌헬름이 귀를 기울였다. 괴테는 이 작품에서 빌헬름이 이 노래를 듣고 보인 반응에 대해서 다음과 같이 설명하고 있다.

> 구슬프고 비통한 탄식이 듣는 사람의 심금을 울렸다. 여러 차례 눈물을 흘려서 노인은 노래를 더 이어 갈 수 없는 것처럼 보였고, 그리고는 하프 연주 소리만 들리다가 이내 더듬거리는 낮은 목소리가 섞여 들렸다. 빌헬름은 기둥에 기대 서 있었고, 그의 영혼은 깊이 감동을 받았으며 이 낯선 노인의 탄식이 그의 억눌려 있었던 마음을 활짝 열어주었다. 빌헬름은 연민의 마음을 억누르지 않았고, 노인의 애절한 비탄으로 말미암아 마침내 눈물이 흘러나왔지만 그는 그것을 참으려고도 하지 않았고, 참을 수도 없었다. 그의 마음을 내리누르고 있었던 모든 고통도 동시에 사라졌다. (GW 7, 136~137)

슈베르트는 〈하프 타는 노인 III〉에서 이러한 괴테의 작품에 나타난 이중성, 한없이 슬프면서도 황홀한 기분의 카타르시스를 가장 잘 표현하고 있다. (Dietrich Fischer-Diekau 1999, 155 참조) 이 가곡은 피아노 서주를 시작으로 1연 "눈물에 젖은 빵을 먹어 보지 않은 사람은/ 근심으로 밤들을 지새 보지 않은 사람은/ 침대 머리에 앉아 울면서/ 천상의 힘들이여, 그는 너희들을 알지 못한다"라고 노래한다. 그러니까 가난으로 말미암아 눈물에 젖은 빵을 먹어 보지 않은 사람이나 근심에 차서 울면서 밤을 지새 보지 않은 사람은 천상의 힘들을 알지 못한다고 구슬프게 노래한다. 간주가 이어지고 다시 1연이 같은 멜로디로 반복된다. 간주가 있고 나서 2연 "너희들이 우리를 삶으로 인도하고/ 너희들은 가련한 자를 죄짓게 내버려 둔다/ 그리고 그를 고통에 내맡긴다/ 왜냐하면 모든 죄악은 지상에서 대갚음되니까"라고 노래한다. 여기서는 시를 낭송하듯이 천상의 힘들이 생명을 줌으로써 가엾은 인간이 죄를 짓고 고뇌하게 되며, 세상의 모든 죄악은 죗값을 치른다고 노래하고 있다. 다시 간주가 짧게 이어지고 2연이 반복되는데 이번에는 더욱이 "모든 죄악"은 연음으로 강조되고 있다. 다시 2연의 2행, 3행과 4행은 반복하여 노래하면서 무겁고 느린 스타카토의 피아노 후주가 곡을 끝낸다. 슈베르트가 이 곡에서 각 연을 반복하고 다시 마지막 연을 또 반복하는 것은 인간이 지은 죄에 대한 죗값을 스스로 치르지 않을 수 없음을 강조하고 있다.

슈베르트의 〈하프 타는 노인의 노래〉들에서 첫 번째 노래에서는 비탄과 체념, 두 번째 노래에서는 연민과 눈물에 대한 몰이해, 세 번째 노래에서는 죗값을 치르는 것이 강조되고 있다.

4) 〈툴레의 왕〉

괴테의 6연 4행시 〈툴레의 왕 Der König in Thule〉(GG, 94)에 슈베르트가 18세 때인 1815년에 곡을 붙였다. 〈툴레의 왕〉은 괴테의 《파우스트》 1부에서 마가레테가 저녁에 옷을 벗으면서 부르는 노래이다. 이 시에는 슈베르트, 라이하르트, 첼터, 질허Friedrich Silcher, 슈만, 리스트, 클렘페러를 포함해서 약 28명의 작곡가가 곡을 붙였다.

슈베르트는 이 〈툴레의 왕〉(D. 367)에서 아주 드물게 피아노의 서주, 간주, 후주가 없이 오직 노랫말을 중심으로만 곡을 붙이고 있는데, 이 점이 아주 특징적이다. 노래는 전체적으로 느리게 불리는데, 1연은 "한때 툴레에 한 왕이 있었는데/ 그는 죽을 때까지 충직함을 지켰다/ 그의 왕비는 죽으면서 그에게/ 금잔 하나를 주었다"고 노래한다. 그러니까 1연에서 보면 섬나라 툴레를 다스리는 왕은 왕비가 죽으면서 그에게 선사한 금잔 하나를 죽을 때까지 잘 간직했는데, 이것은 죽을 때까지 왕비에 대한 신의를 지키는 왕의 마음가짐을 상징하고 있다. 2연은 "그에게는 그보다 더 귀한 것은 없었다/ 그는 연회 때마다 그 잔의 술을 비웠고/ 눈물들이 그 잔에 담겼고/ 아주 자주 그는 눈물 담긴 그 잔을 다 비웠다"고 노래한다. 2연에서는 왕은 연회 때마다 왕비가 준 술잔에 술을 따라 마셨고, 항상 왕비를 그리는 마음과 슬픔의 눈물방울이 담겨 있는 그 술잔을 자주 비웠다. 술잔을 볼 때마다 왕은 왕비에 대한 향수가 배어나서 눈물이 났고, 눈물방울인지 술인지 알 수 없이 서로 뒤섞인 잔을 다 마시곤 하면서 왕은 점점 술꾼이 되어 간다.

3연은 "죽음이 다가왔을 때/ 그의 제국에 있는 도시들을 헤아렸고/ 그의 후계자에게 모든 것을 다 허락했으나/ 그 잔만은 아니었다"고 노래한다. 3연에서 왕은 죽음이 다가오자 자신이 다스리는 제국 안의 도시들을 다 헤아려 자신의 아들에게 넘겨주었으나 그 술잔만은 넘겨주지 않았다. 왜냐하면 술잔은 아들에게 물려줄 공유 재산이 아니라 오직 자신만의 은밀하고 귀한 개인 재산이었기 때문이다. 4연은 "왕이 베푸는 연회 때/ 기사들은 그의 주위로 빙 둘러섰고/ 조상들의 고귀한 전당 위에/ 거기 바닷가 성 위에 왕은 앉아 있었다"라고 노래한다. 4연에서는 왕이 마지막 연회를 베풀 자 기사들이 모두 그의 주위에 둘러섰고, 왕은 그의 조상들의 전당 이자 바닷가에 인접한 성 위에 앉아 있었다. 여기서는 마치 최후의 만찬처럼 자신의 죽음이 목전에 임박했다는 것을 알고 연회를 통해서 그의 마지막 삶을 정리하는 것임을 보여 주고 있다.

5연은 "늙은 술꾼 임금은 일어나/ 마지막 삶의 열정을 다 마셔 버리고는/ 그 성스러운 잔을/ 바다로 내던져 버렸다"고 노래한다. 5연에서는 왕이 마지막 연회에서 왕비가 준 술잔으로 마지막 삶의 술을 마신 뒤 그 잔을 바다로 내던져 버린다. 이것은 그의 죽음과 함께 왕비와의 인연도 끝나는 것을 뜻한다. 또한 1연 2행의 의미대로 그는 죽을 때까지 왕비에 대한 신의를 지켰다는 것을 증명하는 것이기도 하다. 6연은 "그는 술잔이 떨어지는 것, 흡수되는 것을/ 그리고 바다 깊이 가라앉는 것을 보았다/ 왕의 두 눈도 무겁게 감긴 듯/ 이제는 단 한 방울의 술도 마시지 못하였다"고 노래한다. 6연에서는 왕이 자신이 바다로 던진 술잔이 깊이 가라앉는 것을 지켜본 뒤 그에게도 죽음이 찾아와서 이제는 더 이상 한 잔의 술도 마실 수가 없게 된다. 그러니까 왕은 오직 왕비가 준 술잔에만 술을 따라 마셨고, 죽음이 다가오자 그 술잔을 버림으로써 삶과 마지막 하직 인사를 한 것이다. 이러한 시의 뜻을 슈베르트는 어떠한 음악적 장식이나 기교 없이 오직 노랫말을 읊조리듯 곡을 붙이고 있다.

5) 〈뮤즈의 아들〉

괴테의 〈뮤즈의 아들Der Musensohn〉(GG, 21)은 5연 6행시로 이뤄져 있다. 가인은 노래 부르며 들과 숲을 방랑한다. 그의 노래에 따라 만물이 춤을 추고, 그의 노래에 따라서 겨울에도 화사한 꽃이 피고, 무뚝뚝한 청년들이 가인을 따라 노래하고 처녀들도 노래에 맞춰 춤을 춘다. 가인은 다시 뮤즈의 세계로 돌아가고자 하는 소망을 품고 있다. 이렇게 이 세상을 자신의 멜로디로 매혹시킬 수 있는 가인의 행복한 자기 감정은 황홀한 쾌감으로 흘러든다. 이 시에 라이하르트와 첼터도 곡을 붙였다.

슈베르트는 〈뮤즈의 아들〉(D. 746)을 변용된 유절가곡으로 1822년 작곡하였는데 원기 발랄하고 삶의 즐거움으로 가득 찬 분위기가 지배적이다. 6/8박자의 리듬이 곡 전체를 지배하고 있으며, 명랑하고 빠른 박자의 피아노의 서주와 후주가 있으며 1연, 3연 다음에 피아노 간주가 들어 있다. 그러니까 피아노 서주 → 1연 → 간주 → 2연 → 3연 → 간주 → 4연 → 5연 → 후주로 이루어져 있다. 1연, 3연, 5연은 각 3행, 5행과 6행이 반복되고 2연과 4연은 6행만 반복된다. 2연과 4연의 경우에는 6행에서 한 단어는 각각 두 번씩 반복된다. 또 멜로디가 대비적으로 나타나는 두 개의 연들(2연과 3연, 4연과 5연)이 이중 가절로 묶여 음악적 표현을 하고 있다. 그러니까 1연만 혼자 떨어져 있고, "조편성이 대비적으로 나타나는 두 개의 연들이 이중 가절로 묶여 있다."(RL, 204)

이 가곡은 피아노의 명랑한 서주를 시작으로 1연 "들과 숲을 떠돌며/ 내 노래를 휘파람으로 불면서/ 그렇게 이곳저곳으로 떠돈다/ 노래의 박자에 따라 가볍게 움직이고/ 율동에 따라 움직이며/ 모든 것들이 내 곁에서 따라 움직인다"라고 노래한다. 3행은 두 번, 5행과 6행은 각 한 번씩 반복하여 노래한다. 이어 서주와 같이 피아노의 쾌활한 간주가 들어간 뒤 2연으로 넘어간다. 2연은 "난 그것을 거의 기다릴 수 없다/ 정원에 핀 첫 번째 꽃을/ 나무에 핀 첫 번째 꽃을/ 그것들은 나의 노래에 인사한다/ 그리하여 다시 겨울이 오면/ 나는 화려했던 그 꿈을 여전히 노래한다"라고 노래한다. 마지막 6행만 반복되고는 피아노의 간주 없이 3연으로 넘어간다.

3연은 "내가 멀리서 그 꿈을 노래 부른다/ 얼음으로 온 천지가 덮여 있는 위에서/ 거기에선 겨울에도 화사하게 꽃이 핀다/ 이 꽃도 시들고 있다/ 그러나 새로운 기쁨이 찾아든다/ 갈아 놓은 둔덕 위에서"를 노래한다. 3연은 1연과 마찬가지 방식으로 노래하고 있다. 이어 피아노의 간주가 들어간 뒤 4연으로 넘어간다. 4연은 "난 보리수 곁에서/ 그 젊은 무리를 발견하자/ 바로 그들의 흥을 돋우어준다/ 그러면 무뚝뚝한 청년은 콧노래를 부르고/ 새침한 처녀는/ 나의 노랫가락을 따라 몸을 흔든다"라고 노래한다. 2연과 마찬가지로 마지막 6행이 반복되고 피아노의 간주 없이 5연으로 넘어간다. 5연은 "너희들은 발꿈치에 날개를 달아/ 계곡과 언덕을 지나/ 집에서 멀리 떨어져 있는 연인에게로 간다/ 너희 사랑스럽고, 성스러운 뮤즈들이여/ 언제쯤 너희들 가슴에서/ 마침내 안식을 다시 누릴 수 있을까"를 노래한다. 5연은 앞서 1연과 3연처럼 노래한 뒤 피아노의 후주가 명랑하게 곡을 마감하고 있다. 그 밖에 〈뮤즈의 아들〉처럼 혼자 산과 들을 다닐 때 명랑하게 노래 부를 수 있는 곡으로 아주 간단한 유절가곡 〈들장미〉가 있다.

6) 들장미

슈베르트는 괴테의 3연 7행시 〈들장미Heidenröslein〉(GG, 17)에 곡을 붙였고, 이 시에는 슈베르트, 라이하르트, 슈만, 브람스를 포함해서 약 31명의 작곡가가 곡을 붙였다. 더욱이 슈베르트의 〈들장미〉 못지않게 한국에 알려진 곡은 하인리히 베르너Heinrich Werner의 곡이다.[53] 괴테의 시는 16세기부터 전래하는 어느 노랫말에서 유래하였으며, 이 시는 21세의 괴테가 알자스 지방의 목사 딸인 프리데리케 브리온에 대한 사랑의 감정을 강하게 느낄 때 쓴 것이다. 슈베르트의 〈들장미〉(D. 257)는 유절가곡이며, 이 곡은 그의 〈보리수〉와 더불어 가장 많이 알려진 곡이기도 하다. 〈들장미〉는 피아노의 서주 없이 바로 1연의 노랫말로 시작되는데, 7행으로 이뤄진 1연 "어느 소년이 한 송이 들장미가 피어 있는 것을 보았네/ 들에 핀 장미는/ 아주 싱싱하고 정말 아름다웠네/ 그는 그걸 가까이 보기 위해 재빨리 달려갔고/ 즐거운 마음으로 그걸 보았네/ 들장미, 들장미, 붉은 들장미야/ 들에 핀 들장미야"를 느리고 부드럽게 노래한다. 피아노의 가볍고 명랑한 분위기의 간주가 짧게 이어진다.

2연은 "소년이 말했지: 내가 널 꺾을 거야/ 들에 핀 들장미야!/ 들장미가 말했지: 난 널 찌를 거야/ 네가 영원히 날 생각하도록/ 그리고 난 고통받고 싶지 않아/ 들장미, 들장미, 붉은 들장미야/ 들에 핀 들장미야"를 노래하고, 이어 1연과 같은 멜로디의 피아노의 간단한 간주가 이어진다. 3연은 "야만적인 소년은 꺾었네/ 들에

---

53) 하인리히 베르너(1800~1833)는 약 80편을 작곡했는데 그 가운데 대부분은 가곡이며, 가곡 가운데 가장 유명한 곡이 괴테의 시에 곡을 붙인 〈들장미〉이다. 베르너의 곡은 느리면서 편안하게 따라 부르기 쉬운 민요풍으로 작곡되었다. http://de.wikipedia.org/wiki/Heinrich_Werner 참고.

핀 들장미를/ 들장미는 저항하였고 가시로 찔렀네/ 어떤 고통과 괴로움도 그녀에겐 도움이 되지 않았네/ 들장미는 고통을 겪지 않을 수 없었네/ 들장미, 들장미, 붉은 들장미야/ 들에 핀 들장미야"를 노래하고, 짧은 피아노의 후주가 곡을 마감하고 있다. 이렇게 슈베르트의 곡은 따라 부르기 쉬운 유절가곡이며, 멜로디 또한 명랑해서 친밀감을 느낄 수 있는 가곡이다.

그런데 노랫말의 뜻은 다양한 해석이 가능해서, 슈베르트의 쾌활하고 아름다운 단순 유절가곡은 역설적이 될 수 있다. 다시 말하면, 이 시에 나오는 소년, 젊은이는 1연에서 "싱싱하고 아름다운" 붉은 들장미로 상징되는 소녀에게 사랑의 욕정을 느끼고 달려간다. 그리고는 2연 "내가 널 꺾을 거야"를 통해서 그녀에게 그 욕정을 드러내자 그녀는 그러면 그가 "영원히 그녀를 생각하도록" 가시로 찌름으로써 그의 사랑 또는 욕정에 응답할 준비가 되어 있음을 드러내고 있다. 그러나 그녀는 그로 말미암아 마음의 "고통은 받고 싶지 않다"고 말한다. 다시 말하면, 들장미로 상징되는 소녀 또는 여인은 순결하고 아름다운 존재이며 배반하지 않을 진정한 사랑에는 응할 준비가 되어 있음을 알 수 있다. 그러나 3연에서 보면, 그 젊은이는, "그 야만적 소년"은 순수한 사랑이 아니라 욕정으로 들장미를 꺾어 버렸고, 이에 들장미는 "저항하였고" 가시로 그를 찔렀다. 여기서 가시로 찌른다는 뜻은 앞서 2연에서 영원한 사랑의 상징으로서 찌르는 것과는 아주 차원이 다르다. 여기서는 억지로 젊은이의 욕망에 응해야 하는 것에 대한 복수와 저항의 뜻을 담고 있는 것이다. 마침내 젊은이는 순수한 들장미의 아픔과 고통에는 아랑곳하지 않았고, 이로 말미암아 들장미는 "고통을 겪지 않을 수 없었다." 이렇게 괴테의 시를 해석한다면, 한 야만적인 젊은이가 순수한 처녀를 억지로 성폭행한 내용이 되는 것이다. 말할 것 없이 이러한 해석은 괴테가 의도하는 바는 아니라고 할 수 있지만, 시 한편이 지닌 다양한 해석 가운데 하나로는 충분히 설득력이 있다고 할 수 있다.

이 시의 뜻을 아주 단순하게도 해석해 볼 수 있다. 어느 날 한 소년이 들에 피어 있는 예쁜 들장미를 보고 아주 기쁜 마음으로 달려 갔다. 그리고는 들장미가 너무 예쁜 나머지 그냥 꺾어 버렸는데, 그로 말미암아 들에 예쁘게 피어 있던 들장미는 죽고 만다. 그러니까 무모한 소년이 아름다운 것을 무조건 소유하고자 하는 분별없음을 강조해서 해석해 볼 수도 있다. 그러나 이 경우에는 들장미와 관련해서 표현된 "싱싱하고, 정말 아름다운", "들에 핀 들장미", "붉게", "영원히 날 생각하도록", 가시로 "찌름", "고통", "저항하였고" 등의 뜻은 극도로 약화되거나 또는 별 뜻을 지니게 않게 된다. 따라서 시의 뜻을 유추해 본다면, 앞서 처음 해석이 설득력을 지닐 수 있으며, 그런 관점에서 본다면 슈베르트의 들장미는 오히려 후자의 단순한 해석과 같은 연장선에서 평범한 유절가곡의 민요적 성격을 지니고 있다고 할 수 있다.

3.8 슈만의 괴테-가곡들

3.8.1. 슈만의 가곡 세계

로베르트 슈만Robert Schumann(1810~1856)은 독일 가곡에서 슈베르트 다음으로 또는 대등하게 평가받을 만한 음악적 업적을 남겼으며, 그의 문학에 대한 폭넓은 관심은 베토벤과 마찬가지로 음

악가들 가운데 보기 드문 사례에 속한다. 더욱이 슈만이 지닌 문
학과 음악에 대한 이중 재능과 관심은 파울 클레Paul Klee와 아놀
드 쇤베르크가 그림과 음악에서, 호프만이 음악과 문학, 헤세
Hermann Hesse와 고트프리트 켈러Gottfried Keller가 그림과 문학에서
보여준 이중 재능과 유사하다(Albrecht Dümling 1981, 91쪽 참조). 또
슈만은 처음에는 문학을 하게 될 것 같았으나 음악가가 되었고,
아도르노Theodor W. Adorno와 니체의 경우에는 그들의 이중 재능
이 음악보다는 비평이나 철학 쪽에서 일가견을 이루었으며, 바그
너의 경우는 그의 문학적 재능이 가곡이 아니라 '악극' 분야를 개
척하는 데 기여하였다. 이런 점에서 본다면 독일 가곡 분야에서
슈만이 차지하는 위치는 그의 문학적 재능과 낭만적 심성이 가곡
에서 심화되었다는 점에서, 그리고 그의 영향은 브람스, 볼프와
같은 뛰어난 가곡 작곡가들을 견인하는 동력이었다는 점에서 그
뜻이 크다.

무엇보다도 슈만은 시 텍스트에 단순히 곡을 붙인 것이 아니라
문학화된 음악을 작곡했다. 이 점은 1829년 11월 비크 선생에
게 보낸 그의 편지에서 슈베르트 곡을 연주할 때면 음악으로 작
곡된 장 파울의 소설을 읽는 것 같다거나, 슈베르트의 변주곡들
은 음악으로 작곡된 괴테의 한 소설이라는 표현에서 잘 드러나고
있다. 또 1828년 일기에서 "음악은 시의 더 높은 잠재력"[54]이라
든가, 1832년 8월 모친에게 보낸 편지에서 음악을 "영혼의 고상
한 언어"[55]라고 간주한다는 말에서 확인되는 점은, 그에게 있어

---

54) Georg Eismann (Hg.): Robert Schumann. Tagebücher. Bd. 1 (1827~1838),
     Leipzig 1971, 96쪽. 이하 (TB I, 쪽수)로 표기함.
55) Rüdiger Görner: Vom fehlenden Henkel der Ideen. Schumann zwischen

서 언어와 음은 별개가 아니라 하나라는 것이다. 이로써 민네장과 베를린가곡악파에서 강조되었던 '말과 음의 일치', 시와 음악의 결합이라는 리트의 원래 뜻을 슈만은 타고난 자신의 이중 재능과 관심에 따라서 자연스럽게 터득하고 있었다.

슈만은 1825년 열다섯 살이 되었을 때 고교 친구들과 문학 동아리를 만들어서 독일 및 세계문학 작품을 읽고 토론하면서 문학에 대한 교양을 쌓았을 뿐만 아니라 셸링, 피히테, 칸트, 레싱, 하만, 헤르더, 그라베Christian Dietrich Grabbe, 칼데론Pedro Calderón de la Barca, 바이런Lord Byron의 작품을 정독하였다. 슈만은 그의 아버지 아우구스트August처럼 20세 안팎에 유럽의 주요 작가들을 두루 섭렵했고 장 파울, 호프만, 클로프슈토크, 괴테, 실러, 셰익스피어, 호메로스, 소포클레스, 호라츠Horaz, 키케로Marcus Tullius Cicero 등의 작품에 심취하였다. 더욱이 장 파울은 슈만에게 평생 동안 큰 영향을 끼쳤는데 그에게서 자신과 같은 동질성을 발견하였고, "장 파울을 알지 못했다면 (내가) 지금 어디에 있게 되었을까 스스로 자문하곤 했다(TB I,82)." 장 파울의 유머, 아이러니, 시적 상상력, '이중 천성' 등과 같은 특징이 슈만을 매료했으며, 장 파울을 통한 문학적 체험은 나중 슈만으로 하여금 "음악에서 시적 서술의 가능성을 찾도록"(Dietrich Fischer-Dieskau 1981,7) 자극하였다. 그런데 1827년 그의 일기를 보면 앞으로 슈만은 음악가가 아니라 시인이 될 것이라는 추측을 낳게 하고 있다.

시인의 영혼 속에서는 가장 행복한 삶이 가장 순수한 삶과 연결되어 있

Wort und Ton, in: Robert Schumann. Briefe 1828~1855. Ausgewählt und kommentiert von Karin Sousa, Leipzig 2006, 19쪽. 이하 (SB, 쪽수)로 표기함.

다. 그리고 시인은 가장 고귀한 삶을 가장 순수한 삶과 연결시킨다. 시인
은 이상의 세계에 살면서 그것을 현실화하려고 일한다.(TB I,78)

이 글은 슈만이 자신을 시인으로서 느끼고 있음을 보여 주고
있다. 또 시와 음악을 비교해서 시와 음악은 둘 다 감동적인 내적
삶의 예술인데 그 차이점은 시는 생각에 더 많이 의존하고 음악
은 감성에 더 많이 의존한다고 보았다. 이렇게 문학과 음악은 슈
만의 의식 속에서 늘 하나였으며, 이 이중 재능은 그의 미학 이론
과 작곡에도 그대로 적용되었다. 그래서 슈만은 음악사에서 가장
문학적인 작곡가의 한 사람으로 평가되고 있다.

슈만의 일기 및 편지는 그가 대단한 문학 독자였음을 보여 주
며《음악을 위한 시인의 정원Dichtergarten für Musik》[56] 이외에도
1830년대 후반부터 작곡을 위해서 시를 필사해 두었고, 좌우명
도 꾸준하게 필사해 두었다. 《작곡을 위한 시 필사집Abschriften
verschiedener Gedichte zur Composition》에는 34명의 시인들의 시 169
편이 수록되어 있고, 이 가운데서 주로 1840년 이후 약 100
편에 곡을 붙였다. 또 1825년부터 쓰기 시작한《좌우명 모음
Mottosammlung》에는 약 1200편 이상 문학적, 철학적, 음악적 글과
악보가 들어 있다. 여기에 가장 많이 글이 실린 예술가들로 베토
벤, 모차르트, 빌헬름 뮐러, 첼터, 장 파울, 괴테, 실러, 클로프슈
토크, 샤미소Adelbert von Chamisso, 뤼케르트, 바이런 등이다. '좌우
명 모음'에 실린 글들은 절반 이상이 나중에 음악 잡지의 표제어
등으로 사용되었다.

---

56) '음악을 위한 시인의 정원'이라는 표현은 슈만의 미출판 원고에 들어 있다.
　　Friedrich Schnapp: Robert Schumanns letzter Brief, in: Bimini, Heft 5, Berlin
　　1924, 10쪽 참조.

한편, 슈만의 음악 재능은 문
학보다 조금 먼저 나타나서 7세
부터 요한 고트프리트 쿤취Johann
Gottfried Kuntsch 선생에게서 8년 동
안 피아노 교육을 받았고 1825년
음악 친구들과 함께 청소년 오케
스트라를 조직해서 베버, 훔멜, 체
르니Carl Czerny의 피아노곡 및 하이
든, 모차르트, 베토벤의 곡을 발췌해

로베르트 슈만

서 축제 및 행사 때 연주와 지휘를 하였다. 이러한 음악 활동과 문
학 동아리 활동으로 그는 학교의 유명 인사였으며, 친구들은 문학
에서든 음악에서든 슈만이 장차 유명하게 될 것이라고 예상했다.
그러나 츠비카우Zwickau에서 김나지움을 마칠 즈음, 그는 가족의 기
대대로 라이프치히 대학에서 예술과 도무지 상관이 없는 법학 공
부를 하기로 결정했다.

슈만은 학업을 시작하기 전, 남독일로 여행을 갔다가 뮌헨에서
하이네를 만났다. 당시 하이네는 30세 가까이에 이른 유명한 시인
이었고, 슈만은 이제 막 성년의 나이에 접어든 18세 청년이었다.
하이네는 그의 생각과는 달리 친절하고, 호의적이었으며 뮌헨 안
내까지 해 주었는데 입가에 "씁쓸하고, 아이러니컬한 미소"(SB, 11)
를 지었던 모습은 젊은 슈만에게 강한 인상을 남겼다. 이어서 바
이로이트로 가서 장 파울의 미망인을 만나고 라이프치히로 돌아왔
지만 대학 생활 및 법학 공부에 여전히 흥미를 느끼지 못하고 있었
다. 그럴 즈음 음악 애호가였던 카루스 박사Carl Gustav Carus를 알게
되었고, 그는 자신의 가정 음악회에 슈만을 늘 초대하였다. 이 당

시 슈만의 일기를 보면 "작곡은 시를 짓는 일보다 뭔가 더 성스러
움을 지니고 있다"(TB I,92)라고 언급한 점을 보면, 이제는 음악 쪽
으로 그의 관심이 더 집중되고 있음을 알 수 있다.

이 관심의 결과로서 슈만은 1827년 이후 바이런, 유스티누스 케
르너, 괴테 등의 시에 처음으로 곡을 붙였다. 이 가운데 3편의 케
르너 시에 곡을 붙인 가곡에 대한 평가를 1828년 6월 하순 당시
브라운슈바이크의 교회 악장 고틀로브 비데바인Gottlob Wiedebein에
게 부탁하였다. 비데바인은 음악의 기본 요소들, "서창조, 멜로디,
하모니와 전체를 승화시키는 정신과 표현을"(Wolfgang Boetticher, 202)
면밀히 검토하도록 18세의 슈만에게 권유하였다. 이에 대한 감사
편지에서 슈만은 화성론, 일반 베이스, 대위법도 모르고 그저 자
연적 충동에 이끌려 곡을 작곡한 단순한 사람이며 앞으로 작곡 공
부를 하겠다고 언급한다. 이처럼 음악 쪽으로 그의 마음이 쏠려 있
었지만 어머니 요한나 크리스티아네Johanna Christiane의 기대를 저버
릴 수 없어서 1829년 당시 유명한 법학 교수들이 있었고, 친구 기
스베르트 로젠Gisbert Rosen이 공부하던 하이델베르크 대학으로 옮겨
갔다. 그러나 이듬해 7월 모친에게 피아노 연주자의 길을 가고자
한다는 단호한 뜻을 밝힌 뒤 같은 해 10월 다시 라이프치히로 돌아
와서 비크 선생으로부터 피아노 교육을 받게 된다. 하지만 지나친
연습으로 말미암아 손가락 마비가 심해지면서 피아니스트의 길을
포기하고 음악 비평가이자 작곡가로서의 삶으로 전환하게 된다.

슈만은 연주자의 길을 포기한 뒤 작곡 생활과 더불어 음악 비
평가 활동을 활발하게 한다. 그의 첫 번째 음악 평론은 쇼팽
Frèdèric Chopin(1810~1849)의 〈돈 주앙 피아노 변주곡〉(Op. 2)이
었으며, 1831년 12월 《라이프치히 음악 신문Leipziger Allgemeine

musikalische Zeitung》에 실렸다. 이 글은 'K.'라는 이름으로, 또 '어
느 작품 II'라는 제목으로 기고되었으며 쇼팽의 음악에 대한 단
순한 평이 아니라 1인칭 서술 형식의 음악 산문이었다.(Peter
Rummenhöller 1980, 1517 참조) 슈만은 학창 시절부터 사람이 지닌
천성의 특징을 유머러스한 언어로 명명하거나 피아노로 묘사하
는 재능이 있었다. 그런데 이 음악 산문의 특이점은 자신과 동년
배이자 그 시대 독일에 거의 알려지지 않았던 쇼팽의 피아노곡
의 핵심을 장 파울식의 문학적 묘사 방법으로 분열된 이중 자아
를 통해서 제대로 평가했다는 점이다. 슈만이 위 글을 발표하기
전, 같은 해 여름 그의 일기에 처음으로 허구 인물인 오이제비우
스Eusebius와 플로레스탄Florestan을 언급하였다.

> 완전히 새로운 인물들이 오늘부터 일기에 나온다. 나도 아직 본 적이 없
> 는 내 가장 친한 친구 가운데 두 사람, 그들은 플로레스탄과 오이제비우
> 스이다.(TB I, 344)

슈만은 종종 이 허구의 이름으로 자신의 예술에 대한 시각과 생
각 및 음악 현실을 일기에 적거나 발표했을 뿐만 아니라 작곡도 하
였다. 그러다가 1836년 9월 슈만은 자신의 작곡 선생이었던 하인
리히 도른Heinrich Dorn에게 보낸 편지에서 "플로레스탄과 오이제비
우스는 저의 이중 천성인데, 라로와 같은 인물로 합일되기를 바라
는 천성입니다."(SB, 49)라고 밝혔다. 이로써 이들은 허구적 인물들
이 아니라 바로 슈만의 다면多面 자아들이며 몽상적, 내적, 고요하
게 꿈꾸는 자인 오이제비우스는 슈만의 한 자아이고, 미래지향적,
투쟁적, 정열적인 플로레스탄은 또 다른 그의 자아인 것이다. 오이
제비우스와 플로레스탄의 관계는 장 파울의 소설《개구쟁이 시절》

에 나오는 발트와 불트를 반영하고 있는데 이것은 장 파울의 '쌍둥이 형제' 또는 '이중 천성' 컨셉을 슈만이 수용한 것이라고 할 수 있다.[57] 슈만은 발트를 시인의 정서를 지닌 자, 불트를 예리하게 반짝이는 영혼의 소유자로 보았다. 이에 비해서 마이스터 라로Meister Raro는 슈만 자신이 바라는 소망의 인물인데 그가 가진 양면성의 더 높은 단계의 합일을 뜻하며, 1840년 9월 클라라와 결혼한 뒤에 내적 안정과 자신감을 얻게 되면서 그는 마이스터 라로가 되었다고 할 수 있다.[58]

슈만은 1833년 12월 음악가, 비평가, 애호가들을 중심으로 다비트회Davidsbündler를 결성했는데 여기서 다비트라는 이름은 옛 뉘른베르크 마이스터게장 가수 전통에서 유래하고 있다. 슈만은 이 다비드회 회원이기도 한 음악 친구 루트비히 슌케Ludwig Schunke, 율리우스 크노르Julius Knorr, 비크 선생과 더불어 라이프치히에서 1834년 4월 새로운 음악 잡지 《NZfM, Neue Zeitschrift für Musik》를 창간했으나 거의 10년 이상 혼자서 편집인, 발행인, 평론가 노릇을 하면서 이 잡지를 이끌었다. 슈만은 오이제비우스, 플로레스탄, 라로의 이름으로 여러 음악 평론을 썼고 평론을 실은 다른 다비트회 회원들도 보통 필명을 사용하였다. 실제 다비트회라는 명칭이나 그 회원들의 필명도 슈만의 아이디어에서 나온 것이고, 그 회원 일부는 실제 인물이 아니라 슈만의 상상 속에 존재하는 인물이었다. 이 다비트회가 생겨난 것은 외형적 명성에만 집착하고 시대에 쉽

---

57) Jean Paul: Flegeljahre, in: Ders.: Werke, Gustav Lohmann (Hg.), Bd. 2, München 1959, 567~1065쪽 참조.

58) 한때 슈만은 비크 선생을 '마이스터 라로'라고 칭했으나, 아들에게 행하는 그의 폭군적 음악 교육의 현장을 목도하고는 돈에만 관심을 갖는 '마이스터 알레스겔트'(돈만 아는 사람)라고 명칭을 바꾼다.(TB I, 36)

게 편승하는 속물이 되고 싶지 않다는 의식에서 비롯했다. 슈만은 호프만의 작품 《세라피온 형제들Serapionsbrüder》에서 그 아이디어를 얻었는데 다비트회의 정신은 호프만의 책 제1권에서 "우리는 편협한 속물이 되고 싶지 않다"[59]는 말과 같은 맥락이었다. 따라서 다비트회 회원들과 슈만의 음악 잡지는 기존의 "사회적 통념과는 반대되는 방향"(Rummenhöller, 8)을 지향했음을 알 수 있다.

이런 의식의 바탕에서 슈만은 바흐, 모차르트, 베토벤, 슈베르트, 베버, 쇼팽, 멘델스존, 리스트, 브람스를 높게 평가했다. 이 가운데서도 베토벤은 슈만에게 장 파울과 같은 존재였다. 슈만은 바흐에 대해서는 음악가로서의 근면함과 천성적으로 예리한 감각을 지닌 천재, 모차르트의 음악 세계에는 쾌활함, 고요함, 우아함이 깃들어 있고, 베토벤은 부단한 도덕적 힘으로 시적 자유에 이르렀으며, 슈베르트는 베토벤 이후 언어와의 어울림에서 가장 높은 단계의 음악을 성취한 탁월한 음악가, 베버는 오페라에서 불멸의 업적을 남겼고 그의 작품들은 모두 재기 발랄하고 대가답다고 평했다. 쇼팽의 음악은 그 자신에 내재된 창조력과 진실한 시인의 형상들의 표현이며, 멘델스존에 대해서는 마치 과일나무를 흔들어 대면 잘 익고 달콤한 열매가 금방 떨어지는 것처럼 작곡과 연주를 하였다고 평했다. 리스트는 파가니니 이후 뛰어난 연주자이며 그의 연주는 대가다운 솜씨 속에서 빛나고 불꽃을 발한다고 평했다. 브람스에 대해서는 피아노를 가지고 마치 탄식하고 기뻐하는 목소리를 가진 오케스트라처럼 연주하는 천부적 재능을

---

59) E. T. A. Hoffmann: Die Serapions-Brüder, Wulf Segebrecht (Hg.), Frankfurt/M. 2001, 22쪽.

지녔다고 평했다.[60]

슈만은 음악 잡지를 이끌어 가면서도 꾸준하게 1830년대에는 주로 피아노곡을 작곡했고 1840년은 그의 말처럼 '가곡의 해'가 되었다. 슈만의 문학과 음악의 이중 재능은 가곡 작곡에서 최종 합일을 이루었고 이로써 그는 음악적 서정 시인이 되었다. 일반적으로 음악사에서 슈만은 낭만주의 전성기의 가장 뛰어난 가곡 작곡가라고 평가받을 뿐만 아니라 그의 예술은 "영혼의 음악, 끝없이 솟구치는 판타지와 내면의 생각, 감정이 풍부한 인식에서 나오는 음악(Rehberg, 297)"이며 그의 서정적, 명상적 천성들이 가장 아름답고, 인상적인 가곡들을 만들어 내었다고 평가받는다. 그의 가곡에서는 피아노가 목소리와 대등하거나 때로는 주도적 몫을 하는데 이 두 가지 요소는 서로 긴밀하게 맞물려 있다. 슈만은 약 290편의 성악곡을 남겼는데 이 가운데 '가곡의 해'인 1840년에 피아노 반주 솔로 가곡 138편을 작곡하였다. 이것은 그의 전체 가곡의 절반 정도에 해당했으며, 그가 곡을 붙인 작가의 수는 약 60명에 이르지만 이 가운데 절반 이상의 곡들은 오늘날 거의 잊혀졌다. 슈만은 1840년 2월 7일 클라라에게 보낸 편지에서 가곡 창작의 시작을 알린 이후, 《하이네-연가곡》, 《아이헨도르프-연가곡》, 샤미소 연가곡 《여성의 사랑과 삶》과 하이네의 시에 곡을 붙인 연가곡 《시인의 사랑》을 이 가곡의 해에 작곡하였다.

슈만은 자신이 작곡할 가곡들을 위해서 아주 선별적으로 서정

---

60) Robert Schumann: Über berühmte Musiker. in: Paula und Walter Rehberg: Robert Schumann. Sein Leben und sein Werk. Zürich und Stuttgart 1954. 650~657쪽 참조.

시를 골랐고 하이네의 시에 가장 많은 곡을 붙였다. 그가 선택한 주요 시인들 가운데 하이네 시 43편에 곡을 붙였고, 그 뒤를 이어 뤼케르트와 케르너의 시 20편 이상, 괴테, 아이헨도르프, 샤미소의 시에 10편 이상 곡을 붙여서 슈만은 약 250편 솔로 가곡을 남겼다. 서정시와 음악의 관계에서, 더욱이 음악적 서정시의 형성에 슈만이 관심을 둔 것은 음악으로 시의 정서를 완전하게 반영하고자 함이었다. 그래서 가곡에서는 시인과 가곡 작곡가가 일심동체이며, 작곡가는 시인이 되어야만 한다는 점을 강조하였다. 이 점은 시인과 음악의 관계에서 라이하르트와 첼터보다도 더 진전되고 분명한 태도를 보여 주고 있다.

사실 가곡 작곡에 들어가기 전 1839년까지만 하더라도 슈만 또한 절대 음악 미학의 관점에서 성악곡보다는 기악곡에 더 예술적 가치를 두었다. 슈만은 1839년 6월 30일 친구 헤르만 히르쉬바흐Hermann Hirschbach에게 보낸 편지에서 가곡은 기악곡보다 아래에 있으며 또한 위대한 예술로 여기지 않는다고 썼다. 그러다가 1843년 비평가로서 자신의 시대에 음악적 발전들을 되돌아보고 "베토벤 이후 실질적으로 중요한 발전이 이뤄지고 있는 유일한 장르가 가곡"[61]이라는 것을 알아챘고, 미래지향적이고 고상한 음악 장르가 될 수 있는 가곡의 새로운 가능성을 보았다. 낭만주의 작가들인 노발리스, 슐레겔 형제, 티크, 브렌타노 등의 문학은 이미 가곡 작곡가들에게 알려져 있었고, 이제 하이네와 아이헨도르프를 비롯한 새로운 시인들의 등장을 슈만은 '새로운 시인 혼'이라고 지칭했다. 이들의 덕택으로 가곡이 비약적 발전을 도모하

---

61) Robert Schumann: Lieder und Gesänge(1843), in: Gesammelte Schriften über Musik und Musiker, Reprint Bd. 4, Wiesbaden 1985, 263쪽.

게 되었고, 이 새로운 시인 혼을 지닌 범주에 속하는 뤼케르트와 아이헨도르프는 이미 음악가들에게 친숙하고, 울란트와 하이네의 시는 가장 많이 곡이 붙여지고 있다고 보았다.

> 이 발전을 촉진시키는데 있어서 새로운 독일의 시인 파가 전개되고 있다: 뤼케르트와 아이헨도르프는 (…) 음악가들에게 친숙하고, 울란트와 하이네는 가장 많이 작곡되고 있다. (GS 4, 263)

슈만이 지적한 이 '새로운 독일의 시인 파'에 속하는 네 시인 가운데 울란트를 제외한 다른 세 사람의 시에 붙인 곡이 슈만의 전체 가곡의 3분의 1을 차지한다.

슈만은 1840년대 후반 다시 문학으로 회귀해서 장 파울, 호프만, 괴테, 실러, 하이네, 아이헨도르프, 헵벨Friedrich Hebbel, 클로프슈토크, 샤미소, 레나우Nikolaus Lenau, 뤼케르트, 케르너, 울란트, 모리츠 호른Moritz Horn, 침머만Georg Wilhelm Zimmermann, 에마누엘 가이벨Emanuel von Geibel, 모젠Julius Mosen, 라우베Heinrich Laube, 라이니크Robert Reinick, 호프만 팔러스레벤August Heinrich Hoffmann von Fallersleben을 비롯해서 셰익스피어, 바이런, 번스Robert Burns, 안데르센Hans Christian Andersen, 토마스 모어Thomas Moore, 가르시아Manuel García, 셸리Percy Bysshe Shelley, 브라운Ferdinand Braun 등의 작품을 탐독했다. 그리고 이들의 텍스트에 곡을 붙였는데 1847년에서 1852년까지 그의 두 번째 또는 후기 가곡 창작 시기에 나온 작품들은 '가곡의 해'에 작곡된 작품들과는 확연하게 다른 특징들을 지녔다. 이 시기의 가곡이나 합창 가곡에는 1840년대의 음악적 서정성에 덧붙여 극적 요소가 가미된 바그너의 악극과 비슷한 특징이 나타나고 있다. (김희열 2009, 169~178 참조)

3.8.2 괴테 시에 곡을 붙인 슈만의 가곡들

슈만의 미뇽을 위한 레퀴엠인〈빌헬름 마이스터에서 나온 노래들〉(Op. 98a)은 9편의 시로 구성되어 있고, 슈만은 느슨한 연가곡 형식으로 작곡하였다. 1)〈미뇽: 레몬 꽃 피는 나라를 아는가?〉(GG, 89)는《빌헬름 마이스터의 수업시대》3편 1장에서 , 2)〈내가 문밖에서 들은 것〉(GG, 89~90) 2편 11장에서, 3)〈동경을 아는 자만이〉는 4편 11장에서, 4)〈눈물에 젖은 빵을 먹어 보지 않은 사람은〉2편 13장에서, 5)〈말하게 하지 말고 침묵하게 해라〉(GG, 253)는 5편 16장에서, 6)〈고독에 처한 사람은〉 2편 13장에서, 7)〈슬픈 곡조로 노래하지 마세요〉(GG, 255~256)는 5편 10장에서, 8)〈문가로 조용히 스며들 거야〉는 5편 14장에서, 9)〈내가 그렇게 될 때까지 내버려 두세요〉(GG, 253~254)는 8편 2장에서 발췌되었다. 슈만은《빌헬름 마이스터》에 나와 있는 순서대로 연작 순서를 정한 것이 아니라 독자적으로 순서를 정해서 작곡했으며, 작품 98a에 첫 곡으로 수록된〈레몬 꽃 피는 나라를 아는가?〉는 그의《유년 앨범Liederalbum für die Jugend》(Op.79)의 29곡 가운데 마지막 곡으로도 수록되어 있다.

1849년 작곡된 슈만의《빌헬름 마이스터에서 나온 노래들》은 환상적이고, 격조 높은 아름다움을 지니고 있다. 이 작품은 그의 후기 창작 시기에 속하지만 슈만의 가곡 창작의 해인 1840년에 작곡된 하이네-연가곡과 아이헨도르프-연가곡에 못지않은 작품이라고 평가되고 있다. 슈만의 능력은 높은 수준의 문학 세계로 감정이입하여 시적 인물들과 같아지면서 그들의 비밀스런 본질을 음악적 서정성으로 해석하는 데 있다. 이 점은 그 어느 작품에서 더욱 두드러지고 있다. 시 선택은 슈만보다 13세 연상이었던 슈베르트의 괴테-가곡들과 유사하다. 슈베르트는 시인의 본질과 비슷한 천성 덕택에 시적 형상의 고전주의적이고 신비적 위대함을 반영하는 데 성공하지만, 슈만은 낭만적 거리감으로 괴테의 시에 접근하면서 심리학적 분석의 수단으로 시적 자아들을 해석한다. 그러니까 슈베르트는 시적 자아들을 위대하고 기본적인 멜로디의 단순한 윤곽으로 파악하는 데 견주어, 슈만은 그들 영혼의 내밀하고 조용한 흔들림을 서창조로 표현하고 있다. 여기서 슈만은 괴테의 인물들의 시적 광채를 결코 약화시키지 않으면서 오히려 새롭고, 환상적 마력의 힘을 지닌 낭만적 음악 언어의 북돋워진 상상력과 분위기를 통해서 접근하고 있다.

〈레몬 꽃 피는 나라를 아는가?Kennst du das Land, wo die Zitronen blühn?〉에는 슈만을 비롯해서 라이하르트, 첼터, 베토벤, 슈베르트, 슈포어, 파니 헨젤, 리스트, 볼프, 루빈슈타인, 오트마 쇠크 등이 곡을 붙였다. 슈만의 제1곡 〈레몬 꽃 피는 나라를 아는가?〉는 3연 7행시로서 괴테의 작품에서는 미뇽이 칠현금과 같은 악기를 연주하면서 중세의 민네 시인처럼 노래한 시다. 슈만의 미뇽은 유절가곡으로서 서정적이고 낭만적 아름다움을 지닌 피아노의 서주가 비밀스런 미뇽의 모습을 그려 내면서 시작된다.

1연에서는 레몬 꽃이 활짝 피어 있는 곳, 황금빛 오렌지들이 어두운 잎사귀에서 빛을 발하고, 부드러운 바람이 푸른 하늘에서 불어오고, 은매화는 고요히, 월계수는 높이 솟아 있는 그곳을 아는가라고 미뇽이 물으면서 그녀는 그곳으로 사랑하는 사람과 함께 가고 싶다고 노래한다. 1연의 1행과 2행 "레몬 꽃 피는 나라를 아는가"와 "그늘진 잎 사이로 황금빛 오렌지가 빛나고"는 우아하고 부드럽게 노래한다. 3행은 서서히 상승하면서 "푸른 하늘

에선 산들바람 불어오고"라는 노랫말과 달리 격정적이고 높은음
으로 노래하다 4행 "은매화는 고요히, 월계수는 높이 솟아 있는"
에서는 다시 부드러운 음으로 하강한다. 그러다가 5행 "너는 그
나라를 아는가"에서 다시 격정적인 높은음으로 상승하면서 "강
렬한 3화음으로 16음표의 셋잇단음표의 역동적인 리듬"(RL, 375)
과 함께 두 번 반복한다. 6행과 7행 "그곳으로/ 오, 내 사랑, 함
께 가고 싶구나"에서는 클라이맥스로 높고 강한 음으로 노래되
고, 이 부분이 반복될 때는 다시 우아하고 부드러운 음으로 하강
하면서 피아노 간주가 이것을 받아서 "그 나라를 아는가"라는 물
음을 강조하면서 서주처럼 서정적이고 낭만적 분위기로 표현하고
있다. 이로써 고향을 잃고 혼란스러워하는 마음과 동경으로 인한
불안정은 절박하게 묘사되지 않고 있다. 오히려 레몬 꽃 피는 남
쪽 나라에 대한 동경이 더 강조된다.

2연과 3연도 거의 변화 없이 첫 번째 가절을 음악적으로 반복하
고 있다. 2연에서는 기둥이 지붕을 떠받치고, 홀은 화려하며 방안
에는 빛이 환하게 비치고, 그곳에 서 있는 대리석 조각품들이 미뇽
에게 무슨 일이라도 생긴 것인지 관심을 보이는 그 집으로 그녀를
보호하는 사람과 함께 가고 싶다고 노래한다. 2연의 1행에서 7행
"그대는 그 집을 아나? 기둥이 지붕을 떠받치고 있는/ 홀은 화려하
고, 방 안에는 빛이 비치는/ 서 있는 대리석상들이 나를 본다/ 가
없은 아이야, 무슨 일을 당했느냐?/ 그대는 그것을 아는가?/ 그곳
으로! 그곳으로/ 아, 내 보호자, 그대와 함께 가고 싶구나!"를 노래
한다. 2연의 3행과 4행 "서 있는 대리석상들이 나를 본다/ 가없은
아이야, 무슨 일을 당했느냐?"에서 3행은 격정적인 음, 4행은 다
시 하강하는 부드러운 곡조가 되면서 시의 내용과는 오히려 반대

로 강조점을 두고 있다. 그리고 1연에서와 마찬가지로 2연의 5행
"그대는 그것을 아는가?"는 반복해서 노래한다.

3연에서는 산과 구름 낀 길, 노새가 안개 속에서 길을 찾고, 동
굴에는 오래된 용들이 살고, 우뚝 솟은 바위 위로 폭포가 흐르는
그곳을 아는가라고 물으면서 미뇽은 그곳으로 가고 싶다고 노래
한다. 3연의 1행에서 7행 "그대는 그 산과 그 구름 낀 길을 아는
가?/ 노새는 안개 속에 길을 찾아 헤매고/ 동굴에는 오래된 용들
이 살고 있고/ 바위는 우뚝 솟고 그 위로 폭포 흐르는/ 그대는 그
곳을 아는가?/ 그곳으로 거기로/ 우리 길로 가요, 오 아버지, 함
께 가요"를 노래한다. 3연의 3행과 4행 "동굴에는 오래된 용들이
살고 있다/ 바위는 우뚝 솟고 그 위로 폭포 흐르는" 또한 격정적
음과 하강하는 음으로 표현되고 있으나 목소리에는 다른 가절에
서 보다 강세가 들어 있다. 그리고 5행 "그대는 그곳을 아는가?"
는 반복하여 노래한다.

제2곡 〈내가 문 밖에서 들은 것Was hör' ich draußen vor dem Tor〉은
6연 7행시 담시로서 괴테의 작품에는 임금, 나이 든 가인, 서술
자가 등장한다. 슈만은 이 곡에서 음악적 판타지, 낭만적 슬픔의
모든 어둠을 하프 주자에게 투사하고 있다. 그러면서도 슈만의
곡은 극적인 이야기 시의 가곡이라기보다는 낭만적 서정시의 음
악적 해석으로 나타나고 있다. 피아노는 하프 소리와 아르페지오
음을 주요 모티브로 하는 피아노 울림으로 나뉘고 있다. 이 담시
는 피아노가 내는 하프의 울림을 서주로 해서 노래가 시작된다.
하프의 울림은 1연 "울리게 하라"와 3연 "가인이 고요히 눈을 감
고 영롱한 소리를 울려 댄다" 다음에 짧은 간주의 하프 소리가 나
면서 그 영롱한 울림을 강조하고 있다. 3연이 끝난 다음 간주에

서, 6연 안에서도 하프 노래가 자주 나오고 후주 또한 하프의 울림으로 끝난다. 그 밖의 경우는 피아노의 주요 모티브가 반복해서 간주로 사용되고 있다.

피아노의 주 모티브의 서주를 시작으로 1연 "내가 문밖에서 들은 것은 무엇인가/ 다리 위에서 울리는 것이 무엇인가?/ 그 노래를 우리 귀 가까이에다/ 이 넓은 방안에서 울리게 하라/ 왕이 그렇게 말하자 시동은 달려갔다/ 시동이 돌아오자 왕은 외쳤다/ 빨리 그 노인을 나에게로 데려오라!"라고 서창조로 또박또박 노래한다. 그러니까 왕이 밖에서 울려 오는 노래 소리를 듣고는 가인이 밖이 아니라 궁성 안에서 노래 부르게 하라고 명한다. 여기서 왕이 1행에서 4행까지 노래한 뒤 피아노의 간주가 들어가는데, 이 간주는 가인이 이제 홀에서 연주하게 되는 장면을 떠올리게 한다. 다시 서술자가 5행과 6행 "왕이 그렇게 말하자 시동은 달려갔다/ 시동이 돌아오자 왕은 외쳤다"를 노래하고, 마지막 7행 "빨리 그 노인을 나에게로 데려오라"는 다시 왕이 서창조로 노래한다. 이어 피아노의 간주가 들어간 뒤 2연으로 넘어가고 있다.

2연 "안녕하십니까, 고귀한 나리/ 그리고 아름다운 마님들께도 인사 전합니다/ 하늘에 총총 박힌 별과 별/ 누가 그 이름을 알겠습니까/ 이렇게 찬란한 방 안에서는/ 눈이여, 감아라, 때가 아니니/ 놀라서 즐길 때가 아니니"라고 늙은 가인이 부드럽게 노래한다. 2연에서는 홀이 화려하고 밝아서 하늘의 찬란한 별들이 무색해지기 때문에 차라리 홀 안에서 눈을 감는 편이 낫다고 가인이 말한다. 여기 궁정의 홀에 가인이 등장하는 부분에서는 장조의 변화와 어울리는 선율로 말미암아 그의 모습에 신비한 위엄이 드러난다. 그가 인사할 때는 낭만주의가 선호하는 기사의 정중함이 음색으로 표현되고 있다.

3연에서는 서술자가 가인이 눈을 감고 황홀하게 노래하자 기사, 궁중 여인들, 임금은 그의 노래에 감동하였고, 임금이 그 좋은 노래에 대한 보답으로 가인에게 황금 목걸이를 주려고 한다고 설명한다. 3연에서는 여러 번 피아노 간주가 들어간다. 1행과 2행 "가인은 고요히 두 눈을 감고/ 영롱한 소리를 울린다" 다음에 서주에서와 같은 주 모티브를 연주하는 피아노의 간주가 들어가는데, 이것은 실제 가인의 연주와 노래하는 장면을 떠올리게 한다. 3행 "기사는 용감하게 (가인을) 쳐다보고" 다음에도 피아노의 짧은 간주가 들어간다. 4행에서 7행까지 "아름다운 여인은 무릎을 쳐다본다/ 노래가 마음에 든 왕은/ 그의 연주에 보답하려고/ 황금 목걸이를 가져오게 하였다"고 노래하고는 피아노의 간주가 들어간다.

4연과 5연은 가인이 하는 말이며, 4연 "황금 목걸이는 저에게 주지 마시고/ 그것을 기사들에게 주십시오/ 용감한 그들의 얼굴이 향하는 곳에/ 적의 창검도 부숴집니다/ 아니면 데리고 계신 재상에게/ 여러 가지 무거운 짐에 보태어/ 황금의 짐 또한 지게 하십시오"라고 노래한다. 그는 당당한 곡조로, 노래에 대한 보답으로 왕이 그에게 선사하고자 하는 황금 목걸이를 거절한다. 그러면서 오히려 그 선물을 받을 상대로 용감하게 전투에서 원수의 창검도 부러뜨리는 기사나 왕의 곁에 있는 재상이 적합하다고 제안하고 있다. 이어 피아노의 간주가 들어가고, 이 낭만적인 간주는 다음 5연에서 가인의 겸손하고 넉넉한 마음을 돋보이게 하는 예고의 성격이 들어 있다.

5연 "제가 노래하는 것은 새가 노래하는 것과 같습니다/ 나뭇가지에 사는 새처럼/ 목에서 흘러나온 노래 자체가/ 충분히 스스로 보상되는 대가입니다/ 다만 한 가지 청이 있으니/ 가장 좋은 포도주의 술 한 잔을/ 귀한 잔에다 부어 주십시오"라고 가인이 노래한다. 여기서는 가인이 노래하는 것은 새가 노래하는 것과 같으며 목에서 노래가 나오는 것 자체가 무엇과도 비길 수 없는 선물이자 대가라고 말하면서, 유일하게 귀한 잔에다 아름다운 술 한 잔을 달라고 청한다. 이어 피아노의 간주가 들어가고, 이 간주를 통해서 다시 한 번 가인의 자족하는 마음과 겸손을 생각하게 한다. 더욱이 5연의 1행과 2행에서 가인이 노래하는 것은 나뭇가지에 둥지를 튼 새가 노래하는 것과 같다는 부분에서는 그 내용처럼 즐겁고 자연스러운 곡조가 흐른다. 또한 3행에서 한 단어 "노래"는 반복되는데 이 곡 전체에서 단어 반복이 유일하게 이뤄지고 있다.

6연은 서술자가 가인의 말을 전한다. 가인은 단숨에 술 한 잔을 들이키고는 그것은 고귀한 감로이고, 이 한 잔 대접이 별것 아니라는 겸양을 보이는 궁성에 세 배로 복이 깃들기를 바라며 그런 만복이 깃들게 되면 가인이 술 한 잔에 깊은 감사를 느끼듯 신에게 진심으로 감사하라고 말한다. 6연의 1행은 "그는 그것을 입에 대고는 다 마셔 버렸다"라고 서술자의 관점에서 노래하고, 2행 "아, 이 한 잔 고귀한 감로"는 바리톤의 높아진 톤으로 가인이 노래한다. 이어 피아노의 간주가 들어간 뒤 가인의 축복이 이어진다. 3행에서 7행까지 "오! 세 배의 복이 집안에 깃들기를/ 그것이 그저 작은 선물인 이곳/ 모든 일이 잘되면, 절 기억하십시오/ 그리고 신에게 진심으로 감사하십시오/ 제가 이 한 잔에 여러분에게 감사하듯이"라고 노래한다. 더욱이 6행 "진심으로 감사하십시오"는 연극 대사

처럼 낮은 서창조의 음으로 노래하고, 마지막 7행 "(제가) 이 한 잔
에 여러분에게 감사하듯이"는 고양된 톤에서 서창조로 바뀌어 노
래 부른 뒤 피아노의 후주가 곡을 마감한다.

제3곡 〈동경을 아는 자만이Nur wer die Sehnsucht kennt〉는 12행시
로서 괴테의 작품에서는 미뇽과 하프 타는 노인이 서로 맞지 않는
화음으로 함께 부르는 이중창이다. 슈만의 곡에서는 피아노 서주
없이 바로 목소리가 잔잔하게, 그러나 "동경", "떨어져서"처럼 몇
몇 행의 일부분에서 높은 포르테 음으로 표현하면서 마치 시를 낭
송하는 것처럼 피아노와 목소리가 읊조리듯 조용하게 노래하고,
피아노 후주로 같은 분위기를 나타낸다. 앞서 베토벤의 같은 제목
의 가곡에서 설명한 바와 같이, 동경을 아는 자만이 서정적 자아가
겪는 고통을 이해하며 그는 모든 기쁨으로부터 혼자 떨어져서 하
늘을 쳐다보는데 그의 연인은 먼 곳에 있다. 그래서 그는 현기증이
일고, 속이 타들어 가는 고통을 느낀다. 슈만의 곡에서는 9행과 10
행 "현기증이 일고/ 속이 다 탄다"에서는 폭발하듯이 강한 포르테
음으로 표현되고 있다. 그리고는 1행에서 6행, 11행과 12행을 반
복함으로써 동경을 아는 사람만이 서정적 자아가 겪는 마음의 고
통을 이해할 것이라는 점을 강조하고 있다.

제4곡 〈눈물로 빵을 먹어 보지 않은 사람은Wer nie sein Brot mit
Tränen aß〉 괴테의 2연 4행시에 곡을 붙인 것이다. 슈베르트의 가곡
에서 설명했듯이, 눈물에 젖은 빵을 먹어 보지 않고, 고통으로 밤
을 지새워 보지 않은 사람은 하늘의 여러 가지 힘에 대해서 알지
못하며, 인간의 삶은 바로 그 하늘의 힘으로부터 받았으나 사는 동
안의 죄도 함께 받았고 그것에 대한 책임도 스스로 져야 한다는 뜻
이다. 이 곡은 피아노 서주를 시작으로 애잔하게 1연의 1행에서 3

행까지는 슬프게 노래한다. 그러나 4행 "천상의 힘들을 알지 못하리"에서는 서창조로 강하고 힘찬 바리톤으로 표현한다.

1연과 2연 사이 피아노 간주가 있고 나서 2연은 분명하게 반항적 자세로 전환되어 천상의 힘들이 인간에게 생명을 주었으나 인간이 죄를 짓도록 내버려 두고, 죄는 세상에서 벌을 받기 때문에 고통을 겪게 된다고 또박또박 서창조로 노래한다. 이러한 내용을 강조하려고 3행 "그리고 그를 고통에 내맡긴다" 다음에는 피아노 간주가 격동적으로 짧게 들어간다. 이어 마지막 4행 "왜냐하면 모든 죄는 지상에서 대갚음되니까"라고 다시 서창조로 노래한다. 이러한 음악적 해석은 뭔가 운명적, 숙명적인 것을 강조하고 거칠게 상승과 하강하는 음으로 표현되고 있다. 괴테의 시와는 달리 슈만은 마지막 4행을 반복하면서 "모든 죄는" 다음에 짧은 간주가 들어가고, "지상에서" 부분은 가장 낮은 바리톤으로 글을 읽듯 낭송한다. 이어 피아노의 후주가 부드럽게 아르페지오로 조용히 곡을 마무리한다.

제5곡 〈말하게 하지 말고 침묵하게 해라Heiß mich nicht reden, heiß mich schweigen〉는 슈만 이외에 라이하르트, 첼터, 춤스테크, 슈베르트, 볼프, 루빈슈타인 등이 곡을 붙였다. 이 시는 3연 4행시로서 괴테의 작품에서 보면 미뇽의 노래이다. 비밀은 의무여서 다 터놓고 말하고 싶어도 말할 수 없는 것이 그 운명이며, 그런 비밀도 때가 오면 어두운 밤을 쫓아 내고 해가 떠오르듯 털어놓을 수 있다. 또 누구나 안식을 주는 벗을 만나면 다 털어 놓을 수 있으나 비밀의 맹세 때문에 아무 말도 할 수 없고 오직 신만이 그것을 허락한다는 내용으로 되어 있다. 슈만의 곡은 가곡이라기보다는 오히려 하나의 극적 장면이라고 할 만하다. 이 곡에는 슈만이 파악하는 미농의 전 존재가 드러나고 있으며 조기 성숙한 소녀의 내면에서 일렁이는 대립적 감정들의 소용돌이가 음악적으로 잘 묘사되어 있다. 미뇽은 천진함의 마스크를 벗어 버리고 열정적이며 진지하고 침묵의 고독을 아는 성숙한 인물로 묘사되고 있다.

이 곡은 피아노 서주의 강렬한 스타카토로 시작되며, 1연 "말하게 하지 말고 침묵하게 하라/ 내 비밀은 나의 의무이니까/ 내가 너에게 내 속마음을 보이고 싶지만/ 운명이 그걸 바라지 않는다", 2연 "때가 되면 태양의 궤도가/ 어두운 밤을 몰아내고, 그건 밝게 빛나야 한다/ 단단한 바위가 가슴을 열고/ 대지의 깊이 숨겨진 샘을 시샘하지 않는다", 3연 "누군가는 친구의 품에서 휴식을 구한다/ 거기서 비탄의 마음을 쏟아 낼 수 있다/ 맹세가 내 입술을 누르고 있으며/ 오직 신만이 그것을 열 수 있다"고 노래한다. 그런데 1연 1행을 반복 노래한 뒤 노래는 3연까지 쭉 이어져 있다. 눈에 띄는 점은 강렬한 피아노 서주의 스타카토가 암시하는 것처럼 1연은 상승한 높은 소프라노로 미뇽이 소리치듯이 "말하게 하지 말고 침묵하게 하라"로 시작되고 있다. 그리고는 그녀의 감정이 터져 나오고 빠른 박자로 그녀는 자신의 마음을 모두 보여 주고 싶지만 그렇게 할 수 없다고 노래한다. 그래서 마치 구호처럼 "말하게 하지 말고 침묵하게 하라"가 반복된다.

2연에서는 "때가 되면 태양의 궤도가/ 어두운 밤을 몰아내고"를 서창조로 노래하고, 2연 전체는 대체로 부드럽고 편안한 아리아로 부른다. 이어 3연으로 넘어가서 3행 "맹세가 내 입술을 누르고 있다"에서 절정에 달하고는 마지막 4행 "오직 신만이 그것을 열 수 있다"를 고요하고 나지막하게 노래한다. 피아노 간주가 이어진 다음 "신만이" 부분을 느리게 서창조로 반복해서 노래하고, 그것의 메아리로서 피아노의 격정적인 간주가 뒤따른다. 이어 다시 3행과 4행이 반복되고, 절제된 음성으로 서서히 하강하면서 곡이 끝난다. 이렇게 제5곡에는 바그너의 악극처럼 극적이고, 열정적인 분위기가 나타난다.

> 이러한 점은 슈만의 극적, 격정적 언어의 의미에 묶인 멜로디의 새로운 전형이다. 이러한 멜로디에는 연극적 격정이 살아 있고 바그너의 경험이 어떻게 작곡가에게 영향을 끼쳤고 그러나 그가 어떻게 바그너를 능가하는지를 (…) 느끼게 해 준다.(RL, 376)

제6곡 〈고독에 처한 사람은Wer sich der Einsamkeit ergibt〉과 제7곡 〈슬픈 곡조로 노래하지 마세요Singet nicht in Trauertönen〉는 서로 대비되는 곡이다. 〈고독에 처한 사람은〉 괴테의 작품에서 하프 타는 노인이 고요히 전주곡을 타고 난 뒤 부른 노래이다. 슈베르트의 같은 가곡에서 설명했듯이, 외로울 때 슬픔과 고통이 깃들기 때문에 혼자가 아니고, 슬픔과 고통은 죽어서야 비로소 벗어날 수 있으며 이때는 완전히 혼자가 된다는 내용이다. 슈만의 제6곡에서는 빠져나올 수 없는 고통의 표현이 애절하게 나타나면서도 전체적으로 부드럽게 서창조로 노래하고 있다. 더욱이 마지막 행 "외로이 무덤에 누워 있게 될 것이다" 다음에 피아노의 간주가 들어간 뒤 "거기서 혼자 남게 되리라"는 외롭고 애절하게 부름으로써 장엄하고, 부드럽게 황홀감을 주는 결말 전환이 되고 있으며 멜랑콜리한 아름다움을 묘사한다.

반면 제7곡 〈슬픈 곡조로 노래하지 마세요〉는 필리네가 아주 달콤하고 에로틱하게 부르는 8연 4행시의 노래이며, 슈만 이외에 라이하르트, 볼프, 루빈슈타인 등도 곡을 붙였다. 괴테의 텍스트 1연

"슬픈 곡조로 노래하지 마세요/ 밤의 외로움에 대해서/ 아니, 순수한 이여/ 밤은 교제하게 만들지요", 2연 "여자가 남자에게/ 가장 아름다운 반쪽으로 주어진 것처럼/ 밤은 삶의 반쪽이고/ 게다가 가장 아름다운 반쪽이지요", 3연 "여러분은 낮이 즐거운가요/ 기쁨을 중단시키는데?/ 낮은 산만해지기에 좋지요/ 그건 다른 쪽에 도움이 되지 않지요", 4연 "하지만 밤이 되면/ 달콤한 램프불의 희미한 빛이 흐르지요/ 입에서 가까이 있는 입으로/ 농담과 사랑이 쏟아지지요", 5연 "성급하고 자유분방한 소년이/ 거칠고 열정적으로 서둘러 와서는/ 종종 작은 선물을 할 때/ 가벼운 유희를 하면서 머무른다", 6연 "밤꾀꼬리가 연인에게/ 사랑스런 노래를 불러 줄 때/ 갇힌 자와 우울한 자에게는/ 고통과 탄식을 울릴 뿐이다", 7연 "가벼운 마음의 고동 소리와 함께/ 너희들은 종소리를 듣지 못하네/ 12번 울리는 타종과 함께/ 휴식과 안정을 약속하는데", 8연 "긴 낮에/ 그것을 깨닫도록 하세요/ 낮은 낮의 고통을 지니고 있고/ 밤은 밤의 쾌락을 품고 있지요"로 되어 있다.

그러니까 필리네는 밤은 사랑하는 사람들을 하나로 만들어 주기 때문에 밤이 외롭다고 슬프게 노래하지 말아야 한다고 말한다. 여자가 남자에게 가장 아름다운 반쪽인 것처럼 밤은 인생의 아름다운 반쪽이며, 기쁨을 훼방하는 낮은 즐겁지 않으며 그런 낮은 아무 쓸모가 없다고 노래한다. 밤이 되어 등불이 켜질 때, 사람들이 서로 사랑을 나눌 때, 성급한 개구쟁이가 달콤한 입맞춤으로 천진한 장난에 취할 때, 나이팅게일이 사랑의 노래를 전달할 때, 누구나 가슴 두근거리면서 자정의 종소리를 듣게 된다. 그러나 긴 낮 동안 그것들을 가슴속에 묻어 두어야 하는데, 낮은 낮의 고뇌를 가지고 있고 밤은 밤의 쾌락을 품고 있기 때문에 그러하다고 노래한다. 슈

만의 곡에서 보면, 시의 2연은 생략되었고, 마지막 8연의 3행 "낮
은 낮의 고통을 지니고 있고"와 4행 "밤은 밤의 쾌락을 품고 있지
요"는 반복되고 다시 4행이 반복된 뒤 명랑하고 쾌활한 피아노 후
주로 끝난다. 이 곡은 우아하고 경쾌한 분위기 속에 모차르트의 오
페라에서 보여 주는 유쾌한 분위기가 엿보이고 있다.

제8곡 〈문가로 조용히 스며들 거야An die Türen will ich schleichen〉
는 슈베르트의 같은 가곡에서 다루었듯이, 하프 타는 노인이 부르
는 노래이다. 슈만의 곡에서는 떠돌이의 노래처럼 단순하면서도
슬며시 감동을 주는 멜로디는 피아노의 계속 반복되는 16분음표를
통해서 불안과 평화롭지 못함을 알리고 있다. 그러면서도 조용히
들어가는 장면을 연상시키는 느린 바리톤의 음이 듣는 사람을 편
안하게 해 주고 있다. 이 곡에는 피아노의 서주, 간주, 후주가 들어
있으며 4행 다음에 간주가 들어감으로써 8행시를 두 부분으로 만
들고 있다. 또 7행과 8행 "그는 눈물을 흘릴 것이다"와 "난 그가 왜
우는지 모른다"를 반복함으로써 이 시의 주인공 걸인은 왜 사람들
이 자신을 보고 우는지 그 이유를 정말 이해하지 못한다는 것이 강
조되고 있다.

마지막 곡인 제9곡 〈내가 그렇게 될 때까지 내버려 두세요So laßt
mich scheinen, bis ich werde〉는 괴테의 작품에서 미뇽이 천사의 복장을
하고 아이들에게 선물을 주었는데, 그 역할이 끝나 옷을 벗기려 하
자 미뇽이 거절하면서 부르는 4연 4행시 노래이다. 이 시에 라이
하르트, 슈베르트, 볼프, 루빈슈타인 등도 곡을 붙였다. 슈만의 곡
은 느리고 길지 않은 피아노 서주와 함께 상승과 하강하는 음을 적
절하게 대비시키면서 1연 "내가 그렇게 될 때까지 이대로 내버려
두세요/ 눈처럼 흰 이 옷을 벗기지 마세요/ 서둘러 이 아름다운 지

상을 떠나/ 저 안전한 집으로 올라가니까요 ", 2연 "그곳에서 잠깐
고요하게 쉬고 나면/ 신선하게 눈이 뜨이게 되요/ 이 순수한 옷/
(천사의) 허리띠와 머리의 관을 벗지요", 3연 "그리고 천상의 사람
들은/ 남자인지 여자인지 묻지 않지요/ 옷도 주름도/ 정화된 몸을
감쌀 필요가 없어요"까지 노래한다.

그리고 잠시 피아노의 간주가 들어간 뒤 4연 "근심도 걱정도
모르고 살아 왔지만/ 쓰라린 고통만은 충분히 알아요/ 고뇌로 인
해서 너무 일찍 시들었지만/ 다시 영원히 젊어지게 해 줘요"라고
노래한다. 그러니까 이 세상에서는 근심 걱정 없이 살면서도 고
통이 무엇인지를 알았고 그로 인해서 늙고 조숙하게 되었으나 하
늘나라에서 영원히 젊어지게 해 달라고 노래한다. 더욱이 "다시
영원히 젊어지게 해 줘요"는 격정적이고 높은 소프라노로 노래하
고, "영원히 젊어지게"를 반복할 때는 가장 높은 음으로 노래한
다. 전체적으로는 부드럽고 어둡지 않게, 그러면서도 상승할 때
는 섬광처럼 빛을 발하면서도 완만하게 높아지면서 절정을 향하
고 있다. 그것은 삶의 고통과의 작별을 예고하고 있다.

지금까지 고찰한 바와 같이, 슈만의 후기 가곡 창작 시기에 나
온 《빌헬름 마이스터에서 나온 노래들》은 그의 1840년 가곡의
해에 작곡한 서정적, 낭만적 가곡들과는 그 성격이 다른 점을 볼
수 있는데, 바그너의 악극과 같은 요소가 가미되기도 하고, 오페
라처럼 경쾌한 분위기를 주기도 하면서 가곡의 다양성을 시도하
고 있음을 알 수 있다.

3.9 볼프의 괴테-가곡들

3.9.1 볼프의 가곡 세계

후고 볼프Hugo Wolf(1860~1903)는 오스트리아-슬로베니아계 작곡가이자 음악 비평가였다. 그는 슬로베니아 출신의 어머니와 독일인 아버지 사이에서 1860년 3월 13일 오스트리아 운터슈타이어마르크Untersteiermark의 빈디쉬그라츠Windischgratz에서 태어났다.[62] 볼프는 가죽 상인이자 동시에 열정적인 음악가였던 그의 아버지로부터 피아노와 바이올린을 배웠다. 그라츠Graz와 라반탈Lavanttal에서 보낸 학교 생활은 별로 행복하지 않았으며 그는 음악 이외에 별 다른 재능을 보이지 않았다. 고등학교를 마친 뒤 15세가 되던 해인 1875년 빈 음악 학교에 입학하게 되었고 구스타프 말러가 같이 이 학교를 다녔다. 볼프는 재정 형편이 어려웠기 때문에 말러와 1877년에서 1880년 사이 한 방에서 함께 지내기도 하였다.

볼프는 빈 음악 학교에서 더욱이 작곡 선생 프란츠 크렌Franz Krenn의 수업에 크게 불만을 느꼈고, 실제 그런 불만을 공개적으로 드러냄으로써 학교와 불편한 관계가 되었으며, 끝내 2년 만에 이 학교를 그만두었다(WB, 30). 볼프는 17세부터 스스로 음악 교육과 생계를 해결해 나가야 했는데, 피아노 수업과 부정기적으로 보내 주는 아버지의 재정 지원으로 몇 년 동안 빈에서 생활할 수 있었

---

62) Thomas Aigner/ Julia Danielczk/ Sylvia Matl-Wurm/ Christian Mertens/ Christiane Rainer (Hg.): Hugo Wolf. Biographisches. Netzwerk. Rezeption. Wien 2010, 216쪽 참조. 이하 (WB, 쪽수)로 표기함.

다. 그는 1881년 잘츠부르크 시립극장의 보조 음악장 자리를 얻었으나 석 달 뒤 해고되었고 이후 음악가로서 다시는 고정적인 직업을 얻지 못했다. 1884년 볼프는 〈빈너 살론블라트Wiener Salonblatt〉 주간지의 음악 비평가가 되었고, 타협을 모르는 예리하고 빈정대는 글 스타일로 유명했으며, 나중에 이로 말미암아 그의 이력에 걸림돌이 되기도 하였다. 그는 열렬한 바그너 찬미자였으며, 브람스와 브람스 지지자들과는 완전히 거리를 두었고 게다가 평생 동안 브람스의 음악을 조롱하였다.

> 그의 예술 정신은 비타협적이었고 이것은 브람스에 대해서는 광신적 미움을, 마찬가지로 바그너에 대해서는 광신적 열광을 일으켰다.(WB, 18)

그런데 볼프가 〈살롱블라트〉 신문사에 자리를 얻어서 기고문을 쓰는 직업을 얻게 된 것은 전적으로 그의 애호가가 보수를 보장했기 때문이었다. 그러나 1887년에 그는 신문사에 사표를 내고 전업 작곡가가 되었다. 이후 1888년에서 1891년 사이 그는 200편이 넘는 가곡을 작곡하였으며, 이로써 가곡 작곡가로서 명성을 구축하였다. 1888년 2월 16일에서 5월 18일 사이 작곡한 뫼리케-가곡을 포함해서, 슈베르트와 비슷하게 괴테의 시 약 50편에 곡을 붙였고, 아이헨도르프, 켈러, 하이네 시에 곡을 붙였으며, 《이탈리아 노래집Italienisches Liederbuch》을 작곡한 이후 《스페인 노래집Spanisches Liederbuch》을 작곡하였다(WB, 14). 그리고 1895년 그의 유일한 오페라 《판사Der Corregidor》를 작곡했고 1897년 마지막으로 〈미켈란젤로의 세 편 시Drei Gedichte von Michelangelo〉를 작곡하였다. 이 시기의 10년은 그가 집중적으로 작곡가로서 창작력을 발휘하던 시기이기는 했으나 정신적, 신체적으로 피로가 누적되면서 건강이 악화되었다. 황홀함과 피로감의 끊임없는 긴장 속에서 그의 체력이 소진되었고 그러다 광기에 빠져 들어서 1897년 가을에 스베틀린 Svetlin 개인병원에 입원했다. 이듬해 1월 퇴원했으나 1898년 10월 4일 투라운제Traunsee에서 자살 시도를 한 다음 빈에 있는 니더외스 터라이히Niederösterreich 주립 정신병원으로 옮겨졌다. 이후 4년 동안 고통스러운 시간을 보낸 뒤 1903년 2월 22일 43세의 나이로 사망 하였고 빈 중앙묘지에 묻혔다.

후고 볼프

볼프는 평생 동안 혹독한 가난 에 시달렸다. 그것이 그의 건강 을 악화시켰으며 게다가 그는 까 다롭고 예민한 성품을 지녔기 때 문에 그것은 그의 직업적 성공 에 크게 방해가 되었다. 그의 생 계는 친구들이나, 가까운 주변의 음악인들에게 도움을 받아 꾸려 졌다. 또 그의 가곡들이 알려지 면서 빈 아카데미 바그너 협회로 부터 지원이 있었고 1897년에는 볼프 협회가 만들어졌으며 회원 들의 집이 비는 경우, 그곳에 기거하기도 했다. 그의 가곡들이 출 판되기는 했으나 원고료는 얼마 되지 않았기 때문에 늘 아주 단순 한 삶의 형태로 생계를 꾸려 나갔다. 그는 개인적이고 독자적인 음 악 스타일, 방법과 특성뿐만이 아니라 깊은 문학적 통찰력과 상상 력의 결과로 후기 낭만주의 음악에서 특별한 위치를 차지하였다. 이런 여러 가지 점에서 볼프는 슈만과 비슷한 특성을 보였다. 또한 그의 가곡은 독창적이고 여러 가곡 작곡가들에게 큰 자극을 주었으며 전통적 가곡 작곡 기법을 벗어나 있다고 평가된다.

> 볼프가 이루어 낸 새로운 것은 신선하고 독창적이며, 또한 중요한 가곡
> 작곡가들, 슈트라우스, 피츠너, 레거 등의 모든 세대와 여러 다른 작곡가
> 들에게 줄곧 영향을 끼쳤던 자극들은 너무나 강하고 깊어서 전통에 묶이
> 지 않은 완전히 새로운 시작이라고 말하지 않을 수 없다.(RL, 567~578)

볼프는 바그너의 영향에서 가곡 작곡의 새로운 형식을 추구하였
다. 그래서 그의 많은 가곡들은 바그너적 음악 원칙에 바탕을 둔
예술가곡일 뿐이라는 그릇된 주장을 낳기도 했다. 그러나 실제로
그의 가곡 형식은 그가 곡을 붙인 시 형식처럼 독자적으로 해석된
것이었다. 그는 시에 단순히 음악적 껍질을 씌우는 것이 아니라 시
로부터 하나의 음악을 만들어 내어서 텍스트에 밀착시키고, 텍스
트의 뜻을 그대로 지니고 있는 음악을 만들고자 했다. 그래서 그에
게는 시가 그의 음악적 언어의 근본 원천이며, "음악의 문학화를
위해서 새로운 가곡 유형에 기여하고자"(RL, 569) 하였다. 볼프가
지배했던 음악 형식들의 큰 범위는 특별한데, 그의 음악적 형식과
스타일은 시가 형상화한 시적 이념들과 밀접하게 연관되어 있어
서 텍스트를 분석하는 것으로부터 크게 벗어나 있지 않았다. 또한
가장 위대한 가곡 작곡가들 가운데 한 사람이라는 그의 위치는 그
의 작품이 지닌 독자성과 진실성뿐만 아니라 그가 가진 생생한 표
현력의 덕택이기도 하다. 이러한 결과들은 그의 비범한 음악적 재
능은 말할 것 없고 서정시에 대한 비판적 이해의 결과이기도 하다.
그 어느 가곡 작곡가도 자신이 곡을 붙인 시에 대해서 그토록 세심
한 경외감을 가지지 않았다.

그뿐만 아니라 서창조의 섬세함은 볼프의 가곡에서처럼 그 어떤
가곡에서도 더 높은 경지에 도달한 예가 없다. 그의 가곡에는 그의

영혼이 지닌 객관적이고 극적인 자세가 강조되어 있다. 그는 자신의 독자적 성품의 표현으로써 예술을 이용한 것이 아니라 오히려 자신의 가곡을 시학의 대변자로 만드는 것을 더 선호했다. 말할 것 없이 그의 손에서 나온 작품은 분명 그의 자화상과 같은 모습을 지녔지만 나름대로 정체성을 지니고 있었다. 볼프는 뫼리케의 시에 폭발적으로 많은 곡을 붙인 이후 1888년 10월에서 그 이듬해 2월까지 괴테의 시 51편에 곡을 붙였다. 그는 슈베르트와 슈만과 마찬가지로 《빌헬름 마이스터의 수업시대》에서 미뇽과 하프 타는 노인의 슬픈 형상을 담은 10편의 곡과 〈프로메테우스〉, 〈가니메드〉와 〈인간의 한계〉와 같이 거인적인 것을 표현한 시들, 그리고 괴테의 여러 시와 담시에 곡을 붙였고, 《동방시집Westöstlicher Divan》에서 나온 17편의 시에도 곡을 붙였다.

여기서는 괴테의 〈쥐 잡이〉, 〈프로메테우스〉, 〈가니메드〉, 〈하프 타는 노인 III〉으로 볼프의 괴테-가곡의 특징을 고찰하고자 한다.

3.9.2 괴테 시에 곡을 붙인 볼프의 가곡들

1) 〈쥐 잡이〉

〈쥐 잡이Der Rattenfänger〉(GG, 101)는 괴테의 3연 8행시다. 더욱이 볼프의 가곡 〈쥐 잡이〉는 17세기에서 18세기 여러 곳을 떠돌아다니면서 기이하거나 진귀한 내용을 노래하던 독일의 전통적인 뱅켈 가수Bänkelsänger, 다시 말하면 장돌뱅이 가인이나 살인 같은 무시무시한 사건을 주제로 하여 노래하던 장타령조의 모리타트 가수Moritat-Sänger를 연상시키고 있다. 괴테의 이 시에 볼프 이외에 슈베르트, 루트비히 베르거 등이 곡을 붙였다. 그런데 괴테의 〈쥐 잡이〉에는 그림 형제의 설화 〈하멜른의 쥐 잡이Rattenfänger von Hameln〉와 비슷한 모티브가 들어 있다. 쥐 잡이 이야기는 하멜른뿐만 아니라 유럽의 여러 곳에서 변형된 이야기로 구전되어 오고 있다. 그림 형제의《독일의 설화들Deutsche Sagen》(No. 245, 〈하멜른 아이들〉)에 나오는 이야기에 따르면, 1284년 하멜른은 쥐 때문에 도시 전체가 재앙에 빠졌고, 이를 퇴치하려고 쥐 잡이가 나타난다. 그는 피리를 불어서 집안과 골목에서 쥐를 모두 나오게 한 다음 베저Weser 강으로 데리고 가서 익사시킨다. 하지만 하멜른 시민들이 쥐를 모두 퇴치한 대가를 주겠다는 약속을 지키지 않자 쥐 잡이가 이번에는 사냥꾼의 모습을 하고 나타난다. 그가 피리를 불자 4세 미만의 아이들이 모두 그를 따라나섰고 100명이 넘는 아이들은 다시는 마을로 돌아오지 않았다. 다만 벙어리와 맹인 아이 2명만이 하멜른으로 돌아왔으나 쥐 잡이가 아이들을 어디로 데리고 갔는지는 끝내 알 수 없게 되었다.[63]

볼프의 〈쥐 잡이〉는 유절가곡이며, 피아노의 빠르고 격정적이고 드라마틱하며 명랑한 서주로 시작되고 있다. 1연은 여러 곳을 다니면서 노래로 쥐를 잡는 자는 유명한 가수이고, 더욱이 유서 깊은 도시는 그를 필요로 하는데 아무리 쥐가 많고 족제비와 섞여서 논다 하더라도 그는 이놈들을 깨끗이 치우고 함께 떠날 수 있다고 노래한다. 1연 8행시는 "난 유명한 가수다/ 여러 곳을 여행하면서 쥐를 잡는 자/ 이 유서 깊은 도시가/ 분명 필요로 하는 자다/ 쥐들이 아직 너무 많다 하더라도/ 족제비들이 함께 논다 하더라도/ 내가 사방에서 이곳을 깨끗이 치우면/ 그 놈들은 함께 떠나야만 한다"로 되어 있다. 그런데 8행의 한 부분 "함께"는 바이브레이션을 넣어

---

63) http://de.wikipedia.org/wiki/Rattenfänger_von_Hameln 참조.

톤을 길게 그리고 드라마틱하게 강조하고 있다. 8행 "그 놈들은 함께 떠나야만 한다" 다음 피아노의 간주가 서주의 멜로디를 다소 변용하여 빠르고 경쾌하게 들어간다.

2연 "난 아주 쾌활한 가수다/ 아이들도 함께 잡는 자/ 가장 거친 놈들을 제압한 자/ 그가 유쾌한 동화를 노래하면/ 소년들은 아주 반항적이라 하더라도/ 소녀들도 아주 방어적이라 하더라도/ 내 현들로 감동을 주면/ 그들 모두 날 따라나서지 않을 수 없다"라고 노래한다. 그러니까 쥐 잡이는 자신의 노래로 아이들의 마음을 사로잡을 수 있는 유쾌한 가수이고, 재미있는 동화를 노래하면 반항적이거나 방어적이던 소년과 소녀들도 모두 그를 따라나서지 않을 수 없다. 더욱이 4행 "그가 유쾌한 동화를 노래하면"은 아주 부드러운 톤으로 노래한다. 또 2연 8행의 한 부분 "모두"를 1연 8행의 바이브레이션 기법과 동일하게 강조하고 있다. 8행 "그들 모두 날 따라나서지 않을 수 없다" 다음에 피아노의 간주 또한 1연의 피아노의 간주와 같은 멜로디로 빠르게 이어진다.

3연 "난 노련한 가수다/ 때때로 소녀를 낚는 자/ 그 어떤 도시에도 나는 정착하지 않는다/ 내가 여러 사람에게 아무 일도 행하지 않는 곳에서도/ 소녀들이 아주 수줍어하더라도/ 아낙들이 아주 불친절하더라도/ 하지만 모두가 아주 들뜬다/ 마력을 지닌 현의 소리와 노래가 불릴 때는"이라고 노래한다. 그러니까 그는 노련한 가수이고, 소녀와 아낙들은 수줍어하다가도 그가 마력을 지닌 현악기를 연주하면서 노래하면 모두 들떠 흥겨워한다. 2연의 4행과 마찬가지로 3연의 4행 "그가 여러 사람에게 아무 일도 행하지 않는 곳"에서는 또한 부드러운 톤으로 노래한다. 이어 피아노의 간주가 2연과 마찬가지의 분위기로 이어진다. 그리고는 1연

을 반복 노래한 다음 피아노의 후주가 이어지는데 이것은 쥐 잡
이가 사람들에게 두려움을 주는 존재임을 과시하는 그의 당당함
을 강조하고 있다.

2) 〈프로메테우스〉

괴테의 〈프로메테우스Prometheus〉(GG 235~6)는 7연 시로서 각 연
은 홀수 행, 곧 11행(1연), 9행(2연, 4연, 5연), 7행(3연, 7연), 5
행(6연)으로 이뤄져 있다. 이 시에는 볼프 이외에 라이하르트, 슈
베르트 등이 곡을 붙였다. 볼프의 〈프로메테우스〉에서는 더욱이
피아노의 서주가 마치 오케스트라처럼, 또 폭풍우가 내리치는 것
처럼 강하고 힘차면서 길게 연주된다. 그리고 피아노의 간주는 들
어 있으나 후주 없이 곡이 끝나고 있다.

1연 "제우스여, 너의 하늘을 덮어라/ 구름의 연기로/ 엉겅퀴를
꺾는/ 소년처럼 행동하라/ 너는 괴암이나 떡갈나무 곁에 있고/ 난
나의 대지에/ 그대로 있어야 한다/ 네가 짓지 않은 내 오두막/ 내
부엌 아궁이에 올 수 없다/ 이 불 때문에/ 너는 나를 부러워하지
만"이라고 노래한다. 그러니까 1행과 2행은 제우스 신에게 그의
천상을 구름으로 보호하라고 프로메테우스가 주문한다. 2행 "구름
의 연기로" 다음에 강한 피아노의 간주가 들어가면서 프로메테우
스의 주문을 강조하고 있다. 이어 3행에서 5행 엉겅퀴를 꺾는 소년
처럼 행동하고, 떡갈나무와 산 정상에나 머물러 있으라고 한다. 5
행 "괴암이나 떡갈나무 곁에"나 머무르라고 한 다음에 피아노 간
주가 들어가 있다. 이 간주는 다음 내용과의 대비를 미리 암시하고
있다. 6행에서 11행은 제우스와 달리 프로메테우스는 이 지상에
머물러 있으며, 그가 지은 오두막과 부엌 아궁이에서 제우스가 부

러워하는 불을 가져갈 수 없다고 한다. 11행 "그대가 나를 부러워하지만" 다음에 힘찬 피아노의 간주가 들어가 있으며, 힘차고 당당한 간주는 제우스의 부러움에 대해서 자랑스러워하는 프로메테우스의 마음가짐을 강조하고 있다.

2연 "그대들보다 더 가련한 자가 없다는 것을 안다/ 신들이여, 태양 아래/ 그대들은 궁색하게 살아갈 뿐이다/ 제물이나/ 기도 드리는 입에서 흐르는 입김을 마시고/ 위엄을 부리지만/ 그리고 그대들은 구차하게 살았을 것이다/ 아이들이나 걸인들이 없었다면/ 헛된 희망에 가득 찬 바보들"이라고 1연보다는 완화된 톤으로 낮고 부드럽게 노래한다. 여기서는 태양 아래 신들보다 더 가련한 자들은 없으며 그들은 위엄을 한껏 부려 보지만 기껏해야 제물이나 기도 드리는 입김이나 마시고 살아갈 뿐이며, 헛된 희망에 가득 찬 바보들인 아이들이나 걸인들이 없었다면 구차하게 살았을 것이라고 조롱한다. 더욱이 7행 "그리고 그대들은 구차하게 살았을 것이다"와 8행 "아이들이나 걸인들이 없었다면"은 낮고 부드러운 톤으로 노래하고 9행 "헛된 희망에 가득 찬 바보들"은 마치 조롱을 퍼붓듯 노래하는데, 그 다음 이어지는 짧은 피아노의 간주가 이 내용을 강조한다.

3연은 1행부터 아주 부드러운 톤으로 노래를 시작하는데, "내가 아이였던 때/ 사리분별을 하지 못하던/ 나 또한 방향 잃은 눈으로/ 태양을 향해 기도했다, 마치 그 위에 있기라도 한 듯/ 거기 나의 탄식을 듣는 귀가 있고/ 내 마음처럼 고뇌에 우는 자/ 가련해 하는 마음 있을 것이라 믿고"가 서서히 절정을 향해서 강하고, 높고 빨라지는 톤으로 부른다. 그러니까 사리분별을 하지 못하던 어린 시절엔 프로메테우스 또한 방향을 잃고 마치 그의 탄식을 듣는 귀가 있고, 그의 마음처럼 고뇌에 괴로워하는 자를 가련해 하는 마음이 있을 것이라는 기대를 가지고 태양을 향해 기도한 적이 있었다. 여기서는 1행 "내가 아이였던 때"를 아주 부드러운 톤으로 노래하면서 7행까지 점점 고조되는 형식을 취한다. 이어 피아노의 빠른 간주가 나오고 다시 드라마틱하게 바뀌면서 다음 4연으로 안내한다. 드라마틱한 피아노의 간주는 프로메테우스의 그런 마음은 소용없는 것이었음을 강조하고 있다.

4연은 1연에서처럼 피아노의 강렬한 간주가 여러 차례 들어가 있다. 4연 "누가 나를 도왔는가/ 거인들의 오만에 맞서서/ 누가 죽음에서 날 구해 냈는가/ 노예 상태에서?/ 너는 스스로 모든 것을 완성하지 않았는가/ 성스럽게 불타오르는 심장이여?/ 너는 젊고 선한 마음에 불타/ 속임을 당한 채, 구원의 감사를/ 거기 천상에서 잠이 든 자에게 바치는가"로 되어 있다. 신들의 오만에 맞서서 프로메테우스가 싸울 때 누가 그를 도왔는가라고 묻는 1행과 2행 다음 피아노의 강한 간주가 들어간다. 이 간주는 2행 "거인들의 오만에 맞서서"라는 내용을 강조하는 효과가 있다. 그리고 누가 죽음으로부터, 노예 상태에서 그를 구해 냈는가라고 3행과 4행의 내용을 반복한다. 4행 "노예 상태에서?" 다음에 피아노의 강한 간주가 4행의 내용을 강조하고 있다. 이어 5행에서 9행까지, 성스럽게 불타오르는 자신이 스스로 모든 것을 완성하지 않았는가라고 자문하면서 자신의 젊고 선한 마음 때문에 속임을 당하는 줄도 모른 채 속임을 당했는데 천상에서 자고 있는 자에게 그럼에도 구원의 감사를 드려야 하는가라고 반문하듯 노래하고 있다. 4연 노랫말 다음의 피아노의 강렬한 간주는 천상에서 잠이 든 자에게 감사 드려야 하는가를 반문하는 듯하고 또한 구원의 감사를 드려서는 안 된다는 의지를 반영하고 있다.

5연과 6연은 이어서 노래부르는데, 9행으로 이뤄진 5연 "내가 너에게 존경을 바치겠는가? 무엇 때문에/ 네가 덜어 준 적이 있는가/ 무거운 짐을 진 자의 고통을?/ 네가 눈물을 닦아 준 적이 있는가?/ 고뇌에 우는 자의 눈물을/ 나를 남자로 만든 것이 아닌가?/ 전능한 시간이/ 영원한 운명이/ 나의 주인이자 너의 주인이기도 한"이라고 노래한다. 1행 "무엇 때문에 내가 그대에게 존경을 바치겠는가?"는 서창조로 노래하고 피아노의 간주가 이어진다. 이 피아노의 간주는 제우스 신에게 존경을 바칠 이유가 없다는 것을 강조하고 있다. 2행부터 9행까지에서 프로메테우스는 무거운 짐을 진 사람의 고통을 제우스가 덜어 준 적이 있는지, 고뇌에 차서 우는 자의 눈물을 닦아 준 적이 있는지, 모든 자의 주인인 전능한 시간이자 영원한 운명이 그를 남자로 만든 것이 아닌가라고 반문한다. 이어 5행으로 이뤄진 6연에서 프로메테우스가 화려한 꿈들이 무르익지 않았기 때문에 인생을 저주하여 황야로 도망가야 한다고 제우스가 생각하고 있으며 그것은 자신을 잘못 이해한 것이 아닌지라고 반문한다. 6연 "너는 뭔가 잘못 파악하는가?/ 내가 인생을 저주하여/ 황야로 도망쳐야 한다고/ 왜냐하면 꽃과 같은 꿈들이/ 무르익지 않았기 때문에"라고 노래한 뒤 피아노의 간주가 짧게 들어간다.

7연에서는 서창조로 프로메테우스는 자신의 모습과 닮은 인간을 만들었는데, 그는 프로메테우스처럼 고통받고, 울고, 즐거워하고 기뻐하는 종족이며, 바로 그처럼 제우스를 숭배하지 않는다고 노래한다. 1행 "나는 여기 앉아 인간을 만들어 낸다"는 장엄한 서창조로 노래한다. 2행에서 7행까지 "내 모습을 따라서/ 나와 꼭 닮은 종족을 만들어 낸다/ 고통받고, 우는/ 즐거워하고 기뻐하는 종족을/ 너를 숭배하지 않는 종족을/ 나처럼"이라고 노래한다. 6행 "그대를 숭배하지 않는다" 다음에 오는 피아노의 간주는 제우스를 숭배하지 않는다는 것을 강조하고 있다. 그러니까 제우스를 숭배하지 않는 인간을 프로메테우스가 창조했음을 강조하고 있는 것이다. 그리고 마지막 7행은 강한 서창조로 "나처럼"이라고 노래하고는 피아노 후주 없이 곡이 끝나고 있다. 후주가 없음으로써 "나처럼"이라는 메시지는 더욱 강렬하게 남는다.

3) 〈가니메드〉

괴테의 〈가니메드Ganymed〉(GG, 236~237)는 4연으로 되어 있고 1연은 8행, 2연 2행, 3연 11행, 4연 10행으로 이뤄져 있다. 이 시에 볼프 이외에 라이하르트, 뢰베, 슈베르트가 곡을 붙였다. 볼프의 〈가니메드〉는 아주 짧고 부드럽고 낭만적인 피아노의 서주와 함께 노래가 시작된다. 8행으로 이뤄진 1연에서는 봄으로 상징되는 연인이 아침 햇살처럼 서정적 자아의 주위를 이글거리는 눈으로 바라보는데, 사랑의 열정이 밀려들고 한없이 아름다운 이의 성스럽고 영원한 온기가 가슴으로 밀려든다. 1행에서 8행 "아침 햇살처럼/ 너는 내 주위를 바라본다/ 봄이여, 연인이여!/ 수천 배의 사랑의 기쁨과 함께/ 내 가슴에 밀려온다/ 너의 영원한 온기/ 성스러운 감정/ 한없이 아름다운 이여"라고 노래하고, 노랫말이 끝나면 피아노의 부드러운 간주가 이어진다.

그러다가 강렬한 반주를 시작으로 2연으로 넘어가서 2연 1행 "난 너를 만지고 싶구나" 다음 피아노의 강렬한 간주가 나오고 2행 "이 품에!"는 두 번 반복 노래되고 다시 피아노의 강렬한 간주가 이어진다. 피아노의 힘차고 강렬한 간주는 바로 서정적 자아의 육감적 느낌을 강화하고 있다. 이어 다시 부드럽게 피아노의 반주가 3연으로 안내한다. 11행으로 이뤄진 3연은 전체적으로 우아하고 아주 절제된 감정 표현으로 노래하고 있다. 그러니까 1행에서 6행 "아, 네 가슴에/ 누우면 애가 탄다/ 너의 꽃들이며 풀잎들이/ 내 가슴에 밀려온다/ 넌 불타는/ 내 가슴의 갈증을 풀어 준다"까지 서정적 자아가 봄이자 연인인 그의 가슴에 누우면 아늑함을 느끼고, 봄에 만발한 꽃과 풀잎이 가슴으로 밀려들어 오고, 불타는 마음의 갈증을 식혀 준다고 노래한다. 7행에서 11행 "사랑스런 아침 바람이여/ 나이팅게일은 사랑스럽게 나를 부른다/ 안개 낀 계곡으로부터/ 내가 갈게! 내가 갈게!/ 어디로? 아, 어디로?"까지, 나이팅게일은 부드러운 톤으로 사랑스런 아침 바람에게 안개 낀 계곡으로부터 서정적 자아를 부른다고 이야기하고, 서정적 자아는 부르는 소리가 들리는 곳으로 가고자 하지만 어디로 가야 할지 알지 못한다고 노래한다. 더욱이 마지막 10행 "내가 갈게, 내가 갈게"와 11행 "어디로? 아, 어디로 가야 하나?" 부분은 아주 부드러우면서도 절제된 애절함이 들어 있다. 이어 피아노의 간주가 서주와 같은 멜로디를 압축해서 짧게 연주하면서 마지막 4연으로 안내한다.

4연은 어디로 가야 할지 모르는 자에게 1행 "위로, 위로 와봐"라고 노래한 다음 피아노의 부드럽고 짧은 간주가 들어가 있다. 2행에서 10행 "구름은 흔들리며/ 아래로, 구름들이/ 애타는 사랑을 향해 몸을 숙인다/ 나에게로! 나에게로!/ 너희들의 품에 안겨/ 위로 오르자/ 꼭 껴안고, 껴안은 채/ 올라라, 네 가슴에 매달려/ 사랑하는 아버지여"에서는 구름들이 흔들거리며 아래로 몸을 숙여, 애타는 사랑을 가진 그에게 인사한다. 더욱이 4행 "애타는 사랑을 향해 몸을 숙인다"와 5행 "나에게로! 나에게로!"는 아주 절제된 절정의 분위기를 주고 있다. 서정적 자아는 구름들의 품에 안겨, 봄의 가슴에 안겨 위로 오르고자 하면서 마지막으로 10행 "사랑하는 아버지여"라고 부르면서 신에게로의 귀향을 암시하고 있다. 이어 피아노의 담백하고 아름다운 후주로 끝나고 있으며, 전체적으로 낭만적 평화로움이 깃든 분위기가 그대로 잘 드러나 있는 볼프의 가곡이라 할 수 있다.

볼프의 곡과 슈베르트의 〈가니메드〉를 비교해서 보면, 두 곡 모두 피아노의 서주, 간주(다섯 번), 후주가 들어가 있다. 볼프와 달리 슈베르트의 곡에서는 더욱이 마지막 4연 4행에서 10행까지의 반복과 마지막 행 "사랑하는 아버지여"가 다시 반복해 나타나고 있는데 이것은 신의 품에 안긴 천상의 기쁨을 강조하고 있다. 슈베르트의 가곡도 볼프의 낭만적 평화로움과 비슷하게 황홀하고, 부드러운 몽상적 분위기가 지배적이다.

4) 〈하프 타는 노인 III〉

볼프는 괴테의 〈눈물에 젖은 빵을 먹어 보지 않은 사람은〉에 곡을 붙였고, 〈하프 타는 노인Harfenspieler III〉로 제목을 붙였다. 더욱이 볼프는 "하프 타는 노인의 멜랑콜리한 모습에서 자신의 모습을 보는 듯했는데"(RL, 578), 예를 들면 "눈물을 흘리면서 빵을 먹어 보지 않은 사람은, 고통으로 밤을 울면서 지새워 보지 않은 사람은 천상의 힘들을 알지 못한다"는 바로 볼프 자신의 이야기이기도 하다. 왜냐하면 그는 평생 동안 고독, 가난과 궁핍을 겪었기 때문이다.

볼프의 〈하프 타는 노인 Ⅲ〉은 피아노의 애잔한 긴 서주를 시작으로 1연의 1행에서 4행 "눈물에 젖은 빵을 먹어 보지 않은 사람은/ 울면서 침상에 앉아/ 근심으로 밤들을 지새 보지 않은 사람은/ 천상의 힘들을 알지 못하리"라고 전체적으로 애절하고 슬픈 서창조로 노래한다. 이어 4행의 마지막 부분 "천상의 힘들"을 강조하기라도 하듯이 피아노는 높은 톤으로 연주되면서 서서히 하강하는 느린 간주가 이어진다. 2연의 1행에서 4행 "너희들이 우리를 삶으로 불러 들여/ 가엾은 인간이 죄를 짓도록 내버려두고/ 그리고 나서 그가 고통을 겪도록 방임한다/ 왜냐하면 모든 죄는 지상에서 대갚음되니까"라고 노래한다. 더욱이 3행과 4행은 이 가곡에서 가장 강하고 격정적으로 노래함으로써 고통과 벌의 뜻을 강화하고 있다. 마지막 피아노의 후주는 오히려 이러한 격정을 잠재우기라도 하듯 담담하고, 중립적이며 느리면서 부드럽게 곡을 마감한다.

한편, 슈만의 같은 곡은 피아노 서주를 시작으로 애잔하게 1연의 1행과 3행까지는 슬프게 노래하고, 4행 "천상의 힘들을 알지 못하리"에서는 서창조로 강하고 힘찬 바리톤으로 표현한다. 피아노의 간주 이후 2연은 갑자기 반항적 자세로 전환되어 또박또박 서창조로 노래한다. 같은 연 3행 "그리고 나서 그가 고통을 겪도록 방임한다" 다음 짧은 피아노 간주가 들어가고 마지막 4행 "왜냐하면 모든 죄는 지상에서 대갚음되니까"라고 서창조로 노래한다. 슈만은 마지막 4행을 반복하면서 "모든 죄는" 다음에 짧은 간주를 넣었고 "지상에서" 부분은 가장 낮은 바리톤으로 글을 읽듯 낭송한다. 이로써 세상의 모든 죄는 이 세상에서 벌을 받는다는 뜻이 극대화되고 있다. 또한 슈베르트의 같은 가곡 또한 피아노 서주를 시작으로 슈만이나 볼프와는 달리 각 연을 반복하고, 다시 마지막 연에서 재차 반복하는 것은 슈만과 마찬가지로 인간이 지은 죄에 대한 값을 스스로 치르지 않을 수 없음을 강조하고 있다.

제4장

실러 시의 음악적 해석

4.1 실러가 음악에 끼친 영향

4.1.1 프리드리히 실러

프리드리히 실러Friedrich Schiller(1759~1805)는 독일 문학사에서 괴테와 더불어 고전주의를 완성시킨 작가라고 평가되는데, 괴테보다 10년 연하의 실러는 넥카Neckar 강 근처 뷔르템베르크Wrttemberg 공작령의 마아바흐Marbach에서 1759년 11월 10일에 태어났다. 어린 시절 실러는 아버지가 직업 군의관이었기 때문에 여러 곳으로 이사를 다니면서 생활하였다. 1767년 실러는 루트비히스부르크 Ludwigsburg에서 라틴어 학교에 입학해서 초등 과정을 교육받았다. 그러다가 그의 아버지가 진급을 하면서 뷔르템베르크의 카를 오이겐Karl Eugen 공작의 궁정 정원 관리자가 되자 공작은 실러에게 장차 궁정 업무에 필요한 법무 교육을 받도록 명했고, 실러는 14세 때인 1773년 슈투트가르트Stuttgart 근교에 공작이 세운 학교에 입학해서 8년을 다녔다. 카를 오이겐 공작은 이성에 입각해서 나라를 다스리는 방법을 찾기도 하였으나 절대군주로 군림하였다. 그래서 실러는 일찍부터 절대 권력에 무력하게 예속되는 것을 경험하게 되었다.

프리드리히 실러

실러는 일반적으로 자유 이념 작가로 규정되는데, 이것은 자유에 대한 실러 자신의 직접 체험에서 나온 것이라고 볼 수 있다. 더욱이 그의 청년기 경험들을 보면 "왜 실러의 작품들에서 자유의 문제가 본질적인 몫을 하는지"(Heinz Stolte 1982, 49)를 알 수 있으며 "실러에게 인간의 의지란 자유의 소리"(Rüdiger Safranski 2007, 11)였다. 그런데 카를 오이겐 공작의 자의적 결정들에 대해서 글로써 처음 공격한 사람은 시인 음악가이자 시사 평론가였던 다니엘 슈바르트Christian Friedrich Daniel Schubart(1739~1791)였으며, 이로 말미암아 그는 1777년에서 1787까지 10년 동안 호에나스페르크Hohenasperg에 감금되어 옥살이를 하기도 했다.[64] 실러는 평소 존경하던 슈바르트를 자신의 대부를 통해서 감옥에서 만났고 그를 통해서 《군도》에 대한 착상을 얻게 된다.[65]

이 당시 뷔르템베르크 공작 카를 오이겐의 작은 궁정은 발레, 오페라, 연극, 오케스트라 등 예술이 빛을 발한 "유럽에서 가장 빛나는 궁정"[66]이었다. 오이겐 공작은 다양한 예술 분야와 전문교육을 시킬 수 있는 엘리트 교육기관을 1770년 설립하였고, 1775년에는 슈투트가르트 시내로 학교가 옮겨진 뒤 이 기관은 1781년 말에 대학이 되었다. 이 학교는 흔히 카를 오이겐 공작의 이름을 따서 카를스슐레Karlsschule라 불렸고 엄격한 분위기 속에서 진보적이고도 계몽적인 수업, 일반교육에서부터 대학의 전문교육, 전통적 전공과 가장 현대적 교육 분야가 연결되어서 18세기 후기의 특별한 교육

---

64) 슈바르트가 호에나스페르크 감옥에서 쓴 시 〈송어Die Forelle〉에 프란츠 슈베르트가 같은 제목(Op. 32/ D 550)으로 곡을 붙였다.

65) Heinz Stolte, 50쪽과 Rüdiger Safranski, 18쪽 참조.

66) 재인용 Claudia Pilling/ Diana Schilling/ Mirjam Springe: Friedrich Schiller, Reinbek bei Hamburg 2010, 12쪽.

기관이었다.[67] 실러는 이 학교에 입학하자 공작의 뜻에 따라 법학을 공부해야만 했으나 그 공부가 그에게는 맞지 않았다. 실러는 법학보다는 문학에 관심이 많았으며 외부 세계와 차단되어 있는 기숙사 생활, 군대처럼 엄한 규율, 일정 전체가 빈틈없이 짜여 있는 학교 생활은 그에게 맞지 않았다. 그러다가 1776년부터 실러는 법학이 아니라 의학 공부를 하게 된다. 1779년 졸업논문《생리학의 철학Philosophie der Physiologie》을 제출했으나 통과되지 못하고, 1780년 새로운 논문《인간의 동물적 천성과 정신적 천성과의 관계에 대해서Über den Zusammenhang der thierischen Natur des Menschen mit seiner geistigen》를 쓰고 이 학교를 졸업한다.

1780년 졸업 이후 실러는 8년으로 예정된 박봉의 군의관 생활을 하던 가운데 자유에 대한 열망이 커져서 질풍노도 사조의 대표적 극작품《군도Die Räuber》를 같은 해 집필을 완료하고, 1782년 1월 13일 만하임Mannheim 국립극장에서 성공리에 초연을 마쳤다. 이 작품은 그 당시 시대정신의 표현으로서 받아들여졌는데, "절대주의 질서 및 특히 시민사회와 가족의 가부장적 질서에 대한 반발"[68]의 표현으로 많은 공감과 찬사를 이끌어 냈다. 이 작품으로 실러는 희곡 작가로서의 능력을 발휘하였으나 오이겐 공작은 실러가 1782년 5월 25일 만하임에서 공연된《군도》를 몰래 보러 갔다 왔다는 이

---

67) 이 카를스슐레는 1781년 요셉 2세 황제가 대학으로 승격한 뒤 호에 카를스슐레Hohe Karlsschule라고 불렸으나 카를 오이겐 공작이 죽은 뒤 그의 동생이자 후계자인 루트비히 오이겐이 이 학교를 1794년 해체하였다. 그리고 작곡가 요한 루돌프 춤스테크가 이 학교를 다녔으며 실러는 자신의 시를 그에게 보냈고 춤스테크는 실러의 시 여러 편에 곡을 붙였다. http://de.wikipedia.org/wiki/Karlsschule 참조.

68) Claudia Pilling/Diana Schilling/ Mirjam Springer: Friedrich Schiller, 15~16쪽.

유로 그를 2주 동안 연금하기도 하였으며, 더 나아가서 의학서 이
외의 어떠한 집필도 금지시켰다. 그래서 실러는 슈투트가르트를 떠
나거나 공작의 명령을 따를 수밖에 없게 되자 음악을 공부하던 그
의 친구 피아니스트 안드레아스 슈트라이허Andreas Streicher와 함께
이 도시를 떠나 만하임으로 간다. 이후 그의 삶은 끝없는 곤란과 투
쟁의 연속이었다. 실러는 1783년 만하임에서 1년에 3편의 극작품
을 써야 하는 극작가의 자리를 얻었다. 그는 여기서 2년 동안 살았
으며 《피에스코의 반란Die Verschwörung des Fiesco zu Genua》과 《간계와
사랑Kabale und Liebe》을 집필했다. 그의 재정 상태는 열악했고 게다
가 열병까지 앓아서 건강이 악화되었을 뿐만 아니라 이는 나중 폐
질환으로 조기 사망하는 빌미가 되기도 하였다.

　1785년 4월 실러의 작품에 큰 감동을 받은 크리스티안 고트프
리트 쾨르너Christian Gottfried Körner(1756~1831)가 라이프치히로 그
를 초대했다. 실러는 만하임을 떠나 드레스덴에 있는 쾨르너의 집
에서 행복한 한 해를 경험했고 이러한 그의 즐거운 기분이 〈기쁨
에 부쳐An die Freude〉를 집필하는 계기가 되었다(Stolte, 51 참조). 그
밖에 1787년 《돈 카를로스Don Karlos》를 썼으며 이후 실러는 역사
적 소재에 바탕을 둔 역사극에 몰입한다. 같은 해 실러는 만하임
시절부터 알고 지내던 여성 작가 샤로테 칼프Charlotte von Kalb의 초
대로 문화의 구심점이었던 바이마르로 갔고, 실러는 이곳에서 헤
르더, 빌란트, 아말리아 공작비로부터 환대를 받았다. 반면 괴테는
그 당시 이탈리아에 있었다. 1788년 괴테가 바이마르로 돌아온 뒤
두 사람은 처음으로 만났으나 그는 실러의 《군도》를 미숙한 작품으
로 평가하고 있었기 때문에 특별한 교류는 이뤄지지 않았다. 이후
괴테는 실러에게 1789년 예나Jena 대학의 무보수 역사학 교수 자리

를 마련하여 주었고 그 이듬해 실러는 샤로테 렝게펠트Charlotte von Lengefeld와 결혼한다.

괴테가 이미 이탈리아에서 고전주의자로 성숙했을 때 실러는 예나에서 역사학에 전념하고 칸트 철학에 전념하면서 그 또한 고전주의자로 변모하기 시작하였다. 이러한 노력의 결과는 그의 여러 편의 역사 및 철학 논문으로 나왔다. 역사학에 대한 연구에 전념하면서 드라마 창작은 얼마 동안 이뤄지지 않았고, 더욱이 1787년《돈 카를로스》집필과 1796년《발렌슈타인Wallenstein》창작을 시작하기 전까지는 주로 철학 연구에 몰두하게 되는데 그 가운데서도 칸트 철학을 연구한다. 칸트는《순수이성비판Kritik der reinen Vernunft》(1781)에서 인간은 자신의 이성으로 세계를 실제 있는 그대로 인지하고 이해하는 것이 아니라, 자신의 감각기관을 통해서 나타나는 세계를 인지한다고 보았다. 더 나아가서 그의《실천이성비판Kritik der praktischen Vernunft》(1788)에서 인간은 윤리 법칙에 따라서 자신의 태도를 모범적으로 규정해야 한다고 보았다. 이러한 칸트의 사상에 입각해서 실러는 자신의 독자적 자유 개념을 심화시켰다.

실러에게 자유란 열정, 충동으로부터 벗어나 윤리 원칙을 따르는 것을 뜻했다. 실러가 자유의 뜻을 초기 극작품에서는 억압의 외적 강요로부터 자유롭게 되는 것으로 묘사했다면, 후기의 작품에서는 에고이스트적 정열의 내적 강요로부터 자유롭게 되는 것을 뜻했다. 그것은 괴테가 그의《이피게니에》에서 파악한 것처럼 진실한 인간에 대한 개념과 같은 것이었다. 이로써 실러는 괴테와 내적으로 친밀하게 될 준비가 된 것이었다. 실제 괴테와 실러의 우정은 서서히 진행되어 다양한 분야에서 뜻있는 공동 작업이 이뤄져서 그 시대 독일의 문학 세계를 알리는 중요한 구실을 했던《호렌Die

Horen》잡지를 창간하여 몇 년 동안 공동 운영하기도 했다.[69] 1794
년 이후 두 사람은 서신 교환을 통해서 우정이 깊어 갔고, 그 서신
교환은 오늘날 두 사람의 기념비적 문학의 증거가 되고 있다. 실러
와 괴테가 우정 관계를 맺었을 때 실러는 35세였고 괴테는 그보다
10살 위였다. 두 사람은 새로운 고전주의적 휴머니즘 이상을 형상
화하고 독일에서 실천하는 데 같은 생각을 가지고 있었다. 당시 괴
테와 실러의 우정은 창작열이 식어가고 있던 괴테에게 새로운 동
력이 되기도 하였으며, 《빌헬름 마이스터의 수업시대》의 완성은 실
러와의 토론을 통해서 완성될 수 있었다고 괴테가 1796년 7월 7
일 그에게 보낸 편지에서 썼다.[70] 또한 실러도 괴테의 자극으로
역사·철학적 연구로부터 다시 문학에 전념하게 되었다. 그래서
1797년은 두 사람 모두에게 '담시 창작의 해'가 되기도 했다.[71] 괴
테는 〈마술사의 도제Der Zauberlehrling〉, 〈보물 도굴꾼Der Schatzgräber〉,
〈코린트의·신부Die Braut von Korinth〉 등을 창작하였고 실러는 〈장
갑Der Handschuh〉, 〈폴리크라테스의 반지Der Ring des Polykrates〉, 〈용
과의 싸움Der Kampf mit dem Drachen〉, 〈합스부르크 백작Der Graf von
Habsburg〉, 〈담보Die Bürgschaft〉 등을 썼다.(Stolte, 52 참조)

실러는 1798년 무렵 예나 대학의 교수직을 사퇴하고 바이마르
에 정착해서 극작품 집필에 몰두하게 된다. 하지만 평소 쉬지 않고
일하는 실러의 작업 방식은 병의 원인이 되어 거의 죽음에 이르렀
다가 회복되기도 하였으며, 또한 재정적 곤란은 끝이 없었다. 왜냐

---

69) Wolfgang Beutin 외 8인: Deutsche Literaturgeschichte. Von den Anfängen bis
    zur Gegenwart. Stuttgart 1994, 165쪽 참조.

70) Emil Staiger (Hg.): Der Briefwechsel zwischen Schiller und Goethe. Frankfurt/
    M. 2005, 234쪽 참조.

71) Claudia Pilling/Diana Schilling/ Mirjam Springer, 96쪽 참조.

하면 예나 대학의 교수직은 무보수로 이뤄지고 있었기 때문에 생활고를 해결하고자 작품을 쓰지 않으면 안 되었다. 1791년 쓰러진 뒤 병마와 싸우면서도 그는 마지막 힘을 창작에 쏟았고 후세에 실러는 베토벤처럼 병으로 쇠약해져 가는 육신에 불굴의 의지와 정신적 힘을 지닌 영웅적 인간 모습으로 각인되었다. 괴테는 실러가 어떻게 일했는지를 그의 《빌헬름 텔Wilhelm Tell》 집필 과정을 예로 들어서 다음과 같이 설명하고 있다.

> 실러는 《빌헬름 텔》을 써야 하는 과제를 가졌다. 그는 그 작품을 쓰기 위해서 자신의 방 모든 벽을 스위스의 지명 카드로 장식하기 시작했다. 그는 이 작품에 나오는 스위스 농민 봉기 장소의 길과 골목을 가장 정확하게 알게 될 때까지 스위스에 관한 책자를 읽었다. 여기에다 스위스 역사를 공부했고, 그가 모든 자료들을 섭렵하고 난 뒤 창작을 시작했으며 말그대로 《빌헬름 텔》 집필이 끝날 때까지 자기 자리를 떠나지 않았다. 피곤함이 그를 덮치면 머리를 팔에 대고 잠들었다. 그리고 다시 잠에서 깨어나자마자 정신 차리기 위해서 독한 블랙 커피를 가져오게 했다. 그래서 《빌헬름 텔》은 6주 만에 완성되었고 그는 《빌헬름 텔》과 혼연일체가 되었다.(재인용 Haerkötter, 56)

마지막 삶의 10년 동안 실러는 독일어로 작품을 쓴 대극작가로 변모하게 된다. 또한 뛰어난 담시들을 썼고 그의 작품에서는 정의가 승리하고 선은 보답을 받는 반면, 악은 응징된다. 《돈 카를로스》 이후 중단되었던 극작품 집필이 다시 시작되어서 《발렌슈타인》(1799), 《마리아 슈투아르트Maria Stuart》(1800), 《오를레앙의 성처녀Die Jungfrau von Orleans》(1801), 《메시나의 신부Die Braut von Messina》(1803), 《빌헬름 텔》(1804) 등을 썼다. 1799년 이후 실러는 바이마르에 살았으며 코타 출판사의 저작권료 덕택에 경제적으로는 형편이 나아졌다. 바이마르 공작의 추천으로 1802년 황제로부터 귀족

작위를 받기도 했으나 그의 건강 상태는 줄곧 악화되어 46세가 되던 1805년 사망했다. 그의《데메트리우스Demetrius》는 미완성 집필로 끝났고, 실러는 괴테 곁, 바이마르 제후들의 묘지에 묻혔다.

4.1.2 실러와 음악의 관계

실러와 음악의 관계를 잘 보여 주는 자료들은 마인츠 시립도서관에 소장되어 있는데 이곳에는 주로 19세기와 20세기의 작곡가들이 실러의 작품을 수용하여 곡을 붙인 귀한 악보들이 보관되어 있다.[72] 그리고 실러 사후 200주년을 기념하여 2005년 가을 처음으로《실러와 음악》이라는 주제 아래 심포지엄이 열렸고, 여기서 20세기까지 유럽의 작곡가들에게 실러의 드라마들이 어떻게 음악적으로 수용되었는지 통섭적 연구를 여러 학자들이 발표했고, 2007년《실러와 음악Schiller und die Musik》이라는 제목으로 저서가 출간된 바 있다.[73] 그리고 가장 최근, 2011년 7월 3일 10시 45분부터 마리에케 슈뢰더Marieke Schroeder 여감독의 영화 "실러와 음악Schiller und die Musik"이 독일 3sat와 SWR에서 방영된 바 있다. 이 영화에서는 실러의 흔적을 추적하는 데 가장 중요한 도시 바이마르에서 얘기가 시작되고, 실러의 음악에 대한 생각과 음악적 수용에 대한 각본은 바이마르 출신의 음악가이자 작가인 페터 귈케Peter Gülke가 맡았다.[74] 위에서 살펴본 바와 같이 실러 사후 200주년이었던 2005년 이후 독일에서는 지금까지와는 달리 실러의 시 및 드라마와 음

---

72) http://www.mainz.de/WGAPublisher/online/html/default/SGBM-7SADUZ. DE.O 참조.

73) Helen Geyer/ Wolfgang Osthoff (Hg.): Schiller und die Musik, Köln 2007 참조.

74) http://programm.ard.de/TV/3sat/2011/07/03 그리고 http://programm. ard.de/TV/Themenschwerpunkte/Musik-und-Kultur. 참조

악의 연관성에 대한 연구가 활발하게 진행되었다.

먼저, 음악에 끼친 실러의 영향을 살펴보기에 앞서 실러의 음악에 대한 생각을 살펴보고자 한다. 1782년 실러는 "귀의 길은 우리 마음에 이르는 데 있어서 가장 가깝고 가장 통행하기 쉽다"[75]라는 표현으로 음악은 사람의 마음에 가장 가까이 이르는 길이라고 보았다. 또 1792년 쾨르너에게 보낸 편지에서 "시를 짓기 위해 자리에 앉았을 때 시의 음악적인 것이 종종 내 영혼 앞에서 아른거린다"(NA 26, 142) 라고 시어로 자신의 생각이 표현되기에 앞서 시에 내재된 음악성을 느끼게 되는 점을 토로하고 있다. 같은 취지에서 괴테에게 보낸 1796년 3월 18일 편지에서 다음과 같이 쓰고 있다.

> 처음에 분명하고 확실한 대상이 없이 감정이 내게 도사립니다. 그 대상은 나중에 만들어집니다. 어떤 막연한 음악적 정서가 먼저 생기고 시적 이념이 이것을 따라가게 됩니다.(BW, 198)

그 밖에 크리스토프 글루크의 《타우리스의 이피게니에Iphigenie in Tauris》를 관람할 기회가 주어졌을 때 실러는 괴테에게 "아시다시피, 난 음악과 오페라에 대한 능력과 통찰력이 거의 없어서 이번 기회도 별로 유용하지 못할 것입니다"[76]라고 편지를 썼다. 이것은 실러 자신이 음악에 대한 지식과 이해가 충분치 않았음을 솔직하게 드러낸 표현이다. 그런데 카를스슐레에서 알게 된 두 음악 친구, 피아니스트 슈트라이허와 작곡가 춤스테크로 말미암아 피아노는 이미 실러에게 친숙한 악기였고, 춤스테크의 가곡은 실러로 하여금 가곡에 대한 관심을 자극할 수 있는 계기였다. 실러는 적극적

---

75) Schillers Werke, Nationalausgabe, Bd. 20, Weimar 1962, 85쪽. 이하 (NA 권수 및 쪽수)로 표기함

76) 재인용. Harald Eggebrecht: Süddeutsche Zeitung, 2009.10.26.

으로 가곡에 관한 관심을 보이지는 않았으나 그의 여러 극작품들
에서 보면 이미 음악이 시와 더불어 늘 함께하고 있음을 볼 수 있
다. 그리고 실러가 좋아한 악기들은 피아노 이외에도 라우테, 기
타, 플루트, 바이올린, 첼로 등이었으며, 그가 《제멜레Semele》라는
제목으로 서정적 오페레타의 각본을 썼으나 그는 평생 동안 음악
과는 거리를 두었다.(Adolf Kohut 1905, 15 참조) 음악이란 순수한 미
학주의자이자 명료한 이성의 대변자인 실러에게는 너무나 감각적
이었다고 할 수 있다. 그래서 실러가 비음악적이라는 그의 친구이
자 음악적 조언자인 쾨르너의 지적도 아주 근거가 없는 것은 아니
다. 그런데 실러 자신은 음악에 대해서 이율배반적 태도를 보인다.
한편으로는 음악이 시의 운반 수단이 됨으로써 음악의 정신이 상
실되는 점에 회의감을 가지고 있었고, 다른 한편으로는 음악은 언
어가 표현해 낼 수 없는 것을 표현할 수 있는 예술이라는 점에서
음악에 대한 경외감을 지니고 있었다.

이러한 실러의 음악에 대한 시각이나 선호도와는 상관없이 그의
작품들은 200년 이상 작곡가들에게 음악적 자극을 주어 그의 작품
에 곡이 붙여졌다. 더욱이 스위스의 가장 북쪽에 있는 샤프하우젠
교회의 종소리는 실러에게 〈종의 노래〉를 짓도록 자극하였는데,
이 시는 실러의 작품 가운데 가장 빈번히 암송되는 담시이기도 하
다. 실러가 노래하거나 악기를 다루지는 못했다 하더라도 이 담시
는 음악을 위해서 지어졌다 해도 과언이 아니다. 실러가 위대한 독
일 시인 가운데 가장 비음악적이라는 비난은 20세기까지도 그대로
유지되었으나 실러 사후 50주년 그리고 1859년 마이어베어의 실
러 축제 이후 음악적 실러에 대한 존경이 이어졌고, 실러의 작품에
곡이 붙여진 음악 목록은 점점 길어졌다. 15명 이상의 작곡가들이

1799년에 지어진 〈종의 노래〉에 곡을 붙였다. 안드레아스 롬베르크 이외에 마이어베어, 리스트, 브람스, 슈만, 코르넬리우스, 훔퍼딩크, 슈트라우스와 브루흐에 의해서 아카펠라A Cappella 또는 오케스트라의 합창곡으로 작곡되었다. 그 밖에 성당의 종소리 못지않게 오르간의 소리도 실러의 각별한 관심을 끌었다. 실러에게 유년 시절 강한 음악적 인상을 준 것은 미사 참여 때 들은 오르간 소리였다. 이런 인상은 그의 《오를레앙의 성처녀》에서 주인공 요한나가 "천둥처럼 오르간의 소리가 나에게 울려 온다"[77]라고 소리치는 장면에도 반영되어 있다.

그런데 실러의 작품에 곡을 붙이는 것이 음악가들에게 쉬운 일은 아니었다. 이 점에서 베토벤은 실러의 시를 음악으로 옮기는 일은 '극도로 어렵다'는 의견을 피력한 바 있다.[78] 또 후고 리만Hugo Riemann에 따르면, 실러의 시는 "반추적이거나 알레고리화되어 있거나 지나칠 정도로 자세하게 묘사·설명하고, 비유적이고 종종 아주 이질적 요소들이 섞여 있어서 단순하게 독창곡 형식으로 묘사한다는 것이 거의 불가능하다."(SM,5) 그럼에도 1800년경에는 실러의 시들에 동시대인의 음악가들이 가장 빈번하게 곡을 붙였다. 그러다가 1825년 이후 실러의 시에 대한 음악적 관심이 감소하였고 하이네, 울란트, 아이헨도르프, 뤼케르트, 가이벨의 시가 주요하게 작곡가들의 관심을 끌었다. 1905년 뒤에는 더욱 실러의 작품에 대한 음악적 관심이 줄어들었다. 그 밖에 실러의 시에 곡을 붙인 음악

77) Friedrich Schiller: Die Jungfrau von Orlenas, in: Schiller. Sämtliche Dramen, Bd. 2, Düsseldorf 2009, 217쪽. 이하 (SD, 쪽수)로 표기함.

78) 재인용 Helmut Well: Schillervertonungen von Reichardt, Zelter und anderen. In: Schiller und die Musik, Helen Geyer/ Wolfgang Osthoff (Hg.), Köln 2007, 5쪽. 이하 (SM, 쪽수)로 표기함.

은 오늘날 슈베르트의 유명한 실러 가곡들과 베토벤의 〈환희의 송
가Ode an die Freude〉를 제외하고는 실제 많이 연주되지 않고 있다.[79]

그러나 실러가 괴테, 아이헨도르프, 하이네처럼 그의 많은 시들
이 음악적으로 폭넓게 수용되지는 않았다 하더라도 그의 젊은 시
절의 시들에는 19세기의 여러 작곡가들이 곡을 붙였다. 라이하르
트, 요한 고틀리프 나우만Johann Gottlieb Naumann, 춤스테크, 첼터가
실러의 시에 곡을 붙였으며 이들 이외에도 베토벤, 슈베르트, 슈
만, 멘델스존, 리스트, 브람스, 로시니, 도니체티Gaetano Donizetti,
베르디Giuseppe Verdi, 스메타나Bedrich Smetana, 드보르자크, 차이콥스
키Pyotr Ilyich Tchaikovsky, 슈트라우스, 피츠너Hans Erich Pfitzner, 오르
프Carl Orff 등이 실러의 시에 곡을 붙였다.

이 가운데서도 슈베르트는 실러의 시에 가장 많은 곡을 붙였고
(약 42편), 그의 담시 가곡들은 실러를 뛰어난 담시 시인으로 각
인시키는 계기가 되었다. 그리고 〈기쁨에 부쳐〉는 1824년 베토
벤의 제9교향곡의 마지막 합창 〈환희의 송가〉로 삽입되기에 앞
서 40명 남짓한 여러 작곡가들에 의해서도 곡이 붙여졌다. 〈기쁨
에 부쳐〉에 맨 먼저 곡을 붙인 사람은 실러의 친구이자 후원자였
던 쾨르너였으며, 그는 실러를 드레스덴으로 초대했고 그의 집에
체류하는 동안 실러가 이 시를 썼다. 쾨르너는 1789년 당시 베를
린가곡악파의 스타일로 곡을 붙였으며 그 밖에 이 시에 카를 고
틀로프 하우지우스Carl Gottlob Hausius가 1791년, 프리드리히 빌
헬름 루스트Friedrich Wilhelm Rust가 1796년, 크리스티안 야콥 찬

---

79) 실러의 작품에 곡이 붙여진 주요 악보를 소장하고 있는 마인츠 시립도서관
의 〈Schiller in der Musik.〉참조. http://www.mainz.de/WGAPublisher/online/
html/default/SGBM_7SADUZ.DE.O.

Christian Jakob Zahn이 1792년, 춤스테크가 1803년에 작곡했으며 슈베르트는 1829년 작곡 출판하였다. 대부분의 작곡가들은 〈기쁨에 부쳐〉를 일종의 음주가의 느낌을 주는 곡으로 만들었으나, 베토벤은 열정에 가득 찬 인류 찬가로 만들었다. "기쁨이여, 아름다운 신들의 섬광이여"[80]로 시작되는 베토벤의 〈환희의 송가〉는 작곡가와 시인의 이름을 모르는 사람이라 하더라도 이 곡이 나오면 함께 부르거나 따라 할 정도로 친숙하다. 베토벤은 실러의 송가를 제9교향곡의 합창곡으로 작곡하기 이전 오랫동안 이 송가에 전념하다가 제9교향곡의 마지막 곡으로 삽입하였는데 그는 실러에게서 예속되지 않는 자유의 정신을 보았던 것이다. 그래서 그가 평생 동안 존경해 왔던 11살 연상의 실러를 자신과 더불어 불후의 시인으로 만드는데 성공한 셈이다.

그런데 베토벤의 제9교향곡(Op. 125)은 런던 심포니 소사이어티의 주문에 따라 작곡되었으나 이 작품의 초연은 영국이 아니라 빈의 캐른트너토어 극장Theater am Kärntnertor에서 1824년 5월 7일 이뤄졌다.[81] 이 초연의 지휘는 당시 카펠마이스터였던 미하엘 움라우프Michael Umlauf의 손에 맡겨졌고, 베토벤은 일종의 부지휘자의 구실을 했다. 당시 베토벤은 지휘를 하면서 너무나 흥분해서 그의 주변에 무슨 일이 있어나는지 알지 못했다. 게다가 귀가 거의 들리지 않았기 때문에 찬사의 박수 소리가 어디에서 오는지도 주목할 수 없었다. 그래서 청중에게 감사의 인사를 해야

---

80) Friedrich Schiller: An die Freude(2. Fassung), in: Sämtliche Gedichte und Balladen, Frankfurt/M. 2004, 192쪽. 이하 (SG, 쪽수)로 표시됨.

81) Wolfgang Stähr: Symphonie in D-Moll, Op. 125, in: Die 9 Symponien Beethovens Entstehung, Deutung, Wirkung. Renate Ulm (Hg.), München 1994, 249쪽 참조.

할 때 누군가 그에게 일러 주어야 박수 소리가 나는 쪽을 향해서 반응할 수 있을 정도였다. 이 당시 빈에서 베토벤의 제9교향곡의 초연에 대한 반응은 두 가지로 나타났다. 하나는 베토벤이 실러를 음악적으로 제대로 파악하지 못했다는 비난의 뜻에서 깜짝 놀라는 반응이었고, 다른 하나는 음악적 감동 그 자체였다. 바그너는 베토벤의 제9교향곡을 "미래 예술의 인간적 복음"이라고 명명했다. 또 어떤 사람들은 "인류의 개선 행진가", "우주의 위대한 칸타타", "절대성의 소리" 등으로 평하기도 하였다. 오늘날은 가끔 "신성한 유행가" 정도의 평이 나오기도 한다.(Dieter Hildebrandt 2009, 9 참조)

결과적으로 보면, 스위스의 음악학자 발터 리츨러Walter Riezler가 1930년대에 지적했듯이, 베토벤의 제9교향곡처럼 위대한, 한 음악가의 유일한 작품이 동시대인뿐만 아니라 수백 년 이상 후대에 감동을 불러일으킨 예는 없었다. 그래서 위대한 작곡가 베토벤의 영향을 얘기할 때는 항상 위대한 시인 실러도 중요하게 관심의 대상이 된다. 두 천재의 공통점은 둘 다 쾌활함과 명랑함에는 재능이 없었다는 점이다. 오히려 두 사람은 그들의 삶에서 맛볼 수 없는 기쁨을 문학 또는 음악 공동 작업에서 위로를 경험한 셈이었다. 더욱이 베토벤은 개인적으로는 귀가 멀어서 음악을 하는데 치명적이었기 때문에 사회적으로 고립되었으며, 정치적으로는 메테르니히Klemens von Metternich가 주도하는 왕정복고의 시대였기 때문에 실제로 그가 기쁨을 얻을 수 있는 계기는 없었다.(Wolfgang Stähr, 255 참조)

베토벤의 제9교향곡 초연이 1824년 이뤄진 이후 〈환희의 송가〉 합창곡은 자유의 상징으로 받아들여졌다. 그러니까 1848년 3월 혁명에서 쓰러진 사람들을 추모하는 날인 1905년 3월 18일 베토벤의

교향곡에 새로운 역사적 의미가 주어졌고 새로운 목적에 유용하게
쓰였다. 사회민주주의 시사 평론가이자 정치가인 쿠르트 아이스너
Kurt Eisner는 완전히 새로운 청중을 위한 작품이라 평했고, 이 점에
서 사회주의자들은 실러에게 열광하였다. 그로부터 10년 뒤 많은
사람들은 제1차 세계대전의 포화 속에서 이 곡을 다시 찾았으나 이
번에는 교향곡도 실러 찬양도 전쟁에 몰두한 광기 앞에서 별 도움
이 되지 않았다. 그러다가 나치 시대에는 베토벤의 제9교향곡이 뜻
밖에 칭송과 존경을 받게 되었는데 이것은 대단한 역설이다. 왜냐
하면 실러의 〈기쁨에 부쳐〉에는 모든 사람들이 형제가 된다는 뜻이
중요한 데, 나치에게는 유태인이나, 그들이 열등하다고 여기는 민
족이나 나라를 제외한 모든 사람들이 형제가 되기 때문이다.

> 기쁨이여, 아름다운 신들의 섬광이여
> 엘리지움의 딸이여,
> 천상의 존재여, 우리는 도취해서
> 그대의 왕국으로 들어간다
> 그대의 마력이
> 시류가 나누어 놓은 것을 다시 연결하고
> 그대의 부드러운 날개가 머무는 곳에서
> 모든 사람들은 서로 형제가 된다.(SG, 192)

이 점에서 본다면 나치는 베토벤의 음악을 심하게 왜곡하고 남
용한 것이라고 할 수 있다. 제2차 세계대전이 끝난 뒤 이 기쁨의
멜로디는 자유와 희망의 상징으로 수용되어 1952년과 1966년 사
이에는 양 독일 팀의 올림픽가로도 쓰였다. 2002년 "이 작품은 유
네스코 세계문화유산에 등재되었고"(Hildebrandt, 335) 그것은 음악
작품으로서는 처음 있는 일이었다.

한편, 1824년 베토벤이 제9교향곡을 작곡한 것과는 달리 실러

의 〈기쁨에 부쳐〉는 1785년 26세 때 여가 선용용으로 쓴 시였다. 더욱이 약 40년이라는 시간의 차이는 한 세대 이상의 뜻을 지니며, 무엇보다도 이 시기는 프랑스대혁명, 독일 신성로마제국의 몰락과 함께 나폴레옹의 등장과 쇠퇴를 동반한 유럽의 격동기였다. 그런데 실러 자신은 나중에 이 시를 혹독하게 비판하였다.

> 이 시는 지금의 내 정서에 따르면 결점이 있는데, 그 시가 어떤 열광적 감성으로 추천될 만한지, 그래서 그냥 그 시는 나쁜 시다 (…) 그것은 시대의 결점 있는 취향을 보여준 것이며 따라서 이 시는 어느 정도 민중시가 될 수 있는 명예를 지니게 된 것이다.[82]

실러가 스스로 자신의 시에 대해서 불만족스러워했던 것과 마찬가지로 베토벤 또한 자신의 교향곡에 대해서 만족하지 못했다. 그는 마지막 합창 부분 때문에 잘못되어 버린 것이라 여기고 그 부분을 버리고 합창 없이 기악으로만 수정하는 것이 더 나을 뻔 했다는 생각도 했다.(Hildebrandt, 12 참조) 여기서 흥미로운 점은 시인이 좋지 않은 시라고 자평하고, 스스로 작곡에 실패한 것이라 여기는 음악가의 작품에 청중은 오늘날까지도 열광한다는 점이다. 그리고 어김없이 한 해의 마무리 음악회 레퍼토리에는 유럽이나 아시아나 베토벤의 제9교향곡이 들어 있으며 더욱이 마지막 합창은 한 해를 마감하고 새로운 새해를 기대하는 웅대한 작별과 해맞이 곡이 되고 있다. 실러의 〈기쁨에 부쳐〉는 1786년 《탈리아Thalia》에 실렸고 사람들은 전 독일에서 그 시를 낭송하였으며 그 시대에 하나의 문화 아이콘이기도 하였다. 그뿐만 아니라 베토벤의 제9교향곡은 1989년 베를린 장벽이 무너진 뒤 레너드 번스타인Leonard Bernstein(1918~1990)이 12월 23일 서베를린에서, 12월 25일은 동

---

82) 재인용, Claudia Pilling/ Diana Schilling/ Mirjam Springen, 53쪽.

베를린에서 연주함으로써 인류 통일과 화합의 상징으로도 작용하였다. 더욱이 청중들은 그 어느 때보다 〈환희의 송가〉를 감동적으로 들었으며, 더욱이 기쁨이 머무는 곳에선 모든 사람들이 형제가 된다고 함으로써 〈환희의 송가〉는 화합과 형제애의 상징이 되었다. 실러가 1803년 〈기쁨에 부쳐〉 1연의 6행 일부와 7행을 개작한 것 이외에 나머지 내용은 1785년 초판의 내용과 같고, 베토벤이 1803년의 개정판에 곡을 붙였다.

그 밖에 실러의 드라마의 주제들은 19세기에 로시니를 비롯해서 베르디와 차이콥스키에 이르기까지 인상적인 수용이 돋보인다. 그리고 그의 드라마들은 여러 유럽의 작곡가들에 의해서 셰익스피어 다음으로 가장 많이 곡이 붙여졌다. 《군도》로부터 《돈 카를로스》에 이르기까지 실러의 드라마는 베르디에게 영감을 주었고, 차이콥스키는 실러의 《오를레앙의 성처녀》에 입각해서 《요한나 폰 오를레앙》 오페라를 썼다. 흥미로운 것은 19세기 오페라 영역에서 이탈리아 작곡가들이 처음으로 실러 드라마에 곡을 붙인 오페라를 발표하였고, 1813년과 1876년 사이 이탈리아에서 실러 작품에 곡을 붙인 19개의 오페라가 나왔다는 점이다. 또 베버는 실러의 개작 《투란도트Turandot》의 서곡을 작곡하였으며, 이 작품은 1809년 9월 20일 슈투트가르트에서 상연되었다. 그런데 오페라에서는 실러 극시가 지닌 언어적 음악성, 작품의 특성 및 줄거리 구성들은 대부분 제대로 재현되지 못했다. 도니체티의 가장 훌륭한 작품에 속하는 《마리아 슈트아르다Maria Stuarda》(마리아 슈투아르트)의 경우, 도니체티가 무대 경험이 전혀 없는 젊은 19세의 주세페 바르다리Giuseppe Bardari와 작업하였는데, 그는 오페라 대본에서 주요 초점을 두 여왕의 긴장된 만남에 두었기 때문에 실러 작품에 등장하는 21명의 인물들을 오페라 대본에서는 6명으로 압축하였다(SM, 325~326). 그래서 실러의 작품과 오페라 대본 사이에는 많은 차이점이 생겼고, 도니체티의 오페라는 실러의 작품의 특성을 제대로 반영하는 데 한계가 생겼다.

도니체티와 마찬가지로 로시니의 오페라 《기욤 텔Guillaume Tell》에서도 자유를 위해 투쟁하는 텔은 제대로 묘사되지 못했다. 로시니의 이 마지막 오페라는 1829년 파리에서 초연된 뒤로 "자유 찬가"(SM, 70)의 대표적 작품으로 평가되고 있다. 이 오페라 대본은 두 명의 프랑스 대본 작가가 책임을 맡았으며, 이들은 줄거리의 가장 중요한 장면들을 취했고, 실러의 등장인물들은 압축되거나 변경되었다. 개별 장면들은 다르게 형상화되었으며 뤼틀리 맹세 때 텔이 참석한 것으로 묘사되고 있다. 그러나 실러의 작품에서는 텔이 뤼틀리 맹세 때 참석하지 않았으며, 텔은 행동하는 사람이지 집회에 참석하거나 조언을 주는 그런 사람이 아니었지만 로시니 오페라 속의 텔은 이와는 다르게 묘사되었다.[83)]

또 베르디는 실러의 《오를레앙의 성처녀》, 《군도》, 《간계와 사랑》, 《돈 카를로스》에 곡을 붙였다. 베르디와 실러 사이에는 정신적 유사성이 있었는데, 두 사람 모두 자유에 대한 열렬한 옹호자라는 점에서 그러하였다. 그런데 1847년 런던에서 초연된 《군도》에 곡을 붙인 오페라 《마스나디리Masnadieri》의 대본 작가가 실러의 극작품의 내용을 단순하게 압축시켜 줄여 버렸기 때문에 베르디는 자신의 작품에 거의 만족하지 못했다. 안드레아 마페이Andrea Maffei의 오페라 대본에서는 실러가 사회를 고발하는 핵심 내용이 빠져 버렸다(SM, 219-20). 더욱이 실러의 작품 제1막 1장과 2장의 내

---

83) http://de.wikipedia.org/wiki/Guillaume_Tell 참조.

용이 마페이의 대본에서는 제1막 1장으로 압축되어 버렸다. 따라
서 베르디는 실러의《군도》를 음악적으로 가장 적절하게 표현할 기
회를 놓쳐 버리게 된다. 이것은 오페라 작곡가가 실러의 작품에 직
접 곡을 붙인 것이 아니라, 오페라 대본 작가를 통해서 간접 수용
이 이뤄진 뒤 곡이 붙여졌기 때문에 오페라 작곡가들이 실러 작품
을 제대로 이해하고 음악으로 옮기는 데는 근본적인 한계가 있음
을 보여 주고 있다.

또한 베르디의 오페라 《루이자 밀러Luisa Miller》(간계와 사랑)는
대본 작가 살바토레 카마라노Salvatore Cammarano가 그 대본을 맡았는
데 그는 나폴리풍의 오페라의 관례에 따라 대본을 썼다. 그래서 실
러 작품의 내용은 아주 단순하게 되어 시인의 의도를 음악적으로
재현하는 데 한계가 생겼다.[84] 이와는 달리 요셉 메리Joseph Mèry와
카미유 드 로클Camille du Locle이 대본을 맡은 베르디의 작품《돈 카
를로스》는 가장 아름다운 실러-오페라라 할 수 있으며, 또한 가장
규모가 큰 오페라 가운데 하나이다. 여기서 베르디는 그가 추구하
던 것을 찾았고 성숙한 작곡가는 극작품의 위대한 인물들과 마주
했다.[85] 이 오페라의 각 장면과 각 인물의 성격으로 베르디는 오페
라 예술의 대가로서 모차르트와 또 다른 방식으로 견줄 수 있는 위
치에 있음을 보여 주었다.[86]

이렇게 실러의 극작품들이 오페라 역사에서 가장 중요한 작곡
가들에 따라서 음악적으로 수용될 때 나타나는 근본적인 문제는

84) http://de.wikipedia.org/wiki/Luisa_Miller 참조.
85) http://de.wikipedia.org/wiki/Don_Carlos_(Verdi) 참조.
86) Karl-Heinz Büdding: Schiller und die Musik - Die Musiker und Schiller. Zum
     250. Geburtstag des Klassikers. http://www.motivgruppe-musik.de/artikel/
     SchillerunddieMusik.pdf. 참조.

오페라 작곡가가 동일 언어권이 아니었기 때문에 문학작품을 직접 수용하지 못하고, 대본 작가의 개작으로 원본의 내용을 수용해야 하는 점이었다. 그뿐만 아니라 오페라라는 음악적 특성과 형식에 맞는 대본을 작곡가가 아닌 대본 작가라는 중간자가 개입한 점에서 원본과 오페라 대본이 불일치할 뿐만 아니라 원본 극시의 언어가 지닌 음악성, 원본의 주요 내용을 훼손하거나 왜곡하는 일이 벌어질 수밖에 없음을 알 수 있다. 그럼에도 실러의 드라마들이 오페라 작곡가들의 관심을 끌고 음악적 작업으로 이끈 점은 중요하기 때문에 별도의 연구가 필요할 것이다. 다만 이 책에서는 실러 시의 음악적 수용에 초점을 두고 있기 때문에 실러 드라마의 오페라 수용 부분에 대해서는 추후 연구 과제로 남겨두고 있다. 그 밖에 음악사적 의문들이나 실러 작품의 미학적 관점들, 음악에 나타난 실러의 의미에 대한 논제들이 깊이 있게 다루어지지 못하다가 2000년대 이후 실러 작품과 음악과의 관계들이 새롭게 조명을 받기 시작하고 있으며, 실러 작품의 음악적 수용에 대한 연구들이 나오고 있는 것은 흥미롭다.[87]

4.2 라이하르트의 실러-가곡들

라이하르트는 실러의 시 약 20편에 곡을 붙였는데 이 가운데 〈테클라의 독백〉, 〈봄에 부쳐〉, 〈낯선 곳에서 온 소녀〉를 분석하고자 한다.

---

87) 예를 들면 Friedrich Reininghaus의 《Optimale Treffquote: Friedrich Schiller und die Musik》(2012)이 있다.

1) 〈테클라의 독백〉

라이하르트의 〈테클라의 독백Monolog der Thekla〉은 실러의 극작품 《발렌슈타인》 3부작 (《발렌슈타인 진영Wallensteins Lager》, 《피콜로미니Die Piccolomini》, 《발렌슈타인의 죽음Wallensteins Tod》) 가운데 2부인 《피콜로미니》의 제3막 9장 테클라의 독백 장면의 텍스트(SD, 725~726)에 붙인 곡이다. 테클라는 발렌슈타인 백작의 딸이며, 발렌슈타인은 황제 페르디난트 2세의 총사령관이었지만 그의 명을 어기고 적국 스웨덴과 내통했기 때문에 황제로부터 견제를 받는다. 그래서 발렌슈타인은 황제로부터 가족에게 닥칠 위협을 피하려고 막스 피콜로미니로 하여금 아내와 딸 테클라를 진영으로 데려오게 한다. 진영으로 오는 동안 막스와 테클라는 서로 사랑하게 되었고, 이 사실을 알게 된 백작 부인(이모)이 신분상 이유와 예상되는 발렌슈타인의 반대로 말미암아 테클라에게 그 사랑을 포기하도록 종용한다. 그러나 테클라는 그 사랑을 포기할 생각이 없다. 이런 상황에서 막스를 향한 사랑의 감정과 불길한 예감을 테클라가 제3막 9장에서 혼자 독백한다. 라이하르트는 〈테클라의 독백〉에서 실러의 26행 무운시를 처음 1행에서 7행의 행간을 바꾸어 9행으로 늘여 전체 28행시로 만들어 곡을 붙이고 있으나 원시의 내용에는 변화가 없다.

라이하르트의 〈테클라의 독백〉은 피아노의 꽤 느리고 평안한 곡조의 서주로 시작해 1행과 2행 "너의 손짓에 감사한다!/ 그것은 나의 불길한 예감을 확실하게 하는구나"라고 노래한다. 여기서는 테클라가 사랑에 대한 불길한 예감을 느끼고 있다. 이어 짧은 간주가 들어간 뒤 3행에서 5행 "그래 그것이 사실인가? 우리에겐 친구도/ 믿을 수 있는 영혼도 여기에 없는가?/ 우리에겐 우리 자신 밖에 없구나"라고 노래한 뒤 다시 짧은 간주가 들어 간다. 이 간주의 뜻은 정말 아무도 그들을 도울 사람이 없으며 자신들밖에 믿을 데가 없음이 강조되고 있다. 이어 6행 "혹독한 싸움들이 우리를 위협하는 구나"라고 노래하고 짧은 간주가 들어가 있으며, 마찬가지로 피아노의 간주는 테클라와 막스에게 닥친 위험한 상황을 강조한다. 7행 "너, 사랑이여, 우리에게 힘을 다오, 너 천상의 힘이여!"를 노래하고 이번에는 피아노의 조금 긴 간주가 들어 간다. 이로써 테클라가 곤경을 이겨낼 사랑의 힘, 천상의 힘을 간절하게 원하고 있음을 알 수 있다.

8행에서 14행 "아! 그것은 진실을 말하는구나!/ 그건 우리 마음의 결합에 내비치는/ 기쁜 표시가 아니네/ 그건 희망이 사는 곳이 아니야/ 무거운 전쟁의 포효 소리가 으르렁거리는 곳일 뿐이야/ 그리고 사랑 자체도 강철로 무장한 것처럼/ 죽음의 전쟁으로 띠를 두른 채 모습을 드러낸다"까지 피아노의 간주 없이 노래가 이어진다. 그러니까 사랑의 기쁨과 희망은 없고, 전쟁의 포효 소리와 사랑조차도 전쟁의 모습을 보이는 현실에 테클라는 직면한다. 여기서 12행 "무거운 전쟁의 포효 소리"에서는 정말 포화 소리가 울리듯 노래하고 있다. 이어 피아노의 간주가 있고 나서 다시 15행에서 22행 "암울한 정신이 우리 집을 거쳐 가고/ 운명이 우리와 함께 빨리 끝내려 한다/ 고요한 자유의 나라에서 나를 내몰고/ 성스러운 마력은 영혼을 눈멀게 한다/ 천상의 모습으로 나를 유혹하고/ 난 그 모습을 가까이 보고, 더욱 가까이 흔들거리는 것을 본다/ 천상의 힘으로 나를 끌어내어/ 심연으로 끌어가는데 난 저항할 수가 없구나"까지 노래한다. 그러니까 테클라는 음울하고 불길한 운명이 그녀를 자유의 나라에서 내쫓고, 그녀를 유혹하는 마력은 천상의 모습으로 나타나서 실제는 천상이 아니라 심연으로 끌고 가는데 그녀는 그에 저항할 수가 없다고 느낀다. 더욱이 18행 "성스러운 마력"에서는 부드럽게 마력이 번지는 것 같은 느낌을 자아내는 점이 눈에 띄고, 21행 "천상의 힘으로" 부분에서는 노래의 절정을 알리는 강한 고음으로 서창조에 가깝게 노래한다.

다시 피아노의 간주가 들어간 뒤 23행에서 28행 "아! 불길 속에 집이 없어진다면/ 천상은 그의 구름 떼를 몰아가고/ 몰상식한 조롱으로부터 번개가 내리치고/ 저승 세계의 심연에서는 불길이 일어나고/ 기쁨의 신 자신이 몹시 화가 나서/ 불운의 화환을 타오르는 건물 속으로 내동댕이치는구나"까지 서창조로 노래하고 피아노의 후주로 곡을 마무리하고 있다. 그러니까 번개가 내리치고 저승 세계의 심연에서 불길이 일자 기쁨의 신조차도 화가 나서 불운의 화환을 타오르는 건물 속으로 내동댕이친다. 더욱이 25행 노래 "번개가 내리치고"에서는 번개가 빠르게 내리치는 장면을 연상시키고 있다. 이렇게 라이하르트는 실러 시가 지닌 뜻에 충실하게 곡을 붙이고 있다. 적절하게 부드러운 이미지와 절박한 상황에 대한 이미지가 교차하고, 테클라에게 닥친 불가항력의 불길한 운명의 힘이 클라이맥스로 강조되는 음악적 해석을 하고 있다. 또 괴테의 극작품에 곡을 붙인 것과 마찬가지로 실러의 극작품에서 텍스트를 발췌해서 곡을 붙인 것은 라이하르트의 극적인 음악 해석이라고 할 수 있다.

2) 〈봄에 부쳐〉

라이하르트 이외에 실러의 5연 4행시 〈봄에 부쳐An den Frühling〉 (SG, 199)에 슈베르트는 네 개의 버전으로 곡을 붙였다. 라이하르트의 〈봄에 부쳐〉는 유절가곡이며, 1연은 맑고, 경쾌하고 높은 음으로 "아름다운 젊은이여, 환영하네"로 노래가 시작된다. 경쾌하고 단순한 멜로디는 산행을 하거나 숲을 걸을 때 기꺼이 노래 부르고 싶게 하는 곡이다.

1연 "아름다운 젊은이여, 환영하네!/ 그대 자연의 기쁨이여!/ 그대의 꽃바구니로/ 평야에서 환영하네!"라고 노래한다. 그러니까 아름다운 젊은이로 상징되는 봄은 자연의 기쁨이며 초원에 꽃을 피우고 있다. 2연 "아유, 그대가 다시 왔군!/ 아주 귀엽고 사랑스럽군/ 우리는 진심으로/ 그대를 마중하러 가는 걸 기뻐하지"라고 노래한다. 여기서는 봄을 사랑스럽고 귀여운 대상으로 의인화시켜서 그가 다시 온 것을 기뻐하며 진심으로 마중하러 나간다. 3연 "그대는 여전히 내 소녀를 생각하는가?/ 아, 생각하는군!/ 거기서 그 소녀는 날 사랑했네/ 그리고 그 소녀는 여전히 날 사랑하네"라고 노래한다. 여기서는 의인화된 봄에게 서정적 자아를 사랑하는 소녀를 생각하는지를 물으면서 그 소녀는 여전히 그를 사랑하고 있다고 서정적 자아가 말한다. 4연 "그 소녀를 위해 많은 꽃을/ 난 그대에게 부탁하네/ 내가 가서 다시 부탁하지/ 자네는? 그러면 그걸 나에게 주지"라고 노래한다. 그러니까 서정적 자아는 그 소녀에게 줄 많은 꽃을 봄이 피워 주기를 부탁하고, 봄은 시적 자아의 기대를 저버리지 않는다.

마지막 5연에서는 다시 1연의 내용을 반복하는데, 같은 내용이지만 왜 봄을 그토록 환영하는지가 1연과는 달리 더 절실하게 와 닿는다. 그것은 봄의 꽃들을 사랑하는 소녀에게 선물로 주고자 하는 연인의 마음이 읽히기 때문이다. 하지만 라이하르트의 노래는 각 연마다 같은 멜로디를 사용하기 때문에 더욱이 마지막 5연의 느낌은 단조로워진 채 다만 명랑하고 경쾌한 느낌 이외에 별다른 느낌을 주지 못하고 있다. 다만, 각 연의 마지막 4행을 반복하여 마치 5연 4행시가 아니라 5연 5행시로 노래하는 점은 특징적이다. 또한 피아노의 서주, 간주, 후주와 같은 독자적인 음악 효과는 없다.

3) 〈낯선 곳에서 온 소녀〉

라이하르트 이외에 슈베르트가 실러의 6연 4행시 〈낯선 곳에서 온 소녀Das Mädchen aus der Fremde〉(SG, 9)에 곡을 붙였다. 라이하르트는 〈낯선 곳에서 온 소녀〉를 베를린가곡악파의 미학대로 유절가곡으로 작곡했으며, 앞서 〈봄에 부쳐〉와 마찬가지로 각 연의 마지막 행을 반복함으로써 6연 4행시를 마치 6연 5행시처럼 노래하고 있다. 특징적인 것은 성악가가 부르는 느린 바이브레이션으로 각 행의 일부분을 노래함으로써 마치 중세의 민네 시인이 리라를 들고 노래하는 장면을 떠올리게 한다.

1연 "계곡에 있는 가난한 목동의 집에/ 첫 종달새들이 시끌벅적 노래할 즈음/ 그 젊은 나이의/ 아름답고 경이로운 한 소녀가 모습을 드러냈다"라고 노래한다. 그러니까 종달새들이 가장 먼저 왁자지껄 지저귈 때 계곡에 있는 가난한 목동의 집에 젊고 아름답고 경이로운 한 소녀가 모습을 드러낸다. 그리고 마지막 4행 "아름답고 경이로운 한 소녀"는 반복된다. 2연 "그녀는 이 계곡에서 태어나지 않았고/ 아무도 그녀가 어디 출신인지 알지 못했다/ 빠르게 그녀의 흔적은 사라졌다/ 그녀가 작별을 고하자마자"라고 노래한다. 2연에서는 그 소녀가 이 계곡 마을 출신이 아니며 아무도 그녀가 어디 출신인지 알지 못하고, 그녀가 작별을 고하고 떠나면 빠르게 그녀의 흔적도 사라진다. 또한 마지막 4행 "그녀가 작별을 고하자마자"는 반복해서 노래한다.

3연 "그녀의 근처에 있는 것은 행복했고/ 그리고 모든 마음이 활짝 열렸다/ 허나 위엄, 고상함이/ 친밀감과는 거리가 멀었다"라고 노래한다. 그러니까 누구나 그녀의 근처에 있으면 행복했고 모든 마음이 활짝 열렸으나 그녀의 위엄과 고상함은 친밀감과는 거리가 있었다. 4행 "친밀감과는 거리가 멀었다"는 반복해서 불린다. 4연 "그녀는 꽃과 과실을 가져왔고/ 다른 평야에서 익은/ 다른 태양의 빛 속에서/ 더 행복한 자연 속에서"라고 노래한다. 여기 4연에서 보면 그녀는 다른 곳, 다른 태양의 빛 속에서 그리고 더 행복한 자연 속에서 무르익은 꽃과 과일을 가져왔다. 마지막 행 "더 행복한 자연 속에서"는 반복된다.

5연 "그리고 각자에게 선물이 주어졌는데/ 어떤 이에게는 과실, 어떤 이에게는 꽃이 주어졌다/ 그 젊은이와 그 노인이 지휘봉을 잡고/ 각자 선물을 받고 집으로 갔다"라고 노래한다. 그러니까 젊은이와 노인네의 지휘 아래 모든 이는 선물을 받았는데 어떤 이는 과일, 어떤 이는 꽃을 받고 집으로 돌아갔다. 또한 마지막 행 "각자 선물을 받고 집으로 갔다"는 반복된다. 6연 "모든 손님들은 환영받았고/ 사랑스런 한 쌍이 가까이 다가왔다/ 그녀는 그들에게 가장 좋은 선물을 건넸는데/ 그건 가장 아름다운 꽃이었다"라고 노래한다. 이 마지막 연에서 보면, 그 소녀는 모든 손님들을 환영했으며 더욱이 사랑하는 연인 한 쌍이 가까이 다가오자 그들에게 가장 좋은 선물을 건넸는데 그건 가장 아름다운 꽃이었다. 마지막 행 "가장 아름다운 꽃을 건넸다"는 반복된다. 라이하르트 가곡은 전체적으로 단조롭지만 실러 시의 뜻을 낭송하듯 때로는 시의 내용을 강조하는 멜로디를 붙이는 것으로써 음악이 시를 보조하고 있음을 보여 준다. 피아노 반주는 오직 성악가의 노래를 조용히 도울 뿐, 독자적인 피아노의 서주, 간주, 후주는 없다.

4.3 춤스테크의 실러-가곡들

요한 루돌프 춤스테크Johann Rudolf Zumsteeg(1760~1802)는 실러보다 한 살 적지만 같은 시기 같은 학교를 다녔다. 춤스테크는 10세 때 실러가 다닌 슈투트가르트의 카를스슐레에 입학했으며 처음에는 조각 교육을 받았으나 그의 뛰어난 음악 재능으로 말미암아 음악 교육을 받게 된다. 이 학교에서 춤스테크는 실러를 알게 되었고, 두 사람의 우정이 생겨났으며 실러는 생전에 춤스테크를 높게 평가하였고 춤스테크는 나중 실러의 여러 편 시에 곡을 붙이게 된다. 1781년 춤스테크는 카를스슐레를 졸업한 뒤 궁정 음악단의 연주자이자 지휘자로 자리를 잡았다가 4년 뒤 카를스슐레의 교사가 된다. 1791년 궁정극장의 음악장이 되었고 그 이듬해 궁정 카펠마이스터가 되었다. 그는 1802년 심장마비 때문에 42세의 나이로 사망하였다.

춤스테크에게 가곡 작곡은 부차적 음악 작업이었다. 1800년 처음으로 그의 가곡들이 출판되었으나, 그 이후 작곡된 가곡들은 모두 그의 사후에 출간되었다. 춤스테크의 담시 가곡들은 당대에 높게 평가되었고 어느 곳에서나 불리곤 하였으나 오늘날은 가

곡사적 관심에서 주목을 받고 있을 뿐이다. 더욱이 그의 가곡들
은 가절마다 멜로디가 다른 이야기 시 가곡으로서 형식에서는 베
를린가곡악파나 나중 낭만주의 예술가곡과는 다른 모습을 보이고
있다. 그의 가곡의 특징은 완결되고, 말을 거는 것 같은 표현력이
넘치는 멜로디를 지니고 있다. 춤스테크는 쾌활한 것과 진지한
것의 대비를 즐겨 표현하였고, 이중가절 또는 변환가절에서 장조
와 단조의 대립과 멜로디의 변용으로 그러한 특징을 잘 전개하고
있다. 더욱이 춤스테크의 담시 가곡들은 나중 "슈베르트와 뢰베
의 가곡에"(RL, 78) 많은 영향을 끼쳤다.

요한 루돌프 춤스테크

춤스테크의 가곡 창작에서 특별한 점은 실러의 작품에 곡을
붙인 것이라 할 수 있다. 그는 실러의 〈기쁨에 부쳐〉, 〈라우라
에게 반함Die Entzückung an Laura〉, 〈요한나Johanna〉, 〈기사의 노래
Reiterlied〉, 〈아침 판타지Morgenfantasie〉, 〈나도베씨의 죽음에 대한
비탄Nadowessische Totenklage〉, 〈토겐부르크 기사Ritter Toggenburg〉,
〈테클라Thekla〉(소녀의 한탄) 등에 곡을 붙였다. 여기서는 춤스테

크가 실러의 극작품 《마리아 슈투아르트》의 3막 1장에서 마리
아와 케네디의 대화 가운데 마리아의 대사 부분을 발췌해서 곡
을 붙인 〈마리아 슈투아르트Maria Stuart〉와 실러의 시 〈기대Die
Erwartung〉에 곡을 붙인 가곡을 분석하고 있다.

1) 〈마리아 슈투아르트〉

춤스테크의 〈마리아 슈투아르트Maria Stuart〉에서는 실러의 드라
마 《마리아 슈투아르트》의 3막 1장에서 마리아의 대사 26행(SD,
66~67)만을 발췌하고, 18행 다음에 나오는 케네디의 말 "아, 존
귀하신 분! 당신은 정신을 놓고 있군요/ 오랫동안 없는 자유가 당
신을 몽상하게 하고 있군요" 부분은 생략되어 있다. 그러니까 춤스
테크는 마리아 슈투아르트의 대사 부분의 극시에만 곡을 붙였고,
이 가곡은 가절마다 서로 다른 멜로디로 이뤄져 있으며, 이것은 18
세기 가곡의 민요조라든가 유절가곡의 기본 특징들에서 벗어나 있
다. 이 점에서 춤스테크의 가곡들은 베를린가곡악파들을 중심으로
한 초기 가곡의 분위기에서 벗어나 있을 뿐만 아니라 독자적으로
실러 시의 뜻을 해석하고 있음을 볼 수 있다.

춤스테크의 〈마리아 슈투아르트〉 가곡은 피아노의 유쾌하면서
도 장중한 서주로 곡이 시작되고, 처음 1행에서 4행은 비교적 명
랑하면서도 장중하게 "이 다정한 푸른 나무들에 감사, 감사하며/
내 감옥의 벽들이 나를 숨기고 있구나/ 난 자유롭게 그리고 행복
하게 꿈꾸고 싶은데/ 왜 내 달콤한 망상에서 나를 깨우는가?"라
고 노래한다. 이어서 5행 "드넓은 하늘의 품이 나를 감싸지 않는
것인가"라고 의문을 제기하고는 다시 짧은 피아노의 간주가 들어
간다. 피아노의 간주는 5행의 뜻을 후렴처럼 강조한다. 이어서 6

행과 7행 "자유롭고 얽매이지 않는 시선들이/ 무한한 공간들에 머무는구나"라고 노래하고 다시 피아노 간주가 들어간다. 기본적으로 피아노의 간주는 간주 직전의 시행의 뜻을 반추하거나 반복하거나 강조하는 뜻을 지니고 있다. 8행과 9행 "잿빛 안개 산들이 두드러진 곳에서/ 내 나라의 경계가 시작되는구나"라고 노래하고 다시 피아노 간주가 들어간다. 여기에서는 마리아를 그녀의 이복 자매인 엘리자베스 1세가 감옥에 가두었지만 마리아는 이곳에서 자유롭고 행복하고 달콤한 망상을 꿈꾸고 싶어 한다. 그러나 마침내 자신의 옥살이 현실을 의식하지 않을 수 없다. 그러면서 잿빛 안개 산들이 있는 곳에서 그녀의 나라 경계가 시작되고 있다고 여긴다.

10행과 11행 "그리고 정오를 향해 가는 이 구름들/ 이것들은 프랑스의 먼 대양을 찾고 있구나"라고 노래하고 이어 짧은 피아노의 간주가 나온다. 간주 이후 12행에서 14행 "서두르는 구름들아! 공기의 범선들아!/ 누군가 너희들과 함께 배회하고 배를 타고 있었구나!/ 나에게 다정하게 내 유년 시절의 고향이 인사하게 하렴!"까지 장중하게 노래한다. 이 가운데서도 14행을 반복하여 그녀가 프랑스에서 보낸 젊은 시절의 고향에 대한 향수와 뜻을 강화하고 있다. 그리고 피아노의 간주가 들어가고 15행 "나는 감옥에 갇혀 있다, 난 묶여 있다"라고 서창조로 노래하면서 이어서 짧은 간주가 들어가고 16행 "아, 나에겐 어떤 사절도 없구나"라고 탄식하는 노래를 한 뒤 피아노의 짧은 간주가 그 뜻을 강화하고 있다. 이어서 17행과 18행 "너희의 길은 공중에서 자유롭고/ 너희들은 이 여왕의 신하가 아니구나"라고 노래하고는 다시 후렴처럼 12행에서 14행까지를 반복하고, 다시 14행 "나에게 다정하게 내 유년 시절의 고향이 인사하게 하렴!"만을 다시 반복해서 노래한다. 10행에서 18행까지의 노래는 감옥에 갇혀 있어서 자유가 없는 존재인 마리아가 유년 시절을 보낸 프랑스 땅을 그리워하면서 구름들을 통해서나마 유년 시절의 고향 인사라도 받고 싶지만 자유로운 구름들조차도 그녀의 신하나 사절이 될 수 없음을 인식한다.

이어 마리아 슈투아르트는 19행에서 22행까지 처음 1행에서 4행까지의 멜로디로 노래한다. "저기 한 어부가 작은 보트를 정박하고 있구나!/ 이 초라한 것이 나를 구원할 수 있을 거야/ 나를 얼른 내게 우호적인 도시들로 데려다 주게 될 거야/ 그 배는 가난한 사람을 힘겹게 부양하는구나"라고 노래한다. 그러니까 마리아는 어느 가난한 어부의 정박하고 있는 작은 나룻배가 그녀를 구원해 줄 수 있다고 기대하면서 그것을 타고 자신에게 호의적인 도시로 갈 수가 있다고 상상한다. 다시 피아노의 간주가 있고 나서 23행에서 26행 "난 그를 보물로 풍부하게 채워 주고/ 그는 아무도 할 수 없었던 행군을 하게 될 거야/ 그는 그의 어망에서 행운을 찾게 될 것이고/ 그는 나를 구원의 조각배에 태우게 될 거야"라고 노래한 뒤 26행은 반복된다. 그러니까 어부는 그녀의 탈출을 도와 아무도 할 수 없는 특별한 행군을 하게 될 것이고, 그로 말미암아 큰 행운과 사례를 얻게 된다고 마리아의 탈출에 대한 기대감이 한껏 표현되고 있다. 그러면서 마지막으로 25행 "그는 그의 어망에서 행운을 찾게 될 것이고"를 반복, 26행 "그는 나를 구원의 조각배에 태우게 될거야"는 두 번 반복함으로써 이 두 행을 후렴처럼 사용하면서 곡이 끝나고 있다. 이 곡에서 가장 특징적인 것은 피아노 간주가 무척 자주 들어가 있는 점이며, 간주와 시행 반복으로 구원되기를 바라는 마리아의 염원과 소망이 강조된 점이다.

2) 〈기대〉

춤스테크의 〈기대Die Erwartung〉 또한 앞서 〈마리아 슈투아르트〉
의 경우처럼 피아노의 서주와 간주만 들어 있다. 노랫말은 마치 이
야기를 걸듯 부드럽고 큰 높낮이 없이 진행되고 있지만, 피아노의
간주를 통해서 노랫말을 지루하지 않게 만드는 특징을 지니고 있
다. 춤스테크는 실러의 4행과 8행시로 이뤄진 11연 시 〈기대〉(SG,
74~76)에 곡을 붙이고 있다. 다만, 8행으로 이뤄진 4연에서 3행
과 4행을 생략하여 6행시로 노래하는 부분을 빼고는 원시의 텍스
트를 그대로 준용하고 있다.

춤스테크의 〈기대〉는 마치 피아노 서주 자체가 하나의 이야기
를 전하는 듯하다. 느리고, 점점 높아졌다가 다시 하강하는 멜로
디와 단순하면서도 밝고 경쾌한 멜로디를 적절하게 섞은 피아노의
서주와 함께 노래가 시작된다. 비교적 긴 서주 다음에 1연의 1행
과 2행 "난 작은 문이 움직이는 소리는 듣지 못하는가?/ 빗장이 덜
컹거리지 않았나?"를 노래하고는 아주 짧은 피아노 간주가 이어진
다. 여기서 2행 다음 아주 짧은 간주는 1행과 2행의 내용을 부정하
는 "아니야"를 강조하고 있다. 이어 3행과 4행 "아니야, 그건 바람
소리야/ 백양나무 사이로 떨리는"이라고 노래한다. 1연에서는 서
정적 자아가 빗장이 덜컹거리는 소리를 들은 것 같았으나 그건 나
무 사이로 떨리는 바람 소리였다. 이어서 바로 2연의 1행에서 6행
"너 푸르고 잎이 무성한 지붕이여, 너를 장식하렴/ 넌 기품에 빛나
는 자를 맞아들여야 한다/ 너희 나뭇가지들이여, 그늘진 방을 만들
어라/ 은밀하게 성스러운 밤으로 감싸인 채/ 그리고 모든 너희 알

랑거리는 공기들이여, 깨어나라/ 그리고 농담하고 그녀의 장밋빛 뺨 주위로 놀이를 하렴"까지 노래하고 짧은 간주 뒤 다시 7행과 8행 "그의 아름다운 사람이 가볍게 움직이면/ 부드러운 발이 (그를) 사랑의 자리로 데려간다"라고 노래한다. 그러고는 비교적 긴 피아노 간주가 들어가고 이어서 3연이 시작된다. 여기 2연에서는 지붕은 잎이 푸르고 무성한 나무들로 장식되어서 기품 있는 그녀를 맞이하고, 나뭇가지들은 성스러운 밤에 둘러싸인 그늘진 방을 만들고, 대기는 그녀의 뺨을 장밋빛으로 물들이고 서정적 자아는 드디어 그녀에게로 가까이 가게 된다.

3연은 1연과 같은 방식으로 1행과 2행 "고요히 무엇이 울타리로 기어드는가/ 살랑거리며 서두르는 걸음으로?" 다음 아주 짧은 간주를 두고 3행과 4행 "아니야, 놀람이 내쫓는 거야/ 덤불에서 새를"로 넘어간다. 이어서 짧은 간주가 들어가는데 이것은 마치 새가 놀라서 덤불을 빠져나가는 것을 연상시키고 있다. 실러 시의 4연은 8행시로 이뤄져 있으나, 춤스테크는 6행시로 압축하여서, 실러 시의 3행과 4행 "우리 주위로 주홍빛 꽃의 만개를 퍼뜨리렴/ 비밀스런 가지들로 우리를 감싸고"를 생략하고 있다. 이 생략되는 시행 앞에서 피아노의 짧은 간주가 들어가 있다. 그러니까 1행과 2행 "오! 너의 횃불을 끄렴, 낮이야/ 너 정신적 밤이여 솟구치렴, 너의 성스러운 침묵으로"라고 노래한다. 피아노의 짧은 간주 다음 5행에서 8행까지, "사랑의 환희가 귀 기울이는 자의 귀로 슬며시 스며들고/ 그것은 빛의 불손한 증인들에게로 달아난다/ 다만 침묵하고 있는 저녁 별이/ 조용히 내려다보면 그녀의 친숙한 자가 되어도 좋다"라고 노래한다. 그러니까 낮이 오면 횃불을 끄지만 정신적 밤은 성스러운 침묵으로 다가오고, 사랑의 기쁨은 귀 기울이는 자의 귀로 스며들며 저녁별이 조용히 지상을 비출 때 그것은 친숙하게 느껴진다.

그리고 피아노의 간주가 길게 들어가고 나서 5연의 4행시를 노래하는데 이 부분은 앞서 1연, 3연과 같은 방식으로 진행된다. 1행과 2행 "멀리서 나지막하게 부르지 않니/ 속삭이는 목소리처럼?"을 노래하고 짧게 피아노의 간주가 있고 나서 3행과 4행 "아니야, 그건 은빛 연못에서/ 원을 그리며 지나가는 백조야"를 노래한다. 그러니까 속삭이는 목소리처럼 멀리서 나지막하게 부르는 소리가 나지 않는가라고 묻자 그것은 은빛 연못에서 백조들이 지나가면서 내는 소리라고 답한다. 그런데 3행이 시작되기 전 짧은 간주를 두는 것은 1행과 2행의 내용을 부정하는 3행의 첫 마디 "아니야"를 강조하는 뜻을 지니고 있다. 멜로디의 톤은 강하거나 드라마틱하지 않지만, 잠시 휴지부를 두는 짧은 간주가 들어 있음으로써 "아니야"의 뜻이 돋보이고 있다. 이어 피아노의 긴 간주가 있고 나서 6연의 8행시를 노래한다. 이번에는 1행에서 6행 "내 귀에 하모니의 물결이 울리고/ 샘의 원천은 편안하게 찰랑거리는 소리를 내고/ 꽃은 서풍의 입맞춤에 몸을 수그리고/ 난 모든 존재가 환희에 젖는 것을 본다/ 포도는 손짓하고, 복숭아는 향락을 위해/ 잎사귀 뒤에서 풍성하게 팽창하면서 엿듣고 있다"까지 이어서 노래하다가 다시 짧은 피아노의 간주가 들어간 뒤 7행과 8행 "공기는 향료의 물결에 잠겨서/ 내 뜨거운 뺨에서 열기를 마신다"라고 노래한다. 그러니까 서정적 자아는 샘물의 편안한 찰랑거림과 서풍에 몸을 수그리는 꽃의 모습을 보면서 모든 존재가 환희에 젖어 있는 것을 알게 된다. 포도와 복숭아가 무르익고 대기는 향기로 가득 차면서 서정적 자아의 뺨에서는 뜨거운 열기가 나오고 있다.

다시 피아노의 긴 간주가 있고 난 다음 7연의 4행시로 넘어간다. 4행시의 노래 방식은 앞서 언급한 5연의 4행시와 같은 방법이지만 화음이나 멜로디는 변용되고 있다. 1행과 2행 "난 발자국 소리가 울려 오는 것을 듣지 못하나?/ 그래서 나뭇잎 살랑거리는 소리에 귀 기울이지 않는가?"를 노래하고 나서 짧은 휴지부가 있고, 마찬가지로 이 휴지부는 3행의 "아니야"를 강조하는 뜻을 지니고 있다. 이어 3행과 4행 "아니야, 열매가 자신의 충만함으로 무거워져서/ 거기 떨어진 거야"로 넘어간다. 이어서 피아노의 긴 간주가 들어가 있는데, 더욱이 이 피아노의 간주를 통해서 과일이 스스로 익어서 나무에서 떨어지는 소리가 난 것이라는 뜻이 자연스럽게 강조되고 있다. 다음은 8연의 8행시가 노래되는데 이번에는 짧은 간주가 노랫말 중간에 세 번 들어가 있다. 이것은 시의 뜻을 강조할 부분에서 이뤄지고 있다. 그러니까 1행과 2행 "낮의 불꽃의 눈이 스스로/ 달콤한 죽음에서 자신의 색이 빛바래 터진 거야"를 노래한 다음 잠시 간주가 들어간다. 이어서 3행과 4행 "용감하게 성스러운 여명 속에서 열린 거야/ 작열하는 것을 싫어하는 꽃받침들이"라고 노래한다. 그리고 짧은 간주가 들어가고 5행 "고요히 달이 빛나는 얼굴을 들어 올리고"를 노래한 뒤 다시 짧은 간주가 들어간다. 그리고 나서 6행에서 8행까지 "세상은 조용히 엄청나게 녹아들고/ 묶인 것은 모든 자극에서 풀려나고/ 모든 아름다운 것이 내게 모습을 내보인다"를 이어서 노래한다. 그리고 피아노의 긴 간주가 마지막 6행에서 8행까지의 시어의 뜻을 되새기게 한다. 그러니까 8연에서는 낮의 불꽃이 터지고, 작열하는 것을 싫어하는 꽃받침들이 여명 속에서 열린 것이며 이제 달이 고요하게 하늘에 떠오르면서 모든 아름다운 것이 그 모습을 드러낸다.

이어 4행으로 된 9연시 노래가 이어지는데, 이번에는 휴지부나 짧은 간주가 없다. 1행에서 4행 "내가 저기 어떤 하얀 것이 반짝이는 것을 보지 못하는가?/ 마치 비단 옷처럼 빛나는 것이 아닌가?/ 아니야, 그건 어두운 주목의 벽에 있는/ 가물거리는 빛의 기둥일 뿐이야"를 노래한다. 그러고 나서 피아노의 긴 간주가 이어진다. 서정적 자아는 비단옷처럼 어떤 물체가 하얗게 반짝인다고 여겼으나 그건 가물거리는 빛의 기둥일 뿐이다. 다음 8행으로 이뤄진 10연시 노래의 특징은 8연과 마찬가지로 각 2행씩 노래하고 나서 간주가 들어가 있다. 여기 10연에서는 서정적 자아가 달콤한 형상들과 공허하게 놀고 있는데 이제 그것을 그만두고 정말 살아 있는 그녀의 모습을 느껴 보고 싶어 한다. 1행과 2행 "오! 그리운 마음이여, 더 이상 즐기지 마라/ 달콤한 형상들과 공허하게 노는 것을"이라고 노래하고 짧은 간주가 이어진다. 3행과 4행 "그것들을 붙잡고자 하는 팔은 공허해지고/ 어떤 어둠의 행운도 이 가슴을 식히지 못한다"를 노래하고 다시 간주가 이어진다. 5행에서 8행 "오! 살아 있는 자를 나에게 데려오렴/ 그녀의 손, 부드러운 그 손을 느끼게 해다오/ 그녀의 외투 깃의 그림자를 말이야/ 그러고는 공허한 꿈이 삶 속으로 들어온다"라고 노래한다. 7행 다음 짧은 간주가 들어가 있으며, 더욱이 7행에서 "그림자를" 처음으로 반복해서 노래하고, 8행의 "삶 속으로"에서는 고음과 빠르고 힘찬 절정의 분위기를 노래한다. 이어서 피아노 간주는 고조된 분위기를 진정시키듯 흐른다. 마지막 4행으로 이뤄진 11연시 노래는 9연과 마찬가지로 짧은 간주 없이 이어진다. 1행에서 4행 "나지막하게, 마치 천상의 높은 곳에서/ 행복의 시간이 나타나서/ 보이지 않게 가까이 다가와/ 입맞춤으로 친구를 깨웠다"를 노래하는데 더욱이 마지막 행 "입맞춤으로" 부분을 힘차게 반복해서 노래하면서 다시 짧게 격정적으로 노래함과 동시에 피아노의 반주가 간결하게 노래와 더불어 끝을 맺는다. 그러니까 행복의 순간이 살며시 다가와서 꿈꾸고 있던 서정적 자아를 깨우는 것으로 노래가 끝나고 있다.

지금까지 살펴본 춤스테크의 실러 가곡에서 두드러진 특징은 피아노가 단순한 반주악기가 아니라 노랫말과 더불어 독자적으로 시의 뜻을 강화하는 데 다양하게 기여하는 점이다. 이것은 뒷날 낭만주의 독일 가곡에서 슈베르트, 슈만, 브람스 등의 가곡에 나타난 피아노의 기능과 비교해서 볼 때, 춤스테크는 선구적으로 피아노를 노래와 대등하게 시의 서정성을 강화하는 데 활용하고 있다. 이 점에서 춤스테크는 독자적으로 가곡이라는 장르를 개척해 나갔고, 실러의 담시들을 지루하지 않게 가곡으로 전환시켜서 음악적으로 해석하고 있다.

4.4 슈베르트의 실러-가곡들

실러의 시들은 슈베르트의 가곡으로 말미암아 큰 빛을 발하고 있다. 또한 슈베르트는 실러-가곡들로 가곡 미학의 한계를 넘어서서 새로운 가곡의 시스템과 기능을 만들었다(SM, 5). 괴테의 시에 곡을 붙인 〈실을 잣는 그레첸〉을 시작으로 슈베르트는 가곡의 기본이 되는 텍스트적인 것과 음악적인 것의 일치를 이뤄냈으며, 더욱이 괴테와 실러, 하이네의 작품에 곡을 붙인 가곡에서 시를 음악적으로 해석하면서 언어와 음악이 서로 분리되거나 이중적이 아니라 하나로 일치된, 곧 시와 음의 일치를 이루어 냈다.

그러니까 "언어 시스템의 해석을 위해서 음악 시스템을 유용하게 만든 것이다(SM, 16)." 이것은 라이하르트, 첼터 및 다른 작곡가들의 실러의 작품에 곡을 붙인 수많은 작품으로도 이루지 못한 것이며 가곡 역사에서 가장 먼저 슈베르트가 이뤄 낸 업적이기도 하다.

또한 슈베르트의 가곡 창작은 담시에서 비롯되었다고 할 수 있다. 담시들이 지닌 상상력이 가득하고 현실과 환상이 뒤엉킨 사건들이 풍부하게 담긴 텍스트들이 슈베르트의 관심을 끌었고, 더욱이 춤스테크의 담시 가곡과 실러의 담시들에 관심이 있었다. 슈베르트는 실러의 시 약 42편에 곡을 붙였고, 이 가운데 15개의 가곡은 1815년에 집중적으로 작곡되었다(Fischer-Diekau 1999, 82 참조). 슈베르트의 실러 담시들은 가장 분량이 큰 가곡일 뿐만 아니라 "전체 가곡 역사에서 가장 표현력이 풍부한 가곡에 속한다(Fischer-Dieskau, 57)." 슈베르트의 가곡에는 모든 극적인 것의 본질과 우주적 세계 경험의 깊이가 들어 있는데, 여기서는 실러의 담시 〈담보〉, 〈잠수부〉, 〈알프스 사냥꾼〉을 포함해서 〈헥토르의 이별〉, 〈시냇가의 젊은이〉, 〈테클라〉를 분석하고 있다.

1) 〈담보〉

실러는 〈담보Die Bürgschaft〉(SG, 19~22)를 '담시의 해'인 1797년에 썼다. 이 담시에 슈베르트 이외에 로르칭이 곡을 붙였다. 슈베르트는 1815년 실러의 〈담보〉 20연 7행시에 곡을 붙였는데, 대체로 각 연의 내용을 따르면서도 때로는 각 연과 상관없이 한 연 안에서도 피아노 간주로써 그 내용을 서로 분리시키고 있다. 또 전체 20연을 1부와 2부로 나누고, 1부는 1연에서 11연까지, 12연에서 20연까지를 2부로 구성하여 음악적 해석을 하고 있다.

슈베르트의 〈담보〉(D. 246)는 피아노의 서주를 시작으로 1연 "디오니스 폭군에게 슬며시 다가갔다/ 뫼로스가 옷에 비수를 감추고/ 추적자들이 그를 묶었다/ 이 비수로 뭘 하려고 했는지를 말하라!/ 성난 사람이 무겁게 그에게 답한다/ 폭군의 도시는 해방되어야 합니다!/ 넌 십자가형을 받아서 그 말을 뉘우쳐야 한다"라고 노래한다. 그러니까 1행과 2행에서 뫼로스가 비수를 옷에 감추고 폭군 디오니스에게로 다가간다고 노래한 뒤 극적인 피아노의 간주가 들어가고 3행에서 추적자들이 뫼로스를 포박했다고 노래한다. 이어 아주 짧게 피아노 간주가 들어가고, 1행, 2행, 3행 다음 피아노 간주가 들어가면서 시 내용이 강조되어 있다. 그리고 4행에서 7행까지는 왕의 심문과 뫼로스의 답변으로 이뤄져 있는데, 그 비수를 가지고 무엇을 하려고 했는가라는 왕의 심문에 대해서 도시를 폭군으로부터 해방시키고자 했다고 뫼로스가 답하자 화가 난 왕은 "넌 십자가형을 받아서 그 말을 뉘우쳐야 한다"며 가장 혹독한 형벌을 명령하게 된다.

이어서 피아노 간주가 들어가고 2연과 3연은 폭군 왕과 뫼로스의 대화로 되어 있다. 2연 "난 죽을 준비가 되어 있소/ 내 목숨을 구걸하지 않겠소/ 하지만 그대는 나에게 자비를 베풀고 싶겠지요/ 그럼 3일 동안의 시간 여유를 부탁합니다/ 내 여동생이 혼인할 때까지/ 대신 내 친구를 그대에게 담보로 맡기겠소/ 그 친구를 교살해도 좋다고 생각하오"라고 노래한다. 여기서는 뫼로스가 죽을 준비는 되어 있으나 여동생의 결혼을 치르기 위해서 3일 동안의 시간을 달라고 청하면서 그 대신 친구를 담보로 맡기겠다고 제안한다. 만약 약속된 시간 안에 그가 돌아오지 못하면 그의 친구를 대신 교살해도 좋다고 말한다. 슈베르트의 2연 7행의 "교살하다"는 부분은 서창조로 노래하고, 3연에 앞서 짧은 피아노 간주가 들어 있다. 3연 "그때 왕은 교활한 계책으로 미소를 짓는다/ 그러고는 잠시 생각한 뒤 말한다/ 그래 내가 너에게 3일을 선사하지/ 하지만 알겠지! 그 기간이 지나면/ 네가 나에게 되돌아오지 못하면/ 너 대신 그는 죽어야 한다/ 그리고 넌 벌을 면하게 된다"라고 노래한다. 그러니까 3연에서는 왕이 그 제안을 받아들여서 3일의 시간을 주는데 만약 그 시간을 지키지 못한다면 그의 친구는 목숨을 잃게 되고 그는 친구의 덕택으로 벌을 피하게 된다고 말한다. 왕의 제안은 두 사람이 모두 죽는 것보다 더 혹독한데 그 이유는 살아 있다 하더라도 자신으로 말미암아 목숨을 잃은 친구 때문에 그에게는 삶이 죽음보다 더 힘들 것이기 때문이다. 이어서 피아노의 간주와 휴지부가 잠시 있고 나서 4연의 노래가 시작된다.

4연과 5연은 뫼로스와 그의 친구 사이의 대화가 주를 이루고 있다. 4연 "그리고 그는 친구에게로 간다/ 왕은 나에게 십자가형으로/ 반역 행위를 갚도록 명령했어/ 그런데 나에게 3일 동안의 시간이 허락되었네/ 내 여동생이 결혼식을 치를 때까지/ 그래서 자네가 왕에게 담보로 잡혀 있게 되었네/ 내가 올 때까지, 그 끈을 푸는"이라고 노래한다. 여기서는 뫼로스가 그의 친구에게 왕이 내린 십자가 형벌과 여동생 혼인 때문에 친구를 담보로 삼아서 3일 동안의 시간을 왕으로부터 허락받았다고 말한다. 이어서 피아노의 느리고 부드러운 간주가 들어간다. 5연 "충직한 친구는 말없이 그를 포옹하고/ 폭군에게서 풀려나게 하고/ 다른 친구는 끌려 나간다/ 세 번째 아침의 여명이 빛나기에 앞서/ 그가 재빨리 신랑에게 여동생을 넘겨 주고/ 서둘러 근심어린 마음으로 되돌아와야 한다/ 그가 예정된 날짜를 놓치기 않기 위해서"라고 노래한다. 여기서는 앞서 1연과 마찬가지로 1행과 2행 다음 피아노 간주가 들어간다. 3행 "다른 친구는 끌려 나간다"라고 노래한 뒤 다시 휴지부와 더불어 피아노의 부드럽고 긴 간주가 들어가 있다. 이 길고 부드러운 피아노의 간주는 두 친구 사이의 우정은 조건 없이 목숨까지도 내어 줄 수 있는 관계임을 강조하고 있다. 4행에서 7행까지는 뫼로스가 충직한 친구를 풀려나게 하려고 3일 이내의 예정대로 서둘러 돌아오려 한다고 노래한다. 그러나 이어 피아노의 빠른 간주가 그의 귀향을 방해하는 장애 상황을 미리 예고한다.

　6연 "그때 끝없이 폭우가 내려서/ 산으로부터 물의 원천들이 솟구치고/ 시내와 강물들은 물이 불어났다/ 그는 떠도는 막대기를 잡고 해안으로 간다/ 소용돌이가 다리를 주저앉게 하고/ 천둥이 치듯 먹구름의 물결이/ 소리를 내면서 내뿜는다"라고 노래한다. 그러니까 폭우가 쏟아져서 시냇물과 강물이 불어나서 귀향하는 뫼로스는 강을 건너갈 수 없으며, 이어지는 궂은 날씨가 귀향을 방해하고 있다. 이어 아주 짧은 피아노 간주가 들어가고, 이것은 뫼로스가 현재 처한 불가항력적 상황을 강조한다. 7연 "그는 위로받을 길 없이 해안가를 헤매고/ 얼마나 먼지 살펴보고 쳐다보고/ 부름 소리를 보낸다/ 안전한 해변가에선 어떤 배도 반향이 없다/ 그를 원하는 땅으로 실어다 줄/ 어떤 뱃사공도 나룻배를 젓고 있지 않으며/ 거친 물살이 바다가 될 뿐이다"라고 노래한다. 7연에서도 뫼로스가 여전히 해안가를 서성이면서 강을 건너고자 하지만 그를 건네 줄 나룻배도 뱃사공도 없으며, 거친 물살이 바다처럼 변하는 절망적 상황을 노래하고 있다. 마찬가지로 이어서 짧은 피아노의 간주가 들어가고, 이 간주는 절망적 상황을 강조하고 있다.

8연 1행과 2행 "그는 해안가에 풀썩 주저앉아 울고 간청한다/ 손들을 제우스 신에게 들어 올리면서"에서는 뫼로스가 해안가에 주저앉아 울면서 제우스 신에게 기도한다. 3행에서 7행까지 "제발 물살의 거친 포효를 멈추어 주십시오/ 시간은 급히 흘러가고/ 태양이 정오에 와 있고 이제 그것이 지면/ 난 그 도시에 도착할 수 없습니다/ 그러면 내 친구가 날 대신해서 죽어야 합니다"라고 절박하게 노래한다. 이어서 피아노의 빠른 박자의 간주가 나오는데, 이것은 뫼로스의 절박한 심정을 강조하고 있다. 9연 "하지만 물결의 포효는 더욱 커져 갈 뿐/ 물결에 물결이 일고/ 시간에 이어 시간이 흘러가고/ 불안이 그에게 엄습하자 그는 용기를 내서/ 거친 물살 속으로 몸을 내던져/ 힘찬 팔로/ 물살을 가르자 신은 그에게 연민을 느낀다"라고 노래한다. 여기에서는 뫼로스의 간절한 청에도 아랑곳하지 않고 물살의 포효는 더욱 커져만 간다. 시간이 흐르자 불안한 마음에 그는 용기를 내서 거친 물살 속으로 뛰어들고, 신이 그에게 연민을 느끼게 된다.

피아노 간주 없이 바로 10연과 11연의 노래가 이어지는데, 10연 "그리고 해안에 당도하여 서둘러 떠나고/ 그를 구조해 준 신에게 감사하면서/ 그때 한 무리가/ 숲의 컴컴한 곳에서 불쑥 뛰쳐나와 그를 덮치고/ 길은 그에게 폐쇄된 채 살인이 숨을 헐떡이며/ 방랑자의 서두름을 멈추게 한다/ 위협적으로 휘두르는 몽둥이를 가지고"라고 노래한다. 그러니까 뫼로스가 신의 도움으로 해안에 어렵게 도착했으나 이번에는 숲에서 한 무리의 도둑 떼와 마주치고 그들은 몽둥이로 그를 위협한다. 11연 "너희들은 뭘 원하는가라고 그는 놀라 창백해진 채 소리친다/ 난 내 목숨 이외에 가진 것이 아무 것도 없다/ 그건 내가 왕에게 바쳐야만 하는 목숨이다/ 그리고는 몽둥이를 가까이 있는 사람에게서 빼앗는다/ 친구를 위해 가엾게 여겨 달라!/ 그러면서 그가 거칠게 타격을 가하자/ 세 사람은 굴복했고, 다른 사람들은 도망간다"라고 노래한다. 여기에서는 뫼로스가 도둑들에게 원하는 것이 무엇인지 놀라서 묻고, 그는 왕에게 바칠 자신의 목숨밖에 가진 것이 없으며 게다가 담보로 잡혀 있는 친구를 구해야 한다고 말한다. 그리고는 가까이 있는 도둑이 들고 있는 몽둥이를 빼앗아서 그들을 공격하였고 제압하였다. 여기까지가 슈베르트 가곡의 1부를 구성하고 있다. 이어서 휴지부를 두었다가 다시 피아노의 간주가 있고 나서 12연으로 넘어간다.

12연 "태양은 작열하고/ 끝없는 노력으로 말미암아/ 힘없이 무릎이 구부러진다/ 아, 그대가 도적 떼의 손에서/ 거친 물살에서 날 구원하여 성스러운 땅으로 가는 축복을 주는 것 같았는데/ 난 여기서 고생하며 죽어 가야만 하는구나/ 그러면 내 친구는, 사랑하는 친구는 나 때문에 죽어야 하는데"라고 노래한다. 12연에서는 신의 도움으로 거친 물살을 헤치고 강을 건넜고 도둑 떼의 손에서도 자신을 보호하였으나 이미 약속된 시간이 다 되었기 때문에 자신의 사랑하는 친구가 죽게 될지도 모른다는 불안과 염려의 노래를 하고 있다. 이어서 피아노의 간주가 있고 나서 13연으로 넘어간다. 13연 "들어라! 저기 은빛으로 소용돌이치는 것이 있다/ 아주 가까이, 마치 졸졸거리는 찰랑거림처럼/ 조용히 그는 귀를 기울인다/ 봐라, 바위로부터 소란스럽고 빠르게/ 중얼거리면서 생생한 샘의 원천이 솟구치고/ 기쁘게 그는 몸을 수그리고/ 타오르는 사지를 시원하게 한다"라고 노래한다. 그러니까 여러 곤란을 극복하느라 심신이 지친 그에게 은빛 소용돌이가 보이고 바위에선 신선한 샘이 솟구치고 그로 인해서 그의 몸을 식힐 수 있는 안도의 상황이 전개

되었다. 슈베르트의 〈담보〉 가곡에서 가장 아름답고 평화로우면서
도 느리고 높게, 편안하게 노래하는 부분이다. 이어서 휴지부와 피
아노의 간주가 들어가면서 잠시나마 평화롭게 심신을 신선한 물에
식히는 내용이 강조되고 있다.

　14연 "태양은 나뭇가지 사이로 초록을 쳐다보고/ 빛나는 풀밭
위에/ 나무들의 거대한 그림자를 그리고 있다/ 두 명의 방랑자들
이 거리를 지나가는 것을 본다/ 그는 서둘러 지나가려 한다/ 그
때 그는 그들이 하는 말을 듣는다/ 이제 그는 십자가에 못 박히게
된다"라고 노래한다. 그러니까 태양이 풀밭 위로 나무들의 거대
한 그림자를 드리우고, 마침 지나가는 사람들로부터 그의 친구가
이제 막 십자가에 못 박히게 되는 상황을 듣게 된다. 더욱이 14
연 7행 "이제 그는 십자가에 못 박히게 된다"는 서창조로 노래하
면서 그 뜻을 강조한다. 그리고는 피아노 간주 없이 15연으로 넘
어간다. 15연 "불안이 서두르는 발걸음을 재촉하고/ 근심으로 말
미암은 고통이 그를 뒤쫓는다/ 저녁노을의 빛들이 빛나면서/ 멀
리서 시라쿠스의 성벽들/ 필로스트라투스가 그를 마중하러 오는
데/ 그 집의 충직한 집지기/ 그는 경악해서 군주의 존재를 알아
본다"라고 노래한다. 여기 15연에서는 1행과 2행 다음 피아노의
빠른 간주가 불안한 마음에 걸음은 빨라지고 근심으로 고통스러
워하는 것을 강조하고 있다. 이어 3행과 4행을 노래한 다음 다시
피아노의 빠르고 강한 간주가 이어지면서 예정된 시간은 다가오
고 바로 목적지 가까이 와 있음을 강조하고 있다. 5행부터 다음
16연과 17연 2행까지 피아노 간주 없이 노래만 이어진다. 15연
5행에서 7행은 충직한 하인 필로스트라투스가 주인을 마중하러
나오다가 군주를 보고는 경악한다.

16연 "물러서라! 너는 이제 친구를 구하지 못한다/ 그러니 네 자신의 목숨이나 구하라!/ 그는 이미 죽음의 고통을 겪고 있다/ 매 순간 그는 기다렸다/ 희망차게 귀향하는 영혼을/ 폭군의 조롱도 그에게서/ 용기 있는 믿음을 빼앗아 가지 못했다"라고 노래한다. 여기서는 뫼로스가 너무 늦게 왔기 때문에 그의 친구를 구할 수 없으며 그 자신의 목숨이나 구하라고 왕이 비아냥댄다. 그런데 뫼로스의 친구는 뫼로스가 돌아오지 못할 것이라는 왕의 조롱에도 친구가 돌아올 것이라는 믿음을 끝까지 지켰다. 피아노 간주 없이 바로 17연 "너무 늦었다, 난 그에게 할 수 없다/ 구원자가 환영받으며 모습을 드러내게는/ 죽음이 나를 그와 일치시켜야 하니까/ 잔인한 폭군은 칭찬하지 못한다/ 친구가 친구에 대한 의무를 깨뜨린 것에 대해서/ 그는 희생자를 둘 처형하는 것이 되고/ 사랑과 충직함을 믿게 되는 것이 되니까"라고 노래한다. 그러니까 1행과 2행에서 왕은 이미 예정된 시간이 지났고 뫼로스가 구원자로 의기양양하게 환영받게 할 수는 없다고 말한다. 그다음 피아노의 빠르고 긴 간주가 바로 왕의 마음을 강조하고 있다. 그러니까 뫼로스가 영웅처럼 왕보다 더 환대받는 모습은 결코 보고 싶지 않다는 점이 드러나고 있다. 17연 3행부터 7행까지 왕은 뫼로스가 약속을 지키지 않아서 그 대신 담보하고 있던 친구가 그 때문에 죽게 되는 것이고, 다시 말하면 친구에 대한 의무를 뫼로스가 다하지 못함으로써 친구의 죽음이 파생된 것이고 결과적으로 두 사람의 희생자가 생긴 것이라고 노래한다. 그리고 피아노의 빠른 박자의 긴 간주가 이어지고, 이 긴 간주는 되돌리기 어려운 상황을 강조하고 있다.

18연 "태양은 지고 있고 그는 성문 곁에 서 있다/ 그리고 높이 세워진 십자가를 본다/ 군중들이 입을 벌리고 십자가 주위에 둘러서 있다/ 밧줄에 그 친구가 매달려 있는 것을 본다/ 그때 그는 강한 합창과 같은 소리를 낸다/ 형리여, 나를! 이라고 그가 소리치고 목을 맨다/ 여기, 내가 있다, 날 위해서 그는 담보가 되었을 뿐이다"라고 노래한다. 그러니까 석양이 질 때 막 이곳에 도착한 뫼로스는 성문 곁에 서서 높이 세워진 십자가를 바라다보고 군중들은 입을 벌리고 십자가 주위에 둘러 서 있으며, 십자가에는 뫼로스의 친구가 매달려 있다. 그때 뫼로스는 형리를 향해서 그 자신을 십자가에 매달도록 소리치고 스스로 목을 매달면서 친구는 자신을 위해서 보증을 섰을 뿐이라고 말한다. 그리고 마지막 7행은 서창조로 노래하며, 이어 휴지부와 더불어 피아노의 느리고 낮은 음으로 뫼로스의 처절한 심정을 보여 주고 있다.

19연 "놀라움이 주위의 민중들을 사로잡고/ 두 사람은 서로 팔을 얹고/ 고통과 기쁨의 눈물을 흘린다/ 그때 눈물을 흘리지 않은 사람은 없다/ 왕에게 사람들이 경이로운 이야기를 전한다/ 왕은 감동을 느끼고/ 재빨리 왕좌 앞으로 그들을 데려오라 한다"고 노래한다. 19연에서는 주위의 군중들이 이 장면에 놀라워하고 두 사람은 서로 고통과 기쁨의 눈물을 흘렸으며, 이로 말미암아 모두 다 감동의 눈물을 흘렸다. 왕명으로 사람들은 그들을 왕 앞으로 데려왔고 왕 또한 인간적 감동을 느끼게 된다. 더욱이 4행 "그때 눈물을 흘리지 않은 사람은 없다"라는 노래 다음 피아노의 간주가 들어가면서 둘러싼 사람들의 감동의 물결을 돋보이게 하고 있다. 19연 노래가 끝나면 휴지부가 짧게 있고 나서 피아노의 가장 낮고, 느리고, 힘 있는 스타카토의 간주가 들어가 있으며, 이로써 감동과 반전하는 상황을 강조하고 있다.

그리고 두 번째 부분의 마지막이자 담시의 마지막 20연 "그리고 그들을 오랫동안 경이롭게 쳐다보고는/ 왕이 말한다. 여러분들은 나의 마음을 움직이는 데/ 성공했소/ 이 충직함, 그것은 결코 공허한 망상이 아니오/ 그러니 나도 그대들 벗으로 받아 주시오/ 나에게 그것을 보장해 주도록 청하는 바이며/ 나는 여러분의 세 번째 친구가 될 것이오"라고 노래한다. 이 20연에서는 폭군이었던 왕이 두 사람의 우정에 감동하고, 자신을 그들의 벗으로 받아들여 달라고 청하면서 그들의 세 번째 친구가 되고 싶다고 노래하고 있다. 그리고 피아노의 후주가 이 긴 담시의 행복한 끝맺음을 장식한다. 전체적으로 슈베르트의 담시 가곡은 마치 작은 오페라처럼 극적이고 감동적으로 담시의 내용을 음악적 이야기 극시로 만들고 있다.

2) 〈잠수부〉

실러는 〈잠수부Der Taucher〉(SG, 59~63)를 그의 담시 창작의 해인 1797년에 썼다. 이 담시에 나오는 왕과 앞서 언급한 〈담보〉의 왕은 서로 대조적 지배자의 모습으로 나타나고 있는 점이 흥미롭다. 슈베르트는 〈잠수부〉에 두 가지 버전(D. 77, D. 111)으로 곡을 붙였는데, 여기서 다룰 슈베르트의 〈잠수부〉(D. 111)는 두 번째 버전으로서 1813년 가을에서 1814년 4월까지 거의 반년 사이에 작곡되었다. 그 결과는 거의 작은 오페라에 견줄 만하며, 27연 6행시로 이뤄진 이 담시에 슈베르트는 각 연마다 서로 다른 멜로디로 곡을 붙였다.

슈베르트는 이야기의 각 순간마다 긴장을 부여하는 조 편성을 하고 있으며, 1연의 1행과 2행 "기사여, 사동이여/ 누가 이 심연으로 잠수하겠는가?"라고 힘찬 서창조로 왕이 노래를 시작하고, 이어 3행에서 6행 "내가 금잔 하나를 (심연으로) 내던지면/ 그러면

검은 입이 그것을 냉큼 삼켜 버리겠지/ 누가 그 잔을 다시 보여 줄
수 있는가?/ 그러면 그자가 그것을 가져도 좋고 그의 것이 된다"라
고 하강하는 8분음표 스타카토로 노래한다. 1연은 서창조로 힘차
게 왕의 노래가 시작되고, 피아노의 짧고 부드러운 간주가 여러 차
례 들어가 있는 것이 특징이다. 간주는 2행, 3행, 4행 다음에 나오
고 1연이 끝나면서 피아노의 부드럽고 짧은 간주와 더불어 2연이
시작된다. 2연 "왕은 이렇게 말하면서/ 끝없는 바다에 매달려 있
는/ 비탈지고 가파른 절벽의 꼭대기에서/ 소용돌이의 포효 소리 속
으로 그 잔을 내던진다/ 다시 묻겠노라, 누가 이 심연으로 잠수할/
용감한 자가 있는가?"라고 노래한다. 2연에서 드디어 왕은 비탈지
고 가파른 절벽의 꼭대기에서 금잔을 포효하는 바다 속으로 내던
지면서 재차 누가 이 심연으로 잠수할 용감한 자가 있는가라고 묻
는다. 4행 "소용돌이의 포효 소리 속으로" 다음 피아노 간주가 다
소 길게 들어가고, 2연이 끝난 뒤 피아노 간주와 더불어 짧은 휴지
부를 둔 다음 3연으로 넘어간다.

　3연 "왕의 주위를 에워싼 기사와 사동들은/ 그 말을 들었으나 여
전히 고요히 침묵을 지키면서/ 거친 바다를 내려다본다/ 아무도 그
잔을 얻으려고 하지 않자/ 왕은 다시 세 번째로 묻는다/ 어느 누구
도 잠수하려 하지 않는가?"라고 노래한다. 여기에서도 왕의 주위에
있는 기사와 사동들이 여전히 왕의 권유를 들었으나 고요히 침묵을
지키면서 거친 바다를 내려다볼 뿐이다. 그러자 왕이 세 번째로 마
지막 6행에서 "잠수할 용기를 지닌 자가 아무도 없는가"라고 묻는
다. 여기서는 4행 "아무도 그 잔을 얻으려고 하지 않는다" 다음 피
아노의 부드럽고 느린 간주가 이어지면서 기사들과 사동들의 주저
함을 표현하고 있다. 4연 "하지만 아까와 마찬가지로 모든 것이 잠

잠한데/ 우아하고 용감한 한 고결한 사동이/ 주저하는 사람들의 무리에서 걸어 나온다/ 그는 혁대를 풀고 외투를 벗는다/ 둘러선 모든 남자들과 여자들은/ 그 젊은이를 놀라워하면서 쳐다본다"라고 노래한다. 4연에서는 왕의 주위는 잠잠한데, 우아하고 용감한 한 사동이 주저하는 사람들 사이에서 걸어 나와서 혁대를 풀고 외투를 벗고 바다로 뛰어들 준비를 한다. 이때 주위의 모든 사람들은 그 젊은이를 놀라워하면서 쳐다본다. 구체적으로 보면, 4연 1행 다음에 피아노 간주가 들어가 있다. 이것은 여전히 상황의 변화가 없고, 죽음의 위험을 감수할 사람이 없음을 강조하고 있다. 2행에서 "우아하고 용감한" 한 고결한 사동이 앞으로 나온다는 부분에서 조 편성이 바뀌고, 5행과 6행에서 묘사되는 군중들의 놀라움은 높은 톤으로 더욱이 6행 "그 훌륭한 젊은이를"이라고 노래하다가 다시 낮고 안정된 톤으로 음조가 바뀌면서 "놀라워서 쳐다본다"고 노래한 뒤 피아노 간주가 이어지고 5연으로 넘어간다.

5연 "그가 바위의 비탈로 가서는/ 심연을 내려다본다/ 삼킬 듯한 바다를/ 지금 소용돌이가 포효하고/ 멀리 천둥의 우르릉거리는 소리와 함께/ 그것이 어두운 심연으로부터 거품을 일으키면서 떨어져 나온다"라고 노래한다. 여기에서는 그 사동이 바위의 비탈로 가서 깊은 바다를 내려다보고 삼킬 듯이 포효하는 바다의 소용돌이의 물살 소리를 듣는다. 5연이 끝나면 피아노의 빠르고 드라마틱한 간주가 들어간다. 더욱이 피아노의 이 간주는 깊고 거친 바다의 위력과 그것을 보는 사람이 느끼는 두려움을 강조하는 역할을 하고 있을 뿐만 아니라 다음 연에서 묘사되는 거친 파도의 모습을 미리 예견케 하고 있다. 6연에서 잠수할 젊은이가 심연을 내려다볼 때 거친 물살의 음이 음악으로 반영되어 있는데, 이것은 그림 같은 배경을 담시에 부여하고 있다.

6연 "바닷물이 파도치고 부글부글, 쏴쏴, 쓰쓰 소리를 낸다/ 마치 물이 불과 합쳐지는 것처럼/ 피어오르는 물거품은 하늘까지 흩뿌려지고/ 물살에 물살을 이어 끝없이 이어지고/ 도무지 지칠 줄 모르고 고갈되지 않으려 한다"고 노래한다. 6연에서는 바다가 파도치고, 부글거리고, 엄청난 파도의 부딪힘 소리가 마치 불과 물이 합쳐져서 내는 소리와 같고, 물기둥은 하늘까지 치솟는 듯하고 바다는 또 다른 바다를 낳듯 지칠 줄 모르게 바다가 움직이고 있음을 노래한다. 더욱이 1행 "바닷물이 파도치고, 부글부글, 쏴쏴, 쓰쓰 소리를 낸다"는 반복되는데, 2행 "마치 물과 물이 합쳐지는 것처럼"도 반복된다. 포말이 솟구치고 주 모티브로 반복되는 파도의 거친 출렁거림이 피아노의 구르는 16분음표로 뒷받침되고, 6연 다음 빠른 박자의 피아노 간주가 이어지고 7연으로 넘어간다.

7연 "하지만 마침내 거친 힘도 잔잔해지고/ 하얀 포말에서 검게/ 하품하는 틈새가 아래로 갈라진다/ 지옥으로 떨어지듯이 끝없이/ 사람들은 소용돌이치는 깔대기에서/ 부글거리는 파도를/ 긴장해서 내려다본다"라고 노래한다. 여기에서는 1행 다음에 피아노 간주가 들어가 있으며 이것은 이제 사동이 바다로 뛰어들 기회가 자연스럽게 주어진 것을 강조하고 있다. 이어 사동은 바다의 하얀 포말 사이 벌어진 틈새로 잠수할 준비를 하고, 사람들은 부글거리는 파도를 긴장해서 쳐다본다고 노래한 뒤 느리고 짧은 피아노 간주가 이어지고 8연으로 넘어간다. 더욱이 소용돌이가 잔잔해지는 부분과 소용돌이 사이의 틈새는 어둡고 무거운 낮은 톤으로 묘사된다.

8연 "파도가 다시 오기 전/ 지금 빨리 젊은이는 신이 명령하는 대로 따른다/ 경악의 외침 소리가 주위에 퍼진다/ 소용돌이는 이미 그를 삼켰고/ 비밀스럽게 용감한 수영자 위로/ 구멍이 닫히고, 그는 도무지 모습이 보이지 않는다"라고 노래한다. 8연에서는 거친 바다를 내려다보던 젊은 사동은 신의 명령에 따라 다음 파도가 몰려오기에 앞서 얼른 바다 깊은 곳으로 잠수하고, 놀라움의 외침소리가 사람들 사이에 퍼졌으며, 이미 바다의 소용돌이가 그를 삼켰기 때문에 그의 모습은 보이지 않는다. 더욱이 8연의 마지막 6행 "구멍이 닫히고, 그는 도무지 모습이 보이지 않는다"는 서창조로 비장한 상황을 노래하고 있다. 피아노 간주 없이 바로 9연으로 넘어가서 "바다의 협곡 위로 조용히/ 깊은 곳에서 부글부글 소리만 날 뿐이다/ 사람들은 몸을 떨면서 입에서 입으로/ 용감한 젊은이여, 무사히 잠수하기를!/ 점점 사람들의 아우성 소리가 공허하게 들린다/ 두렵고 무서운 순간들이 지속된다"고 노래한다. 그러니까 협곡 위로는 바다의 포효 소리가 위협적으로 울려 올 뿐이고, 사람들은 모두 그 용감한 젊은이의 잠수가 무사하기를 바라는 말을 읊조린다. 그러나 이들의 바람도 공허하며, 오직 두렵고 무서운 순간들이 있을 뿐이다. 이러한 기다림과 초조함은 조의 변화를 통해서 묘사되고, 9연 4행 "용감한 젊은이여, 무사하길!" 바라는 사람들의 바람을 아주 부드럽게 기도하고 애원하듯 노래부른다. 이어 노래는 10연으로 넘어간다.

10연 "너는 왕관을 스스로 내던졌는가/ 그리고 누가 그 왕관을 가져올 것인가라고 말하는가/ 그는 그것을 가져오면 왕이 된다고 하지/ 난 값비싼 수고를 갈망하지 않는다/ 저 아래 포효하는 깊이가 감추고 있는 것을/ 살아 있는 행복한 영혼은 어느 누구도 그것을 설명하지 못한다"라고 노래한다. 10연은 제삼자의 시각에서 왕은 스스로 왕관으로 상징되는 권위를 내던져, 그것을 누가 가져올 것인지를 묻고 그것을 가져오면 왕이 된다고 유도하겠지만 저 아래 거친 바다에서 어느 누구도 살아 돌아와 그곳의 경험을 얘기할 수 있는 사람은 없다. 4행 전지적 제삼자의 "난 값비싼 수고를 갈망하지 않는다" 다음에 짧은 휴지부가 들어가고 피아노의 간주가 이어진다. 10연의 5행과 6행에서 포효하는 바다의 깊이가 감추고 있는 것을 "살아 있는 행복한 영혼은 어느 누구도 설명하지 못한다"의 노래가 끝나면 피아노의 드라마틱한 아주 짧은 간주가 들어가면서 11연으로 넘어간다. 10연은 이 담시 전체에서 유일하게 전지적 서술 관점에서 묘사된 내용이다.

11연 "소용돌이에 감싸인 많은 수레/ 깊은 곳으로 잠겨 버린다/ 하지만 부서진 채 고투하면서/ 모든 것을 삼켜 버린 무덤에서 깃대와 돛대가 솟아오르고/ 점점 밝아지면서 마치 돌풍의 쏴쏴거리는 소리처럼/ 사람들은 점점 가까이, 점점 가까이 찰랑거리는 소리를 듣는다"라고 노래한다. 여기 11연에서는 소용돌이에 말려서 많은 선박은 바다 깊이 가라앉았고, 깃대와 돛대만이 부서진 채 모든 것을 삼켜 버린 무덤에서 솟아오르고, 돌풍이 부는 거친 바람 소리처럼 점점 가까이 파도가 부딪히는 소리를 듣는다. 4행 다음 피아노의 간주가 들어가 있으며, 마지막 6행 "사람들은 가까이, 점점 가까이 찰랑거리는 소리를 듣는다" 다음 피아노의 강하고 빠른 격정적 간주가 들어가고 12연으로 넘어간다.

12연의 1행과 4행까지는 6연의 같은 행들의 내용과 같고, 다만 5행과 6행의 내용이 바뀌고 있다. 12연 "바닷물이 파도치고 부글부글, 쏴쏴, 쓰쓰 소리를 낸다/ 마치 물이 불과 합쳐지는 것처럼/ 피어오르는 물거품은 하늘까지 흩뿌리고/ 물살에 물살을 이어 끝없이 이어지고/ 마치 멀리 천둥의 포효 소리 같다/ 부글

거리며 어두운 품에서/ 떨어져 나온다"라고 노래한다. 12연은 구
르는 16분음표로 다시 포효하는 심연이 묘사되고 격정적인 힘으
로 고양된다. 거친 바다와의 싸움은 점점 높아지는 음에서 묘사
되고 있으며 마치 젊은 사동이 엄청난 에너지로 심연에서 빠져나
오기 위해서 애쓰는 것처럼 보인다. 5행과 6행의 내용은 마치 멀
리 천둥이 포효하는 것처럼 어두운 품에서 떨어져 나오는 바다의
파도가 묘사되어 있다. 그리고는 피아노의 간주가 이어지고 13연
으로 넘어간다.

슈베르트의 〈잠수부〉 악보 일부

13연 "보라! 흘러넘치는 어두운 품에서/ 백조처럼 하얀 것이 솟
아오른다/ 그건 바로 한쪽 팔과 빛나는 목이구나/ 힘껏 부지런히
땀을 흘리며 팔을 노처럼 젓는구나/ 바로 그다, 그는 왼손으로/ 기
쁨의 표시로 잔을 흔들어 대고 있다"라고 노래한다. 13연에서는
드디어 그 젊은이가 어두운 심연에서 빠져나와 백조처럼 물속에
서 솟아오르는데, 한쪽 팔과 빛나는 목이 먼저 보이고 열심히 헤엄
쳐서 수면 위로 모습을 드러낸다. 그의 왼손은 왕이 바다로 내던진
금잔을 들고 있다. 마지막 6행 "기쁨의 표시로 잔을 흔들어 대"면

서 승리에 찬 몸짓으로 천상의 빛에 인사를 전한다. 이어 피아노의 아주 느리고 편안한 간주는 바로 살아서 귀향하는 젊은이의 기쁨을 함께 공유하는 느낌을 자아내고 있다.

14연 "오래 그리고 깊이 숨을 내쉬면서/ 천상의 빛에 인사를 전했다/ 기쁨의 소리가 이 사람에서 저 사람에게로 퍼졌다/ 그가 살았어! 그가 저기 있다! 그가 내버려지지 않았어!/ 무덤에서, 소용돌이치는 물의 심연에서/ 저 용감한 자는 살아 있는 영혼으로 구조되었어"라고 노래한다. 14연은 젊은이가 깊이 숨을 내쉬고, 안도하는 사이 사람들 사이에서는 기쁨이 넘쳐흐르며, 소용돌이치는 바다의 깊은 심연에서 그 용감한 자가 살아 돌아왔다고 노래한다. 더욱이 1행 "오래 그리고 깊이 숨을 내쉬면서", 2행 "천상의 빛에 인사를 전했다" 다음에 각각 피아노 간주가 들어가서 각 시행의 의미를 강조한다. 곧 길고 깊은 잠수 뒤에 내쉬는 호흡과 지상으로 돌아온 기쁨이 피아노 간주에 따라서 드러난다. 마지막 6행 다음 아주 짧게 피아노 간주가 들어가면서 바로 15연으로 넘어간다.

15연 "그는 다가오고, 환호하는 무리가 그를 에워싸고/ 그는 왕의 발아래 몸을 수그린다/ 그에게 무릎을 꿇고 잔을 건넨다/ 왕은 예쁜 딸에게/ 그에게 한 잔 가득 빛나는 포도주를 건네도록 눈짓한다/ 그리고 젊은이는 왕에게로 몸을 돌렸다"라고 노래한다. 그러니까 젊은이가 다가오자 군중은 환호하고, 그는 왕의 발아래 절하면서 무릎을 꿇고 잔을 그에게 건네자 왕은 자신의 사랑스런 딸에게 한 잔 가득 포도주를 그에게 건네도록 눈짓하고, 젊은이는 왕이 있는 쪽으로 몸을 돌린다. 피아노 간주 없이 바로 16연으로 넘어가서 젊은이는 자신이 경험한 바닷속 이야기를 전한다. 16연 "왕이시

여, 만수무강하시길! 기뻐해야겠지요/ 저기 희망적인 빛 속에서 숨
쉬는 자는!/ 저 아래는 무서웠는데/ 인간은 신들을 시험하지 않아
야 합니다/ 그리고 결코, 결코 쳐다보려고 해서도 안됩니다/ 밤과
두려움으로 덮어 놓은 그것들을"이라고 노래한다. 16연에서 젊은
이는 왕의 만수무강을 빌면서 자신의 바닷속 경험은 끔찍했으며,
신들을 시험하거나 신들이 밤과 두려움으로 덮어 놓은 것을 결코
보려고 해서는 안 된다고 노래한다. 4행 "인간은 신들을 시험하지
않아야 합니다"는 젊은이의 말은 왕의 노여움과 분노를 야기할 수
있는 질책과 같다. 이 연이 끝나면 피아노의 짧은 간주가 이어지고
나서 17연으로 넘어간다.

17연에서 22연까지는 젊은이의 바닷속 고행에 대한 이야기이
다. 이 이야기는 담시 속의 또 하나의 담시라고 할 수 있다. 비밀
스러운 화성이 바닷속 깊은 곳의 어둠을 반영하고, 상승하고 하강
하는 음폭은 샐러맨더와 도롱뇽의 웅얼거림을 묘사하고 16분음표
와 위협적인 베이스의 당김음(싱커페이션)은 수많은 관절을 가진
괴물이 기어가는 것을 묘사하고 있으며 바로 그 앞에 젊은이가 소
용돌이로부터 물 밖으로 솟구쳐 올라온다. 17연 "저는 재빨리 아
래로 뛰어내렸고/ 바위 심연에서/ 엄청난 샘이 저를 쓰러뜨리려고
했지요/ 그 두 배의 성난 물결의 힘이 나를 감싸서/ 마치 어지럽
게 회전하는 팽이처럼/ 나에게 밀려 왔고 저는 저항할 수가 없었지
요"라고 노래한다. 그러니까 젊은이가 재빨리 바다로 뛰어들었으
나 심연에서 엄청난 저항에 부딪쳤고, 성난 물살은 강력한 힘으로
그를 감싸서 회전팽이처럼 몸을 돌렸기 때문에 현기증이 나고 도
무지 저항할 수가 없을 정도였다고 말한다. 이어 피아노 간주 없이
18연으로 넘어간다.

18연 "그때 내가 불렀던 신이 가장 엄청난 고난 가운데/ 모습을 드러내고/ 깊은 곳에서 바위 벼랑이 솟아나서/ 저는 그것을 민첩하게 붙잡고 죽음에서 빠져나왔죠/ 뾰족 솟은 산호 곁에 잔은 걸려 있었지요/ 그렇지 않았다면 그것은 끝 모를 바닥으로 떨어졌겠죠"라고 노래한다. 18연은 젊은이가 죽음의 위협 속에서 간절히 신의 이름을 불렀고 신의 도움으로 죽음의 계곡에서 빠져나왔으며, 뾰족 솟은 산호에 잔이 매달려 있어서 그것을 잡을 수 있었다고 노래한다. 만약 잔이 산호에 걸리지 않았다면 그것은 끝 모를 바닥의 심연으로 떨어져서 찾을 수 없었을 것이다. 이어 피아노의 간주 없이 바로 19연으로 넘어간다. 19연 "제 밑에 놓여 있었죠, 산만큼 깊이/ 거기 진홍빛 어둠속에/ 그리고 여기 그것은 귓속에 빠진 것처럼 영원히 잠들었는지를/ 두려움에 찬 눈이 아래로 내려다보았지요/ 어떻게 샐러맨더, 도롱뇽과 용들로부터/ 끔찍스런 지옥 심연의 목구멍에서 움직이는지를"이라고 노래한다. 여기에서는 바다 속에는 산만큼 깊은 어둠이 놓여 있어서 영원히 그런 모습으로 잠들어 있는 듯했고 두려움에 떨면서 그 심연에 살고 있는 샐러맨더, 도롱뇽, 용들을 보았다고 노래한다. 이어 짧은 피아노 간주와 더불어서 20연이 시작된다.

20연 "소름이 오싹 돌는 혼합물 속에서/ 전율스러운 덩어리로 둘둘 감은 채/ 가시 많은 가오리, 대구/ 쇠망치의 끔찍스런 흉물/ 그리고 공포감을 주는 바다의 하이에나인 상어가/ 무서운 이를 나에게 드러내면서 위협했죠"라고 노래한다. 20연에서도 바닷속의 공포와 두려움을 일으키는 상황을 이어서 젊은이가 이야기하는데, 이번에는 무섭고 끔찍스런 바닷속 여러 동물들, 그 가운데서도 상어가 무섭게 이를 드러내면서 위협하였다. 그리고 짧은 피아노의 간주가 이어지면서 21연으로 젊은이의 이야기가 넘어간다. "거기 제가 매달려 있었고 두려움에 떨면서/ 인간의 도움은 멀리 있다는 것을 느꼈죠/ 유충들 속에서 유일하게 감각을 느끼는 가슴은/ 지독한 외로움 속에서/ 사람들의 말소리의 울림 아래에서 깊이/ 슬픈 황량함의 전율을 느꼈지요"라고 노래한다. 그러니까 젊은이는 도움을 줄 인간의 손길은 아득히 멀다는 것을 의식했고 외롭고 슬픈 마음에 사로잡혀 있을 때 뭔가 사람의 소리 같은 것을 듣는 듯했다. 피아노의 짧은 간주에 이어서 22연으로 넘어가서 젊은이의 이야기는 이어진다. "두려워하면서 저는 생각했지요, 뭔가 가까이 다가오고/ 수천 개의 마디가 동시에 꿈틀거리고/ 경악의 망상에서 나를 덥석 물려고 한다고/ 산호의 움켜잡은 가지로부터 벗어나자/ 바로 포효하는 소용돌이가 저를 붙잡았지만/ 저는 무사하였고 그것은 저를 위로 솟구치게 하였죠"라고 노래한다. 여기서는 극도로 두려움에 떨고 있는 그에게 무언가가 그를 수면 위로 올려 보냈고, 소용돌이 속에 휘말린 것 같은 상황 속에서도 무사히 수면 위로 올라올 수 있었다. 더욱이 22연은 빠르고, 높고, 강한 음색으로 노래하고, 노래가 끝나면 잠시 휴지부를 두고 안도와 여유를 보여 주는 피아노의 간주가 이어진다.

23연 "그래서 왕은 놀라워하면서/ 말하기를, 잔은 너의 것이다/ 이 반지를 내가 너에게 넘기마/ 가장 귀중한 보석들로 장식된/ 넌 한 번 더 시도해서 나에게 소식을 가져와라/ 네가 바다의 가장 깊은 해저에서 무엇을 보았는지를"이라고 노래한다. 여기서는 왕이 젊은 사동의 이야기를 듣고 나서 이제 잔은 그의 것이며, 귀중한 보석들로 장식된 반지도 넘겨주면서 한 번 더 잠수해서 바다의 가장 깊은 해저에서 무엇을 보았는지를 이야기 하도록 명한다. 사동이 죽음의 바다를 헤치고 잔을 들고 살아 돌아온 것은 왕의 기대에 일치하지 않는 것이어서 왕은 다시 사동을 위험에 빠뜨리는 명령을 한 것이다. 23연 다음 피아노의 간주가 들어가고 24연으로 넘어간다. "온화한 마음을 가진 딸이 그 말을 듣고/ 듣기 좋은 말을 하는 입으로 간청한다/ 아버지는 끔찍스러운 놀이를 그만두세요/ 그는 아무도 해내지 못한 일을 했어요/ 그리고 여러분들이 마음속 욕구를 잠재우지 못한다면/ 기사들은 그 사동에게 부끄러움을 느끼게 되겠지요"라고 노래한다. 여기서는 왕의 곁에서 얘기를 들던 공주가 젊은이에게 연민을 느끼고 아버지의 끔찍스런 명령에 놀라서 제발 아버지에게 그 잔인한 놀이를 그만두도록 간청한다. 4행 다음 피아노의 간주가 들어가는데 이것은 아무도 해낼 수 없는 일을 그 젊은이가 해냈음을 강조하고 있다. 이어 5행 "그리고 여러분들이 마음의 욕구를 잠재우지 못한다면"은 반복되고 마지막 6행 "기사들은 그 사동에게 부끄러움을 느끼게 되겠지요"라고 노래한 뒤 피아노의 빠른 간주가 들어가고 25연으로 넘어간다. 더욱이 왕이 다시 잠수하여 잔을 가져오라고 요구하는 장면과 공주의 헛된 청원은 서창조로 다루어지고 있다.

25연 "그러자 왕은 잔을 재빨리 잡아서/ 소용돌이 속으로 내동댕이쳤다/ 네가 저 잔을 당장 나에게 다시 가져오너라/ 그러면 너는 나의 가장 뛰어난 기사가 된다/ 그리고 내 딸을 오늘 네 아내로 맞아 포옹하게 될 것이다/ 지금 너를 위해 부드러운 동정심을 보이고 있는 그녀를"이라고 노래한다. 25연에서는 공주의 간청에 오히려 왕은 더욱 흥분해서 잔을 바다의 소용돌이 속으로 내던지면서 젊은이에게 당장 그 잔을 가져오도록 명한다. 만약 그가 그 잔을 가져오게 되면 이제 사동이 아니라 왕의 기사가 될 뿐만 아니라 공주를 그의 아내로 주겠다고 왕이 약속하고 있다. 25연에서는 왕의 잔인하고 광분한 비이성적 태도가 극명하게 나타나고 있으며, 이 점을 25연의 노래에 이어지는 피아노의 간주가 강조하면서 26연으로 넘어간다.

26연 "그때 그 말은 거역할 수 없는 힘으로 그의 영혼을 사로잡고/ 그의 눈에선 용감함이 번뜩였다/ 그는 얼굴이 붉어진 그녀의 아름다운 모습을 본다/ 그리고 창백하고 낙담하는 그녀를 본다/ 그때 귀중한 상을 얻기 위한 충동이 그를 사로잡아/ 삶과 죽음의 기로로 뛰어내린다"라고 노래한다. 여기에서는 젊은이가 왕의 명령을 거역할 수 없는 상황에 처했고, 아름다운 공주를 아내로 얻게 되는 기회 앞에 스스로 왕의 명을 이행할 의욕과 용기가 생긴다. 그러면서 창백하고 낙담한 공주를 쳐다본 다음 그는 귀중한 상을 얻기 위해서 삶과 죽음의 갈림길로 뛰어든다. 26연 1행 "그때 그 말은 거역할 수 없는 힘으로 그의 영혼을 사로잡는다"는 말로써 그는 왕의 명령을 따를 준비가 되어 있음을 보여 주고 있다. 젊은이는 마지막 6행 "삶과 죽음의 기로로 뛰어내린다" 다음 바로 이어지는 피아노의 간주는 극적이고도 음악적인 담시의 절정을 보여 주고 있다. 이번 피아노 간주는 〈잠수부〉 전체에서 가장 극적이며 이제 곧 불행이나 재앙이 다가오고 있음을 예감케 하고 있다. 그러면서도 재앙 이후의 잔잔함 같은 분위기가 덧붙여지고 있다. 이 간주는 슈베르트의 이 담시 가곡에서 가장 길게 연주되면서 지금까지 얘기된 모든 것을 압축해서 표현하고 있다. 다시 말하면 피아노의 이 긴 간주는 담시의 절정과 파국을 동시에 보여 주는 한 편의 드라마처럼 극적이면서도 격정적이다.

마지막 27연 "사람들은 파도의 부딪치는 소리와 가라앉는 소리를 듣는다/ 우레 같은 반향이 그것을 알리고/ 사랑스런 눈길로 허리를 수그리고/ 몰려온다, 물살이 모두 몰려온다/ 그것은 쏴쏴 소리를 내면서 몰려오다가 물러난다/ 어느 물살도 그 젊은이를 다시 떠올리지 않는다"라고 노래한다. 여기에서는 사람들이 우레와 같이 거센 파도 소리를 듣고, 염려의 눈길로 허리를 수그리고 바다를 내려다보지만 소용돌이의 물살이 몰려오고 몰려가는 것을 볼 뿐이다. 이제 그 젊은이는 다시는 수면 위로 떠오르지 않는다. 나지막하고 웅얼거리는 것 같은 깊은 바다의 물결처럼 구르는 16분음표가 반향을 일으키면서 물의 찰랑거리는 소리가 높아졌다가 낮아진다. 이로써 젊은이의 비극적 죽음은 실러의 시에서는 아주 담담하고 짧게 묘사되어 있다. 이에 견주어 슈베르트는 이 비극의 절정이자 결말 부분을 반복하는데, 3행 "사랑스런 눈길로 아래를 향해 몸을 수그리고", 4행 "몰려온다, 물살이 모두 몰려온다", 5행 "그것은 쏴쏴 소리를 내면서 몰려오다가 물러난다"를 각각 반복해서 노래한다. 그리고 마지막 6행 "어느 물살도 그 젊은이를 다시 떠올리지 않는다"라고 노래하고는 피아노의 후주가 이제 모든 비극이 끝났음을 정리하듯 담시 가곡을 마감하고 있다. 이미 슈베르트는 〈마왕〉에서 반복하였던 마지막 효과를 노리면서 서창조의 비극적 요점을 강조하고 있다.

실러의 이 담시 가곡은 슈베르트가 심혈을 기울였던 서정적 리트와는 크게 다른데, 슈베르트는 이 가곡으로 서정적, 낭만적 가곡의 특성이 아니라 일종의 극시 가곡을 만들었다. 그러니까 극적 줄거리와 내용, 반전과 절정, 비극적 결말이 들어 있는 극적 요소를 지닌 음악적 해석을 하고 있다.

3) 〈알프스 사냥꾼〉

슈베르트는 실러의 8연 6행시 〈알프스 사냥꾼Der Alpenjäger〉(SG, 272~3) 개정 시에 1817년 곡을 붙였으며, 이 시에는 라이하르트도 곡을 붙였다. 슈베르트의 가곡 〈알프스 사냥꾼〉(D. 588)은 피아노의 낭만적 서주를 시작으로 중세음악처럼 가벼운 바이브레이션으로 노래한다. 1연에서 3연까지는 유절가곡으로써 제1부를 구성하고, 4연에서 6연은 또 다른 멜로디의 유절가곡으로써 제2부를 구성하고, 나머지 7연과 8연은 서로 다른 멜로디로써 제3부를 구성하고 있다.

제1부의 1연에서 3연은 어머니와 아들의 대화이며, 1연 1행에서 4행까지는 느리고 부드럽게 노래하다가 5행과 6행에서 사냥꾼이 어머니에게 산으로 떠나도록 허락을 구하는 부분에서는 노래의 톤이 완전히 바뀌어 강하고 빠르게 간청하는 노래가 이어진다. 1행에서 4행 "너는 어린 양을 보호하지 않으려는가?/ 어린 양은 아주 경건하고 온순하다/ 풀의 꽃들을 먹고/ 시냇가에서 놀면서"라고 노래한다. 여기서는 사냥꾼의 어머니가 사냥꾼에게 경건하고 온순하며, 풀잎이나 뜯어 먹고 시냇가에서 노는 어린 양을 왜 보호하려 하지 않는지에 대한 의구심을 드러내고 있다. 이어 피아노의 부드러운 간주가 나온 다음 5행과 6행 "어머니, 어머니 저를 가게 해 주세요/ 산 정상으로 사냥하러"는 젊은 사냥꾼의 간절한 마음을 드러내듯 빠르게 노래한다. 또 6행은 반복해서 노래하는데, 이것은 사냥하러 가려는 젊은이의 다급한 마음을 강조하고 있다. 이어 피아노의 빠르고 격정적인 간주가 나온다.

2연은 다시 1연처럼 1행에서 4행, 5행과 6행이 두 부분으로 나뉘어서 서로 대비적 톤으로 노래한다. "너는 동물 무리를 유혹하지 않으려나/ 호른의 쾌활한 울림으로?/ 종소리는 사랑스럽게 울려 퍼지고/ 숲의 즐거운 노래 속으로"라고 노래한다. 어머니는 사냥꾼에게 호른의 울림으로 동물들을 즐겁게 유혹하고, 종소리가 숲에 평화롭게 울려 퍼지게 하라고 이른다. 이 장면은 4행 다음의 피아노의 부드러운 간주로 어머니의 바람이 평화롭게 연상된다. 이어 5행과 6행 "어머니, 어머니 저를 가게 해 주세요/ 거친 산 정상에서 배회하러"를 사냥꾼이 빠르게 노래한다. 6행은 반복하여 노래한 뒤 이어 피아노의 빠르고 격정적인 간주가 사냥을 허락해 달라는 사냥꾼의 초조한 마음을 강조하고 있다. 3연에서도 어머니가 사냥꾼에게 "넌 꽃들을 기다리지 않으려나/ 풀밭에 다정하게 피어 있는?/ 밖에 있는 어느 정원도 너를 초대하지 않는다/ 거친 산 정상에선 거친 것만이 있다"라고 노래한다. 그러니까 어머니는 아들 사냥꾼에게 풀밭에 꽃들이 다정하게 피는 것을 기다리고, 아무도 초대하지 않는 정원이나 거친 산 정상으로 사냥을 가지 말도록 여전히 만류하고 있다. 어머니의 온건한 만류를 반영하듯 피아노의 간주가 부드럽게 들어간 다음 5행과 6행에서 사냥꾼은 "꽃들을 내버려 둬요, 꽃이 피도록 내버려 둬요/ 어머니, 어머니 저를 가게 내버려 두세요"라고 모든 만류와 권고를 뿌리치고 초지일관 사냥을 떠나도록 허락을 촉구하고 있다. 그리고 6행은 반복하여 노래한 다음 피아노의 빠르고 격정적인 간주가 사냥꾼의 사냥을 떠나고자 하는 집념을 드라마틱하게 보여 주고 있다.

제2부의 4연에서 6연까지 역시 유절가곡으로 되어 있다. 그러나 이번에는 전체적으로 빠르게 노래하면서 사냥꾼과 그에게 쫓기는 가젤을 묘사하고 있다. 6행으로 되어 있는 4연은 "마침내 소년은 사냥하러 갔다/ 이리저리 뛰어다니면서 사냥에 몰두한다/ 쉼 없이

맹목적 욕구로 줄곧 움직인다/ 산의 그늘진 곳에서/ 그의 앞에는 바람이 빠르게 불고/ 덜덜 떠는 가젤은 도망간다"라고 노래한다. 4연에서는 사냥꾼이 산에서 사냥에 몰두하고, 바람은 심하게 불고, 사냥꾼에 쫓기는 가젤이 떨면서 도망치는 모습을 노래하고 있다. 이어서 피아노의 빠른 간주는 가젤이 사냥꾼을 피해 도망치는 모습을 연상시키고 있다.

5연에서는 "바위들의 매끈한 늑골 위로/ 가젤은 가벼운 동작으로 기어오르고/ 쪼개진 벼랑의 균열을 지나/ 용감한 비약이 가젤을 움직이지만/ 잘못해서 더 뒤로 물러났고/ 사냥꾼은 죽음의 화살을 가지고 뒤쫓는다"라고 노래한다. 여기서는 가젤은 바위 위로 도망갔으나 벼랑의 균열을 발견하였고, 그의 뒤에는 사냥꾼의 화살이 노리고 있다. 이어 피아노의 빠른 간주가 가젤에게 닥친 위협의 상황을 강조하고 있다. 6연은 "이제 날카로운 모서리 위에/ 가젤이 매달려 있는데, 가장 높은 산마루 위에/ 바위들이 가파르게 가라앉는 곳에/ 그리고 오솔길은 사라졌다/ 가파른 산이 그 아래로 있고/ 뒤에는 적이 가까이 있다"고 노래한다. 그러니까 가젤은 위험을 피해서 도망쳤으나 산의 가장 높은 곳에 위험스럽게 서 있고, 그리고 이제 오솔길은 사라졌으며, 오직 그가 서 있는 아래로 가파른 바위들이 솟아나 있다. 또 그의 뒤에는 사냥꾼이 있는 사면초가의 가젤 상황을 묘사하고 있다. 이어 피아노의 빠른 간주가 가젤의 극도로 위험한 상황을 강조하고 있다. 이렇게 4연에서 6연은 같은 유절가곡으로 가젤이 사냥꾼에게 쫓기고 이제는 더 피할 곳도 없는 상황을 노래한 것이다.

제3부의 7연의 1행에서 4행 "한탄의 말 없는 시선으로/ 가젤은 단호한 남자에게 간청한다/ 헛되이 간청한다, 왜냐하면 활시위를

당길 준비가 되어 있기 때문에/ 그는 이미 화살을 얹어 놓았다"고
노래한다. 여기선 가젤이 사냥꾼에게 화살을 쏘지 말도록 간청하
는 눈빛을 보내지만, 사냥꾼은 이에 아랑곳하지 않고 이미 가젤에
게 화살을 쏠 준비가 끝났다. 5행과 6행은 피아노의 반주가 극도로
자제된 채 서창조의 노래가 나온다. "그때 갑자기 바위 틈새로/ 산
의 노인인 혼령이 모습을 드러낸다"고 노래하는데, 여기서는 가젤
의 피할 수 없는 위기 순간에 산신령이 나타나는 모습을 서창조로
느리게 노래하면서 노래의 톤이 완전히 바뀌고 있다. 그리고 피아
노의 간주 없이 바로 8연으로 넘어간다.

8연은 전체적으로 서창조로 노래한다. 1행과 2행은 "신의 손
길로/ 그는 고통받는 동물을 보호한다"라고 산신령이 서창조로
노래하고 있다. 그러니까 산에 사는 동물들은 신의 손길로 어루
만져지고 보호받는 존재이다. 3행과 4행에서는 산신령이 사냥꾼
에게 꾸짖는 내용으로서 "너는 죽음과 비탄을 전하도록 해야만
하느냐/ 내게 전해질 때까지 그는 소리를 친다"를 역시 서창조로
노래한다. 여기서 산신령은 가젤이 죽음의 위협을 알리는 비탄을
그에게 보낼 수밖에 없는 상황을 사냥꾼이 만든 것에 대해서 그
를 꾸짖는다. 그러나 산신령은 혹독한 비난의 톤으로 노래하기보
다는 오히려 여전히 당당한 서창조의 톤으로 단호한 경고의 뜻을
보내고 있다. 이어 5행과 6행 "이 대지는 모두를 위한 공간이다/
왜 너는 내 동물들을 박해하는가?"라고 사냥꾼을 꾸짖는 산신령
의 서창조 노래이다. 그리고 6행은 "왜 너는 내 동물들을 박해하
는가?"는 반복되는데, 여기서도 흥미롭게 산신령은 혹독한 꾸짖
음이 아니라 타이르듯 부드럽게 노래한다. 이어 피아노의 후주는
느리고 짧고 잔잔하게 연주하면서 곡을 마감한다. 더욱이 7연과

8연에서 산신령의 꾸짖음 앞에 아무 말도 하지 못하는 사냥꾼의 모습이 두드러지고 있으며, 아울러 산신령의 부드러우면서도 단호한 꾸짖음도 돋보이고 있다.

4) 〈헥토르의 이별〉

슈베르트는 실러의 4연 6행시 〈헥토르의 이별Hektors Abschied〉 (SG, 133)에 1815년 곡을 붙였고, 이 시에는 슈베르트만 곡을 붙였다. 슈베르트의 〈헥토르의 이별〉(D. 312b)은 헥토르와 그의 아내 안드로마케의 대화 내용으로 그에 걸맞게 그들은 서로 다른 톤으로 노래한다. "안드로마케는 이탈리아풍의 낮은 단조로 한탄하고"(RL, 183), 헥토르는 호전적이고 당당한 행진곡풍의 리듬과 톤으로 반응한다. 그러니까 1연과 3연에서 안드로마케는 시종일관 헥토르에게 닥칠 위험을 염려해서 노래하는 데 견주어, 2연과 4연에서 헥토르는 마지막까지 아내를 위로하면서 당당하게 노래하고 있다.

피아노의 애잔한 짧은 서주를 시작으로 1연 안드로마케의 노래가 나온다. 1행에서 3행 "헥토르는 영원히 나로부터 멀어지게 되는가/ 접근하기 어려운 손을 가진 아킬레우스가/ 파트로클루스에게 끔찍스런 희생을 가져오는 곳에서?"를 노래한다. 이어 피아노의 잔잔한 간주가 나온다. 헥토르의 아내인 안드로마케는 헥토르의 손에 죽은 아킬레스의 친구 파트로클루스의 죽음에 대해 아킬레스가 복수하려는 것을 알고 있고, 마침내 그의 손에 헥토르가 죽을 수 있다는 것을 예감하고 있는 것이다. 4행에서 6행 "누가 앞으로 그대의 아이들을 가르칠 것인가/ 창을 던지고 신들을 경배하는 것을/ 어두운 하데스 신이 그대를 삼켜 버리면?"이라고 노래한다. 더욱이 6행 "어두운 하데스 신이 그대를 삼켜 버리면?"을 반복해

서 노래함으로써 헥토르의 죽음에 대한 그녀의 두려움이 강조되고
있다. 그녀는 헥토르가 죽고 나면 누가 그들의 아이들에게 창을 던
지는 법과 신을 경배하는 것을 가르칠지 비탄에 잠겨서 노래한다.
이어 피아노의 간주가 애잔하게 연주되다가 갑자기 강한 스타카토
로 바뀌면서 2연으로 넘어간다.

2연은 헥토르의 노래로서 그가 아내를 위로하면서 당당하게 부
르는 노래이다. 1행 "귀한 아내여, 그대의 눈물을 보이지 마라"라
고 서창조로 노래가 시작되면서 2행부터 6행 "전쟁터는 내가 열심
히 동경하는 곳이고/ 팔이 페르가무스를 지킬 것이다/ 성스런 신
들을 위해 투쟁하면서/ 내가 쓰러지고 그러면 조국의 구원자로서/
난 저승의 강물로 내려간다"라고 당당하게 노래한다. 헥토르는 전
쟁과 죽음을 두려워하지 않을 뿐만 아니라 신과 조국을 지키다 전
사하는 것은 영웅다운 행동이라고 여기고 있다. 그래서 아주 당당
하게 아내에게 위로와 더불어 슬픔을 이겨 내도록 격려하고 있다.
이러한 헥토르의 마음을 슈베르트는 2연을 반복하여 노래함으로써
그의 의연함을 강조한다. 그리고 6행은 다시 반복해서 노래한 뒤
피아노의 간주 없이 바로 3연 안드로마케의 노래로 넘어간다.

3연에서 헥토르의 아내는 남편의 위로에도 아랑곳하지 않고 "난
그대의 무기가 울리는 소리에 결코 귀 기울이지 않을 거예요/ 홀
안에서 무기의 철은 게으르게 누워 있고/ 프리암의 위대한 영웅 가
문은 망하게 되지요/ 낮이 더 이상 비치지 않는 곳으로 그대는 가
겠지요/ 사막들을 지나가는 강 코치투스는 눈물을 흘리고/ 레테 강
에서 그대의 사랑도 죽겠지요"라고 노래한다. 그리고 6행 "레테 강
에서 그대의 사랑도 죽겠지요"는 반복된다. 여기서 안드로마케는
헥토르가 죽고 나면 위대한 영웅의 가문도 몰락하게 되고 그의 죽

음과 더불어 그들의 사랑도 함께 죽게 될 것임을 헥토르에게 말하고 있다. 이에 대한 헥토르의 응답은 피아노의 간주 없이 바로 4연에서 노래되고 있다.

4연의 1행에서 3행까지에서 헥토르는 "내 모든 동경, 내 모든 생각을/ 레테 강의 고요한 흐름 속에 잠기게 할 것이오/ 그러나 내 사랑은 아니오"라고 노래하는데, 3행 "그러나 내 사랑은 아니오"는 반복 노래하고 피아노의 간주가 들어간다. 이 간주는 아내에 대한 그의 사랑은 죽지 않는다는 것을 강조하고 있다. 4행에서 6행 "들으시오, 거친 자는 성벽 곁에서 미쳐 날뛰니/ 내 칼을 혁대에 매라, 슬픔은 놔둔 채/ 헥토르의 사랑은 레테의 강에서 죽지 않는다"라고 노래한다. 결전을 앞둔 헥토르는 싸울 준비를 하면서 그의 사랑은 결코 죽지 않는다는 점을 강조하고 있다. 그래서 5행의 일부 "슬픔은 놔둔 채"와 6행 "헥토르의 사랑은 레테의 강에서 죽지 않는다"를 반복 노래하고, 다시 "레테의 강에서 죽지 않는다"를 아주 느리게 반복 또 재반복하며 노래한다. 그리고는 피아노의 빠르고 극적인 후주가 곡을 마감한다. 그러니까 슈베르트의 〈헥토르의 이별〉에서는 더욱이 헥토르가 자신의 아내에 대한 사랑은 영원하기를 바라는 염원을 강하게 보이고 있다.

5) 〈시냇가의 젊은이〉

슈베르트는 실러의 4연 8행시 〈시냇가의 젊은이Der Jüngling am Bache〉(SG, 274)에 세 가지 버전으로 곡을 붙였고, 이 시에는 슈베르트 이외에 라이하르트를 포함해서 6명의 작곡가가 곡을 붙였다. 여기서는 슈베르트의 세 번째 버전 〈시냇가의 젊은이〉(D. 638)를 중심으로 첫 번째와 두 번째 버전을 비교 분석하고 있다. 슈베르트의 이 가곡은 유절가곡으로 되어 있으며 피아노의 부드럽고 낭만적인 서주로 곡이 시작되고 있다. 이 서주의 주 모티브는 간주와 후주에서도 그대로 쓰이고 있다. 노랫말은 전체적으로 부드럽고, 낭만적으로 불린다. 이 시는 유일하게 1연의 1행에서 4행까지는 서정적 자아의 묘사로서, 소년이 샘물가에서 꽃다발을 만들고 있고, 그가 감동해서 꽃들을 쳐다본다고 서술하고 있다. 그 다음 5행에서 8행은 바로 소년의 자아로 넘어가서 1인칭의 나로 전개되고 있으며, 이후 2연에서 4연까지는 소년의 관점에서 묘사되고 있다.

　슈베르트의 가곡에서 1연의 1행에서 4행 "샘가에 그 소년이 앉아 있었다/ 그는 꽃으로 꽃다발을 만들고 있었다/ 그리고 감동해서 꽃들을 쳐다보았다/ 물결들의 춤 속으로 빠져드는 것을"이라고 노래하는데, 이 부분은 서정적 자아가 그의 관점에서 객관적으로 소년이 하는 일을 묘사하고 있다. 다음 5행부터는 소년의 관점에서 묘사되고 있는데, 그는 "나의 하루하루는 이렇게 달아나는구나/ 샘물이 쉼 없이 흘러가듯/ 그리고 내 젊음이 이렇게 시드는구나/ 마치 꽃다발이 빨리 시들듯"이라고 노래한다. 그러니까 1연에서는 젊은이가 샘물가에서 앉아서 꽃다발을 만들고, 그것은 샘물의 물결에 비치는데, 이런 샘에 이는 물결을 보다가 불현듯 그의 나날들이 샘처럼 쉼 없이 흘러가 버리고, 꽃다발의 꽃처럼 빨리 시들어가는 존재임을 인식한다. 2행 "그는 꽃다발을 만들고 있었다", 4행 "물결들의 춤 속으로 빠져드는 것을", 마지막 8행 "마치 꽃다발이 시들듯"은 반복 노래된다. 이제 젊은이는 시간이 매우 빨리 흘러가고, 젊음도 꽃처럼 덧없이 시든다는 인식을 하게 되는 것이다. 이어 피아노의 부드러운 간주가 서주의 주 모티브를 반복해서 연주한 뒤 2연으로 넘어간다.

2연은 1연과 같은 멜로디로 되어 있고, "왜 내가 슬퍼하는지 묻지 마라/ 삶의 절정기에서/ 모든 것이 기뻐하고 희망을 품는다/ 봄이 다시 오면/ 그런데 수천의 목소리들은/ 막 깨어난 자연의/ 가슴 깊은 곳에서 일깨운다/ 나의 극심한 근심을"이라고 노래한다. 2연에서는 삶의 절정기에 있는 젊은이가 슬픔을 느끼는데, 봄이 오면 자연의 수천 개의 목소리가 기쁨과 희망을 일깨우는 것이 아니라 오히려 가슴 속 깊은 곳에서 근심을 일깨운다. 1연에서와 마찬가지로 2연의 2행 "삶의 절정기에서", 4행 "봄이 다시 오면"과 마지막 8행 "나의 극심한 근심을"은 반복된다. 이후 피아노의 간주가 들어가고 3연으로 넘어간다. 3연은 "무엇이 나로 하여금 기쁨을 경건히 칭송하게 하는가/ 이 아름다운 봄이 내게 인사하는가?/ 하지만 내가 찾는 것은 딱 하나다/ 그녀는 가까이 있고 또한 영원히 멀리 있다/ 동경에 차서 나는 팔을 내뻗는다/ 고귀한 그림자 형상을 향해서/ 아, 난 그것에 다다를 수가 없구나/ 그래서 마음은 요동치는구나"를 노래한다. 여기서는 아름다운 봄에 그 젊은이는 봄을 칭송하고 봄 또한 그에 반응하지만 그가 찾는 것은 오직 그가 사랑하는 사람이다. 그러나 연인은 고귀한 그림자 형상으로서 늘 가까이 있으면서 동시에 영원히 멀리 있어서 도저히 다다를 수가 없기 때문에 내면의 갈등을 겪고 있다. 그리고 3연의 2행, 4행과 마지막 8행은 반복된 뒤 피아노의 간주가 들어간다.

4연은 "그대 아름답고 성스러운 이여, 내려오라/ 그대의 자랑스런 성을 떠나라/ 봄이 낳은 꽃들이여/ 난 그대의 품속으로 풀썩 안긴다/ 들어라, 황야가 노래로 울려 퍼지고 있다/ 그리고 샘이 맑게 찰랑거린다/ 가장 작은 오두막에서 그 공간은/ 행복하고 사랑하는 부부를 위한 곳이다"를 노래한다. 여기서는 젊은이가 연인에게 지

상으로 내려오라고 권유하면서 봄의 꽃들 속으로 안기고, 황야에
는 노래가 퍼지고 샘이 찰랑거리는 소리도 듣게 되는데, 무엇보다
도 사랑하는 사람들에게는 작은 오두막보다 더 좋은 공간이 없다
고 생각한다. 2행, 4행과 마지막 행은 반복된 다음 피아노의 후주
가 서주와 같은 멜로디로 곡을 마감하고 있다.

한편, 슈베르트의 첫 번째 버전 〈시냇가의 젊은이〉(D. 30)에서는
피아노의 서주 없이 바로 노랫말이 시작되고, 1연이 끝난 뒤 마지
막 7행과 8행이 반복된다. 그리고는 피아노의 높고 아름다우면서
도 다소 격정적인 간주가 나온다. 더욱이 2연에서는 유일한 단어
반복이 3행 첫 단어 "모든 것"이 반복되고, 4행 "봄이 다시 오면"
다음에 피아노의 빠르고 해맑은 간주가 들어 있고, 7행과 8행 "가
슴 깊은 곳에서 일깨운다/ 나의 극심한 근심을"은 서창조로 노래
부른다. 2연이 끝나면 피아노의 무겁고 느린 간주가 이어진다. 3연
에서는 3연의 전체 노래가 끝나면 다시 8행 "그래서 마음이 요동치
는구나"와 7행 "아, 난 그것에 다다를 수가 없구나"의 순서로 노래
가 반복된다. 이 반복에서는 격정적으로 노래되는데, 이것은 연인
의 실제 모습이 아니라 그림자 형상으로 그에게 다가오기 때문에,
곧 실제로는 도달할 수 없는 존재이기 때문에 마음이 크게 흔들릴
수밖에 없는 점을 부각하고 있다. 이어 피아노의 빠르고 맑고 아름
다운 간주가 나온다. 이 간주는 4연의 내용을 미리 암시하는 분위
기를 지니고 있다. 4연은 전체적으로 부드럽게 노래 부르고, 피아
노의 짧은 후주로 곡이 끝난다.

또 슈베르트의 두 번째 버전 〈시냇가의 젊은이〉(D. 192)는 세 번
째 버전과 마찬가지로 피아노의 서주가 들어 있다. 이번에는 피아
노의 느린 서주로 곡이 시작되다가 노랫말은 빠르고 다소 격정적

으로 노래 부른다. 1연의 노랫말이 끝난 다음, 피아노의 간주는 부
드럽게 연주된다. 2연의 경우에는 더욱이 7행 "가슴 깊은 곳에서
일깨운다"는 서창조로 노래하고 있다. 2연의 노랫말 다음, 피아노
의 무겁고 느린 간주가 들어 있다. 3연의 경우에도 노랫말이 끝나
면 피아노의 잔잔한 간주가 들어 있다. 4연에서는 5행 "들어라, 황
야에 노래가 울려 퍼지는 것을"에서 아주 부드럽게 노래한다. 4연
전체 노랫말이 끝나면 피아노의 잔잔한 후주로 곡을 마감한다. 이
렇게 슈베르트의 세 가지 버전은 노랫말의 뜻에 따라 강조할 점을
달리 하면서 변화를 주고 있음을 알 수 있다.

6) 〈테클라〉

슈베르트는 실러의 6연 4행시 〈테클라, 유령의 목소리Thekla,
Eine Geisterstimme〉(SG, 156)에 세 가지 버전으로 곡을 붙였고, 슈베
르트 이외에 3명의 작곡가가 곡을 붙였다. 여기서는 두 번째 버전
2를 중심으로 미완성으로 끝난 두 번째 버전 1과 첫 번째 버전을
비교 분석하고 있다.

슈베르트의 〈테클라〉 두 번째 버전 2(D. 595/2)은 피아노의 서
주, 간주, 후주가 들어가 있는 유절가곡이다. 노랫말은 전체적으로
부드럽고 애잔하다. 1연 "난 어디에 있고 어디로 향하고 있나/ 내
스쳐 지나가는 그림자가 그대에게서 사라질 때?/ 난 결심하고 끝
내지 않았나/ 난 사랑을 하면서 살지 않았나?"라고 노래한 뒤 피아
노의 잔잔한 간주가 이어진다. 그러니까 테클라는 사랑을 잃고 나
서 자신이 어디에 있으며 어디로 가야 할지 헤매고 있다. 2연 "넌
나이팅게일들에 대해서 묻고자 하는가/ 영혼에 가득 찬 멜로디로/
봄날에 널 유혹했던 새들/ 그들은 그렇게 오랫동안 사랑했고, 그랬

다"고 노래한 다음 피아노의 잔잔한 간주가 들어간다. 그러니까 나이팅게일들은 봄날 영혼에 호소하는 멜로디를 부르면서 유혹했고, 그들은 서로 오랫동안 사랑했는데 이제 그 새들이 궁금해진다. 3연 "내가 잃어버린 사람을 발견했나?/ 믿어다오, 난 그와 하나다/ 더 이상 이별이 없는 곳, 인연을 묶어 주는 곳/ 거기에선 눈물을 흘릴 일이 없을 것이다"를 노래하고 피아노의 간주가 들어간다. 여기서는 테클라가 자신과 연인은 하나이며, 더 이상 이별이 없는 곳에서는 슬픔도 없다고 여긴다.

　4연 "너는 거기서 우리를 다시 발견하게 될 것이다/ 네 사랑이 우리의 사랑과 같을 때/ 거기에선 아버지도 죄로부터 자유로워지고/ 잔인한 살인은 더 이상 아버지에게 도달하지 않는다"고 노래하고 이어 피아노의 간주가 들어간다. 그러니까 인연으로 묶이고 이별이 없는 그곳에서 테클라는 자신과 연인 막스를 발견하게 될 것이고 여기에서는 아버지도 죄로부터 자유로워지며 더 이상 잔인한 살인도 저지르지 않게 된다. 5연 "그리고 아버지는 어떤 망상도 그를 속일 수 없다고 느낀다/ 아버지가 별들을 쳐다보았을 때는/ 누구나 곰곰 생각하듯 그도 그러할 것이기 때문이다/ 그걸 믿는 사람에게는 성스러움이 가까이 있다"고 노래한 뒤 피아노의 간주가 들어간다. 그러니까 아버지는 어떤 망상에도 휘둘리지 않은 채 하늘에 뜬 별들을 쳐다볼 때면 성스러움이 가까이 있다고 느낀다. 그리고 마지막 6연 "말은 각 공간들에서/ 아름다운 믿음이 있는 감정에서 유지된다/ 너, 헤매고 꿈꾸어라/ 높은 감각은 종종 순진한 놀이 속에 있다"라고 노래한다. 그러니까 말은 아름다운 믿음 속에서 유지되고 수준 높은 감각은 종종 순진한 놀이에 섞여 있다. 노랫말이 끝나면 피아노의 잔잔하고 느리고 조용한 후주가 곡을 마감한다.

이 두 번째 버전 2와는 달리, 〈테클라〉 두 번째 버전 1은 시의 1
연과 2연만으로 되어 있고, 유절가곡으로 피아노의 서주는 없으나
간주와 후주가 들어간 짧은 가곡으로 만들어졌다. 이 곡은 전체적
으로 애잔하고 부드럽게 노래 부르는데, 1연에서 테클라는 연인과
헤어져 그림자처럼 그냥 그의 곁을 스쳐 지나갈 때 그녀는 어디에
있는 것이고 어디로 향하는 것인지 자문한다. 노랫말이 끝나면 피
아노의 부드러운 간주가 들어간다. 2연에서는 영혼에 호소하는 멜
로디로 노래하는 나이팅게일은 봄에 유난히 유혹적인데, 그 새들
은 서로 오래 사랑했다고 노래한다. 그리고는 피아노의 부드러운
후주가 곡을 마감하고 있다. 이 곡은 두 번째 버전 2에서 그대로
수용되어 전체 6연으로 다시 개작된 것이다.

〈테클라〉의 첫 번째 버전(D. 73)은 피아노의 서주, 간주, 후주
없이 간단하게 노랫말 중심으로 곡이 붙여졌다. 이 가곡의 1연과
2연의 노랫말은 앞에서 설명한 것과 같으며, 3연에서는 그녀가
잃어버린 사람을 발견했는지를 물으면서 그녀와 사랑하는 사람은
하나이고, 이제 이별이 없는 곳에선 눈물도 흘릴 일이 없을 것이
라고 노래한다. 4연에서는 다른 사람이 테클라와 같은 사랑을 느
끼게 되면 그곳에서 그녀와 막스를 발견하게 될 것이고, 아버지
도 그곳에선 죄로부터 자유로워지며 어떤 살인도 범하지 않게 된
다고 노래한다. 더욱이 4행의 "잔인한 살인"은 서창조로 노래부
르는 것을 제외하고는 전체적으로 테클라가 애잔하게 노래한다.
5연에서는 아버지가 하늘의 별들을 쳐다볼 때면 어떤 망상에도
현혹되지 않으며, 누구나 그러하듯 아버지도 사려 깊게 생각하게
되고, 그러면 성스러움이 그의 가까이에 있게 된다고 노래한다.
6연에서는 말이라는 것은 아름다운 믿음을 지닌 모든 감정에 유

효하며 높은 감각은 아이 같은 순진함 속에 있다고 노래한다. 전체적으로 담백하고 단순하면서도 애잔한 느낌의 노래로 시의 뜻을 강조하고 있다.

지금까지 살펴본 슈베르트의 실러의 가곡들에서 더욱이 눈에 띄는 점은 슈베르트가 실러의 시 한편에 여러 차례 곡을 붙였으며, 곡이 붙여진 가곡들의 경우 나름대로 변용을 하고 있지만 시의 뜻을 극대화하는 방향에서 이뤄지고 있다는 것이다. 예를 들면 피아노의 기능이 대체로 자제되면서 노랫말의 뜻을 강화하는 구실을 할 뿐 노랫말과 대등한 몫을 하고 있지 않다는 것을 볼 수 있다. 이것은 실러의 시가 지닌 진지한 뜻을 극대화해서 음악적으로 해석할 때 주로 성악가의 노랫말 해석에 치중해서 곡을 붙이고 있다고 볼 수 있다. 또한 실러 시에 많은 곡을 붙인 슈베르트로서도 그의 시를 음악적으로 해석하는 일이 쉽지 않았음을 반증하는 예이기도 하다.

4.5 리스트의 실러-가곡들

4.5.1 리스트의 가곡 세계

프란츠 리스트Franz Liszt(1811~1886)는 1811년 10월 22일 오늘날 오스트리아의 라이딩Raiding에서 출생하였고, 1886년 7월 31일 바이로이트Bayreuth에서 사망했다.[88] 리스트는 작곡가, 피아니스트, 음악 교육자, 지휘자 등으로 활약했고 더욱이 피아노 연주와 작곡

---

88) 오늘날 오스트리아의 라이딩은 아이젠슈타트에서 남쪽으로 35km 떨어져 있으며, 1821년까지는 헝가리에 속해 있었다.

에서 탁월한 능력을 보였다. 리스트는 독일 예술가곡의 발전 과정
에서 다소 예외적 존재였는데, 그는 슈베르트의 가곡에 크게 감동
받아서 그의 가곡들을 피아노로 편곡하여 유럽의 청중들에게 널리
알렸다. 가곡뿐만 아니라 여러 작곡가들의 음악을 피아노로 편곡
하여 여러 번의 유럽 순회 연주 때 직접 피아노로 연주하거나 지휘
하기도 하였다.

　리스트는 80편 이상의 가곡을 작곡했는데, 그 가운데 많은 시
들은 슈베르트와 베토벤의 경우처럼 여러 차례 곡이 붙여졌다. 그
는 주로 독일의 시인들 괴테, 실러, 울란트, 뤼케르트, 하이네, 레
나우, 헵벨, 가이벨 등의 시에 곡을 붙였으며, 그 밖에도 유럽의 여
러 시인들의 작품들, 예를 들면 프랑스의 빅토르 위고Victor Hugo
와 알렉상드르 뒤마Alexandre Dumas, 이탈리아의 페트라르카Francesco
Petrarca, 영국의 테니슨Alfred Tennyson 등의 작품에 곡을 붙였다. 리
스트는 다른 가곡 작곡가들에 견주어 일찍부터 세계주의적 음악가
가 될 수 있었는데, 이것은 그의 환경과 밀접한 연관이 있었다. 그
런데 리스트는 슈만과는 달리 문학적 관심에서 텍스트를 선별한
것이 아니라 슈베르트와 모차르트처럼 스스로 감동을 받은 텍스트
에 곡을 붙였다. 그는 예술적 인상이 자신의 감정과 경험에 일치하
는 텍스트에 곡을 붙였으며, "그의 가곡들의 많은 작품들은 다른
시인의 언어를 빌린 자신의 고백들"(RL, 389)에 다름 아니었다. 그
는 우아하고, 황홀하고 몽상적인 사랑 노래들에서 그리고 정신적,
신비적 경건함으로 가득 찬 노래들 속에서 가장 개인적인 것을 표
현하였다. 그리고 근원적이고 가장 단순한 리스트의 가곡 형식들
은 괴테의 〈나그네의 밤 노래들〉에 잘 나타나 있다.

　리스트는 모차르트와 베토벤 및 다른 음악가들처럼 일찍 음악적

재능이 나타났는데, 그의 아버지가 가장 먼저 그의 재능을 알아보았다. 아버지 아담 리스트Adam Liszt 역시 젊은 시절부터 음악에 조예가 깊었고 에스테르하지Nikolaus II. Esterházy 제후의 여름 오케스트라에서 첼로를 연주하기도 했다. 그는 신학과 철학 공부를 중단한 뒤 에스테르하지 궁정의 행정 관료가 되었으며, 도나우 강변 크렘스Krems 출신의 평범한 가정의 딸인 안나 라거Maria Anna Lager와 1811년 1월 재혼했으며 이들 사이에서 유일한 자녀 프란츠 리스트가 태어났다. 가정에서 그의 모국어는 독일어였고 헝가리의 서쪽 지역에서는 그 당시 예외적인 일이 아니었다.[89] 리스트는 1820년대 초에 프랑스어를 배우기 시작했고 그가 즐겨 사용하는 언어가 되었다. 그는 프랑스를 자신의 정신적 모국이라 여겼고 1870년대에 이르러서야 헝가리어를 배우려고 노력했다. 리스트가 독일어와 프랑스어 환경에서 성장했기 때문에 헝가리어 구사에는 어려움이 있었지만 나중에는 자신의 정체성과 국적은 헝가리이며, 공개적으로 자신을 헝가리인이라 밝히기도 했다.

리스트는 9세 때인 1820년 10월 처음으로 외덴부르크Ödenburg에서 첫 피아노 연주를 하였다. 그의 연주는 연주회에 참석한 이 지역 수많은 귀족들과 예술을 사랑하는 청중을 사로잡았고, 헝가리의 한 귀족 그룹은 어린 프란츠에게 6년 동안 장학금을 지불하겠다고 약속하였다(ML, 12). 이에 자극을 받은 아버지는 아들의 탁월한 능력을 뒷받침해 줄 음악 교육을 위해서 마치 모차르트의 아버지처럼 모든 것을 걸었다. 그런데 피아니스트의 길이 일찍 정해진 것은 리스트에게 일반교양 교육의 결핍을 뜻하는 것이

---

89) Barbara Meier: Franz Liszt, Reinbek bei Hamburg 2008, 10쪽 참조. 이하 (ML, 쪽수)로 표기함.

었고 이것은 그에게 평생 약점이 되기도 하였다. 한편, 아버지 아
담은 빈에서 아들이 수준 높은 음악 교육을 받는 데 필요한 비용
을 충당하려고 가진 재산을 팔았고 아들 교육을 위해서 무보수의
휴가를 얻어서 1822년 5월 8일 온 가족이 베토벤과 슈베르트의
도시 빈으로 갔다. 그곳에서 리스트는 카를 체르니로부터 피아노
교육을 받았고, 1822년 8월부터는 안토니오 살리에리에게서 작
곡을 배웠다. 당시 카를 체르니는 무치오 클레멘티Muzio Clementi,
요한 훔멜, 페르디난트 리스Ferdinand Ries와 이그나츠 모셸레스Ignaz
Moscheles와 함께 빈의 가장 탁월한 피아니스트였다. 당시 70세가
넘은 궁정음악 감독 살리에리는 리스트에게 화성론, 대위법 등
작곡에 필요한 교육을 하였다. 살리에리의 제자로는 베토벤, 슈
베르트, 훔멜, 모셸레스, 마이어베어 등이 있다.

리스트가 빈에 도착한 뒤 1822년 12월 1일 처음으로 한 성악
가와 바이올린 주자와 함께 무대에 섰다. 더욱이 훔멜의 피아노
협주곡 85번 연주는 당시 빈의 음악 신문과 라이프치히 음악 신
문으로부터 큰 호평을 받았다. 리스트의 아버지는 2년 더 그의
휴가를 연장하고자 했으나 여의치 않자 에스테르하지 제후에게
사표를 제출하였고, 이후 아담 리스트는 체르니의 반대에도 아
랑곳하지 않고 프란츠를 당시 유럽에서 가장 유명한 파리의 음악
학교에 입학시키기 위해서 온 가족을 데리고 1823년 9월 20일
빈을 떠나 파리로 간다. 파리로 가는 도중 뮌헨, 아우크스부르크,
슈투트가르트와 슈트라스부르크에서 연주하고자 잠시 체류했었
고, 1823년 12월 11일 가족은 파리에 도착했다. 파리 음악 학교
의 교장은 체루비니Luigi Cherubini였는데 프란츠가 프랑스 사람이
아니라는 이유로 입학을 거절했다. 그래서 프란츠는 당시 유명

한 오페라 작곡가이자 이탈리아 오페라 감독인 페르디난도 패어 Ferdinando Paër에게서 작곡 수업을 받았다. 이후 파리와 이탈리아 에서 수차례 연주를 했고, 그는 유럽에서 모차르트의 재탄생으로 받아들여지기도 했다.(ML, 17)

신동 리스트는 1824년부터 1827년 사이 세 차례 영국 윈저 궁 에서 연주를 하였고 그곳에서 그는 '대가 리스트'로 찬사를 받기 도 하였다. 그런데 아버지는 프란츠의 영국 연주 여행 때 동행했 다가 병이 나서 요양을 해야 했고, 1827년 8월 28일 50세의 나 이로 사망하였다. 이로 말미암아 15세의 리스트는 어른의 몫을 떠맡아야만 했고 여러 현실적 삶의 문제들과 직면하게 되었다. 이후 그는 파리에 살면서 자신과 어머니의 생계유지를 위해서 피 아노와 작곡 수업을 하였다. 그는 부유한 시민과 귀족들의 딸들 을 가르치게 되었는데, 이때 당시 프랑스 상공 장관의 딸도 제자 로 두었다. 그러나 신분상의 차이 때문에 두 사람이 만나는 것을 그녀의 아버지가 금지하자 17세의 리스트는 상실감, 수치, 격분 으로 위기를 맞게 되었고, 거의 2년 동안 그 위기는 지속되었다. 이 당시 그는 괴테의 《젊은 베르테르의 슬픔Die Leiden des jungen Werthers》과 프랑수아 르네 샤토브리앙Francois-Rene de Chateaubriand 의 《르네Rene》라는 작품에서 자신과 같은 불행, 고독을 보았다. 한때 리스트는 사교계에서 죽었다는 소문이 돌 정도였다. 그는 1830년 파리에서 7월 29일부터 사흘 동안 벌어진 혁명적 분위기 를 경험한 이후 생 시몽주의에 열광한다. 리스트는 생 시몽주의 자들의 집회에 나갔고, 그 밖에 유럽의 여러 혁명에 실망한 많은 지식인들과 예술인들, 예를 들면 하이네, 화가 들라크루아Eugene Delacroix, 베를리오즈, 조르주 상드George Sand 등도 이 집회에 왔다. 생 시몽주의에서 리스트를 감동시킨 것은 예술과 종교가 사회를 근본적으로 변화시킬 수 있을 것이라는 기대감이었다.

1830년대 파리의 살롱이나 연주회에 거의 모든 유명 예술가와 지식인들이 오곤 했는데, 리스트는 베를리오즈 이외에도 로시니, 쇼팽, 마이어베어, 페르디난트 힐러Ferdinand Hiller, 멘델스존 등을 파리에서 만났다. 더욱이 쇼팽은 그보다 한 살 연상이었지만, 리스트는 그에게서 동년배로서 연대감을 느꼈다. 반면 쇼팽은 리스트를 낯설게 여기거나 거리를 두었다. 같은 해 3월 처음으로 니콜로 파가니니Niccolò Paganini가 파리에서 연주를 했는데, 그의 연주는 여러 음악가들에게 엄청난 감동을 주었다. 파가니니의 바이올린 연주는 마치 신들린 사람의 연주라 여겨질 만큼 훌륭한 기교와 선율의 아름다움을 보여 주었다. 리스트 역시 그의 연주에 감동을 받았고 이후 새롭게 음악에 대한 감격이 되살아난다. 그런 심정을 1832년 젠프에 있는 피에르 볼프에게 다음과 같이 표현하고 있다.

> 15일 전부터 내 영혼과 내 손가락이 마치 저주받은 두 개처럼 일하고 있네. 호머, 성경, 플라톤, 존 로크, 바이런, 후고, 라마르틴, 샤토브리앙, 베토벤, 바흐, 훔멜, 모차르트, 베버가 모두 내 주위를 맴돌지. 난 그들을 연구했고, 그들에 대해 생각하고, 정열적으로 그들을 삼키지. 그 밖에 4~5시간 피아노 연습을 하네. (…) 아, 내가 미치지 않는다면, 자네는 내 안에서 다시 예술가를 찾아내게 될 거야.[90]

리스트는 다시 공개적인 연주 활동에 참여하면서 1833년 초에 그보다 6살 연상인 29세의 마리 다구Marie d'Agoult 백작 부인을

---

90) 피에르 볼프에게 보낸 1832년 5월 2일 편지. Franz Liszt's Briefe. (Hg.) La Mara. Bd 1, Leipzig 1883. S. 7.

알게 되었다. 그녀는 프랑스 귀족 가문 출신이었고 1827년 샤를 Charles 다구와 결혼했으나 결혼 생활이 원만하지 않았다. 1835년 여름 마리 다구는 리스트의 아이를 임신했음을 알게 되자 남편을 떠나서 그와 함께 살기로 결심하게 된다. 이들은 스위스의 여러 체류지를 거쳐서 젠프Genf에 안착하게 되었고, 1835년 12월 그들의 첫 딸 블란디네Blandine, 1837년 둘째 딸 코지마Cosima(나중 리하르트 바그너의 아내가 됨), 1839년에는 아들 다니엘Daniel 이 태어났다. 이 시기 리스트는 많은 연주 여행으로 수입이 늘었으나, 마리 다구는 고립과 무력감에 시달렸으며 리스트의 삶에서 자신이 배제되고 있다는 소외감을 느꼈다. 리스트 역시 그녀의 예상할 수 없는 감정의 기복으로 괴로움을 겪었다. 그러다가 이들은 1844년 3월 마침내 헤어졌고 리스트가 자녀들의 양육에 대한 책임을 졌으나, 그는 순회 연주 때문에 자녀들을 자주 만나지는 못했다.

1939년 10월 이후 그는 유럽에서 연주 여행을 이어갔고, 더욱이 유년 시절 이후 처음으로 1940년 1월 4일 헝가리의 페스트 Pest 극장에서 연주했는데, 그는 귀향한 국민 영웅 연주가로 대접을 받았다. 리스트는 가족의 생계를 위해서 연주를 했고, 예술가로서 성공과 실패를 거듭하였을 뿐만 아니라 인간적으로도 절정과 침체를 경험하였다. 그는 1843년 봄 브레슬라우에서 처음으로 모차르트의 《마술피리》를 지휘했고, 이어 러시아, 뮌헨 등으로 연주를 떠났으며 함부르크에서는 작가 한스 크리스티안 안데르센을 만났다. 안데르센이 받은 인상에 따르면, 리스트는 "창백한 얼굴에 강한 열정으로" 피아노를 연주하였고 연주할 때는 파가니니처럼 남달리 정열적인 힘을 보여 주었다.

1842년 리스트의 피아노 연주

리스트는 음악가로서의 명성과 성공적인 연주 덕택에 베를린 왕
실 프로이센 예술 아카데미의 회원으로 위촉되었고, 음악적 공적
을 인정받아 훈장을 받았으며, 쾨니히스베르크Königsberg 대학에서
명예철학박사 학위를 받기도 하였다. 연주 여행을 하는 동안에는
거의 작곡을 하지 못하다가 라인 지방에 체류하게 되자 리스트는
처음으로 가곡들을 작곡하였다. 그래서 하이네의 〈로렐라이〉에 곡
을 붙였고, 에른스트 모리츠 아른트Ernst Moritz Arndt의 〈무엇이 독
일인의 조국인가Was ist des Deutschen Vaterland〉와 게오르크 헤르벡
Georg Herwegh의 〈라인바인 노래 Rheinweinlied〉를 남성 합창곡으로 작
곡하였다. 당시 라인 지방은 프랑스의 지배를 받고 있었기 때문에
베를린에서 상연된 〈라인바인 노래〉의 후렴 "라인 강은 독일에 늘
속해야 한다"는 구절은 큰 감동을 불러일으켰다. 이와 달리 1842
년 6월 30일 파리 공연에서는 같은 작품의 텍스트가 큰 파장을 일
으켰다. 이로 말미암아 리스트에 대한 적대감이 프랑스 언론에서
일어났고 그에게 비난이 쏟아지기도 하였다.

　　리스트는 카를 알렉산더Carl Alexander 대공의 지시로 1842년 하
순 대공작의 비상임 카펠마이스터로 임명되었다. 리스트는 공작

과 더불어 과거 괴테와 실러로 대변되었던 바이마르가 다시 그 문화적 구심점 구실을 할 수 있기를 바랐다. 그의 의무는 1년에 겨울 석 달은 오케스트라 지휘를 위해서 바이마르에 체류하는 것이었으나 처음에는 불규칙적으로 이뤄졌다. 1844년 1월 7일 바이마르에서 지휘자로서 데뷔하였고, 바이마르 체류에 이어서 드레스덴Dresden으로 가서 바그너의 오페라를 관람했고 그와 교류를 맺었다. 1845년 8월에 본에서 베토벤 음악 페스티벌에 주요 운영자로 참여하였으며, 본Bonn의 뮌스터광장에 베토벤 동상 건립에도 관여하였다. 1846년 겨울 유럽의 여러 도시로 연주 여행을 갔으며, 1847년 겨울 키예프Kiev에서 자인-비트겐슈타인 카롤리네Carolyne zu Sayn-Wittgenstein 제후비를 알게 되었고 그녀는 그의 연주에 크게 감동을 받았다.

카롤리네는 폴란드 귀족 가문 출신이었고 1836년 그의 아버지의 요청대로 니콜라우스Nikolaus 자인-비트겐슈타인의 왕자와 결혼을 했으나 1837년 딸을 낳은 뒤 남편과 헤어졌다. 리스트는 1847년 2월 14일 키예프의 한 연주회에서 자신보다 7세 연하의 카롤리네를 알게 되었다. 그녀는 예술, 종교, 철학과 같은 주제를 놓고 함께 토론할 수 있는 파트너였으며, 스스로 천재적 예술가를 장려하는 일에 자신의 소명이 있다고 여겼다. 1848년 4월 그녀는 바이마르 근교에 거처를 마련하였고, 가을에 리스트가 이곳으로 이사를 왔다. 12년 동안 이들은 비교적 조용하게 함께 지냈으며, 이 시기에 리스트는 가장 창조적 시간들을 보냈다. 두 사람은 서로 결혼할 의사가 있었으나, 결혼은 간단치 않았다. 카롤리네는 1855년 러시아 법에 따라 이혼했으나 가톨릭 신자로서는 자유롭지 못했기 때문이다. 더욱 복잡한 것은 재산상 문제였으며, 또 다른 문제는 파리에서 할머니 곁에 살고 있었던 리스트의 세 자녀의 양육과 관련된 것이었다. 리스트의 자녀들은 어머니 마리 다구와 빈번하게 접촉하고 있었다. 1855년 리스트는 자녀들을 바이마르로 데려왔고, 프란치스카Franziska 폰 뷜로(한스 폰 뷜로Hans von Bülow의 어머니, 한스와 코지마는 1857년 결혼함)에게 자녀들의 양육을 맡겼다.

앞서 언급한 것처럼, 바이마르 시기는 리스트에게 있어서 예술적으로 가장 생산적인 시기였다. 그는 많은 피아노 작품들을 바이마르에서 작곡하였고 또한 동시대의 작곡가들의 많은 작품을 지휘하였다. 예를 들면 1849년 봄 드레스덴 반란으로 취리히로 피신했던 바그너를 돕기 위해서 그의 작품을 36번이나 지휘하였다. 그리고 리스트는 바그너를 재정적으로 도왔고 그와 빈번한 서신 교환을 하였다. 1850년 8월 28일 리스트는 바이마르에서 바그너의 오페라 《로엔그린Lohengrin》을 초연하였고, 리스트와 바그너는 이후 자주 지휘자로서 만났으나 1865년부터는 바그너가 리스트의 딸 코지마와 사귀게 되면서 두 사람의 관계가 오랫동안 소원해졌다. 리스트는 베를리오즈, 멘델스존, 슈만의 작품에 몰두하였고 유럽의 주요 도시에서 이들의 작품을 연주하거나 지휘하였다. 1861년 그는 거의 특정 작품들만 지휘하였는데, 그 결과는 반반의 반응으로 나타났다. 바그너 이외에 더욱이 베를리오즈의 작품들을 1852년 11월, 1855년 2월 바이마르에서 베를리오즈 음악 주간을 마련하여 그의 작품들을 지휘하였다.

바이마르에서 리스트는 음악 교육자로서도 큰 영향력을 지녔다. 그의 제자 가운데는 한스 뷜로, 코르넬리우스 등을 포함해서 여러 사람들이 있었다. 심지어 경제적으로 곤란하더라도 재능이 뛰어난 제자들의 경우 자신의 집에 기거하게 하면서 음악 교육을 하기도 하였다. 따라서 리스트를 따르는 제자들을 중심으로 자연스럽게 새로운 음악을 지향하는 "뉴 바이마르 협회"가 만들어지기도 하였다. 1859년 6월 1일에서 4일까지 새로운 음악 잡지 〈NZfM〉 창간 25주년을 맞이해서 주필 프란츠 브렌델Franz Brendel이 유럽 여러 지역의 음악가들을 기념행사에 초대하였다. 이 시기 라이프치히 게반트하우스Gewandhaus에서 리스트의 작품들이 공연되었고 "미래 음악"에 대한 토론이 있었으며, 여기서 바그너의 "미래의 예술작품"이라는 글은 깊은 인상을 남겼다. 이러한 활동들로 "신독일악파Neudeutsche Schule" 개념이 생겨나게 되었고, 리스트와 루이스 쾰러Louis Köhler의 제안으로 독일음악협회 Allgemeiner Deutscher Musikverein가 창설되었다. 1861년 여름 이 협회는 바이마르에서 작곡가 축제를 기획했고 여기서 바그너는 큰 찬사를 얻었다.

한편, 리스트는 로마에서 카롤리네와 결혼하려고 바이마르를 떠났다. 1861년 10월 22일 리스트의 50세 생일 때 로마의 한 교회에서 두 사람은 결혼을 약속했으나 로마에 리스트가 모습을 드러내자 갑자기 그녀가 결혼 동의를 철회하였다. 카롤리네와의 결혼이 실패한 뒤 그는 종교적 주제와 교회음악에 전념하게 된다. 1870년까지 주로 로마에 머물렀던 리스트는 1863년 여름 몬테 마리오Monte Mario에 있는 수도원으로 옮겨 가서 지냈고, 교황 피우스 9세Pius IX를 알현하기도 하였다. 리스트 자신이 고백하고 있듯이 그는 유년 시절부터 가톨릭에 기울어져 있었고, 그의 어머니는 처음부터 그가 음악가가 아니라 성직자가 되기를 희망했다.

1864년부터 리스트는 유럽의 여러 도시에서 오케스트라 지휘를 하였다. 1865년부터 리스트는 여러 달 번갈아 가면서 로마와 부다페스트에 머물렀고 1867년부터는 바이마르에 머물렀다. 이 세 도시를 주로 다니면서 그는 자신의 작품을 연주하거나 공연에 참여하거나 음악 수업을 하곤 하였다. 작곡가이자 교육자로서 그의 명성은 오히려 피아니스트로서의 명성을 앞지를 정도였다. 더욱이 그의 오케스트라 작품들과 교회음악들은 큰 반향을 얻었다. 1867년 오스트리아헝가리제국의 황제였던 프란츠 요제프 1세 Franz Joseph I.가 부다페스트에서 즉위식을 올릴 때 리스트가 미사곡을 지휘하였다. 같은 해 여름 그는 코지마, 뷜로, 바그너 사이에서 중재를 해 보려고 노력하였으나 코지마는 아버지의 뜻과는 달리 뷜로와 이혼해서 1870년 바그너와 결혼하였다. 이후 이들의 관계가 소원해졌다가 1872년이 되어서야 복원되었다. 1873년 리스트는 처음으로 자신의 오라토리오 《그리스도Christus》를 바이마르에서 지휘하였다. 그리고 1876년과 1882년 바그너의 《니벨룽겐의 반지Der Ring des Nibelungen》와 《파르지팔Parsifal》 상연을 보기 위해서 바이로이트에 체류하였다. 바그너가 1883년 2월 13일 사망한 이후 1886년 리스트는 바이로이트 음악제 준비의 책임을 맡고 있던 코지마를 위해서 다시 바이로이트로 갔다. 이때 그는 병이 나서 1886년 7월 31일 사망하였고 바이로이트 시립묘지에 안장되었다.

리스트는 약 80편 피아노 가곡을 남겼는데, 여기서는 리스트가 실러의 《빌헬름 텔》 제1막 1장(SD, 339~340)에 나오는 어부 소년의 노래, 목동과 알프스 사냥꾼의 노래에 곡을 붙인 3부작 가곡(S. 292)을 분석한다.

4.5.2 실러 시에 곡을 붙인 리스트의 가곡들

1) 〈어부 소년〉

리스트가 곡을 붙인 〈어부 소년Der Fischerknabe〉은 실러의《빌헬름 텔》제1막 1장에서 어부 소년이 나룻배에 앉아서 부르는 12행 시의 노래이며, 이 작품에는 리스트를 포함해서 6명의 작곡가가 곡을 붙였다.

리스트의 〈어부 소년〉은 2부로 나뉜 유절가곡처럼 되어 있는데, 2부에는 일부 변용된 음절들이 들어 있다. 이 곡은 피아노의 웅장하고 화려한 긴 서주가 있고 나서, 가곡의 1부인 1행에서 6행 "호수가 미소 짓고, 수영하러 오라고 초대한다/ 소년은 초록빛 해안가에서 잠이 들었다/ 그때 그는 울림을 듣는데/ 플루트처럼 아주 달콤하고/ 천사의 목소리 같은/ 천상에서"까지가 노래 불린다. 호수가 미소 지으면서 수영하러 오라고 초대하는 듯한데, 어부 소년은 해안가에서 잠이 들었다. 그런데 그때 그 소년은 천상에서 플루트처럼 달콤하고 천사의 목소리 같은 소리를 들어서 축복받은 기쁨을 느낀다. 1행 "호수가 미소 짓고, 수영하러 오라고 초대한다"에서 호수가 미소 짓고 다음 피아노의 간주가 들어가면서 잠시 부드러운 호수의 풍경을 떠올리게 한다. 2행 "소년은 초록빛 해안가에서 잠이 들었다" 다음에도 피아노의 아름다운 간주가 들어가 있다. 이 피아노 간주로 말미암아 호숫가에서 잠든 소년의 편안한 모습이 그림처럼 눈앞에 그려지는 듯하다. 6행 "천상에서" 다음에도 피아노의 긴 간주가 들어가면서 어부 소년의 1부와 2부를 나누는 분기점 노릇을 한다.

가곡의 2부는 7행에서 12행 "그는 축복받은 기쁨 속에서 잠이 깬 듯/ 물결이 그의 가슴을 씻어 내리고/ 깊은 곳에서 부르는 소리가 들린다/ 난 너를 사랑해, 너는 나야!/ 난 잠자는 사람을 유혹해/ 난 그를 안으로 끌고 가지"까지이며, 어부 소년은 축복받은 기쁨 속에서 잠이 깨는 듯했으나 여전히 잠에 취해 있는데, 호수의 물결이 그의 가슴 주위로 찰랑대면서 씻겨 내려가고 호수 깊은 곳에서 잠자는 사람을 유혹해서 데리고 간다는 소리를 듣게 된다. 8행 "물결이 그의 가슴 주위로 씻겨 내려가고" 다음에 피아노의 간주가 들어가고, 9행 "깊은 곳에서 부름 소리가 들린다"에서는 서창조로 낮고 웅장하게 정말 누군가가 유혹하는 듯 말을 거는 소리가 들리는 것을 연상시키고 있다. 그리고 10행 "난 너를 사랑해, 너는 나야!"의 시행은 반복되고 도전적이고 유혹적인 멜로디로 노래한다. 다시 마지막 12행 "난 그를 안으로 끌고 가지"는 두 번 반복되면서 아주 높은 음으로 부드럽게 노래하면서 피아노 후주가 이어진다.

리스트의 가곡에서 눈에 띄는 특징은 피아노가 독주 악기로서 화려하고 때로는 웅장하면서도 노랫말보다도 돋보이는 점이다. 더욱이 짧은 시에 견주어 피아노의 긴 서주와 중간에 들어 있는 간주 및 피아노의 후주가 상대적으로 길게 연주되면서 시어의 뜻을 강화한다.

2) 〈목동〉

실러의 《빌헬름 텔》 제1막 1장에서 어부 소년의 노래 다음 목동이 산에서 부르는 노래이다. 이 12행시에 리스트 이외에 슈만, 슈트라우스 등 9명의 작곡가가 곡을 붙였다. 리스트의 〈목동Der Hirte〉은 피아노의 맑고 긴 서주가 들어가 있고, 짧은 시에 피아노의 잦은 간주와 후주가 들어감으로써 노래보다도 피아노의 반주가 더 길고 화려한 느낌을 주고 있다.

실러의 시는 12행 "너희 들판이여, 안녕/ 햇빛 비추는 너희의 초원/ 낙농인은 떠나야만 하지/ 여름은 다 갔어/ 우린 다시 와서 산으로 가지/ 뻐꾹새가 우짖으면, 노래들이 깨어나면/ 이 지상이 꽃들로 새로 옷 갈아입으면/ 아름다운 오월에 샘물들이 흐를 때면/ 너희 들판이여, 안녕/ 햇빛 비추는 너희의 초원/ 낙농인은 떠나야만 하지/ 여름은 다 갔어"로 이뤄져 있으나, 1행에서 4행은 다시 9행에서 12행까지 반복되기 때문에 실제로 8행시로 이뤄져 있다고 할 수 있다. 리스트의 가곡에서도 이 중복되는 부분은 같은 멜로디를 사용하고 있다.

리스트의 〈목동〉은 피아노의 밝고 긴 서주가 있고 나서 햇빛이 환하게 비추는 초원에 안녕을 고하고 낙농인도 떠나고, 다시 뻐꾹새가 노래하고, 이 지상이 봄꽃들로 새로 옷을 갈아입을 때까지, 아름다운 5월에 샘물이 흐를 때까지 들판과 초원에 작별을 고한다고 목동이 노래한다. 2행 "햇빛 비추는 초원", 4행 "여름은 다 지났어" 다음 피아노 간주가 들어간다. 또 5행 이듬해 "우린 다시 와서 산으로 가지", 6행의 일부 "뻐꾹새가 노래할 때면"은 반복되고, 더욱이 뻐꾹새가 노래할 때는 실제로 새가 노래하고 있음을 연상시키는 음색으로 노래하고, 그 다음에 들어가 있는 피아노 간주 역시 새소리를 강조하면서 다음 노래로 이어지고 있다. 7행 "이 지상이 꽃들로 새로 옷 갈아입으면" 다음 피아노 간주가 들어가고 8행 "아름다운 오월에 샘물들이 흐를 때면" 다음에는 마치 이 가곡이 끝나는 것처럼 피아노의 긴 간주가 서주의 주 모티브를 반복 변용하면서 이어진다. 9행에서 12행까지는 앞서 1행에서 4행의 멜로디를 되풀이하지만, 마지막 12행 "여름은 다 지났어"는 반복되면서 피아노의 후주가 화려하게 곡을 마무리한다.

3) 〈알프스 사냥꾼〉

실러의 《빌헬름 텔》에서 제1막 1장은 목동의 뒤를 이어서 알프스 사냥꾼이 바위의 높은 곳에 앉아서 부르는 노래이다. 리스트 이외에 이 시에 7명의 작곡가가 곡을 붙였다.

리스트는 실러의 〈알프스 사냥꾼Der Alpenjäger〉 12행시 "높은 정상이 천둥소리를 내고, 작고 얇은 나무다리가 몸을 떨고/ 현기증이 도는 길에서 보호받는 것에 두려워하지 마라/ 그는 대담하게 걷는다/ 얼음 덮인 들판 위를/ 거기엔 봄이 빛을 발하지 않고/ 벼 이삭도 아직 초록빛이 되지 않는다/ 발아래 안개 낀 바다/ 그는 사람들이 사는 도시들을 이제 인식하지 못한다/ 다만 구름 틈새로/ 그는 세상을 보고/ 수면 아래 깊이/ 푸르러 가는 들판을"에 곡을 붙였다. 리스트의 〈알프스 사냥꾼〉은 피아노의 극적이고 빠르게 몰아치는 서주, 간주, 짧은 후주가 들어가 있다. 마치 천둥이 몰아치다가 잠시 숨을 고르고 다시 몰아치는 트레몰로의 인상적인 피아노의 서주와 함께 곡이 시작되고 있다. 〈알프스 사냥꾼〉은 전체적으로 휘몰아치는 빠른 박자와 높은 음으로 노래하는데, 다만 마지막 11행 "수면 아래 깊이"는 느리고 낮은 음색의 서창조로 바뀌고, 12행 "푸르러 가는 들판"은 11행과 대비적으로 밝고 희망이 어린 서창조로 노래한다.

노래의 내용은 알프스 사냥꾼이 작은 다리가 흔들거리고 현기증이 나는 길, 게다가 얼음까지 덮인 들판 위를 대담하게 걷는다. 아직 봄은 오지 않았고 벼이삭도 초록빛으로 여물지 않았다. 그의 발아래에는 안개 낀 바다가 보이고 사람들이 사는 도시가 어디쯤인지 가늠도 못한다. 다만 구름 틈새로 세상을 보고 수면 아래 깊이 내려다보면서 푸르러 가는 들판을 본다. 이 시의 내용은 낭만주의 화가 카스파 다비트 프리드리히의 그림 〈안개 낀 바다 위의 방랑자〉를 연상시킨다.[91] 이 곡에서 피아노의 간주는 2행 "현기증이 도는 길에서 보호받는 것에 두려워하지 마라", 6행 "벼 이삭도 아직 초록빛이 아니다", 10행 "그는 세상을 보고", 11행 "수면 아래 깊이" 다음에 들어가 있다. 더욱이 이 부분의 간주는 깊은 수면 아래의 분위기를 강조하고 있으며, 이 곡은 마지막 12행의 노래에 이어 피아노의 짧고 빠른 후주로 끝난다.

카스파 다비트 프리드리히의
〈안개 낀 바다 위의 방랑자〉

---

91) http://de.wikipedia.org/wiki/Caspar_David_Friedrich. 이 그림은 1818년 안개 낀 바다를 높은 바위에서 내려다보는 한 남자의 뒷모습이며, 이것은 카스파 다비트 프리드리히의 자화상이기도 하다.

이렇게 리스트의 3부작은 제1곡 〈어부 소년〉이 잠에 취해서 그를 사랑하는 요정 같은 존재에 유혹되어 끌려가고, 제2곡 〈목동〉은 이제 초원을 떠나면서 이듬해 봄에 다시 올 것이라고 노래하고, 제3곡 〈알프스 사냥꾼〉은 천둥치는 위험한 산길을 걸어가는데 아직 봄이 오지는 않았으나 들판이 푸르러 가는 것을 본다. 세 곡의 분위기는 제각기 다른데, 〈어부 소년〉에서는 천상의 기쁨을 경험하는 듯 유혹의 분위기가 표현되고, 〈목동〉에서는 알프스 산의 들판 같은 초원에서 자연과 작별하는 모습 등은 목가적이면서 평화로운 분위기로 묘사되고 있다. 이와 달리 〈알프스 사냥꾼〉에서는 열정적이고 빠르고 조금 위협적으로 느껴지는 분위기가 압도적으로 나타나 있다. 그리고 실러의 시가 담고 있는 뜻보다도 피아노의 반주가 전체적으로 극적이고 열정적인 음악적 해석을 하고 있다. 다시 말하면 리스트의 가곡에서는 슈만보다도 훨씬 더 피아노의 역할이 적극적이며, 마치 피아노곡에 노랫말이 덧붙여진 것 같은 인상을 주는 해석을 하고 있다.

제5장

하이네 시의 음악적 해석

5.1. 하이네가 음악에 끼친 영향

독일 가곡 역사에서 볼 때 괴테보다도 더 많이 하인리히 하이
네Heinrich Heine(1797~1856)의 서정시에 곡이 붙여졌다.[92] 하이네
는 유대계의 위대한 독일 시인이었고, 생전에 많은 명성과 관심
을 받았으며 혹독한 논쟁을 일으킨 시인이기도 했다. 하이네는
"박해한 쪽이 아니라 박해받는 쪽에 속했던"[93] 유대인으로서의
삶에 대한 인식이 강했다. 실러에게 문학의 주요 신조가 자유 실
현이었다면, 하이네의 경우에는 당시의 인습과 문화로부터의 해
방이었다. 그는 시인인 동시에 법학 박사 학위를 얻었고, 현실과
시대 상황을 날카롭게 비판한 저널리스트로서 글들을 썼다. 또
한 그의 삶 자체가 정치적 격동을 반영하고 있으며, 병중 8년 동
안의 침상생활에서 보여 준 그의 초인적 정신, 그리고 생전과 사
후에 독일 사회에서 쏟아졌던 많은 찬사와 비난, 찬성과 반대에
부딪힌 작가였다. 그리고 1827년 출판된 하이네의《노래의 책
Buch der Lieder》의 경우 시인 생전에 13판이 나왔고, 하이네 사망
20년 뒤인 1876년에는 "이십만 부가 팔려 나감으로써 독일 시
인의 한 작품으로는 가장 많이 알려진 시집이 되었다."(Albrecht

---

92) 1914년까지 파악된 바에 따르면, 하이네 시에 곡이 붙여진 작품은 2750편
　　정도이고, 그 가운데서 〈너는 한 송이 꽃과 같다〉는 222곡, 〈소나무는 외롭
　　게 서 있다〉는 121곡, 〈난 꿈속에서 울었네〉는 99곡이나 된다. Ralf Georg
　　Bogner (Hg.): Heinrich Heines Höllenfahrt. Nachrufe auf einen streitbaren
　　Schriftsteller: Dokumente 1846~1858, Heidelberg 1997, 46쪽 참조.
93) Heinrich Heine: Die Nordsee. Dritte Abteilung (1826), in: Heinrich Heine.
　　Sämtliche Schriften, Klaus Briegleb (Hg.), Bd.II, München 1976, 224~225쪽.
　　이하 (HS 권수 및 쪽수)로 표기함.

Dümling 1981, 10)

실제 하이네는 현실 비판적 저널리스트였고, 현실 참여 시인인 동시에 유머와 아이러니가 풍부한 서정시를 발표하였다. 일반적으로 하이네는 마지막 낭만주의자인 동시에 낭만주의를 극복한 시인으로 평가된다. 그는 마음속에 두 개의 영혼이 서로 대립 분열하는 모습을 보였는데, 한쪽은 그로 하여금 가장 섬세하고 부드럽고 달콤한 아름다운 서정시를 쓰게 하였고, 다른 한쪽은 혹독한 조롱과 위트로 가득 찬 시를 쓰게 하였다. 이 점에서 진정한 뜻의 낭만적 아이러니의 사례는 그의 여러 시에서 볼 수 있으며, 환상을 조소적으로 깨뜨리기 위해서 가장 섬세한 영혼의 분위기를 민감하게 전개시켰다. 또한 《독일. 겨울동화Deutschland. Ein Wintermärchen》와 같이 예리한 사회 비판적 시를 쓴 동시에 《노래의 책》처럼 낭만적 서정시를 쓴 것을 보면 그의 천성은 종종 대립되는 이중적인 것으로 이해되기도 하였다. 그래서 서정적 하이네를 좋아하는 사람들은 정치적 하이네가 못마땅했고, 반대로 정치적 하이네를 좋아한 사람들은 서정적 시인 하이네가 못마땅했다. 이로 말미암아 극단적 적대자를 많이 낳기도 했고, 조국으로부터는 금서 작가로 낙인찍혀 그의 삶 절반에 가까운 25년 동안 망명 아닌 망명 생활을 파리에서 보냈다.

하이네 시들에 뢰베, 슈베르트, 슈만, 프란츠, 마이어베어, 피츠너, 브람스, 리스트, 파니 헨젤과 멘델스존, 볼프, 바그너, 슈트라우스, 그리그, 차이콥스키가 곡을 붙였다. 흥미롭게도 하이네의 시에 곡을 붙였고 파리에 사는 하이네를 방문하기도 했던 바그너는 하이네를 유대인으로서 자신의 깊은 체험을 시적으로 형상화한 것이 아니라 흉내 내는 거짓 시와 아류 시를 썼다고 공격한 바 있다. 바그너는 하이네의 서정시와 관련해서 19세기 독일에 널리 퍼져 있었던 '위대한 예술의 기준은 예술가의 삶과 경험에서 나오며, 작가와 작품은 분리될 수 없이 일치된 것'이라는 주장을 취해서 하이네를 공격한 것이었다. 그런데 비슷한 비판을 바그너는 나중 니체로부터 들었고, 바그너의 공격과 달리 하이네의 시는 오히려 자신의 직접 체험과 사회 비판적 시각과 현실을 반영하였다. 예를 들면 〈서정적 간주곡Lyrisches Intermezzo〉에서 말하는 고통은 "바그너가 뜻하는 거짓이 아니며 또한 바이런식 세계 고통의 흉내도 아니다."(Dümling, 18) 오히려 하이네의 시에 나타난 희망 없는 사랑은 아도르노의 말처럼 "고향 상실에 대한 비유"(재인용 Dümling, 18)이며, 시적 자아의 분열은 개인적 경험을 넘어서서 당시 독일의 자유롭지 못한 정치적 상황을 뜻했다.

20세기까지 하이네의 시에 곡을 붙인 가곡은 약 일만 곡 정도가 있으며, 이 가운데 〈너는 한 송이 꽃과 같다Du bist wie eine Blume〉는 388곡[94]이나 된다. 하이네의 《노래의 책》은 괴테와 실러의 시들을 제외하고 19세기에 가장 많은 인기를 얻었다. 하이네의 서정시에 나타난 민속적 특성들과 감성의 시어들은 일반 독자와 작곡가들을 매료하였고, 더욱이 앞서 언급한 바와 같이 독일 가곡의 절정기에 있던 주요 작곡가들이 모두 하이네의 시에 곡을 붙였다. 하이네의 시에는 사랑의 모티브 이외에도 항상 반복되는 언어들인 마음, 사랑, 밤, 눈물, 꿈 등의 언어가 나타나는데, 이것은 많은 작곡가들에게 매력적이었다. 그래서 그의 시가 지닌 "완성된 형식과 운율 이외에도 시어의 형상들과 표현의 단순성과 보편성이"(Dümling, 26) 많은 작곡가들로 하여금 하이네의 서정시와 일치되고 그 표현

---

94) Christian Liedtke: Heinrich Heine, Reinbek bei Hamburg 1997, 84쪽 참조. 이하 (LH, 쪽수)로 표기함.

을 음악적으로 재현하는 일을 가능케 했다고 볼 수 있다. 하이네는
무엇보다도 빌헬름 뮐러의 시들이 지닌 간단한 운율의 짧은 시행,
순수한 울림과 진정한 단순성을 지닌 형식에 매우 경탄했다. 하이
네는 뮐러의 시들을 통해서 "옛 유치한 언어들이 어떻게 오래된 민
요형식들에서 어색함을 흉내 내지 않으면서도 민속적인 새로운 형
식을 만들 수 있는가"[95] 를 배웠다.

하리 하이네Harry Heine는 1797년 12월 13일 뒤셀도르프에서 태
어났으며, 그는 유대계 가문의 삼손Samson 하이네와 베티 겔더른
Betty van Geldern 사이에 장남으로 태어났다. 그런데 하인리히Heinrich
라는 이름은 28세 때인 1825년 기독교로의 개종 세례 때 붙여졌으
며, 이후 문학사에서 하인리히 하이네라는 이름으로 남게 된 것이
다. 하이네가 출생할 즈음 그의 아버지는 뒤셀도르프에서 벨벳 사
업을 시작하였고 뒤셀도르프 볼커슈트라세 53번지에 있는 작은 집
에서 살았다. 그는 이 집에서 태어났고 이 집은 전쟁 때 파괴되었
다. 이후 가족이 1809년 볼커슈트라세 42번지에 있는 큰 집으로
이사했는데, 그 뒤 아버지 사업이 기울기 시작했고, 아버지의 지병
이 악화되어서 1819년 파산 신고를 하고 1820년부터는 아예 사업
을 그만두었다. 하이네 가족은 이후 뒤셀도르프를 떠났으나, 이곳
에서의 유년 시절과 라인 지역은 그에게 항상 좋은 기억으로 남아
있었다.[96]

---

95) 1826년 6월 7일 빌헬름 뮐러에게 보낸 편지에서. Heinrich Heine.
    Säkularausgabe, Bd. 20, Berlin 1970, 250쪽. 이하 (HA 권수 및 쪽수)로 표
    기함.

96) 라인란트 지역은 하인리히가 출생했을 즈음 프랑스 군대에 점령되었는데,
    그 당시 카를 테오도어 공작의 후계자 막시밀리안 요제프는 나폴레옹의 요
    구로 베르크 공작령을 프랑스에 양도하였다. 그래서 하이네가 사는 지역이

하인리히의 《회고록Memoiren》에 따르면, 그의 아버지는 섬세하고, 사업을 하지만 사업적 재주와 수완은 없었으며 여성적 허약함을 지니고 있었다. 이에 견주어 그의 어머니는 교양 있는 집안 출신답게 계몽적이고, 추진력이 있고 단호한 성격을 지녔다. 그녀는 프랑스 계몽주의의 교육 이상론에 바탕을 두고, 더욱이 루소의 《에밀Emil》에 나타난 교육론을 바탕으로 자녀들을 교육하고자 했다.[97] 그녀는 자녀들이 유대인이라 하더라도 사회적 출세를 할 수 있는 교육에 관심이 컸고, 더욱이 장남인 하인리히의 장래 직업과 교육과 관련해서는 그가 "태어나기도 전부터 그녀의 교육 계획이 시작되었다(HW 7, 188)." 실제 하이네의 형제들은 어머니의 교육 목적과 기대대로 장래가 전개되었고, 그녀에게 하이네가 시인이 되는 것은 최악의 시나리오였다. 이 점과 관련해서 그는 다음과 같이 말하고 있다.

> 그 당시 어머니는 내가 시인이 되고 싶어 하는 점에 가장 큰 두려움을 가지고 있었다. 그것은 나에게 일어나는 일 가운데 최악이라고 그녀는 항상 말했다.(HW 7, 187)

그녀는 시인이나 예술가를 사회의 부적응자 또는 실패자라고 보았기 때문에 소설을 읽는 것, 연극을 보러 가는 것, 민속놀이에 참여하는 것 그리고 어린 그에게 유령 이야기를 해 주는 것조차도 "미신이나 시를 멀리 하도록 하기 위해서"(HW 7, 191) 금지시켰

프랑스에 속했고, 1813년 프랑스가 퇴각하고 난 뒤 1815년 빈회의 결과 라인란트가 이번에는 프로이센에게로 넘겨졌다. Christian Liedtke, 16쪽 참조.

97) Heinrich Heine: Memoiren, in: Heinrich Heine, Werke und Briefe in zehn Bänden, Hans Kaufmann (Hg.), Bd. 7, Berlin 1972, 191쪽 참조. 이하 (HW 권호 및 쪽수)로 표기함.

다. 그런데 하이네의 시인적 기질과 성향은 큰 외조부 시몬 겔더른 Simon van Geldern을 닮았는데, 그는 집안에서 이방인이었다. 그는 시민적 직업을 포기하고 삶의 대부분을 동방 여행으로 보냈다. 어린 시절부터 들은 큰 외조부에 관한 얘기들은 그에게 깊은 인상을 남겼고, 그는 "오래전에 죽은 그 큰 외조부의 삶의 연장선상에서 사는 것처럼 느꼈다"(HW 7, 202~203). 그래서 하이네는 직접 만난 적이 없는 이 외조부의 삶을 통해서 새로운 세계에 대한 동경과 꿈을 꾸었다. 그뿐만 아니라 민중 신앙과 민중시의 세계는 유년기부터 그의 관심을 일깨웠고, 그의 전 작품에 그 흔적을 남기기도 했다. 이에 덧붙여서 아우구스트 빌헬름 슐레겔, 카셀Kassel에서 알게 된 야콥과 빌헬름 그림 형제의 자극으로 낭만주의 문학과 민중시 그리고 독일 역사에 대한 관심이 강화되었다. 또 레싱은 하이네가 가장 좋아한 작가였고, 함부르크에 있는 클로프슈토크의 묘지는 그가 즐겨 찾아간 곳이기도 했다.

1803년 6세의 하이네는 유대계 사립학교를 다녔으며, 이곳에서 유대 교리를 익혔다. 이듬해 8월 하이네는 일반 학교로 전학하였으며 1809에서 1814년 인문계 고등학교를 다녔다. 하이네는 이 학교를 마치지 않고 떠나게 되었는데, 집안에서는 장남은 당연히 아버지의 뒤를 이어 사업가의 길을 가는 것이 마땅하다고 생각했기 때문에 1814년 겨울 학기부터 뒤셀도르프에 있는 한 상업학교를 다니게 되었다. 그러나 하인리히는 사업 분야에는 별 관심이 없었고 오히려 18세였던 1815년 이후 지속적으로 시를 쓰고 발표했다. 하이네는 1816년 6월 함부르크에 있는 한 은행에서 2년 실습 과정을 거쳤는데, 이 은행은 그의 삼촌 살로몬Salomon 하이네가 관여하고 있었고 그는 그 당시 독일에서 가장 부유한 은행가 가운데 한 사람이었다. 그는 함부르크에서 유대인 자선 사업가로 널리 알려졌고 더욱이 하이네 가문 전체에 대한 책임 의식을 강하게 느끼고 있었다. 하이네가 함부르크에서 실습을 하는 동안 사촌 아말리에Amalie를 사랑했는데 그녀는 그에게 특별한 관심이 없었다. 그러나 그녀에 대한 "희망 없는 사랑의 동경은 감정을 넘어 사회적 맥락을 지니고 있는데, 이것은 하이네의 삶과 세계의 관계를 가장 일반적으로 보여 주는 예"[98]이기도 하다. 하이네는 좌절한 사랑과 그 사랑에 대한 동경을 그의 시에서 끊임없이 표현하는데, 그것은 그의 고향 상실과도 맥을 같이하고 있기 때문이다.

   하이네의 아버지는 그의 은행실습이 끝나자 뒤셀도르프 영국 면직물 상점의 분점인 '하리 하이네 회사'를 함부르크 시내에 세웠다. 그러나 1819년 아버지는 병이 악화되어 마침내 삼촌의 도움을 받아서 모든 사업을 정리하게 된다. 이후 아버지의 요양을 위해서 1822년에서 1828년까지 뤼네부르크에 살다가 다시 함부르크로 이사했다. 한편, 1819년 6월 하이네는 법학 공부를 4년 동안하고, 그에 대한 재정 지원을 삼촌이 한다는 동의 아래 함부르크에서 뒤셀도르프로 돌아와서 당시 프로이센이 막 설립한 본Bonn 대학을 다녔다. 하이네는 본 대학에서 공부를 폭넓게 하였는데, 법학 이외에도 아우구스트 빌헬름 슐레겔의 문학과 에른스트 모리츠 아른트의 역사학 강의를 들었다. 슐레겔을 통해서 낭만주의 및 옛 독일 역사와 문학에 대한 새로운 관심이 일깨워졌으며, 하이네는 그와 문학적 문제들을 토론하는 기회도 가졌다. 그러다 1820년 여름 본을 떠나서 괴팅겐Göttingen 대학으로 학적을 옮겼고, 이 대학에서 주로 문학과 역사 관련 강의를 들었다. 그러다가 동료 학생과 권총

---

98) Bernd Kortländer: Heinrich Heine. Stuttgart 2003, 23쪽.

결투로까지 번진 다툼이 있었는데, 이 일을 대학 당국이 알게 되어서 그에게 6개월 정학을 명하였다.

이로 말미암아 하이네는 삼촌 살로몬을 만나기 위해서 함부르크로 갔고, 살로몬은 그가 베를린에서 공부를 이어서 할 수 있도록 장학금을 약속했다. 하이네는 1821년 4월부터 베를린 대학에서 공부했는데, 당시 보수적 역사학자 프리드리히 라우머Friedrich von Raumer의 역사학 강의, 젊은 인도학자 프란츠 보프Franz Bopp의 인도문학, 유명한 프리드리히 아우구스트 볼프Friedrich August Wolf의 안티케 문학과 설화 강의, 헤겔의 철학 강의는 그에게 많은 영향을 끼쳤다. 이 영향은 그의 〈북해Nordsee〉 연작시에서부터 〈망명의 신들Die Götter im Exil〉에 잘 나타나 있다. 또한 하이네는 대도시 베를린의 장점을 즐겼고 유대계 출신 라헬Rahel과 카를 아우구스트 바른하겐Karl August Varnhagen 부부, 샤미소, 슐라이어마허, 피히테, 헤겔, 훔볼트를 알게 되었다. 더욱이 바른하겐 부부는 평생 하이네의 좋은 벗이었으며, 라헬은 하이네가 마음으로부터 존경심을 가졌던 여인이기도 하다.[99] 또한 하이네는 유대인이 많이 살고 있었던 베를린에서 유대 전통과 역사, 독일에서의 실제 유대인의 운명, 그 자신이 유대계 출신이라는 점들을 뚜렷하게 인식한다. 1822년 8월 4일 "유대인의 문화와 학문을 위한 협회Verein für Cultur und Wissenschaft der Juden" 회원으로 가입하였는데,

---

99) 하이네가 "내가 아는 가장 지성적인 부인"(HA 20, 66)이라고 했던 라헬 바른하겐(1771~1833)은 베를린에서 1790~1806년 문학 살롱의 주빈이었고 이 당시 장 파울, 티크, 슐레겔 형제, 훔볼트가 자주 방문하였고 1814년 결혼 뒤 1820~1833년 다시 살롱을 열었고 멘델스존, 헤겔, 하이네, 베티나 아르님, 뵈르네가 들렀다. 바른하겐 부부는 자주 바이마르에 있는 괴테를 방문하기도 하였다.

이 협회는 유대인의 교육 기회를 확대하고 좋은 장래를 준비할 수 있도록 돕는 일을 하였다. 하이네는 이 협회를 통해서 여러 유대계 지식인들을 사귀었으나 그는 독일에서 유대인으로서 살아가는 일에 점점 어려움을 느꼈다.

1823년 봄 살로몬은 조카에게 약속한 4년 동안의 장학금 지급을 끝낼 때가 되었다고 생각한다. 하이네는 베를린 대학을 떠나서 뤼네부르크에 살고 있는 가족을 방문하였고 뤼네부르크에서 반유대계 정서를 강하게 느꼈으며, 그의 뤼네부르크 체험은《노래의 책》의 핵심 내용이 되는 〈귀향Die Rückkehr〉에 반영되어 있다. 1823년 말 삼촌 살로몬은 그가 학업을 마칠 때까지 2년 더 장학금을 연장하는 데 동의한다. 그래서 그는 1824년 1월 하순 괴팅겐에 온 뒤 법학 공부를 지속하였다. 같은 해 9월 하르츠 도보 여행을 하였고, 이 경험은 나중에《하르츠 여행기Die Harzreise》에 반영되었다. 이 여행기에 실린 〈정상에 오두막이 있네Auf dem Berge steht die Hütte〉로 시작되는 시에서 하이네는 낭만적이고 동화적인 시 형식으로 현대의 슬로건인 "모든 인간들은 동등하게 태어났고/ 고귀한 종족이다"(HS 2, 133)라고 노래한다. 그러니까 하이네의 평생 모토인 모든 낡은 악습으로부터의 해방과 새로운 시대의 도래를 사랑의 주제와 서술자의 자연에 대한 감성으로 노련하게 노래한 것이었다.

한편, 하이네는 하르츠 여행의 귀향길에 오른 1824년 10월 2일 바이마르에서 괴테를 만났다. 괴테는《파우스트》제2부까지 완성한 대가였고, 하이네는 이제 시인으로서의 이력을 쌓아 가고 있었다. 당시 괴테는 75세, 하이네는 26세였으며, 그는 독일 문학사에서 괴테를 "가장 완성된 가곡의 시인"(HS 4, 163)이라고 평가하고 있었다. 두 사람은 많은 대화를 나누지 않았으며 대화의 내용에 대한 자세한 보고나 기록은 없다. 괴테는 자신의 일기에 그냥 "괴팅겐의 하이네"라고만 언급하였고, 하이네는 괴테를 만나고 나서 몇 달 뒤 다음과 같이 쓰고 있다.

> 괴테의 외모는 마음속 깊이 충격을 주었다. 얼굴은 노란색에 미라 같았고, 이가 없는 입은 불안스럽게 움직였으며, 얼굴 전체가 무너져 가는 인간상의 모습을 보였다. (…) 다만 그의 눈은 맑았고 반짝거렸다. 이 눈은 바이마르가 지금 소유한 유일하게 독특한 것이다. (…) 많은 특징에서 삶은 그에게 미화된 것이자 최고의 것이라는 점을 알 수 있었다. 그때 이러한 그의 천성과 나의 천성, 곧 모든 실용적인 것을 귀찮아 하고 삶을 별로 높이 평가하지 않으면서도 삶의 이념에 헌신하는 점(내 천성)과는 대비된다는 것을 뚜렷하게 느꼈다. (…) 이제 난 왜 문학적 관점에서 내가 깊이 존경하고 있던 괴테의 작품들이 내 영혼의 밑바닥에서 반감을 일으키는지를 제대로 알게 된 것이다.(HA 20, 199~200)

이 글로 알 수 있는 것은 젊은 하이네가 이미 고전주의의 대가인 괴테의 문학 세계와는 대립되고 있음을 보여 준다는 점이다. 그는 1830년 2월 28일 카를 아우구스트 바른하겐에게 보낸 편지에서 괴테의 문학을 "스스로 마지막 목적이 되고, 시대를 거스르는 위대한 천재 예술의 편안함"(HA 20, 389)이라고 신랄하게 비판한다. 그러니까 괴테는 저무는 시대의 고전주의 대가였고, 하이네는 새로운 현대 서정시의 개척자 가운데 한 사람이었다.

하이네는 1825년 5월 3일 법학 학위 시험에 합격하고 7월 20일 괴팅겐 대학에서 박사 학위의 마지막 구두시험에서 라틴어로 자신의 주제를 발표하였다. 당시 학장이었던 구스타프 후고Gustav Hugo 는 그의 법학 능력보다도 문학적 능력이 뛰어난 점을 "괴테도 부끄러워하지 않을 매력적인 시들을"[100] 독일어로 썼다고 언급하였다.

그런데 하이네가 박사 학위를 마치기 전, 정확히는 학위 통과 시험

과 구두시험 사이의 시기에 세례를 받게 된다. 1825년 6월 28일

크리스티안 그림Christian Grimm 목사에게서 세례를 받았고, 세례명

은 크리스티안 요한 하인리히였다. 앞서 언급한 것처럼 이후 문학

사에서 하인리히 하이네로 불리게 되었으며, 하이네는 당시 이 세

례 증명을 "유럽 문화로 진입하기 위한 티켓"[101]이라 보았다. 그러

나 결코 벗어날 수 없는 유대인으로서의 정체성은 그대로 남아 있

었다. 이 시기는 그의 정신적 격동기라고 할 수 있는데, 그는 세

례를 통해서 기독교-독일 사회에 뿌리내리려는 노력을 하였다.

1826년 함부르크에서 변호사 개업을 하려고 부모가 살고 있던 뤼

네부르크를 떠났는데, 왜 그 계획이 이뤄지지 않았는지는 알 수 없

다. 반면, 베를린이나 뮌헨에서의 교수직은 그에 대한 반대 여론

때문에 기회가 주어지지 않았다. 나중에 하이네는 친구 모저Moses

Moser에게 쓴 1826년 1월 9일 편지에서 "난 지금 유태인과 기독교

인 모두에게 미움을 받고 있네. 난 세례 받은 것을 몹시 뉘우치고

있네"(재인용 Kortländer, 32)라고 썼다.

　더욱이 하이네는 함부르크를 싫어했는데 "함부르크는 낮에는 거

대한 계산소이고 밤에는 거대한 사창가였다"(HA 20, 224)라고 쓰고

있다. 또 함부르크는 그의 좌절한 사랑 때문에 "고통의 아름다운

요람"(HS 1, 39)이기도 하였다. 그는 항상 독일을 떠나 파리로 가야

---

100)　Heine-Jahrbuch 7, Heine-Archiv Düsseldorf (Hg.), Dsseldorf 1968, 15쪽.

101)　Heinrich Heine. Historisch-kritische Gesamtausgabe der Werke, Manfred
　　　Windfuhr (Hg.), Bd. 10, Hamburg 1993, 313쪽. 이하 (HGW, 권수와 쪽
　　　수)로 표기함.

겠다는 생각을 하던 가운데 함부르크에서 1826년 1월 말 출판업자 캄페Julius Campe를 알게 된다. 그는 1826년 5월 하이네의《여행집Reisebilder》(〈하르츠 여행Harzreise〉, 〈귀향Heimkehr〉, 〈북해Nordsee〉 제1부 등) 제1권을 처음으로 출판하였다. 이 작품은 하이네의 가장 많이 팔린 시집일 뿐만 아니라 그에게 서정 시인으로의 명성을 확고하게 안겨 주었다. 또한 이 시집에 실린 시들에 예술가곡의 주요 음악가들인 슈베르트, 슈만, 브람스, 멘델스존, 리스트, 볼프 등이 곡을 붙이기도 했다. 캄페는 출판인이었으나 하이네에게는 개인적 친구이자 조언자였을 뿐만 아니라 끊임없이 문학적인 동기를 부여하였다. 그래서 진보적 출판인 캄페와 하이네의 관계는 처음부터 단순히 사업적 관계만은 아니었다.

1827년 9월 하순 바른하겐으로부터 코타Cotta 출판사의 전문지의 편집장을 맡을 것인지 아닌지에 대해서 하이네에게 의사타진이 들어왔다.[102] 이 잡지는 뮌헨에서 발간되었고 그는 바른하겐의 제안을 받아들여서 10월 하순 뮌헨으로 향했다. 가는 길에 카셀에서 그림 형제들, 프랑크푸르트에서 루트비히 뵈르네, 하이델베르크에서는 동생 막시밀리안Maximilian을 만났다. 슈투트가르트에서는 대학 동창이자 나중에는 극단적 적대관계가 되어 버린 볼프강 멘첼Wolfgang Menzel을 만났는데, 멘첼도 코타 출판사에서 일을 하고 있었다. 당시 튀빙겐Tübingen에서 시작된 코타 출판사는 남독에서 일종의 출판 제국을 형성하고 있었고, 아우크스부르크와 슈투트가르트에서도 신문이 발행되고 있었다. 뮌헨에서의 전문 잡지사 일은 하이네에게 그리 성공적이지 못했다. 거기에는 두 가지 이유가 있

---

102) 이 잡지는《노이에 알게마이네 폴리티셰 아날레Neue Allgemeine Politische Annale》였다.

었다. 하나는 뮌헨에서 정치문학 잡지가 정착하기 어려웠고, 다른 하나는 가톨릭 측에서 하이네를 공격하였기 때문이었다. 더욱이 그가 뒤셀도르프 시절 친구이자 1828년 바이에른 내무장관이었던 에두아르트 셴크Eduard von Schenk의 도움으로 교수직에 지원했다는 사실이 알려지자 하이네를 극력 반대하는 움직임이 일었다. 게다가 뮌헨 기후가 그의 건강을 악화시켰다.

1828년 12월 2일 뮌헨에서 하이네는 아버지의 부음을 받고는 함부르크로 갔다. 그는 아버지의 장례 이후 다시 뮌헨으로 돌아왔으나 끊임없는 건강 문제와 아버지의 죽음이 그를 쇠약하게 만들었다. 1829년 8월 그는 뮌헨에서 코타사의 일을 끝내고 다시 함부르크로 돌아갔다. 1831년 4월 파리로 갈 때까지 주로 함부르크에서 지냈는데, 그 사이 헬고란트Helgoland로 여러 주에 걸쳐 두 차례나 요양을 다녀오기도 했다. 하이네는 함부르크에서 변호사 개업을 하거나 베를린이나 뮌헨에서 교수직을 얻고자 했으나 좌절함으로써 독일 사회에 대한 환멸, 이방인이라는 의식을 겪으면서 전업 작가의 결심을 굳혔다. 그래서 코타의 전문지 편집의 일상적 직업과 작가 생활을 병행하고자 했으나 이마저도 실패한 것이었다.

그 사이 1829년 12월 《여행집》(〈뮌헨에서 제노바로의 여행Die Reise von München nach Genua〉및 〈루카의 목욕탕들Die Bäder von Lucca〉) 제3권이 출판되었는데, 역시 베스트셀러가 되었다. 여기에는 시인이자 동양학자인 아우구스트 플라텐-할러뮌데August von Platen-Hallermünde와의 논쟁이 한몫하였다. 하이네는 플라텐을 뮌헨에서 만난 적이 있었다. 그런데 《여행집》 제2권 시집의 부록에 실린 임머만Carl Immermann의 글에서 임머만이 플라텐의 동양주의를 공격한 것에 대해서, 플라텐은 임머만과 "유대인 하이네"라고 칭하면서 하이네를 동시에 극단적으로 공격하였다. 하이네 역시 치명적으로 정신적 타격을 입게 되자 그는 자신의《여행집》제3권에 실린〈루카의 목욕탕들〉에서 플라텐의 동성애 문제를 암시하는 글을 발표하였다. 이 당시 동성애는 터부시되었고, 이로 말미암아 하이네는 여론이나 지인들로부터 고립되었다. 친구 모저와의 우정에 금이 갔고 오직 바른하겐만이 그에게 유일하게 위안을 주었다. 그뿐만 아니라 자유 진보적 독자 그룹은 하이네에게 많은 지지를 보냈지만 보수적 그룹에서는 그의 문학을 거부하는 태도를 보였다. 심하게는 그의《여행집》제3권에 대한 서평에서 한 평론가는 "하이네는 언어와 판타지의 폭력을 지니고 있다. (…) 그의 천성의 내부 분열과 애매성은 그의 존재의 시작이자 기본 기조"라고 비판하였다. 사실 하이네의 정치적 시각은 오늘날까지도 하이네 수용에서 부정적으로 작용하고 있으며, 하이네의 논쟁들은 문학사에서 레싱 이후로 그토록 극단적으로 일어나 본 적이 없었다.

이어서 1831년 1월 발표된《여행집 추록들》(《여행집》제4권)은 출간되자마자 프로이센 결정에 따라 금서가 되었다. 그러니까 문학의 대표적 혁명자인 하이네에게는 그 어떤 일자리도 독일에서는 주어지지 않았고, 그의 시는 어느 신문에도 실릴 수가 없었다. 하이네는 1830년 파리의 7월 혁명과 이 혁명 이후 브루봉 정권이 물러나고 시민들의 왕인 루이 필립이 왕좌에 오르게 되었다는 소식을 들었다. 그래서 파리로 갈 결심을 굳혔고 1831년 5월 1일 함부르크를 떠나 5월 19일 파리에 도착했다. 처음에는 파리에 갔다가 돌아오게 될 것이라고 생각했으나 끝내 파리는 그의 긴 25년 동안의 망명지가 되어 버렸다. 그는 1831년 4월 1일 바른하겐에게 보낸 편지에서 신선한 공기를 마시기 위해서 매일 밤 짐을 꾸리고 파리로 떠나는 꿈을 꾸었고, 자신에게는 "정부의 우매함으로부터 보호하는 일 이외에 아무 것도 남은 것이 없다"(HA 20, 435)고 썼다. 그래서 파리에 도착했을 때 "파리는 새로운 예루살렘이고 라인 지역은 자유에 헌정된 땅을 속물들의 땅과 분리하는 요르단이다"(HS 2, 601)라고 생각했다.

그 당시 파리는 유럽 대륙에서 가장 큰 도시로서 하이네가 도착할 즈음에는 약 80만 명이 살고 있었고, 1840년대 초에는 약 6만 명의 독일인 이주자가 있었다. 하이네는 파리에 도착한 뒤 여러 분야의 유명 인사들을 사귈 수가 있었다. 문학가로는 빅토르 위고, 발자크Honorè de Balzac, 뒤마, 고티에Thèophile Gautier, 음악가로는 로시니, 베를리오즈, 마이어베어, 리스트와 쇼팽을 알게 되었고 화가로는 들라크루아 그리고 여러 역사학자들도 만났다. 사실 그 어떤 외국의 작가도 하이네처럼 쉽게 프랑스에서 수용되고 인정받은 사례는 없다. 발자크는 1844년 하이네가 독일 언론에 "생생하고 지성적인 프랑스 비평"(Michael Werner 1997, 13)을 하는 동시에 파리에서는 독일의 정신과 문학을 대표한다고 보았다. 또 뒤마는 1839년 "만약 독일이 하이네를 원하지 않는다면 우리가 그를 기꺼이 받아들이고자 한다. 하지만 불행하게도 그는 실제 받을 만한 가치보다도 더 많이 독일을 좋아한다"[103]고 평하기도 했다. 또 보들레르는 1865년 "우리의 불쌍한 프랑스는 아주 소수의 시인을 가지고 있고 더구나 하이네에 버금하는 시인은 단 한 사람도 없다."(Werner, 13)고 평했다.

하이네는 1832년 1월부터는 '알게마이너 차이퉁Allgemeiner

---

103) Michael Werner (Hg.): Begegnungen mi Heine. Berichte der Zeitgenossen. 1797~1846. Hamburg 1973, 409쪽.

Zeitung'의 특파원으로서 높은 대우를 받으면서 《프랑스의 상황들 Französische Zustände》이라는 기고란에 글을 실었다(LH, 105). 그런데 1832년 5월 27일 독일에서 통일 독일을 위한 데모가 일어났고, 이로 말미암아 모든 집회와 정치적 모임은 금지되었으며 체포의 물결이 일었다. 말할 것 없이 언론 검열이 강화되었고 '알게마이너 차이퉁'은 인쇄에서 하이네의 파리 기사들을 중립적인 제목 《나날의 보고들》로 바꾸어 싣기 시작하였다. 그러자 하이네는 프랑스에 관한 기사 쓰기를 중단한다. 이후 1832년 12월 《프랑스 상황들》을 책으로 출판하게 되었고, 이 책 서문에서 프로이센의 왕 프리드리히 빌헬름 3세에 대한 정치적 비판도 주저하지 않았다. 프랑스에서 이 서문과 함께 책이 출판되었고, 또 파리에서 캄프의 조카 출판사에서 독일어로도 출간되었다. 1840년 2월부터 하이네는 다시 '알게마이너 차이퉁'에 지속적으로 기사를 실었다.

하이네는 그 당시 파리의 많은 독일 특파원 가운데 한 사람으로서, 엄격한 독일의 언론 검열과 싸워야만 했다. 점점 하이네의 글은 검열에 걸려서 거부당했다. 프로이센은 1835년 12월 10일 하이네, 카를 구츠코브Karl Gutzkow, 하인리히 라우베, 루돌프 빈바르크, 테오도어 문트Theodor Mundt의 작품 출판을 금지시켰다. 1830년 중반부터 빈바르크가 처음으로 사용한 용어인 '청년독일파'에 속한 작가들의 작품이 금서가 되었는데, 더욱이 프로이센 당국은 하이네가 이 그룹의 핵심이라고 여기고 있었다. 오스트리아의 메테르니히 수상은 당시 프로이센의 한 장관에게 보낸 글에서 하이네의 《종교의 역사와 독일의 철학에 관해서Zur Geschichte der Religion und Philosophie in Deutschland》라는 책을 추천하면서 하이네를 "모반자 가운데 가장 큰 인물"(HGW 8/2, 554)이라고 평했다. 또한 볼프강 멘첼은 당시의

우익 분위기를 반영하여 카를 구츠코브의 작품과 '청년독일파' 작가
들을 맹렬하게 공격하였다. 멘첼의 공격에도 아랑곳하지 않고 '청
년독일파'의 경향을 지닌 작가들은 낭만주의와 비더마이어 사조를
반대하고, 중세적인 것과 퇴행적 시대 분위기를 반대하였다. 이들
의 작품들은 금서가 되었으나 그들의 이념은 널리 퍼져 나갔다. 그
리고 프로이센은 1844년에 파리에서 독일에 반대하는 활동을 하
고 있다는 이유로 하이네, 아놀드 루게Arnold Ruge, 카를 마르크스
Karl Marx 및 여러 독일을 비판하는 잡지에 관여하고 있는 사람들에
대해서 체포 명령을 내렸다. 이로 말미암아 하이네는 독일로 돌아
가는 일이 더욱 어려워졌고, 아울러 책 출간도 독일에서 쉽지 않았
다. 그럼에도 파리에서 하이네는 줄곧 작품 활동을 했으며, 독일어
로 글을 썼고, 그의 작품들은 항상 그의 참여 아래 프랑스어로 번역
되었다. 그는 파리에 사는 독일 시인이었으며, 이 점에 하이네는 긍
지를 느꼈다. 다른 한편으로는 그가 파리에 결코 동화될 수 없었음
을 반증하는 것이기도 했다.

하이네는 루트비히 뵈르네가 주축이 된 공화주의자들, 흔히 말
하는 파리의 독일 '자코뱅파'와는 거리를 두었다. 하이네는 1830년
파리에서 뵈르네를 다시 만났는데, 그는 파리에서 독일의 공화주
의자 그룹을 대표하는 사람으로 인정받고 있었다. 하이네는 한때
뵈르네와 같은 정치 참여적 성향을 보였기 때문에 두 사람은 종종
프랑스와 독일 신문에 나란히 이름이 등장하기도 하였다. 1831년
9월 뵈르네가 하이네에게 공동으로 잡지를 창간하자고 제안했으나
하이네는 거절하였다. 이후 뵈르네는 하이네를 심하게 공격하였
고 지속적으로 비방하였다. 뵈르네는 그를 지칭해서 "나쁜 유대인
성품을 지녔고 감정이 없으며 아무것도 사랑하지 않으며 아무것도

믿지 않는다"[104]라고 공격하였고, 그의 천성과 정신적 자세, 부도 덕성, 신경쇠약, 여자 같은 허영심은 태어날 때부터 귀족적이었다 고 조롱하였다.

흔히 하이네와 뵈르네의 대립을 "시인 대 언론인, 자유로운 영혼 소유자 대 당파 정치가, 심미가 대 금욕주의자, 자유주의자 대 모 럴리스트, 당통 대 로베스피에르"(LH, 109)로 비유되곤 하였다. 뵈 르네는 퇴행적 정치혁명을 신봉하고, 하이네 자신은 "사회적 혁명 을 촉진하고자 하는 작가"(HS 3, 215)라고 여겼다. 그래서 그는 일 찍부터 "인류의 해방을 위한 가장 진보적 당파"(HS 6, 142)인 생 시 몽주의Saint-Simonismus를 눈여겨보았다. 1830년대 생 시몽주의는 생 시몽 백작의 글과 관계되어 있었는데, 생 시몽은 자신의 글에서 유토피아 사회론을 펼쳤고, 이후 많은 지지자가 생겨났다. 하이네 는 이 생 시몽주의를 일종의 종교로 받아들였고, 1832년 1월 22일 당시에 금지되었던 생 시몽주의 집회에도 참석하였다. 그러나 생 시몽주의의 인본주의적 진보 이념에 대해서는 동의하면서도 역사 철학적 관점에서는 이들과 거리가 있었다. 하이네는 삶에 대해서 다음과 같이 말한다.

> 삶은 목적도 수단도 아니다. 삶은 권리이다. 삶은 굳어져 가는 죽음에 맞서 서, 과거에 맞서서 이 권리를 유효하게 만들고자 한다. 그리고 이렇게 유효 하게 만드는 것이 혁명이다.(HS 3, 23)

그러니까 삶의 목적은 하이네에게 삶 그 자체인 것이었다. 이러 한 존재론적 혁명 개념은 하이네를 생 시몽주의자들과 분리시켰다.

---

104) Lugwig Börne: Sämtliche Schriften, Inge/ Peter Rippmann (Hg.), Bd. 5, Darmstadt 1968, 172~173쪽.

한편, 하이네는 1834년 10월 어느 구두 가게에서 점원으로 일하는 오귀스탱-크레상 미라Augustine Crescence Mirat(1815~1883)를 알게 되었다. 하이네는 생기발랄한 그녀를 '가장 사랑하는 마틸데 Mathilde'라고 불렀다. 그러나 신분이 낮은 마틸데와의 사귐이나 결혼은 하이네의 입장에서 보면, 도무지 맞지 않는 일이었고 그래서 그의 주변에서는 모두 그녀와 하이네의 관계를 탐탁하게 여기지 않았다. 그 자신도 그 점을 잘 알고 있었기 때문에 처음에는 그녀와 헤어지기 위해서 여러 가지 노력을 했다. 그러나 마틸데의 귀여움과 생기발랄함이 하이네를 사로잡았고, 그들은 1841년 8월 31일 파리의 한 교회에서 결혼식을 올리고 다음 날 혼인신고를 했다. 그녀는 실제 자신의 남편이 무엇을 하는 사람인지, 어떤 중요한 뜻을 사회적으로 지니고 있는지에 대해서 아는 것이 없었다. 반면 하이네는 그녀와 관계에서 "거의 부성애적이었다."(Bernd Kortlnder, 48)같은 연장선상에서 마틸데 또한 오랜 병상 생활 동안 거의 움직일 수 없게 된 하이네의 곁을 충직하게 지켰다.

하인리히 하이네   마틸데 하이네

하이네는 1837년 4월 캄페에게 2만 프랑을 받고 11년 동안 그의 전 작품 출판권을 넘겨 주었고, 1839년부터 삼촌 살로몬의 지원도 이어졌다. 또 프랑스 외무성으로부터는 몇 년 동안 연금도 해마다 지원받았는데, 이 지원은 1848년 공화정이 되면서 중단되었다(LH, 160). 한편, 1840년과 1841년 겨울에 하이네의 건강이 악화되었는데 더욱 시력이 저하되었고 얼굴에 마비 증세도 나타났기 때문에 피레네 지방에서 요양을 하게 되었다. 이곳에서 정치 시 장르에 속하는 《아타 트롤Atta Troll》에 대한 구상을 하였다. 그의 건강 상태는 줄곧 악화되어서 마비 증세, 시력 저하, 두통이 자주 엄습하였다. 하이네는 1842년 5월 초순 함부르크 도시 화재 때 전 재산을 잃었고 위기에 처하게 된 가족을 다시 만나고 싶은 생각이 간절했다. 그래서 12년 만에 짧은 기간 동안 독일을 방문하기로 결심해서 1843년 10월 21일 은밀히 함부르크로 향하였다. 그곳에 체류하는 동안 하이네와 캄페 사이에 출판 재계약이 성공적으로 이뤄졌고, 그는 12월 16일 파리로 돌아온다.

이 함부르크 여정의 경험은 그의 《독일. 겨울동화Deutschland. Ein Wintermärchen》(1843)에 반영되어 있다. 이 시는 하이네의 정치 시의 절정인 동시에 그의 입지가 극단적으로 좁아진 상황을 표현하고 있다. 하이네는 1843년 말 파리에서 카를 마르크스를 만났고, 그들은 자유롭고 정의로운 사회질서의 동일한 목표를 가지고 있었으며, 착취와 억압에 반대하는 잡지를 공동으로 출판하였다. 그러나 마르크스 정치 이론들은 하이네에게 낯설었고, 급진적이고 폭력적인 해결 가능성에 대해서는 신뢰가 가지 않았다. 하이네는 공산주의자들과는 달리 존재의 확실성을 넘어서 인류의 해방을 위한 유토피아에 매달려 있었으며, 동시에 사회 비판적이고 이론적인 관점을 넘어서는 예술의 미학을 주창하였다.

1844년 7월 20일 하이네는 아내 마틸데와 함께 함부르크를 다시 방문한다. 체포에 대한 두려움 때문에 르 아브르에서 배를 타고 출발한다. 함부르크 체류 동안 그의 건강은 더욱 악화되었고, 게다가 편두통에 시달렸다. 마틸데 역시 이 여행이 편안하지 않아서 그들은 예정보다 빨리 10월에 배를 타고 암스테르담을 거쳐 파리로 돌아온다. 1844년 12월 23일 그는 삼촌 살로몬의 사망 소식을 접한다. 이로 말미암아 그의 사촌 카를 하이네와 1년 반에 걸쳐 유언에 나와 있지 않은 연금과 관련해서 다툼을 벌이게 된다. 그동안 삼촌이 보내 준 연금은 생활비가 비싼 파리의 삶을 지탱하고 그의 잦은 병치레에 따른 치료비를 채워 주었으며, 마틸데의 노후를 위해서 연금 일부가 저축되고 있었다. 유언장에는 연금 대신 일시금만 보장되어 있었기 때문에 사촌 카를은 해마다의 연금은 삭제하고 일시금만 지불하고자 하였다. 이로써 삼촌이 사망했다 하더라도 연금을 기대하고 있었던 하이네는 공개적으로 사촌을 비난하게 된다. 여러 사람의 중재에 따라서 1847년 2월 카를이 파리를 방문하면서 두 사촌 사이의 화해가 이뤄지고 카를은 그에게 연금을 지불하게 된다.

하지만 유산상속 문제로 인한 다툼은 하이네의 건강을 다시 악화시켰다. 빈번하게 침대에 누워 지내게 되었고 더욱이 얼굴 근육과 눈에 마비 증세가 심했다. 1849년 6월에는 거의 몸이 마비되어서 안락의자와 침대에 누워 지냈는데, 다리는 목화솜과 같고, 아이처럼 부축을 받아야 했으며, 마비 때문에 말하기도 쉽지 않고, 게다가 눈까지 멀고 있었다. 오늘날까지 여러 연구가 있었음에도 하이네가 어떤 병 때문에 그렇게 되었는지는 분명치 않다. 그렇지만

놀라운 것은 그가 병마에 시달리는 동안에도 그의 정신력은 온전
하였다는 점이다. 그는 마지막까지 정신을 잃지 않고 모르핀으로
병의 고통을 이겨 내며 정신적 작업을 하였다. 그의 병은 많은 비
용을 필요로 했고, 이즈음 그의 편지에서 주된 주제가 돈과 질병이
었다. 1849년 11월 16일 캄페에게 보낸 편지에서 보면, "파리에
산다는 것은 충분히 비쌉니다. 그런데 파리에서 죽어 간다는 것은
끝없이 비쌉니다"(HA 22, 322)라고 쓰고 있다.

침상 생활 속의 하이네   출판인 율리우스 캄페

　하이네는 거의 8년 동안 침상 생활을 하면서도 돈 관리와 지출
등을 투쟁적으로 해냈고 해골처럼 삐쩍 마른 환자로서 저술 및 출
판, 번역 작업에 몰두했다. 1854년 11월 샹젤리제의 옆길에 인접
한 마티뇽 거리에 있는 집으로 이사를 갔고 이곳에서 그는 세상을
떠났다. 병을 앓던 초기에는 종종 함부르크로 이사하는 것에 대해
서 생각했고, 그의 가족들과 연락을 나누기도 하였다. 1852년 막
스, 1855년 구스타프, 누이 샤로테와 출판인 캄페가 그를 방문하
였고, 어머니에게는 오랫동안 그의 건강 상태가 비밀에 부쳐졌다.

하이네의 《로만체로Romanzero》 출판은 큰 성공을 거두었고 캄페는 작가 원고료를 가장 높게 지불하였다(LH, 161). 그의 생전에 독일에서는 그의 전집이 출간되지 못했으나 1855년 2월부터 프랑스 레비출판사에서 그의 전집이 출간되었다. 출판업자 유진 랑뒤에는 이미 1833년에서 1835년 사이에 하이네 시집 5권을 프랑스어로 출간하였다.

엘리제 크리니츠Elise Krinitz는 1855년 봄 하이네를 찾아왔는데, 그녀는 그의 마지막 생애와 관련해서 책을 쓰고자 했다. 그녀의 책 《하이네의 마지막 나날들Heinrich Heine's letzte Tage》은 프랑스어로 쓰였으며, 1884년 영어와 독일어 번역본으로 출간되었다. 크리니츠는 하이네에 관한 책을 쓰기 위해서 거의 날마다 그를 방문하였다. 하이네는 그녀에게 후기 시들을 바쳤고, 1855년 그녀에게 보낸 편지에서 "난 죽을 만큼 그리고 가장 내적인 애틋함으로 사랑한다"(HA 23, 456)라고 그녀에게 마지막 신뢰와 사랑을 각별하게 보였다. 그로부터 1년 뒤 1856년 2월 17일 하이네는 뇌막염으로 사망하였고, 2월 20일 파리 몽마르트르 묘지Friedhof Montmartre에 안장되었다. 그의 유언에 따라 종교의식이나 애도 연설 없이 약 100여 명의 추도객이 하이네의 장례를 지켜보았다. 마틸데는 1883년 생을 마치며 남편 옆에 안장되었다.

하이네가 "내 요람 주위로 18세기의 마지막 달빛이 비치고 19세기의 첫 여명이 비친다"[105]라고 쓰고 있듯이 그는 독일의 옛 서정시 전통과 연결되어 있는 동시에 그에게 새롭게 다가온 현대 독일 서정시가 있었다. 그는 전통과 현대 사이의 역사적 중간자로서

---

105) 하이네 사후 출판 원고에서 Jan-Christoph Hauschild Michael Werner, 29쪽.

의 역할, 파괴자이자 새로운 전통 수립자로서 이중 과제를 짊어졌다. 그러나 과거의 모든 것을 비판하는 노력을 하였고 독일 전통의 더 나은 부분들이 현대 속으로 흘러들도록 함으로써 새로운 것, 되어 가는 것의 토대를 형성하도록 노력하였다. 그런데 1960년대까지도 하이네의 문학을 정치적인 하이네와는 별개로 다루는 경향이 주도적이었다. 곧 하이네를 낭만주의 노래 작사자이자 역설적인 여행기 저자로만 다루는 것이었고, 정치적인 하이네의 모습은 배제되었다. 그러나《노래의 책》의 제2판 서두에서 그는 그 대립된 두 모습이 동시에 자신임을 다음과 같이 말한다.

> 나의 정치적, 신학적 그리고 철학적 글들과 마찬가지로 나의 시적 글들은 하나의 같은 생각에서 유래하고 있으며, 다른 쪽의 찬사를 뺏음이 없이 또 다른 쪽을 저주해서도 안 된다는 점을 지적하지 않을 수 없다.(HA 1, 9)

하이네의 시는 괴테의 시와 마찬가지로 독일 예술가곡의 주요 원천이었다. 여기서는 수많은 하이네 가곡 가운데 슈베르트, 로베르트와 클라라 슈만, 파니 헨젤과 멘델스존, 리스트, 볼프, 슈트라우스의 가곡으로 하이네의 시들이 어떻게 음악적으로 해석되고 있는지를 분석·고찰하고 있다.

5.2 슈베르트의 하이네-가곡들

슈베르트가 하이네의《노래의 책》에 실린 〈귀향〉에서 발췌한 6편의 시에 곡을 붙인 가곡들은 연가곡《백조의 노래Schwanengesang》의 8번에서 13번까지이다. 슈베르트는 괴테의 시에 곡을 붙이는

것을 시작으로 해서 가장 마지막에 하이네의 시에 곡을 붙였는데,
이 하이네 가곡들로 "독특하고, 새롭고 비교할 수 없는 가곡 영역
을 형성하였다"(RL, 292)고 평가된다. 디트리히 피셔-디스카우는
예술사에서 볼 때 일찍 사망한 예술가 가운데 그 어느 누구도 슈베
르트처럼 "삶의 마지막 몇 달 사이에 그토록 완벽하게 새로운 것
을 세상에 내놓지 못했다"(Fischer-Dieskau, 480)라고 슈베르트의 하
이네-가곡에 대해서 평했다. 슈베르트는 더욱이 하이네 시가 지닌
낭만적 애수와 감정을 훌륭하게 표현했는데, 이 여섯 편의 가곡들
가운데 한 곡(10번 〈어부 소녀〉)을 제외하고는 모두 어둡고, 음울
한 노래들이다. 이러한 분위기는 슈베르트 자신이 죽음에 이른 시
기의 음울함과 어두움이 반영되었다고 볼 수 있다.

1) 〈아틀라스〉

〈아틀라스Der Atlas〉는 하이네의 〈귀향〉의 무제 24번, 2연 4행시
이며[106] 이 시에 슈베르트 이외에도 약 9명의 작곡가가 곡을 붙였
다. 하이네의 시에는 제목이 없으나 슈베르트는 자신의 곡에 〈아
틀라스〉(D. 957 No.8)라는 제목을 붙였으며, 이 시를 그의 연가곡

---

106) Heinrich Heine: Sämtliche Gedichte. Bernd Kortländer, Stuttgart 2006,
129~130쪽. 이하 (HG, 쪽수)로 표기됨. 아틀라스는 그리스 신화에서 거인
족 신의 아들 라페토스와 바다의 요정 클리메네의 아들이다. 그의 형제로는
메노이티오스, 프로메테우스, 에피메테우스가 있다. 올림푸스 신들의 싸움
에서 패배한 거인족들은 저승 세계로 보내졌고, 아틀라스와 메노이티오스
는 크로노스에게 충성했다는 이유로 제우스로부터 벌을 받았다. 아틀라스
는 땅의 여신 가이아의 서쪽 끝에 서서 우라노스의 폭력을 저지하는 의무를
받았다. 그래서 그 상징으로 후대의 여러 조각품에서는 아틀라스가 그 당시
알려진 세상의 가장 서쪽 지점에서 천공을 무겁게 짊어지고 있는 형상으로
조각되어 있다.

《백조의 노래》의 8번째 곡으로 삽입하였다. 이 연가곡은 전체 13곡과 추가 1곡으로 이루어져 있으며, 이 가운데 여섯 가곡이 하이네의 〈귀향〉에 나오는 시들에 곡을 붙인 것이다.

〈아틀라스〉는 온 세상을 고통스럽게 짊어진 불행한 사람의 한탄이며, 슈베르트는 그의 가곡에서 하이네의 2연 4행시와는 달리 1연을 반복함으로써 마치 3연 4행시처럼 노래하고 있다. 간결함, 장식 없는 단순함, 집중된 감정, 격정과 불안의 직접적인 표현이 두드러지고 있으며, 이 곡은 피아노의 격정적인 서주로 1연 "난 불행한 아틀라스! 세상을/ 고통의 온 세상을 짊어져야만 하네/ 난 견딜수 없는 것을 짊어지고/ 가슴이 몸에서 부서져 내리려고 하네"라고 노래한다. 1연에서는 1행과 2행이 반복되며 비장하고 강한 톤으로 노래하고 있다. 그러니까 아틀라스는 고통으로 가득 찬 세상을 짊어져야만 하는 벌을 받고 있으며, 이 견디기 어려운 일로 말미암아 가슴이 몸에서 떨어져 나갈 것 같은 고통을 겪고 있다고 한탄한다. 1연 다음 피아노의 격정적인 간주가 아틀라스의 한탄을 강조하면서 연주된 뒤 2연으로 넘어간다.

2연 "자랑스러운 가슴이여, 넌 그것을 원했구나!/ 넌 행복하고자, 끝없이 행복하고자 했구나/ 아니면 끝없이 비참한 자랑스러운 가슴을 원했거나/ 그런데 이제 넌 비참해졌구나"라고 노래한다. 여기서 3행의 일부분 "끝없이 비참한"은 반복되고 있다. 그러니까 아틀라스는 끝없는 행복을 동경했거나 또는 비참하지만 자랑스러운 마음을 원했는데 이제 그는 행복이나, 자랑스러운 마음은 없이 오직 비참해졌을 뿐이라고 한탄하고 있다. 이 2연의 시 구절이 끝나면 다시 1연 1행 "난 불행한 아틀라스야!"를 두 번 반복하고, 2행 "고통의 온 세상을 짊어져야만 하네"는 세 번 점점 높아지는 톤으로 비장하게 노래한다. 이로써 "고통의 외침으로 변하고 있으며"(RL, 292), 이렇게 1연을 반복한 것은 하이네의 시와는 달리 아틀라스의 고통과 심적 부담을 넘어서서, 굴복하지 않으려는, 곧 2연 3행의 구절처럼 비참하지만 자랑스러운 내면의 단호함과 승리감을 극대화시켜 강조하고 있다고 할 수 있다. 그리고는 피아노의 후주가 이 부분을 다시 강조하면서 곡이 끝나고 있다.

2) 〈그녀의 초상〉

슈베르트의 〈그녀의 초상Ihr Bildnis〉은 하이네 〈귀향〉의 무제 23번, 3연 4행시(HG, 129)에 곡을 붙인 것이다. 이 시에 슈베르트 이외에 클라라 슈만과 볼프를 비롯해서 90여 명이 넘는 작곡가가 곡을 붙였다. 슈베르트는 하이네의 무제의 시에 〈그녀의 초상〉(D. 957 No. 9)으로 제목을 붙였으며, 이 곡은 피아노의 피아니시모의 서주를 시작으로 외로움이 드러난다. 서주에 이어 1연 "난 어두운 꿈속에 서 있었고/ 그녀의 초상을 응시하였는데/ 사랑스런 얼굴이/ 은밀하게 살아 움직이기 시작했지"라고 부드럽고 높은 톤으로 노래한다. 3행과 4행의 사랑스런 모습은 은밀히 살아나기 시작했다는 부분에서는 조가 바뀐다. 그밖에 2행 "그녀의 모습을 응시하였고" 다음 아주 짧은 피아노의 잔잔한 간주가 들어가면서 연인의 얼굴이 생생해짐을 강조한다.

이어 2연 "그녀의 입술 주위로/ 미소가 황홀하게 번졌고/ 우울한 눈물방울에선/ 그녀의 눈망울이 반짝이는 듯했지"라고 전체적으로 부드럽고 애잔하게 노래한다. 2연이 끝난 뒤 피아노의 아주 낮고 부드러운 간주가 연인의 눈물 속에서 마치 그녀의 눈망울이 소리 없이 반짝이는 것 같은 장면을 강조한다. 3연 "또 내 눈물

도/ 뺨을 타고 흘러내렸고/ 아, 난 믿을 수가 없구나/ 내가 그대
를 잃었다는 것을"이라고 노래한다. 2행 "내 뺨을 타고 흘러내렸
고" 다음 1연에서처럼 피아노의 나지막하고 짧은 간주가 이번에
는 서정적 자아의 조용히 흐르는 눈물을 강조한다. 3행과 4행에
서 사랑하는 사람을 잃었다는 것은 정말 믿을 수가 없다는 것을
비장하고 강한 음색으로 노래하고는 피아노의 후주가 강하게 이
러한 상실감을 강조하면서 곡이 끝난다. 사랑하는 사람을 완전히
잃었다는 현실 인식에서 음울한 시작의 멜로디가 다시 울리지만
단순히 반복하는 것이 아니라 역동적으로 고양된 피아노의 후주
가 연주되고 있다.

3) 〈어부 소녀〉

슈베르트의 〈어부 소녀Das Fischermädchen〉는 하이네 〈귀향〉의 무
제 8번, 3연 4행시에 곡을 붙인 것이다(HG, 120). 이 시에도 슈베
르트와 뢰베를 포함해서 약 90여 명의 작곡가가 곡을 붙였다. 슈
베르트는 하이네의 3연 4행시를 반복을 통해서 3연 7행시로 노래
하고 무제의 시에 〈어부 소녀〉(D. 957 No.10)라는 제목을 달았다.
〈어부 소녀〉는 "바르카롤라(곤돌라의 뱃노래)의 가볍고 장난스런
6/8박자로 시가 지닌 낭만적 감정의 깊이를"(RL, 293) 보여 주고
있다. 이 곡은 유절가곡이며 피아노의 서주와 후주가 들어 있고,
각 연의 2행 다음 추가로 피아노의 명랑한 간주가 들어가 있다.

이 곡은 피아노의 밝은 서주로 곡이 시작되고, 4행으로 된 1연
에서는 "그대 아름다운 어부 소녀/ 나룻배를 뭍으로 대고 있구나/
내게로 와서 앉으렴/ 우리 서로 손을 어루만져 보자"라고 노래한
다. 여기서는 서정적 자아가 어부 소녀에게 나룻배를 뭍에 대고 그

의 곁으로 와서 서로 손을 어루만지자고 제안한다. 그리고는 3행 "내게로 와서 앉으렴"과 4행 "우리 서로 손을 어루만져 보자"를 반복하고 다시 4행을 반복함으로써 슈베르트의 곡은 마치 7행시라는 느낌을 주는데, 마지막 7행의 "손" 부분에서는 부드러운 바이브레이션의 기교를 더하면서 곡의 묘미를 보여 주고 있다. 이어 부드러운 피아노의 간주가 나온다.

2연은 "내 가슴에 네 작은 머리를 얹어 놓으렴/ 너무 두려워하지 마라/ 별 근심하지 말고 믿으렴/ 날마다 거친 바다를"이라고 노래한다. 서정적 자아는 그녀에게 날마다 바다는 거칠지만 큰 근심하지 말고 신뢰하라고 위로한다. 1연과 마찬가지로 3행 "별 근심하지 말고 믿으렴"과 4행 "날마다 거친 바다를" 부분은 반복하고 다시 4행을 반복함으로써 7행시로 노래하고 있다. 피아노의 간주가 이어진 다음 3연은 "내 마음은 그 바다와 같구나/ 그건 돌풍, 썰물과 밀물을 가지고 있구나/ 그리고 아름다운 진주는/ 바닷속 깊은 곳에 있구나"라고 노래한다. 그러니까 그의 가슴은 돌풍, 썰물과 밀물을 지닌 바다와 닮았고 그 깊은 바다에는 아름다운 진주가 있다고 노래하고는 3행 "그리고 아름다운 진주는"과 4행 "바다 속 깊은 곳에 있구나"를 반복하고 4행을 또 다시 반복 노래함으로써 역시 7행시로 노래하고 있다. 7행 "깊은 곳" 부분은 1연과 마찬가지로 부드러운 바이브레이션을 붙이면서 노래가 끝나고 이어 피아노의 부드러운 후주가 평화로우면서도 전원적 분위기를 강조하면서 곡을 끝낸다. 그러니까 이 〈어부 소녀〉는 다른 하이네-가곡들과는 달리 음울한 분위기가 드러나지 않는 곡이다.

4) 〈도시〉

슈베르트의 〈도시Die Stadt〉는 하이네 〈귀향〉의 무제 16번, 3연 4
행시(HG, 125)에 곡을 붙인 것이다. 슈베르트, 멘델스존을 포함해
서 약 25명의 작곡가가 이 시에 곡을 붙였다. 슈베르트는 이 무제
의 시에 〈도시〉(D. 957 No. 11)라는 제목을 붙였으며, 이 곡에도 피
아노의 서주, 간주, 후주가 들어가 있고, 피아노의 연주에는 마치
하프가 내는 소리처럼 부드러운 느낌이 들어 있다. 이 가곡은 물
이 출렁이는 듯하고, 느리고 부드럽고 애잔하고 신비로운 느낌의
피아노의 서주로 시작하고, 비약하고 하강하는 "아르페지오(분산
화음)의 노래"(RL 293)이며 화음은 신비한 분위기를 띠고 있다. 곧
바람에 물결이 일렁거려 수평선에 흔들거리는 도시가 안개 속에서
모습을 드러내는데, 여기서 바람에 물결이 일렁이는 것은 서정적
자아 내면의 흔들림을 드러낸다.

이 곡도 〈어부 소녀〉처럼 반복되는 시행이나 시구절 없이 노래
되고 있는데, 4행으로 이뤄진 1연은 "멀리 수평선에서/ 마치 안개
형상처럼/ 탑들과 함께 그 도시가/ 저녁노을에 감싸인 채 모습을
드러낸다"고 노래한다. 1연은 전체적으로 애수에 찬 부드러운 음
색으로 멀리 수평선 너머의 도시가 저녁노을에 감싸인 채 그 모습
을 드러낸다고 노래하고, 피아노의 간주가 서주처럼 부드럽고 애
잔하며, 가볍게 구르듯이 이어진다. 2연 "습한 바람이/ 잿빛 수로
에 잔물결을 일게 하고/ 슬픈 박자로/ 뱃사공이 그의 나룻배에서
노를 젓고 있다"라고 낮은 톤으로 노래한다. 여기에서는 습한 바
람이 잿빛의 수로에 잔물결을 일게 하고, 뱃사공은 슬픈 박자로 서
정적 자아가 탄 나룻배의 노를 젓고 있다고 노래한다. 더욱이 3행
"슬픈 박자로"와 4행 "뱃사공이 내가 탄 나룻배의 노를 젓고 있다"

는 낮은 톤으로 노래하는데, 이것은 서정적 자아의 슬픈 심정을 드
러내고 있다. 이어 피아노의 간주가 그러한 분위기를 강조하고 있
으며, 이렇게 이어진 피아니시모의 노래는 3연에서 고통스러운 외
침으로 변화된다.

3연에서는 "태양은 다시/ 땅위에서 빛을 발하면서 솟아오르고/
내가 사랑하는 사람을 잃었던/ 그 장소를 나에게 보여 준다"고 노
래하며 신비한 아르페지오가 끝까지 울린다. 이렇게 3연은 서창조
로, 지금까지와 다르게 아주 강한 톤으로 태양이 다시 땅에서 빛을
발하면서 서정적 자아가 사랑한 사람을 잃었던 그곳, 그 도시를 비
추고 있다고 노래한다. 더욱이 3행 "나에게 그 장소를 보여 준다"
와 4행 "내가 사랑하는 사람을 잃었던"에서는 가장 높은 톤으로 서
정적 자아의 잃어버린 연인이 살았던 도시를 노래하고 정말 사랑
하는 사람을 잃은 애절함을 강조하면서 절정에 달한다. 이어 피아
노의 후주가 앞에서 고양된 노래의 톤과는 달리 부드럽게 곡을 마
무리하고 있다.

5) 〈바닷가에서〉

슈베르트의 〈바닷가에서Am Meer〉는 하이네 〈귀향〉의 무제 14
번, 4연 4행시(HG, 124)에 곡을 붙인 것이다. 이 시에 슈베르트,
파니 헨젤을 포함해서 약 12명이 곡을 붙였다. 슈베르트의 〈바
닷가에서〉(D. 957 No.12)는 서정적 표현과 시적 묘사가 잘 드러
나는 가곡이라는 점에서 "슈베르트의 마지막 위대한 멜로디"(RL,
293)라 할 수 있다. 특이한 화음은 고요한 저녁 해안에 부딪치는
파도의 부드러운 물결을 묘사하고 있으며, 더욱이 "파도의 부딪
치는 소리를 단 한 번도 들어 본 적이 없는 슈베르트가 자연적

인 사실주의 관점에서 파도의 울림을 만들어 낸 점은 놀랍다"(RL, 294)고 평가되고 있다.

〈바닷가에서〉 악보 일부

〈바닷가에서〉의 1연과 3연, 2연과 4연은 같은 멜로디로 되어 있으며 피아노의 서주, 간주, 후주가 들어 있다. 이 곡은 낭만적 인 서정적 가곡으로서 피아노의 아주 느리고, 부드러운 서주로 시작된다. 서주로서 피아노의 트레몰로는 몽롱한 분위기 속에서 떨리면서 울리고, 이어 4행으로 된 1연은 "바다가 저 멀리에서 빛났다/ 마지막 저녁노을 빛 속에서/ 우리는 외로운 어부의 집에 앉아 있었다/ 우리는 말없이 외롭게 앉아 있었다"고 노래한다. 여기서는 저녁노을이 질 때 그들은 말없이 그리고 외롭게 어부의 집에 앉아 있었고 바다는 저 멀리에서 빛났다. 이어 피아노의 느리고 부드러운 간주가 들어가고, 다시 빠른 박자로 바뀌면서 2연 으로 넘어간다.

2연은 "안개가 일고 바다는 출렁이며/ 갈매기가 이리저리 날아 다니고/ 그대의 눈에서 사랑스럽게/ 눈물방울이 흘러내린다"라고 노래한다. 안개가 일고, 바다는 출렁거리며 갈매기가 바다 위를 날 때 그녀의 눈에서는 눈물이 흐른다. 2행 "갈매기가 이리저리 날아

다니고" 다음 피아노의 짧은 간주가 들어가 있으며, 2연의 노래가 끝나면 피아노 간주가 다시 느리고 짧게 들어간다.

3연은 1연과 같은 멜로디로 "난 내 손 위로 그녀가 몸을 쓰러뜨리는 것을 보았다/ 난 무릎 위로 몸을 수그렸다/ 그대의 하얀 손으로부터/ 눈물이 전이되어 왔다"라고 노래한다. 그녀는 그의 손 위로 몸을 수그리고 그 위로 그도 몸을 수그리자 그녀의 손으로부터 눈물이 옮겨 오는 듯했다. 이어 피아노의 느리고 부드러운 간주가 사랑하는 두 사람의 눈물 흘리는 분위기를 애잔하게 강조한다. 이어 빠른 간주로 바뀌면서 4연으로 넘어간다.

4연 "그 시간 이후 내 몸은 쇠약해지고/ 영혼은 그리움에 애가 탄다/ 불행한 그 여자가/ 그녀의 눈물로 나를 감염시켰다"라고 강한 톤으로 노래한다. 그러니까 그 뒤 서정적 자아의 몸은 쇠약해지고, 그의 영혼은 그리움에 타들어 가고, 불행한 그녀의 눈물은 그를 슬픔에 빠뜨렸다. 2행 다음에는 피아노의 짧은 간주가 들어가 있고, 3행과 4행은 아주 강하고 "날카로운 걸림음 불협화음"(RL, 294)으로 노래하다가 하강하는 음으로 노래하면서 피아노의 아주 느리고 잔잔한 후주가 이어지면서 곡이 끝난다.

6) 〈똑같이 닮은 사람〉

슈베르트의 〈똑같이 닮은 사람Der Doppelgänger〉은 하이네의 〈귀향〉의 무제 20번, 3연 4행시(HG, 127)에 곡을 붙인 것이다. 이 시에는 10여 명 이상의 작곡가가 곡을 붙였으며, 슈베르트는 하이네의 무제시에 〈똑같이 닮은 사람〉(D. 957 No.13)이라는 제목을 붙였다. 〈똑같이 닮은 사람〉은 슈베르트 가곡들 가운데 가장 섬뜩하다. 임박한 죽음에 대한 불안한 꿈은, 이미 오래전에 헤어진 연인의 집

앞에서 밤에 자신의 유령 같은 두 번째 자아와 마주쳤다는 환영에
서 나타나고 있다. 슈베르트는 서창조로 작곡하였고, 목소리의 표
현력은 유례없는 긴장과 불안의 휴지부로 말미암아 중단된다. 피
아노의 반주는 "두 개의 메아리 효과"(RL, 295)를 제외하고는 고정
된 화음으로 이뤄져 있다.

　슈베르트의 이 곡은 무겁고 느리며, 잠시 쉼표가 들어간 피아노
의 서주로 시작된다. 4행으로 된 1연 "밤은 고요하고, 골목들은 쉬
고 있다/ 바로 이 집에 내가 사랑하는 사람이 살았다/ 그녀는 오래
전에 이 도시를 떠났다/ 하지만 그 집은 여전히 같은 장소에 그대
로 있다"라고 낮고 느리게 노래한다. 그러니까 밤은 고요하고 골목
들도 조용한데, 그는 오래전에 그 도시를 떠난 연인의 집 앞에 서
있다. 2행 "바로 이 집에 내가 사랑하는 사람이 살았지" 다음에 오
는 피아노의 간주는 노랫말의 느리고 나지막한 톤과는 대비되는
투명하고 또랑또랑한 느낌으로 연주되고 있다. 또 2행의 일부 "이
집"과 4행의 일부 "같은 장소"에는 느린 바이브레이션이 들어가 작
은 묘미를 더하고 있다. 1연이 끝나면 피아노의 느리고 부드러운
짧은 간주가 들어가면서 2연으로 넘어간다.

　2연의 1행은 점점 높아지는 톤으로 "거기 한 사람이 서서 높은
곳을 응시하네"라고 노래하고, 2행 그는 "고통의 힘 앞에 손을 비
빈다"는 아주 격렬하게 높은음으로 노래하고 있다. 3행과 4행 "내
가 그의 얼굴을 보게 될까 두렵고/ 달이 내 자신의 모습을 나에게
보여 준다"에서, 더욱이 4행의 일부분 "내 자신의 얼굴을"에서는
가장 격앙된 높은음으로 노래한다. 그러니까 서정적 자아는 연인
이 살았던 집 앞에서 자신의 또 다른 모습을 보는데, 자신과 똑같
이 닮은 그 사람은 그곳에 서서 높은 곳을 바라보면서 고통으로 괴

로워하고 있다. 그래서 서정적 자아는 그 사람을 보게 될까 봐 두려워하고 있는데, 달빛은 그에게 똑같이 닮은 그 사람을 보여 주고 있다. 2연의 노랫말이 지닌 고조된 분위기는 그대로 피아노 간주 없이 3연으로 이어진다.

3연 역시 전체적으로 강한 높은 음색으로 노래하고 있다. "너 똑같이 닮은 이여, 너 창백한 젊은이여!/ 넌 내 사랑의 고통을 조롱하는가/ 이 자리에서 날 괴롭히고 있는 것을/ 그렇게 많은 밤, 옛날이었나?"라고 가장 높은 톤으로 노래하다가 서서히 하강하는 톤으로 노래가 끝나고 다시 느리고 나지막한 피아노의 후주로 곡이 마무리된다. 그러니까 서정적 자아는 자신과 똑같이 닮은 창백한 자에게 사랑의 고통을 조롱하고, 그 고통으로 괴로워했던 많은 나날들은 옛일이었는가라고 묻고 있다. 이로써 서정적 자아는 유령처럼 나타난 자신의 또 다른 자아와 마주치고는 스스로 소스라치게 놀란다. 전체적으로 이 곡에서는 서창조의 목소리가 극적 기능을 맡고 있으며, 멜로디와 운율은 노래의 분위기와 갈등 상황을 강화하는 기능을 하고 있다. 이 점에서 본다면 나중 바그너의 악극들과 같은 극적 노래 스타일이 슈베르트의 이 가곡에서 먼저 전개되었음을 알 수 있다. 피셔-디스카우는 슈베르트의 이 곡에 대해서 다음과 같이 평하고 있다.

> 슈베르트의 천재성은 시 텍스트의 일그러진 자기 투영을 넘어서서, 죽음의 위협을 받고 있는 그에게 끔찍스러운 두려움을 뜻하는 작품이 되게끔한 점에 있다.(Fischer-Diekau, 485)

슈베르트가 말년에 작곡하였고, 그가 사망한 이듬해인 1829년 4월에 출판된 하이네-가곡들 가운데서도 〈똑같이 닮은 사람〉

을 포함해서 〈도시〉와 〈바닷가에서〉가 "가장 순수한 대작"(Fischer—Diekau, 482)이라는 평가를 받고 있다.

5.3 로베르트 슈만의 하이네-가곡들

슈만과 하이네의 만남 및 시인이 작곡가에게 끼친 영향을 잠깐 살펴보면, 슈만은 일찍부터 시인 하이네에게 관심이 있어서, 18세 때인 1828년 처음으로 하인리히 크누러Heinrich von Knurer 박사의 추천을 받아 30세에 이른 하이네를 뮌헨에서 만났다. 하이네는 그 시대 유명한 시인이었으며, 청년 슈만에게 깊은 인간적 호감을 주었다. 그뿐만 아니라 젊은 슈만은 하이네의 입가에 감도는 모순적인 미소를 "시시한 인간들에 대한 조롱"이자, "삶에 대한 깊고, 내면적인 한탄"[107]이라고 1828년 6월 9일 크누러 박사에게 보낸 편지에서 표현했다. 그리고 같은 해 10월 친구 에밀 플레히지히히Emil Flechsig에게 보낸 글에서 극작가 크리스티안 그라베를 하이네와 비교했는데, 그라베의 "고귀함과 품위에 대한 모든 풍자들"(TB I, 129)이 하이네의 것과 같다고 썼다. 이처럼 슈만은 하이네의 본질적 특성을 제대로 파악했다. 또 1833년 3월 슈만은 자신의 일기에서 하이네 시를 피아노곡으로 작곡하고자 하며, 그런 음악적 시를 작곡하는데 "하이네가 적합"(TB I, 417)하다고 썼다. 슈만은 하이네 시가 주는 영감을 피아노곡으로 작곡하지는 않았지만 그로부터 7년이 지난 1840년 가곡으로 작곡하

---

107) Robert Schumann. Briefe 1828~1855, ausgewählt und kommentiert von Karin Sousa, Leipzig 2006, 11쪽.

였다.

결과적으로 하이네와의 만남은 젊은 슈만에게 각별한 인상을 주었을 뿐만 아니라 나중 그의 가곡 창작열을 크게 자극하였다. 그래서 슈만은 그의 가곡 약 290편 가운데 하이네의 시에 가장 많이 곡을 붙였다. 그가 하이네 시에 곡을 붙인 가곡 45편 가운데 43편이 '가곡의 해'인 1840년에 작곡되었다.[108] 이것은 이 해에 작곡한 가곡들 138편의 약 1/3에 해당하는 분량이었다. 이렇게 하이네의 시들이 슈만의 관심을 끈 것은 그의 시에 내재된 상반된 감정의 표현으로서의 아이러니였다. 이 점에 대해서 성악가 피셔-디스카우는 하이네의 번민과 종종 병적인 민감성으로 일그러진 표현의 특징들까지도 슈만의 가곡에는 반영되어 있고, 그와 같은 사례는 어느 작곡가의 가곡에서도 보지 못했다고 하며, "슈만은 의도적인 과장에서부터 감정 몰입까지 하이네의 시들을 음악 정신으로 부활시켰다"[109]고 평했다. 그러나 삶에 대한 인식에는 두 사람 사이에 큰 차이점이 있었는데 하이네는 "세계 자체가 쪼개져 버린"[110] 것을 기정사실로 이해했지만, 슈만은 노발리스나 아이헨도르프와 같은 낭만주의 시인들처럼 세계 균열이 "해소되기를 바라는"(TB, 118) 희망을 가지고 있었다.

여기서는 슈만의 연가곡 《미르테의 꽃》 가운데서 하이네 시에 곡

---

108) Joseph A. Kruse (Hg.): Das letzte Wort der Kunst. Heinrich Heine und Robert Schumann zum 150. Todesjahr, Stuttgart 2006, 457-459쪽 참조.

109) Dietrich Fischer-Dieskau: Robert Schumann. Wort und Musik, Stuttgart 1981, S. 44. 같은 의견으로 Albrecht Dümling (Hg.): Heinrich Heine. Vertont von Robert Schumann, Stuttgart 1981, 101쪽.

110) Heinrich Heine: Die Bäder von Lucca. Bearbeitet von Alfred Opitz, GW 7/1, Manfred Windfuhr (Hg.), Hamburg 1986, 95쪽.

을 붙인 3편, 〈가련한 페터〉, 〈로만체와 담시 II〉, 〈벨자차르〉를 통해서 하이네 시가 음악적으로 어떻게 해석되는지를 분석하고 있다.

1) 연가곡《미르테의 꽃》가운데 하이네-가곡 (3편)

슈만의 연가곡《미르테의 꽃Myrten》은 모두 26곡으로 이루어져 있으며, 이 가운데 세 편이 하이네 시에 곡을 붙인 가곡이다. 이 세 편은 〈연꽃〉(No. 7), 〈외로운 눈물은 무엇을 원하는가〉(No. 21), 〈너는 한 송이 꽃과 같구나〉(No. 24)이다. 하이네의 〈서정적 간주곡〉의 10번째 시(HG, 84)는 "연꽃은 불안에 떤다"로 시작되며, 이 시에 슈만을 포함해서 약 45명의 작곡가가 곡을 붙였다. 〈외로운 눈물은 무엇을 원하는가〉(HG, 131)는 〈귀향〉의 27번째 시이며, 이 시에는 슈만, 파니 헨젤, 로베르트 프란츠를 포함해서 약 65명의 작곡가가 곡을 붙였다. 〈너는 한 송이 꽃과 같구나〉(HG, 142) 는 〈귀향〉의 47번째 시이며, 슈만, 브람스, 브루크너, 리스트, 볼프를 포함해서 388명의 작곡가가 곡을 붙임으로써 하이네의 그 어느 시보다도 많은 곡이 붙여졌다.

Die Lo - tosblu - me ängstigt   sich vor der Sonne Pracht

슈만의 〈연꽃〉 악보 일부

슈만의《미르테의 꽃》의 제7곡 〈연꽃Lotusblume〉은 하이네의 무제 3연 4행시에 곡을 붙였고, 잔잔한 피아노의 가볍고 짧은 서주와 함께 곡이 서정적으로 시작된다. 1연은 "연꽃이 불안에 떤다/ 태양의 화려함 앞에서/ 고개를 수그리고/ 꿈꾸면서 밤을 고대한다"라고 노래한다. 그러니까 연꽃은 햇빛 앞에서 불안을 느끼면서 고개를

수그리고, 오히려 밤을 고대한다. 이어 피아노의 간주 없이 바로 2
연으로 넘어가서 "달은, 그녀의 연인이며/ 그는 달빛으로 그녀를
깨운다/ 그녀는 다정하게 그에게/ 그녀의 경건한 꽃의 얼굴 베일을
벗는다"고 노래한다. 여기서는 달은 그녀의 연인이고, 달빛이 그녀
를 깨우자 그에게 다정에게 베일을 벗은 모습을 보여 준다. 그러니
까 식물들은 흔히 낮의 햇빛을 반기는것과 달리 연꽃은 밤과 달빛
을 반기고 있는 것이다.

역시 피아노의 간주 없이 바로 3연 "그녀는 꽃피우고, 작열하면
서 빛난다/ 그리고 말없이 높은 곳을 응시한다/ 그녀는 향기를 피
우고 울고 떤다/ 사랑과 사랑의 고통 앞에서"라고 노래한다. 여기
서는 밤에 화려하게 꽃피우는 연꽃의 모습을 그리고 있다. 연꽃은
꽃이 피어나고, 빛을 발하며 말없이 높은 곳을 응시하고 향기를 풍
기지만 사랑의 고통으로 몸을 떤다. 3연의 3행 "그녀는 향기를 피
우고, 울고, 몸을 떤다"는 점점 높아지는 톤으로 노래함으로써 향
기가 나는 연꽃이 울고 있으며, 감정의 흔들림으로 말미암아 몸이
떨고 있음을 강조하고 있다. 그리고 4행 "사랑과 사랑의 고통 앞
에"는 반복되는데, 이 유일한 반복은 사랑의 고통을 강조하고 있으
며, 노랫말 반복을 통한 강조의 효과가 피아노의 후주가 없음으로
말미암아 오히려 두드러지고 있다.

《미르테의 꽃》의 21번째 곡 〈외로운 눈물은 무엇을 원하는
가?Was will die einsame Träne?〉는 하이네의 4연 4행시에 곡을 붙였다.
이 곡에는 피아노의 서주와 간주가 없이 노랫말이 끝난 뒤 후주만
들어 있다. 그렇다 하더라도 피아노의 선율이 적절하게 노랫말과
더불어 아름다운 서정성을 부여하는 점이 곡 전체에서 두드러지고
있다. 피아노 반주의 안내로 바로 노랫말이 시작되는데, 1연 "외로

운 눈물은 무엇을 원하는가?/ 그것은 내 시야를 흐리게 하고/ 오래 전부터 흘러나와/ 내 눈 속에 남아 있네"라고 노래한다. 이어 2연 "그것은 많은 빛나는 자매들을 가지고 있네/ 이것은 모두 녹아 버리는 것들이네/ 내 고통과 기쁨과 함께/ 밤과 바람 속에 용해되네"라고 노래한다. 그러니까 오랫동안 슬픔으로 눈물을 흘렸고, 고통과 기쁨의 눈물이 밤과 바람과 더불어 사라지는 것을 뜻하고 있다.

이어 3연 "안개처럼 녹아 사라졌네/ 푸른 작은 별들이/ 나에게 기쁨과 고통을/ 웃으면서 내 가슴으로 밀어넣네"라고 노래하는데, 더욱이 3행에서 "기쁨과 고통을" 부분에서 더욱 높고 강한 톤으로 노래함으로써 기쁨과 고통을 강조하고 있다. 여기서 마침내 눈물은 안개처럼 사라져 없어지지만 밤에 별들을 보면 옛 기쁨과 고통이 되살아나고 있음을 보여 주고 있다. 4연 "아, 내 사랑 그 자체도/ 허망한 바람결처럼 녹아 사라지네/ 그대, 오래되고, 외로운 눈물은/ 지금도 용해되고 있네"라고 노래할 때 피아노의 잔잔하고 느린 서정적 후주가 들어 있다. 이 후주는 이제 사랑도 허망하게 사라져 버렸으나 그 흔적인 슬픔은 아직도 여전히 남아 눈물을 흘리게 하는 것을 강조하고 있다.

《미르테의 꽃》의 24번째 곡 〈너는 한 송이 꽃과 같구나Du bist wie eine Blume〉는 하이네의 〈귀향〉 47번째 2연 4행시(HG, 142)에 붙인 곡이다. 이 가곡은 유절가곡으로 피아노의 간주는 없으며 짧은 서주와 후주만 있는, 가벼운 애수가 들어 있는 부드러운 곡이다. 피아노의 가볍고 짧은 서주와 함께 1연 "넌 한 송이 꽃과 같구나/ 그토록 성스럽고, 아름답고, 순수한/ 너를 바라다보면 비애가/ 슬며시 내 가슴으로 기어든다"고 노래한다. 이 곡에서는 서정적 자아가 사랑하는 사람을 꽃에 빗대었고, 그 아름답고 순수한 모습을 보노라면 슬픔이 슬며시 마음에 스며드는 것을 묘사하고 있다.

〈너는 한 송이 꽃과 같구나〉 악보의 일부

2연에서는 "내가 손을/ 네 머리 위에 얹어 놓은 것 같다는 생
각이 들고/ 신이 너를 지켜 달라고 기도하고/ 그토록 순수하고,
아름답고, 성스럽게"라고 노래한다. 그러니까 서정적 자아는 사
랑하는 사람의 머리 위에 손을 얹고 늘 그녀가 순수하고 아름다
운 사람이 되게 해 달라고 신에게 기도하는 마음을 보여 준다. 더
욱이 4행 "그토록 순수하고, 아름답고, 우아하게"는 1연 2행에서
"그토록 우아하고, 아름답고, 순수한"의 순서를 바꾸어서 표현함
으로써 하이네가 꾀한 시행 반복의 의미를 슈만은 피아노의 후주
를 통해서 강화한다.

2) 〈가련한 페터〉(3편)

슈만의 《가련한 페터Der arme Peter》(Op.53)는 세 편, 곧 〈한스와 그
레테〉(No. 1), 〈내 가슴에〉(No. 2), 〈불쌍한 페터가 비틀거리며 지나
간다〉(No. 3)로 이뤄져 있다. 슈만은 하이네의 《노래의 책》에 실린
〈젊은 날의 아픔〉의 네 번째 부분 〈가련한 페터〉(HG, 47~49)에 곡
을 붙였으며, 이 부분은 다시 무제의 세 편의 시로 나뉘고 있다.

슈만은 그의 '가곡의 해'인 1840년에 "한스와 그레테가 춤을 춘다Der Hans und die Grete tanzen herum"로 시작되는 하이네의 3연 4행 시에 곡을 붙였고, 슈만 이외에 11명의 작곡가가 이 시에 곡을 붙였다. 〈한스와 그레테〉에서는 결혼하는 신부에게 연모의 정을 가진 페터의 마음을 노래하고 있다. 이 곡은 부드러운 피아노의 서주로 노래가 시작되어 1연은 "한스와 그레테가 춤을 춘다/ 큰 기쁨 앞에 환호한다/ 페터는 아주 조용히, 아주 말없이 서 있는데/ 분필처럼 너무 창백하다"고 노래한다. 여기에서는 한스와 그레테가 춤을 추고, 기뻐하고 환호하는데 페터는 말없이 그곳에 조용히 서 있으며 그의 얼굴은 하얀 분필처럼 창백하다.

피아노의 간주 없이 바로 2연 "한스와 그레테는 신랑과 신부이다/ 결혼 장신구들 속에서 빛난다/ 가련한 페터는 손톱을 씹으면서/ 평상복을 입고 걷는다"라고 노래한다. 여기서 결혼 장신구를 두른 한스와 그레테는 신랑과 신부이고, 평복을 입은 가련한 페터는 손톱을 깨물면서 걷는다. 역시 피아노 간주 없이 3연 "페터는 나지막하게 혼잣말을 하면서/ 슬프게 두 사람을 쳐다본다/ 아! 내가 너무 이성적이지 않다면/ 나에게 상처를 주었을 텐데"라고 페터는 혼잣말을 한다. 그는 슬프게 두 사람을 쳐다보고, 그가 이성적이지 않았더라면 자신에게 마음의 상처를 주었을 것이라고 스스로 위로한다. 이어 피아노의 후주가 페터의 슬픈 마음과 스스로에게 하는 위로를 강조하면서 곡이 끝난다.

〈가련한 페터〉의 두 번째 곡 〈내 가슴에〉는 피아노의 서주와 간주 없이 빠르고 격정적으로 노래가 불려진다. "내 가슴에 고통이 자리 잡고 있네In meiner Brust, da sitzt ein Weh"로 시작되는 하이네의 3연 4행시에 슈만 이외에도 20여 명 이상의 작곡가가 곡을 붙였다. 이 곡의 1연은 "내 가슴에 고통이 자리 잡고 있네/ 그것은 가슴

을 터지게 하네/ 내가 서 있는 곳, 내가 가는 곳/ 날 거기에서 밀어
내네"라고 노래한다. 그러니까 1연에서 페터의 마음은 터질 정도로
고통에 차 있고, 그가 서 있는 곳, 가는 곳마다 자신을 밀어내고 있
다고 여긴다. 피아노 간주 없이 2연 "사랑하는 사람 근처로 날 밀
어내네/ 마치 그레테가 치유되기라도 할 듯/ 하지만 난 그녀의 눈
을 보면/ 거기서 서둘러 떠나가지 않을 수 없지"라고 노래한다. 그
러니까 페터가 밀려난 곳은 다름 아닌 연인 근처이며, 그녀는 이미
사랑의 고통으로부터 회복된 것 같지만 페터는 그녀의 눈을 쳐다보
고 있노라면 견딜 수가 없어서 서둘러 나가 버린다. 역시 피아노의
간주 없이 3연은 "난 산 정상으로 올라가네/ 거긴 혼자 있을 수 있
네/ 내가 조용히 정상에 서 있을 때면/ 난 고요히 서서 눈물을 흘리
곤 하네"라고 노래한다. 여기서는 페터가 사랑의 고통을 잊고자 혼
자 산 정상으로 올라가는데, 그곳에 고요히 서 있으면 저절로 눈물
이 난다고 노래하고 있다. 피아노의 후주는 페터가 산 정상에서 혼
자 외롭게 있음을 강조하면서 곡을 끝낸다.

　다음으로 "불쌍한 페터가 비틀거리며 지나간다Der arme Peter wankt
vorbei"로 시작되는 하이네의 〈가련한 페터〉 세 번째 3연 4행시에는
슈만 이외에도 약 12명의 작곡가가 곡을 붙였다. 슈만의 이 곡에
는 피아노의 서주와 간주가 없이 바로 1연 "불쌍한 페터가 비틀거
리며 지나가네/ 천천히, 시체처럼 창백하고 수줍어하면서/ 길거리
에 서 있는 사람들이/ 그를 볼 때마다 거의 멈춰 서 있네"라고 노래
한다. 여기서는 페터가 실연으로 말미암아 시체처럼 창백한 얼굴로
비틀거리며 거리를 지나가자 사람들은 놀라 멈춰 서서 그를 쳐다
본다. 이어 바로 2연으로 넘어가서 "소녀들이 귓속말을 속삭이네/
그가 무덤에서 나왔어/ 아니야, 너희 사랑스런 처녀들아/ 그는 이

제 무덤으로 들어가는 거야"라고 노래한다. 그러니까 소녀들은 페
터의 초췌하고 창백한 모습을 보면서 무덤에서 나온 사람이라고 귓
속말을 하자 그게 아니라 이제 그는 무덤으로 들어간다고 노래하고
있는 것이다. 3연은 "그는 사랑하는 사람을 잃었어/ 그러니 무덤이
제격이지/ 그가 누워 있기 가장 좋은 곳으로/ 그리고 최후의 심판
때까지 잠들어 있기 위하여"라고 애잔하게 노래한다. 여기서는 페
터가 최후의 심판 때까지 무덤에 조용히 누워 있는 것이 제격이라
고 노래하고 있다. 이어 피아노의 후주가 그가 누워 있기에 가장 좋
은 곳은 이제 무덤이라는 것을 애잔하게 강조하면서 곡을 끝낸다.

이렇게 이 세 편의 가곡은 페터의 슬픈 사랑을 짧은 연가곡 형태
로 노래하고 있다.

3) 〈로만체와 담시 II〉(2편)

하이네의 〈젊은 날의 아픔〉의 6번째 담시 〈척탄병들Die Granadiere〉
(HG, 50~51)과 3번째 시 〈두 형제들Zwei Brüder〉(HG, 46~47)에 슈만
이 곡을 붙였고, 제목은〈두 명의 척탄병Die beiden Grenadiere〉(Op. 49
No. 1), 〈적대적인 형제들Die feindlichen Brüder〉(Op. 49 No. 2)이며 〈로
만체와 담시 II〉(Op. 49)에 실려 있다. 제1곡 〈두 명의 척탄병〉은 전
형적 행진곡풍으로 힘차고 당당하게 연주되고 노래 불려진다. 행진
곡풍의 피아노 서주를 시작으로 9연 4행시의 1연 "두 명의 척탄병
이 프랑스로 이동했다/ 둘은 러시아에서 포로로 잡혀 있었다/ 그들
이 독일 진영으로 왔을 때/ 머리가 잘릴 위기에 놓였다"라고 노래한
다. 그러니까 두 명의 프랑스 척탄병이 고국으로 가다가 러시아 포
로가 되었고, 이들은 다시 독일 진영으로 넘겨졌는데, 이곳에서 그
들의 머리가 잘려 거리에 매달리게 될 처지에 놓였다.

이어 2연 "그때 그들 둘은 슬픈 이야기를 들었지/ 프랑스가 패배했다는 것을/ 용감한 군대가 패배하고 졌다는 것을/ 황제는, 황제는 포로로 잡혔다는 것을"이라고 노래한다. 여기서는 프랑스의 두 척탄병이 용감한 프랑스 군대가 패배했다는 소식과 황제가 포로로 잡혔다는 말을 들었다. 슈만은 2연 3행에서 하이네 시의 "위대한 군대" 대신에 "용감한 군대"로 바꿈으로써 척탄병들이 비록 패전국의 군인이지만 용맹에 대한 그들의 자부심을 보여주고 있다. 2연 다음에 피아노의 슬프고 비장한 간주가 들어가 있다. 이어 3연 "그때 척탄병들은 같이 울었지/ 얼마나 한탄스런 소식인지/ 한 사람이 말했지: 얼마나 슬픈지/ 내 옛 상처가 얼마나 화끈거리는지!"라고 노래한다. 여기에서는 황제가 포로로 잡혔다는 소식을 들은 두 명의 군인은 이 개탄스러운 소식에 같이 울었고, 그들 가운데 한 명은 옛 상처가 확확 달아오르듯 얼마나 마음이 아픈지 모르겠다고 말한다.

이어 4연 "다른 한 사람이 말했지: 노래는 끝났어/ 나 또한 너와 함께 죽고 싶어/ 그런데 난 집에 아내와 아이가 있어/ 그들은 나 없이는 파멸하게 되지"라고 노래한다. 그러니까 다른 한 군인이 그들이 부르던 군가도 끝났고, 그도 친구와 함께 죽고 싶은데, 다만 그가 없이는 살 수 없는 아내와 아이가 집에 있다고 노래한다. 이어 5연 "무엇이 나로 하여금 아내를 근심케 하고, 아이를 근심케 하는가/ 난 더 나은 갈망을 지니고 있는데/ 그들이 굶주리면 구걸하게 내버려 두라/ 내 황제, 내 황제는 포로로 잡혔네"라고 노래한다. 여기에서 그 군인은 비장한 마음으로 아내와 아이 걱정을 버리고 더 나은 갈망을 품게 된다. 그래서 지금 그의 황제가 포로로 잡혀 있기 때문에 그들이 굶주리면 구걸하게 내버려 두라고 노래한다. 이제 그는 돌봐야 할 가족에 대한 염려보다도 황제를 더 염려하면서 개탄스러워하고 있다.

그리고는 6연 "형제여 내 청을 들어 주게/ 내가 지금 죽게 되면/ 내 시체를 프랑스로 가져가 주게/ 날 프랑스의 땅에 묻어 주게"라고 노래한다. 여기에서는 그가 죽게 되면 그 시체를 프랑스로 가져가서 고국의 땅에 묻어 달라고 다른 한 군인에게 청하는 노래가 불린다. 7연에서도 그는 자신의 소망을 말하는데 "붉은 끈으로 명예의 화환을 매달고/ 내 가슴에 얹어 놓아 주게/ 소총을 손에 쥐어 주고/ 칼을 혁대에 매어 주게"라고 부탁하는 내용의 노래가 불려진다. 8연 "그러면 난 누워서 조용히 듣지/ 보초병처럼 무덤에서/ 대포의 포효와/ 히힝거리며 빠르게 달리는 말의 발굽 소리를 들을 때까지"라고 노래한다. 여기에서 보면 왜 그가 그런 부탁을 하는지 알 수 있다. 그는 무덤에 조용히 누워서 보초병처럼 대포의 포효와 군대의 말발굽 소리를 들을 때까지 그곳에 있겠다고 비장하고 장엄하게 노래한다.

9연에서 그 이유가 더 분명하게 나온다. "그러면 내 황제는 아마도 말을 타고 내 묘지 위를 지나가고/ 많은 칼들이 철렁거리면서 빛나지/ 그러면 난 무장해서 무덤에서 일어나지/ 황제를, 황제를 보호하려고"라고 노래한다. 곧, 황제가 말을 타고 그의 묘지 위를 지나가면 많은 칼들이 쩔렁거리면서 빛나고, 그는 황제를 보호하고자 무장한 채 다시 무덤에서 일어날 것이라고 비장하고 단호하게 노래한다. 더욱이 9연 2행 "많은 칼들이 쩔렁거리면서 빛을 발한다"는 장중하게 반복한다. 9연이 끝나면 피아노의 느린 후주가 비장한 군인의 마음을 완화시키면서 곡을 마감하고 있다.

제2곡 〈적대적인 형제들〉은 하이네의 8연 4행시 〈두 형제들〉에 곡을 붙인 것이다. 이 담시는 서정적 자아가 두 형제의 사랑 때문에 빚어진 결투를 묘사하고 있다. 슈만의 〈적대적인 형제들〉은 피아노의 안내로 1연이 "산 위 높은 곳에/ 성은 밤에 감싸인 채 놓여 있네/ 하지만 계곡에선 섬광들이 빛을 발하는데/ 빛나는 칼의 부딪힘 소리가 짤랑거리네"라고 빠르고 경쾌하게 노래한다. 그러니까 산 정상에는 성이 있고 때는 밤인데 아래 계곡에선 칼 부딪히는 소리와 섬광처럼 번쩍이는 격렬한 칼싸움이 벌어지고 있다. 1연의 두 형제 사이의 결투 장면에 대한 묘사에서부터 6연까지 피아노의 간주 없이 노래가 이어진다. 2연 "거기서 싸우는 사람은 형제이네/ 분노에 휩싸여 두 사람의 다툼이 화를 더하고/ 왜 형제가 결투하는지를 말하라/ 손에 칼을 들고서"라고 힘차게 노래한다. 2연의 1행과 2행은 성 아래 계곡에서 두 형제가 싸우는데 그들은 분노에 차 있고 분노가 싸움을 부추기고 있다. 3행과 4행에서는 서정적 자아가 단호한 톤으로 형제에게 왜 손에 칼을 들고 결투하는지를 말하라고 한다.

3연 "백작 부인 라우라의 눈의 반짝임이/ 형제의 싸움을 불붙이고 있네/ 두 사람은 사랑에 취해 몸이 달아 있네/ 영원히 고결한 귀한 여자를 위해서"라고 노래한다. 여기서는 왜 형제가 싸우는지 그 이유가 나온다. 그들은 백작 부인 라우라의 사랑을 얻기 위해서인데, 그녀의 눈의 반짝임은 형제의 싸움에 불을 붙이고, 두 사람은 영원히 고결한 그녀를 얻고자 몸이 달아 있다고 다소 부드러운 톤으로 노래한다. 4연 "그녀의 마음은 두 사람 가운데/ 어느 쪽으로 쏠려 있는가/ (그녀는) 어떤 생각도 결정할 수 없다/ 칼을 꺼내서 네가 결정하렴"이라고 노래한다. 여기에서는 다소 부드럽고 느리게 1행에서 3행까지 그녀의 마음은 두 사람 가운데 어느 쪽에 쏠려 있는가라고 서정적 자아가 묻지만 그녀의 마음은 어느 쪽으로도 결정되어 있지 못하며, 그래서 두 형제는 칼을 뽑아서 스스로 결정할 수밖에 없는 상황이 된 것이다. 더욱이 4행은 그녀의 입장에서 하는 말로서 "칼을 꺼내서 네가 결정하렴"이라고 강한 서창조로 노래한다.

5연 "그래서 그들은 무모하고 용맹하게 싸운다/ 후려치고 또 치면서 쓰러질 때까지 싸운다/ 거친 칼들이여, 보호하렴/ 소름 끼치는 맹목성이 밤 속에 기어든다"라고 노래한다. 1행과 2행에서 그래서 두 형제는 무모하고 용맹하게 싸우게 되었고, 서로 칼을 내리치면서 쓰러질 때까지 싸운다. 3행과 4행은 서정적 자아의 관점에서 거친 칼들이 그 두 형제를 보호하기를 바라면서 밤 속의 결투는 소름끼치는 맹목성이라고 노래한다. 더욱이 2행 "후려치고 또 치면서 쓰러질 때"까지는 점점 고양되고 강한 톤으로 노래한다. 그 밖에 눈에 띄는 점은 슈만이 4행 하이네의 "사악한 맹목성" 대신에 "소름 끼치는 맹목성"으로 형용사를 바꾸어 더 강한 뜻으로 만들고 있는 점이다. 6연 "슬프다, 슬프구나, 피흘리는 형제여/ 슬프다, 슬프구나, 피흘리는 계곡이여/ 두 투사는 서로 쓰러진다/ 한 사람이 다른 사람의 칼을 맞고는"이라고 노래한다. 여기서는 다시 서정적 자아의 관점에서 두 형제가 피를 흘리면서 싸우는 것은 슬픈 일이며, 계곡이 이로 말미암아 피로 물드는 것도 슬프고, 마침내 서로 상대의 칼에 맞아 쓰러진다고 한탄한다. 3행과 4행 "두 투사는 쓰러진다/ 한 사람이 다른 사람의 칼에 맞아서"는 노래가 반복되면서 그 뜻이 강조되고, 피아노의 빠른 간주로 결투에서 둘 다 죽는 장면을 강조한다.

피아노의 짧은 간주에 이어 7연 "수백 년이 흘러가고/ 무덤은 많은 세대들을 이어 내려가지만/ 산의 높은 곳으로부터 슬프게/ 황량한 성이 아래로 내려다보고 있다"고 노래한다. 여기에서는 수백 년이 흘러갔고 여러 세대에 걸쳐 무덤은 내려가지만, 산의 높은 곳에 있는 황량한 성은 슬프게 계곡을 내려다본다. 그이유는 두 형제가 매일 밤 계곡에서 여전히 싸우고 있기 때문이다. 그 점이 다음 8연에서 드러난다. 마지막 8연 "그런데 밤마다 계곡 자락에서/ 놀랍고 은밀하게 성이 배회한다/ 열두 번째 시간이 오면/ 거기서 두 형제가 싸운다"고 노래한다. 8연은 전체적으로 느리고 낮게 읊조리듯 노래하는데, 놀랍게도 계곡 자락에서 자정이 되면 두 형제는 여전히 또 싸우고 있다. 8연의 노래가 끝나면 피아노의 빠르고 짧은 후주로 곡이 마감되고 있다. 서정적 자아의 두 형제의 싸움에 대한 묘사는 때로는 그의 직접 개입이 들어가면서 시 자체가 묘미를 지니고 있고, 슈만은 그 시의 뜻을 비교적 피아노의 기교 없이 담백하게 음악적으로 해석한다. 오직 성악가의 빠르거나, 경쾌하거나, 단호하거나, 느리거나, 부드럽거나, 낮게 노래하는 톤을 이용해서 시의 뜻을 해석하는 점이 눈에 띈다.

4) 벨자차르

하이네의 〈젊은 날의 아픔〉 가운데 열 번째 21연 2행 담시 〈벨자차르Belsatzar〉(HG, 58~59)에 슈만을 포함해서 약 24명의 작곡가가 곡을 붙였다.[111] 슈만의 〈벨자차르〉(Op. 57)는 피아노의 빠르

---

111) 《구약성서》의 〈다니엘서〉에 따르면 벨자차르는 네부카드네자르 2세의 아들이었으며 그의 궁궐 벽에 묘한 글자가 나타나자 벨자차르는 바로 문헌 해

고 짧은 서주로 곡이 시작된다. 서주에 이어 1연에서 3연까지 피
아노 간주 없이 노래되는데, 2행으로 된 1연은 "자정이 가까워졌
고/ 바빌론은 침묵의 정적 속에 놓여 있었다", 2연은 "지금 저 위
궁전에서/ 빛이 깜빡거리고, 왕의 수행원이 부산하다"고 노래한
다. 이어 3연 "저기 위 궁전 홀에서/ 벨자차르가 만찬을 하고 있
었다"라고 노래하는데, 더욱이 2행 부분 "벨자차르가 만찬을 하
고 있었다"는 힘찬 톤으로 노래하고는 아주 짧게 피아노의 간주
가 이 뜻을 강조하고 있다. 1연에서 3연까지에서 보면 바빌론은
정적에 감싸여 있고, 바빌론의 왕 벨자차르는 자정 가까운 시각
에 궁전 홀에서 만찬을 벌인다.

이어 4연에서 7연까지 노래되는데, 4연은 강한 톤으로 "시종들
은 희미하게 열을 지어 앉아/ 반짝거리는 포도주가 담긴 잔들을 비
웠고", 5연은 "잔들이 부딪치고 시종들은 환호하였으며/ 완고한 왕
도 그렇게 생각이 들었으며", 6연은 "왕의 뺨은 열정으로 빛났고/
포도주를 마시면서 불손한 용기가 솟아났고", 7연은 "용기가 맹목
적으로 그에게서 솟구치고/ 죄를 짓는 말로 신성모독을 범한다"
고 힘차고 강하게 노래한다. 그러니까 시종들도 왕이 주는 술에 취
해 흥겨운 기분이었으며, 바빌론의 왕 벨자차르는 포도주를 마시
고 불손한 마음에 용기백배해서 신을 모독하기에 이른다. 8연 1행
"그리고 그는 뻔뻔하게 뽐내면서 거칠게 신을 모독한다"고 노래한
다. 피아노의 드라마틱한 간주는 신을 모독하는 그의 오만함을 강

___

독자를 불렀다. 그러나 누구도 그 말의 뜻을 해독하지 못했다. 그래서 예언
자 다니엘이 불려왔고 그는 "그대 지배의 날을 신은 계산하고는 멸망케 한
다"는 뜻이라고 해독했다. 해독이 이뤄진 그날 밤 벨자차르는 살해되었다.
그가 바빌론의 왕이 된 적은 없기 때문에 바빌론 왕국의 마지막 왕은 아니
었다. http://de.wikipedia.org/wiki/Belsazar 참조.

조하고 있다. 8연 2행 왕의 곁에 있던 "시종의 무리는 그에게 찬사를 보낸다"고 노래한 다음 이 담시 전체에서 가장 극적인 피아노의 간주가 인간의 오만함과 경솔함을 돋보이게 한다.

9연에서 13연까지 벨자차르의 오만함에 대한 묘사가 구체적으로 나오는데, 9연 "왕은 자랑스러운 눈길로 소리쳤고/ 하인은 서둘러 왔다가 돌아간다"라고 노래한다. 여기서는 왕이 자랑스러운 눈길로 하인을 부르면, 하인은 시중을 들기 위해 서둘러 왔다 간다. 10연 "그는 많은 황금으로 된 것을 머리 위에 썼는데/ 그건 여호와의 신전에서 훔쳐 온 것이었다"라고 노래한다. 그러니까 벨자차르가 여호와의 신전에서 훔쳐 온 많은 귀한 황금 물건을 머리에 쓰고 있다. 11연에서 보면 "왕은 파렴치한 손으로/ 가장자리까지 채워진 성스러운 잔을 잡았고", 12연 "그는 잔을 서둘러 바닥까지 비우고/ 거품 묻은 입으로 크게 소리친다"라고 노래한다. 그러니까 벨자차르는 훔쳐 온 술잔에 포도주를 가득 채워 바닥까지 서둘러 비우고는 입에 거품이 묻은 채 큰 소리로 말한다. 여기서 마지막 행 "거품 묻은 입으로 크게 소리친다"는 당당하면서 느리게 노래함으로써 그 뜻이 생생하게 와 닿게 하는 효과를 내고 있다. 13연에서 벨자차르는 당당하고 도전적으로 "여호와여! 내가 영원히 조롱한다고 선포하노라/ 난 바빌론의 왕이다"라고 바리톤의 최고음으로 마치 신과 대등한 존재라고 뽐내듯 노래한다. 이어 피아노의 빠른 간주가 그의 뽐내는 자세를 강조한다. 여기까지는 대체로 당당하고, 힘차고, 때로는 느리고, 때로는 높은음을 이용하여 성악가의 역량으로 다양하게 극적 효과를 내고 있다.

14연에서 벨자차르의 "그 소름 끼치는 말이 울리자마자/ 왕은 마음속으로 은근히 두려움을 느끼게 되었다"고 느리게 노래한다.

더욱이 2행 "은근히"는 반복됨으로써 뜻밖에 왕이 신에 대한 두려움이 생겨났음을 강조하고, 다시 피아노의 느린 간주는 이제 벨자차르에게 닥친 불행을 예고하듯 연주된다. 15연에서 마지막 21연까지 피아노의 간주 없이 이어서 노래되는데 이번에는 전체적으로 느리고, 아주 낮고, 때로는 작은 소리로 불안과 두려움을 일으키는 상황을 노래하고 있다. 15연에서는 "울려 퍼지던 웃음소리도 잠잠해지고/ 홀 안은 쥐죽은 듯 조용해졌고", 16연에서는 왕의 주변에서 놀란 목소리가 아주 낮고 작게 "봐라! 봐라! 하얀 벽에/ 거기 사람의 손처럼 뭔가 솟아났다"고 노래한다. 17연은 그 "하얀 벽에 뭔가 쓰여 있었고/ 그건 불의 글자인데 나타났다가 사라졌다"라고 느리게 노래함으로써 놀라움, 경악, 두려움, 호기심 등의 다양한 감정의 변화가 배어난다. 18연에선 이 갑작스러운 변화 앞에서 무력하게 "멍한 시선으로 왕은 앉아 있었고/ 무릎을 덜덜 떨면서 죽은 자처럼 창백하게" 있었다. 19연은 이젠 "시종의 무리도 두려움에 오싹해져서/ 아주 조용히, 아무 소리도 내지 않은 채 앉아 있다"고 노래한다. 이제 두려운 분위기는 궁성 전체를 휘감고 있으며, 금방 무슨 일이 일어날 것 같은 몹시 긴장된 상황을 노래하고 있다.

20연 "마술사들이 왔지만/ 벽에 새겨진 불꽃 글자들을 해독하지 못했다"라고 여전히 천천히 두려움에 차서 노래한다. 그러니까 벽에 새겨진 불꽃 글자를 해독할 마술사들이 불려 왔지만 아무도 그 글자의 뜻을 해독하지 못한다. 마지막 21연 "벨자차르는 같은 날 밤/ 그의 하인들에게 살해되었다"라고 서창조로 노래한다. 더욱이 2행 "하인들에게 살해되었다"는 서창조로 큰 감정의 기복 없이 노래하고는 피아노의 후주 없이 곡이 끝나고 있다. 여기서 흥미로운 것은 하이네의 시에서 실제로 마지막 21연은 절정이자 결말로서 가장 강조할 만한 뜻이 들어 있으나, 슈만은 오히려 역설적이게도 드디어 일어날 일이 일어난 것처럼 차분하고 담담하게 해석하면서 피아노의 후주도 없이 간결하게 처리하고 있는 점이다.

슈만의 가곡은 전체적으로 크게 1부와 2부로 나뉘어 성악가의 두드러진 두 가지 톤의 대비를 통해서 시를 음악적으로 해석하고 있는데, 1연에서 13연까지는 벨자차르의 당당함과 오만함이 돋보이도록 강하고, 때로는 느리게 변화를 주면서 대체로 당당함을 보인다. 반면 14연부터 마지막 21연까지는 그의 오만함에 대한 응징으로 죽음이 주어지는 결말까지 낮고 느리고 차분한 톤으로 이어지다가 마지막에는 서창조로 곡을 마감하는 특징이 있다. 슈만의 하이네 담시 가곡에서는 피아노가 시 해석의 동반자라기보다는 목소리를 뒷받침하는 반주로 소극적 역할을 하기 때문에 성악가의 곡 해석이 아주 중요하게 자리 잡고 있다.

5.4. 클라라 슈만의 하이네-가곡들

5.4.1 클라라 슈만의 가곡 세계

클라라 슈만Clara Schumann(1819~1896)은 로베르트 슈만의 피아노 선생이기도 했던 프리드리히 비크의 딸이었다. 클라라가 어릴 때부터 비크는 딸의 피아노 교육에 남다른 정열을 보였으며, 그녀는 아버지의 기대대로 피아니스트로서 재능을 일찍부터 보였다. 이 점은 대중을 위한 연주에 대해서 아버지의 반대에 부딪혔던 파니 헨젤의 경우와 대비되는데, 비크 자신이 뛰어난 음악 교육자로서 처음부터 그녀를 피아니스트로 교육을 시켰고, 그녀의 유럽 순회 연주를 주선하기도 하였다.

19세기에는 악기 연주자가 자신의 작품을 연주회에서 선보이는 일이 흔했고, 클라라 역시 일찍 그녀의 작품 번호 1에서 3번까지를 자주 연주하였다. 예술가로서 이룬 초기의 성공은 그녀로 하여금 예술가로서의 자의식을 일깨웠고, 그 결과 아버지의 강력한 반대에도 아랑곳하지 않고 슈만을 남편으로 선택하는 용단을 내릴 수가 있었다. 두 사람의 결혼은 비크의 반대에 부딪혀서 법정 다툼까지 겪고서야 슈만이 '가곡의 해'라 일컬었던 1840년에 이뤄질 수 있었다. 클라라 슈만의 예술가로서의 역할과 아내이자 어머니로서의 역할은 그녀로 하여금 갈등을 겪게 했으나 열정과 강한 의지가 두 가지 노릇을 잘 해내게 하였고, 이로 말미암아 그녀는 19세기의 탁월한 음악가 가운데 한 사람이 될 수 있었다.

그녀가 맨 처음 발표한 가곡은 1833년 요한 키저Johann Kieser의 시에 곡을 붙인 것이었고, 슈만과 결혼한 이후 로버트 번스의 시에 곡을 붙인 〈해변에서Am Strande〉를 작곡했고, 뤼케르트의 〈사랑의 봄Liebesfrühling〉에서 발췌한 12편 시에 곡을 붙인 작품을 남편 슈만과 공동으로 발표하기도 했다. 12편 가운데 3편, 〈그는 돌풍과 폭우 속에 왔다〉, 〈아름다움을 사랑하나〉, 〈왜 넌 다른 사람에게 묻고자 하나〉가 그녀의 작품이다. 그 밖에도 괴테, 하이네, 가이벨, 뤼케르트의 여러 시에 곡을 붙였다. 또 1853년에는 헤르만 롤레트Hermann Rollett의 소설에서 발췌한 텍스트 여섯 편에 곡을 붙이기도 했다. 그러나 그녀로서는 가곡 작곡가의 자부심을 스스로 발견하는 일이 쉽지 않았다. 남편 슈만의 격려와 자극에 따라서 가곡을 작곡하기는 했으나 그에게 보낸 편지를 보면 그녀는 작곡 자체를 부담스러워 했음을 알 수 있다.

> 난 작곡을 할 수 없어요. 그것은 종종 나를 불행하게 만들기도 하는데 난
> 정말 작곡에는 재주가 없는 것 같아요. 그것을 게으름이라고는 생각하지
> 말아요. 하나의 가곡을 완성하는 것을 난 할 수 없어요. 하나의 가곡을 짓
> 는다는 것, 텍스트를 완전히 이해하는 것, 거기에 속한 정신 등 … (재인
> 용, RL 385)

객관적으로 보면, 가곡 역사에서 클라라 슈만의 가곡들은 위에
언급한 자기 평가의 글과는 달리 오히려 충분히 가곡으로서 가치
를 지니고 있다. 이런 점에서 그녀의 삶의 이력을 살펴보면, 클라라
슈만의 아버지 비크는 마리안네 트롬리츠Marianne Tromlitz와 1816
년 결혼했고, 당시 그녀는 피아니스트이자 성악가였다. 이들의 결
혼 생활은 약 8년 동안 지속되었으나 1825년 이혼했다. 이 결혼에
서 5명의 자녀가 있었고, 클라라는 1819년 9월 13일 두 번째 아이
로 태어났다. 클라라는 네 살이 될 때까지 말을 못했고, 이런 상황
은 그녀가 여덟 살이 되면서 호전되었다. 그러나 일찍이 "멜로디와
작은 음악작품들을 네 살 때도 청음만으로 별 어려움 없이 피아노
로 재현할 수 있을"[112] 만큼 그녀의 음악적 재능은 두드러졌다.

> 그 당시, 천부적 표현형식으로서 음악에 대한 자연스러운 친숙함은 그녀
> 가 일찍부터 느껴왔고, 이것은 뒷날 음악에 대한 거의 끝없는 욕구로 변
> 화되었다.(SCS, 11)

언어 발달이 늦은 클라라는 부모의 이혼 뒤 어머니 마리안네가
얼마 동안 돌보다가 비크의 뜻에 따라 다시 그에게 돌아오게 된다.

---

112) Monica Steegmann: Clara Schumann, Reinbek bei Hamburg 2007, 11쪽. 이
하 (SCS, 쪽수)로 표기함.

이후 클라라는 아버지의 음악 교육 계획에 따라 일찍부터 본격적으로 피아노 연주자의 길을 닦게 된다. 아버지 비크는 클라라의 피아노 교육에서 손의 연주법뿐만 아니라 하모니, 리듬, 악보 읽기, 청음 등 음악에 필요한 모든 것을 가르쳤고, 음악에 필요한 감성과 아름다움에 대한 감각 등을 중요시하였다. 클라라가 일곱 살 되던 해부터는 국제적인 연주자로서 경력을 쌓고자 프랑스어와 영어를 개인교수에게 배우게 하였다. 그 이유는 19세기에 국제적 명성을 쌓으려면 적어도 유럽의 세 도시, 파리, 빈 그리고 런던에서 성공적으로 연주를 끝내야 했고, 그것을 위해서 언어 소통은 중요한 일이었기 때문이었다. 또한 비크는 당시 라이프치히에서 가장 뛰어난 음악가들에게 그녀가 교육받을 수 있게 하였는데, 음악 이론과 대위법 등은 당시 토마스 교회의 악장 크리스티안 테오도어 바인리히가, 작곡은 라이프치히 오페라 단장이었던 하인리히 도른 Heinrich Dorn이 교육하였다. 그리고 비크는 피아노 연주를 통해서 밥을 해결할 수 있다는 것을 알았기 때문에 클라라뿐만 아니라 그녀보다 두 살 어린 알빈Alwin에게도 피아노 교육을 시켰다.

비크의 교육 가운데 흥미로운 점은 "클라라에게 하루에 세 시간 이상 피아노 연습을 금지시켰고"(SCS, 11) 그 대신 여러 시간 동안 산책을 하게 해서 마음의 수양을 쌓도록 한 점이다. 이러한 수양은 음악을 창조적으로 만들 수 있는 원동력이 된다고 본 것이다. 비크는 1829년 10월 라이프치히로 연주하러 온 파가니니에게 클라라를 소개하였다. 그녀가 자신의 음악 폴로네이즈를 파가니니 앞에서 연주하자 그는 클라라가 음악적 감성을 지니고 있으며 음악을 직업으로 택해도 좋겠다는 의견을 냈다. 당시 비크가 클라라로 하여금 작곡을 하도록 격려한 것은 그의 교육 이념의 일부이기도 했지만 연주자로서의 경력에는 자신의 작품을 연주하는 것도 포함되어 있었기 때문이었다. 1828년 10월 20일 아홉 살의 클라라는 게반트하우스에서 비크의 다른 제자와 함께 듀엣 연주를 하였다. 이 게반트하우스의 연주와 클라라에 대한 파가니니의 의견에 자극을 받아서 비크는 이제 라이프치히를 넘어 드레스덴에서 연주할 기회를 그녀에게 마련하기도 하였다.

비크는 1828년 7월 3일, 이혼 뒤 4년 만에 클레멘티네 페히너 Clementine Fechner와 재혼하였다. 이 재혼으로 세 명의 자녀가 더 태어났지만 비크의 여덟 자녀들 가운데 어려서 죽은 아이들을 제외하면 모두 4명의 자녀가 있었다. 그런데 클라라는 새 어머니에게 친밀감을 느끼지 못했고 그녀의 불안정한 기질은 종종 피아노 연주에서도 나타났다. 클라라는 1830년 9월 8일 열한 살에 처음으로 라이프치히에서 독주회를 연 이후 1891년 3월 12일, 일흔두 살이 되던 해 프랑크푸르트에서 마지막 독주회를 열 때까지 피아니스트로서 공개 연주 활동을 하였다. 그러니까 육십여 년 연주 활동을 했고, 그녀의 연주와 작곡은 일반적으로 경탄과 큰 찬사를 이끌어 냈다.

1830년 가을 클라라가 열한 살 때, 스무 살이 된 로베르트 슈만이 비크 선생 집으로 피아노 교육을 받기 위해서 들어왔고 그곳에서 2년 동안 기거하였다. 로베르트 슈만은 비크의 자녀들인 클라라, 알빈과 구스타프Gustav에게 행복한 유년 시절이 될 수 있는 기회를 제공하였는데, 예를 들면 아이들에게 자신이 지어낸 아름다운 동화들을 얘기해 주었다. 이 시기 비크 선생에 대한 슈만의 평가는 분열되어 있었는데, 그는 비크를 존경하면서도 그가 돈에만 관심을 가지고 있다고 생각했다. 그러다가 슈만은 지나친 피아노 연습 때문에 손가락 마비가 심해지면서 피아니스트의 길을 포기하고 비크 선생 집을 떠나게 된다. 한편 클라라는 일찍부터 슈만을 마음에 두고 있었고, 1835년 4월 이후 슈만에게 클라라 역시 여성으로 다가왔다. 이즈음 그는 비크의 여제자 에르네스티네 프리켄 Ernestine von Fricken과 헤어졌다. 그러나 비크는 1836년 2월 슈만이 드레스덴에서 클라라를 만나는 것을 알고 이들의 만남을 금지시킨다. 1년 이상 서신이나 만남이 가능하지 않았으나 두 사람은 8월 14일 비크 몰래 약혼을 한다. 슈만은 9월 13일 클라라의 생일에 즈음해서 비크 선생에게 클라라와 결혼하고자 하는 서신을 보냈으나 비크 선생으로부터 이에 대한 회신을 받지 못했다.

클라라가 18세가 되던 1837년에는 이제 그녀가 신동으로서의 연주자가 아니라 탈베르크, 리스트, 쇼팽에 버금하는 연주자로서 명성을 얻게 된다. 같은 해 12월 14일 빈의 뮤직페어라인 Musikverein에서 연주한 다음 그녀는 빈 궁정으로부터 연주 초청을 수십 번 받기도 하였다. 또한 1838년 2월 18일 빈에서의 여섯 번째 연주에서 베토벤의 〈열정〉을 연주하였는데 프란츠 그릴파르처Franz Grillparzer는 그녀의 연주에 큰 감동을 받았고, 리스트는 "그녀를 가장 흥미로운 연주자"(SCS, 44)라고 평하면서 피아노 연주의 기술적 완벽함, 감정의 깊이와 진실, 고상한 태도에 크게 감명을 받는다. 이러한 클라라의 음악적 성공을 접하면서 비크는 이제 클라라의 시대가 왔고, 그녀가 더욱 많이 작곡과 연주를 할 수 있을 것으로 기대하고 있었다. 그러나 슈만과의 일로 말미암아 부녀 사이의 관계가 소원해졌고 클라라의 라이프치히 연주 때인 1838년 5월 15일 부녀의 재회가 있었으나 두 사람의 관계는 아주 긴장되어 있었다.

클라라 슈만   로베르트와 클라라 슈만

이즈음 클라라는 슈만과 편지를 교환하면서 또 다른 삶에 대한 기대를 하고 있었다. 그녀는 아버지 몰래 슈만과 약혼하였으나 마음속에는 아버지에 대한 감사와 사랑으로 말미암아 여러 내면적 갈등을 겪었다. 아버지 비크의 관점에서 보면, 클라라가 슈만과 결혼하면 생활고를 겪을 것이고, 게다가 혼신을 다해 자신이 그녀에게 교육시켜 온 길과도 매우 다른 삶을 살 것이기 때문에 슈만과의 결혼을 허락할 수 없었다. 반면, 슈만은 어떻게든 비크 선생으로부터 결혼 승낙을 얻기 위해서 1838년 9월 빈으로 가서 음악 잡지를 발간하고, 음악 비평가로서 삶을 안정시키고자 했다. 그러한 안정으로 비크 선생에게 생계를 꾸려 나갈 수 있는 음악가로서의 자신을 증명하고자 했으나 그의 기대대로 되지 않은 채 1839년 4월까지만 빈에 머물렀다.

한편 클라라는 같은 해 1월부터 7년 만에 다시 파리에서 연주를 하였고 큰 갈채를 받았다. 클라라와 소원해진 아버지 비크는 신문을 보고 그녀가 거둔 성공적인 연주 소식을 접한다. 비크는 이후 그녀에게 아버지의 품으로 돌아오도록 편지를 보냈으나 그녀가 거절함으로써 이제 딸에 대한 실망감은 더욱 커졌고, 슈만과의 결혼을 더욱 완강하게 반대하게 된다. 1840년 클라라의 자유로운 결혼 결정에 대한 비크와의 법정 다툼은 마침내 법원이 슈만과 클라라의 결혼을 승낙함으로써 두 사람은 9월 12일 라이프치히에서 결혼하였다. 이 해에 슈만은 폭발적으로 가곡을 창작하였고, 클라라는 그와 더불어 가곡 작곡에도 관여하여서 나중 하이네, 가이벨, 뤼케르트의 시에 곡을 붙였다. 그러나 클라라는 일찍이 성악 및 작곡 공부를 했고 어린 시절부터 자신이 지은 노래를 선보였음에도 불구하고 내면에서는 앞서 언급한 것처럼 가곡 작곡에는 재능이 없다고 여겼다.

클라라는 슈만과 결혼한 뒤 삶이 한편으로는 행복했으나, 다른 한편으로는 쇼크로 느껴지기도 했다. 이런 분열된 감정은 결혼 이후 두 주가 지나자 생겨났는데, 슈만과 함께 여러 음악 연구나 작업을 하는 것에 행복을 느끼면서도 아내 구실을 해야 하기 때문에 과거와는 달리 자유로운 연주 활동이 제한받고 아울러 생계에 대한 불안도 함께 생겨났다. 결혼 전까지 클라라는 작곡가이자 연주자로서의 삶에만 익숙해 있었다. 1841년 3월 31일 라이프치히 게반트하우스에서 멘델스존의 지휘 아래 연주를 하였고, 이듬해 1월 다시 게반트하우스에서의 연주는 그녀가 잊힌 연주자가 아니라는 사실을 확인시켜 주었고, 이후 평생 동안 연주자로서 활동을 쉬지 않았다. 그녀가 연주하는 모습은 늘 청중들에게 강하고, 진지하고, 음악에 무조건 헌신하는 인상을 남겼는데, 예술은 그녀에게 "가장 성스러운 것"(Renate Hofmann 1996, 54)이었기 때문이다.

클라라의 연주 작품에는 자신과 로베르트 슈만의 작품을 포함해서 바흐, 헨델, 베토벤, 슈베르트, 멘델스존, 리스트, 베버, 쇼팽,

브람스, 탈베르크 등 여러 작곡가의 작품이 들어 있었다. 그뿐만 아니라 그녀가 여러 유럽의 도시에서 연주를 할 때, 단순히 독주만 한 것이 아니라 다양한 레퍼토리 곡 선정에서부터 함께 연주할 성악가, 바이올리니스트 등 종합적으로 프로그램을 짜서 연주했다는 점은 놀랍다. 예를 들면 "영국에서 238번의 연주 가운데 162번"(SCS, 100)을 바리톤 율리우스 슈토크하우젠, 바이올린 주자 요제프 요아힘Joseph Joachim과 동행해서 함께 연주를 했다. 더욱이 클라라는 슈만이 살아 있을 때나 죽은 뒤 어느 곳에서 연주를 하든지 간에 슈만의 가곡을 포함한 기악곡들을 쉬지 않고 레퍼토리에 넣어서 유럽의 청중들에게 알렸고, 브람스의 음악도 자주 연주곡에 들어 있었다.

한편 클라라는 아버지 비크와 1843년 2월 이후 그 관계가 회복되었으나 1842년부터 슈만의 신경쇠약 증세를 자주 겪게 되었다. 그는 클라라의 연주 여행에 동행하기도 했으나 건강 상태 때문에 실제 동행하는 일이 점점 어려워진다. 그리고 1844년 8월 로베르트가 쓰러지고 나서 클라라는 사실 자신의 연주를 통해서 벌어들인 수입으로 가족의 삶을 보살폈다. 슈만은 1854년 3월 본 근교의 엔데니히 병원에 입원할 때까지 음악 활동을 줄곧 이어 갔고 일정 부분 가장 노릇도 했으나, 주로 클라라가 가족의 삶을 이끌지 않을 수 없는 상황이었다. 1856년 7월 26일 슈만이 엔데니히 병원에서 사망하자 클라라는 다음과 같이 말한다.

> 신이여, 그가 없이도 살아갈 수 있는 힘을 주소서. (…) 그가 떠남과 함께 내 모든 행복도 사라져 버렸구나! 새로운 삶이 지금 나에게 시작되었구나.[113]

---

113) Berthold Litzmann: Clara Schumann. Ein Künstlerleben nach Tagebüchern

로베르트 슈만은 자녀들에게 늘 "훌륭한 아버지"(Litzmann, Bd. 3, 10)였으나 이제 그의 죽음으로 클라라는 7명 아이들의 양육을 혼자 책임져야 했다. 더욱이 두 살에서 열다섯 살 사이의 어린 자녀들 양육은 연주 여행을 해야 하는 클라라에게는 쉬운 일이 아니었고, 이후 자녀들은 클라라의 연주 활동 때문에 대부분 기숙사 또는 가까운 친척과 친지 집에서 생활하다가 어머니를 가끔 만나면서 생활하였다.

그런데 슈만 부부는 1853년부터 젊은 바이올린 연주자 요제프 요아힘과 요하네스 브람스와 친분이 생겨났고, 더욱이 브람스는 클라라가 연주 여행을 갔을 때 그녀의 자녀들을 돌봐 주기도 하였다. 1854년 2월 27일 로베르트가 자살 시도를 한 이후 엔더니히 병원으로 옮겨져 사망할 때까지 병원 생활을 해야 하는 상황에서 브람스는 슈만 부부 가까이 있기 위해서 뒤셀도르프로 이사를 왔고, 무엇보다도 많은 위로와 지원이 필요했던 클라라와 더욱 가까운 사이가 된다. 두 사람은 슈만 사망 이후에도 상호 음악적 자극을 주면서 예술가로서 교류가 평생 동안 이어졌다. 그리고 그녀가 죽음에 임박해 있는 사실을 알고 있던 브람스는 1896년 4월 친구 요아힘에게 다음과 같이 편지를 쓴다.

> 그녀를 잃게 된다는 생각은 이제 더 이상 우리를 놀라게 할 수 없네 (…) 그런데 그녀가 우리로부터 떠나간다면, 그녀를 생각할 때 우리의 얼굴이 기쁨으로 빛나는 일은 없을 것이네.(SCS, 142)

그로부터 한 달 뒤인 1896년 5월 20일 클라라가 심장마비로 사망했다는 소식을 들은 63세의 브람스는 서둘러 본으로 갔다. 그녀

---

und Briefen. Bd. 2. Leipzig 1902~1908, Reprint Hildelsheim 1971, 416쪽.

의 장례식은 그가 도착할 수 있는 일요일에 맞춰 집행되었으며, 그녀는 슈만 곁에 묻혔다. 브람스는 이후 본 근교의 본네프에서 클라라를 추모하는 음악회를 나흘 동안 열었고, 그 자신도 그 이듬해 1897년 4월 3일 세상을 떠났다. 클라라의 평생 이어진 공개 연주 활동은 1891년 노년의 나이까지 지속되었다. 말할 것 없이 마지막 연주는 자신의 몇몇 제자들 앞에서 1896년 1월에 있었으나 3월부터는 그녀의 건강 상태가 악화되었고 식욕이 없어서 식사도 제대로 하지 못했기 때문에 해골처럼 말랐다. 그러다가 두어 달 뒤 77세의 나이로 세상을 떠났다.

클라라는 아주 굴곡 많은 삶을 살았고 그 시대 여성으로서는 드물게 유럽 전역을 순회 연주할 수 있는 뛰어난 여성 음악가였다. 그러니까 어머니로서 8명의 아이를 출산했고, 이 가운데 1년 만에 사망한 아이의 죽음과 성인이 된 뒤 사망한 다른 자녀 4명의 질병과 죽음에 따른 고통과 슬픔을 겪었고, 뛰어난 음악가 남편 슈만의 병과 이른 죽음을 목도하였으며, 그녀보다 13세 연하의 음악가 브람스와 특별한 사랑과 인연을 가졌다. 한번은 브람스가 그녀에게 다음과 같은 고백을 하였다.

> 이 진지한 사랑으로 뭔가 위로를 삼으십시오 - 나는 나 자신보다도, 그 누구보다도, 그 무엇보다도 그대를 더 사랑합니다.(Litzmann Bd. 2, 45)

그리고 그녀가 지속적으로 유럽의 전 지역에서 연주를 줄곧 이어 할 수 있었던 것은 오직 그녀의 초인적인 음악에 대한 의지와 열정에서 비롯되었다고 볼 수 있다. 이런 점에서 볼 때, 그녀는 19세기의 매우 드문 여성 작곡가이자 연주자였고, 그 누구도 그녀의 삶과 비교할 수 없을 만큼 특이하고 힘든 예술가의 삶을 살았다. 그녀는 더욱이 자신이 연주자로서 생전에 잊히는 것을 두려워했다. 왜냐하면 예술가에게 나이가 든다는 것은 특별히 고통스러운 일이었는데, 그것은 "느낌과 감성의 힘이 여전하기"(Litzmann, Bd. 3, 522) 때문이었다. 그러나 그녀는 당대에도 잊히지 않았고 또한 후대에서도 그녀의 작곡 및 연주와 가곡 작곡을 통해서 기억되고 있다. 또한 평생 동안 슈만의 음악을 널리 알리는 데 온 심혈을 기울였던 클라라는 남편 슈만의 위대한 그늘에 가린 존재가 아니라, 여성 음악가로서 슈만과 함께 늘 나란히 기억되고 있다.

클라라는 여러 해에 걸쳐 약 30편의 가곡을 썼는데, 이 가운데 하이네, 뤼케르트와 가이벨의 시 각 6편에 곡을 붙였고, 괴테의 〈패랭이꽃〉, 무명의 작가 헤르만 로렐트의 텍스트 6편 등에 곡을 붙였다. 여기서는 클라라의 하이네-가곡들 가운데 〈그녀의 초상〉, 〈로렐라이〉, 〈그들은 서로 사랑했네〉, 〈민요〉를 분석한다.

5.4.2 하이네 시에 곡을 붙인 클라라 슈만의 가곡들

1) 〈그녀의 초상〉

클라라 슈만은 "난 어두운 꿈속에 서 있었네"(HG, 129)로 시작되는 하이네의 〈귀향〉 23번째 3연 4행시에 곡을 붙였고, 〈그녀의 초상Ihr Bildnis〉은 두 가지 버전이 있는데 여기서는 첫 번째 버전을 분석하고 있다. 또한 슈베르트의 곡과도 비교 분석되고 있다.

클라라 슈만의 〈그녀의 초상〉(Op. 31 No.1)은 피아노의 서주, 간주, 후주가 들어 있다. 피아노의 편안하고 아름다운 서주에 뒤이

어 1연은 서정적 자아가 어두운 꿈속에서 연인의 모습을 응시하
자, 그녀의 얼굴이 은밀하게 살아 움직이기 시작했다고 노래한다.
이어 피아노의 간주가 들어간 다음 2연 그녀의 입술 주위로 미소가
번져 나갔고, 그녀의 눈동자에선 눈물방울이 반짝였다고 노래한
다. 이번에는 피아노의 간주 없이 바로 3연으로 넘어가서 서정적
자아도 눈물을 흘렸고 그 눈물이 뺨을 타고 흘러내렸으며 도무지
사랑하는 사람을 잃었다는 것을 믿을 수 없다고 한탄한다. 더욱이
3연 1행의 "내 눈물도"는 소프라노의 고음으로 노래함으로써 애절
함이 강조되고 있다. 3연이 끝난 다음 피아노의 후주가 곡을 마감
한다. 클라라의 가곡은 전체적으로 극도로 감정이 절제된 채 애잔
하게 노래하는 특징을 지니고 있다.

　클라라 슈만의 〈그녀의 초상〉과 슈베르트의 같은 곡을 비교해서
보면, 두 곡 다 피아노의 서주가 들어가 있으나 클라라의 곡에는 1
연 다음 피아노의 간주가 있는 반면, 슈베르트의 곡에서는 1연 2행
"그녀의 초상을 응시하였고" 다음 아주 짧은 피아노의 간주가 들어
가면서 연인의 얼굴을 바라보는 모습이 강조되고 있다. 1연과 2연
사이에 피아노의 간주가 없는 슈베르트의 곡과 달리, 클라라의 경
우는 2연과 3연에 사이에 피아노의 간주가 없다. 슈베르트의 경우,
2연을 애잔하게 노래하고는 피아노의 아주 낮고 부드러운 간주가
들어가 있는데 이것은 연인의 눈물 맺힌 눈망울이 소리 없이 반짝
이는 것 같은 장면을 강조하고 있다. 3연에선 1행 "또한 내 눈물도
흘러내렸다"에서 클라라 슈만은 그 애절함을 강조하는 데 비해서,
슈베르트는 오히려 2행 "내 뺨을 타고" 다음 피아노의 나지막하고
짧은 간주가 눈물이 뺨에서 흘러내리는 모습을 강조하고 있다. 또
한 사랑하는 사람을 잃었다는 사실을 정말 믿을 수가 없다는 것을

비장하고 강한 음색으로 노래하고는 이러한 상실감을 피아노의 후주가 강조하면서 곡이 끝난다. 반면 클라라의 가곡에서는 대체로 슬픈 감정이 극도로 절제되어서 중립적으로 묘사되고 있다.

2) 〈로렐라이〉

하이네 시에 곡을 붙인 질허의 〈로렐라이〉(1838)

클라라 슈만은 "그것이 무엇을 뜻하는지 모르겠네"(HG, 115~116)로 시작되는 하이네의 〈귀향〉 두 번째 6연 4행시에 곡을 붙였는데,

하이네는 이 시에 제목을 붙이지 않았으나, 나중 여러 작곡가들에 따라서 〈로렐라이〉라는 제목으로 널리 알려졌다. 하이네의 이 시에는 클라라 슈만, 리스트, 질허를 포함해서 약 55명의 작곡가가 곡을 붙였다. 더욱이 프리드리히 질허의 〈로렐라이〉를 통해서 하이네의 이 담시는 우리나라에도 널리 알려졌는데, 이것은 일본이 메이지유신 때 독일 문화를 적극적으로 받아들인 뒤 일본을 거쳐 들어온 것이다. 또 해방 뒤 한국 동요는 독일 노래의 멜로디에 가사만 한글로 바꾼 곡이 많았다. 그런 노래 가운데 대표적으로 질허의 〈로렐라이〉도 하이네의 시라는 것을 모른 채 중·고등학교 음악 시간에 흔히 배우던 곡 가운데 하나였다. 그리고 질허의 곡은 독창이나 합창으로 따라 부르기 쉬운 유절가곡(여기서는 두 개의 연이 하나의 가절)으로 되어 있으며, 이 곡에는 피아노가 노랫말을 반주하는 제한된 기능만을 맡고 있다.

클라라 슈만의 〈로렐라이Lorelei〉는 작품 번호가 따로 붙지는 않았지만 아주 흥미로운 곡이다. 이 곡에서는 더욱이 빠른 피아노의 연주가 극적으로 로렐라이의 이야기를 돋보이게 한다. 클라라의 곡은 피아노의 서주 없이 바로 1연 노랫말로 들어간다. "무슨 뜻인지 모르겠네/ 내가 이토록 슬픈 것이/ 옛날부터 전해 오는 이야기가/ 머리에서 떠나지 않네"라고 노래한다. 그러니까 서정적 자아는 그의 머리에서 떠나지 않는 옛날부터 전해 오는 이야기가 왜 그토록 슬픈 것인지 모른다. 여기서 2행 "무슨 뜻인지 모르겠네" 다음 피아노의 빠르고 다소 격동적인 간주가 들어가 있으며, 무슨 뜻인지 모르겠다고 강조한다. 1연에 이어 노랫말이 바로 2연으로 넘어가서 "공기는 선선하고 날은 어두워져 가는데/ 고요히 라인 강이 흐르고/ 산 정상은/ 저녁노을 속에 빛나네"라고 노래한다. 그러니까 그 옛날이야기의 시점으로 돌아가서, 공기는 시원하고 날은 어두워져 가는데 라인 강은 고요히 흐르고 산의 정상이 저녁노을 속에 빛나고 있다. 2연 다음에 피아노의 빠른 주 모티브의 간주가 들어가 있다.

3연에서는 "가장 아름다운 처녀가 앉아서/ 저 위 놀랍게도/ 그녀의 황금 장신구가 반짝거리고/ 그녀는 황금빛 머리를 빗는다"고 노래하면서 바로 4연으로 넘어간다. 그러니까 로렐라이는 아주 아름다운 처녀이며, 저녁노을 빛을 받으면서 머리를 빗고 있다. 게다가 아름답고 강력한 멜로디를 지닌 노래까지 부르고 있다. 4연 "그녀는 황금빛 빗으로 머리를 빗고/ 그러면서 노래를 부른다/ 그건 정말로 아름답고/ 강력한 멜로디를 지녔다"고 노래한다. 4연 2행 다음 피아노의 빠른 간주는 저녁노을에 반사된 아름다운 황금빛 머리를 빗으면서 로렐라이가 노래 부르는 장면을 연상시키고 있다. 이어 5연 1행과 2행 "조그만 배에 탄 뱃사공은/ 알 수 없는 고통에 사로잡힌다"라고 높은 톤으로 노래한 뒤 피아노의 간주가 들어가 있다. 이로써 뱃사공이 배를 제대로 조종하지 않고 갑자기 마음이 흔들리는 것을 강조하고 있다. 이어 3행과 4행 "그는 암초를 보지 않고/ 저 높은 곳을 쳐다볼 뿐이다"라고 노래한다.

피아노의 간주 없이 바로 6연으로 넘어가서 그 결과는 "마침내 뱃사공과 나룻배를/ 파도가 삼켰다고 생각한다/ 그것은 그녀의 노래로/ 로렐라이가 했다"고 노래한다. 여기서 3행과 4행 "그것은 그녀의 노래로/ 로렐라이가 했다"를 가장 높은 톤으로 반복 노래하고는 피아노의 후주가 이어진다. 하이네 시의 가장 핵심이자 절정은 로렐라이의 유혹 때문에 뱃사공이 물결에 휩쓸려 죽는다는 것인데, 클라라 슈만의 곡에서는 이것을 그대로 음악적으로 강조해

서 해석하고 있는 점이 두드러지고 있다. 또한 그녀의 〈로렐라이〉
는 담시의 특징을 목소리와 피아노가 서로 양분해서 극적인 효과
를 최대화시키고 있다. 예를 들면 줄곧 피아노의 빠르고 다소 격
정적인 연주로 말미암아 예사롭지 않은 이야기가 전개되고 있음이
암시되고, 마지막 6연 3행과 4행에서 마침내 이 예사롭지 않은 일,
곧 로렐라이가 노래를 불러 뱃사공을 유혹해서 사고가 일어났음을
강하고 높은 음으로 반복 노래함으로써 대미를 장식하고 있다.

3) 〈그들은 서로 사랑했네〉

클라라 슈만은 "그들은 서로 사랑했네Sie liebten sich beide"(HG,
134~135)로 시작되는 하이네의 〈귀향〉 33번째 2연 4행시에 곡을
붙였다. 이 시에는 클라라 슈만, 뢰베, 프란츠, 클렘페러를 포함해
서 약 52명의 작곡가가 곡을 붙였다.

클라라의 〈그들은 서로 사랑했네〉(Op. 13 No. 2)에는 피아노의 서
주에서부터 슬픈 느낌이 강하게 들어가 있는데, 서주는 느리게 시
작해 점점 높아지는 톤으로 고조되다가 다시 하강하면서 1연으로
넘어가고 있다. 1연에서 보면 "그들은 서로 사랑했지만 어느 누구
도/ 상대에게 그것을 고백하려고 하지 않았다/ 그래서 그들은 그
토록 적대적으로 쳐다보았고/ 사랑으로 고통스러워하였다"고 노래
한다. 이어 서주 멜로디와 같은 피아노의 간주는 서로 사랑하는 두
사람이 그것을 고백하지 못하고 오히려 미워하는 시선을 보내면서
괴로워하는 마음을 두드러지게 나타낸다.

피아노의 간주에 이어 2연에서는 "그들은 마침내 헤어졌고/ 이따
금 꿈속에서 보았을 뿐이다/ 그들은 오래전에 죽었고/ 그들 자신은
그것을 거의 알지 못했다"고 노래한다. 더욱이 2연의 마지막 "꿈"이

라는 낱말을 유난히 길게 노래함으로써 강조의 뜻을 담고 있으며, 3
행 "그들은 오래전에 죽었고"와 4행 그런데 "그들은 그것을 거의 알
지 못했다"는 서창조로 비장하게 노래하고 있다. 이로써 사랑하면
서도 서로 고백하지 못한 체 각자의 죽음으로 끝나는 비극적 사랑
이 이 곡에서 사실적으로 표현되고 있다. 이어 피아노의 후주는 서
주의 멜로디 톤을 다소 변용하여 연주하면서 곡을 마감하고 있다.

4) 〈민요〉

클라라 슈만은 "봄밤에 서리가 내렸네"(HG, 356)로 시작되는 하
이네의 《비극》의 두 번째 3연 3행시에 곡을 붙였다. 이 시에는 클
라라 슈만, 멘델스존, 말러, 브루노 발터를 포함해서 약 60명의 작
곡가가 곡을 붙였다. 클라라 슈만의 〈민요Volkslied〉(봄밤에 서리가
내렸네Es fiel ein Reif in der Frühlingsnacht) 역시 작품 번호가 붙지 않았
는데, 이 곡은 피아노의 느리고 다소 강해지는 서주를 시작으로 3
행으로 이뤄진 1연이 노래된다. "봄밤에 서리가 내렸네/ 사랑스런
푸른 작은 꽃들 위로/ 그것들은 시들면서 말라 들어갔지"라고 노래
한다. 여기서는 사랑스럽고 푸른 작은 꽃들 위로 봄밤에 서리가 내
렸는데, 꽃들이 그 때문에 시들면서 말라 비틀어져 갔다고 노래한
다. 2행 "사랑스런 푸른 작은 꽃들 위로" 다음에 피아노의 간주가
들어가고, 이것은 2행의 뜻을 강조하면서 잠시 그 모습을 그려보
게 하는 효과를 내고 있다.

1연에 이어 피아노 간주 없이 2연으로 넘어가서 "한 젊은이가
소녀를 사랑했네/ 그들은 몰래 집을 빠져나갔네/ 그걸 아버지도 어
머니도 알지 못했지"라고 노래한다. 여기서 2행의 마지막 부분 "빠
져나갔네"부터 노래는 점점 고양되다가 3행 마지막 부분에 이르면

서 하강하고 있다. 이어 피아노의 간주는 그들의 부모도 알지 못했음을 강조하고 있다. 마지막 3연 1행 "그들은 여기저기 돌아다녔고"를 슬프고 느린 톤으로 노래하고, 피아노의 짧은 간주가 그들의 정처 없는 배회를 강조하고 있다. 2행과 3행 "그들에겐 행운도 좋은 운명도 없었지/ 그들은 죽어 갔고 파멸했지"라고 노래한다. 그러니까 두 사람의 운명은 1연에 묘사된 것처럼 봄밤에 서리를 맞고 시들어 버린 푸른 꽃과 같다. 그런데 3행에서 단어 도치가 들어 있는데, 하이네의 시에는 "그들은 파멸했고 죽었지"라고 되어 있으나, 클라라 슈만의 곡에서는 오히려 순서를 바꾸어서 죽었고 파멸했다고 강조하고 있다. 그 강조는 "파멸했다"를 서창조로 노래함으로써 이뤄지고 있으며, 3연이 끝나면 피아노의 후주가 곡을 마무리하고 있다.

위의 클라라 슈만의 가곡들에서는 전체적으로 목소리와 피아노가 시의 뜻을 최대한 살리면서도 아주 절제된 음악적 해석을 하고 있다.

5.5 파니 헨젤의 하이네-가곡들

5.5.1 파니 멘델스존-헨젤의 가곡 세계

파니 멘델스존-헨젤Fanny Mendessohn-Hensel(1805~1847)은 펠릭스 멘델스존의 네 살 위 누나였고, 유명한 유대인 계몽주의 철학자 모제스Moses 멘델스존이 이들의 할아버지였다. 그리고 부유한 은행가인 아버지 아브라함Abraham 멘델스존은 네 자녀들의 교육과 심성에 강한 영향을 끼쳤다. 아브라함 멘델스존은 유대인이었

지만 그의 가족을 모두 기독교로 개종시켰고, 이후 바르톨디라는
기독교 이름이 하나 더해졌다. 아브라함은 기독교는 유대교와 경
쟁하는 종교가 아니며, 그 기본 원리는 오히려 인간을 좋게 만든
다고 보았다. 1820년 5월 아브라함은 딸 파니에게 보낸 편지에
서 그의 종교는 다름 아닌 선한 것, 옳은 것, 진실된 것을 추구하
는 성향과 양심이라는 것을 보여 주고 있다.

> 신이 있냐고? 신이 무엇이냐고? 우리 자신의 다른 일부가 죽고 난 뒤 우
> 리 자신의 일부는 영속하냐고? 어디에, 어떻게? 이 모든 것을 난 모른단
> 다. 그래서 그것에 관해서 어떤 것도 결코 너에게 가르치지 않은 것이란
> 다. 난 나와 너, 그리고 모든 인간에게는 선한 것, 진실된 것, 옳은 것으
> 로 쏠리는 영원한 성향을 지니고 있으며, 우리가 그것으로부터 멀어지면
> 우리를 경고하고 이끄는 양심이 있다는 것을 알고 있다. 난 그것을 알고
> 믿으며, 이런 믿음 속에 살아가고 그것이 나의 종교란다.[114]

멘델스존 부부는 처음에는 직접 자녀들 교육을 나누어서 맡았다.
예를 들면 "아브라함 멘델스존은 수학과 프랑스어, 아내 레아Lea는
독일어, 문학과 예술 수업을 맡았다."[115] 그리고 피아노 교육도 레
아가 맡았고, 나중에 자녀들이 가정교사들로부터 고대문학, 그림
을 배웠다. 아브라함의 네 자녀들은 계몽주의 이념에 높은 가치를
두는 엄한 분위기와 보수적 가정 분위기가 지배하는 환경에서 자랐
다. 그래서 아버지 아브라함은 딸 파니의 뛰어난 음악적 재능을 뒷
받침하지 않았다. 그 이유는 당시의 비더마이어식 소시민 가치관에
입각해서 볼 때, 여성은 결혼해서 자녀 교육과 집안을 이끄는 현모

---

114) Sebastian Hensel (Hg.): Die Familie Menselssohn. 1729-1847. 재출판
　　　 Frankfurt/M. 1995, Bd. 1, 94쪽.

115) Ute Büchter-Römer: Fanny Mendelssohn-Hensel, Reinbek bei Hamburg
　　　 2010, 8쪽, 이하 (RH, 쪽수)로 표시함.

양처 일이 주 업무라고 파니의 아버지는 생각했기 때문이었다. 아
브라함은 15세의 파니 헨젤에게 쓴 편지에서 펠릭스와 비교해서
그녀의 음악 활동에 대한 한계를 분명하게 인식시키고 있다.

> 음악은 펠릭스에게는 아마 직업이 될 수 있겠으나 너에게는 음악이 항
> 상 장식품이 될 뿐 너의 존재와 행동의 기초가 결코 될 수 없으며 되어
> 서도 안 된다.(Sebastian Hensel, 124)

아브라함의 이 편지에서 보면, 그의 음악에 대한 시각은 아들
은 직업으로 음악을 택해도 좋지만 딸은 음악을 장식품처럼 교양
의 일부로 활용해야 함을 분명히 지적하고 있다. 또한 이 편지에서
아브라함은 그녀가 펠릭스의 음악으로 얻은 찬사를 함께 기뻐하
고 누리는 것으로 만족하도록 권유하면서 오히려 그런 태도가 "여
성적이고, 여성적인 것만이 여성을 진실로 아름답게 한다"(Sebastian
Hensel, 124)고 언급하였다. 평소 아버지의 모든 칭찬과 경고들은
자녀들로부터 존중되었고, 그들은 아버지의 완고한 자세에도 아랑
곳하지 않고 그의 따뜻한 마음 때문에 모두 그를 좋아했다. 이런
환경에서 파니 헨젤은 일찍이 자신의 작곡 작품과 피아노 연주를
대중 앞에서 하는 일은 적합지 않다고 스스로 받아들이게 된 것이
다. 반면, 이러한 아브라함의 생각과는 다르게 그의 여동생, 낭만
주의 선구자 가운데 한 사람인 프리드리히 슐레겔의 아내였던 도
로테아 멘델스존은 정반대로 자신의 의지대로 결정하는 자유주의
여성이었다. 파니는 아직 그런 고모를 닮은 결정을 할 수 있을 만
큼 자유롭고 성숙하지 않았다.

파니 멘델스존은 1805년 11월 14일 함부르크에서 맏딸로 태어
났다. 그녀는 동생 펠릭스 멘델스존과 함께 일찍부터 음악에 재능

을 보였고, 부모가 베를린으로 이주한 뒤 동생과 함께 음악 교육을 받았다. 피아노는 루트비히 베르거Ludwig Berger, 음악 이론과 작곡은 카를 프리드리히 첼터에게서 교육을 받았다. 하지만 "그녀의 460편이 넘는 곡들의 출판은"(RL, 318) 처음부터 불가하였고, 작품 연주나 피아니스트로서의 활동은 개인적 음악 살롱 범위에서 선보이는 것으로 제한되었다. 평소 그녀의 아버지의 생각에 따르면, "파니 멘델스존의 교육 중심은 항상 미래의 현모양처에 두었고 그 예술적인 활동들은 가정용을 넘어서면 안 되는 일이었다."(RH, 30) 아버지의 뜻대로 그녀는 부유한 시민사회 가정의 딸로서 아내와 어머니의 노릇을 일차적으로 중요하게 여겼고, 음악은 대중 앞에서 하는 것이 아니라 교양 있는 취미 또는 아버지가 여는 일요 가정 음악회에서 발표하는 것이라고 인정하기에 이른다. 사실 파니의 아버지는 가정을 중요시 여기는 당대의 비더마이어식 소시민적 의식을 대표적으로 보여 주고 있었다. 그러나 파니는 가부장적 유대인 기독교 집안에서의 여성에 대한 기대와 피아니스트이자 작곡가로서 그녀가 지닌 남다른 재능 사이에서 갈등을 겪곤 하였다.

파니 멘델스존은 일찍부터 그 음악적 재능을 발휘해 괴테의 시 20편에 곡을 붙였고, 하이네, 아이헨도르프, 바이런, 티크, 울란트, 필티, 뤼케르트와 무명 시인들의 시에 곡을 붙였다. 하지만 그녀의 최초 작품은 "익명이거나 자신의 동생 펠릭스의 이름으로"(RL, 318) 출간되었다. 예를 들면 1827년 펠릭스 멘델스존의 가곡들 (Op. 8)이 출간되었는데 "이 가운데 세 곡이 파니 멘델스존의 가곡들"(RH, 146)이었다. 파니와 펠릭스는 음악을 하면서 상호 협조적이었는데, 파니는 그녀의 작곡 작품을 펠릭스에게 들려 주고 의견을 구했고, 펠릭스는 그녀가 그의 음악 친구인 동시에 그녀로

부터 자신의 음악에 대한 조언과 평가를 받을 수 있었다. 말할 것
없이 펠릭스는 누나 파니의 작곡을 높이 평가하면서도 그녀가 자
신처럼 자유롭게 대중 앞에서 연주할 기회를 얻지 못하는 사실에
대해서 심각하게 여기지 않았다. 비록 그가 가까이에서 클라라 슈
만의 사례를 경험했으나 파니가 작곡가이자 피아니스트로서의 재
능을 널리 인정받도록 하는 일에는 소홀했다. "그가 누이의 작곡
능력을 알았고 분명히 그것에 대해서 확신하고 있었음에도 아랑곳
하지 않고 펠릭스 멘델스존은 그녀가 죽기 직전까지 그녀의 가곡
들과 피아노곡들"(RH, 43), 실내악과 합창과 오케스트라 곡 등이
출판되는 것에 동의하지 않았다.

한번은 어머니 레아 멘델스존이 펠릭스에게 파니의 작품들이
출간될 수 있도록 격려하고 도울 것을 부탁할 때도 펠릭스는 그
것을 거절했다. 펠릭스는 어머니의 부탁에 대해서 그녀가 출판하
겠다면, 그녀의 작곡 작품이 출판되도록 돕기는 하겠지만, "그러
나 뭔가 출판하도록 설득하는 일은 난 할 수 없습니다. 왜냐하면
그것은 내 의도와 확신에 어긋나기 때문입니다"[116]라고 회신했
다. 이런 펠릭스 멘델스존 바르톨디의 편지를 보면, 그는 분명히
아버지의 가부장적 전통과 지배 기능에 대해서 의문을 제기하기
보다는 그대로 수용하고 지켜가려고 했음을 알 수 있다. 그래서
그는 파니의 작품이 출간되는 것을 반대한 것이라고 할 수 있다.
아버지와 동생을 사랑하는 파니의 시각에서는 순종을 내면화하는
것이 자신의 의무라고 여겼지만 그럼에도 1838년 3월에 펠릭스
에게 보낸 편지에서 대중으로부터 평가를 받을 기회가 없는 점에

---

116) 재인용. Eckart Kleßmann: Die Mendelssohns. Bilder aus einer deutschen
Familie. Frankfurt/M. 1993, 242쪽.

대해서 유감스러워하고 있음을 볼 수 있다.

> 펠릭스, 난 이 겨울에 아무것도 작곡하지 못했고, 말할 것 없이 더욱 음악
> 을 해야겠지만 가곡을 만들고자 하는 사람(그녀 자신)에게 어떻게 용기를
> 줘야 할지 더 이상 모르겠어.(Eva Weissweiler 1985, 170)

펠릭스와는 달리 파니의 남편 빌헬름 헨젤은 적극적으로 그녀의
음악 활동을 지원했다. 파니는 17세 때 화가인 빌헬름 헨젤의 아틀
리에 그림 전시회에서 그를 알게 되었고, 파니가 24세 때인 1829
년 1월 22일 약혼했으며, 같은 해 10월 3일 결혼을 했다.(RH, 65)
빌헬름 헨젤은 그림뿐만 아니라 시를 짓는데도 재능이 있었고 그
가 지은 여러 시에 파니가 곡을 붙였다. 예를 들면《정원의 노래들
Gartenlieder》(Op. 3)의 네 번째 노래인 〈아침인사Morgengru〉가 그의
시에다 곡을 붙인 것이다. 남편의 도움으로 1838년 파니 헨젤은
처음으로 공개 연주회를 가졌고 여기서 펠릭스 멘델스존의 피아노
협주곡(Op. 25)을 연주하였다.

고대 안티케의 예술, 르네상스와 따뜻한 공기의 나라 이탈리
아를 여행하고자 하는 바람은 18세기와 19세기의 시인, 음악가,
화가와 일반 부유한 시민계급의 아들들에게 널리 퍼져 있었다.
펠릭스 멘델스존 역시 일종의 교양 여행으로서 뮌헨, 빈, 베니
스, 플로렌스와 로마를 방문할 수 있었다. 그런데 파니 헨젤에게
는 그런 자유가 없다가 마침내 1839년 가을 처음으로 자신의 가
족과 함께 이탈리아 여행을 하였고, 헨젤 가족은 그 이듬해 가을
에 다시 베를린으로 돌아왔다. 이 시기 파니는 로마에서 이탈리
아 일기를 쓰기 시작했으며, 더욱이 베니스는 그녀에게 큰 감동
을 주었다.

놀라운 도시: 난 내 삶에서 (그 어느 곳에서도) 이 놀라운 베니스에서 보다 더 쉽게 24시간 안에 그토록 경탄, 놀라움, 감격, 기쁨을 느껴 본 적이 없다는 것을 기억한다. 우리가 여기에 있고부터 난 거의 마른 눈을 가지지 못했는데 이 경이로운 도시를 쳐다보는 일은 정말 매력적이다.[117]

파니 헨젤

빌헬름 헨젤

　파니 헨젤에게 이탈리아 여행은 작곡가로서 새로운 전기가 되었다. 1841년 그녀는 피아노곡들을 작곡하였고 1846년에는 어머니와 남편의 도움으로 작곡 작품을 출간할 수 있었다. 그러니까 그녀는 생전에 공개 연주회는 한 번, 작곡 출판도 그녀의 이름으로 한 번 이뤄진 셈이다. 그런데 작곡 출판 1년 뒤 1847년 5월 14일 파니는 뇌졸중 때문에 일찍 사망했고, 이 죽음은 더욱이 음악적 친구인 동생 펠릭스 멘델스존에게 큰 충격이 되었다. 그 역시 누나의 사망 몇 달 뒤, 11월 4일 38세의 나이에 같은 이유로 사망했다.

　파니 헨젤의 200편이 넘는 가곡들은 가곡 미학의 관점에서 보면

---

117)　Fanny Mendelssohn: Italienisches Tagebuch, 43쪽. ( )안의 내용은 독자의 이
　　해를 돕기 위해서 역자가 덧붙인 글임.

펠릭스 멘델스존과 마찬가지로 베를린가곡악파의 후계적 성격을
지니고 있다. 그래서 그녀의 가곡들은 다양한 변용을 지니고 있기
는 하지만 주로 유절가곡에 의존하고 있다. 초기 작품에선 피아노
의 파트가 주로 반주악기에 머무르고 있으며, 서서히 이런 구조에
서 벗어나 텍스트의 뜻을 독자적으로 전하는 수단이 된다. 더욱이
"그녀의 작곡에서 다양한 화음이 종종 음악 창작의 중심에 놓여 있
는 점이 특징적이다."(RL, 319)

5.5.2 하이네 시에 곡을 붙인 파니 헨젤의 가곡들

파니 헨젤-멘델스존은 20편 이상 하이네의 시에 곡을 붙였으
며, 여기서는 〈백조의 노래〉, 〈왜 장미들을 그렇게 창백하나〉와
〈상실〉을 분석하고 있다.

1) 〈백조의 노래〉

파니 헨젤은 "별 하나 떨어진다Es fällt ein Stern herunter"(HG, 108)
로 시작되는 하이네의 〈서정적 간주곡〉 59번째 4연 4행시에 곡을
붙였는데, 이 시에 파니 헨젤을 포함해서 약 73명의 작곡가가 곡을
붙였다.

파니 헨젤의 〈백조의 노래Schwanenlied〉(Op. 1 No. 1)는 다소 느린
피아노의 반주를 시작으로 1연의 노래를 시작한다. 1연과 3연,
2연과 4연은 같은 가절이며, 피아노의 간주는 2연 다음, 후주
는 4연 다음에 이어진다. 1연 "별 하나 떨어진다/ 반짝거리는 높
은 곳에서/ 그건 사랑의 별이다/ 내가 거기서 떨어지는 것을 본
다"고 노래한다. 그러니까 반짝거리는 높은 곳에서 별 하나가 떨
어지는데, 그것은 사랑의 별이고, 그 떨어지는 별을 서정적 자아

가 쳐다보고 있다. 2연 "사과나무에서 떨어진다/ 하얀 잎들이 아주 많이/ 짓궂은 공기들이 몰려와서/ 그들의 놀이를 이어 한다"고 노래한다. 2연에서는 하얀 잎들이 사과나무에서 떨어지고, 바람이 불어서 줄곧 나뭇잎은 떨어진다. 여기서 2행 하이네의 "꽃들과 잎들이 많이"를 파니 헨젤은 "하얀 잎들이 아주 많이"로 가사를 바꾸어 노래한다. 그 밖에 3행과 4행 "짓궂은 공기들이 몰려와서/ 그들의 놀이를 이어 한다"는 반복해서 노래한다. 또 "이어 한다"는 느린 바이브레이션으로 강조하고, 2연 다음에 피아노의 간주가 이어진다.

3연 "작은 호수에선 백조가 노래하고/ 이리저리 노 젓듯 헤엄쳐 간다/ 항상 나지막하게 노래하면서/ 밀물의 무덤 속으로 잠긴다"라고 노래한다. 여기서는 작은 호수에서 백조가 나지막하게 노래하면서 이리저리 헤엄치고 마침내 밀물 속에 잠긴다. 노래가 끝난 뒤 잠시 휴지부를 두고 4연으로 넘어간다. 4연 "그건 너무나 조용하고 어둡구나/ 잎사귀와 꽃이 흩날리고/ 별은 바스락거리면서 사라졌다/ 백조의 노래도 멈추었다"라고 노래한다. 호수는 너무나 조용하고 어두우며, 나뭇잎과 꽃잎이 흩날리고, 별은 바스락거리면서 사라졌고, 백조의 노래도 멈추어 버렸다. 여기서 3행과 4행은 반복 노래되고는 피아노의 간단한 후주가 곡을 마무리한다. 4행 "노래가 멈추었다"는 2연 4행 "이어 한다"처럼 느린 바이레이션으로 그 뜻을 강조하고 있다. 전체적으로 파니 헨젤의 노래는 베를린가곡악파의 가곡 이상처럼 곱고 단순한 멜로디로 되어 있으며, 같은 여성 음악가 클라라 슈만과 견주어 볼 때, 무척 간단하게 가곡을 작곡했음을 볼 수 있다.

2) 〈왜 장미들은 그렇게 창백하나〉

파니 헨젤은 "왜 장미들은 그렇게 창백하나Warum sind denn die Rosen so blaß"(HG, 90)로 시작되는 하이네의 〈서정적 간주곡〉의 23번째 4연 4행시에 곡을 붙였다. 이 시에는 파니 헨젤, 멘델스존, 페터 코르넬리우스, 오트마 쇠크를 포함해서 약 65명의 작곡가가 곡을 붙였다. 파니 헨젤의 〈왜 장미들은 그렇게 창백하나〉(Op. 1 No.3)는 피아노의 낭만적이고 서정적인 서주를 시작으로 1연 "왜 장미들은 그렇게 창백한가/ 말하렴, 내 사랑, 왜?/ 왜 푸르른 잔디에선/ 푸른색 패랭이꽃들이 그렇게 말이 없는지?"라고 노래한다. 서정적 자아가 연인에게 왜 장미들이 창백한지, 왜 푸른 잔디에선 푸른 패랭이꽃이 그렇게 말이 없는지 말하라고 재촉한다. 여기서 2행의 마지막 단어 "왜"는 하강하는 부드러운 톤이지만, 4행 마지막 부분 "그토록 말이 없는지"는 높아지는 톤으로 대비를 이루면서 노래한다. 2연 "왜 그렇게 슬픈 음으로/ 종달새가 공중에서 노래하는가?/ 왜 발삼초에선/ 시든 꽃향기가 나나?"라고 노래한다. 여기에서는 종달새는 왜 그렇게 슬프게 노래하는지, 왜 발삼초에선 시든 꽃향기가 나는 것인가라고 묻는다. 말할 것 없이 1연의 맥락에서 보면 연인에게 말하라고 하는 것이다. 4행에서 파니 헨젤은 하이네의 "시체 같은 냄새가 난다"를 "시든 꽃향기가 난다"로 가사를 바꾸어서 노래하고 있으며, 이어지는 피아노의 간주는 4행의 뜻을 강조한다.

3연에서도 서정적 자아의 물음은 이어진다. 이번에는 "왜 태양이 초지 위에서/ 그렇게 차갑고 역겹게 내리비치는지?/ 왜 대지는 그토록 잿빛이고/ 무덤처럼 황량한지?"라고 노래한다. 그러니까 초원에서 태양은 왜 그렇게 차갑게 비치는지, 왜 대지는 잿빛으로 황량한 빛을 띠는가라고 묻는데, 이것은 바로 서정적 자아 내면의 분위기인 것이다. 4연에서는 "왜 난 그토록 아프고 우울한가/ 내 사랑이여, 말하렴/ 오, 말하렴, 가장 사랑하는 이여/ 왜 그대는 나를 떠났는가?"라고 노래한다. 파니 헨젤의 가곡에서는 이 시의 절정인 연인이 왜 떠났는지를 묻는 질문과 그 이유를 말하라는 서정적 자아의 독촉은 지극히 절제된 채 노래되고, 다만 그 애절한 심정을 "왜, 왜, 그대는 나를 떠났는가"라고 반복 노래함으로써 포기, 좌절, 실망의 감정을 강조하고 있다. 그리고는 피아노의 짧은 후주가 그 슬픈 심정을 드러내면서 곡을 마무리하고 있다. 시의 내용으로 보면, 충분히 격앙된 톤인데 견주어, 가곡에서는 전체적으로 잔잔하고 슬픔이 깃들어 있으면서도 극도로 절제된 분위기가 오히려 슬픔을 승화시키는 효과를 낸다.

3) 〈상실〉

파니 헨젤은 "꽃들은 그걸 아네Und wüßten's die Blumen"(HG, 89)로 시작되는 하이네의 〈서정적 간주곡〉 22번째 4행 4연시에 곡을 붙였다. 파니 헨젤과 슈만을 포함해서 약 115명의 작곡가가 이 시에 곡을 붙였다. 파니 헨젤의 〈상실Verlust〉(Op. 9 No. 2)은 피아노 서주 없이 바로 1연의 노래가 시작된다. "꽃들은, 작은 꽃들은 그걸 알았을 텐데/ 내 마음이 얼마나 깊이 상처를 받았는지/ 꽃들은 나와 함께 울 텐데/ 내 고통을 낫게 하려고"라고 노래한다. 여기서 작은 꽃들은 서정적 자아의 마음이 얼마나 깊이 상처를 받았는지 알았고, 그의 고통을 낫게 하려고 그와 함께 꽃들이 울게 된다. 여기서 3행의 마지막 단어 "울다"는 고음으로 노래하면서 4행 첫 부분 "낫게 하려고"까지 고양된 톤이 유지되다가 마지막 부분 "내 고통을"에 이르면서 음이 하강한다. 피아노의 간주 없이 2연으로 넘어가서 "나이팅게일들은 그걸 알았을 텐데/ 내가 얼마나 슬프고 얼마나 아픈지/ 그들은 명랑하게 울리게 하였다/ 상쾌한 노래를"이라고 노래한다. 그러니까 새들은 서정적 자아가 얼마나 슬프고 마음이 아픈지를 알고 있음에도 아랑곳하지 않고 역설적으로 명랑하고 상쾌한 노래를 지저귄다. 더욱이 4행 첫 부분 "상쾌한"은 바이브레이션을 넣어 노래함으로써 유쾌함을 강조한다. 이어 피아노의 간주가 나오고 3연으로 넘어간다.

3연은 전체적으로 고양된 톤으로 노래하는데, "그들은 내 비탄을 알았을 텐데/ 황금빛 작은 별들은/ 높은 곳에서 내려와/ 나에게 위로의 말을 건넬 텐데"라고 노래한다. 그러니까 나이팅게일과는 달리 하늘의 별들은 그의 비탄을 알아챘다면 위로하고자 지상으로 내려왔을 것이다. 더욱이 3행의 마지막 "높은 곳"은 가장 높은 음으로 노래하면서 그 뜻이 강조되는 점이 인상적이다. 피아노의 간주 없이 4연으로 넘어가서 "그들 모두 다 그걸 알 수는 없다/ 다만 한 사람은 내 고통을 안다/ 그녀 스스로도 마음이 쪼개졌고/ 내 마음을 쪼갰으니까"라고 노래한다. 그러니까 서정적 자아의 고통을 가장 잘 아는 단 한 사람은 꽃, 나이팅게일, 별들이 아니라 그에게 고통을 준 바로 그녀이다. 여기서도 2연 4행처럼 4연 4행 첫 부분 "쪼개지다"는 바이브레이션을 넣어 노래하고 있다. 이어 피아노의 후주가 곡을 마무리하고 있다.

앞에서 살펴본 바와 같이, 파니 헨젤의 가곡들은 전체적으로 단순하고, 피아노의 반주가 최대한 절약되어 있고, 목소리의 톤 또한 절제되면서 곱고 우수에 차서 노래하고 있다.

5.6. 멘델스존의 하이네-가곡들

5.6.1 펠릭스 멘델스존 바르톨디의 가곡 세계

펠릭스 멘델스존 바르톨디Felix Mendessohn Bartholdy(1809~1847)는 작곡가이자 피아니스트 그리고 오르가니스트이자 지휘자로서 당대에 많은 명성을 얻었고 사후에도 음악사에서 크게 이름을 남기고 있는데, 그는 가곡을 포함해서 약 750편의 음악을 작곡하였다. 멘델스존 바르톨디는 그의 작곡 스승 첼터에게서 많은 영향을 받았는데, 베를린가곡악파의 이상을 반영하는 작곡 기법을 지키고 있으며, 가장 위대한 단순성으로 작곡되었고, 그의 멜로디들은 종종 민속적이고 피아노의 반주는 쉽게 연주되는 특징을 지니고 있다. 그런데 그보다 12세가 많은 슈베르트, 그리고 그와 거의 동년배인 슈만과 비교해서 볼 때, 멘델스존은 "낭만주의 가곡의 진보적 발전에 동참하지 않았다"(RL, 323)고 볼 수 있다. 그럼에도 그의 가곡들은 음악적 상상력과 시적 분위기의 힘이 풍부하며 따뜻한 마음과 순수한 서정적 감성을 지니고 있다. 멘델스존은 약 100편의 노래를 썼으며, 그 가운데 18편은 듀엣곡이며, 괴테, 하이네, 울란트, 레나우, 아이헨도르프, 바이런의 시에 곡을 붙였다. 또한《소년의 마술피리》에서 고른 두 개의 민속 시에도 곡을 붙였다. 멘델스존은 예술가곡이 활기찬 도약을 하는 동안 38세의 짧은 생애를 살다 갔지만 가곡 분야에 전적인 관심을 두지는 않았다. 그렇지만 그의 가곡 가운데 일부는 오늘날까지도 노래 불리고 있는 점에서 그의 삶을 고찰하고자 한다.

펠릭스 멘델스존 바르톨디는 1809년 2월 3일 함부르크에서 출생했다. 1804년 그의 부모가 결혼한 뒤 가족은 베를린에서 함부르크로 옮겨 갔으나 1811년 프랑스 나폴레옹 군대가 함부르크를 점령하자 다시 베를린으로 이주하여 그때부터 이곳에 정착했다. 펠릭스와 파니는 맨 처음 어머니로부터 피아노를 배웠으나 나중에는 여러 가정교사로부터 음악뿐만 아니라 그림 등 다양한 분야의 교육을 받았고 체조, 수영, 승마와 같은 스포츠도 익혔다. 아브라함과 레아의 네 자녀(파니, 펠릭스, 파울, 레베카)는 1816년 3월 21일 부모의 뜻에 따라 기독교 세례를 받았는데 이것은 당대의 시대 분위기가 반영된 결과라고 볼 수 있다. 곧, 멘델스존 가족에게 반유대주의 정서로부터 벗어나는 길은 세례를 통해서 기독교인이 되는 것이었다. 이와 관련해서 프로이센의 재무장관이 1816년에 한 말은 대표적으로 반유대인 정서를 드러내고 있으며, 또한 기독교로 개종을 독려하고 있다.

> 이 나라에 유대인이 없다면 바람직한 일이 될 것이다. 우리 사회에 있는 유대인들에게 우리가 끊임없이 노력해서 가능한 그들이 피해를 입지 않도록 관용을 베풀어야만 한다. 그런데 유대인이 기독교로 개종하는 것은 상황을 가볍게 해 줄 것이며, 국가의 모든 시민적 권리는 그것과도 연관되어 있다. 유대인이 유대인으로 머무는 한 국가의 어떤 자리도 얻지 못할 수 있다. (Eva Weissweiler 1985, 15)

아브라함 멘델스존은 먼저 자녀들로 하여금 기독교 세례를 받게 하였고, 멘델스존 부부는 1822년 기독교로 개종하였다. 여기에는 독일 사회의 적응을 수월하게 하려는 아브라함의 의도도 있었지만, 무엇보다도 그가 종교에 대한 편견을 지니지 않았기 때문에 가능한 일이었다. 이 점은 그의 아버지 모제스 멘델스존이 지닌 계몽적이고, 관용적인 종교관에 힘입은 바가 크다. 한편 펠릭스가 열

살이 되던 1819년부터 누나 파니와 함께 자신과 친분이 많았던 첼
터에게서 작곡 수업과 대위법을 배우게 하였고 피아노는 루트비히
베르거, 바이올린은 빌헬름 헨닝Carl Wilhelm Henning, 일반교양 교
육은 작가 파울 하이제의 아버지인 빌헬름 루트비히 하이제Wilhelm
Ludwig Heyse로부터 교육을 받게 하였다. 펠릭스는 그 밖에 오르간
연주도 아우구스트 빌헬름 바흐August Wilhelm Bach로부터 배웠다.

펠릭스 멘델스존은 아홉 살 때인 1818년 10월 24일 맨 처음으
로 피아노 공개 연주를 하였고, 1820년에는 작곡을 부지런히 해서
자그마치 약 60곡을 만들어 냈다. 여기에는 가곡을 포함해서 피아
노 소나타, 피아노 트리오, 바이올린 소나타, 오르간 곡 등이 포함
되어 있었다. 멘델스존 집안에서는 일요일 아침 식당에서 자녀들
이 작은 앙상블로 연주하는 전통이 있었는데, 피아노는 주로 펠릭
스와 파니가 맡고, 레베카는 노래를 하였고 막내는 바이올린이나
첼로를 연주하곤 하였다. 그러다가 1822년부터는 전문적 음악가
들과 함께 일요 음악회를 열었다. 그래서 그 시대의 유명한 음악가
들이 그의 집에서 연주와 사귐의 기회를 얻을 수가 있었고, 더욱이
펠릭스는 그들 앞에서 그의 작곡 작품들을 선보일 수 있는 기회를
가지기도 했다. 서서히 멘델스존 집안의 일요 음악회는 수백 명의
방문객이 자리를 함께 하는 규모로 발전해 나갔다.

한편 멘델스존 바르톨디는 12살 때 첼터 선생의 주선으로 바이
마르에 있는 괴테를 만나게 된다. 이때 첼터가 괴테에게 보낸 편
지에서 펠릭스는 자신의 훌륭한 제자이며, "그는 아주 귀엽고 경
쾌하며 순종적"이고 "그 아이가 유대인 아들이지만 유대인은 아니
다"[118]라고 쓰고 있다. 여기 첼터의 편지에서 흥미로운 점은 멘델

___

118) 재인용, Martin Geck: Felix Mendelssohn Bartholdy, Reinbek bei Hamburg

스존이 유대인 가문이지만 기독교 세례를 통해서 유대인이 이제
는 아니라는 점을 언급한 점이다. 이것은 그 시대의 반유대주의 정
서를 반영하고 있으며, 그러면서도 첼터는 유대인의 자녀가 훌륭
한 음악가가 되는 것은 놀라운 일이라고 같은 서신에서 덧붙였다.
1821년 첼터는 재능 있는 제자 펠릭스와 자신의 딸과 함께 바이마
르로 가서 괴테를 만나게 되었고, 펠릭스는 괴테의 집에 2주 이상
머무르면서 괴테에게 자신의 음악을 비롯해서 여러 음악을 들려
주게 된다. 펠릭스는 괴테 앞에서 오후에는 2시간 이상 바흐의 푸
가를 연주하거나 즉흥연주를 하였다. 저녁에는 첼터와 함께 연주
하기도 했는데, 어린 펠릭스는 "매일 아침 《파우스트》와 《젊은 베
르테르의 슬픔》의 작가로부터 키스를 받을"[119] 만큼 처음부터 그의
연주는 괴테의 맘에 들었다. 괴테를 만난 이후 열두 살의 펠릭스가
가족에게 보낸 1821년 11월 10일 편지에서 괴테에 대한 인상을
다음과 같이 묘사하고 있다.

> 그는 아버지보다 키가 더 크지도 않으며, 그의 모습이 위엄 있다고 할
> 수는 없습니다. 하지만 그의 자세, 그의 말, 그의 이름이 위엄을 지니고
> 있습니다.(Regina Back/ Juliette Appold, 77)

멘델스존 바르톨디는 이후 여러 차례 괴테를 방문하여 그의 집에
여러 날 머물면서 그에게 음악을 들려 주곤 하였다. 또한 괴테도 펠
릭스를 무척 아꼈다는 것을 다음과 같은 표현에서 알 수 있다.

2009, 24쪽. 이하 (GM, 쪽수)로 표기함.

119) Regina Back/ Juliette Appold (Hg.): Felix Mendelssohn Bartholdy. Sämtliche
    Briefe. Kassel 2008, 75쪽.

너는 나의 다비트구나. 내가 병들고 슬플 때 너의 연주를 통해서 그 나쁜
꿈들을 쫓아 버린단다.(GM, 26)

멘델스존 바르톨디는 괴테뿐만 아니라 자신의 집 일요 음악회
에서 만난 예술가들 이외에도 여러 유명한 음악가들을 만났는데,
1821년에 베버를 베를린에서 알게 되었고, 그 이듬해에는 카셀
에서 루트비히 슈포어Ludwig Spohr를 만났다. 그리고 1824년에 사
귄 이그나츠 모셸레스와는 평생 동안 우정을 쌓았다. 1825년 파
리 연주 때 리스트와 쇼팽을 알게 되었고, 1833년 무렵에는 로시
니를 프랑크푸르트에서 만날 기회도 있었다. 말할 것 없이 슈만
부부는 모셸레스와 마찬가지로 멘델스존에게는 평생의 음악 친
구이자 동료였다. 더욱이 아버지 아브라함은 파니 헨젤과는 달리
아들 펠릭스의 음악 교육에는 남다른 정성을 쏟았다. 1825년 아
브라함은 파리에 있는 로시니와 마이어베어를 만나기 위해서 그
곳으로 향했는데, 그들을 만나기 전에 펠릭스가 음악을 직업으로
선택해도 좋은지를 알아보고자 그를 당시 파리 음악원 원장이었
던 체루비니에게 먼저 소개하였다. 체루비니는 펠릭스의 음악적
능력을 인정하고 축복을 보내기도 했다. 아브라함은 파리에서 돌
아온 뒤 1825년 라이프치히 3번가의 대저택으로 이사하였고, 이
곳에서의 일요 음악회는 수백 명의 청중이 모일 만큼 큰 공간에
서 이뤄졌다. 그 이듬해 가을 일요 음악회에서 펠릭스는 자신이
작곡한 〈한여름 밤의 꿈Ein Sommernachtstraum〉 서곡을 처음으로 선
보였다.

한편 1825년에 펠릭스가 견진성사를 받았는데, 그는 기독교를
진지하게 받아들였으며, 나중에는 개신교 목사의 딸과 결혼도 했

다. 그뿐만 아니라 여러 종교 음악과 합창을 작곡했으며 "복음 텍스트와 루터파 합창에 기초를 둔"(GM, 29) 종교음악을 구상하기도 했다. 또한 자신의 기독교 음악에 대한 관점을 강화하고자 가톨릭 교회음악을 연구하기도 했다. 그 밖에 1827년에는 베를린 훔볼트 대학에서 2년 이상 고대 철학, 문학사, 역사, 지리, 식물 및 물리학 강의를 들었다. 그러니까 펠릭스는 다른 음악가들에 견주어 일반교양을 쌓을 기회가 있었고, 그의 어머니는 그 점을 자랑스러워했다.

> 음악가들에게 유감스럽게도 종종 부족한 교양과 학문 교육을 받기 위해서 그가 큰 시험을 치른 뒤 부활절부터 이곳 대학을 다니고 있다.[120]

멘델스존 바르톨디는 평소 요한 제바스티안 바흐의 음악에 대한 관심과 연구를 하고 있다가 그의 외조모로부터 1823년 《마태 수난곡》의 필사본을 선물로 받게 된다. 이 작품을 접한 그는 바로 연주하고자 했으나 150명이 넘는 합창단이 필요한 이 곡의 상연을 첼터 선생이 처음에는 반대했다. 그러다 시간이 흐른 뒤 멘델스존은 1829년 에두아르트 데브리엔트와 함께 음악회를 준비했고, 맨 나중에는 첼터의 도움과 괴테의 격려를 받으면서 1829년 3월 11일 바흐의 《마태 수난곡》을 바흐 사후 처음으로 베를린 징아카데미에서 지휘하였다. 이 연주에 대한 반응은 매우 긍정적이었고, 이 곡은 세 차례 연주가 있었는데, 이 음악회에는 베를린의 지성인들이 여러 사람 왔다. 예를 들면 "신학자 슐라이어마허, 철학자 프리드리히 헤겔, 역사가 구스타프 드로이젠, 프리드리히 라우머와 요한 빌헬름 뢰벨, 시인 하이네와 그의 편지 교환 친

---

120) Hans-Günther Klein: Felix Mendelssohn Bartholdy als Student an der Berliner Universität. In: Mendelssohn Studien 16, 2009, 101쪽.

구 라헬 바른하겐도 있었다(GM, 43)." 괴테는 직접 그 음악을 듣지는 못했지만 첼터를 통해서 자세한 이야기를 들었고, 첼터에게 1829년 3월 28일에 보낸 편지에서 다음과 같이 말한다.

> 귀한 친구여, 자네의 진지하고 재미있는 마지막 편지들이 나는 참 좋았네. 위대한 옛 음악작품의 다행스러운 연주 소식을 포함하고 있는 가장 최근의 편지는 나로 하여금 상념에 잠기게 하네. 내가 멀리서 파도 소리를 들은 것 같은 느낌이네. 난 거의 묘사할 수 없는 것이 완성되어 성공한 것에 대해서 행운을 전하네. (…) 그리고 자네가 펠릭스로부터 경험하는 것을 난 진심으로 자네와 함께 누리고 싶네.(BW, 288)

첼터와 괴테가 펠릭스 멘델스존에게 있어서 실질적 음악의 후원자였다면, 바흐는 음악의 정신적 아버지였다. 이후 그는 평생 동안 바흐와 헨델의 음악 연주에 정진하였고 그래서 흔히 멘델스존을 두 음악가의 '전도사'라고 일컫기도 한다.

1829년 4월 10일 처음으로 멘델스존 바르톨디는 영국으로 연주 여행을 갔는데, 런던에 대한 인상을 다음과 같이 썼다. 런던은 "세계를 짊어지고 있는 가장 크면서도 가장 복잡한 괴물"이며, "런던에선 베를린에서 반년 본 것보다 더 많은 것을 3일 동안 보았다"(Sebastian Hensel, 202)라고 쓰고 있다. 펠릭스 멘델스존은 런던의 필하모니 소사이어티의 연주회에서 자신의 C단조 교향곡(Op. 11)를 피아노 연주와 더불어 지휘를 했는데, 이 작품은 그가 15세 때인 1824년에 작곡하였고, 영국 연주 2년 전 라이프치히 게반트하우스에서 연주했던 곡이다. 당시 영국 연주와 관련해서 《타임즈》에서는, 그의 음악은 하이든, 모차르트, 베토벤만이 능가할 수 있을 정도라고 호평했다.

멘델스존의 최근 작품 심포니는 이 형식에서 그가 특별한 천재라는 것을
증명하고 있다고 주제넘게 주장할 수 있을 것이다. 이 점에서 그를 능가
하는 세 명의 위대한 음악가들이 있지만 그가 (…) 머지않아 그런 계열에
서 네 번째 음악가로 간주될 수 있다는 전제는 분명하다.[121]

그는 이 당시 영국에서 여러 차례 이뤄진 연주에서 베버의 곡
을 포함해서 한 번도 영국에서 연주된 적이 없는 베토벤의 피아
노 협주곡 5번(Op. 73)과 자신의 〈한여름 밤의 꿈〉 서곡을 선보
였다. 작곡가, 피아니스트, 오르간 주자로서의 그의 성공적인 연
주는 1847년까지 수십 차례 이뤄진 영국 연주에서 항상 좋은 반
응과 평가를 받았으며, 그에게 영국은 이제 "그의 두 번째 고
향"(GM, 65)이 되었다.

한편 멘델스존 바르톨디는 1833년 봄, 첼터의 사망으로 공백
이 된 징아카데미의 감독직에 가족의 권유에 따라 지원했으나 당
시 24세의 그에게 그 기회가 오지 않았다. "1833년 1월 22일 투
표에서 148대 88로 베를린에서 잘 알려진 작곡가인 54세의 카를
프리드리히 룽겐하겐"(GM, 63)이 그 자리를 얻었다. 말할 것 없
이 익명의 투표에서 징아카데미 회원들은 젊은 멘델스존보다는
실용적 측면에서 나이가 들고 경험이 많은 쪽을 음악 감독으로
택한 것이었다. 그는 1833년 봄 영국에서의 세 번째 연주를 마친
이후 같은 해 5월 13일 뒤셀도르프에서 열린 라인 음악 축제에서
지휘를 맡았는데, 큰 호평을 받았고 바로 뒤셀도르프 음악 감독
직에 임명되었다. 멘델스존은 1833년 10월 1일부터 1835년 8월
까지 뒤셀도르프 음악 감독을 역임했는데, 뒤셀도르프에서의 음

---

121) Hans Joachim Marx (Hg.): Hamburger Mendelssohn-Vorträge. Hamburg
　　 2003, 86쪽.

악 활동이 라이프치히보다 더 나은 점을 그는 다음과 같이 언급
하였다.

> 뒤셀도르프에서 그를 행복하게 했던 것은 독일적인 것으로 느껴지는 음
> 악 문화의 하나로서 하이든, 모차르트, 베토벤과 슈베르트의 정신에 나타
> 난 이상과 가치를 대표하는 예술 오케스트라를 구성함에서 라이프치히에
> 서 더 성공적이었다는 점이다.(GM, 75)

그는 뒤셀도르프의 음악 감독직을 마친 이후 1835년에서 1841
년까지 라이프치히 게반트하우스 악장이 되었다. 1835년 10월 29
일 게반트하우스에서 자신의 피아노 협주곡(Op. 25)을 연주하였고,
11월 9일에는 클라라 슈만과의 특별 연주회에서 피아노를 위한 바
흐 협주곡(BWV 1063)을, 이듬해 1월 28일에는 모차르트 피아노 협
주곡(KV 466)을 연주하였다. 또 "2월 11일에는 연주하기 무척 어
려운 곡으로 알려진 베토벤의 제9교향곡 연주가 뒤따랐다."(GM,
77) 멘델스존 바르톨디는 게반트하우스 악장직을 맡고 있는 동안
베토벤의 교향곡들을 수십 번이 넘게 연주 · 지휘하기도 하였다.
또 1836년 5월 뒤셀도르프 음악 축제에서 자신의 종교음악《사도
바오로Apostel Paulus》오라토리오 초연의 지휘를 하였다. 1839년에
는 슈만이 빈에서 슈베르트 유고 작품으로 발견한 C장조 교향곡
(D. 944)을 게반트하우스에서 초연 지휘했다.

멘델스존 바르톨디는 1836년 5월 프랑크푸르트에서 개
신교 집안의 19세의 아름다운 세실 샤로테 소피Cecile Charlotte
Sophie(1817~1853)를 알게 되었는데, 그녀는 프랑스 출신이었으며,
그들은 이듬해 3월 28일에 결혼하였다. 그녀는 평생 동안 멘델스
존 집안의 여성 노릇에 대한 기대대로 펠릭스를 조용히 내조하였

으며, 이들 사이에는 다섯 자녀가 있었다. 한편 멘델스존은 1841
년에서 1844년 사이에는 라이프치히와 베를린을 오가면서 음악
활동을 하였는데, 라이프치히에서의 음악 활동을 포기하지 않은
채 1841년 작센 왕실로부터 궁정 악장, 또 프로이센 궁정 악장직
을 동시에 맡게 된다. 더욱이 프로이센의 프리드리히 빌헬름 4세
로부터 〈안티고네Antigone〉 음악 작곡 요청을 받아서 10월 28일에
초연하였다. 또 1842년 6월 20일 버킹엄궁전에서 영국 여왕 빅
토리아와 그녀의 부군과 함께 연주를 하기도 했는데, 여왕은 그
의 가곡들을 노래하는 것을 좋아했다. 그녀가 부른 곡에는 파니
헨젤이 작곡한 곡도 들어 있었는데, 여왕은 그 모든 곡이 다 그
의 가곡들로 알고 있었다.(GM, 99~101) 앞서 언급한 것처럼 파
니 헨젤은 초기에 자신의 이름으로 작품을 출판하지 못했기 때문
이다.

펠릭스 멘델스존 바르톨디   세실 샤로테 소피 멘델스존

1843년 4월 1일 멘델스존 바르톨디가 설립한 라이프치히 음악원이 개원하였고 모셸레스, 페르디난트 힐러, 페르디난트 다비트Ferdinand David 등을 비롯해서 좋은 음악가들이 이 음악원에서 가르침으로써 이 콘저바토리움Konservatorium(음악 아카데미)의 명성은 높았다. 멘델스존은 이 음악원에서 작곡 수업을 했는데, 그는 전통적 방식으로 가르쳤고 또한 그의 스승 첼터의 작곡 방법을 모범으로 삼았다. 1846년 1월 1일에 그는 슈만의 〈피아노 협주곡〉(Op. 54)을 클라라 슈만과 함께 초연 지휘하였다. 그리고 1847년 봄, 영국에서 자신의 오라토리오 《엘리아스Elias》를 연주 지휘하고 돌아와 5월 14일 누나 파니의 사망 소식을 듣게 된다. 그는 모든 공개적 삶에서 물러나서 여러 달 스위스에서 휴가를 보내야 할 만큼 큰 충격을 받았고 이로 말미암아 건강이 악화되었다. 다시 라이프치히로 돌아온 뒤 멘델스존은 9월 9일 산책하다가 뇌졸중 발작이 일었고 이후 10월 25일과 11월 3일 다시 발작이 일어난 뒤 11월 4일 밤에 사망했다. 그는 베를린-크로이츠베르크Berlin-Kreuzberg에 있는 묘지에 그의 누나 파니 헨젤과 나란히 묻혔다. 당시 그의 나이는 38세였고, 그의 아내 세실은 그로부터 6년 뒤인 1853년 36세의 나이로 사망했다.

19세기 마이어베어가 오페라 분야에서 스타였다면, "멘델스존 바르톨디는 유럽에서 가장 잘 알려진 작곡가"(GM, 110)였는데, 당시 마이어베어의 오페라는 대중을 끄는 강한 자석 같은 힘을 지니고 있는 반면, 멘델스존 바르톨디의 음악은 순수음악 분야에서 단연 두각을 드러냈다. 그는 더욱이 영국, 프로이센, 작센의 왕실로부터 크게 존경과 사랑을 받았고, 자신의 시대에 가장 명성 있는 성공적인 음악가로서 삶을 마감하였다.

5.6.2 하이네 시에 곡을 붙인 멘델스존의 가곡들

멘델스존 바르톨디는 약 15편의 하이네 시에 곡을 붙였다. 여기서는 4편, 〈노래의 날개 위에〉, 〈여행 노래〉, 〈아침 인사〉, 〈매일 밤 꿈속에서 난 너를 본다〉를 분석하고자 한다.

1) 〈노래의 날개 위에〉

멘델스존은 "노래의 날개 위에Auf Flügeln des Gesanges"(HG, 83~84)로 시작되는 하이네의 〈서정적 간주곡〉의 9번째 5연 4행시에 곡을 붙였으며, 멘델스존을 포함해서 약 29명의 작곡가가 이 시에 곡을 붙였다. 멘델스존의 〈노래의 날개 위에〉(Op. 34 No.2)는 일부 변용이 있는 유절가곡이며 피아노 반주의 안내로 노래가 시작된다. 1연 "노래의 날개 위에/ 사랑하는 이여, 난 그대를 실어 나른다/ 나무 울타리가 나 있는 길의 초원으로/ 거기가 가장 아름다운 곳이라는 것을 난 안다"고 노래한다. 여기서는 사랑하는 사람을 노래의 날개 위에 실어 가장 아름다운 곳인 초원으로 나른다고 노래한다. 피아노의 간주 없이 바로 2연 "거긴 붉게 꽃핀 정원이 있고/ 고요한 달빛 속에서/ 연꽃들이 기다리고 있다/ 그들의 사랑하는 여동생을"이라고 노래한다. 그러니까 고요한 달빛 속에서 붉게 꽃들이 피어 있는 정원이 있으며, 여기서 연꽃들이 그들의 사랑하는 여동생을 기다리고 있다고 노래한다. 3행과 4행 "연꽃들이 기다리고 있고/ 그들의 사랑하는 여동생을"은 후렴처럼 반복되는데 멜로디는 다르다. 이어 피아노의 아름다운 간주가 나온다.

3연에서는 "패랭이꽃들은 킥킥거리면서 다정히 이야기하고/ 별들이 뜨는 것을 쳐다본다/ 은밀히 장미들은/ 향기 나는 동화를 귀에다 대고 얘기한다"라고 1연과 같은 멜로디로 노래한다. 그러

니까 정원에는 패랭이꽃들이 활짝 피어 별들을 쳐다보면서 이야
기하고 있고, 장미들은 향기 나는 동화를 이야기하는 듯하다. 4
연 "이쪽으로 기뻐 뛰어와서는 살며시 다가온다/ 경건하고 영리
한 가젤들이/ 멀리선/ 성스러운 강물의 물결들이 찰랑거린다"라
고 노래한다. 여기서는 경건하고 영리한 가젤들이 즐겁게 뛰어와
서는 살며시 다가오고, 멀리선 성스러운 강물들이 찰랑거린다. 2
연과 마찬가지로 4연의 3행과 4행 "멀리서/ 성스런 강물의 물결
들이 찰랑거린다"는 후렴처럼 다른 멜로디로 반복되고 이어 피아
노의 간주가 나온다.

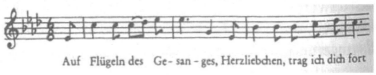

Auf Flügeln des Ge- san - ges, Herzliebchen, trag ich dich fort
〈노래의 날개 위에〉 악보 일부

　마지막 5연 "거기에 우리는 앉으려고 한다/ 종려나무 아래/ 사
랑과 휴식을 마시면서/ 지복의 꿈을 꾼다"라고 노래한다. 여기에
선 연인들이 종려나무 아래 앉아서 사랑과 고요함 속에 천상의 꿈
을 꾼다. 마지막 4행 "지복의 꿈을 꾼다"는 반복되면서 그 뜻이 강
조되고, 다시 피아노의 간주가 들어간다. 간주에 이어 "지복의 꿈"
을 노래하면서 피아노 후주를 대신해서 곡을 끝맺음하고 있다. 여
기서 흥미로운 것은 "지복의 꿈"이라고 간결하면서도 이 시 전체에
서 가장 강조점이 되는 시어로 곡을 끝내고 있는 점이다.

　　　2) 〈여행 노래〉
　멘델스존은 "가을바람이 나무들을 흔든다Der Herbstwind rüttelt die

Bäume"(HG, 107)로 시작되는 하이네의 〈서정적 간주곡〉의 58번째 5연 4행시에 곡을 붙이고 있다. 이 시에는 멘델스존을 포함해서 11명의 작곡가가 곡을 붙였다. 멘델스존의 이 〈여행 노래Reiselied〉 (Op. 34 No.6)는 어두운 숲에서 외로운 기사가 사랑의 꿈을 노래하는데, 피아노와 목소리의 어울림과 대화하듯 서로 주고받는 멜로디가 곡 전체를 경쾌하면서 아주 흥미롭게 만들고 있다. 이 곡은 생동적인 피아노의 서주로 시작되고 있다. 서주에 이어 1연은 "가을바람이 나무들을 흔든다/ 밤은 눅눅하고 춥다/ 잿빛 외투로 감싸고/ 난 외롭게 숲에서 말을 타고 간다"를 노래하는데, 더욱이 4행의 "외롭게"를 반복하고, 다시 4행 "난 외롭게, 외롭게 말을 타고 간다"라고 반복하여 노래함으로써 그 뜻을 강조한 다음 서주와 같은 멜로디의 경쾌하고 역동적인 피아노의 간주가 들어간다.

2연 "내가 말을 타고 가는 것처럼/ 그렇게 생각이 앞서 간다/ 그것들은 나를 경쾌하고 가볍게/ 내 사랑하는 사람의 집으로 데려간다"고 노래한다. 여기서는 서정적 자아의 생각이 말을 탄 듯 재빨리 앞서 가고, 그의 마음을 경쾌하고 가볍게 만들면서 연인의 집으로 데려가고 있다. 더욱이 연인의 집으로 경쾌하게 달려가는 듯한 모습을 여러 번 반복해 강조하고 있는데, 3행과 4행을 두 번이나 반복하면서 그 뜻을 강조하고 있다. 서정적 자아의 즐거움과 경쾌함이 노래 속에서 돋보이면서 피아노의 역동적인 간주가 그런 기분을 최고조로 만들고 있다. 3연 "개들이 짖어 대고/ 하인들은 흔들거리는 촛불들을 들고 나타난다/ 난 나선형 계단으로 급히 돌진한다/ 박차를 달깍거리며"라고 간결하게 노래한다. 그러니까 연인의 집으로 향하는 길에서 개들이 짖어 대고, 연인의 집에 도착하자 하인들이 흔들거리는 촛불을 들고 나타났고, 박차를 달깍거리며 나선형 계단으로 급히 들어간다. 더욱이 3행과 4행 "난 나선형 계단으로 급히 돌진한다/ 박차를 달깍거리며"를 반복하고는 다시 피아노의 역동적이고 경쾌한 간주가 서정적 자아의 밝고, 경쾌하고 즐거운 기분을 한껏 북돋우고 있다.

간주에 이어 4연 "양탄자가 있는 불이 비치는 방/ 거기선 아주 향기가 좋고 따뜻하다/ 거기서 사랑하는 이가 나를 학수고대하고 있고/ 난 그녀의 팔에 안긴다"라고 노래한다. 더욱이 여기에서 이 곡 전체에서 가장 흥미로운 언어와 문장 반복이 이뤄지고 있다. 양탄자가 깔려 있고 따뜻하고 좋은 향기가 나는 밝은 방에선 연인이 서정적 자아를 기다리고 있고, 그는 그녀의 품에 안긴다. 3행과 4행을 반복하여 노래하고 다시 4행을 반복하는데, 이번에는 "난 그녀의 팔에, 그녀의 팔에 안긴다, 안긴다"와 "난 그녀의 팔에 안긴다"라고 다시 반복하는 형태로 사랑의 애틋함과 선정성이 강조되어 있다. 아울러 반복과 재반복은 피아노와 목소리가 서로 대화하듯 이어진 뒤 피아노의 짧은 간주가 들어가면서 그러한 감정이 진정 국면으로 접어드는데 이것은 다음 연에서 서정적 자아의 실망 또는 환상을 미리 예견케 하고 있다.

마지막 5연에서는 "바람이 나뭇잎 사이로 살랑거리고/ 전나무가 말한다/ 바보 같은 기수여, 무엇을 원하는가/ 너의 바보 같은 꿈으로"라고 노래한다. 이로써 서정적 자아의 사랑에 대한 환상은 깨지고, 3행과 4행은 서창조로 지금까지의 경쾌하고 유쾌함은 사라진 채 다소 엄숙해지면서 현실로 돌아오게 하는 효과를 낸다. 이어 피아노의 후주로 곡이 마감되고 있는데, 이 후주는 서주와 간주의 경쾌하고 생동한 분위기와는 달리 차분하게 곡을 끝낸다. 이로써 환상에서 현실로 돌아오는 효과를 낸다.

3) 〈아침 인사〉

멘델스존은 "태양이 산들 위에 떠오른다Über die Berge steigt schon die Sonne"(HG, 159~160)로 시작되는 하이네의 〈귀향〉 83번째 2연 4행시에 곡을 붙였고, 〈아침 인사Morgengruß〉(Op. 47 No.2)라는 제목을 달았다. 이 시에는 파니 헨젤과 멘델스존을 포함해서 11명의 작곡가가 곡을 붙였다. 멘델스존의 〈아침 인사〉는 피아노의 서주 없이 곡이 시작된다. 피아노의 안내로 바로 평안하고 부드럽게 "태양이 산들 위로 떠오르고/ 어린 양 떼들은 멀리서 소리를 내고/ 내 사랑, 내 어린 양, 나의 태양과 희열/ 다시 한 번 널 정말로 보고 싶구나"라고 노래한다. 그리고는 서정적 자아가 연인을 다시 만나고 싶은 소망을 담아서 4행을 반복하고 피아노의 간주가 들어간다. 1연 전체는 서정적 자아의 편안하고 느긋한 마음의 흐름을 보여 주면서 재회에 대한 열망이 강조된다.

2연 "살피는 표정으로 난 올려다본다/ 안녕, 내 사랑, 난 여기서 방랑길을 떠난다/ 헛되도다! 커텐도 움직이지 않는구나/ 그녀는 누워 자면서 날 꿈꿀까?"라고 노래한다. 2연에서는 서정적 자아가 방랑길을 떠나기 전에 그녀에게 안녕이라고 인사를 전하면서 혹시 그녀의 방 커텐이라도 움직일까 해서 올려다보지만 그것이 움직이지 않는 것을 안다. 그래서 그는 그녀가 잠자리에 들었다고 여기지만 혹시 자신에 대한 꿈이라도 꾸지 않을까하는 기대감을 드러내고 있다. 더욱이 2연에서 시행 반복이 자주 나타나고 있는데, 2행 다음 다시 "안녕, 내 사랑/ 안녕, 내 사랑/ 난 여기서 방랑길을 떠난다/ 안녕, 내 사랑"을 반복해서 노래한다. 또 4행 "그녀는 누워 자면서 날 꿈꿀까?"에 이어서 "날 꿈꿀까?"를 반복한다. 그리고 4행 전체를 두 번 반복해서 노래하고, 피아노의 간주는 그녀가 그를 기억해 주기를 바라는 염원과 기대를 강조한다. 간주 다음 다시 한 번 4행을 반복해서 노래하고는 피아노의 후주 없이 곡이 끝난다. 다른 작곡가들의 경우에는 드물게 나타나는 사례이지만 멘델스존의 가곡에서는 이러한 수법이 자주 나온다.

4) 〈매일 밤 꿈속에서 난 너를 본다〉

멘델스존은 "매일 밤 꿈속에서 난 너를 본다Allnächtlich im Traume seh' ich dich"(HG, 106)로 시작되는 하이네의 〈서정적 간주곡〉 56번째 3연 4행시에 곡을 붙였다. 이 시에 파니 헨젤, 멘델스존, 프란츠, 슈만을 포함해서 약 30명의 작곡가가 곡을 붙였다. 멘델스존의 〈매일 밤 꿈속에서 난 너를 본다〉(Op. 86 No. 4)는 유절가곡이며, 피아노의 빠르고 높고 아름다운 서주로 시작된다. 1연 "매일 밤 꿈속에서 난 너를 본다/ 너에게 다정하게 인사하는 것을 본다/ 난 큰 소리로 울음을 터뜨리면서/ 네 발 아래로 풀썩 몸을 던진다"라고 노래하고는 피아노의 빠르고 아름다운 간주가 이어진다. 1연에서는 4행 "네 발 아래로"는 반복되는데, 이 반복에선 격정적인 톤이 된다. 2연 "넌 슬픔에 젖어 날 쳐다보고/ 금발 머리를 흔든다/ 네 눈에서 스며나온다/ 진주 같은 눈물방울이"라고 노래한다. 여기서도 4행 "진주 같은 눈물방울이" 반복되고, 역시 격정적인 톤으로 바뀌고 있다. 그러니까 2연에서는 서정적 자아의 연인은 슬픔에 젖어 있고 눈에는 슬며시 눈물방울들이 맺히는 것을 아름답게 묘사하고 있다. 이어 1연과 같은 피아노의 간주가 이어진다.

3연 "넌 나에게 남몰래 낮은 소리로 말을 한다/ 그리고 측백나무 다발을 나에게 준다/ 내가 깨어나면 그 다발은 사라지고/ 그 말

도 잊었다"고 노래한다. 여기서 특이한 점은 이번에는 4행을 반복
하지 않고 바로 피아노의 후주로 곡을 끝낸다. 이것은 3행과 4행
을 통해서 꿈에서 깨어나 현실로 돌아온 것을 아주 담담하고 냉정
하게 나타낸다. 그러니까 꿈속에서 연인을 만났고, 재회의 눈물 및
슬픔을 경험하였고, 그녀의 비밀스런 말과 측백나무 다발을 선물
로 받았다. 이 모든 일은 꿈속에서 이뤄진 일이며, 이제 꿈에서 깨
어나자 꽃다발도 그녀가 한 말도 모두 사라져 버린다. 이런 대비를
멘델스존은 꿈속의 일은 여러 차례 단어 및 시행 반복으로 돋보이
게 나타내고, 현실 세계는 절제된 감정으로 반복 없이 간단하게 곡
을 끝내는 것으로 표현하고 있다.

5.7. 리스트의 하이네-가곡들

리스트는 약 80편의 훌륭한 가곡들을 작곡했고 그 가운데 하이
네의 시 8편에 곡을 붙였다. 여기서는 4편, 〈너는 한 송이 꽃과 같
구나〉, 〈가문비나무가 외롭게 서 있네〉, 〈라인 강에서, 아름다운
강물에서〉, 〈로렐라이〉를 분석한다.

1) 〈너는 한 송이 꽃과 같구나〉

리스트는 "너는 한 송이 꽃과 같구나"(HG, 142) 로 시작되는 하
이네의 〈귀향〉의 47번째 2연 4행시에 곡을 붙였다. 리스트의 〈너
는 한 송이 꽃과 같구나〉(S. 287)는 슈만의 유절가곡과는 달리 가절
마다 다른 멜로디로 되어 있으며, 슈만의 곡에는 피아노의 간주가
없이 짧은 서주와 후주만 들어 있는데 견주어서, 리스트의 이 짧은

가곡에는 피아노의 느리고 부드러운 서주, 간주(2차례)와 후주가
들어 있다. 그리고 리스트의 곡에서는 2연 3행에서 서창조의 노래
가 특징적으로 나타나 있으며, 그의 다른 가곡에서와 마찬가지로
짧은 텍스트에 곡을 붙인 경우라 하더라도, 피아노의 연주가 노랫
말과 함께, 때로는 노랫말보다 더 아름답게 드러나는 특징을 지니
고 있다. 이 점에서 그는 "언어의 하인"(RL, 391)이 아니라 음악의
하인으로서 시에 종속되지 않는 가곡을 보여 준다.

리스트의 이 가곡은 피아노의 느리고 부드러운 서주를 시작으
로 기도하듯 1연에서 그녀는 우아하고, 순수한 아름다운 한 송이
꽃과 같고 그녀를 바라보고 있노라면 비애가 가슴에 스며든다고
노래한다. 이어 피아노의 느리고 아름다운 간주가 들어간 다음 2
연 1행과 2행 "내가 손을/ 네 머리 위에 얹어 놓은 것 같다는 생
각이 든다"고 노래한 뒤 다시 피아노의 짧은 간주가 들어간다. 이
간주는 그녀의 머리 위에 손을 얹어 놓고 그녀를 위해서 기도하
는 마음을 부각시키고 있다. 이어 3행에서 서창조로 "신이 그대
를 지켜 주기를" 바라는 간절한 소망을 드러낸 다음 피아노의 후
주가 곡을 마감한다.

2) 〈가문비나무가 외롭게 서 있네〉

리스트는 "가문비나무가 외롭게 서 있네Ein Fichtenbaum steht
einsam"(HG, 94)로 시작되는 하이네의 〈서정적 간주곡〉 33번째 2연
4행시에 곡을 붙였다. 리스트의 〈가문비나무가 외롭게 서 있네〉(S.
309)는 두 가지 버전이 있다.

첫 번째 버전(S. 309 Vers. 1)에서는 피아노의 느리게 하강하는 서
주를 시작으로 1연 "가문비나무가 외롭게 서 있네/ 북쪽 헐벗은 산

위에/ 하얀 이불을 덮고 졸고 있다/ 얼음과 눈이 그를 감싼 채"라
고 강한 톤으로 노래한다. 여기서는 추운 북쪽의 헐벗은 산에 가문
비나무가 서 있고, 얼음과 눈에 감싸인 채 졸고 있다. 더욱이 2행
"북쪽"에는 고양된 음으로 노래하고, 2행 "북쪽 헐벗은 산 위에"
다음에 피아노의 간주가 들어가 있다. 이 간주는 1연 안에서 각기
두 행씩 나누는 구실을 하고 그 뜻을 강조하는 기능이 있다. 그러
니까 외롭게 서 있는 나무도 애잔한 느낌을 주는데, 여기에 더하여
추운 겨울, 나무가 얼음과 눈에 덮여 있는 것은 더욱 애잔한 서정
성을 부여한다. 여기에 피아노의 간주가 들어감으로써 그 뜻을 돋
보이게 하고 있다. 그리고 4행의 마지막 부분 "얼음과 눈"은 강하
고 높게 천천히 노래하다가 하강하면서 피아노의 간주가 이어지는
데, 간주는 노랫말의 강함을 그대로 유지하면서 느려지다가 부드
럽게 바뀐다. 이어 2연 "그는 종려나무를 꿈꾼다/ 멀리 동양에 있
는/ 외롭고 말없이 슬퍼하면서/ 밝게 빛나는 암벽 위에서"라고 노
래한다. 여기에서는 가문비나무가 멀리 따뜻한 동양에 있는 종려
나무에 대해서 꿈꾸면서 외롭게 말없이 암벽 위에서 슬퍼하고 있
다. 더욱이 4행의 마지막 단어 "암벽"을 고양된 음으로 노래하면서
피아노의 간주가 짧게 이어지는데, 이것은 4행을 강조하는 뜻을
지니고 있다. 그리고 3행과 4행을 반복 노래하고는 피아노의 후주
가 담담하게 곡을 마감한다.

두 번째 버전(S. 309 Vers. 2)에서 멜로디의 톤은 크게 달라지지
않지만, 첫 번째 버전과 달리 노랫말에서는 특별히 강하게 노래하
는 부분 없이 전체적으로 담담하고 서창조의 분위기가 더 강하게
나타난다. 피아노의 서주는 느리고 부드럽게 연주되면서 1연을 노
래하고, 1연 다음 피아노 간주는 대체로 느리면서 부드럽게 서정

적으로 연주된다. 첫 번째 버전과 달리 노랫말에서 극적인 감정의
변화나 깊이를 드러내지 않으면서 오히려 가문비나무가 겨울 눈
속에 서 있는 모습을 서정적으로 노래하고 있다. 그리고 2연 1행
"그는 종려나무를 꿈꾼다"를 반복하면서, 추운 곳에 있는 가문비나
무가 멀리 이국적인 동양의 종려나무를 꿈꾸는 것을 애잔하게 강
조하고 있다. 그리고 4행의 마지막 "암벽"은 아주 고양된 높은음으
로 강하게 노래한다. 그러나 3행과 4행 "외롭고 말없이 슬퍼한다/
밝게 빛나는 암벽 위에서"를 반복하고, 이 반복에서는 4행 마지막
단어 "암벽"에 특별히 강조점을 두지 않고 있다. 또한 피아노의 후
주 역시 느리고 부드럽게 서정성을 드러내면서 곡을 끝낸다.

3) 〈라인 강에, 아름다운 강물에〉

리스트는 "라인 강에, 아름다운 강물에Im Rhein, im schönen
Strome"(HG, 84~85)로 시작되는 하이네의 〈서정적 간주곡〉 11번째
3연 4행시에 곡을 붙이고 있다. 리스트의 〈라인 강에, 아름다운 강
물에〉(S. 272)서는 피아노의 서주가 강물에 비치는 모습을 투영하
듯 맑고 투명한 울림을 내다가 격정적으로 바뀌면서 연주되고 있
다. 서주에 이어 1연 "라인 강에, 아름다운 강물에/ 거기 물결에/
거대한 성당과 함께/ 위대하고 성스런 쾰른이 비친다"라고 노래한
다. 이어 피아노의 간주가 성스런 쾰른 성당이 라인 강에 비친 모
습을 연상시킨다.

2연 "성당에는 한 형상이 있는데/ 황금빛 가죽 위에 그려진/
그건 내 삶의 황무지에/ 다정하게 빛을 비추고 있다"라고 노래한
다. 이어 피아노의 간주가 성당의 한 형상이 서정적 자아에게 다
정한 빛을 비추고 있음을 연상케 한다. 이 형상은 3연에서 보면

성모마리아상이라는 것을 알 수 있다. 3연의 1행과 2행 "꽃들과 천사들이/ 우리의 친애하는 성모마리아 주위에서 흔들거린다"라고 노래한 뒤 피아노의 아름다운 간주가 들어가는데, 이것은 마치 성모마리아 주위로 꽃과 천사들이 떠도는 것 같은 느낌을 준다. 3행과 4행 "눈, 입술, 뺨이/ 가장 사랑하는 사람의 그것과 정말 닮았다"라고 노래한다. 여기서 쾰른 성당에 있는 성모마리아 상에 나타난 마리아의 얼굴 모습(눈, 입술, 뺨)이 서정적 자아의 연인과 꼭 같이 닮았다고 노래할 때, 더욱이 3행은 아주 감각적으로 노래하고 있다. 그리고 3행과 4행의 노래가 반복되며, 이 반복에서 4행의 일부 "가장 사랑하는 사람"은 다시 반복되면서 높은 톤으로 노래한다. 이어지는 피아노의 후주는 라인 강의 물결에 비친 성당과 그 안에 있는 성모마리아상, 그리고 그 상과 연인의 모습이 일치되는 신비로운 느낌을 자아내고 있다. 또한 가곡이 아니라 피아노로만 연주되는 이 곡을 듣고 있노라면 전원적이고 낭만적 분위기와 강물에 비친 여러 모습과 물결의 일렁임이 노랫말보다 더욱 생생하게 와 닿는다.

4) 〈로렐라이〉

리스트는 "그것이 무엇을 뜻하는지 모르겠네"(HG, 115~116)로 시작되는 하이네의 〈귀향〉두 번째 시 6연 4행시에 곡을 붙였고, 리스트의 곡은 앞서 클라라 슈만의 〈로렐라이〉와 비교해서 분석된다. 리스트는 1841년 〈로렐라이〉(S. 273 No.2)를 작곡했고, 이 곡은 피아노의 느리고 강하게, 그러다가 상승하면서 다소 빨라지는 서주를 시작으로 1연의 1행과 2행에서 서정적 자아가 이토록 슬픈 것이 무슨 이유인지 모르겠다고 노래한다. 2행의 일부분 "아주 슬픈"은 반복되고, 2행 전체가 높은 톤으로 노래되고 이어 피아노의 짧은 간주가 슬프다는 감정을 돋보이게 한다. 이어 3행과 4행에서 옛날부터 전해 내려오는 이야기가 그의 머리에서 떠나지 않는다고 노래한다. 3행의 첫 부분 "이야기"는 서창조로 노래하고, 4행의 경우 반복이 이뤄지고 있는데, 두 번째 반복에서는 강한 톤으로 노래한다. 이후 피아노의 빠르면서 매력적인 간주가 이어진다.

리스트의 〈로렐라이〉 악보 일부

2연에서는 더욱이 피아노와 목소리가 서로 주고받으며 대화를 하듯, 유난히 피아노가 각 행의 노랫말을 뒷받침하고 있다. 2연은 공기는 선선하고 날은 어두워져 가는데, 라인 강은 고요히 흐르고 산 정상은 저녁노을 속에 빛난다고 노래한다. 2행의 일부분 "조용히"는 반복되고, 라인 강이 고요하게 흐르는 모습은 2행 "고요히 라인 강이 흐른다"를 차분하게 거듭 반복함으로써 돋보인다. 그리고 4행 "저녁노을 속에"는 강력하고 고양된 톤으로 노래하면서 반복하는데, 처음에는 강력하고 높은 톤으로, 반복할 때는 낮은 톤으로 노래하고 있다. 이어 피아노의 간주는 노랫말의 상승된 톤을 가라앉히듯 하강하면서 연주된다. 3연과 4연에는 피아노의 간주가 들어가지 않은 채 노랫말이 이어지고 있다. 3연에서는 가장 아름다운 처녀가 높은 곳에 앉아 있는데 그녀의 장신구들이 저녁노을에 빛을 발하고, 그녀는 노을의 반사를 받으면서 머리를 빗고 있다고 노래한다. 4연에서는 그녀의 마력적인 머리 빗는 모습이 다시 강조되면서, 황금빛 빗으로 머리를 빗으며 노래를 부르는데, 그 노래는 너무나 아름답고 강력한 멜로디를 지녔다. 4연 4행의 "강력한 멜로디"는 반복되고, 더욱이 반복에서 "멜로디"는 힘차고 고양된 톤으로 노래하면서 이제 그 노래가 지닌 위력이 곧 나타날 것임을 예감케 한다.

5연 1행 "조그만 배에 탄 뱃사공을" 다음에 피아노의 빠른 간주가 들어가 있다. 이 간주는 그 노래의 힘이 바로 뱃사공에게 미칠 것임을 알게 해 준다. 이어 그 뱃사공은 슬픈 마음에 사로잡히고, 물속의 암초는 보지 않고 오히려 노래가 울려오는 곳을 향해서 높이 쳐다볼 뿐이라고 노래하는데 4행의 마지막 부분 "저 높은 곳을 향해"는 고양된 톤으로 노래한다. 이어 이 가곡에서 가장 극적인 분위기의 피아노 간주가 나온다. 이 간주를 통해서 드디어 불행한 일이 곧 닥칠 것이라는 것을 느끼게 해 준다. 6연에서는 그 불행한 일은 바로 파도가 마침내 뱃사공과 나룻배를 삼켜 버린 것인데, 이것을 로렐라이가 노래 부르면서 행한 것이다. 2행 "마침내 사공과 나룻배를" 다음에 피아노의 낮고 빠른 간주가 들어 있으며, 이제 모든 것이 끝났음을 강조하고 있다. 3행과 4행 "그녀의 노래와 함께/ 로렐라이, 로렐라이가 그렇게 했다"라고 노래하고 피아노의 차분한 간주가 이어진다.

하이네의 시에서는 서정적 자아의 비애와 슬픔 및 서정적 자아의 생각이 드러나 있는 데 견주어서, 리스트의 곡에서는 오히려 단정적으로 로렐라이가 그 불행한 일을 행한 것을 강조하면서 오히려 사실성을 드러낸다. 곧, 리스트는 이 가곡의 4행에서 "로렐

라이가"를 반복하는데, 처음은 극적으로 그러나 반복에서는 서창
조로 노래하면서 행이 끝난다. 이어 피아노의 차분한 간주가 들
어가고, 곧 3행과 4행을 반복해서 노래하는데, 다양하게 멜로디
가 변용된다. 3행 "그녀의 노래와 함께"가 반복되고는 피아노의
가볍고 짧은 간주가 들어간 뒤 "로렐라이, 로렐라이가 그것을 행
했고/ 로렐라이가 그것을 행했다"라고 노래한 다음 피아노의 간
주가 이어진다. 다시 상승된 톤으로 "그녀의 노래와 함께"를 노
래한 다음 피아노의 짧은 간주가 들어가고 "로렐라이, 로렐라이
가 그것을 행했다"라고 노래한 뒤 다시 피아노의 느린 간주가 들
어간다. 그리고는 가장 강력한 톤으로 "로렐라이가 그것을 행했
다"라고 노래하면서 피아노의 후주 없이 곡이 끝난다. 이러한 리
스트의 가곡은 하이네의 시와는 달리 서정적 자아의 모습은 뒤로
물러나고 직설적으로 로렐라이가 뱃사공을 유혹해서 마침내 그
와 배를 침몰하게 한 것을 강조하고 있다. 이 점에서 리스트의 음
악적 해석은 로렐라이가 행했다고 생각한다가 아니라 로렐라이가
행했다는 직접성이 강하게 배어 있는 것이다.

리스트와 클라라 슈만의 〈로렐라이〉를 견주어 보면, 리스트
와는 달리 클라라 슈만의 경우 피아노의 서주 없이 바로 노랫말
이 들어가 있다. 1연 2행 "내가 왜 이리 슬픈지"는 두 작곡가 모
두 피아노의 간주를 통해서 강조하는 점에는 일치하지만 리스트
의 경우, 2행의 뜻을 더 다양하게 반복한다. 리스트는 2연에서도
반복과 서창조를 동원하여 역시 다양한 표현을 하는 데 견주어서
클라라 슈만은 2연의 경우 비교적 담담하게 노랫말을 이어 가고
있으며 2연 다음 피아노의 빠른 간주가 들어가 있다. 3연과 4연
사이 피아노 간주 없이 노랫말이 이어지는 데에는 두 작곡가가

일치하고 있으나, 4연 2행 다음 클라라 슈만은 피아노의 간주를 삽입하면서 "그러면서 노래를 부른다"를 강조하는 반면 리스트의 경우 마지막 4행 "강력한 멜로디로"를 강조한다. 5연에서 클라라 슈만은 1행과 2행을 높아진 톤으로 노래한 뒤 피아노의 간주가 들어가면서 뱃사공의 알 수 없는 슬픔을 강조하는데 견주어서, 리스트는 1행 "조그만 배에 탄 뱃사공을" 다음 피아노의 빠른 반주가 들어가 있다. 이를 통해서 뱃사공에게 닥칠 일을 강조하고 있으며, 더욱이 4행은 아주 고양된 톤으로 힘차게 노래한다. 그리고는 이 곡에서 가장 극적인 피아노의 간주가 들어간다. 이에 견주어서 클라라 슈만의 곡에서는 피아노 간주 없이 바로 6연으로 넘어간다. 6연에서는 두 작곡가 모두 로렐라이가 했다는 높은 톤으로 반복하는 점에는 일치한다. 그러나 클라라 슈만은 후주로 그 일을 로렐라이가 했음을 여운으로 남게 하는 데 견주어, 리스트는 적극적으로 로렐라이가 행했음을 여러 차례 반복과 피아노 간주를 이용해 강조하면서 극적 효과를 낸다.

5.8 브람스의 하이네-가곡들

5.8.1 브람스의 가곡 세계

요하네스 브람스Johannes Brahms(1833~1897)는 1833년 5월 7일 함부르크에서 태어났고 1897년 4월 3일 빈에서 사망했다. 그는 작곡가, 피아니스트, 지휘자였으며, 19세기 후반의 가장 중요한 작곡가 가운데 한 사람이었다. 브람스는 흔히 "마지막 남은 고전주의자"로 여겨지기도 하지만, 엄밀히 보면 그는 고전주의와 현대 사이 또는 "음악적 전통과 낭만주의 사이에 놓여 있다"[122]고 할 수 있다. 요하네스 브람스의 아버지 요한 야콥Johann Jakob 브람스 역시 음악가였는데, 그는 음악을 밥벌이를 위한 '수공업' 정도로 이해했다. 그는 생계를 위해서 호른과 콘트라베이스를 연주했으며 함부르크에 있는 댄스 로컬에서 작은 앙상블과 함께 연주하곤 하였다. 아버지 브람스는 1830년 함부르크 시민권을 얻은 다음 요한나 크리스티나 니센Johanna Christina Niessen과 결혼하였고 3년 뒤 이들 사이에 요하네스 브람스가 태어났다. 브람스는 일곱 살이 되자, 1840년 오토 코셀Otto Friedrich Cossel 선생에게서 피아노를 처음 배웠다. 그는 작곡에 대한 재능이 일찍 나타나서 코셀 선생의 소개로 1843년 그 당시 함부르크에서 유명한 에두아르트 막센Eduard Marxsen으로부터 피아노와 작곡 수업을 받았다. 이 시기 브람스는 함부르크 댄스 로컬에서 피아니스트로서 아버지를 도와 연주를 하기도 하였고, 1848년과 1849년 사이에는 처음으로 자신의 피아노 작곡 작품을 발표하기도 하였다.

요하네스 브람스   요제프 요아힘

122) Hans A. Neunzig: Johannes Brahms, Reinbek bei Hamburg 2008, 113쪽. 이하 (NB, 쪽수)로 표기함.

1853년 요하네스 브람스는 그보다 두 살 위인 유명한 바이올린 주자 요제프 요아힘을 하노버에서 알게 되었고, 이들의 우정은 평생 지속된다. 요아힘은 브람스에게 당시 바이마르에 살고 있었던 리스트를 만나 보도록 권유했고, 리스트는 브람스를 만난 뒤 그에게 작곡 출판을 위해서 편지를 써 주기로 약속하였다. 나중 두 사람은 음악적 관점이 극단적으로 나뉘었지만 서로 존경심은 평생 유지하였다. 리스트를 만난 이후 브람스는 요아힘과 함께 당시 뒤셀도르프에 있던 슈만을 방문하였다. 1853년 10월 28일 슈만은 자신이 라이프치히에서 창간한 음악 잡지 《NZfM》에 처음으로 브람스의 음악적 천재성을 알리는 기사를 썼다. 그는 브람스를 "시대 최고의 표현을 이상적인 방법으로 알리는 데 소명이 있는 사람", "대가다운 점을 단계적으로 전개시키는 것이 아니라 처음부터 완숙되게 표현할 줄 아는 사람", "외모에서부터 우리에게 (음악적) 소명을 받은 사람이라는 것을 알려 주는 모든 표시를 지니고 있는"(재인용 NB, 33) 함부르크에서 온 젊은이이며, 그의 피아노 연주는 마력처럼 청중을 사로잡는 힘을 지니고 있다고 표현하였다. 또한 슈만은 적극적으로 브람스의 작곡 작품들이 출판될 수 있도록 도왔으며, 이런 노력들은 당시 20세의 브람스를 하룻밤 사이에 유명인으로 만들었다. 많은 음악 지지자들은 그에 대해서 듣기를 원했고 그의 악보를 보고 싶어 했으며 그의 재능에 대해서 더욱 많이 알고자 하였다. 그러나 브람스는 자신에 대한 관심에 대해서 불안감을 느꼈으며, 슈만에게 보낸 편지에서 그런 두려움을 다음과 같이 표현하였다.

당신은 저를 한없이 행복하게 했기 때문에 그 감사를 말로는 다 표현할 수가 없습니다. 신이여, 당신에게 내 작품들로 얼마나 당신의 사랑과 호의가 나의 기분을 북돋우고 감격하게 했는지를 증거로 보일 수 있도록 해주소서. 당신이 나에게 보여 준 공개적인 칭찬은 내 작업에 대한 청중의 기대를 아주 긴장시킬 것이지만 내가 어느 정도로 그에 합당한 사람인지는 잘 모르겠습니다.[123]

사실 브람스의 관점에서 라인 지역으로 슈만을 찾아간 것은 결과적으로 여러 가지 뜻을 지녔다. 왜냐하면 브람스는 "같은 분위기와 같은 생각을 가진 친구를 얻는다는 새로운 감정을 가지고" 라인 여행을 나선 것이었고, "이곳의 풍경에서 모든 낭만주의를 재발견했기"(NB, 31) 때문이다. 브람스는 슈만에게 처음부터 내밀한 친밀감을 느꼈고, 뒤셀도르프에서 슈만뿐만 아니라 그의 아내 클라라도 알게 되었다. 그녀는 브람스보다 약 13세 연상이었고 여성 피아니스트로서 유럽 전역에서 큰 명성을 얻고 있었다. 로베르트 슈만이 1854년 봄, 라인 강으로 투신자살 시도를 한 뒤 본 근교 엔데니히 정신병원에 입원하게 되자 브람스의 클라라에 대한 호의는 열정으로 바뀌었다. 브람스는 1855년 클라라와 단치히로 연주 여행을 다녀오기도 했으며, 얼마 동안 뒤셀도르프에 있는 슈만의 집에 기거하면서 슈만의 자녀들을 돌봐 주기도 했다. 더욱이 브람스는 로베르트와 클라라와의 내적이면서도 음악적으로 맺은 정신적 관계를 그의 피아노 변주곡 9번에서 표현하기도 했다. 1856년 로베르트 슈만이 사망한 뒤 브람스는 클라라와 관계가 소원해지면서 뒤셀도르프를 떠나게 된다.

1854년과 1858년 사이 클라라와 브람스는 폭넓은 편지 교류를 하였는데 나중 그녀는 이 서신들을 없애 버렸으나 브람스에게는

---

123) Berthold Litzmann (Hg.): Clara Schumann-Johannes Brahms. Briefe aus den Jahren 1853~1896. Leipzig 1927, Bd. 1, 1쪽.

그대로 남아 있었다. 여기에서 보면 브람스의 클라라에 대한 열정이 다양한 칭호들로 그들의 관계가 변화를 겪는 점을 알 수 있다. 더욱이 브람스는 1856년 5월 31일 클라라에게 보낸 편지에서 다음과 같이 쓰고 있다.

> 내 사랑하는 클라라, 내가 그대를 사랑하는 것처럼 그렇게 다정하게 글로 쓸 수 있다면, 그리고 내가 그대에게 바라는 것처럼 그렇게 사랑스럽고 좋은 것을 많이 행할 수 있다면, 그대는 나에게 너무나 사랑스러워서 그것을 말로는 다 표현할 수가 없습니다.(Berthold Litzmann, 192)

한편, 브람스는 병원에서 두 사람, 클라라와 죽어 가는 슈만의 재회를 감동적으로 경험하게 된다. 로베르트 슈만은 말을 하지 못한 채 오랫동안 눈을 감고 누워 있었고 "그녀는 사람들이 생각할 수 있는 것보다 훨씬 더 고요한 마음으로 그의 앞에 무릎을 꿇고 있었다."(재인용 NB, 44~45) 슈만 부부의 이 재회 모습은 브람스의 마음에 깊이 새겨졌으며, 슈만이 죽은 뒤 클라라와 브람스의 관계는 소원해졌다. 사실 두 사람 모두에게 로베르트 슈만의 그림자는 너무 컸으며, 브람스는 1857년 데트몰트Detmold로 이사를 간 뒤 보낸 10월 11일 편지에서 열정은 자신에게 맞지 않는다는 점을 우회적으로 표현했는데 "열정들은 곧 사라지거나 추방되어야만 하는 것입니다"(Litzmann, 205)라고 썼다. 그들은 이후 평생 동안 서로를 가장 잘 아는 음악 동료이자 삶의 동반자로서 감동적이고 아름다운 관계를 유지한다. 브람스는 클라라 슈만이 사망한 이듬해 세상을 떠났다.

1857년 브람스는 데트몰트에서 합창을 지휘하였고 피아노 수업을 했다. 이 시기 처음으로 피아노 협주곡(Op. 15)을 썼으며, 세레나데(Op. 11와 Op. 16)를 쓰기도 했다. 무엇보다도 데트몰트 시절 브람스는 아가테 지볼트Agathe von Siebold를 열정적으로 사랑하게 되었고, 1858년 그녀와 약혼반지까지 교환했으나 마침내 파혼한다. 그녀에게 보낸 1859년 한 편지에서 그는 어느 한 사람에게 묶이는 것을 두려워하고 있음을 진솔하게 드러낸다.

> 난 그대를 사랑합니다! 그대를 다시 봐야만 합니다! 그러나 묶이는 것을 견딜 수 없습니다! 내가 그대를 다시 내 품에 안기 위해서, 그대에게 입맞춤하려고, 그대를 사랑한다고 말하려고 그대를 보러 다시 가야할지 편지로 알려 주십시오.(Richard Litterscheid 1943, 162)

브람스는 자신은 누구와도 묶일 수 없는 존재로 이해하였고, 평생 미혼이었다. 브람스는 "외롭지만 자유로운"(NB, 10) 쪽에 속하는 타입이었고, 소심하고 조용한 전형적 북독일인의 기질을 지녔다. 그래서 그는 작곡이 끝나기 전에는 가까운 친구들에게조차 곡에 대한 언급을 하지 않았다. 그뿐만 아니라 유언에서 자신의 출간되지 않는 작품들은 모두 불태워 버리라고 할 정도로 자신의 작품에 불만족스러워하기도 하였는데, 이것은 전형적으로 낭만주의자들이나 그들의 작품에 나타나는 특징이기도 하다.

> 낭만주의 예술가의 전형적인 특징인 자신의 작품에 대한 불만족을 브람스 역시 평생 동안 지녔다. 그는 유언에서, 그가 남긴 손으로 쓴 것(아직 인쇄되지 않은 것)을 모두 불태워 주기를 바란다고 쓰고 있다.(재인용 NB, 24)

영국의 브람스 전기 작가 플로렌스 마이Florence May는 1871년 여름 바덴바덴에서 한창 삶의 절정에 있는 38세의 브람스를 처음으로 만났다. 그녀에 따르면, 브람스는 금발의 전형적인 독일인의 모습을 지녔고, 가장 눈에 띄는 신체적 특징은 풍성한 이마를 가진 큰 머리였다. 그뿐만 아니라 "브람스의 태도에는 사교성과 수줍음이 섞여 있었다"(재인용 NB, 68)라고 지적하였다.

브람스는 1859년 5월 데트몰트에서 함부르크로 이사하였다. 그곳에서 실내악 및 여러 편의 피아노 변주곡과 1861년에서 1862년 사이 연가곡 15편으로 이뤄진 《마겔로네-로만체Magelone-Romanze》를 작곡하였다. 이 마겔로네 노래들에서 브람스는 모든 집중된 힘과 멜로디의 달콤함으로 티크 시의 뜻에 부합되게 곡을 붙였다. 한편, 브람스는 함부르크에서 태어났을 뿐만 아니라 스스로 "난 완전히 함부르크 사람이다"[124]라는 의식을 가지고 있었고 함부르크 필하모니 상임 지휘자의 자리를 얻고 싶어 했다. 그러나 그 자리는 1862년 성악가 율리우스 슈토크하우젠에게 돌아갔다. 이후 브람스는 1862년 9월 8일 처음으로 빈으로 갔고, 이곳에서 연주하면서 많은 명성을 얻고 인정을 받았다. 더욱이 그는 "베토벤의 후예!"(Max Kalbeck 1976, Bd. 2, 18)라는 평을 얻었으나 그 자신은 베토벤과 자신을 나란히 비교하는 것에 대해서 불편함을 느꼈다. 1863년 브람스는 빈 징아카데미의 합창 악장 제의를 받아들였으나 그 이듬해 이 자리에서 물러난다. 1865년 브람스의 어머니가 사망하고, 같은 해 〈독일 장송곡Deutsches Requiem〉을 썼는데, 이 작품은 라틴어가 아닌 독일어 성경에서 텍스트를 발췌하였다. 또 이즈음 〈헝가리 무곡Ungarische Tänze〉도 작곡하였다. 브람스는 1872년 가을에서 1875년까지 빈 징페어라인Wiener Singverein의 악장이자 콘서트 지휘자를 맡았다.

브람스는 1862년부터 교향곡 작곡을 시작하였고, 1876년 첫 번

---

124) 친구 요아힘에게 1859년 6월 18일 보낸 편지. 재인용, Neunzig, 62쪽.

째 교향곡(Op. 68)은 작곡을 완성하여 같은 해 카를스루에Karlsruhe
에서 11월 4일 초연되었다. 1877년 12월 말에 두 번째 교향곡(Op.
73)을 썼고 빈에서 12월 30일 초연되었다. 1879년 브레스라우 대
학은 브람스에게 명예박사를 수여하였다. 1883년 여름 비스바덴에
서 세 번째 교향곡(Op. 90)이 작곡되었고 같은 해 12월 빈에서 초
연되었다. 네 번째 교향곡(Op. 98)은 1884년에 작곡되었고 1885년
10월 25일 한스 뷜로의 지휘로 마이닝겐Meiningen에서 초연되었다.
그의 교향곡들은 흔히 고전적인 음악으로 분류되었는데, "베토벤
의 제9교향곡 이후 처음으로 나온 뜻있는 교향곡이자 동등한 가치
를 지니는 것"(BN, 8)으로 평가되었다. 브람스는 그의 삶의 마지막
20년 동안에는 국제음악계의 주도적 인사였고 피아니스트, 지휘자
이자 작곡가로서 명성이 돈독하였으며 많은 존경을 받기도 하였다.
클라라 슈만은 성공한 음악가로서의 브람스에 관해서 다음과 같이
언급하였다.

> 브람스는 어느 작곡가도 거의 경험하지 못한 승리를 도처에서 만끽하고
> 있다 (…) 이제 난 정말로 기쁘고 그의 행운을 빌고 있다. 그 작곡가는 정
> 말 위대하며, 그에 대한 인정은 그 자신을 넘어서서 밖으로 퍼져 나가고
> 있다.(Litzmann , 424)

또한 브람스는 마이닝겐의 게오르크 2세 공작 부부와도 깊은
친분을 맺었으며 마이닝겐에서 여러 훈장을 받기도 했다. 브람스
의 음악 활동에서 중요한 세 도시는 함부르크, 마이닝겐과 빈이었
는데, 1889년 그는 함부르크 명예시민이 되었고 63세의 나이로
1897년 4월 3일 빈에서 사망하여 빈 중앙묘지에 묻혔다.

브람스는 오늘날도 기악곡 분야에서는 여전히 베토벤의 후계 음

악가로 인정되고 있다. 브람스 자신은 생전에 이러한 분류에 회의적이었으나 이러한 평가의 계기는 보수적, 절대음악을 신봉하는 그룹과 진보적인 '신독일악파' 그룹과의 논쟁에서 비롯하였다. 1860년 전통을 고수하는 절대음악의 옹호자들과 리스트가 설립한 '신독일악파'의 신봉자들 사이에 공개 논쟁이 있었다. 브람스는 리스트를 중심으로 한 이들의 음악적 시각에 대해서 반대 주장을 밝혔는데, 이 다툼은 근본적으로 음악에 대한 서로 다른 관점과 인식에서 비롯한 것이었다. 그러니까 리스트와 바그너는 교향시와 악극, 이른바 말하는 표제가 들어 있는 음악의 발전을 옹호하였고 그런 방향으로 무조건 발전해야 한다는 생각을 가지고 있었다. 반면 전통주의자들 그룹에는 브람스, 요제프 요아힘, 음악 비평가 에두아르트 한스리크Eduard Hanslick가 속했는데, 이들의 목표는 브람스가 표현한 '항구적인 음악'이었다. 말할 것도 없이 브람스는 그보다 스무살 연상인 바그너와는 달리 19세기의 혁명적 분위기에 적극적으로 동조하지 않았으며, 또한 음악에서도 브람스는 바그너의 실질적 경쟁자가 아니었다. 왜냐하면 브람스는 오페라를 거의 쓰지 않았고 게다가 이 장르를 선호하지 않았기 때문이다. 그러나 브람스와 바그너는 평생 동안 냉담하게 거리를 유지하였으며, 바그너 음악의 열광적 지지자이기도 했던 볼프와는 평생 불편한 관계였다.

한편, 당시 빈에서 가장 영향력이 있는 비평가 가운데 한 사람이었던 한스리크는 브람스의 삶에서 중요한 몫을 하였고, 그는 브람스를 베토벤의 후예라고 평가했다. 그러니까 한스리크의 브람스에 대한 선호와 찬사는 "그의 음악에 대한 깊은 감동에서가 아니라 바그너에 대한 그의 반감에서"[125] 비롯하였다고 볼 수 있다. 그 밖

---

125) Neunzig, 73쪽. 한스리크는 음악 비평가였을 뿐만 아니라 빈 대학의 음악사

에 브람스와 같은 입장을 보였던 뷜로는 처음에는 바그너의 음악 경향에 동조하였으나 그의 아내 코지마가 바그너와 결혼하게 됨으로써 반대자가 되었다. 그는 브람스의 첫 번째 교향곡을 베토벤의 열 번째 교향곡이라고 평가하기도 하였다. 그러나 브람스는 "베토벤의 후예도 아니고 이른바 말하는 멘델스존에서 슈만을 거쳐 그에게 이르는 고리의 한 지체도 아니었으며, 그는 모든 유럽적 음악 전통의 후계자로서 자신을 의식하고 있었다."(NB, 114)

브람스의 음악은 전 유럽의 음악적 전통에 걸쳐 있었다. 베토벤뿐만 아니라 바흐, 헨델 등이 그의 음악에 영향을 끼쳤고 중세 교회음악과 네덜란드의 카논 테크닉을 그의 음악에 도입하였다. 또 그의 음악에는 낭만적 기본 관점을 바탕으로 고전주의 음악의 영향이 강하게 들어 있으며, 나중에는 이러한 기본 시각들이 서로 뒤섞여 혼합되었다. 그리고 20세기 전반에 아르놀트 쇤베르크가 그에 대한 새로운 평가를 하였다. 그러나 브람스가 기본적으로 전해오는 음악 형식들을 고수하고 그 전통적 형식을 이어받았다 하더라도 그는 독립적이고 독자적인 작품을 창조하였다.

브람스는 보수적이고 회고적 정신을 존중하였고, 깊고 강력한 생산력을 지닌 음악가로서 그의 음악은 그 시대 음악의 새로운 변화를 이끌었던 리스트, 바그너와 브루크너 못지않은 생명력을 지니고 있다. 그런데 브람스의 창조력의 비밀은 "고전주의 시대를 넘어서 음악의 먼 과거로까지 뻗어 있고 잊힌 형식, 울림, 작곡 방식들을 다시 생생하게 만드는"(RL, 427) 순수한 재생 능력에 있었다. 브람스는 항상 수세기 동안 음악적 유산을 지키려는 책임감에 차 있었으며, 그것을 생생하게 유지할 수 있는 가치를 만들기 위해

___

및 미학 분야의 최초 교수이기도 했다.

서 노력했다. 이러한 자세는 가곡에서 가장 분명하게 볼 수 있으며, 그의 많은 가곡들은 청중에게 민네 시인에서부터 현대 가곡에 이르는 가곡의 발전 과정과 그 근원을 일깨우고 있다. 그는 가곡에 깊은 내면성을 주기 위해서 자신의 창조력을 바쳤으며, 그것은 보조 영역이 아니라 그의 작품의 본질인 서정적 영역을 뜻했다. 그의 멜로디는 민요와 닿아 있고 그의 가곡 창작은 기악곡으로 넘어가는 교량이기도 하였다. 그래서 가곡은 브람스에게 있어서 중심 몫을 하고 있으며 그것은 본질적 영역과 대가다운 작곡 작업의 요람이기도 하였다.

브람스는 약 330편의 가곡을 작곡했는데 다성 곡이나 개작 곡을 제외하고 피아노 솔로 가곡은 약 194편이 있다(NB, 122). 그리고 그는 무엇보다도 음악이 텍스트보다 더 우선하는 가곡을 만들었다. 브람스는 시인이나 작품을 고를 때 특이한 점이 있었는데 그것은 그는 끊임없이 질 높은 문학을 찾으면서도 잘 알려진 시인들의 작품보다는 무명 시인들의 작품을 선호했던 것이다. 그래서 그가 선택한 시인들은 오늘날 거의 알려지지 않은 시인들이었다. 그가 가장 좋아한 시인은 게오르크 프리드리히 다우머Georg Friedrich Daumer였으며 브람스는 그의 시 19편에 곡을 붙였다. 브람스는 티크, 횔티, 괴테, 셴켄도르프Max Gottfried von Schenkendorf, 울란트, 아이헨도르프, 플라텐, 하이네의 시에 곡을 붙였고 오늘날 잊힌 많은 시인들과 파울 하이제, 켈러, 뫼리케, 헵벨, 가이벨의 텍스트 등에도 곡을 붙였다. 오스트리아-영국계 작곡가였던 한스 갈Hans Gal은 젊은 시절 브람스의 낭만적 성향을 다음과 같이 묘사한 적이 있다.

금발의 브람스는 한 사람의 낭만주의자였다: 노발리스, 브렌타노, E. T. A. 호프만, 장 파울은 그의 우상이었다. 그가 슈만에게 바친 초기작품들은 순수 예술로서 낭만주의 그 자체였다.(Hans Gal 1961, 23)

낭만주의 작가들의 작품은 브람스에게 큰 영향을 끼쳤으며, 그 밖에 그의 서재에는 "괴테, 레싱, 리히텐베르크, 세르반테스, 보카치오, 셰익스피어, 티크, 바이런, 켈러 그리고 비스마르크의 편지와 연설, 민속본의 시집들"(NB, 12~13) 등이 꽂혀 있기도 하였다. 그런데 브람스에게 시는 본질적으로 음악적 묘사나 해석의 대상이 아니라 자신의 음악적 표현을 위한 자극이었을 뿐이었다. 그래서 "그의 가곡들은 슈만의 절대음악보다 더 높은 단계에 있었고, 그의 곡들은 시에 봉사하는 것이 아니라 작곡가를 대표했다."(RL, 430) 그것들 가운데 많은 작품들은 개인적인 감정들과 경험들을 표현한 것이고, 대체로 부드러우면서도 멜랑콜리하거나 폐쇄적인 북독일 특유의 특성이 들어 있기도 하다. 브람스는 평생에 걸쳐 가곡을 작곡하였는데, 나중 시기의 가곡들은 외로운 사람의 "가장 내적이고 은밀한 감정과 명상을 표현"(RL, 430)한다고 평가되고 있다.

5.8.2 하이네 시에 곡을 붙인 브람스의 가곡들

브람스는 하이네 시 10편에 곡을 붙였고, 여기서는 이 가운데 4곡을 분석하고 있다.

1) 〈바다 항해〉

브람스는 "내 사랑, 우리가 함께 앉았네Mein Liebchen, wir sassen beisammen"(HG, 99)로 시작되는 하이네의 〈서정적 간주곡〉 가운데 42번째 3연 4행시에 곡을 붙였고, 〈바다 항해Meerfahrt〉로 제목을 달았다. 이 시에 브람스, 로베르트 프란츠, 파니 헨젤과 멘델스존, 볼프를 포함해서 약 60명의 작곡가가 곡을 붙였다. 브람스의 〈바다 항해〉(Op. 96 No.4)는 피아노의 잔잔하면서 물결이 이는 것 같은 바다 풍경을 연상시키는 긴 서주로 곡이 시작된다. 4행으로 된 1연 "내 사랑, 우리는 함께 앉았다/ 가벼운 나룻배에 아늑하게/ 밤은 고요하고, 우리는 수영을 했다/ 드넓은 물길에서"를 차분하고 편안하게 노래한다. 그러니까 두 사람은 나룻배에 편안하게 앉아 있다가 고요한 밤에 드넓은 바다에서 수영을 한다. 더욱이 4행은 반복되는데, 그 가운데서도 "드넓은"은 두 번 반복해서 노래하고 있으며 이어 피아노의 간주가 지금까지의 분위기와는 달리 단호하게 연주된다.

2연 "영혼의 섬, 아름다운 섬/ 달빛 속에 여명이 지고 있었다/ 거기서 사랑스러운 노래가 울렸고/ 그리고 안개 춤이 흔들거렸다"를 차분하고 편안하게 노래한다. 여기서는 아름다운 영혼의 섬에 달빛이 비추고 거기에서 사랑스런 노래가 울려 나왔고 밤안개가 끼어 있다. 피아노의 간주 없이 바로 3연으로 넘어가서 고조된 톤으로 "거기선 사랑스럽게 더욱 사랑스럽게 울렸다/ 이리저리 흔들렸다/ 그러나 우리는 헤엄쳐 지나갔다/ 황량하게 드넓은 바다로"를 노래한다. 그러니까 두 사람은 섬에서 파도 소리와 물결의 출렁임을 듣다가 넓은 바다를 향해서 헤엄쳐 나갔다. 여기서 2행의 마지막 부분 "이리저리"는 눈에 띄게 높은 톤으로 노래하고, 4행 다음 피아노의 간주가 들어간다. 그리고 4행 "황량하게 드넓은 바다로"는 반복되고 이어, "드넓은 바다로, 드넓은 바다로"를 슬프고 애잔하게 노래하면서 피아노 후주 없이 곡이 끝나고 있다. 브람스의 가곡은 전체적으로 절제된 감정을 잔잔하고 애수에 찬 서정성으로 표현하는 점이 눈에 띈다.

2) 〈여름 저녁〉

브람스의 〈여름 저녁Sommerabend〉(Op. 84 No. 1)은 "여름저녁이 여명 속에 있다Dämmernd liegt der Sommerabend"(HG, 160~161)로 시작되는 하이네의 〈귀향〉 가운데 85번째 3연 4행시에 붙인 곡이다. 이 시에 브람스를 포함해서 약 29명이 곡을 붙였다. 이 곡은 피아노의 아주 느린 서주와 함께 곡이 시작된다. 1연은 차분하고 안정된 톤으로 "여름 저녁이 여명 속에 있다/ 숲과 푸른 초원 위에/ 황금 달이, 맑은 하늘에서/ 상쾌한 향기를 뿜으면서 빛을 내려쬐었다"라고 노래한다. 여름날 저녁 해가 지고 이제 바로 떠오른 달이 지상으로 달빛을 보내고 있다. 이어 피아노의 부드러운 간주가 전원적 분위기를 차분하게 보여 주고 있다. 2연 "시냇가에서 귀뚜라미 찌르르거리고/ 시내는 물속에서 움직이고/ 방랑자는 찰랑거리는 물소리를 듣는다/ 고요함 속에 숨소리처럼"이라고 노래한 뒤 피아노의 느린 간주가 들어간다. 여기서는 시냇가에서 귀뚜라미가 울고, 방랑자는 고요 속에 흘러나오는 숨소리처럼 시내가 흐르는 소리를 듣는다.

피아노 간주에 이어 3연 "그곳, 시냇가에 혼자/ 아름다운 요정이 목욕하고 있다/ 팔과 목, 하얗고 사랑스럽게/ 달빛에 빛난다"라고 노래한 뒤 피아노의 후주가 곡을 마감한다. 그러니까 아름다운 요정이 시냇가에서 목욕하고 있으며 달빛을 받아서 그녀의 팔과 목은 하얗다. 이 곡은 전체적으로 서정적 고요함과 차분함을 지니고 느리게 여명이 남아 있는 여름밤, 숲과 푸른 초원, 달과 달빛, 구름 없는 하늘, 상쾌한 향기, 시냇물, 귀뚜라미의 울

림, 방랑자, 고요함, 요정과 요정의 목욕하는 아름다운 모습 등의
낭만적 어휘를 사용하여 노래하고 연주되고 있다.

3) 〈달빛〉

브람스는 "밤에 낯선 길에 누워 있었다Nacht liegt auf den fremden
Wegen"(HG, 161)로 시작되는 하이네의 〈귀향〉 가운데 86번째 2연
4행시에 곡을 붙였고, 제목은 〈달빛Mondenschein〉으로 달았다. 이 시
에는 브람스, 파니 헨젤을 포함해서 약 42명의 작곡가가 곡을 붙였
다. 브람스의 〈달빛〉(Op. 85 No.1)은 피아노의 서주 없이 바로 노랫
말이 시작된다. 1연의 1행과 2행 "밤에 낯선 길에 누워 있다/ 병든
마음과 지친 육신이"라고 느리고 차분하게 노래한다. 여기서는 병
든 마음과 지친 육신이 밤에 낯선 길에 누워 있다. 2행은 반복해서
노래하는데 이번에는 고양되게 노래하다 서서히 하강하는 톤으로
바뀐다. 그리고는 피아노의 잔잔하고 느리고 부드러운 간주가 이어
지며, 이 간주는 병든 마음과 지친 육신의 뜻을 반영하고 있다.

1연 3행과 4행, 2연 1행과 2행까지 노랫말이 피아노의 간주 없
이 이어진다. "아, 그때 고요한 축복처럼 흘러간다/ 달콤한 달이
여, 너의 빛을 아래로 비추렴/ 달콤한 달, 너의 빛으로/ 밤의 두려
움을 몰아낸다"라고 노래하고는 아주 짧은 피아노의 느린 간주가
들어가는데, 이것은 밤의 두려움을 몰아내는 것을 강조하면서 2연
3행으로 안내하고 있다. 3행과 4행 "내 고통들을 녹이고/ 눈을 스
스로 풀리게 한다"라고 노래한 뒤이어 피아노의 서정적이고 부드
러운 후주가 고요한 축복처럼 달 때문에 밤의 두려움이 물러나고,
고통들이 사라지면서 영원한 죽음의 안식을 얻게 되는 것을 연상
시키고 있다.

4) 〈봄에는 아주 유쾌하게 서로 사랑한다〉

브람스는 하이네의 《로만체로》 13번째 4연 4행시 〈봄Frühling〉 (HG, 374)에 곡을 붙였고, 〈봄에는 아주 유쾌하게 서로 사랑한다Die Wellen blinken und fließenden dahin〉(Op. 71 No.1)로 제목을 달았다. 하이네의 시에 브람스를 포함해서 약 25명의 작곡가가 곡을 붙였다.

브람스의 이 가곡은 피아노의 밝고 명랑한 서주와 함께 1연 "물결들이 반짝이면서 흘러간다/ 봄에는 아주 유쾌하게 서로 사랑한다/ 강가에는 양치기 소녀가 앉아서/ 가장 정성스럽게 화환을 엮고 있다"고 노래한다. 4행 "가장 정성스럽게 화환을 엮고 있다"는 반복되는데, 이것은 소녀가 사랑을 기다리면서 짜고 있는 화환임을 강조하고 있다. 이어 피아노의 밝고 짧은 간주가 나오고, 다시 한번 봄에 느끼는 양치기 소녀의 들뜬 마음을 강조한다. 2연 "향기의 즐거움과 함께 꽃봉오리가 피어나 솟아 나오고/ 봄에는 아주 유쾌하게 서로 사랑한다/ 양치기 소녀는 가슴 깊은 곳에서 한숨을 내쉰다/ 내 화환을 누구에게 주지?"라고 노래하고, 4행은 반복된다. 여기서 1연과 2연 그리고 4연에 "봄에는 아주 유쾌하게 서로 사랑한다"가 들어 있는데, 이것은 봄이 되면 사랑의 설레임과 기대를 가지게 되고, 만물이 소생할 때면 누구나 사랑스러움을 느끼게 되는 것, 사랑에 대한 기대감을 표현하는 시행이라 볼 수 있다. 그런데 양치기 소녀는 정성 들여 엮은 화환을 줄 대상이 없는 것을 강조해서 4행 "내 화환을 누구에게 주지?"라고 반복해서 노래하고 이어 피아노의 짧은 간주가 나온다.

3연 "한 기사가 강을 따라 말을 타고 온다/ 그는 아주 용감무쌍하게 인사하고/ 양치기 소녀는 그를 아주 두렵게 쳐다본다/ 모자의 깃털이 멀리서 펄럭거린다"라고 노래한다. 여기서 1행과 2

행에서 활기 찬 기사의 모습을 명랑한 톤으로 노래하고 있으며, 2행의 일부분 "아주 용감무쌍하게"와 4행의 끝부분 펄럭이는 "모자의 깃털"은 반복되고 있다. 이러한 반복은 기사의 모습을 생생하게 연상시키는 효과를 주고 있다. 이어 피아노의 간주 없이 바로 4연으로 넘어가서 1행과 2행 "그녀는 울면서 잔잔한 강물에 던져 버린다/ 아름다운 화환을"이라고 격정적인 톤으로 노래하고 이어 피아노의 간주가 들어간다. 이 간주에는 소녀가 정성 들여 짠 화환을 던져 버림으로써 아직 사랑의 대상을 찾지 못한 안타까움이 배어 있다. 이어 3행과 4행 "나이팅게일은 사랑과 입맞춤을 노래하고/ 봄에는 아주 유쾌하게 서로 사랑한다"라고 노래한다. 소녀는 사랑의 아름다운 화환을 강물에 던져 버림으로써 사랑을 포기하는 데 견주어서 나이팅게일은 봄에 사랑과 사랑하는 사람들의 입맞춤을 노래함으로써 서로 대비되고 있다. 그러니까 누구나 봄에는 즐겁게 사랑할 수 있는데 양치기 소녀만 아직 그 대상을 찾지 못했음이 두드러진다. 더 나아가 나이팅게일처럼 "봄에는 아주 유쾌하게 서로 사랑한다"라고 노랫말을 반복하고, 이어 피아노의 후주가 곡을 마감한다.

5.9 볼프의 하이네-가곡들

볼프는 하이네의 시 14편에 곡을 붙였는데, 7편은 〈노래 다발〉이라는 제목에 포함시켰고 나머지 개별 노래 7편이 있다. 여기서는 5편, 〈늙은 왕이 있었네〉, 〈늦가을 안개, 차가운 꿈들〉, 〈내가 네 눈을 보면〉 그리고 〈노래 다발〉에서 2편 〈그들은 오늘 저녁 사교 모임이 있다〉와 〈난 왕의 딸을 꿈에 보았네〉를 분석하고 있다.

1) 〈늙은 왕이 있었네〉

볼프는 "늙은 왕이 있었네Es war ein alter König"(HG, 295)로 시작
되는 하이네의 〈새봄〉 29번째 3연 4행시에 곡을 붙였다. 이 시에
볼프, 코르넬리우스, 클렘페러, 카를 오르프, 루빈슈타인을 포함
해서 130명 이상의 작곡가가 곡을 붙였다. 볼프의 〈늙은 왕이 있
었네〉는 피아노의 서주 없이 서창조로 노래가 시작된다. 1연 "늙
은 왕이 있었네/ 마음은 무겁고, 머리는 잿빛이었지/ 가련한 늙
은 왕은/ 젊은 아내를 얻었지"라고 노래한다. 그러니까 한때 늙
은 왕이 살았는데, 그의 마음은 무거웠고 머리는 잿빛이었다. 이
왕은 젊은 아내를 얻었는데, 왜 마음이 무거운지 알 수 없으나 다
음 2연에 보면 그 답이 나온다. 그리고 더욱이 4행의 "젊은 아내"
는 아주 부드럽게 노래하면서 피아노의 짧은 간주가 들어간다.

2연 "그건 아름다운 사동이었다/ 그의 머리는 금발에다 그의
마음은 가벼웠는데/ 그는 비단 옷자락을 끌고 있었다/ 젊은 여왕
의"라고 대체로 명랑하고 쾌활하게 노래한다. 그런데 그 왕비는
여자가 아니라 여성의 비단 옷자락을 걸치고 있는 금발 머리의
아름다운 사동이었다. 그래서 왕의 마음은 기쁘지 않고 무거웠던
것이다. 반면 여성으로 변장한 사동은 사랑하는 왕과 결혼한 것
이 기쁘다. 2연 다음 빠르고 드라마틱하게 고양되다가 다시 부드
럽게 바뀌는 피아노의 긴 간주가 들어가는데, 이것은 왕에 관한
이야기가 예사롭지 않을 뿐만 아니라 다음 이야기 또한 상서롭지
않음을 암시하고 있다.

3연 "넌 그 옛 노래를 아니?/ 그건 아주 달콤하고, 아주 우울하

게 울린다/ 그들은 둘 다 죽어야만 했으며/ 그들은 너무나 사랑했다"고 노래한다. 여기에서는 서정적 자아가 "넌 그 옛 노래를 아니?"라고 물으면서 그 노래는 아주 달콤하고, 동시에 아주 우울한 것이라고 말한다. 우울하고 달콤한 이유는 3행과 4행에서 나오는데, "그들은 둘 다 죽어야만 했기" 때문에 몹시 우울하고 슬픈 것이고, 이 행은 격앙된 톤으로 그 뜻을 강조하고 있다. 또한 아주 달콤했다는 뜻은 4행 "그들은 너무나 사랑했다"에서 드러나고 있다. 이어 피아노의 후주가 마치 모든 비극적 이야기가 끝이 나서 홀가분한 듯 느리고 부드럽게 연주되면서 곡이 끝난다.

2) 〈늦가을 안개, 차가운 꿈들〉

볼프는 "늦가을 안개, 차가운 꿈들Spätherbstnebel, kalte Träume"(HG, 302)로 시작되는 하이네의 〈새봄〉 43번째 3연 4행시에 곡을 붙였다. 이 시에는 볼프를 포함해서 9명의 작곡가가 곡을 붙였다. 볼프의 〈늦가을 안개〉는 피아노의 서주와 함께 1연 "늦가을 안개, 차가운 꿈들이/ 산과 계곡을 얇게 덮었고/ 나무들은 이미 세찬 바람에 잎이 다 떨어지고/ 유령처럼 헐벗은 채 보고 있다"고 차분하고 느리게 노래한다. 그러니까 차가운 꿈인 늦가을 안개가 산과 계곡을 덮었고, 바람에 잎이 떨어진 헐벗은 나무들은 유령처럼 보인다. 이어 피아노의 주 모티브의 간주가 들어가고, 2연은 그런 가운데 "유일한 나무, 슬프게 침묵하고 있는/ 유일한 나무에만 잎이 달려 있다/ 슬픔의 눈물에 젖은 채/ 그는 초록빛 머리를 흔든다"라고 노래한다. 이어 피아노의 간주가 들어간다. 그런데 슬프게 침묵하고 있는 유일한 나무에만 잎이 달려 있고, 슬픔에 젖은 채 그 나무는 잎이 달린 초록색 머리를 흔든다.

3연은 1연과 2연과는 대비적으로 서창조로 "아, 내 마음은 이 황야와 닮았구나/ 내가 저기 보고 있는 나무/ 여름과 같은 푸르름, 그건 네 모습이구나/ 정말 사랑스런, 아름다운 여인이여!"라고 노래한다. 그러니까 황량한 나무는 자신의 모습과 닮았고, 늦가을에도 푸른 잎을 지닌 나무는 정말 사랑스럽고 아름다운 여인을 닮았다고 노래하면서, 서정적 자아의 처지를 더욱 선명하게 드러낸다. 그리고 4행 첫 부분은 반복되어 "정말 사랑스럽고, 정말 사랑스런 아름다운 여인!"이라고 노래한다. 더욱이 3행과 4행은 높아진 서창조로 노래한 뒤 피아노의 후주가 곡을 마무리한다. 3연의 분위기와는 대비되도록 피아노의 후주는 다시 부드러워지면서 서주와 비슷한 모티브를 반복 변용하면서 곡을 끝내고 있다.

3) 〈내가 네 눈을 보면〉

볼프는 "내가 네 눈을 보면Wenn ich in deine Augen seh"(HG, 81)으로 시작되는 하이네의 〈서정적 간주곡〉 4번째 2연 4행시에 곡을 붙였다. 이 시에 볼프, 슈만, 파니 헨젤, 프란츠를 포함해서 약 116명의 작곡가가 곡을 붙였다. 볼프의 〈내가 네 눈을 보면〉은 피아노의 서정적이고 아름다운 서주로 곡이 시작되어서 후주로 끝이 난다. 1연에서는 "내가 네 눈을 보면/ 내 고통과 슬픔이 모두 사라지고/ 내가 네게 입맞춤하면/ 그러면 난 완전히 건강해진다"라고 노래하고는 피아노의 간주 없이 2연으로 바로 넘어가고 있다. 그러니까 여기서는 서정적 자아가 그녀의 눈을 보면 고통과 슬픔이 사라지고, 그녀와 입맞춤하면 자신이 완전히 건강해진다고 느낀다.

2연 "내가 네 가슴에 기대면/ 마치 천상의 즐거움과 같은 기쁨이 내게 엄습하고/ 네가 난 너를 사랑해라고 말하면/ 그러면 난 지독하게 울지 않을 수 없네"라고 노래한다. 여기서는 그가 그녀의 가슴에 기대어 있으면 천상의 즐거움과 같은 기쁨이 엄습하고, 그녀가 그에게 사랑한다는 말을 하면 그는 감동의 울음을 터뜨린다. 더욱이 3행 "난 너를 사랑해"는 서창조로 노래하고, 4행에서 텍스트에는 "그래서"로 되어 있는데, 볼프의 가곡에서는 "그러면"으로 바꾸어 노래하고 있다. 여기에는 느낌의 미묘한 차이가 있는데, "그래서"가 되면 연인이 사랑한다고 했기 때문에 감동의 눈물을 흘리지 않을 수 없다가 되고, "그러면"이 되면 조건의 뜻으로서 연인이 사랑한다고 말하면, 그러면 감동의 눈물을 흘리게 되는 차이를 보인다. 볼프는 후자의 경우로 곡을 붙이고 있으며, 이로써 하이네의 과장된 감정을 완화시키고 있다. 그러니까 서정적 자아가 그녀의 눈을 보면 고통과 슬픔이 사라지고, 입맞춤하면 완전히 건강해지고, 그녀가 사랑한다고 말을 하면 감동의 울음이 터져 나오는 것이다.

4) 〈그들은 오늘 저녁 사교 모임이 있다〉

볼프의 〈노래 다발〉 제1곡은 "그들은 오늘 저녁 사교 모임이 있다Sie haben heut' abend Gesellschaft"(HG, 147~148)로 시작되는 하이네의 〈귀향〉 60번째 3연 4행시에 붙여졌다. 이 시에 볼프를 비롯해서 13명의 작곡가가 곡을 붙였다. 볼프의 〈노래 다발〉 제1곡 〈그들은 오늘 저녁 사교 모임이 있다〉는 피아노의 빠르고 밝은 서주로 시작되고 있다.

1연 "그들은 오늘 저녁 사교 모임이 있다/ 집은 불빛으로 가득 찼고/ 저기 저 위 밝은 창문에서/ 한 사람의 그림자가 움직인다"라고 밝고 명랑하게 노래한다. 그러니까 오늘 그녀의 집에서는 사교 모임이 있고 집안은 불빛으로 환한데, 창문 곁에서 그녀의 그림자가 움직이는 것이 보인다. 이어 명랑한 분위기가 격정적으로 바뀌는 피아노 간주를 통해서 다음 2연의 내용을 미리 암시한다. 2연에서는 "넌 나를 보지 못한다/ 난 여기 아래쪽 어둠 속에 혼자 서 있다/ 넌 여전히/ 내 어두운 마음을 들여다볼 수 없다"라고 노래하고, 피아노의 간주에서는 어둠 속에 서 있는 서정적 자아를 그녀가 보지 못하는 안타까움을 표현하고 있다. 3행은 상승하다가 하강하는 톤으로 노래하는데, 이것은 안타까움이 체념으로 바뀌는 표현이라 할 수 있다.

3연에서는 "내 어두운 마음이 널 사랑한다/ 그 마음이 널 사랑하고 부숴진다/ 부숴지고, 두근거리고, 피 흘린다/ 넌 그러나 그것을 보지 못한다"라고 노래한다. 3행은 서정적 자아가 겪는 혹독한 사랑의 고통을 표현하고 있으며, 4행 "넌 그러나 그것을 보지 못한다"는 반복 노래되고 있다. 또한 4행 반복에서는 서창조로 노래하고 이어 피아노의 후주가 서창조의 톤을 그대로 이어받으면서 곡을 끝내고 있다.

5) 〈난 왕의 딸을 꿈에 보았네〉

〈노래 다발〉의 다섯 번째 곡은 "난 왕의 딸을 꿈에 보았네Mir träumte von einem Königskind"(HG, 98~99)로 시작되는 하이네의 〈서정적 간주곡〉 41번째 3연 4행시에 붙인 곡이다. 이 시에는 볼프, 카를 오르프를 비롯해서 약 77명의 작곡가가 곡을 붙였다.

볼프의 〈노래 다발〉 제5곡 〈난 왕의 딸을 꿈에 보았네〉는 피아노의 서주 없이 바로 차분한 서창조의 노랫말로 시작되는데, 1연 "난 왕의 딸을 꿈에 보았네/ 축축하고 창백한 뺨을 가진/ 우리는

푸르른 보리수 아래 앉았네/ 그리고 서로 사랑에 빠졌지"라고 노래
한다. 1연에서는 창백한 뺨을 가진 왕의 딸을 꿈에서 보았는데, 서
정적 자아와 그녀는 보리수 아래에서 사랑에 빠졌다. 그리고 피아
노의 느리고 부드러운 간주가 연인들이 함께 있는 장면을 연상시
키고 있다.

피아노의 간주와는 대조적으로 2연은 힘차고 강하게 노래한
다. 2연 "난 네 아버지의 왕좌를 원하지 않는다/ 난 그의 황금 지
팡이를 원하지 않는다/ 난 그의 다이아몬드 왕관을 원하지 않는
다/ 그대 순결한 자, 난 그대를 원할 뿐이다"라고 노래한다. 2연
에서 서정적 자아는 그녀의 아버지인 왕의 왕좌도, 황금 지팡이
도, 다이아몬드 왕관도 원하지 않으며, 오직 그녀만을 원할 뿐이
다. 더욱이 4행은 강하게 노래하다가, 마지막 행의 마지막 부분
"그대 순결한 자"에서는 하강하는 톤으로 노래한 뒤 피아노의 간
주가 들어가고, 이 간주는 그가 원하는 것이 무엇인지 잠시 생각
하게 하고 있다.

3연 '그럴 수 없어요'라고 그녀가 나에게 말했다/ 저는 무덤에
누워 있어요/ 그래서 밤마다 그대에게로 가지요/ 제가 그대를 너
무나 사랑하기 때문에"라고 노래한다. 여기에서는 그녀가 서정적
자아의 소망은 안 된다고 말하는데, 그 이유는 그녀는 저승 사람
으로 무덤에 누워 있으며, 그럼에도 그를 너무나 사랑하기 때문
에 밤마다 그에게로 가고 있는 것이다. 2행 "저는 무덤에 누워 있
어요"는 슬프고 높은 음으로 노래하는데 3연은 전체적으로 애수
가 깃든 부드러운 톤으로 노래하며, 이어 피아노의 후주가 잔잔
하게 곡을 끝낸다. 이렇게 볼프의 곡은 하이네 시의 내용에 가장
적합한 음악적 해석을 시도한다.

5.10 슈트라우스의 하이네-가곡들

5.10.1 슈트라우스의 가곡 세계

리하르트 슈트라우스Richard Georg Strauss(1864~1949)는 아버지 프
란츠Franz 슈트라우스와 어머니 요세피네Josephine 사이에서 1864
년 6월 11일 뮌헨에서 태어났다. 그런데 그가 태어났던 1864년
에는 음악가 마이어베어가 사망했고, 루트비히 2세Ludwig II.가 바
이에른의 왕으로 등극하였다. 그보다도 슈트라우스의 아버지는
첫 번째 아내와 두 자녀를 콜레라로 잃고 난 뒤 재혼해서, 1864
년 42세 때 리하르트를 얻었기 때문에 기쁨이 컸으며, 그보다 세
살 어린 누이동생 요한나Johanna는 나중에 "리하르트는 눈에 띄게
아름다웠고, 곱슬머리에 생기 있게 빛을 발하는 눈"[126]이자 꿈꾸
는 듯한 눈을 가지고 있었다고 설명하였다.

슈트라우스의 아버지는 뮌헨 궁정 오케스트라의 호른 주자였고
1871년부터 뮌헨 음악 아카데미 교수였으며, 그의 어머니는 뮌헨
의 부유하고 유명한 맥주 양조사 프쇼어Pschorr 집안 출신이었다.
일찍부터 리하르트는 음악적 환경에서 자랐으며 네 살 때부터 아
우구스트 톰보August Tombo에게서 피아노를 배웠고 여섯 살 때부터
작곡을 시작했다. 김나지움을 다니던 시기에는 뮌헨의 카펠마이스
터 프리드리히 빌헬름 마이어Friedrich Wilhelm Meyer로부터 "화성론과
형식론, 대위법과 카논 및 푸가 수업"(DS, 21)을 받았다. 또 1872
년 여덟 살 때부터는 바이올린을 벤노 발터Benno Walter에게서 배웠

---

126) 재인용. Walter Deppisch: Richard Strauss, Reinbek bei Hamburg 2009, 13
　　쪽. 이하 (DS, 쪽수)로 표기함.

으며, 열한 살부터는 당대에 높이 존경받던 피아노 선생 프리드리히 니스트Friedrich Niest에게서 피아노를 배웠다.

1874년 리하르트는 루트비히 김나지움을 다녔고 음악 이외의 다른 과목들도 소홀히 하지 않았다. 더욱이 리하르트가 고대 그리스·로마 문화와 역사에 관심을 가졌는데 이것은 나중 그의 표제음악의 중요한 한 방향이 되었다. 1882년 슈트라우스는 졸업 시험을 치른 뒤 뮌헨 대학에서 철학, 미학, 예술사 공부를 시작했다가 음악가로서의 경력을 쌓고자 학업을 그만두었다. 1883년 드레스덴, 베를린으로 여러 달 여행을 갔고 이때 많은 사람을 알게 되었는데, 그 가운데서 마이닝겐의 궁정 오케스트라 지휘자이자 악장이었던 한스 뷜로를 알게 되었고, 그의 요청으로 처음 슈트라우스가 1884년 뮌헨에서 지휘를 할 기회를 얻기도 하였다. 뷜로의 추천에 따라서 슈트라우스는 1885년 7월 9일 잠시 공석이 된 마이닝겐 궁정 오케스트라의 음악 감독이 되었다. 처음 단원들은 지휘자로서의 경험이 적은 젊은 슈트라우스를 못 미더워 했으나 그는 이내 놀라운 지휘 능력을 보여 주었다. 슈트라우스는 마이닝겐에 도착한 이후 브람스를 알게 되었고 뷜로와 더불어 긴밀한 교류를 나누었다. 또 알렉산더 리터와도 친분을 쌓았는데, 그는 바그너 후원자 율리 리터의 아들이자 마이닝겐 궁정 오케스트라의 첫 번째 바이올린 주자였으며 바그너의 조카사위기도 하였다. 이때까지만 하더라도 슈트라우스는 슈만 또는 브람스와 같이 고전주의자의 음악 양식으로 작곡했으나, 바그너 찬양자 리터의 영향으로 그의 작곡 방향이 이제 변화하게 되었다. 그는 바그너의 예술 이념과 리스트의 교향곡적 표제음악으로 전향하였다. 이미 유년 시절부터 바그너와 리스트의 음악은 그에게 강한 인상으로 남아 있었는데, 바그

너의 《트리스탄》과 리스트의 파우스트 교향곡은"(재인용 DS, 20)
그에게 보물과 같은 작품이었다.

1886년 4월 슈트라우스는 뮌헨 궁정 극장의 카펠마이스터 자리
를 제안받았기 때문에 마이닝겐을 떠난다. 마이닝겐의 공작은 그
에게 예술과 학문을 위한 공로 훈장을 주었고, 그는 그 답례로《피
아노 사중주》(Op. 13)를 헌정하였다. 뮌헨으로 가기 전 그는 이탈
리아로 여행을 떠났고 그 경험을 바탕으로 《이탈리아에서》라는 오
케스트라 판타지를 작곡하였고, 이 작품은 그 이듬해 뮌헨에서 초
연되었다. 1886년 10월 1일 뮌헨 궁정 극장에서 처음 지휘를 맡았
고 뮌헨에서 거의 3년 동안 생활했다. 이 시기 그는 리스트의 표제
음악의 후예로서 처음으로 오케스트라 표제곡을 작곡하였다. 《돈
주앙》이 작곡되었고, 또 뮌헨에서 바그너 형식에 바탕을 둔 그의
첫 번째 오페라 《군트람Guntram》(자신의 창작으로 중세 기사 이야
기를 다룸)을 작곡하기 시작하였다. 그는 1887년 말러를 알게 되
었고 그의 음악에 대해서 높은 평가를 하였다.

> 내 생각에는, 구스타프 말러의 예술 창작은 오늘날 예술사의 가장 중요하
> 고 가장 흥미로운 현상들에 속한다.(재인용 DS, 68)

또 1911년 11월 18일 말러의 사망 소식을 듣고 "말러의 죽음은
나에겐 충격이었고 이제 그는 빈에서 가장 위대한 사람이 될 것이
다"(DS, 114)라고 호프만스탈에게 보낸 편지에서 썼다.

1889년 10월 1일 그는 바이마르 대공의 궁정 카펠마이스터로서
바이마르로 옮겨가게 된다. 슈트라우스가 뮌헨을 떠나 바이마르
로 떠나기 전 그보다 한 살 어린 여가수 파울리네 아나Pauline Ahna

를 알게 되었다. 그녀는 슈트라우스의 제자였으나 나중 그의 아내가 되고 그는 그녀를 위해서 많은 가곡을 작곡하였다. 슈트라우스는 바이마르에서 바그너의 작품들, 《탄호이저Tannhuser》, 《로엔그린 Lohengrin》, 《트리스탄과 이졸데Tristan und Isolde》를 포함해서 훔퍼딩크의 《헨젤과 그레텔Hänsel und Gretel》을 지휘하였고 1894년 5월에는 자신의 첫 번째 오페라 《군트람》을 지휘하기도 하였다. 여기서 그의 약혼녀 파울리네가 프라이힐트 역을 노래하였다. 1894년 바이로이트 음악 축제 때 《탄호이저》 공연을 다섯 번이나 지휘하였고 파울리네는 엘리자베트 역을 노래하였다. 이어서 그는 같은 해 5월 10일 그녀와 결혼했다. 그런데 그의 음악적 멘토였던 뷜로가 1894년 2월 12일 사망했는데, 뷜로의 죽음으로 말미암은 상실감은 그와 그의 아내에게 큰 고통이었다.

 1894년 슈트라우스는 두 번째로 뮌헨 궁정 카펠마이스터가 되어 고향으로 돌아오게 되었다. 슈트라우스는 가곡 작곡과 교향시에서 단연 돋보이는 존재였는데, 1894년에서 1898년 사이에 표제음악인 《틸 오일렌슈피겔Till Eulenspiegels lustige Streiche》, 《그리고 차라투스투라는 이렇게 말했다Also sprach Zarathustra》, 《돈키호테 Don Quixote》 등을 작곡하였고, 이 작품들은 쾰른과 프랑크푸르트에서 초연되었다. 이로써 30대 중반의 슈트라우스는 전 유럽에서 지휘자이자 작곡가로서 유명해졌으며 공연 연주 초청이 잇따랐다. 슈트라우스는 표제음악을 모두 9편 작곡했는데, 이것은 베를리오즈와 리스트의 표제음악이자 교향시의 선례에 따라서 작곡했다. 1898년 11월 1일 그는 프로이센 궁정 카펠마이스터로 베를린으로 가게 되었고, 베를린 도착 직후인 11월 5일 자신의 데뷔곡으로 바그너의 《트리스탄과 이졸데》를 지휘하였다. 베를린에서

지휘하는 동안 동시대의 작곡가들의 작품 연주에 몰두하였고 베
를린 합창 오케스트라를 창설하기도 하였다.

　슈트라우스는 1903년 하이델베르크 대학에서 명예박사 학위
를 받았고, 베를린에서 활동하는 동안 슈트라우스는 많은 연주
여행 (북미와 그리스 및 이탈리아)을 갔으며 많은 표제음악들과
오페라를 작곡했는데, 《살로메Salome》(대본: 오스카 와일드Oscar
Wilde)는 1905년 드레스덴에서 초연되었고 《엘렉트라Elektra》(대
본: 호프만스탈)는 1909년 드레스덴 초연이 되었다. 오페라《살
로메》와《엘렉트라》를 통해서 그는 오페라 작곡가로 더욱 유명
해졌다. 더욱이 슈트라우스는 그보다 10세 연하의 호프만스탈
과 함께 많은 오페라 작업에서 긴밀한 협력을 하였는데,《엘렉
트라》이외에도《장미 기사Der Rosenkavalier》,《이집트의 헬레나Die
Ägyptische Helena》,《아라벨라Arabella》의 대본을 호프만스탈이 썼다.
슈트라우스와 호프만스탈은 음악가와 작가로서 1900년 파리에
서 처음 만났고, 이후 그들의 우정은 오랫동안 지속되었기 때문
에 1929년 7월 16일 호프만스탈이 사망하자 그 상실감이 65세
의 슈트라우스에게는 너무 깊었다. 그가 호프만스탈의 미망인에
게 보낸 편지를 보면 이들의 평소 우정이 어떠한지를 알 수 있다.

　　이 천재적인 사람, 이 위대한 시인, 이 섬세한 협력자, 이 정신적인 친구,
　　이 유일한 재능! 어느 음악가도 그런 협력자와 지원자를 발견하지 못했으
　　며, 그리고 음악 세계에서 그를 대체할 수 있는 사람은 나에겐 아무도 없
　　다.(재인용 DS, 138)

리하르트 슈트라우스   후고 호프만스탈

한편, 브라질로 망명을 갔던 츠바이크는 슈트라우스의 강한 인상에 대해서 다음과 같이 표현하였다.

그의 눈빛, 이 밝고 푸르고 강하게 빛나는 두 눈, 사람들은 곧 이 시민적 얼굴 뒤에 숨어 있는 특별한 어떤 마력을 느끼게 된다. 그것은 아마도 내가 어느 음악가에게서나 보는 가장 깨어있는 눈인데 악마적인 것이 아니라 어떤 통찰하는 눈이었으며, 그것은 자신의 임무의 마지막 이유까지 인식하는 사람의 눈이었다. (재인용 DS, 166)

그런데 슈트라우스는 바그너의 음악 언어에 기대서 새로운 극적 표현을 창조하였지만 음악적 기본을 지켰다. 나중 자신의 음악 언어를 변화시켜서 후기 작품들에서는 오히려 고전주의적 음악 형식을 선호하기도 하였다. 1914년 옥스퍼드 대학이 그에게 명예박사 학위를 주었고, 1917년에는 잘츠부르크 축제 협회를 창설하였다. 연출가 막스 라인하르트Max Reinhardt와 호프만스탈과 함께 잘츠부르크 축제 창설을 위해서 슈트라우스는 주도적 몫을 하였다. 당시 오스트리아의 불리한 경제 상황에도 아랑곳하지 않고 슈트라우스와 그의 협력자들은 1920년 첫 번째 연주를 실현할 수 있었다. 첫 해에는 호프만스탈의 극작품 《예더만Jedermann》이 공연되었고 1921년에는 음악회가 덧붙여졌으며, 그 이듬해에는 슈트라우스가 처음으로 오페라 지휘를 맡기도 하였다. 1919년 슈트라우스는 프란츠 샬크Franz Schalk와 함께 빈 궁정 오페라를 이끌었으며, 그 다음 해에는 샬크 및 빈 오케스트라와 함께 처음으로 남미로 순회 연주를 다녀왔다. 1924년 그는 빈에서 오페라 감독직을 끝내고 국내와 해외에서 지휘와 작곡에 전념하였다. 이때 그의 오페라, 《인터메초Intermezzo》(대본: 슈트라우스), 《침묵하는 여인Die schweigsame Frau 》(대본: 슈테판 츠바이크), 《카프리치오Capriccio》(대본: 츠바이크와 요제프 그레고어Joseph Gregor), 《평화의 날Friedenstag》(대본: 그레고어), 《다프네Daphne》(대본: 그레고어), 《다내의 사랑Die Liebe der Danae》(대본: 그레고어) 등을 작곡하였다.

한편, 히틀러가 권력을 잡은 이후 나치는 국제적 명성을 얻고 있었던 슈트라우스를 그들의 목적에 맞게 이용하고자 그를 접촉하였다.

> 이론의 여지가 없는 명망, 독일의 음악가 리하르트 슈트라우스의 국제적 인기, 잘츠부르크와 바이로이트처럼 세계적으로 알려진 음악제 지휘자로서의 명성, 직업과 관련된 물음들에서 그의 비중 있는 목소리, 이 모든 것은 그가 "깨어난" 독일에서 음악 부문 최고의 임무를 맡을 수밖에 없도록 예정된 것이다. 그는 새로 창설된 제국 음악부의 회장으로 부름을 받은 것이다.(DS, 139)

슈트라우스는 나치의 제안을 받아들였고, 1933년 11월 15일부터 제국 음악부 회장직을 수행하였다. 그러나 그의 오페라 《침묵하는 여인》의 대본을 쓴 유대인 작가 슈테판 츠바이크Stefan

Zweig(1881~1942)와 협력한 것 때문에 슈트라우스는 나치로부터 미움을 사게 되었다. 츠바이크에게 1935년 6월 17일 보낸 슈트라우스의 편지를 게슈타포가 압수하였고 그로 말미암아 그는 제국 음악부 회장직을 박탈당했는데, 7월 14일 슈트라우스의 사임이 언론에 알려졌다.

> 제국 음악부 회장 리하르트 슈트라우스는 제국 문화장관 괴벨스 박사에게 그의 고령과 악화된 건강으로 말미암아 제국 음악부 회장직과 독일 작곡가 협회 의장직을 사임하겠다고 요청해 왔다. 괴벨스 박사는 이 요청을 허락했고 리하르트 슈트라우스는 개인 편지에서 감사를 표하였다. 동시에 괴벨스 박사는 총 음악 감독 페터 라베 교수를 제국 음악부 회장으로 선임하였고, 작곡가 협회의 의장에는 파울 그래너 박사를 임명하였다.(재인용 DS, 144~145)

슈트라우스는 1936년 뮌헨 올림픽을 즈음해서 개막식에 쓰일 음악을 작곡하였으며 로베르트 루반Robert Lubahn의 텍스트에 기초해서 8월 1일 올림픽 찬가Olympische Hymne "민족들이여! 그대들은 독일 민족의 손님이다"가 울려 퍼졌다. 슈트라우스는 말년을 주로 질병과 투쟁하고 휴양을 하면서 보내게 된다. 그는 전쟁이 끝난 뒤 잠시 스위스로 갔다가 1949년 다시 가르미쉬로 돌아왔다. 헤르만 헤세Hermann Hesse(1877~1962)와 아이헨도르프의 시에 곡을 붙인 가곡 〈네 개의 마지막 노래들Vier Letzten Lieder〉은 1948년 스위스에서 쓰였다. 그의 85세 생일을 계기로 만들어진 영화와 1949년 7월 뮌헨 방송의 연주 지휘를 마지막으로 같은 해 9월 8일 그는 가르미쉬에서 세상을 떠났다. 그는 화장 뒤 가르미쉬에 있는 가족묘에 안장되었고, 그의 사망 8개월 뒤인 1950년 5월 13일 세상을 떠난 그의 아내 파울리네도 이곳에 함께 묻혔다.

슈트라우스는 생전에 음악가의 사회적 위치를 새롭게 정립하려고 하였다. 그는 작곡가들이 자신의 직업으로 생활할 수 있어야 한다는 생각을 가지고 있었는데, 작곡한다는 것은 시민적 직업이며, 그 수입은 법률가나 의사의 직업과 비슷한 정도가 되어야 한다고 생각했다. 이러한 생각은 그 시대 사회 분위기와는 일치하지 않았고 이로 말미암아 슈트라우스는 상업적이고 돈만 안다는 비난을 받기도 하였다. 그 밖에 나치 시대 슈트라우스의 역할에 대한 평가는 갈린다. 한편에서는 슈트라우스는 완전히 비정치적인 사람이어서 비판적 생각 없이 그의 시대의 권력자들에게 협력한 것뿐이라고 보는 의견이 있었고, 또 다른 한편에서는 그가 제국 음악부 회장으로서 1933년에서 1935년까지 일했다는 점과 나치 독일의 공식적 음악 대표자였던 점 때문에 그를 비난하는 의견이 있었다. 종전 뒤 그가 제국 음악부의 회장직을 맡았기 때문에 반나치법에 따라 기소되었으나 1948년 무죄로 석방되었다.

리하르트 슈트라우스는 200편 남짓의 가곡을 작곡했는데, 이 곡들은 피아노 솔로 가곡과 오케스트라 가곡들이었다. 그는 많은 가곡들을 아내 파울리네를 위해서 작곡하였고 종종 그녀와 함께 연주하였다. 그는 민요를 개작하기도 했는데, 예를 들면 1906년 《남성합창곡을 위한 민요집Volksliederbuch für Männerchor》을 출간했다. 또 1948년에는 그의 마지막 위대한 가곡 〈네 편의 마지막 가곡들〉을 작곡하였다.

슈트라우스의 피아노 가곡들은 시민계급의 가정 음악회와 폐쇄된 음악 살롱의 친밀한 분위기에서 생겨났으며, 강하고 때로는 오페라적 수단으로 음악적 효과가 극대화되는 무대 가곡의 전형을 펼쳤다. 그에 합당하게 기악적 색채의 대가인 슈트라우스는 또한 오케스트라 가곡을 특별히 선호해서 다루었다.(RL, 630)

그는 일련의 피아노 가곡들을 오케스트라 가곡으로 개작하거나 담시 형식의 가곡들을 오케스트라 가곡으로 작곡하기도 하였다. "슈트라우스는 노래로 낭송되는 말의 대가였으며, 오케스트라 음악조차도 문학과 연관시키곤 하였다."(RL, 631) 이 점에서 로망 롤랑Romain Rolland은 슈트라우스를 시인이자 음악가라고 칭했다.

> 리하르트 슈트라우스는 시인이자 동시에 음악가이다. 이 두 개의 천성은 동시에 그 안에 존재하며 각각 다른 쪽을 지배하려고 노력하곤 한다. 이 균형은 종종 깨어지기도 했지만 같은 목적을 향한 이 두 개의 힘을 통일하려는 의지가 성공할 때면 바그너 이후 더 이상 알지 못했던 집중의 효과들이 표출된다.(재인용 DS, 165)

슈트라우스의 가곡 작곡은 뮌헨과 베를린에서 보낸 25년 사이에 주로 이뤄졌다. 그리고 가이벨, 팔러스레벤, 헹켈Karl Henckell, 레나우, 펠릭스 단Felix Dahn, 비어바움Otto Julius Bierbaum, 알프레드 케어Alfred Kerr, 케르너, 데멜Richard Dehmel, 실러, 괴테, 보트만Emanuel Freiherr von Bodman, 모르겐슈테른Christian Morgenstern, 클로프슈토크, 울란트, 뷔르거, 뤼케르트, 하이네, 셰익스피어, 브렌타노, 헤세, 아이헨도르프 등의 작품에 곡을 붙였다. 그가 특별하게 선호한 시인은 없었으며, 음악적 영감을 주는 시에 곡을 붙인 대표적인 작곡가였다.

5.10.2 하이네 시에 곡을 붙인 슈트라우스의 가곡들

1) 〈궂은 날씨다〉

슈트라우스는 "궂은 날씨다Das ist ein schlechtes Wetter"(HG, 132~133)로 시작되는 하이네의 〈귀향〉 29번째 4연 4행시에 곡을 붙였다. 이 시에는 슈트라우스를 포함해서 여섯 명의 작곡가가 곡을 붙였다. 슈트라우스의 〈궂은 날씨다〉(Op. 69 No.5)는 피아노의 빠르고 경쾌한 짧은 서주로 곡이 시작된다. 1연의 1행과 2행 "궂은 날씨다/ 비가 오고, 돌풍이 불고 눈이 온다"고 노래하고는 피아노의 간주가 빠르게 연주되다가 느려지면서 3행으로 넘어간다. 3행과 4행 "난 창가에 앉아/ 어둠 속을 내다본다"고 노래하고는 피아노의 간주 없이 2연으로 넘어간다. 1연에서는 서정적 자아가 비가 오고 바람이 불며 게다가 눈까지 오는 궂은 날씨에 창가에 앉아서 어둠 속을 쳐다보고 있다.

그때 2연 "거기 외로운 불빛이 가물거린다/ 천천히 움직여 간다/ 등불을 든 한 어머니/ 거리를 지나 비틀거리며 간다"고 노래한다. 이것은 밤에 가물거리는 등불을 들고 나들이하는 어머니의 걸어 가는 모습을 그리고 있으며, 이어 피아노의 간주 없이 3연으로 넘어가고 있다. 3연에서는 서정적 자아의 생각으로는 그 어머니가 장성한 딸에게 과자를 구워 주려고 장 보러 가는 것이라고 여긴다. 3연 "내 생각에, 밀가루, 달걀/ 버터를 그녀가 사러 가는 것 같다/ 그녀는 과자를 구우려는 것 같다/ 다 자란 딸을 위해서"라고 노래한다. 더욱이 3행에서부터 높아지는 톤으로 노래하다가 4행 마지막으로 가면서 서서히 하강하는 톤으로 바뀌면서 이어 피아노의 간주가 들어간다.

마지막 4연 "그녀는 집에서 안락의자에 누워/ 졸린 듯 불빛에 눈을 깜빡거린다/ 금발 곱슬머리가/ 예쁜 얼굴 위로 물결친다"라고 노래한다. 이번에는 딸의 상황을 묘사하고 있는데, 어머니가 그 딸에게 과자를 구워 주려고 장 보러 가고, 딸은 안락의자에 누워 있는 것으로 볼 때, 금발 곱슬머리의 딸은 아프거나 아주 게으른 인상을 주고 있다. 피아노의 후주가 부드럽게 높아지다가 나중 스타카토로 곡을 마무리하고 있는데, 이러한 후주는 딸을 위하는 어머니의 마음을 강조하고 있다. 슈트라우스의 가곡은 오페라와 비슷하게 바이브레이션이 많이 들어간 극적인 아리아처럼 노래한다. 이러한 방식은 기존의 가곡과는 다른 모습을 보이고 있다. 그러니까 피아노 반주와 더불어 가곡의 노랫말을 서정적, 낭만적 분위기로 묘사하기보다는 오페라의 한 소절처럼 노래 부르는 방식을 택하고 있다.

2) 〈봄의 향연〉

슈트라우스는 하이네의 《로만체로》 2번째 3연 5행시 〈봄의 향연Frühlingsfeier〉(HG, 361~362)에 곡을 붙였다. 이 시에는 슈트라우스, 프란츠를 포함해서 10명의 작곡가가 곡을 붙였다. 슈트라우스의 〈봄의 향연〉(Op. 56 No. 5)은 피아노의 폭풍이 몰아치듯 빠르고 짧은 서주와 함께 곡이 시작된다. 5행으로 된 1연 "그건 봄의 슬픈 쾌락이다!/ 만개한 소녀들, 야생의 무리/ 그들은 머리카락을 나풀거리며 그곳으로 돌진한다/ 비탄에 차서 소리 지르고 가슴을 노출한 채/ 아도니스! 아도니스!"라고 노래한다. 더욱이 오페라의 아리아처럼 격정적이고 과장되게 노래하고 있다. 1연에서는 소녀들이 야생의 무리처럼 떼를 지어 머리카락을 나풀거리고 가슴은 노출한 채 비탄에 잠겨 아도니스의 이름을 크게 부르면서 찾아 헤매고 있다. 1연 다음 격정적인 피아노 간주가 잔잔하게 누그러지면서 2연으로 넘어간다. 2연의 1행에서 4행 "밤은 횃불 불빛에 가라앉고/ 그들은 숲 여기저기를 뒤진다/ 숲은 불안스레 당황하며/ 울면서, 웃으면서, 훌쩍이며 내지르는 소리로 말미암아 메아리가 친다"라고 노래하는데, 더욱이 4행은 점점 높아지다가 "내지르는 소리"는 가장 힘차고 높은 톤으로 노래하고 다시 피아노의 간주가 이어진다. 그리고는 5행 "아도니스! 아도니스!"의 이름을 외치면서 소녀들이 횃불을 들고 숲 여기저기 찾아 헤매고 있음을 노래하고 있다. 이러한 아도니스의 부름 소리는 실제 숲에서 사람을 찾아 부르는 것 같은 생생한 느낌을 준다. 이어 피아노의 간주가 이제 곧 파국이 닥칠 것을 알리듯 진정된 연주를 한다.

3연 "아름다운 젊은이의 모습/ 그건 바닥에 창백하게 죽은 채 누워 있다/ 그의 피는 모든 꽃들을 붉게 물들이고/ 비탄의 외침이 공기를 가득 메운다/ 아도니스! 아도니스!"라고 노래한다. 그러니까 아름다운 젊은이 아도니스는 땅바닥에 창백하게 죽은 채 누워 있고, 그의 피가 모든 꽃들을 붉게 물들였으며, 그의 죽은 모습에 소녀들의 비탄은 공중 가득 퍼지고, 그의 이름을 애절하고 격정적으로 외친다는 내용이다. 여기서 5행 "아도니스! 아도니스!"라고 이름을 외치는 것은 죽음 앞에 당황하고 충격을 받은 소녀들의 부름소리를 그대로 음악적으로 묘사한 것이다. 이어 피아노의 간주가 짧게 들어간 뒤 다시 아도니스의 이름을 다섯 번이나 반복하는데, 그 반복 가운데서도 피아노의 간주가 들어가면서 아도니스를 찾아 나섰던 소녀들의 비탄과 한탄을 사실적으로 묘사한다. 마지막으로 아도니스의 이름을 부른 뒤 피아노의 격정적인 후주로 곡이 끝난다. 이로써 슈트라우스의 이 가곡은 한 편의 격정적인 오페라의 아리아를 듣는 것 같은 인상을 자아낸다.

3) 〈너의 푸른 눈으로〉

슈트라우스는 "너의 푸른 눈으로Mit deinen blauen Augen"(HG, 290)로 시작되는 하이네의 〈새봄〉 18번째 2연 4행시에 곡을 붙였다. 이 시에는 슈트라우스를 포함해서 약 67명의 작곡가가 곡을 붙였다. 슈트라우스의 〈너의 푸른 눈으로〉(Op. 56 No. 4)는 피아노의 서주 없이 곡이 시작된다. 노래는 서정적으로 1연 "너의 푸른 눈으로/ 넌 나를 사랑스럽게 쳐다본다/ 그렇게 꿈꾸는 것 같아서/ 난 아무 말도 할 수 없다"고 노래한다. 그러니까 연인이 푸른 눈으로 서정적 자아를 사랑스럽게 쳐다보자 그는 황홀해서 아무 말도 하지 못한다. 이어 피아노의 편안하고 부드러운 간주가 들어가고 2연으로 넘어간다. 2연 "너의 푸른 눈을/ 난 사방에서 생각한다/ 푸른 생각에 가득 찬 바다가/ 내 마음으로 넘어 흘러 들어온다"고 노래한다. 2연에서는 서정적 자아가 늘 어디서나 그녀의 푸른 눈을 생각하고, 그런 생각은 바다처럼 커져서 그의 마음으로 흘러들어 온다고 노래한다. 더욱이 3행 "푸른 생각에 가득 찬 바다가"는 이 가곡에서 가장 높은 톤으로 노래하다가 4행 "내 마음으로 넘어 흘러들어 온다"는 서서히 하강하는 톤으로 바뀌면서 피아노의 편안하고 부드러운 후주로 곡이 끝난다.

4) 〈외로운 사람〉

슈트라우스는 "내가 있는 곳 사방으로 어둠이 쌓인다"(HG, 110)로 시작되는 하이네의 〈서정적 간주곡〉 63번째 2연 4행시에 곡을 붙였다. 슈트라우스의 〈외로운 사람Der Einsame〉(Op. 51 No. 2)은 앞서 살펴본 〈너의 푸른 눈으로〉와는 대비되는 분위기의 곡이다. 이 곡은 피아노의 서주 없이 전체적으로 서창조로 노래한다. 1연 1행과 2행의 노래는 묵중하고, 둔중하며, 아주 느리게 "내가 있는 곳 사방으로 어둠이 쌓인다/ 어둠, 너무나 무겁고 빽빽하게"라고 서창조로 노래한다. 이어 피아노의 간주가 들어간 뒤 3행과 4행 "나에게 더 이상 아무런 불빛도 반짝이지 않는다/ 사랑하는 이여, 네 눈빛조차도"라고 노래하고 다시 피아노의 간주가 들어간다. 그러니까 1연에서는 서정적 자아가 있는 곳은 어둠에 휩싸여 있는데 그 어둠은 아주 무겁게 느껴지고, 사랑하는 사람의 눈빛도 이제 느껴지지 않는다. 그리고 사랑의 사라짐을 깜깜한 밤에 비유해서 절망적으로 노래하는데 그 무거움과 절망감이 음악적으로 아주 느리고 장중하며, 서창조로 표현되고 있는 것이다.

2연 "나에게서 사라져 버렸고/ 달콤한 사랑의 별의 황금빛 화려함은/ 심연이 내 발아래에서 하품한다/ 태곳적 밤이여, 나를 품으렴!"이라고 노래한다. 2연에서는 달콤한 사랑의 별의 화려함도 사라져 버렸고, 심연만이 그의 발아래 놓여 있으며, 이제 그는 밤의 세계로 들어가려고 하고 있음을 노래하고 있다. 2행 다음에 피아노의 짧은 간주가 들어가는데, 이것은 잠시 그 별의 빛남을 강조하고 있다. 이어 3행 "심연이 내 발아래에서 하품한다"는 서창조로 읊조리듯 노래한다. 이어 피아노의 간주는 이제 서정적 자아가 심연으로 뛰어들 준비가 되었음을 강조한다. 4행 "태곳적 밤이여, 나를 품으렴!"이라고 노래하고는 피아노의 후주가 곡을 마감하고 있다. 이제 사랑을 잃은 서정적 자아가 밤으로 상징되는 죽음의 세계로 뛰어들고자 하는 가장 절망적이고 출구가 없음을 보여 주고 있으며, 따라서 슈트라우스는 가곡 전체를 아주 무겁고, 느리고 장중하게 마치 장송곡을 엄숙하게 부르듯 노래하게 하고 있다.

5) 〈동방에서 온 성스러운 세 명의 왕들〉

슈트라우스는 "동방에서 온 성스런 세 명의 왕들Die Heil'gen Drei Könige aus Morgenland"(HG, 136)로 시작되는 하이네의 〈귀향〉 37번째 3연 4행시에 곡을 붙였다. 이 시에는 슈트라우스를 포함해서 27명의 작곡가가 곡을 붙였다. 슈트라우스의 〈동방에서 온 성스러운 세 명의 왕들〉(Op. 56 No. 6)은 이제 본격적으로 피아노 반주의 가곡에서 오케스트라 가곡으로 넘어가는 시기의 슈트라우스의 작품으로 볼 수 있다. 그래서 더욱이 서주 및 후주 자체가 하나의 오케스트라 곡의 프롤로그와 에필로그를 구성하듯 노랫말의 반주가 아니라 독자적인 오케스트라 연주의 분위기를 내고 있다.

이 곡은 오케스트라의 신비롭고 부드러우며 긴 서주를 시작으로 1연 "동방에서 온 성스러운 세 명의 왕들/ 그들은 도시마다/ 베들레헴으로 가는 길이 어딘지 물었다/ 그대 사랑스러운 소년과 소녀들이여?"라고 노래한다. 그러니까 동방에서 온 세 명의 왕들이 예수의 탄생지 베들레헴을 찾아가고자 매 도시에서 만나는 사람에게 그 길을 묻고 있다. 이어 오케스트라의 간주가 들어가지만 서주처럼 길지 않고 짧게 반주한다. 2연에서는 "젊은이와 노인들, 그들은 그걸 알지 못했다/ 왕들은 줄곧 행진하였다/ 그들은 황금 빛 별을 따라갔고/ 별은 사랑스럽고 밝게 비추었다"라고 노래한다. 예수를 알현하러 가는 동방의 왕들은 각 도시마다 사람들에게 베들레헴으로 가는 길을 물었으나 그 답을 얻지 못하다가 마침내 한 별을 따라가게 되었다. 더욱이 4행 "별은 사랑스럽고 밝게 비추었다"는 부드럽고 고양된 톤으로 노래하고 있다. 3연 "별은 요셉의 집을 지나 멈춰 섰다/ 거기에서 그들은 안으로 들어갔다/ 작은 황소가 음매 소리를 내고 아기는 울음을 터뜨렸다/ 성스러운 세 명의 왕들은 노래를 불렀다"라고 노래한다.

3연에서는 왕들이 별을 따라 가다가 마침내 요셉의 집에 당도하였고, 그 집안으로 들어가자 마구간에선 황소의 음매 소리와 함께 신생아의 울음소리가 들린다. 이에 왕들은 기뻐 노래한다. 2행 "거기에서 그들은 안으로 들어갔다"고 노래한 다음 엄숙한 톤으로 오케스트라의 간주가 들어간다. 이 간주는 이제 왕들이 드디어 목적지인 예수의 탄생지에 당도하여 그 안에 들어가게 되는 기쁨을 엄숙하게 강조하고 있다. 그리고 3행 "작은 황소가 음매 소리를 내고 아기는 울음을 터뜨렸다"는 높고 절정에 이른 톤으로 노래한 다음 다시 오케스트라의 간주가 들어간다. 드디어 4행 "성스러운 세 명의 왕들이 노래를 불렀다"고 예수 탄생을 축하하고, 다시 "노래했다"는 반복한 뒤 오케스트라의 후주가 곡을 마감하고 있다. 앞서 언급한 것처럼 이 후주는 반주의 기능보다는 독자적으로 시의 뜻을 기악곡으로 해석해서 덧붙이고 있다는 인상을 주고 있다.

제6장

아이헨도르프 시의 음악적 해석

6.1 아이헨도르프가 음악에 끼친 영향

요제프 카를 베네딕트 프라이헤어 폰 아이헨도르프Joseph Karl
Benedikt Freiherr von Eichendorff(1788~1857)는 하이네보다는 아홉 살 위
였고, 전업 작가가 아니라 일상적 직업을 가진 작가의 삶을 살았다.
요제프 아이헨도르프는 독일의 대표 낭만주의 시인이자 작가이며,
가장 민중적인 낭만주의 시인 가운데 한 사람이다. 그의 수많은 서
정시들에 주요 작곡가들이 곡을 붙여서 약 5천 곡 이상의 가곡이
있으며, 오늘날도 많은 아이헨도르프 가곡이 불리고 있다. 때로는
그의 시 자체보다도 가곡 덕분에 더 사랑받는 시인이 되었다고도
할 수 있는데, 이 점은 아이헨도르프에게만 해당되는 것이 아니라
시에 곡이 붙여진 다른 여러 시인들의 경우에도 마찬가지다.

아이헨도르프는 1788년 3월 10일 오버슐레지엔 근처, 그 당시
는 프로이센에 속했던 라티보어 근교 루보비츠Lubowitz에서 태어났
다. 그의 어머니는 슐레지엔의 클로흐Kloch 귀족 가문 출신이었고
그래서 루보비츠 성을 유산으로 물려받았으며, 아버지 쪽도 17세
기부터 슐레지엔에 정착한 가톨릭 귀족 가문이었다. 아이헨도르프
의 아버지는 "키가 크고 조용하고 내성적"이지만, 어머니는 "대단
히 영리하고, 생기가 넘치고 활동적"[127]이었다. 이러한 양친의 성
품은 그의 소설《예감과 현재》에서 자전적으로 묘사되고 있다.[128]

---

127) 루이제 아이헨도르프가 그의 조카 헤르만에게 보낸 1858년 4월 27
일 편지에서. Aurora. Ein romantischer Almanach. Jahresgabe der deutschen
Eichendorff-Stiftung. Aurora 4월 (1934), 9쪽.

128) Hermann Kunisch/ Helmut Koopmann: Sämtliche Werke des Freiherrn
Joseph von Eichendorff. Historisch-Kritische Ausgabe. Bd. 3, Stuttgart 1984,

요제프 아이헨도르프는 형 빌헬름과 여동생 루이제와 함께 자랐는데, 그들이 성장하던 시기는 아이헨도르프 가문이 시골 귀족으로서 경제적 부를 유지하기가 쉽지 않았다.

아이헨도르프는 어린 시절과 유년 시절을 보낸 루보비츠에서 1789년 프랑스대혁명의 여파와 시대 분위기를 겪었는데, 나중 그는 혁명적 분위기에서 무엇보다도 문학의 변혁을 선호했다고 회고했다.

> 나는 정치적, 정신적, 문학적 혁명과 함께 1788년 태어났는데, 난 이 가운데 마지막 문학적 혁명과 함께 했다.[129]

아이헨도르프의 부모는 자녀 교육에 각별한 관심을 보였고, 요제프와 형 빌헬름으로 하여금 1793년부터 4년 동안 가정교사 베른하르트 하인케Bernhard Heinke 신부로부터 개인 수업을 받게 하였다. 1793년 막 사제 서품을 받은 하인케는 가정교사로서 루보비츠 성에 1801년까지 머물렀다. 형제에게 이 하인케 신부가 가정교사였다는 것은 행운이었는데, 그는 "모든 관계에서 훌륭한 사람"[130]이었다. 요제프 아이헨도르프는 이 시기 모험소설, 기사문학과 안티케 설화들의 폭넓은 텍스트를 읽는 일 이외에도 아홉 살이 되던 1798년부터 일기를 쓰기 시작했다. 그는 부지런한 독자로서 라티보어 도서관을 이용했고 소설, 코미디, 역사책, 장 파울과 실러의 작품을

73쪽 참조. 이하 (EHA 권수 및 쪽수)로 표기함.

129) Joseph von Eichendorff: Erlebtes. In: Wolfgang Frühwald/ Brigitte Schillbach/ Hartwig Schutz (Hg.) Eichendorff. Werke in sechs Bünden. Bd. 5. Frankfurt/M. 1987. 223쪽.

130) 루이제 아이헨도르프의 1858년 4월. 27일자 같은 편지에서. Aurora 4. 8쪽.

빌려다 읽었고, 고향에서 행복한 유년 시절을 보냈다.

그런데 부모가 요제프와 빌헬름을 김나지움 및 대학 교육을 시키려고 결심할 즈음 루보비츠와 토스트Tost 성은 파산 위험에 처해 있었다. 아버지는 토스트 성을 1791년 취득했고 1797년 다시 높은 가격으로 처분하였으나 이후 투자를 잘못해서 오히려 토스트 성을 처분한 지 4년도 되기 전에 파산을 경험하게 된다. 아이헨도르프의 부

요제프 아이헨도르프

모는 자산을 물려받을 수 없는 아들들의 장래를 위해서 교육은 아주 긴요하고 필요한 일이라고 여겼다. 그래서 1801년 10월 아이헨도르프 형제는 브레스라우에 있는 가톨릭계 김나지움을 다녔고, 학교 옆 신학생 기숙사에서 1805년까지 살았으며, 비교적 자유로운 분위기 속에서 학교를 다녔다. 아이헨도르프는 김나지움과 대학 시절에 "브레스라우 극장에서 100편이 넘는 공연 작품을 보았다."[131] 이 시기 그는 코체뷔August von Kotzebue와 이프란트August Wilhelm Iffland의 연극을 포함해서 여러 예술가들의 작품을 보았으며, 실러와 괴테의 작품뿐만 아니라 글루크와 모차르트의 음악도 관람했다.

1803년 8월 아이헨도르프 형제는 철학부의 예비 대학 과정을 시작하였고, 이들의 수강 과목에는 종교, 윤리, 독일제국사가 포함되어 있었다. 그런데 브레스라우에서 법학을 공부할 수 없었기

131) Hermann Korte: Joseph von Eichendorff, Reinbek bei Hamburg 2000, 19쪽. 이하 (KE, 쪽수)로 표기함.

때문에 이들은 할레 대학으로 옮겨가게 된다. 이후 1805년 4월 부터 1806년까지 할레에서 법학과 인문학을 공부했다. 당시 가장 유명한 대학 가운데 하나였던 할레 대학에서의 공부는 그들에게 새로운 만남의 기회를 제공해 주었고, 그곳에서 학문적 지식 습득만이 아니라 새로운 삶의 방식을 경험할 수 있는 기회였다. 할레 대학에서 아이헨도르프는 전공인 법학 이외에 고전학자인 프리드리히 아우구스트 볼프의 강의를 비롯해서 슐라이어마허의 철학 강의를 들었다. 또 덴마크 출신의 헨리크 슈테펜스의 자연철학 강의를 들었는데, 그의 인상은 낭만적 모습 그 자체라 여겨졌다. "젊고, 마르고, 고상한 얼굴에 열정에 찬 눈, 감동적인 언변에선 낯선 언어와 대담하고 훌륭하게 투쟁하고 있어서 그의 인품 자체가 이미 낭만적 형상이었다(EHA V/4, 149)." 아이헨도르프 형제는 1805년 가을에 할레에서부터 하르츠로 여행을 갔고 그곳을 지나 함부르크로 갔다. 이 여행은 이들에겐 일종의 교양 여행이었으며, 이 여행에서 쓴 글들은 요제프의 낭만적 글쓰기의 연습이라 할 수 있다.

> 우리들 주위로 무섭고 무한한 밤이 응시하고, (…) 그리고는 갑자기 밝은 달빛이 마치 온 하늘 위로 긴 섬광처럼 비추고 한순간 희미한 여명과 함께 황량한 고독을 밝힌다.[132]

그런데 이 여행으로부터 돌아온 뒤인 1806년 여름 형제는 할레를 떠나게 된다. 이즈음 프로이센의 위기는 정치적으로 절정에 달하고 있었고, 같은 해 가을 예나와 아우어슈테트에서 벌였던 프랑스와 전쟁에서의 패배는 프로이센의 신화적 명성이 끝났음을

---

132) Eichendorff, Werke, Bd. 5, 138쪽.

뜻했다. 마침내 나폴레옹이 프로이센을 물리치고 승리함으로써 할레 대학은 나폴레옹에 의해서 폐교가 되었다. 폐교 직전 1806년 8월 아이헨도르프 형제는 루보비츠로 돌아왔다가 이듬해 5월 초 이곳을 떠나 긴 여행을 한 뒤 하이델베르크에 도착했다. 이 대학에서 형제는 로마법과 형법에 관한 안톤 프리드리히 티바우트 Anton Friedrich Thibaut의 강의를 들었다. 그리고 하이델베르크 학창 시절은 더욱이 요제프 아이헨도르프의 삶에서 가장 중요하게 작용했는데, 그는 이곳에서 독일 낭만주의의 대표자인 요제프 괴레스와 오토 뢰벤Otto von Loeben을 만났다. 괴레스는 하이델베르크 대학의 강사였고, 그의 미학과 예술사 강의는 큰 반향을 일으켰다. 그 밖에 아힘 아르님과 클레멘스 브렌타노와도 친분을 쌓았으며 아이헨도르프는 이따금 자신은 일찍 세상을 뜬 노발리스를 계승하고 있다고 여겼다. 말할 것도 없이 당시 그의 주위에선 '노발리스화한다'는 것이 시의 기본 방침이자 일상적 의사소통이기도 하였다. 그뿐만 아니라 "하이델베르크는 화려한 낭만주의 그 자체"이며 이곳의 산들과 숲들은 "옛날의 아름다운 동화를 전해 준다."(EHA V/4, 155)고 여겼다.

하이델베르크에서부터 형제는 파리로 긴 교양 여행을 떠났다가 돌아온 다음 다시 레겐스부르크와 빈을 거쳐 1808년 7월에 다시 루보비츠로 돌아갔다. 이들은 하이델베르크에서 졸업 시험을 치르지 못한 채 공부를 중단하고 부모 집으로 귀향해야 했다. 그 이유는 루보비츠에서 아버지의 재산 경영과 관리가 파산 직전에 처했고 이제 아이헨도르프 가문의 파산은 현실이 되었기 때문이다. 다행히 국가의 지불유예가 1807년 효력을 발휘해 "아이헨도르프 가문의 파산은 약 10년 유예되었고, 이 파산 명령은 1817년 뒤에 이뤄겼다."(Dietmar Stutzer 1974, 105) 아이헨도르프 집안의 경제적 어려움은 아들들이 그들의 신분에 합당한 재력 있는 상대와 결혼함으로써 어느 정도 해소될 수 있다고 부모는 여겼으나 요제프 아이헨도르프는 1809년 자신이 사랑하는 17세의 루이제 라리쉬Luise von Larisch와 약혼했다. 그의 낭만적 사랑이 경제적 타산을 넘어섰는데, 그의 부모는 1815년 결혼 때까지 신분에는 맞지만 충분한 재산이 없다는 이유로 장차 며느리가 될 그녀를 거부했다.

루보비츠에서 아이헨도르프는 좋은 나날들을 보냈다. 루이제와의 만남, 농업에 대한 진지한 물음들, 이웃 마을 시골 귀족들과 사교 모임, 오토 뢰벤과 진지한 교신, 압박감을 주는 현실로부터 벗어날 수 있는 환경 등이 그에게는 좋았다. 그러다 아이헨도르프 형제는 1809년 11월에 뢰벤을 만나러 베를린으로 갔다. 이들은 종종 낭만주의 철학자 아담 뮐러Adam Heinrich Müller의 집에 초대받았고, 여기서 아르님과 브렌타노와 재회했으며 하인리히 클라이스트 Heinrich Kleist를 만났다. 아이헨도르프는 베를린이 하이델베르크 다음으로 낭만주의 중심지로서 정착하기 시작할 즈음 이곳에 도착한 것이었다. 베를린에서 1810년 귀향 이후 형제는 11월까지 루보비츠에 살았고, 이후 빈으로 가서 1813년 4월에 빈 대학에서 공부를 끝냈다. 그 당시 빈은 새로운 경험과 만남들로 점철된 대도시였고, 연극을 좋아하고, 도시적인 취향을 지닌 시인에게 딱 맞는 도시이기도 했다. 빈에서 아이헨도르프는 아침 일찍 법학 강의 수강, 유럽의 형법, 민법과 교회법에 이르기까지 전공 시험을 준비했고 오후에는 소설 《예감과 현재Ahnung und Gegenwart》를 집필하기 시작하였다. 그리고 저녁에는 뢰벤의 소개로 알게 된 슐레겔 형제 집에서 그 시대 지성인들과 교류를 가졌고, 필립 파이트Philipp Veit와의 우정과 아담 뮐러 및 슐레겔 부부와 가까이 지냄으로써 빈에서 보낸 시간은 그에게 있어서 가장 행복한 시기였다. 더욱이 프리드리히 와 도로테아 슐레겔[133]과 아담 뮐러는 1811년 집필을 시작한 《예감과 현재》가 출간될 때까지 많은 조언과 도움을 주었다. 한편, 빈에서는 메테르니히의 보수적 정치 성향으로 말미암아 비밀경찰과 검열이 강화되었으며, 반反나폴레옹 정서가 지배적이었다. 그 시기 이십만 명 이상 살던 빈은 팽창하는 도시였으나 동시에 저무는 옛 제국의 광채가 느껴지기도 했다. 아이헨도르프는 브레스라우 시절부터 코미디, 팬터마임, 가면무도회, 가스펠을 좋아했는데, 더욱이 그에게 "연극이란 기분 전환, 즐거움, 재미를 주는 것"(KE, 37)을 뜻했다.

아이헨도르프는 1813년 4월 초순 빈을 떠났는데, 이곳을 떠나면서 금방 다시 돌아오게 될 것이라 여겼으나 1820년이 되어서야 다시 빈을 방문할 수 있었다. 한편, 《예감과 현재》는 필명이 아니라 출판인 푸케Friedrich de la Motte Fouqué의 제안에 따라 자신의 본명으로 1815년 출판되었다. 이 작품은 그의 문학 경력의 시작을 알리는 것이었으나 당시 이 소설에 대한 대중의 반응은 미미했고 금방 잊혀졌다. 그러다가 20세기 문예학자들이 이 작품을 재발견해서 독일 문학 가운데 아주 훌륭한 소설의 하나로 재평가하였다(KE, 53). 아이헨도르프는 산문, 소설 및 노벨레의 진정한 낭만성은 자율적인 시적 형식을 창조해야 한다고 여겼다. 그래서 그의 작품에서는 숲

---

133)   도로테아 슐레겔은 아이헨도르프의 절친한 친구 필립 파이트의 어머니 이기도 했다. 그녀는 펠릭스 멘델스존의 고모이고, 처음에 파이트와 결혼했다가 나중 프리드리히 슐레겔과 재혼하였다. 그녀는 당시로서는 가장 진취적 여성이었으며, 《예감과 현재》라는 작품명은 그녀의 조언에 따라 제목 지었다.

의 바스락거림, 먼 곳에 대한 동경, 달빛 비추는 밤들, 과거에 대한 갈망, 옛 도시들의 오래된 성곽, 여명, 숲, 사냥꾼, 노루, 위험, 고독, 고통, 죽음, 죽음에 대한 동경 등의 모티브가 항상 회귀하면서 독자적으로 서정적 목소리를 냈다.(Dietmar Stutzer, 105 참조)

한편, 나폴레옹의 유럽 제패와 러시아원정이 실패한 뒤 1813년 3월 프로이센의 프리드리히 빌헬름 3세는 프랑스와 전쟁을 선포하고 항전할 것을 국민들에게 촉구하게 된다.[134] 아이헨도르프는 필립 파이트와 함께 빈을 떠나 1813년 4월 5일 뤼초브 의용군에 합류하고자 브레스라우로 출발했다. 이 합류는 어긋났지만 이들은 4월 29일 라이프치히 근교에서 뤼초브 의용군Lützower Jäger에 합류할 수 있었다. 그러나 오스트리아와 나폴레옹 사이의 전쟁이 다시 격화되었기 때문에 1813년 7월 중순 이들은 뤼초브 의용군 부대를 떠나 보헤미아로 향했다. 이후 아이헨도르프는 다시 슐레지엔Schlesien으로 돌아와서 육군에 근무하다가 1814년 5월 말 무기한 휴가를 얻어 루보비츠로 돌아왔고 1814년 12월 초순 공식적으로 제대를 하였다.(KE, 56~57 참조) 그런데 1813년 이후 군대 자원 입대 문제로 말미암아 아이헨도르프 두 형제 사이는 크게 금이 갔고, 빌헬름은 "그가 그렇게 아무렇게나 내팽개치는 삶을 살아야 하

---

134) 당시 정치 상황을 보면 1806년 나폴레옹이 프로이센을 물리쳤고, 1808년 스페인에서는 프랑스 점령에 반대하는 게릴라전이 있었고 1809년 오스트리아도 프랑스에 패전하였으나, 프로이센에서는 반프랑스 운동이 전개되었다. 1812년 나폴레옹의 러시아 정복이 좌절되고 1813년 3월 프로이센이 프랑스에 전쟁을 선포했으며, 1814년 4월 나폴레옹이 물러나고 파리에서 같은 해 5월 평화조약이 체결되자 9월에 빈회의가 열렸다. 1815년 3월 나폴레옹이 엘자 섬에서 탈출하여 파리에 입성하자 다시 반프랑스 연대(영국, 오스트리아, 프로이센, 러시아)가 형성되었으며 6월 18일 나폴레옹은 워털루에서 패전한 뒤 다시 권좌에서 물러나게 되었다.

는 것"(EHA 13, 253)을 안타까워했다. 그러나 요제프의 처지에서
보면, 이것은 그의 자발적인 결정에서 비롯하였고 20년 이상 형 빌
헬름과 공동으로 살아 온 삶의 길과 작별하는 것을 뜻했다. 그래서
그것은 "처음으로 유년 시절을 넘어서 (새로운) 삶을 향해 진지하
게 내딛는 걸음"(KE, 58)이자 도무지 빛나지 않는 현실적 삶과 마
주하는 걸음이기도 했다.

요제프 아이헨도르프는 1814년 루보비츠로 귀향해서 이듬해 4
월 7일 브레스라우에서 루이제 라리쉬와 결혼했다. 같은 해 장남
헤르만이 태어났고, 1817년 차남 루돌프와 1819년 장녀 테레제가
태어났으며, 1818년 그의 아버지가 사망했다. 아버지가 돌아가신
뒤 루보비츠 성을 포함한 남은 재산을 팔아서 가문의 부채를 갚았
는데, 루보비츠 성이 없어짐으로써 아이헨도르프는 그의 유년 시
절의 세계가 상실되었다고 여겼으며 그것을 평생 동안 안타까워했
다. 가장 대표적으로 〈낯선 곳에서〉라는 시에서 그의 고향 상실에
대한 애수가 깊이 배어 있다.

> 번개가 이는 곳 뒤로 고향에서 붉게
> 구름들이 이곳으로 몰려오지만
> 아버지와 어머니는 이미 오래전에 돌아가셨고
> 이제 아무도 날 알아 보는 사람이 없네…[135]

한편, 아이헨도르프는 1814년 12월 직업을 얻고자 베를린으로
왔다. 형 빌헬름은 1815년 4월 인스부르크에서 오스트리아 공무
원이 되었는데 견주어서 요제프는 이제 프로이센 국방부에서 작은
연봉으로 일을 시작하게 된다. 그는 1815년 5월부터 1년 정도 라

---

135) Joseph von Eichendorff: In der Fremde, in: Sämtliche Gedichte und Versepen,
    Frankfurt/M. 2007, 233쪽. 이하 (EG, 쪽수)로 표기함.

인 지방 육군 연대에서 일을 하다가 1816년 6월 브레스라우 지방 정부의 서기 자리에 지원하였고, 같은 해 12월 9일 법무고시에 합격했으며 프로이센 왕실 정부의 서기 업무를 시작하게 되었다. 그래서 성탄 때 아이헨도르프는 프리드리히 빌헬름 3세 앞에서 '업무 선서'를 하였고, 이후 1844년 7월 1일 퇴직 때까지 28년 동안 공직에 있었다.(Günther Schiwy 2000, 392 참조)

그 밖에 아이헨도르프는 1821년 5월 1일부터 1824년까지 공무 때문에 단치히에 살았는데, 이 시점부터 정치가 테오도어 쇤Theodor von Schön과 절친했을 뿐만 아니라 쇤 밑에서 관리직을 수행했다. 쇤은 동프로이센이 합병된 뒤 서프로이센의 오버프레지던트(프로 이센 왕실의 최고 대표자)였고, 그의 권력과 영향력은 점점 확대되 어 가고 있었다. 두 사람의 우정은 신분이나 성격이 서로 아주 다름에도 오래 지속되었으며, "역설적이게도 아주 진심이기는 하지 만 늘 거리를 두면서 지속되었다."(KE, 71) 쇤이 1823년 가까이 지 내는 김나지움 교장에게 보낸 편지에서 아이헨도르프가 자신에게 어떤 사람인가를 다음과 같이 표현하고 있다.

> 아이헨도르프는 내가 알고 있는 가장 정신적이고 가장 감성이 풍부한 사 람 가운데 한 사람이다. 게다가 충직하고, 독실한 가톨릭 신자이자 뛰어 난 시인인 그는 내 친구이고 언제든 내가 가장 많이 접촉하는 사람이며, 그는 다행히도 내가 정부 일을 할 때 많은 난관을 뚫고 나가는데 도움을 주었다.[136]

그런데 아이헨도르프에게 있어서 1831년 10월 태어나서 이듬해 3월에 죽은 다섯 번째 아이 안나 헤드비히Anna Hedwig에 대한 상실

---

136) 1823년 4월 7일 편지. 재인용 Korte, 73쪽.

감은 컸다. 그 상실감은 〈내 아이의 죽음을 위하여〉라는 시에서 실
존적 고통, 고독과 분열의 경험으로 표현되고 있다. 아이헨도르프
는 결혼 이후 가정에 충실한 가장이었고, 더욱이 사랑에서 비롯한
아내와의 관계는 평화로운 결혼 생활의 바탕이었다. 1837년 그의
첫 시집이 출간되었는데 이 시집은 그가 30년 동안 쓴 포괄적이고
폭넓은 서정시 모음이었다. 30세 때《노래의 책》출판으로 일찍 유
명한 시인이 되었던 하이네나 다른 동시대의 시인들과 달리, 아이
헨도르프는 49세가 된 1837년 처음으로 시집을 발표했다. 한편,
아이헨도르프의 시들은 슈만을 비롯한 많은 작곡가들이 곡을 붙여
서 이제 시민사회의 문화로 널리 퍼져갔다.

　아이헨도르프는 1846년 말 겨울, 마지막으로 빈을 방문했을 때
연주 여행을 하고 있던 로베르트와 클라라 슈만을 만나게 되었고,
로베르트 슈만이 그의 시에 곡을 붙인 것을 클라라를 통해서 알게
되었다. 이후 그녀에게 감사의 표시로서 〈좋은 기억을 위해서〉라
는 5행시 한 편을 보냈다.

> 마음마다
> 아름다운 먼 나라를 꿈꾸고
> 한 요정이 많은 이와 다리를 놓듯
> 경이롭게 음에서 울려 나오게 하라
> 오 성스러운 마력이여! (Boetticher, 50)

　그런데 아이헨도르프는 예술가 기질을 보이거나 작가 노릇을
외부로 드러내는 데는 익숙하지 않았다. 오히려 거리를 두고, 눈
에 띄지 않는 관찰자로서의 자리에 익숙했다. 이 점에서 테오도
어 슈토름Theodor Storm은 "그의 조용한 푸른 눈에는 여전히 경이

로운 시적 세계의 낭만주의 전체가 들어 있다"[137]고 표현했다. 아
이헨도르프는 많은 만남과 접촉이 있었지만 평생 동안, 그의 삶
과 행동에 결정적으로 영향을 주었던 그런 깊은 우정을 나눈 사
람은 많지 않았다. 유일하게 그가 사랑한 아내 루이제는 1855년
12월 3일 사망했고, 그녀의 죽음으로 말미암은 상실감은 그를 심
한 외로움 속으로 몰아갔다. 그는 쉰에게 보낸 1856년 1월 30일
편지에서 다음과 같이 말한다.

> 삶의 배가 부서져 난파한 사람처럼 난 가까운 섬으로 몸을 피신하여, 내
> 사랑하는 아내를 잃었기 때문에 아이들에게 의지합니다.(EHA 12, 391)

그러나 실제는 딸 테레제에게 얼마 동안 머문 것 이외에 자녀
들에게 의지하지 않았으며, 그의 아내가 죽고 2년 뒤인 1857년
11월 26일 폐렴으로 사망했다. 그리고 나흘 뒤 나이세Neiße에 있
는 교회 묘지, 그의 아내 곁에 묻혔다. 아이헨도르프는 그의 마지
막 삶의 10년 동안 문학 창작보다는 작품을 출판하는 일에 전념
했으며, 이 시기 비약적으로 그의 작품이 세상에 나오게 된 것이
다. 그뿐만 아니라 독일 가곡 역사에서도 가장 좋은 서정시를 제
공한 시인 가운데 한 사람이 되었고, 또 그의 시로 말미암아 많은
낭만주의 가곡 작곡가들의 예술가곡이 큰 빛을 얻게 된 것이었
다. 그는 20세기 중반까지의 가곡 세계에서 여전히 의미를 지닌
시인이었고, 그의 시에 붙여진 노래들은 오늘날까지도 주요한 가
곡의 일부를 형성하고 있다.

---

137) Theodor Storm: Briefe. Peter Goldmmer (Hg.), Berlin/ Weimar 1984,
    229쪽.

6.2. 파니 헨젤의 아이헨도르프-가곡들

파니 헨젤은 아이헨도르프 시 약 16편에 곡을 붙였고, 여기서는 그 가운데 5편의 가곡을 분석하고 있다.

1) 〈밤의 배회자〉

파니 헨젤은 아이헨도르프의 2연 6행시 〈밤에Nachts〉(EG, 217)에 곡을 붙였으며, 이 시에 그녀 외에도 약 15명의 작곡가가 곡을 붙였다. 파니 헨젤의 〈밤의 배회자Nachtwanderer〉(Op. 7 No. 1)는 피아노의 부드럽고 편안한 서주를 시작으로 1연의 1행에서 3행 "난 고요한 밤에 배회하고/ 그때 달은 아주 은밀하게 살며시 스며든다/ 가끔 어두운 구름 덮개에서 빠져나와"라고 노래하고는 피아노의 간주가 들어가 있다. 이어 4행에서 6행 "여기저기 계곡에선/ 나이팅게일이 잠에서 깨어나고/ 그리곤 다시 모든 만물은 잿빛이고 고요하다"라고 노래한다. 더욱이 6행의 일부분 "모든 만물은 잿빛"이라고 반복해서 노래하는데, 이러한 반복은 밤의 어둠과 적막을 강조하고 있다. 이어 6행이 끝나면 피아노의 간주가 들어간 뒤 2연으로 넘어간다. 그러니까 1연에서는 서정적 자아가 고요한 밤에 배회할 때 짙은 구름 사이로 달빛이 은밀하게 비치고 계곡에선 나이팅게일이 달빛 때문에 잠에서 깨어나지만 여전히 세상은 잿빛의 고요한 어둠 속에 잠겨 있다.

2연 "오 아름다운 밤의 노래가/ 멀리 시골에서 강물들의 흐름이/ 어두운 나무들에게 나지막하게 두려움을 주고/ 내 생각들을 어지럽게 하네/ 여기 나의 종잡을 수 없는 노래가/ 마치 꿈속에서 들리는 외침 소리와 같다"고 노래한다. 그러면서 6행 "꿈속에서의 외침 소리"를 반복하고 피아노의 후주가 곡을 마감한다. 더욱이 5행은 최고조의 톤으로 노래하다가 6행으로 넘어가면서는 절제되고 안정된 톤으로 바뀌고 있다. 2연에서는 아름다운 밤의 노래가 사방으로 퍼지고, 멀리서 강물 흐르는 소리가 나는데, 이러한 밤의 정경은 나무들에게 두려움을 주기도 한다. 그때 꿈속에서 들리는 외침소리처럼 그의 알 수 없는 노래가락이 마음을 어지럽게 한다. 이 곡에서는 전체적으로 피아노의 반주가 적절하게 노랫말을 돋보이게 하는 점이 그녀가 작곡한 하이네-가곡들과는 다르다.

2) 〈정막〉

파니 헨젤은 아이헨도르프의 4연 4행시 〈정막Die Stille〉(EG, 133~134)에 곡을 붙였다. 그녀의 같은 제목의 가곡(Op. 10 No.5)은 유절가곡으로서 단순하고 쉬운 멜로디로 이뤄져 있으며, 피아노의 서주 없이 바로 1연의 노랫말이 들어간다. "어느 누구도 알고 조언하지는 못한다/ 어떻게 해야 내가 아주 잘 지낼지, 잘 지낼지/ 아, 한 사람만은, 한 사람만은 알아야 할 텐데/ 그 밖에 어느 누구도 알면 안 된다"라고 노래한다. 여기서는 아무도 서정적 자아가 어떻게 해야 잘 지낼 수 있는지 알지 못하고 조언을 줄 수 없지만 단 한 사람만은 그것을 알고 있으며, 그 밖에 다른 사람은 알 필요조차 없다. 그리고는 2행을 반복 노래하고는 피아노의 간주가 들어간다.

이어 2연에서 사실 적막 속에 있는 것이 아니라 저 "밖 눈 속도 고요하지 않고/ 그렇게 말이 없고 침묵하고 있는 것이 아니다/ 저 높은 곳에 있는 별들도/ 내 생각들인"이라고 노래한다. 그러니까 2연에서는 서정적 자아의 내적 흔들림으로 말미암아 적막감이 느껴지는 것이 아니라 요동치는 내면이 드러나고 있는데, 눈 속도 고요하지 않고, 그의 생각들을 대신하는 하늘 높이 뜬 별들조차도 침묵하고 있지 않다. 더욱이 4행 "내 생각들"은 반복해서 노래한 뒤 피아노의 간주가 이어진다. 3연에선 서정적 자아가 차라리 아침이 오기를 바라는데 "난 어서 아침이 되기를 바란다/ 그러면 두 마리의 종달새가 날아오르고/ 서로 높이 날아다닌다/ 내 마음도 그들의 길을 따라 함께 간다"고 노래한다. 이어 4행 "내 마음도 그들의 길을 함께 따라 간다"라고 반복 노래한 뒤 피아노의 간주가 이어진다. 그러니까 3연에서는 서정적 자아가 아침이 와서 새들이 지저귀면서 하늘을 날아다니면 그의 마음도 그러한 자유로움을 따라 같이 움직인다고 느낀다.

4연에선 드디어 서정적 자아가 새가 되어서 바다를 지나, 아주 멀리 하늘에 닿을 때까지 날아갈 수 있기를 소망한다. "한 마리 새가 되기를 난 바란다/ 바다를 지나 날아가는/ 바다를 지나 더 멀리/ 내가 하늘에 닿을 때까지"라고 노래한다. 그리고는 마지막 4행 "하늘에 닿을 때까지"는 반복해서 노래하고 피아노의 후주가 곡을 마무리한다. 드디어 서정적 자아는 새가 되어 천국에 닿는 소망을 품게 된 것이다. 이러한 소망과 동경의 분위기는 절제된 톤으로 노래하다가 각 연의 3행에서는 고양되고 다소 강한 톤으로, 각 4행에서는 하강하는 톤으로 노래하다가 다시 반복하는 행은 고양되게 노래하는 특징을 보이고 있다. 그러니까 파니 헨젤의 곡은 단순함 속에 잔잔한 변화와 변용이 들어 있다.

3) 〈밤은 적막한 바다와 같구나〉

파니 헨젤은 아이헨도르프의 3연 4행시 〈밤의 꽃Die Nachtblume〉 (EG, 247)에 곡을 붙였고, 이 시에는 파니 헨젤, 볼프를 비롯해서 10명의 작곡가가 곡을 붙였다. 파니 헨젤의 유절가곡 〈밤은 적막한 바다와 같구나Nacht ist wie ein stilles Meer〉에는 피아노의 서주와 후주 없이 피아노의 간주만 각 연마다 들어 있다. 1연 "밤은 적막한 바다와 같구나/ 즐거움, 고통과 사랑의 슬픔이/ 울림들이 아주 뒤엉켜서 실려 온다/ 파도의 부드러운 부딪침으로"라고 노래한다. 1연에서는 밤은 적막한 바다와 같고, 고통과 즐거움과 사랑의 슬픔, 이러한 울림들이 아주 뒤엉켜서 파도의 부드러운 부딪힘에 실려 온다. 파니 헨젤은 2행에서 단어 도치, 곧 "즐거움과 고통"을 "고통과 즐거움"으로 바꾸어 노래하고, 3행에서는 "오다" 대신에 "울림이 울리다"로 바꾸어 노래하고 있다. 그리고는 다시 3행과 4행 "울림들이 아주 뒤엉켜서 실려온다/ 파도의 부드러운 부딪침으로"라고 반복해서 노래한다. 이후 피아노의 아주 짧은 간주가 들어간다.

2연 "소망은 구름과 같고/ 적막한 곳을 지나가는 배들과 같다/ 누가 미풍 속에서 구별할까/ 그것이 생각인지 꿈인지를?"이라고 노래한 뒤 다시 3행과 4행을 반복해서 노래한다. 그러니까 소망은 구름과 같고 외로운 곳을 지나는 배와 같은데 누가 미풍 속에 생각과 꿈을 구별할 수 있을까라고 의문을 제기한다. 이어 3연 "난 이제 마음과 입을 닫는다/ 별들에게 기꺼이 한탄하는/ 하지만 마음 깊은 곳에서 나지막하게/ 부드러운 파도치는 소리는 남아 있다"고 노래한다. 3연에서는 별들에게 한탄이나 퍼붓는 가슴과 입은 다물지만 마음 깊은 곳에서 나지막하게 부드러운 흔들림은 남아 있다.

그리고 다시 "나지막하게/ 부드러운 파도치는 소리는 남아 있다" 라고 3행 일부와 4행을 반복 노래한 뒤 피아노의 짧은 후주가 곡을 마감한다. 파니 헨젤의 가곡에서는 피아노가 소극적으로 쓰여 반주악기 이상의 기능을 하지 않고 있음을 볼 수 있다.

4) 〈난 종종 잘 노래할 수 있다〉

파니 헨젤은 아이헨도르프의 3연 4행시 〈우울Wehmut〉(EG, 99)에 곡을 붙였고, 그녀를 포함해서 슈만, 오트마 쇠크 등 약 21명의 작곡가가 이 시에 곡을 붙였다. 파니 헨젤의 〈난 종종 잘 노래할 수 있다Ich kann wohl manchmal singen〉는 피아노의 잔잔하고 짧은 서주를 시작으로 각 연을 반복하는 형식으로 노래한다. 1연의 1행에서 4행 "난 종종 잘 노래할 수 있다/ 내가 명랑한 것처럼/ 하지만 눈물이 몰래 뚫고 나와 흐르면/ 그러면 내 마음은 자유로워진다"라고 노래한다. 이어 다시 명랑한 것처럼 종종 노래하지만 사실은 마음속으로 울고 있고, 눈물을 흘림으로써 오히려 마음은 편안해진다고 1연을 반복해서 노래한다. 그리고 4행의 일부가 또 반복되어 "그러면 내 마음은, 내 마음은 자유로워진다"라고 노래한 다음 피아노의 간주가 들어가서 2연으로 넘어가는데 1연과 마찬가지 방식으로 노래가 진행된다.

2연에서는 밖에서는 봄의 공기가 살랑거리고, 나이팅게일들은 감옥의 무덤으로부터 동경의 노래가 울려 퍼지게 한다고 노래한다. 다시 1행에서 4행 "그리고 나이팅게일들이/ 밖에서는 봄의 공기가 살랑거리고/ 동경의 노래를 울려 퍼지게 한다/ 그 감옥으로부터"라고 반복해서 노래한다. 파니 헨젤은 4행의 "새장"을 "감옥"으로 단어를 대치해서 갇혀 있음을 더 강조해서 곡을 붙였다. 이어 피아노의 간주가 이어진다. 3연에서는 "그러면 내 온 마음이 귀를 기울이고/ 모든 것이 즐거워진다/ 하지만 어느 누구도 그 고통을 느끼지 않는다/ 노래 속에 깃든 깊은 고통을"이라고 노래한다. 이어 이번에는 3행과 4행만 반복하는데, 곧 노래 속에 깃든 깊은 고통을 아무도 느끼지 못한다고 노래한다. 그리고는 짧은 피아노의 후주가 곡을 마무리한다.

5) 〈가을에〉

파니 헨젤은 아이헨도르프의 3연 6행시 〈가을에Im Herbst〉(EG, 296)에 곡을 붙였고, 이 시에는 그녀를 포함해서 네 명의 작곡가가 곡을 붙였다. 파니 헨젤의 가곡에서는 피아노의 연주가 노랫말의 보조 기능에 머물고 있으며, 마차가 굴러가는 모습을 연상시키는 피아노의 주요 모티브의 반주로 노래가 시작된다. 각 연의 1행에서 3행, 4행에서 6행의 노랫말 톤은 서로 대비를 이루는데, 처음 세 개의 행들은 피아노의 주 모티브인 마차가 굴러가는 모습을 연상시키는 톤으로 다소 빠르게 노래하고, 다음 세 개의 행들과 반복은 느리고 서정적으로 노래하고 있다. 피아노의 간주는 후자의 분위기를 그대로 이어서 잔잔하고 느리고 짧게 연주되다가 각 연이 새로 시작될 때면 주 모티브의 빠른 톤으로 전환된다.

1연에서는 늦가을이 되어 "숲은 누렇게 되고, 잎들은 떨어진다/ 그 공간은 얼마나 황량하고 적막한지!/ 시냇물은 너도밤나무 회랑을 지나 흘러간다/ 마치 꿈속에서처럼 부드럽게 졸졸거리면서/ 그리고 밤의 종소리가 울린다/ 멀리 숲의 끝자락에서"라고 노래한다. 여기서는 숲은 가을이 되어 잎들이 떨어지고 그래서 황량하고 적막하게 느껴지는데 시냇물은 꿈속처럼 부드럽게 흘러가고 밤의 종소리는 멀리 숲의 끝자락에서 울려온다. 이어 피아노의 잔잔한 간주가 짧게 들어간 뒤 6행 "멀리 숲의 끝자락에서 울린다"를 반복해서 노래한 다음 다시 피아노의 짧은 간주가 들어가, 후렴처럼 밤의 종소리가 숲 끝자락 어딘가에서 울려오는 듯한 인상을 준다.

2연의 1행에서 4행 "너희들이 무엇으로 날 막무가내로 유혹하려 하는가/ 여기 고독 속에서?/ 고향에서 이 종소리가 울려오는 듯한데/ 고요한 유년 시절에서부터"를 노래한 다음 피아노의 짧은 간주가 들어간다. 5행과 6행 "난 놀라서 몸을 돌린다/ 아, 날 사랑한 것은 멀리 가 버렸구나"라고 노래한다. 더욱이 5행은 반복해서 노래되고 2연의 노래가 끝나면, 피아노의 느린 간주가 나온다. 여기에는 가을의 숲이 외로운 서정적 자아를 유혹하고, 그는 고향의 유년 시절을 연상시키는 종소리를 듣는 듯해서 놀라 몸을 돌리고, 그를 사랑한 것은 모두 멀리 떠나 버린 것을 알게 되는 비애가 들어 있다.

3연의 1행에서 2행 "오래된 노래들이여, 솟아 나오렴/ 내 가슴을 깨뜨리렴"을 노래하고 피아노의 짧은 간주가 나온다. 그리고는 3행에서 6행 "다시 한 번 난 멀리서 인사한다/ 내가 사랑하는 것에/ 그러나 날 가라앉히는구나/ 슬픔 때문에 마치 무덤 속으로"라고 서창조로 노래한 뒤 피아노의 간주가 들어간다. 그리고는 마지막 6행 "슬픔 때문에 마치 무덤 속으로"를 반복하고, 피아노의 짧은 후주는 슬픔 때문에 푹 가라앉는 심정을 강조하면서 곡이 끝난다. 3연에서는 오래된 노래가 서정적 자아의 가슴으로부터 나오고 다시 한 번 멀리서 사랑하는 것들에게 인사를 전하는데, 슬픔 때문에 마치 무덤으로 가라앉는다는 느낌을 받는다.

6.3 멘델스존의 아이헨도르프-가곡들

펠릭스 멘델스존 바르톨디는 아이헨도르프의 약 13편 시에 곡을 붙였으나, 이 가운데 솔로 가곡은 5편 정도이며, 여기서는 〈밤 노래〉와 〈방랑 노래〉를 분석하고 있다.

1) 〈밤 노래〉

멘델스존은 아이헨도르프의 5연 4행시 〈밤 노래Nachtlied〉(EG, 132)에 곡을 붙였다. 이 시에는 멘델스존, 오트마 쇠크를 포함해서 9명의 작곡가가 곡을 붙였다. 멘델스존의 〈밤 노래〉(Op. 57 No.6)에는 아이헨도르프의 5연 4행시 가운데 3연과 4연을 생략한 채 마치 3연 4행시처럼 곡이 붙여져 있다. 그러니까 아이헨도르프의 시 1연과 2연에서 빛나는 낮은 사라지고, 멀리서 종소리가 울려오고 때는 밤이 되었는데, 다양한 즐거움 및 친구의 위로와 신심, 아내의 달콤한 눈빛은 어디론가 가 버리고, 즐겁게 지낼 사람이 없다. 이 부분은 멘델스존의 곡에서도 어휘 및 문장이 다소 바뀌는 경우는 있지만 대체로 시의 내용이 그대로 수용된다. 그러나 시의 3연과 4연, 밤이 되어 세상은 아주 적막하고 구름들이 들판 위로 지나가고, 들판과 나무가 인간에게 무엇을 두려워하는지 물으면서 서로 얘기를 나누며, 잘못된 세상은 멀리 가 버리고 오직 함께 울고, 함께 깨어날 수 있는 충직한 한 사람은 곁에 남아 있다고 묘사된다. 이 부분은 멘델스존의 가곡에서 삭제되어 있다. 그리고 시의 5연에서 사랑스런 나이팅게일이 신선하게 노래하고, 폭포는 밝은 울림으로 울리고, 아침이 모습을 드러낼 때까지 모두 신을 찬미하자고 묘사된다. 멘델스존은 5연에 곡을 붙였는데, 1연과 2연은 같은 멜로디로 곡을 붙이고, 5연은 다소 변용된 가절로 만들고 있다.

멘델스존의 〈밤 노래〉에는 피아노의 서주와 간주는 없다. 다만 느린 피아노의 반주로 곡이 시작되는데 1연의 1행과 2행 "빛나는 낮은 사라지고/ 멀리서 종소리가 울려온다"라고 노래한다. 2행의 부사 "멀리서부터"를 "멀리서"로 시어를 바꾸고 있다. 3행은 서서히 높아지는 톤으로 "그렇게 시간은 온 밤을 여행한다"라고 노래하고, 4행 "그것을 생각지 못하는 많은 사람들을 데리고"는 무겁지 않게 노래한다. 그러니까 낮이 사라지고 멀리서 교회의 종소리가 들려오고 밤이 엄습하고 있다. 2연의 1행과 2행은 "다양한 즐거움은 어디로 간 것인가/ 친구의 위로와 진심의 가슴은"이라고 노래하는데, 이 모든 것이 사라져 버렸음을 노래하고 있다. 3행은 "아내의 달콤한 눈빛"은 "가장 사랑스럽고, 가장 달콤한 눈빛"으로 시어가 바뀌어 노래 불린다. 또 4행 "어느 누구도 나와 함께 쾌활하고자 하지 않는가?"에서 "어느 누구도"는 반복된다.

앞서 언급한 바와 같이 멘델스존의 가곡에서는 3연과 4연은 생략되고 5연으로 넘어간다. "사랑스런 나이팅게일아, 새롭게 태어나렴/ 너, 폭포는 밝은 울림으로 울리고/ 우리 모두 합일하여 신을 찬양하자/ 밝은 아침이 모습을 드러낼 때까지"를 노래하고, 다시 3행과 4행을 반복해서 노래하고는 피아노의 간단한 후주가 곡을 마무리한다. 멘델스존의 노래에서는 전체적으로 잔잔하면서도 기도가 담긴 노래의 분위기로 바뀐다. 애잔함은 다만 2연의 4행에만 담겨 있을 뿐, 단조로우면서 잔잔한 부위기가 압도적이다.

2) 〈방랑 노래〉

멘델스존은 아이헨도르프의 슈탄체 형식의 2연 8행시 〈신선한 여정Frische Fahrt〉(EG, 97)에 곡을 붙였다. 이 시에는 멘델스존을 포함해서 6명의 작곡가가 곡을 붙였다. 멘델스존의 〈방랑 노래 Wanderlied〉(Op. 71 No. 6)는 가절이 비슷한 가곡으로서 2연의 끝부분만 반복으로 변용을 주며 피아노의 서주와 후주 없이 간주만 들어 있다. 이 곡은 빠르고 명랑한 피아노의 반주로 노래가 시작되는데, 1연은 "미지근한 공기가 푸르게 흘러나온다/ 봄, 봄이구나/ 숲에서 호른의 울림 소리가 터져 나오고/ 용감한 눈들의 밝은 빛이구나/ 혼란스러움은 더욱 다양해져/ 마력을 가진 거친 강물이 되어/ 저 아래 아름다운 세계로 흘러가고/ 이 강물의 인사가 너를 유혹하는구나"라고 노래한다. 여기서는 봄이 왔고 숲에서는 사냥 호른 소리가 울려 나오는데 혼란스러움은 다양해져서 거친 강물이 되어 저 아래 아름다운 세계로 흘러가고, 강물의 인사는 서정적 자아를 유혹한다. 4행의 일부분 "밝은 빛"은 4행의 노래에서 반복되고, 8행이 다시 반복된 뒤 마지막 7행과 8행 "저 아래 아름다운 세계로 흘러가고/ 이 강물의 인사가 너를 유혹하는구나"는 다시 반복되며, 다시 8행이 세 번째로 반복된다. 이어 피아노의 간주가 명랑하고 쾌활한 주요 모티브로 연주된다.

2연은 "난 지키고 싶지 않구나!/ 바람이 너희들로부터 멀리 나를 내몬다/ 강물 위에서 달리고 싶구나/ 광채에 성스럽게 눈먼 채/ 수천의 목소리가 유혹적으로 울리고/ 새벽의 여신 오로라가 높이 흩날리며/ 그곳으로 가라! 난 묻고 싶지 않다/ 이 여정이 어디에서 끝나는지를"이라고 노래한다. 그러니까 서정적 자아는 수천 개의 목소리가 유혹하고 새벽의 여신이 그곳으로 가라고 하지만 그의 삶의 여정이 어디에서 끝나는지를 묻지 않는다. 1연과 마찬가지로 4행의 일부분 "성스럽게 눈먼 채"와 마지막 8행을 반복해서 노래한다. 그뿐만 아니라 7행과 8행, 다시 8행 일부 "여정이 어디에서"는 두 번 되풀이되고, 이어 8행 전체 "이 여정이 어디에서 끝나는지를" 되풀이한 뒤 피아노의 후주 없이 곡이 끝난다. 멘델스존은 시어와 시행 반복으로 가곡의 다양성을 보여 준다.

6.4 슈만의 아이헨도르프-가곡들

슈만은 아이헨도르프 시에 곡을 붙인 연가곡 12편(Op. 39) 이외에 약 10편에 곡을 더 붙였다. 여기서는 그 가운데 3편,〈은둔자〉,〈보물 찾아 땅 파는 사람〉,〈봄 여행〉을 분석하고 있다.

1) 〈은둔자〉

슈만은 아이헨도르프의 3연 6행시 〈은둔자Der Einsiedler〉(EG, 266)에 곡을 붙였다. 이 시에는 슈만, 막스 브루흐, 오트마 쇠크를 포함해서 18명의 작곡가가 곡을 붙였다. 슈만은 〈은둔자〉(Op. 3 No. 3)를 유절가곡으로 평이하게 작곡하였고, 이 곡에는 피아노의 서주 없이 간주와 후주만 있다. 피아노의 반주가 먼저 들어가면서 1연 "그대 고요한 밤이여, 세상의 위로여, 오라/ 그대가 산에서 부드럽게 내려오면/ 공기들이 모두 잠들고/ 한 뱃사공은 떠도는 일에 지쳐/ 바다 위로 그의 저녁 노래를 부른다/ 항구에서 신을 찬양하고자"라고 잔잔하면서도 부드럽게, 서정적으로 노래한다. 그러니까 세상의 위로가 되는 밤이 되면 공기들도 모두 잠들고 항해에 지친 어느 뱃사공은 항구에서 신을 찬양하는 저녁 노래를 보낸다.

이어 피아노의 부드럽고 느린 간주가 들어간 뒤 2연으로 넘어간다. 2연 "세월은 구름처럼 지나가고/ 날 여기 외롭게 서 있게 한다/ 세상은 날 잊었지만/ 그대는 황홀하게 나에게로 걸어왔고/ 내가 여기 숲의 살랑거림 소리를 들으면서/ 생각에 잠겨 앉아 있을 때"라고 1연과 같은 멜로디와 분위기로 노래한다. 그러니까 세월은 구름처럼 지나가면서 서정적 자아를 그냥 외롭게 두었고, 세상은 그를 잊었으나 그가 생각에 잠겨 앉아서는 숲의 살랑거리는 소리를 듣고 있을 때면 밤과 세상의 위로가 그에게 다가왔다. 이어 피아노의 간주가 들어간 뒤 3연으로 넘어가고 있다. 3연 "그대 고요한 밤이여, 세상의 위로여/ 낮은 나를 아주 피로하게 만들었구나/ 드넓은 바다는 이미 어두워지고/ 기쁨과 고통으로부터 날 쉬게 하라/ 영원한 아침의 노을이/ 고요한 숲을 비출 때까지"를 노래한다. 여기서는 2연의 그대가 바로 세상의 위로가 되는 고요한 밤이라는 것을 알게 해 주고 있다. 이제 낮은 서정적 자아를 피곤하게 만들었고 넓은 바다는 어두워졌으니, 영원한 아침의 빛이 고요한 숲을 비출 때까지 삶의 기쁨과 고통으로부터 벗어나 쉬고 싶다는 소망을 털어놓는다. 이어 피아노의 느리고 서정적인 후주가 곡을 끝낸다.

2) 〈보물 찾아 땅 파는 사람〉

슈만은 아이헨도르프의 4연 4행시 〈보물 찾아 땅 파는 사람Der Schatzgräber〉(EG, 251)에 곡을 붙였다. 이 시에는 슈만을 포함해서 3명의 작곡가가 곡을 붙였다. 슈만의 〈보물 찾아 땅 파는 사람〉(Op. 45 No. 1)은 피아노의 극적이고, 느리면서도 강한 서주로 시작되고 있다.

1연의 1행과 2행 "모든 숲들이 잠들었을 때/ 그는 땅을 파들어 가기 시작하였다"라고 단호하면서도 강한 톤으로 노래한다. 이어 피아노의 간주가 서주와 비슷하게 강하고 느리게 산에서 땅을 파서 보물을 찾는 사람의 동작이 강조된다. 3행과 4행 "쉼 없이 깊은 산 속에서/ 그는 보물을 찾아 땅을 팠다"고 여전히 강하고 느리게 노래한다. 이어 피아노의 간주는 느리고 강하다가 다시 부드러워지면서 2연으로 넘어간다. 2연은 마치 천사가 노래하듯 부드럽게 "신의 천사들은 노래하였고/ 그러는 사이 고요한 밤에/ 붉은 눈동자처럼/ 갱도에서 금속들이 쏟아져 나왔다"고 노래한다. 더욱이 4행 "갱도에서 금속들이 쏟아져 나왔다"는 가장 고음으로 느리고 부드럽게 노래한다. 이어 피아노의 간주 없이 바로 3연으로 넘어가서 아주 음악적인 극적 효과를 최대로 강화하고 있다.

3연의 1행 "넌 내 것이야!"는 강한 서창조로 노래하고, 이어 피아노의 강한 간주가 내 것이라는 의미를 강화하고 있다. 다시 1행은 반복되고, "내 것, 내 것이야"를 반복하고 1행의 마지막 말 "격렬하게"를 덧붙이고, 2행 "그는 땅을 헤집고 헤집어 내려간다"라고 노래한 뒤 피아노의 격정적이고 빠른 반주가 보물 찾는 사람의 탐욕스러운 마음을 강하게 반영한다. 이어 다시 한 번 1행 "넌 내 것이야"를 두 번 반복하고 또 다시 피아노의 격정적이고 빠른 간주가 그의 탐욕과 보물 발견에 대한 기쁨을 강조한다. 3행과 4행 "거기 보석돌과 잔재들이/ 그 바보 위로 쏟아져 내렸다"고 행진곡풍으로 노래하다가 진정되는 톤으로 바뀐다. 이로써 이제 상황이 예사롭지 않게 되었음을 목소리의 톤으로 바로 짐작하게 된다.

이어 4연으로 넘어가서 "비웃듯이 거칠게/ 무너진 갱 무덤으로부터 소리가 울려 나왔고/ 그 천사의 노래는/ 슬프게 공중으로 퍼져 나갔다"라고 파국의 절정을 애잔하게 노래한다. 슈만은 2행의 마지막 단어 "틈새"를 "갱 무덤"으로 바꾸어서 노래함으로써 죽음에 대한 뜻이 더 강화되어 있다. 마침내 보물 찾는 사람은 땅을 파서 보물을 찾아내었지만, 그것이 묻혀 있던 갱도가 무너져 그에게 덮치면서 목숨을 잃고 만다는 비극이 생생하게 음악적으로 해석되며, 이런 비극의 분위기를 피아노의 짧고, 느린 스타카토가 표현하면서 곡이 끝난다. 더욱이 슈만의 이 곡은 당시 가곡으로서 극적 분위기가 3연에서 가장 음악적으로 설득력 있게 표현된다.

3) 〈봄 여행〉

슈만은 하이네의 6연 5행시 〈봄 여행Frühlingsfahrt〉(EG, 185~186)에 곡을 붙였다. 이 시에는 슈만을 포함해서 세 명의 작곡가가 곡을 붙였다. 〈봄 여행〉(Op. 45 No. 2)에서는 피아노의 서주 없이 1연이 노래된다. 1연과 2연은 피아노의 간주가 들어가 있으며 같은 멜로디로 되어 있다. 1연 "두 명의 건장한 젊은이들이/ 처음으로 집에서 나와/ 아주 환호하면서 맑고/ 울림이 있고 노래하는/ 완연한 봄의 물결 속으로 돌진하였다"고 씩씩하고 힘차게 행진곡풍으로 노래한다. 그러니까 어느 봄날 건장한 두 젊은이가 집을 떠나 봄나들이, 곧 세상으로 나아갔다. 이어 피아노의 경쾌하고 명랑한 간주가 들어가고 2연으로 넘어간다. 2연 "그들은 고결한 것을 추구하였고/ 쾌락과 고통에도 아랑곳하지 않고/ 이 세상에서 뭔가 옳은 것을 실제로 하고자 했고/ 그들이 스쳐 지나갔던 사람에게/ 마음과 가슴으로 웃어 주었다"고 1연과 마찬가지의 분위기로 노래한다. 건장한 젊은이들은 세상에서 고결한 것, 옳은 것을 추구했고, 다른 사람들을 마음으로부터 다정하게 대한다. 이어 피아노의 간주가 1연과 마찬가지의 멜로디로 연주되고 나서 3연으로 넘어간다.

3연에서 마지막 6연까지 피아노의 간주 없이 노랫말이 이어져서 진행되고 있다. 3연 "첫 번째 사람은 사랑을 발견했고/ 장모는 농가와 집을 샀고/ 그는 이내 어린 사내아이를 요람에 흔들어 재웠고/ 은밀한 방에서 내다보았다/ 즐겁게 밭을"이라고 노래한다. 3연에서는 그 젊은이 가운데 한 사람은 사랑하는 사람을 만났고, 그 장모는 그들을 위해서 농가와 집을 샀고, 아이도 낳아서 요람에 잠재우고, 작은 방에서 즐겁게 밭도 내다보았다. 그런데 4연 "두 번째 사람에게는 노래하고 거짓말하였다/ 수많은 목소리들이 심연에서/ 유혹하는 메아리로 그리고/ 그를 거친 파도 속으로 내몰았다/ 다양하게 울리는 심연으로"라고 노래한다. 4연에서는 두 번째 젊은이가 유혹하는 많은 소리들을 들었고 속임도 당하는 불행한 삶을 경험한다. 슈만은 5행 "다양하게 울리는 심연으로"를 "다양한 심연의 파고 속으로"라고 시 내용을 일부 변경한다. 이로써 심연의 뜻, 곧 고단한 삶의 뜻을 강화하고 있다.

5연 "어찌어찌해서 그가 심연으로부터 빠져나왔을 때는/ 피로하고 나이가 들어 버렸다/ 그의 나룻배는 바닥에 가라앉아 있었고/ 주위는 아주 고요하고/ 물 위로는 차갑게 바람이 분다"라고 노래한다. 여기에서는 그 젊은이가 삶의 어려운 파도를 헤치고 고난으로부터 빠져나왔을 때는 이미 피로하고 나이가 들어 버렸으며, 그의 나룻배는 바닥에 가라앉아 쓸모없게 되어 버렸고 주위는 아주 고요하고, 수면 위로는 찬바람만 불고 있을 뿐이었다. 6연 "봄의 파도가 노래하고/ 내 위에서 출렁거리는 소리를 낸다/ 난 아주 용감한 젊은이들을 보는데/ 내 눈에는 눈물이 일렁인다/

아 신이여, 우리를 신에게로 친절하게 안내하소서"라고 노래한다. 6연에서는 서정적 자아가 봄의 파도가 노래하고 출렁거리는 소리를 듣고 있으며, 그리고 그 젊은이들을 바라다보면서 그들에 대한 연민으로 눈에는 눈물이 일렁이고, 마지막으로 그들 모두를 신에게로 인도하라는 기도의 말을 하고 있다. 더욱이 마지막 5행 "아 신이여, 우리를 신에게로 친절하게 안내하소서"를 서창조로 노래하고 다시 반복하고, 이어 피아노의 느리고 간단한 후주가 곡을 마무리한다.

6.5 브람스의 아이헨도르프-가곡들

브람스는 아이헨도르프의 12편 시에 곡을 붙였고, 여기서는 브람스의 피아노 반주의 솔로 가곡 4편을 분석하고 있다.

1) 〈낯선 곳에서〉

브람스는 아이헨도르프의 8행시 〈낯선 곳에서In der Fremde〉(EG, 233)에 곡을 붙였고, 이 시에 브람스, 슈만, 한스 아이슬러가 곡을 붙였다. 더욱이 아이헨도르프는 이 시에서 자신의 유년 세계 상실에 대해 평생 안타까워했던 심정을 잘 반영하고 있으며, 서정적 자아가 고향으로 돌아왔으나 그의 부모는 이미 오래전에 죽었고, 아무도 그를 알아보는 사람이 없는 상황에서 이제 곧 그에게도 죽음이 다가오고, 그곳에서 쉬게 된다고 묘사하고 있다. 브람스의 〈낯선 곳에서〉(Op. 3 No. 5)는 피아노의 애잔하고 느린 서주와 함께 노래가 시작된다. 노랫말은 담담하고 잔잔하게 노래 불리는데, 1행에서 4행 "번개가 이는 곳 뒤로 고향에서 붉게/ 구름들이 이곳으로 몰려오지만/ 아버지와 어머니는 이미 오래전에 돌아가셨고/ 거기서 날 알아보는 사람이 없네"라고 노래한다. 4행은 고양된 톤으로 "거기서 날 알아보는 사람이 없네"라고 노래하다가 반복에서는 절제된 서창조로 노래한다.

이어 5행에서 7행 "이제 곧, 이제 곧 고요한 시간이 오면/ 나 또한 거기서 쉬게 되리/ 내 위로 아름다운 숲의 고독이 살랑거리고"를 노래하고 피아노의 짧은 간주가 들어간다. 그리고는 8행 "여기선 아무도 날 알아보는 사람이 없네"라고 노래하고 다시 8행이 반복 노래되면서 피아노의 후주 없이 곡이 끝난다. 그런데 8행은 시어를 바꾸거나 생략하는데 "여기서도"를 "여기서"로 바꾸고, "더 이상"은 생략되어 있다. 아이헨도르프의 시에는 4행 "그곳에선 아무도 더 이상 날 알아보는 사람이 없네"의 연장선에서 8행 "여기서도 날 더 이상 알아보는 사람이 없네"로 되어 있으나, 브람스는 4행과 8행의 뜻을 분리시켜, 고향에서도 알아보는 사람이 없고, 이곳에서도 알아보는 사람이 없다고 표현한다. 이로써 타인이 되어버린 서정적 자아의 처지가 브람스의 곡에서는 더 강조된다.

슈만의 《아이헨도르프-연가곡》에 들어 있는 같은 가곡을 비교해서 보면, 슈만의 가곡 역시 조용하게 서정적으로 노래하는데, 낱말 순서 바꾸기와 부사 생략으로 중립적 뜻이 강조되거나, 시행 반복으로 죽음에 대한 동경이 부각된다. 그러면서 피아노의 후주가 외로움과 죽음을 갈망하듯이 부드럽게 곡을 마무리한다. 이에 견주어서 브람스의 가곡은 전체적으로 아주 절제되고 애잔하게 노래하는 특징을 보이고 있으며, 피아노의 반주를 아주 자제해서 서주와 짧은 간주만 있을 뿐 후주 없이 곡을 끝내고 있다.

2) 〈수녀와 기사〉

브람스는 아이헨도르프의 7연 4행시 〈수녀와 기사Die Nonne und der Ritter〉(EG, 320~321)에 곡을 붙였으며, 브람스 이외에 한스 피츠너가 곡을 붙였다. 브람스의 〈수녀와 기사〉(Op. 28 No. 1)는 혼성 듀엣으로 노래하는데, 피아노의 서주 없이 바로 노랫말로 들어간다. 1연, 3연, 5연, 7연은 수녀의 노래이고, 2연, 4연과 6연은 기사의 노래인데, 알토와 바리톤이 번갈아 가면서 노래하는 구조이다.

1연은 수녀가 낮고 느리게 기도하듯이 "세상은 적막으로 기우는데/ 별들과 함께 내 소망이 깨어난다/ 난 싸늘함 속에서/ 저 아래 물결들이 찰랑거리는 소리를 듣는다"라고 잔잔하게 노래한다. 그러니까 세상은 고요하고, 수녀의 소망이 별들과 함께 솟아나며 물결이 찰랑거리는 소리를 그녀가 듣고 있다. 이어 피아노의 느린 간주가 새롭게 소망을 갖게 되는 그녀의 마음을 강조하고 있다. 2연은 기사의 노래로서 강한 톤으로 "물결들이 나를 멀리 실어 나르고/ 그 땅에 아주 슬프게 물결친다/ 너의 창문 창살 아래로/ 여인이여, 그대는 그 기사를 아는가?"를 노래하는데 더욱이 4행 "여인이여, 그대는 그 기사를 아는가"는 서창조로 노래한다. 이어 피아노의 느린 간주가 들어가면서 기사가 수녀에게 그를 아는지 던지는 물음이 심상치 않음을 암시한다.

3연은 다시 수녀의 부드럽고 애잔한 노래로 자신에게 말을 거는 목소리가 이상하다고 여긴다. "그건 묘한 목소리처럼/ 미지근한 공기를 뚫고 유영하는구나/ 바람이 다시 그것을 붙잡았구나/ 아, 내 마음이 몹시 답답하구나!"라고 노래한다. 그녀는 부드러운 바람을 타고 들려오는 기사의 목소리가 자신의 마음을 사로잡는 것을 느끼는데 다시 바람이 그 소리를 삼켜 버리지만 그녀는 몹시 마음이 답답함을 느끼고 있으며, 이런 마음을 피아노의 느리고 애잔한 간주가 강조한다. 4연은 다시 기사의 노래인데, "저 위 그대의 성이 무너진 채 있다/ 황량한 홀에서 비탄하면서/ 숲은 땅으로부터 나에게 인사했다/ 그건 내가 죽어야만 한다는 뜻인 것 같았다"라고 노래한다. 기사는 그녀가 비탄에 잠겨 있고, 숲이 건네는 인사의 뜻은 그 자신이 죽어야만 한다는 것으로 받아들인다. 마지막 4행 "그건 내가 죽어야만 한다는 뜻인 것 같았다"를 바리톤이 노래할 때, 수녀가 5연 1행 "오래된 울림들이 되살아나듯 걸어오는구나"라고 노래함으로써 이중창으로 겹쳐 노래한다. 그리고는 수녀는 2행에서 4행까지 "오래전에 가라앉은 시간으로부터/ 슬픔이 나를 비추려 하는구나/ 난 진심으로 울고 싶구나"라고 노래한다. 수녀는 이제 오래전에 그녀의 마음에서 사라졌던 옛 울림들을 기억해 내자 슬픔이 스며들고 진심으로 눈물을 흘린다. 피아노의 간주 없이 바로 6연으로 넘어간다.

6연은 다시 기사의 노래이며, 1행 "숲 위 먼 곳에서 번개가 친다"고 노래한 뒤 다시 한 번 1행이 반복된다. 그다음 2행에서 4행까지 "예수의 무덤을 둘러싸고 논쟁이 이는 곳에서/ 내 배가 그곳을 향하고자 한다/ 그러면 모든 것, 모든 것이 끝나게 된다"고 노래한다. 4행의 기사의 노래에서는 수녀의 노래와 겹치면서 이중창이 되는데, 기사가 4행 "그러면 모든 것이 끝나게 된다"를 노래하자 바로 뒤이어 수녀의 7연의 1행 "배는 가고, 한 남자가 거기 서 있었다"라고 노래한다. 이러한 이중창은 격정적으로 노래 불린다. 다시 기사가 3행과 4행 "내 배가 그곳을 향하고자 한다/ 그러면 모든 것이 끝나게 된다"를 반복해서 노래하고, 이 부분에서 다시 수녀가 7연의 2행 "잘못된 밤, 너는 감각을 혼란스럽게 하는구나"를 두 번 반복해서 격정적으로 노래한다. 이어 피아노의 잔잔한 간주가 들어간 다음 3행과 4행 "세상이여 안녕! 신은 지켜주고자 하는구나/ 어둠 속에서 헤매며 가는 자들을"이라고 수녀의 노래가 나온다. 이제 어둠 속에서 헤매는 사람들을 신이 지켜 줄 것이라는 수녀의 믿음으로 노래가 끝나고, 이어 피아노의 부드럽고 짧은 후주가 그녀의 믿음을 강조하면서 곡이 끝난다.

3) 〈노래〉

브람스는 "산 정상에서 들리는 부드러운 살랑거림Lindes Rauschen in den Wipfen"(EG, 232)으로 시작되는 아이헨도르프의 3연 4행시에 곡을 붙였다. 이 시에는 브람스, 오트마 쇠크를 포함해서 6명의 작곡가가 곡을 붙였다. 브람스의 〈노래Lied〉(Op. 3 Nr. 6)에는 피아노의 서주와 후주는 없으며, 다만 3연 2행 다음 피아노의 짧은 간주가 한 번 들어갈 뿐이다. 이 곡은 피아노의 반주가 먼저 들어가면서 노랫말이 시작된다. 1연 "산 정상에서 들리는 부드러운 살랑거림/ 새들아, 너희들은 멀리 날아가는구나/ 고요한 정상으로부터 흘러나온 샘물들/ 내 고향이 어디인지 말해 주렴"을 노래하고 4행 "내 고향이 어디인지 말해 주렴"을 반복한다. 서정적 자아는 낯선 곳 산 정상에서 숲이 살랑거리는 소리, 새들이 날아가는 소리, 샘물이 흐르는 소리를 듣고 자신의 고향을 생각한다. 그곳이 여기서 어디쯤 되는지 가늠이 되지 않은 채 고향에 대한 동경이 드러나고 있다. 이어 2연으로 넘어가서 "오늘 꿈속에서 난 그녀를 다시 보았다/ 모든 산들로부터/ 그런 인사가 나에게 쏟아졌다/ 내가 울기 시작했다고"라고 노래하고는 다시 4행 "내가 울기 시작했다고"는 반

복 노래된다. 1연과 2연은 같은 멜로디의 유절가곡이다. 2연에서
는 서정적 자아가 지난밤 꿈속에서 연인을 보았는데, 그가 그녀에
대한 그리움으로 눈물을 흘리기 시작한 것이라는 인사를 모든 산
들로부터 듣게 된다. 여기서 고향과 연인은 같은 선상에서 서정적
자아의 마음에 작용하고 있다.

3연 "아, 여기 낯선 산 정상에선/ 인간들, 샘물들, 바위와 나
무/ 우듬지에선 어지러운 살랑거림 소리/ 모든 것이 나에겐 하나
의 꿈과 같구나"에서 브람스는 3행을 생략한 채 노래한다. 1행
과 2행을 노래하고는 피아노의 짧은 간주가 처음으로 들어간 다
음 아이헨도르프 시의 3연 3행 "우듬지에선 어지러운 살랑거림
소리"는 생략되고 4행 "모든 것이 나에겐 하나의 꿈과 같구나"를
노래하고, 다시 4행의 일부 "꿈과 같구나"를 반복해서 노래하고
는 4연으로 넘어간다. 그러니까 브람스의 곡에서는 낯선 산, 인
간들, 샘물들, 바위와 나무, 이 모든 것이 서정적 자아에겐 하나
의 꿈과 같다고 노래하면서, 더욱이 꿈과 같다는 점을 강조하고
있다. 다음 4연은 브람스가 덧붙인 내용이며, 아이헨도르프의 시
는 3연 4행시로 끝나고 있다. 브람스 가곡에서 추가된 4연은 "우
듬지에선 명랑한 새들/ 저기 계곡에선 너희들의 친구들이/ 낯선
산봉우리에서부터 나의 인사를 전해 주렴/ 수천 번이나 내 고향
에게"를 노래하고는 마지막 4행의 일부 "수천 번"은 반복 노래한
뒤 피아노 후주 없이 곡이 끝나고 있다.

그러니까 아이헨도르프 시에서는 산 정상에는 부드러운 숲의 살
랑거림이 있고 샘물이 흐르고, 새들은 멀리 날아가는데, 서정적 자
아는 이 낯선 곳에서 자신의 고향을 그리워하고 있다. 또 그는 꿈
속에서 연인을 보았는데, 실제는 그녀를 볼 수 없어서 눈물이 나

고, 낯선 곳에서 듣는 자연의 소리는 그의 마음에 혼란을 주어 그는 이 모든 것이 하나의 꿈과 같다고 느끼고 있다. 곧 서정적 자아는 고향과 연인에 대한 향수를 드러내는 것으로 아이헨도르프의 시가 끝나고 있는 반면 브람스의 가곡에서는 브람스가 마지막 4연을 덧붙여 적극적으로 그의 인사를 고향으로 전함으로써 서정적 자아의 고향 및 연인과 소통하고자 하는 마음이 강조된다. 이로써 향수를 느끼는 것뿐만 아니라 고향과 연인에게 적극적으로 그것을 수천 번이나 인사를 전하고 있는 것이다. 말할 것 없이 브람스가 덧붙인 4연에서 연인의 의미는 이미 고향이라는 뜻 속에 함축적으로 들어 있다. 그것은 아이헨도르프의 시 2연을 그대로 받아들였고, 더욱이 서정적 자아가 그녀에 대한 그리움으로 울기 시작했다고 반복해서 노래함으로써 고향과 연인에 대한 향수는 같은 것이고 같은 차원이라는 것을 알 수 있다.

4) 〈달밤〉

브람스는 아이헨도르프의 3연 4행시 〈달밤Mondnacht〉(EG, 266~267)에 곡을 붙였고, 이 시에는 브람스, 슈만을 포함해서 약 25명의 작곡가가 곡을 붙였다. 브람스의 〈달밤〉(WoO 21)은 피아노의 낭만적이고 부드러운 서주와 함께 노랫말이 시작된다. 아이헨도르프의 시의 경우, 1연은 가정법, 2연은 직설법, 3연은 직설법과 가정법이 섞여 있다. 이와는 달리 브람스 가곡에서는 전체적으로 직설법으로 노래하고 있는데 1연 "마치 하늘과/ 대지가 고요히 입맞춤하는 듯했다/ 대지는 만발한 꽃의 미광 속에/ 하늘을 꿈꾸는 것이 틀림없는 것 같았다"고 낭만적으로 그러나 담담하게 노래한다. 그러니까 가정법의 뜻보다는 직설법의 의미로써 하늘과 땅이 입맞춤하고 있으며 대지는 만발한 꽃 속에서 하늘을 꿈꾼다는 인상을 주고 있다. 그리고 그런 점은 4행의 일부 "꿈꾸는 것이 틀림없는 것 같았다"를 반복함으로써 강화되고 있는데, 이 경우 역시 직설법의 뜻으로 강조하고 있다. 이러한 직설법적인 음악 해석에 바탕을 둔 브람스의 가곡에는, 특별한 강조점이 없기 때문에 아이헨도르프의 시가 지닌 가정법의 뉘앙스가 도무지 주목을 끌지 못한다.

2연 "공기가 들판을 지나갔고/ 이삭들이 부드럽게 물결쳤고/ 숲들이 나지막하게 살랑거리는 소리를 냈다/ 밤은 별빛으로 아주 밝았다"를 노래하고는 다시 4행의 일부분 "별빛으로 아주 밝았다"를 반복한다. 공기, 곧 바람이 들판을 지나가자 이삭들은 부드럽게 물결쳤고 숲은 살랑거렸으며 별들이 밤을 밝혔음을 노래한 것이다. 3연 "내 영혼이/ 날개를 활짝 펼쳤다/ 고요한 나라들을 지나날아갔는데/ 집으로 날아가는 듯했다"를 노래하는데, 이 4연에서는 여러 차례 노랫말이 거듭되고 있다. 서정적 자아의 영혼이 날개를 "활짝 펼쳤다"에서 활짝 펼쳤다는 반복해서 노래하고 4행의 일부분 "집으로"가 되풀이된다. 이어 다시 4행 전체 "내 영혼이 집으로 날아가는 듯했다"를 반복해서 노래하면서 피아노 후주 없이 곡이 끝나고 있다. 브람스는 아이헨도르프 시가 지닌 직설법과 가정법의 뉘앙스를 강조함이 없이 전체적으로 귀향, 곧 낭만적 동경의 대상이기도 한 죽음의 뜻에 주안점을 둔다.

이 〈달밤〉에는 슈만이 1840년, 브람스보다 13년 먼저 그의 가곡의 해에 곡을 붙였고, 이 곡은 그의 《아이헨도르프-연가곡》제5곡에 들어 있다. 슈만 역시 아이헨도르프 시에 대한 음악적 해석은 브람스와 비슷하게 음악적 직설법으로 바꾸었다. 다만, 그 방법에서는 크게 차이가 난다. 그러니까 슈만의 같은 제목의 가곡에서도 서정적 자아의 소망이 현실로 묘사한다. 처음 부드럽고 평온한 피아노의 서주를 시작으로 아주 부드럽고 속삭이는 것 같은 목소리가 천천히 읊조리듯 1연을 노래한다. 1연이 끝나면 피아노의 간주가 이어지고 2연으로 넘어간다. 그리고 3연은 2연에 바로 이어서 노래한다. 반면 브람스의 가곡에서는 피아노의 서주는 있지만, 간주와 후주가 없이 노래한다. 슈만의 같은 가곡 구성은 피아노의 서주→1연→피아노의 간주→2연과 3연→피아노 후주로 되어 있다. 2연에서 바로 3연으로 연결된 것은 3연 1행의 접속사 "그리고"라는 언어의 의미대로 이루어진 셈이다. 이것은 1연의 하늘과 땅의 입맞춤은 비현실이 아니고 현실이며, 그 효과로서 2연의 바람이 지상에서 작용했고 바로 3연으로 연결되어 영혼의 집으로 귀향하는 것으로 해석할 수 있다.

이 음악적 효과는 귀향의 뜻으로서 낭만화된 죽음을 강조하고 있다. 이렇게 슈만의 음악적 시 읽기는 원래 텍스트에 나타난 비현실화법을 음악적 직설법(현실화법)으로 바꿈으로써 귀향, 곧 죽음에 대한 동경을 드러낸다. 이 점에서 브람스 역시 날개를 활짝 펼치는 것을 강조한다든가, 집으로 날아가는 듯했다를 거듭 노래함으로써 슈만과 마찬가지로 귀향의 뜻을 강조한다.

6.6 볼프의 아이헨도르프-가곡들

볼프는 개별적인 시인에 초점을 맞춘 곡들을 작곡했으나 이러한 곡들에서 하나의 그룹이나 가곡집을 만들어 내지 않고, 각각의 시의 본질에 대해 그가 찾을 수 있는 다양한 분위기를 탐구했다. 1888년 볼프는 뫼리케의 시에 영감을 받아 폭발적으로 가곡들을 쓰기 시작했고, 아이헨도르프 시 약 30편에도 곡을 붙였다. 볼프는 아이헨도르프의 시를 그의 음악적 주제로 선택할 때 종종 사실적인 작품들을 골라 곡을 붙였고, 시와 음악의 통합은 예술가곡 작곡의 핵심이지만 볼프는 자신의 감수성의 비중을 무엇보다도 가사에 집중시켰다. 더욱이 볼프는 자신의 첫 번째 작품집 앞쪽에 시의 제목을 배치할 정도로 시문학을 중시했다. 리스트의 표제음악Programmmusik이나 교향시Sinfonische Dichtungen, 바그너의 악극 Musikdrama 등과 같이 음악에 있어 19세기는 언어의 시대였으며, 볼프는 이러한 움직임의 핵심을 구체화시켰다. 왜냐하면 그의 가곡들은 시의 뜻과 음악적 표현이 매우 긴밀하게 연계되어 있었기 때문이다. 그러나 가사와 음악에 대한 그의 표현법은 라이하르트나 첼터처럼 가곡 안에서 가사에 지배적인 몫을 주지는 않았다. 여기서는 볼프의 아이헨도르프-가곡들(20편) 가운데 4편과 개별 시에 곡을 붙인 2편을 분석하고 있다. 볼프 가곡들의 특징은 작품 번호가 없는 점이다.

1) 〈소야곡〉

볼프의 〈소야곡Das Ständchen〉(아이헨도르프-가곡 No. 4)은 아이헨도르프의 4연 4행시 같은 제목의 시(EG, 243~244)에 붙여진 곡이며, 이 시에는 볼프를 비롯해서 4명의 작곡가가 곡을 붙였다. 볼프의 곡은 빠르고 격정적인 피아노의 서주로 1연의 노래 역시 격정적으로 노래 불린다. 1연은 "창백한 구름들 사이 지붕 위로/ 달이 내려다본다/ 한 대학생이 그곳 골목에서/ 그의 연인의 집 앞에서 노래한다"라고 한 다음 피아노의 간주 없이 2연으로 넘어간다. 그러니까 1연에서는 창백한 구름들 사이로 달이 지붕을 비출 때 한 대학생이 연인의 집 앞에서 세레나데를 노래한다. 2연은 차분하고 진정된 톤으로 "샘물들이 졸졸 흐르는 소리가 나고/ 고요한 고독을 뚫고/ 살랑거리는 숲은 산에서 내려온다/ 오래되고 아름다운 시간처럼"이라고 노래한 뒤 역시 피아노의 간주 없이 바로 3연으로 넘어간다. 다만 2연의 3행에서 "숲은 산에서 내려온다"를 "살랑거리는 숲이 산에서 내려온다"라고 형용사를 덧붙여 노래하는 점이 가곡에서 두드러지고 있다. 2연에서는 그가 소야곡을 부르자 태곳적 아름다운 시간처럼 샘물이 흐르는 소리가 들리고, 고요한 고독을 뚫고 산속 숲이 살랑거린다.

3연은 "그렇게 내 젊은 나날들/ 나는 많은 여름밤에/ 라우테를 여기서 울리게 하였고/ 많은 쾌활한 노래를 지었다"고 노래하고는 피아노의 차분하고 짧은 간주가 들어간다. 3연에서는 서정적 자아가 대학생이 부르는 소야곡을 들으면서 과거 자신이 젊은 시절 많은 여름밤에 소야곡을 짓고 노래하던 것을 떠올린다. 이어 4연에서는 소야곡은 연인을 잠에 빠져들게 하고, 즐거운 동지, 곧 대학생에게 항상 소야곡을 노래하라고 당부한다. 여기 4연 "고요한 문지방에서부터/ 그들은 내 사랑을 쉬도록 데려가고/ 그대, 즐거운 동지여/ 노래하라, 항상 노래하라"고 한다. 여기에서는 더욱이 피아노의 간주가 여러 번 들어가고 단어 반복도 눈에 띈다. 1행은 진정된 톤으로 노래하면서 2행에서는 단어 및 시행 반복이 이뤄져 "그것들은 내 사랑, 내 사랑을 쉬도록 데려가고"를 편안하고 느리게 노래한다. 그리고는 노랫말의 분위기와는 달리 피아노의 빠르고 격정적인 짧은 간주가 들어간다. 그리고 3행은 격정적인 톤으

로 "그대, 즐거운 동지여", 4행 "노래하라, 항상 노래하라" 다음에
는 피아노의 짧은 간주가 들어간다. 뒤이어 4행을 다시 반복 노래
한 뒤 피아노의 가장 격동적이고 빠른 후주로 곡을 마무리한다.

2) 〈밤의 마술사〉

볼프는 아이헨도르프의 2연 10행시 〈밤의 마력Zauber der Nacht〉
(EG, 385)에 곡을 붙였고, 이 시에는 볼프를 포함해서 5명의 작곡
가가 곡을 붙였다. 볼프의 〈밤의 마술사Nachtzauber〉(아이헨도르프-
가곡 No. 8)는 대표적 낭만주의 가곡으로서 피아노의 서정적이고
부드러운 긴 서주와 함께 노랫말이 시작된다. 1연의 1행에서 5행
은 부드럽고 느리게 "넌 샘물들이 흘러가는 소리를 듣지 못하는가/
돌과 꽃들 사이로 멀리/ 고요한 숲의 호수들을 향해서/ 대리석으로
된 석상들이 서 있는 곳/ 아름다운 고독 속에"라고 노래한다. 이
어 피아노의 부드러운 짧은 간주가 아름다운 고독 속에 돌과 꽃들
사이로 흐르는 샘물 소리를 실제로 듣는 것처럼 낭만적인 분위기
를 강조한다. 6행에서 10행 역시 부드럽고 느리게 "산들로부터 부
드럽게 내려와/ 태곳적 노래들을 깨우면서/ 아름다운 밤이 내려오
고/ 샘의 근원들은 다시 빛난다/ 네가 종종 꿈속에서 생각한 것처
럼"이라고 노래한다. 그리고 10행 "네가 종종 꿈속에서 생각한 것
처럼"은 반복해서 노래하고 피아노의 부드러운 간주가 들어간다.
이 간주는 아름다운 밤에 태곳적 노래들이 되살아나고, 샘의 근원
이 다시 빛난다는 것을 강조하고 있다.

2연의 1행에서 9행까지 역시 느리고 부드럽게 "너는 꽃이 싹트
는 것을 아니/ 달빛 반짝이는 대지에서/ 꽃봉오리에서 반쯤 열린/
젊은 육체들이 만발하여 솟아 나온다/ 하얀 팔들, 붉은 입/ 그리고

나이팅게일들이 퍼덕거린다/ 주위에선 한탄이 흘러나오고/ 아, 사랑 때문에 죽을 것처럼 고통스러워하면서/ 가라앉는 아름다운 나날들 때문에"를 노래한다. 이어 피아노의 다소 격정적인 짧은 간주가 들어가면서 서정적 자아의 사랑 때문에 빚어지는 내면의 고통을 드러낸다. 마지막 10행 "오라, 고요한 대지로 오너라"는 다시 부드럽고 느리게 노래한다. 그리고는 10행의 일부 "오너라, 오렴"을 반복하는데, 이 부분은 정말로 그곳으로 가고 싶은 마음을 불러일으키듯 아주 부드럽고, 아주 느리게 노래하면서 애절하게 권유하는 분위기가 극대화되어 있다. 이어 피아노의 편안하고 조용한 후주가 곡을 마무리한다.

3) 〈행운의 기사〉

볼프의 〈행운의 기사Der Glücksritter〉(아이헨도르프-가곡 No. 10)는 아이헨도르프의 같은 제목의 5연 5행시 (EG, 302)에 곡을 붙였다. 볼프의 곡에는 피아노의 서주는 없으나 간주와 더욱이 후주가 길게 연주된다. 1연은 서창조로 빠르게 "포르투나가 시치미 떼는 행동을 할 때/ 난 그녀를 그대로 놔둔다/ 난 노래하고 잘 마신다/ 포르투나는 다시 용기를 내서/ 그 옆에 앉는다"라고 노래한다. 그리고는 피아노의 간주가 노랫말처럼 빠르고 경쾌하고 짧게 연주된다. 그러니까 1연에서 행운의 기사는 포르투나가 시치미 떼는 행동을 할 때 그녀를 그냥 놔두고 술을 마시면서 노래한다. 그러면 그녀가 그 옆으로 와서 앉는다.

피아노의 간주에 이어 2연 "하지만 난 노력하지 않는다/ 한 사람 이쪽으로 오라!/ 그녀에게 등을 돌리고/ 그녀를 그렇게 살게 내버려 두고/ 그녀는 그걸 싫어한다"라고 노래한다. 1행은 다소 느리게 노래하다가 2행에서 다른 여인을 오라고 부르는 장면 "한 사람 이쪽으로 오라"고 빠르고 격정적으로 노래함으로써 1행의 분위기와 대조를 이룬다. 여전히 격정적인 톤을 유지하면서 3행과 4행을 노래하고 5행 "그녀는 그걸 싫어한다"는 느리게 노래한다. 이어 피아노 간주는 다시 그녀의 마음이 그를 향하게 될 것임을 예고하듯 경쾌하게 연주된다. 3연 "그녀는 부드럽게 내 쪽으로 몸을 돌리고/ 넌 가진 것이 많아?/ 당신이 보다시피 – 세 개의 순수한 통이 있고/ 순수한 맥주가 있어!/ 그건 나에게 도무지 무겁지 않지"라고 노래한다. 여기에서는 드디어 그녀가 기사 쪽으로 몸을 돌려 앉아서 그에게 가진 것이 많은지를 묻는다. 1행은 당당하게 노래하고, 2행은 그녀가 그에게 말을 거는 내용으로 "넌 가진 것이 많아?"라고 부드럽게 노래한다. 이에 대한 답변으로 기사는 3행과 4행에서 보다시피 맥주가 든 술통 세 개를 가지고 있다고 당당하고 경쾌하고 명랑하게 노래한다. 5행에서 기사는 이것은 도무지 무겁지 않다고 노래한 뒤 피아노의 경쾌하고 짧은 간주가 들어간다. 그것은 곧 기사의 명랑함과 경쾌함을 강조한다. 그러니까 기사는 가진 것이라고는 맥주 세 통이 전부이다.

4연에서는 그녀가 기사에게 미소를 지어 보이는데, 1행 "그 말에 그녀는 나에게 미소를 우아하게 지어 보이고"를 느리고 부드럽게 노래한다. 그리고 2행에서 그녀는 가장 높이 고조된 톤으로 "넌 진짜 남자야"라고 노래한다. 3행에서 5행 "웨이트리스를 부르고, 포도주를 가져오라고 소리친다/ 나에게 술을 권하고 술을 따른다/ 진짜 꽃과 진주다"라고 노래한다. 그러니까 포르투나는 이제 술집 종업원에게 포도주를 더 가져 오라고 소리치고 기사에게 술을 권하고 그에게 술을 따라 준다. 기사는 그런 그녀를 진짜 꽃이자 진

주라고 생각하는데, 피아노의 간주가 기사의 마음을 강조해서 드
러내고 있다. 5연에서 드디어 기분이 좋은 그녀가 술값을 지불하
는데, 1행 "그녀가 포도주와 맥주 값을 지불한다"는 서창조로 노
래한다. 2행 역시 서창조로 기사가 그녀의 호탕함에 흐뭇해서 "난,
좋아"라고 노래한다. 3행에서 5행 "그녀를 내 팔에 안고 인도하지/
집에서 나와, 마치 멋진 기마병처럼/ 모두가 모자를 벗지"라고 노
래한다. 이어지는 피아노의 빠르고 명랑한 긴 후주는 기사가 그녀
를 팔에 안고 술집에서 나오자 모두 쓰고 있던 모자를 벗어 인사하
는 장면을 연상시킨다.

4) 〈향수〉

볼프는 아이헨도르프의 4연 4행시 〈향수Heimweh〉(EG, 208)에 곡
을 붙였고, 이 시에는 볼프를 비롯해서 세 명의 작곡가가 곡을 붙
였다. 볼프의 〈향수〉(아이헨도르프-가곡 No. 12)는 피아노의 서주
없이, 각 연마다 간주가 들어가고 노랫말이 끝난 뒤 비교적 긴 후
주가 들어 있다. 1연은 부드러운 피아노의 반주를 시작으로 "낯선
곳으로 가는 사람은/ 사랑하는 이와 함께 가야 한다/ 다른 이들은
환호하면서 내버려 둔다/ 이방인을 혼자 서 있게"라고 부드럽게 노
래한다. 그러니까 낯선 곳을 가는 사람은 사랑하는 사람과 함께 가
야 하는데, 다른 사람들은 환호하면서 그를 그냥 혼자 있게 내버
려 두기 때문이다. 이어 피아노의 낭만적이고 부드러운 간주가 들
어가고 2연 "어두운 산 정상들이여, 너희들은 무엇을 아는가?/ 옛
날의 아름다운 시절에 대해서/ 아, 산꼭대기 뒤로 고향은 있는데/
그곳은 여기서 아주 멀리 있나?"라고 노래한다. 2연에서는 서정적
자아가 어둠에 묻힌 산들에게 옛날의 아름다운 시절을 아는지 물

으면서 산 너머 고향이 멀리 있는 것을 아쉬워한다. 2연 노랫말 다음 피아노의 간주가 들어가고 여기서는 멀리 있는 고향을 그리는 이방인의 마음을 강조한다.

3연에서는 "난 별들을 쳐다보는 것이 제일 좋겠구나/ 내가 그녀에게 가면, 별들이 빛나고/ 나이팅게일이 노래하는 것을 즐겨 듣는다/ 그 새는 사랑하는 사람의 집 앞에서 노래했다"고 노래한다. 서정적 자아는 별들을 쳐다보는 일이 좋고, 그녀에게 갈 때면 별빛이 동행한다. 또 그녀의 집 앞에서 옛날에 나이팅게일이 노래하곤 했는데, 이번에도 그 새의 노랫소리를 즐겨 듣고자 한다. 이어 피아노의 다소 빠른 간주가 나이팅게일이 사랑하는 사람의 집 앞에서 지저귄다는 뜻을 강조한다. 4연의 1행에서 3행까지는 "아침이여, 그건 나의 기쁨이구나!/ 난 고요한 시간에 오른다/ 멀리 있는 가장 높은 산 위에서"라고 노래한다. 여기서는 아침이 그의 기쁨이며, 고요한 시간에 가장 높은 산에 올라서 조국에게 인사를 전한다. 4연에서 3행은 가장 높은 톤으로 노래하고, 4행은 같은 톤을 유지하면서 "안녕, 독일이여, 마음으로부터 인사를 전한다"라고 하강하는 톤으로 노래한 뒤 피아노의 박력 있고 힘찬 후주가 곡을 마감한다.

5) 〈낯선 곳에서 II〉

볼프의 〈낯선 곳에서 II〉는 아이헨도르프의 〈사랑에 빠진 여행자〉의 두 번째 4연 4행시(EG, 101~102)에 붙인 곡이다. 이 시에는 볼프만이 곡을 붙였다. 볼프의 이 가곡은 피아노의 기능이 매우 절제된 채 노래의 반주악기 구실로 제한되고 있다. 피아노의 서주, 간주, 후주가 없으며 1연은 바로 "난 어두운 골목들을 걸어가네/ 집에서 집으로 배회하네/ 난 여전히 제대로 파악할 수가 없네/ 모든 것이 아주 음울하게 보이네"라고 애잔하고 슬프게 노래한다. 그러니까 서정적 자아는 어두운 골목길을 걸어서 집에서 집으로 배회하는데, 모든 것이 아주 슬프게 보여서 어디가 어디인지를 제대로 파악하지 못한다.

바로 2연으로 넘어가서 "거기에선 많은 남자들과 여자들이 걸어가네/ 그들 모두는 아주 즐겁게 보이네/ 타고 가기도 하고, 웃기도 하고 땅을 갈기도 하네/ 감각들이 나에게선 사라지는데"라고 노래한다. 여기서는 서정적 자아에게는 삶에 대한 감각이 다 사라졌지만 다른 사람들은 삶을 생생하게 경험하고 있으며, 아주 즐겁게 지낸다. 3연으로 넘어가서 "가끔 난 푸르스름한 선들이/ 지붕 위로 날아가는 것을 볼 때면/ 햇빛이 밖에서 빈들빈들할 때면/ 하늘에 뜬 구름들이 흘러갈 때면"이라고 노래한다. 그러니까 푸르스름하게 보이는 새 떼들이 일직선으로 지붕 위를 날아가거나, 햇빛이 비치고 하늘에 구름들이 떠가는 것을 볼 때면 서정적 자아는 고향에 대한 향수를 느낀다. 그런 향수는 마지막 4연에서 드러난다.

4연은 "그때 농담하면서도/ 내 눈에는 눈물이 고인다/ 마음으로부터 나를 사랑한 모든 사람들은/ 모두 이곳에서 멀리 있기 때문이다"라고 노래한 뒤 피아노의 느린 반주가 휴지부의 구실을 한다. 그러니까 서정적 자아는 낯선 곳에서 다른 사람들과 농담을 하면서도 눈물이 고이곤 하는데 그 이유는 그가 사랑하는 사람들은 모두 그곳으로부터 멀리 있기 때문이다. 그리고는 마지막으로 4행의 일부 "여기서 아주 멀리"를 반복 노래하고 다시 "아주 멀리"를 두 번 반복해서 노래하는 것으로 곡이 끝난다. 그러니까 볼프의 곡에서는 음악적인 화려함은 극도로 자제된 채 서정적 자아가 사랑한 사람들은 모두 멀리 떨어져 있는 상황만이 압축적으로 강조되는 특징을 보인다.

    6) 〈추도사〉

    볼프의 〈추도사Nachruf〉는 아이헨도르프의 같은 제목의 5연 4
행시(EG, 334~335)에 붙여진 곡이다. 이 시에는 볼프와 오트마 쇠
크를 비롯해서 네 명의 작곡가가 곡을 붙였다. 볼프의 이 곡은 피
아노의 느리고 낭만적인 분위기를 자아내는 긴 서주로 시작된다.
더욱이 이렇게 긴 서주는 볼프의 가곡에서 보기 드문 예에 속한
다. 노래는 부드럽고 느리게 불리는데, 1연 "그대, 사랑스럽고 충
직한 라우테여/ 많은 여름밤처럼/ 아침이 밝아올 때까지/ 난 너
와 함께 깨어 있었다"고 노래하고 마찬가지로 느리고 부드러운
피아노의 간주가 들어간다. 그러니까 서정적 자아는 사랑스럽고
충직한 악기 라우테와 함께 아침이 밝아올 때까지 많은 여름밤에
깨어 있었다.

    이어 2연에서는 "계곡에는 다시 밤이 찾아들고/ 이미 저녁놀은
노래하고 있지만/ 우리와 함께 깨어 있었던 사람들은/ 오래전에 죽
어 있다"라고 노래하고는 피아노의 느린 간주가 따라 나온다. 그
러니까 계곡에 다시 밤이 찾아들고 저녁놀은 여명의 빛을 띠고 있
으나 서정적 자아와 함께 있었던 사람들은 이미 오래전에 죽었다.
그래서 여기서 부르는 노래는 모두 죽은 자를 위한 추도사라는 것
을 알 수 있다. 볼프의 곡에서는 더욱이 2행 "저녁놀은 더 이상 연
주하지 않는다"를 "이미 저녁놀이 노래한" 것으로 바꾸어 노래하고
있다. 여기에는 느낌의 미묘한 차이가 있는데, 아이헨도르프의 시
에서는 계곡에 다시 밤이 찾아들었기 때문에 저녁놀이 이미 다 져
서 거의 여명이 없다는 뜻을 강조하는데 견주어, 볼프의 노래에서

는 저녁놀이 이미 지고 밤이 찾아들었다는 뜻을 강조한다.

3연에서는 "이제 우리는 무엇을 노래하고자 하는가/ 여기 고독 속에서/ 모두가 우리로부터 떠나갈 때/ 그들은 우리의 노래를 즐거워할까?"라고 노래한 다음 4연으로 넘어간다. 그러니까 남아 있는 그들은 고독 속에 무엇을 노래할 수 있으며, 떠나간 자들은 정말로 추도의 노래를 반길까 하는 의문이 제기되고 있다. 4연 "우리는 그럼에도 노래하고자 한다/ 세상에서 아주 고요하게/ 누가 알겠는가, 노래들이/ 아마도 별들의 천막으로 돌진할지도"라고 단호한 톤으로 노래한다. 그러니까 4연에서는 그럼에도 그들은 추도의 노래를 고요하게 부르면 그 노래들이 별들의 천막을 뚫고 죽은 자들에게 전해질 것이라고 여긴다. 이어 피아노의 부드러운 짧은 간주가 들어가고 마지막 5연으로 넘어간다. 5연에서는 "누가 알겠는가, 거기 죽어 있는 사람들을/ 그들이 그 위에서 나의 소리를 듣고/ 소리 없이 문들을 열고/ 우리를 받아들인다"라고 노래하고는 피아노의 후주가 여운을 남기면서 곡을 마감하고 있다. 그러니까 죽은 자들이 살아 있는 서정적 자아의 노랫소리를 듣고 조용히 문을 열고 산 자들을 받아들인다. 이로써 산 자와 죽은 자의 경계가 해체되며, 볼프의 가곡에서도 아이헨도르프가 지닌 죽음에 대한 동경이 부드럽게 스며들어 있다.

6.7. 오트마 쇠크의 아이헨도르프-가곡들

6.7.1 오트마 쇠크의 가곡 세계

오트마 쇠크Othmar Schoeck(1886~1957)는 20세기 가장 유명한 스

위스 가곡 작곡가 가운데 한 사람이었고, 살아 있는 동안 독일에서도 명성을 얻은 첫 번째 스위스 작곡가였다. 쇠크는 자신의 가곡해석자로 피셔-디스카우를 높게 평가했고, 그는 쇠크의 많은 가곡들을 노래했다. 쇠크는 가곡 이외에도 피아노 협주곡을 비롯해서 바이올린과 피아노 소나타, 바이올린, 첼로와 현악 오케스트라 협주곡 등을 작곡하였다. 그러나 그의 창작의 중심에는 늘 가곡이 있었고, 그의 가곡 형식은 본질적으로 독일-오스트리아 후기 낭만주의 음악에 속한다.

쇠크는 화가인 아버지 알프레트Alfred 쇠크와 어머니 아가테 파스빈트Agathe Fassbind의 아들로 슈비츠Schwyz의 브룬넨Brunnen에서 1886년 9월 1일 출생했으며, 1957년 3월 8일 취리히에서 사망했다. 더욱이 비어발트슈테테(루체른)Vierwaldstttersee 호수를 끼고 있는 그의 고향 브룬넨과 그 주변의 숲들과 초원, 산 그리고 강과 호수는 쇠크와 그의 형제들에게 "이상적인 놀이터"였으며, 나중에 학교 생활을 시작하게 되자 쇠크는 "낙원에서 추방되었다고 느꼈다."(Chris Walton 1994, 31) 쇠크는 일찍부터 피아노 수업을 받았고, 취리히 콘서바토리움 음악원에서 프리드리히 헤가Friedrich Hegar, 로타르 켐프터Lothar Kempter, 카를 아텐호퍼Carl Attenhofer와 로베르트 프로인트Robert Freund에게 사사한 뒤 1907과 1908년 라이프치히에서 막스 레거에게 작곡을 배웠다. 라이프치히에서 작곡 공부를 하고 돌아온 뒤 쇠크는 스위스에서 가곡들, 무대 음악과 합창곡 작곡에 매진했고 작곡가로서 명성을 얻었다. 그는 작곡 활동 이외에 피아노 주자이자 지휘자로서 활동하였으며, 1917년에서 1944년 사이에 성 갈렌St. Gallen의 콘체르트페어라인Konzertverein의 상임 지휘를 하였다.

오트마 쇠크

1927년 쇠크는 하인리히 클라이스트의 《펜테질리아Penthesilea》
(Op. 39)를 작곡하여 드레스덴 젬퍼오페라Dresdener Semperoper에서
초연을 하였다. 또 그 전 해에는 고트프리트 켈러의 텍스트에 곡을
붙인 연가곡 《산 채 묻히다Lebendig begraben》(Op. 40)를 작곡했고, 이
작품은 새로운 음악 양식을 훌륭하게 적용한 것으로 평가되고 있
다. 1935년 제임스 조이스James Joyce는 취리히 오케스트라 홀에서
이 곡을 듣고 그 가운데 시 한편을 영어로 번역하기도 했다. 1930
년대 쇠크는 다시 고전주의적 선례에 따라 작곡을 하였다. 쇠크는
1925년 12월 14일 독일 여가수 힐데 바르취Hilde Bartscher와 결혼했
고, 그녀는 "쇠크와의 결혼이 그녀의 음악적 능력이 발휘되는데 도
움이 되기를 기대했으나"(Walton, 165), 쇠크는 그녀의 기대에 관심
을 보이지 않았다. 그러다가 결혼 20년 뒤인 1947년부터 "서서히
그녀는 그의 가곡의 중요한 해석가가 되었다."(Walton, 259) 1928
년 취리히 대학은 그에게 명예박사 학위를 주었으며 1933년 이후
독일에서 쇠크의 음악에 대한 수요가 증가했다. 쇠크는 1937년 3
월 1일 에르빈-슈타인바흐 상Erwin-von- Steinbach-Preis을 독일로부

터 받았는데, 사람들은 그 상을 나치에 동조해서가 아니라 다만 그
의 예술 활동에 대한 인정으로 이해했다. 그 밖에 1943년 쇠크는
취리히 음악상을 받았고, 이 상을 받은 1년 뒤인 1944년 심장 발
작을 겪으면서 성 갈렌 콘체르트페어라인의 지휘자이자 피아노 주
자로서의 활동은 포기하고 작곡 활동만 하였다. 쇠크는 그로부터
14년 뒤 사망했고 취리히 마넥 묘지Friedhof Manegg에 안장되었다.

가곡의 역사에서 쇠크는 클라이스트-오페라《펜테질레아》를 비
롯한 음악적으로 가치 있고 극적으로 다듬어진 무대곡뿐만 아니라
가곡 작곡으로 작곡가로서 자리가 굳건해졌다. 더욱이 가곡을 작
곡하고자 텍스트를 고를 때 시 텍스트에서 순수한 서정적 분위기
와 질을 높이 평가했다. 쇠크는 독일 가곡 전통의 대표자였으며,
1920년대 이후의 음악 발전을 따르지 않은 것이 그의 국제적 인정
을 받는데 걸림돌로 작용하기도 했다는 평가도 있다. 그러나 쇠크
의 작품은 최근 새로운 평가를 받고 있다.

> 실제로 쇠크는 장 시벨리우스처럼 19세기의 창작 이상과 음악 언어에 작곡
> 의 뿌리를 두고 있는 그런 작곡가에 속하지만, 그들(쇠크와 시벨리우스)의
> 목적은 그것을 20세기의 척도에 맞게 작곡하는 것이었다.(RL, 790)

쇠크는 1900년대 초에서 1960년대까지 수백 편의 피아노 가곡을
작곡했으며, 작곡 초기부터 거의 가곡에 매진했다. 그의 작품 1~15
번은 1910년 이전에 작곡되었고 모두 가곡집이며, 그의 가곡에는
민요적인 것과 브람스와 볼프의 영향이 섞여 있다고 평가된다. 더
욱이 1909년에서 1914년 사이에 괴테의 텍스트에 곡을 붙인 오페
라 19a와 1906년에서 1915년 사이에 괴테의《동방시집》에 붙인 노
래들 19b는 그의 대가다운 음악성을 보여 주는 작품으로 평가된다.

1905년에서 1914년 사이 작곡된 작품 20번에는 울란트의 시 6편과 아이헨도르프의 시 8편에 곡을 붙인 것이며, 이 작품에는 단순함과 세련됨이 함께, 적절히 어우러지고 있다. 쇠크는 무엇보다도 아이헨도르프의 시에 가장 많은 곡을 붙였는데, 그의 아이헨도르프-가곡들에는 더욱이 단순성, 내적 고요, 시가 지닌 화려한 언어를 피하는 겸손함 등이 잘 표현되고 있다. 헤르만 헤세는 아이헨도르프 시에 곡을 붙인 쇠크의 가곡에 대해서 다음과 같이 평했다.

> 오늘날 음악가 가운데 어느 누구도 스위스의 오트마 쇠크처럼 아이헨도르프 가곡을 그토록 아름답게 작곡하지 못했다. (재인용 Walton, 73)

쇠크는 1921년에서 1924년 사이 마침내 그의 가장 중요한 연가곡 《비가Elegie》(Op. 36)를 작곡했는데, 레나우 시 18편과 아이헨도르프 시 6편에 곡을 붙인 연작 형태의 곡으로서 "사랑 노래, 허망한 것과 죽음을 넘어서서 서정적, 명상적 울림"(RL, 792)을 표현한다. 장면은 어둡고, 궂은 날씨의 가을인데, 우울한 기분과 죽음에 대한 동경, 희망, 공포, 절망에서부터 고요한 체념에 이르는 극적 기본 기조들, "서정적 열정은 개인의 운명을 넘어서서 보편적인 것으로 흘러든다."(RL, 792) 그리고 1947년에서 1949년 사이에 "뫼리케의 시 40편"(RL, 793)에 곡을 붙인 피아노 연가곡 《성스러운 겸손》(Op. 62)을 작곡하였다. 아마도 쇠크가 볼프와 마찬가지로 폭발적으로 많이 뫼리케의 시에 곡을 붙인 것은 아주 긴장되고 표현력이 풍부한 이 외로운 시인에게서 정신적 유사성을 발견했기 때문이라고 해석해 볼 수 있다.

그렇지만 쇠크는 항상 피아노 반주의 독주 가곡만으로는 만족

하지 못했다. 그래서 오케스트라처럼 풍부한 울림을 주는 반주의
형식을 선호했고, 그는 오케스트라 가곡 분야에서 "가장 생산적
이고, 가장 일관되게 창작을 하는 대가 가운데 한 사람"(RL, 793)
이었다. 이미 1926년 연가곡 켈러의 텍스트에 곡을 붙인《산 채
묻히다》는 바리톤, 합창과 오케스트라 반주로 이뤄져 있으며 흔
히 그의 이런 가곡들은 가곡-오페라라는 개념으로 불리기도 한
다. 쇠크의 마지막 가곡-오페라로서 1952년 작곡된 아이헨도르
프의 소네트 4편에 곡을 붙인《해방된 동경Befreite Sehnsucht》(Op.
66)과 1954년에서 1955년 사이 작곡된 레나우 등의 시에 곡을
붙인 12편의 노래인《여운Nachhall》(Op. 70)이 있다. 쇠크는 괴테,
하이네, 아이헨도르프, 콘라트 마이어Conrad Ferdinand Meyer, 레나
우, 헵벨, 켈러, 뫼리케, 헤세의 시에 가장 많은 곡을 붙였다. 더
욱이 헤세와 가까운 교류는 1906년 시작되어 평생 동안 지속되
었으며, 헤세는 자신이 "음악에서는 대부분 시인들의 경우처럼
보수적"(재인용 Walton, 63)이라 여겼고, 괴테와 첼터의 관계처럼 헤
세 역시 무엇보다도 이제 그에게 직접적으로 "모든 종류의 음악
세계를 설명해 주고 연주해 주는"(Volker Michels 2012, 62) 음악 친
구 쇠크를 알게 된 것을 기쁘게 여겼다.

6.7.2 아이헨도르프 시에 곡을 붙인 쇠크의 가곡들

오트마 쇠크는 아이헨도르프 시 약 50편에 곡을 붙였다. 대체로
쇠크는 연가곡의 명칭을 달지는 않았으나 아이헨도르프 시만을 중
심으로 연작 형태로 곡을 붙이거나, 울란트 또는 레나우의 시와 함
께 연작 형태로 곡을 붙인 특징이 있다. 여기서는 Op. 20에서 아이
헨도르프-가곡 6편을 골라서 분석한다.

1) 〈작별〉

쇠크는 그의 Op. 20에서 울란트의 시 6편(No. 1~6)과 아이헨도르프의 시 8편(No. 7~14)에 곡을 붙였는데, 쇠크의 〈작별〉은 Op. 20의 제7곡이다. 아이헨도르프의 같은 제목의 2연 6행시는 죽음에 대한 동경을 그리고 있으며, 이 시에 쇠크, 파니 헨젤, 로베르트 프란츠, 피츠너, 막스 레거 등을 비롯해서 약 17명의 작곡가가 곡을 붙였다.

1909년 작곡한 쇠크의 〈작별〉(Op. 20 No. 7)은 유절가곡으로서 피아노의 서주, 간주, 후주가 없다. 곡 전체가 교회의 성가처럼 큰 감정의 기복 없이 노래 불린다. 1연은 "저녁에 벌써 숲이 살랑거린다/ 가장 깊은 바닥들로부터/ 저 위 신이 이제/ 별에 불을 점화할 것이다/ 심연에선 얼마나 고요한지/ 저녁에 숲은 살랑거린다"고 노래한다. 전체적으로 느리지만 크게 두 가지 톤이 대비되는데, 1행과 2행 그리고 5행과 6행은 낮은 톤으로, 그 사이의 3행과 4행은 높고 다소 강한 톤으로 노래하는 특징을 지니고 있다. 그러니까 1연에서는 초저녁에 숲이 바람에 흔들거리고 이제 곧 신이 별을 뜨게 하고 계곡들은 아주 고요한데, 오직 숲만이 저녁에 살랑거리는 소리를 낸다고 고즈넉한 전원적 풍경을 노래하고 있다. 4행 신이 "별에 불을 점화할 것"이라는 부분에서는 목소리 톤의 변화에 따라서 그 뜻이 강조된다.

이어 2연은 "모든 것이 각자의 고요함 속으로 돌아가고/ 숲과 세계는 살랑거리는 소리를 멈추었다/ 방랑자는 두려운 마음으로 귀를 기울인다/ 집을 그리워한다/ 여기 숲의 고요한 암자에서/ 마음이여, 마침내 고요 속으로 들어가렴"을 노래한다. 노래의 톤은 1연과 마찬가지이다. 2연에서는 세상 만물 모두 고요함 속에 잠기는

데 암자에 있는 방랑자는 집을 그리워하고 마침내 그 역시 고요함 속으로 귀향하는 것이다. 여기서 집과 고요함은 동일한 뜻으로서 영원한 안식인 죽음을 뜻하고 있다. 쇠크의 가곡은 베를린가곡악 파의 가곡들보다도 더 단순하고 쉽고, 편안하게 노래 불리고, 그래 서 누구나 쉽게 따라 부를 수 있을 뿐만 아니라 마치 일요일 교회 의 성가대 노래 같은 느낌을 주고 있다.

2) 〈내 아이의 죽음을 위해〉

쇠크는 아이헨도르프의 〈내 아이의 죽음을 위해Auf meines Kindes Tod〉의 네 번째 4연 4행시(EG 238~239)에 곡을 붙였고, 쇠크를 비롯해서 3명의 작곡가가 이 시에 곡을 붙였다. 1914년 작곡한 쇠크의 〈내 아이의 죽음을 위해〉는 Op. 20의 제8곡이며 이 곡에 서는 앞의 〈작별〉에서와 마찬가지로 피아노의 서주, 간주, 후주 가 없이 노래가 시작된다. 노래는 전체적으로 느리게 죽음을 기 다리듯, 때로는 이승 세계를 찾아오는 영혼이 있기라도 한듯 잔 잔한 서창조로 불린다.

1연은 "멀리서 시계가 울린다/ 이미 깊은 밤이다/ 등불이 아주 희미하게 비치고/ 네 침대가 마련되었다"고 노래한다. 그런데 깊 은 밤 멀리서 시계 소리가 울려 퍼지고, 등불이 희미하게 비치는 데, 서정적 자아는 아이가 잘 침대를 마련해 놓았다. 2연 "바람이 불고/ 슬퍼하면서 집 주위로/ 우리는 외롭게 안에 앉아 있다/ 가 끔 밖의 소리에 귀 기울인다"고 노래한다. 2연에서 바람이 집 주 위로 슬퍼하듯이 불어 대고 서정적 자아의 가족은 외롭게 집에 앉아서 밖의 소리에 귀 기울이고 있다. 3연은 "나지막하게/ 네가 문을 두드리는 것 같구나/ 넌 길을 잃었나 보다/ 이제 피곤해서 되돌아오나 보다"라고 노래한다. 여기서는 죽은 아이가 길을 잃고 헤매다 지쳐서 삶의 집으로 돌아와 문을 나지막하게 두드리는 것 같다고 여긴다. 더욱이 2행 "네가 문을 두드리는 것 같구나"는 느리게 책을 읽듯 아무런 감정의 흔들림 없이 일정하게 낭송하는데, 그런 분위기는 4행 일부까지 그대로 이어진다. 그러니까 서정적 자아는 죽은 아이가 다시 이 세상으로 돌아오는 것 같은 생각이 드는 것이다.

그러나 4연에서 보면 그것은 착각이라는 것이 드러난다. 그래서 4연의 1행 "우리는 가련한, 가련한 바보들이구나"는 가장 높은 톤으로 노래하고 2행에서 4행 "우린 어둠의 공포 속에서 길을 헤맨다/ 여전히 다 잃은 채/ 넌 오래전에 집으로 가는 길을 찾았구나"라고 노래하면서 곡을 끝낸다. 전체적으로 담담하게, 산 자는 길을 잃고 헤매지만, 죽은 자는 오래전에 집으로 가는 길을 찾았다는 노랫말로 함축적 대비를 강조하고 있다.

3) 〈환자〉

1913년 작곡한 쇠크의 〈환자Der Kranke〉는 Op. 20의 제9곡이다. 쇠크는 아이헨도르프의 같은 제목의 4연 4행시(EG, 83)에 곡을 붙였으며, 쇠크를 제외하고 한 명의 작곡가가 더 이 시에 곡을 붙였다. 쇠크의 곡에는 피아노의 서주와 간주는 없이 후주만 짧게 들어가 있다. 1연은 "내가 이제 너를 떠나야만 하는가?/ 대지여, 즐거운 양친의 집이여/ 진심으로 사랑하는 것, 용감하게 미워하는 것/ 이 모든 것, 모든 것이 사라지는가?"라고 노래한다. 그러니까 1연에서는 이제 몸이 심하게 아픈 서정적 자아는 세상을 떠나야 하는 것을 예감하고 정말 떠나야 하는지를 반문하면서 삶에 대한 마지막 애착을 보여 주고 있다. 1행과 2행은 즐거운 양친 집으로 상징되는 세상을 떠나야만 하는지를 비교적 담담하게 노래하는 데 견주어서, 3행과 4행에서는 톤이 높고 강하게 바뀌면서 모든 것이 사라져야 하는지를 대비적으로 노래한다. 그러고 나서 2연으로 넘어가 그는 대기의 쾌적한 인사를 통해서 이 세상을 떠나야 할 징조를 느낀다. 2연에서 "창문 앞 보리수 사이를 지나/ 쾌적한 인사처럼 그것이 노닌다/ 대기여, 너희들은 나에게/ 내가 곧 저 아래로 가야만 한다고 알리려 하나?"라고 노래한다.

3연은 "사랑스러운, 멀리 있는 푸른 언덕들이여/ 푸르른 계곡에 고요한 강물이여/ 아, 난 얼마나 자주 날개를 원했는가/ 너희들을 지나 멀리 날아갈 텐데!"라고 노래한다. 3연에서는 푸른 언덕과 푸른 계곡, 고요한 강물을 지나 날개를 달고 멀리 날아갈 텐데라고 이제 세상을 떠날 준비가 되어 있는 서정적 자아가 노래한다. 이어 마지막 4연에서는 한편으로는 죽음에 대한 두려움이 있지만 다른 한편으로는 죽음에 대한 동경을 표현한다. 그래서 4연은 "거기서 이제 날개를 펼치고/ 난 내 자신에게서 두려움을 느낀다/ 그리고 이루 표현할 수 없는 동경이/ 나를 그 세계로 되돌아가게 한다"라고 노래한다. 그리고는 피아노의 간단하고 밋밋한 후주가 곡을 마감한다. 쇠크는 피아노의 기능을 극도로 제한해서 오직 목소리를 보조하는 수단으로만 활용한다.

4) 〈정원사〉

1914년 작곡한 쇠크의 〈정원사Der Grtner〉는 Op. 20의 제11곡이다. 쇠크는 아이헨도르프의 같은 제목의 4연 5행시(EG, 187)에 곡을 붙였고, 이 시에는 쇠크, 브람스, 프란츠, 멘델스존, 피츠너를 포함해서 8명의 작곡가가 곡을 붙였다. 1연은 "내가 가는 곳, 내가 보는 곳/ 밭, 숲, 계곡/ 산에서 푸른 들판을 내려다본다/ 아주 아름다운, 고귀한 여성/ 난 그대에게 수천 번 인사한다"고 노래한다. 그러니까 1연에서는 서정적 자아가 보는 곳은 들, 숲, 계곡이며, 이것은 아름답고 고귀한 여성의 모습으로 형상화되고 그것에 수차례 인사를 한다. 여기서 자연과 여성은 하나가 되며, 서정적 자아는 그런 자연을 칭송한다. 이어 2연에서는 서정적 자아가 정원에서 자신이 가꾼 꽃들이 아주 예쁘다고 여기고 자신의 많은 생각들과 인사를 담은 화환을 만든다. 그래서 그는 "내 정원에서 난/ 많은 꽃들이 예쁘고 섬세하다고 생각한다/ 그것으로 많은 화환을 감아서/ 수천 개의 생각들을 묶는다/ 그 안에 인사들을 담고"라고 노래한다.

3연은 지금까지의 톤과는 달리 격정적으로 노래하는데, "난 누구에게도 그것을 건네면 안 된다/ 그것은 너무나 고결하고 아름다워서/ 모든 것은 틀림없이 색이 바래 버릴 것이다/ 다만 사랑만이/ 영원히 마음속에 남는다"라고 노래한다. 그러니까 3연에서는 서정적 자아가 정성 들여 만든 화환은 너무나 고결하고 아름다워서 누구에게도 건넬 수가 없으며, 그 꽃들의 색은 이내 빛이 바래지만 사랑하는 마음은 결코 빛바래지 않은 채 그의 마음에 남아 있게 된다. 이어 4연은 "난 명랑한 것들 속에서 빛나고/ 위 아래로 만들어 낸다/ 그리고 마음이 터지지 않는지를 살피면서/ 난 줄곧 파면서 노래한다/ 난 이내 내 무덤을 판다"라고 노래하면서 곡이 끝난다. 그러니까 4연에서는 서정적 자아가 땅을 줄곧 파는데 그것은 꽃을 심으려는 것인 동시에 자신의 무덤을 파는 것으로, 죽음에 대한 동경의 의미가 겹쳐서 나타난다.

5) 〈밤 노래〉

쇠크는 아이헨도르프의 5연 4행시 〈밤 노래Nachtlied〉(EG, 132)
에 곡을 붙였고, 이 시에는 쇠크를 포함해서 8명의 작곡가가 곡
을 붙였다. 1914년 작곡한 쇠크의 〈밤 노래〉는 Op. 20의 제13곡
이며, 이 곡은 피아노의 서주와 후주는 없으나 처음으로 피아노
의 짧고 아름다운 간주가 4연 다음에 나오고 있다. 그리고 쇠크
의 가곡에서 아주 드물게 노래의 반복이 이뤄지고 있는데 그것은
마지막 5연의 반복이며, 5연 전체가 이 곡에서 높아진 톤으로 노
래 불린다. 쇠크의 가곡은 5연을 반복함으로써 5연이 아니라 6연
4행시로 노래되고 있다.

1연은 "밝은 날은 지나갔고/ 멀리서 종소리가 울려온다/ 그렇게
시간은 온 밤을 여행한다/ 그것을 생각하지 못하는 여러 사람과 함
께"라고 노래한다. 1연에서는 서정적 자아가 하루의 해가 저물어
가고 멀리 종소리가 울리며, 시간이 흘러가는 것을 인식한다. 노
랫말은 담담하면서 느린 톤으로 낭송하는 노래 시의 분위기다. 이
어 2연은 "다양한 즐거움은 어디로 간 것인가?/ 친구의 위로와 충
직한 가슴은/ 아내의 달콤한 눈빛은/ 아무도 나와 함께 즐거워하지
않는가?"라고 노래한다. 그러니까 2연에서는 세상의 여러 가지 즐
거움과 위로를 주는 친구의 마음, 그리고 아내의 달콤한 눈빛은 모
두 사라져 버렸고 이제 아무도 서정적 자아와 함께 즐거움을 나누
려 하지 않는 것을 아쉬워한다.

3연은 "저기 세상에 이제 아주 고요하게/ 구름들이 들 위로 외롭
게 흘러가고/ 들과 나무가 서로 얘기한다/ 오 인간의 아이야, 무엇
이 너를 두렵게 하니?"라고 노래한다. 3연에서는 또 다른 제삼자
의 시각이 마지막 4행에 들어가 있는 점이 특징인데, 세상은 고요

하고 구름들은 외롭게 흘러가고 들과 나무가 서로 얘기를 나누면서 서정적 자아에게 무엇이 그를 두렵게 하는지 묻는다. 이어 4연은 "거짓된 세상은 아주 멀리 있고/ 오직 한 사람만이 나에게 충직하다/ 그는 나와 함께 울고, 나와 함께 깨어난다/ 내가 그를 생각할 때면"이라고 노래한 뒤 아름답고 짧은 피아노의 간주가 잠시 들어간다. 이 간주는 서정적 자아로부터 거짓 세상은 물러나 있고 오직 한 사람이 그에게 남아서 함께 울고 함께 깨어난다고 노래하는 것을 되새기게 한다. 간주에 이어 5연은 전체적으로 높아진 톤으로 "다시 신선해지며, 사랑스런 나이팅게일아/ 너 밝은 울림을 지닌 폭포여/ 신이여 우리가 하나이고자 하는 것을 칭찬하소서/ 밝은 아침이 빛날 때까지"를 노래하고 다시 마지막 5연을 반복해서 노래하면서 피아노의 반주가 아름답게 곡을 마감한다. 그러니까 5연의 반복으로 자연의 신선함, 자연과의 일치, 이에 대한 신의 축복 기원이 강조한다.

6) 〈추도사〉

1910년 작곡한 쇠크의 〈추도사〉는 아이헨도르프의 같은 제목의 5연 4행시(EG, 334~335)에 곡을 붙인 것이다. 쇠크의 이 〈추도사〉는 Op. 20의 제14곡이며, 이 곡에도 피아노의 서주, 간주, 후주가 없다. 1연은 피아노의 반주와 함께 사랑스럽고 충직한 라우테는 아침이 올 때까지 많은 여름밤에 연주되고, 그때 서정적 자아는 함께 깨어서 듣고 있었음을 노래한다. 2연은 계곡에는 밤이 찾아들었고 이제 저녁놀은 더 이상 연주하지 않으며, 함께 깨어 있던 사람들은 이미 오래전에 죽었다고 노래한다. 3연은 이제 고독 속에서 무엇을 노래할지, 모두가 떠나갈 때 노래는 그들을 기쁘게 하는지를 묻는다. 4연에서는 그럼에도 노래는 세상에서 아주 고요하게 줄곧 불러야 하고, 그러면 혹시 노래가 하늘의 별에게 당도할지 모른다고 노래한다. 5연에서는 노래가 그곳에 당도해서 거기 죽어 있던 사람들이 노랫소리를 듣고 조용히 문을 열어 맞이해 줄지도 모른다고 노래한다. 그러니까 아이헨도르프의 시에는 죽음이 곧 귀향인 셈이다. 서정적 자아의 노래는 삶과 죽음 사이의 다리이며, 죽음으로 귀향하는 통로이다.

볼프의 같은 가곡과 견주어 보면, 볼프는 느리고 낭만적인 분위기를 자아내는 피아노의 긴 서주, 간주, 후주를 넣었다. 이와 달리 쇠크는 피아노의 기능을 극도로 제한해서 노랫말을 눈에 띄지 않게 반주로 뒷받침하는 데 그 기능을 한정시키는 점이 두 작곡가의 대비적 음악 해석이다. 볼프는 더욱이 2행 "저녁놀은 더 이상 연주하지 않는다"를 "저녁놀이 이미 노래한" 것으로 바꾸었다. 이로써 볼프의 노래에서는 저녁놀이 이미 다 져서 어두운 밤이 찾아왔음을 강조하고 있다. 이와 달리 쇠크는 아이헨도르프의 시의 의미대로 계곡에는 다시 밤이 찾아들었고 저녁놀이 거의 다 져서 여명이 없다고 노래한다. 그럼에도 두 작곡가의 곡에서는 아이헨도르프가 지닌 죽음에 대한 동경이 부드럽게 스며들어서 곡이 완성되었다.

6.8 니체의 아이헨도르프 가곡: 〈깨진 반지〉

프리드리히 니체Friedrich Wilhelm Nietzsche(1884~1990)는 철학과 문학 이외에도 작곡을 하였다. 그는 음악에 대한 관심을 일찍부터 가졌고, 슈만, 브람스, 바그너의 음악으로부터 영향을 받기도 하였다. 더욱이 1868년 니체는 바그너와 코지마를 처음 만났고, 나중 바그너의 음악에 많은 찬사를 보냈으나 1876년 바이로이트 음악 축제에 실망한 뒤 바그너와 결별하게 된다.

프리드리히 니체

니체는 전체 약 20편의 가곡을 작곡했는데, 더욱이 본 대학 재학 시절인 1864년과 1865년 사이에 14편의 피아노 가곡을 성공적으로 작곡하였다. 20편 남짓한 가곡 가운데 아이헨도르프, 뤼케르트의 시 각각 1편, 샤미소 3편, 가이벨, 루 안드레아스—살로메Lou Andreas—Salomè, 바이런, 팔러스레벤의 시에 각각 곡을 붙였고 무명의 시인이나 자신의 시 3편에도 곡을 붙였다. 여기서 니체의 아이헨도르프의 가곡을 분석하는 이유는 그가 기존의 서정적이고 낭만적인 19세기 가곡의 전통에서 벗어난 가곡을 작곡했고, 나중에 다루게 되는 오트마 쇠크의 오케스트라 연가곡《산 채로 묻히다》의 낭송시 형태와 아주 유사하게 노래 낭송시를 작곡하였기 때문이다. 이러한 음악적 특징은 새로운 가곡의 시도로 볼 수 있으며, 아이헨도르프의 〈깨진 반지〉에 곡을 붙인 니체의 바리톤과 피아노를 위한 가곡은 가장 대표적인 노래 낭송시라 할 수 있다. 슈베르트, 슈만, 브람스, 볼프, 슈트라우스, 말러 그 누구도 이러한 형태의 낭송가곡을 작곡하지는 않았다. 니체는 1863년 21세 때 1813년 쓰인 아이헨도르프의 5연 4행시 〈깨진 반지〉(EG, 68)에 곡을 붙였다. 니체의 곡에서 특이한 점은 각 행의 노랫말 다음 거의 피아노 간주를 두고 낭송한다는 점이며, 또한 시 텍스트에 충실하게 곡을 붙인 점이다.

니체의 〈깨진 반지Das zerbrochene Ringlein〉는 피아노 반주를 시작으로 "어느 시원한 골짜기에서/ 물레방아 바퀴가 돈다/ 내 사랑은 사라져 버렸다/ 거기에 살고 있었던"이라고 낭송시처럼 노래한다. 각 행마다 각 시행이 지니고 있는 뜻을 되새김질하듯 피아노 간주가 들어가고, 1연의 노랫말의 낭송이 끝나면 다시 피아노의 간주가 들어간 뒤 2연으로 넘어간다. 1연에서는 어느 시원한 골짜기에서 물레방아가 돌고 이곳 출신의 연인은 사랑의 언약을 깼다. 2연 "그녀는 나에게 정절을 지킬 것을 약속했다/ 그러면서 반지 하나를 주었다/ 그녀는 그 약속을 깨뜨렸다/ 내 반지도 두 조각으로 쪼개져 버렸다"라고 낭송시처럼 1연과 같은 방식으로 바리톤이 노래하고 간주가 들어간다. 여기서는 연인이 그에게 사랑을 맹세하면서 반지 하나를 주었으나 그녀는 그 약속을 깨뜨렸고 그로 말미암아 마침내 그녀가 준 반지도 두 동강이 나 버렸다.

3연 "난 방랑 악사로 여행하고 싶구나/ 멀리 세상 밖으로/ 내 지혜를 노래하고 싶구나/ 집집마다 다니면서"라고 낭송시로 노래하고는 피아노의 간주가 이어진다. 이 3연에서는 1행 다음 피아노 간주가 들어가고, 4행의 일부 "다니면서" 다음 역시 간주가 들어간 뒤 3연 전체의 낭송이 끝나면 다시 피아노의 간주가 이어진다.

앞서 언급한 바와 같이 피아노의 간주는 각 시행이나 구절을 되새김하는 기능을 하고 있다. 3연에서는 사랑을 잃어버린 서정적 자아가 음유시인처럼 멀리 세상 밖으로 나가 이 집 저 집을 다니면서 그가 경험한 것을 노래하고 싶어 한다. 무엇보다도 그는 자신의 상황과 감정, 더욱이 연인에 대한 기억에서 멀어지고자 한다. 4연 "난 기사로서 가고 싶구나/ 격렬한 싸움터로/ 고요한 불길 주위에 눕고 싶구나/ 깜깜한 밤 들판에서"라고 노래한 뒤 피아노의 간주가 들어간다. 이 4연에서는 피아노의 간주가 각 행마다 들어가는데, 1행에서는 "기사로서" 다음에 피아노 간주가 들어가고 이로 말미암아 그 다음 동사는 2행으로 연결되어 "격렬한 싸움터로 가고" 싶다고 낭송한다. 여기서 보면 서정적 자아는 기사가 되어 격렬한 전쟁터로 나가서 어두운 밤 들판의 모닥불 옆에서 조용히 잠자고 싶어 한다. 싸움터로 간다는 것은 차라리 죽음을 택하고 싶은 서정적 자아의 마음을 나타낸다.

5연 "난 물레방아 바퀴가 도는 소리를 듣는다/ 난 모르겠다, 내가 무엇을 원하는지/ 난 죽는 것이 제일 좋다/ 그러면 모든 것이 갑자기 고요해지니까"라고 낭송시로 바리톤이 노래하고, 피아노의 잔잔한 후주가 곡을 끝낸다. 여기서는 서정적 자아가 여전히 물레방아 도는 소리를 듣는 듯하고, 그가 무엇을 원하는지 자신도 잘 모르지만 모든 고통으로부터 벗어나는 길은 죽음뿐이라고 받아들인다. 마침내 죽음에 대한 동경으로 피신하여 사랑의 고통을 벗어나고자 하는 서정적 자아의 마음을 표현하고 있다. 이 5연에서도 각 행마다 피아노 간주가 들어가는데, 2행의 경우, 처음의 "난 모르겠다" 다음에 피아노 간주가 들어가고 "내가 무엇을 원하는지" 다음에는 피아노의 간주 없이 바로 3행으로 넘어간다. 또 4행 역시 2행과 비슷하게, 첫 부분 "그러면 모든 것이 갑자기" 다음에 피아노의 간주가 들어가고 이어 "고요해지니까"를 잔잔한 낭송시로 노래하고는 피아노의 후주가 들어가면서 곡이 끝난다.

이렇게 니체는 피아노 가곡을 멜로디가 풍부한 곡으로 작곡했다기보다는 낭송시의 형태로 작곡한 점이 특징적이다. 아이헨도르프의 시는 결혼의 맹세가 깨어진 것을 주제로 다루고 있으며, 이로 말미암아 서정적 자아에게 어떤 감정이 생겨나고 어떤 결과가 불거지는지가 아주 분명하게 표현되어 있다. 이런 시의 내용을 니체는 최대한 그 뜻을 사실적으로 강조하면서 낭송시로 곡을 붙였다.

지금까지 18세기 정신·문화사적 시대 배경이 문학과 음악에 끼친 영향, 낭만주의 문학과 음악의 특징, 독일 가곡의 발달 과정과 시대 배경, 19세기 낭만주의 예술가곡의 특징을 다룬 뒤 괴테, 실러, 하이네, 아이헨도르프의 시에 곡을 붙인 가곡들, 이 가운데서도 모차르트, 라이하르트, 첼터, 춤스테크, 베토벤, 뢰베, 슈베르트, 클라라와 로베르트 슈만, 파니 헨젤, 멘델스존, 리스트, 볼프, 브람스, 슈트라우스, 오트마 쇠크, 니체의 가곡들을 분석하였다. 이를 통해서 알 수 있는 점은 가곡은 시를 해석하는 주체인 동시에 시와 음의 결합으로 독자적이고 독창적인 새로운 예술 분야를 창조했다는 것이다. 독일 가곡은 19세기 낭만주의 예술가곡에서 절정에 달했고 20세기 중반 이후 쇠퇴하였다. 그러나 독일 가곡은 세계 음악사에서 독일과 오스트리아를 음악의 나라로 자리매김하는 데 주요하게 이바지했으며, 마르틴 루터의 독일어 성서 번역에 못

지않게 독일어의 위상을 높이고 더욱이 독일어를 세계적인 음악
언어로 정착시키는 데 이바지하였다.

522

참 고 문 헌

김희열, 〈독일 가곡과 슈만의 문학적 음악세계〉, 《독일문학》 109, 2009, 169~178쪽.

김희열, 〈로베르트 슈만 예술가곡에 나타난 아이헨도르프와 하이네의 서정시 연구〉, 《독일언어문학》 43, 2009, 39~63쪽.

김희열, 〈슈베르트의 괴테-가곡 연구〉, 《괴테연구》 26, 2013, 39~66쪽.

에커만, 요한 페터, 곽복록 옮김, 《괴테와의 대화》, 동서문화사, 2007.

장미영, 《문학의 영혼 음악의 영감》, 이화여자대학교 출판부, 2003.

Abraham, Gerald(1983): Geschichte der Musik. Teil 2, in: Das Große Lexikon der Musik, Bd. 10, Freiburg.

(Hg.) Aigner, Thomas/ Danielczk, Julia/ Matl-Wurm, Sylvia/ Mertens, Chritian/ Rainer, Christiane(2010): Hugo Wolf. Biographisches. Netzwerk. Rezeption, Wien.

Aurora(1934). Ein romantischer Almanach. Jahresgabe der deutschen Eichendorff-Stiftung. Aurora 4.

(Hg.) Back, Regina/ Appold, Juliette(2008): Felix Mendelssohn Bartholdy. Sämtliche Briefe. Kassel.

(Hg.) Baumann Gerhard/ Grosse Siegfried Grosse(1958): Neue Gesamtausgabe der Werke und Schriften, Bd. 4, Stuttgart.

Bauni, Axel/ Oehlmann, Werner/ Sprau, Kilian/ Stahmer, Klaus Hinrich(2008): Reclams Liedführer, Stuttgart.

(Hg.) Bennewitz, Ingrid/ Müller, Ulrich(1991): Deutsche Literatur. Eine Sozialge- schichte. Bd. 2, Reinbek bei Hamburg.

Beutin, Wolfgang/ Ehlert, Klaus/ Emmerich, Wolfgang/ Hoffacker, Helmut/ Lutz, Bernd/ Meid, Volker/ Schneel, Ralf/ Stein, Peter/ Stephan, Inge(1994): Deutsche Literaturgeschichte, Stuttgart.

(Hg.) Boetticher Werner(1979): Briefe und Gedichte aus dem Album Robert und Clara Schumanns, Leipzig.

(Hg.) Bogner, Ralf Georg(1997): Heinrich Heines Höllenfahrt. Nachrufe auf einen streitbaren Schriftsteller: Dokumente 1846−1858, Heidelberg.

Boucourechliev, André(1958): Robert Schumann in Selbstzeugnissen und Bilddoku− menten, Hamburg.

Brinkmann, Reinhold(1997): Schumann und Eichendorff. Liederkreis Opus 39, in: Musik−Konzepte 95, Heinz−Klaus Metzger/ Rainer Riehn (Hg.), München.

Brunner, Horst(1997): Minnesang, in: Die Musik in Geschichte und Gegenwart, Sachteil 6, Stuttgart.

Büchter−Römer, Ute(2010): Fanny Mendelssohn−Hensel, Reinbek bei Hamburg.

(Hg.) Burger, Ernst(1999): Robert Schumann. Eine Lebenschronik in Bildern und Dokumenten, Mainz.

Dachs−Söhner(1953): Harmonielehre. Für den Schulgebrauch und zum Selbstunterricht. Erster Teil, München.

(Hg.) Dahnke, Hans−Dietrich/ Regine, Otto(1998): Goethe Handbuch, Bd. 4/2, Stuttgart.

(Hg.) Danuser, Hermann(2004): Musikalische Lyrik. Teil 2: Vom 19. Jahrhundert bis zur Gegenwart − Außereuropäische Perspektiven. Laaber.

Deppisch, Walter(2009): Richard Strauss, Reinbek bei Hamburg.

(Hg.) Dümling, Albrecht(1981): Heinrich Heine: vertont von Robert Schumann.

München.

(Hg.) Dürr, Walther/ Krause, Andreas(1997): Schubert. Handbuch, Kassel.

Edler, Arnfried(1982): Robert Schumann und seine Zeit. Laaber.

Eggebrecht, Harald(2009): Süddeutsche Zeitung, 10.26.

Eichendorff, Joseph(1987): Erlebtes. In: Wolfgang Frühwald/ Brigitte Schillbach/ Hartwig Schutz (Hg.) Eichendorff. Werke in sechs Bänden, Bd. 5, Frankfurt/M.

Eichendorff, Joseph(2007): In der Fremde, in: Sämtliche Gedichte und Versepen, Frankfrut/M.

Eichendorff(1958): Zur Geschichte der neueren romantischen Poesie, Hg. Gerhard Baumann/ Siegfried Grosse: Neue Gesamtausgabe der Werke und Schriften, Bd. 4, Stuttgart.

(Hg.) Eismann, Georg(1971): Robert Schumann. Tagebücher, Bd. I (1827−1838), Leipzig.

(Hg.) Finscher, Ludwig(1994): Die Musik in Geschichte und Gegenwart. Allgemeine Enzyklopädie der Musik begründet von Friedrich Blume, Sachteil 1, Stuttgart, 1486~1490쪽, Sachteil 5, Stuttgart 1996, 1259~1327쪽. Sachteil 9, Stuttgart 1998, 2527~2536쪽.

Fischer−Dieskau, Dietrich(1999): Franz Schubert und seine Lieder, Frankfurt/M.

Fischer−Dieskau, Dietrich(1981): Robert Schumann. Wort und Musik, Stuttgart.

Floros, Constantin(1981): Schumanns musikalische Poetik, in: Musik−Konzepte. Sonderband. Robert Schumann I. Heinz−Klaus Metzger/ Riner Riehn (Hg.), München.

Fröhlich, Hans J.(1978): Schubert, Wien.

Gal, Hans(1961): Johannes Brahms. Werk und Persönlichkeit. Frankfurt/M.

Geck, Martin(2009): Felix Mendelssohn Bartholdy, Reinbek bei Hamburg.

(Hg.) Geyer, Helen/ Osthoff, Wolfgang(2007): Schiller und die Musik, Köln/ Weimar/ Wien.

Goethe(1982): Faust. In: Goethes Werke. Bd. 3, Erich Trunz (Hg.), München.

Goethe(1982): Iphigenie, In: Goethes Werke. Bd. 5, Erich Trunz (Hg.), München.

Goethe(2007): Sämtliche Gedichte. Mit einem Nachwort von Karl Eibl, Leipzig/ Frankfurt/M.

Goethe(1982): Torquato Tasso, in: Goethes Werke, Erich Trunz (Hg.), Bd. 5, München.

Goethe(1982): Wilhelm Meisters Lehrjahre, in: Goethes Werke. Bd. 7. München.

Gorrell, Lorraine(2005): The Nineteenth−Century German Lied, New Jersey.

Görner, Rüdiger(2006): Vom fehlenden Henkel der Ideen. Schumann zwischen Wort und Ton, in: Robert Schumann. Briefe 1828∼1855. Ausgewählt und kommentiert von Karin Sousa, Leipzig.

Grimm, Wilhelm und Jacob(1885): Deutsches Wörterbuch, Bd. 6, bearbeitet von Moriz Heyne, Leipzig.

Gurlitt, Wilibad(1981): Robert Schumann und die Romantik in der Musik, in: Robert Schumann. Universalgeist der Romantik. Beiträge zu seiner Persönlichkeit und seinem Werk. Julius Alf/ Joseph A. Kruse (Hg.), Düsseldorf.

Haerkötter, Heinrich(1997): Deutsche Literaturgeschichte, Darmstadt.

Hartung, Günter(1998): Musik, in: Hans−Dietrich Dahnke/ Regine Otto (Hg.): Goethe Handbuch, Bd. 4/2, Stuttgart.

Heine−Jahrbuch 7(1968), Heine−Archiv Düsseldorf (Hg.), Düsseldorf.

Heine, Heinrich(1986): Die Bäder von Lucca. Bearbeitet von Alfred Opitz, GW 7/1, Manfred Windfuhr (Hg.), Hamburg.

Heinrich Heine(1993). Historisch—kritische Gesamtausgabe der Werke, Manfred Windfuhr (Hg.), Bd. 10, Hamburg.

Heine, Heinrich(1970). Säkularausgabe, Bd. 20, Berlin.

Heine, Heinrich(2006): Sämtliche Gedichte. Bernd Kortländer, Stuttgart.

Heine, Heinrich(1976): Sämtliche Schriften, Klaus Briegleb (Hg.), Bd.II,München.

Heine, Heinrich(1972). Werke und Briefe in zehn Bänden, Hans Kaufmann (Hg.), Bd. 7, Berlin.

Heinemann, Michael(2004): Kleine Geschichte der Musik, Stuttgart.

(Hg.) Hensel, Sebastian(1995): Die Familie Menselssohn. 1729—1847. Bd.1, 재출판 Frankfurt/M.

Hildebrant, Dieter(2009): Die Neunte. Schiller, Beethoven und die Geschichte eines musikalischen Welterfolgs, München.

Hilmar, Ernst(1997): Franz Schubert, Reinbeck bei Hamburg.

Hoffmann, E.T.A.(2001): Die Serapions—Brüder, Wulf Segebrecht (Hg.), Bd. 4, . Frankfurt/M.

Hoffmann—Erbrecht, L.(1981): Klavier, in: Das Große Lexikon der Musik. Bd. 4, Freiburg.

Hofmann, Renate(1996): Clara Schumanns Briefe an Theodor Kirchner. Tutzing.

(Hg.) Honegger, Marc/ Massenkeil, Günther(1981): Das Große Lexikon der Musik in acht Bänden, Bd. 4, Freiburg, 366~374, Bd. 5, 118~119, Bd. 8 Freiburg 1982, 304~305.

Hotaki, Leander(1998): Robert Schumanns Mottosammlung, Übertragung, Kommentar, Einführung. Freiburg.

Jost, Peter(1996): Lied, in: Die Musik in Geschichte und Gegenwart. Ludwig

Finscher (Hg.), Sachteil 5, Stuttgart.

Jung, H.(1981): Lied, in: Das Große Lexikon, Bd. 5, Freiburg.

Kalbeck, Max(1976): Johannes Brahms, Bd. 2, Tutzing.

Kasten, Ingrid(1988): Minnesang, in: Deutsche Literatur. Eine Sozialgeschichte.

Aus der Mündlichkeit in die Schriftlichkeit: Höfische und andere Literatur,

Bd. 1, Ursula Liebertz−Grün (Hg.), Reinbek bei Hamburg.

Keil, Werner(2010): Einführung in die Musikgeschichte, Stuttgart.

Klein, Hans−Günther(2009): Felix Mendelssohn Bartholdy als Student an der

Berliner Universität. In: Mendelssohn Studien 16.

Klesatschke, Eva(1991): Meistergesang, in: Deutsche Literatur, Ingrid Bennewitz/

Ulrich Müller (Hg.), Bd. 2, Reinbek bei Hamburg.

Kleßmann, Eckart(1993): Die Mendelssohns. Bilder aus einer deutschen Familie.

Frankfurt/M.

Kohut, Adolf(1905): Friedrich Schiller. In seinen Beziehungen zur Musik und zu

Musiker, Stuttgart.

Korff, Malte(2010): Ludwig van Beethoven, Berlin.

Korte, Hermann(2000): Joseph von Eichendorff, Reinbek bei Hamburg.

Kortländer, Bernd(2003): Heinrich Heine. Stuttgart.

(Hg.) Kruse, Joseph A.(2006): Das letzte Wort der Kunst. Heinrich Heine und

Robert Schumann zum 150. Todesjahr, Stuttgart.

Kunisch, Hermann/ Helmut Koopmann, Helmut(1984): Sämtliche Werke des

Freiherrn Joseph von Eichendorff. Historisch−Kritische Ausgabe, Bd. 3,

Stuttgart.

Liedtke, Christian(1997): Heinrich Heine, Reinbek bei Hamburg.

Litterscheid, Richard(1943): Johannes Brahms in seinen Schriften und Briefen, Berlin.

Litzmann, Berthold(1971): Clara Schumann. Ein Künstlerleben nach Tagebüchern und Briefen. Bd. 2, Leipzig 1902~1908, Reprint Hildelsheim.

(Hg.) Litzmann, Berthold(1927): Clara Schumann und Johannes Brahms. Briefwechsel. Bd. 2, Leipzig.

(Hg.) Loos, Helmut(2005).: Robert Schumann. Interpretationen seiner Werke. Bd. 1, Laaber.

Mai, Manfred(2007): Europäische Geschichte. München.

(Hg.) Mara, La(1880~3): Franz Liszt's Briefe. Bd 1, Leipzig.

(Hg.) Marx, Hans Joachim(2003): Hamburger Mendelssohn−Vorträge. Hamburg.

McCorkle, Margit L.(2003): Verzeichnis der Widmungsempfänger, in: Robert Schumann. Thematisch−Bibliographisches Werkverzeichnis. München.

Meier, Barbara(2008): Franz Liszt, Reinbek bei Hamburg.

Meier, Barbara(1995): Robert Schumann, Reinbek bei Hamburg.

(Hg.) Metzger, Heinz−Klaus/ Riehn, Riehn(1981): Musik−Konzepte. Sonderband. Robert Schumann I., München.

Michels, Volker(2012): Hermann Hesse. Musik, Frankfurt/M.

Miller, Norbert(2009): Die ungeheurer Gewalt der Musik. Goethe und seine Komponisten, München.

Miller, Norbert(1998): Endliches, unendliches Gespräch, in: Briefwechsel zwischen Goethe und Zelter in den Jahren 1799 bis 1832, Edith Zehm (Hg.), Bd. 20 · 3, München.

Müller, Ulrich(1988): Sangspruchdichtung, in: Deutsche Literatur. Bd. 1. Eine Sozialgeschichte. Aus der Mündlichkeit in die Schriftlichkeit: Höfische und andere Literatur, Bd. 1, Ursula Liebertz—Grün (Hg.), Reinbek bei Hamburg.

Nauhaus, Gerd(2006): Rückkehr zum Wort. Schumanns späte literarische Arbeiten, in: Musik—Konzepte. Sonderband. Der späte Schumann, Ulrich Tadday (Hg.), München.

Neunzig, Hans A.(2008): Johannes Brahms, Reinbek bei Hamburg.

(Hg.) Ottenberg, Hans—Günter /Zehm, Edith(1991): Briefwechsel zwischen Goethe und Zelter in den Jahren 1799 bis 1832, Bd. 20 · 1, München.

Ottenberg, Hans—Günther(1994): Berliner Liederschule, in: Die Musik in Geschichte und Gegenwart. Sachteil 1, Stuttgart.

Paul, Jean(1959): Flegeljahre, in: Ders.: Werke. Bd. 2, Gustav Lohmann (Hg.), München.

Paul, Jean(1963): Vorschule der Ästhetik. Kleine Nachschule zur ästhetischen Vorschule, Norbert Miller (Hg.), München.

Perels, Christoph(1998): Goethe in seiner Epoche, Tübingen.

(Hg.) Pfister, Werner(1987): Briefwechsel. Goethe. Zelter. München.

Pilling, Claudia/ Schilling, Diana/ Springe, Mirjam(2010): Friedrich Schiller, Reinbek bei Hamburg.

(Hg.) Rippmann, Inge/Peter(1968): Börne, Ludwig. Sämtliche Schriften, Bd. 5, Darmstadt.

Pulikowski, J. von(1970): Der Begriff Volkslied im musikalischen Schrifttum, Wiesbaden.

Rehberg, Paula und Walter(1954): Robert Schumann. Sein Leben und sein Werk. Zürich/ Stuttgart.

Röhlich, L.(1982): Volkslied, in: Das Große Lexikon der Musik, Bd. 8, Freiburg.

Rummenhöller, Peter(1980): Der Dichter spricht. Robert Schumann als Musikschriftsteller, Köln.

Safranski, Rüdiger(2007): Schiller oder Die Erfindung des Deutschen Idealismus, München.

Schanze, Helmut(2009): Goethe—Musik. Muüchen.

Schiller, Friedrich(2004): An die Freude (2. Fassung), in: Sämtliche Gedichte und Balladen, Frankfurt/M.

Schiller, Friedrich(2009): Die Jungfrau von Orlenas, in: Schiller. Sämtliche Dramen, Bd. 2, Düsseldorf.

Schillers Werke(1962), Nationalausgabe, Bd. 20, Weimar.

Schiwy, Günther(2000): Eichendorff. Der Dichter in seiner Zeit. Biographie,München.

Schlegel, Friedrich(1971): Kritische Schriften, Wolfdietrich Rasch (Hg.), München.

Schnapp, Friedrich(1924): Robert Schumanns letzter Brief, in: Bimini, Heft 5, Berlin.

Schmierer, Elisabeth(2007): Geschichte des Liedes, Laaber.

(Hg.) Schmitt, Hans—Jürgen(1974): Romantik I, Stuttgart.

Schulze, Hagen(2002): Kleine Deutsche Geschichte. München.

Schumann. Robert(2006): Briefe 1828—1855, ausgewählt und kommentiert von Karin Sousa, Leipzig.

Schumann, Robert(1985): Lieder und Gesänge (1843), in: Gesammelte Schriften über Musik und Musiker, Reprint, Bd. 4, Wiesbaden.

Schutz, Gerhard(1996): Romantik. Geschichte und Begriff, München.

(Hg.) Sousa, Karin(2006): Robert Schumann. Briefe 1828—1855, Leipzig.

Spies, Günther(1997): Reclams Musikführer. Robert Schumann, Stuttgart.

Spiewok, Wolfgang(1981): Anfänge bis 1525, in: Kurze Geschichte der deutschen Literatur, Kurt Böttcher/ Hans Jürgen Geerdts (Hg.), Berlin.

(Hg.) Staiger Emil(2005): Der Briefwechsel zwischen Schiller und Goethe, Frankfurt/M.

Stähr, Wolfgang(1994): Symphonie in D—Moll, Op. 125, in: Die 9 Symponien Beethovens Entstehung, Deutung, Wirkung. Renate Ulm (Hg.), München.

Steegmann, Monica(2007): Clara Schumann, Reinbek bei Hamburg.

Stolte, Heinz(1982): Kleines Lehrbuch der Deutschen Literaturgeschichte. Hamburg.

Storm, Theodor(1984): Briefe. Peter Goldammer (Hg.), Berlin/ Weimar.

Stutzer, Dietmar(1974): Die Güter der Herren von Eichendorff in Oberschlesien und Mähren, Würzburg.

Tacitus(2006): Germania, übersetzt und erläutert von Arno Mauersberger, Köln.

(Hg.) Tadday, Ulrich(2006): Schumann. Handbuch, Stuttgart.

Tappolet, Willy(1975): Begegnungen mit der Musik in Goethes Leben und Werk, Bern.

Tewinkel, Christiane(2006): Lieder, in: Schumann. Handbuch. Ulrich Tadday (Hg.), Stuttgart.

(Hg.) Thomas, Ernst(1996): Neue Zeitschrift für Musik, Inhaltsverzeichnis 1966, Mainz.

(Hg.) Tieck, Ludwig(1799): Phantasien über die Kunst, für Freude der Kunst, Hamburg.

(Hg.) Walwei—Wiegelmann, Hedwig(1985): Goethes Gedanken über Musik, Frankfurt/M.

(Hg.) Weissweiler, Eva/ Ludwig, Susanna(2001): Clara und Robert Schumann. Briefwechsel. Kritische Gesamtausgabe, Bd. III (1840~1851), Frankfurt/M.

(Hg.) Weissweiler, Eva(1985): Fanny Mendelssohn. Ein Portrait in Briefen. Frankfurt/M.

Welti, Heinrich(1892): Johann Abraham Peter Schulz, in: Allgemeine Deutsche Biographie, Bd. 34, Leipzip.

Werner, Jan—Christoph Hauschild Michael(1997): Heinrich Heine. Eine Biographie. Köln.

(Hg.) Werner, Michael(1973): Begegnungen mit Heine. Berichte der Zeitgenossen. 1797—1846. Hamburg.

Wörner, Karl H.(1993): Geschichte der Musik. Ein Studien— und Nachschlagebuch, Lenz Meierott (Hg.), Göttingen.

Zehm, Edith(1998): Zelter, Carl Friedrich. In: Goethe Handbuch, Stuttgart.

CDs.

AR(2009): Lieder by Clara Wieck Schumann. Korliss Uecker (Soprano)/ Joanne Polk (Piano).

ARSMUSICI(1990): Johann Friedrich Reichardt

CAVALLI RECORDS(1998): Schiller—Vertonungen. Regina Jakobi (Mezzosopran)/ Ulrich Eisenlohr (Hammerflügel)

DECCA(1991): Richard Strauss. 13 Lieder. Kiri Te Kanawa (Soprano)/ Geord Solti und Wiener Philharmoniker.

DECCA(2004): Schumann Lieder. Matthias Goerne (Bariton)/ Eric Schneider

(Piano).

Deutsche Grammophon(CDI: 1951/ CDII: 1982): Carl Loewe. Balladen & Lieder. Dietrich Fischer−Dieskau (Bariton)/ Jörg Demus (Piano).

Deutsche Grammophon(1966): Die schöne Müllerin. 3 Lieder. Fritz Wunderlich (Tenor)/ Hubert Giesen (Piano).

Deutsche Grammophon(1969): Franz Schubert Lieder. Dietrich Fischer−Dieskau (Bariton)/ Gerald Moore (Piano).

Deutsche Grammophon(1960): Schubert: Goethe−Lieder. Dietrich Fischer− Dieskau (Bariton)/ Jörg Demus & Gerald Moore (Piano).

Deutsche Grammophon(1966): Schumann: Dichterliebe, Schubert Beethoven: Lieder. Fritz Wunderlich (Tenor)/ Hubert Giesen (Piano).

DSD(2009): Franz Liszt, Vol. 2, Janina Baechle (Mezzo−Soprano)/ Charles Spencer (Piano)

EMI(1956): Beethoven Lieder. Dietrich Fischer−Dieskau (Bariton)/ Hertha Klust (Piano).

EMI(2004): Robert Schumann 1810−1856. Dietrich Fischer−Dieskau (Bariton)/ Gerald Moore (Piano).

EMI(2001): Schubert Lieder. Ivan Bostridge (Tenor)/ Julius Drake (Piano).

EMI(2001): Schubert. Schwanengesang. 4 Lieder. Dietrich Fischer−Dieskau (Bariton)/ Gerald Moore (Piano)

Globe(1996): Hugo Wolf. Frühe Lieder. Nico van der Meel (Tenor)/ Dido Keuning (Piano).

harmonia mundi(2006): Strauss Lieder. Jonas Kaufmann (Tenor)/ Helmut Deutsch (Piano).

NAXOS(2007): Clara Schumann. Dorothea Craxton (Soprano)/ Hedayet

Djeddikar (Fortepiano)

NAXOS(2008): Fanny Mendelssohn—Hensel. Songs 1, Dorothea Craxton (Soprano), Babette Dorn (Piano)

NAXOS(2000): Schubert. Schiller—Lieder, Vol. 1, Martin Bruns (Baritone), Ulrich Eisenlohr (Piano)

NAXOS(2000): Schubert. Schiller—Lieder, Vol. 2, Regina Jakobi (Mezzo—soprano), Ulrich Eisenlohr (Piano)

NAXOS(2000): Schubert. Schiller—Lieder, Vol. 3 and 4, Maya Boog (Soprano), Lothar Odinius (Tenor), Ulrich Eisenlohr (Piano)

NAXOS(2003): Schumann. Liebesfrühling · Minnespiel · Wilhelm Meister Lieder. Thomas E. Bauer (Bariton)/ Susanne Bernhard (Soprano)/ Uta Hielscher (Piano)

ORFEO(1995): Goethe—Lieder. Dietrich Fischer—Dieskau (Bariton)/ Karl Engel (Piano)

ORFO(1992): Johann Friedrich Reichhardt. Dietrich Fischer—Dieskau (Bariton)/ Maria Graf (Harfe).

ORFEO(1992): Mozart · Strauss Lieder. Julia Varady (Soprano)/ Elena Bashkirowa (Piano)

Preiser Records(2006): Hugo Wolf. Ausgewählte Goethe—Lieder. Robert Holl (Bariton)/ Rudolf Jansen (Klavier).

The Romantics(2010): Mendelssohn & Zelter Lieder. Andrea Folan (Soprano)/ Tom Beghin (Fortepiano).

THOROFON(2001): Fanny Hensel—Mendelssohn. Chorlieder, Duette, Terzette. Kammerchor der Universität Dortmund.

WDR(1993): Schubert. Lieder nach Gedichten von Friedrich Schiller. Christoph

Pregardien (Tenor)/ Andreas Staier (Hammerflügel/ Fortepiano)

WDR(1994): Schubert. Schumann. Mendessohn Bartholdy. Lieder nach Gedichten von Heinrich Heine. Christoph Pregardien (Tenor)/ Andreas Staier (Fortepinao)

인터넷 자료

Büdding, Karl－Heinz: Schiller und die Musik － Die Musiker und Schiller. Zum 250. Geburtstag des Klassikers. http://www.motivgruppe－musik.de/artikel/ Schillerunddie－Musik.pdf.

Scholz, Dieter David: Schiller und die Musik － Die Musiker und Schiller. Zum 250. Geburtstag des Klassiers. Brockhaus Rieman Musiklexikon, Digitale Bibliothek Band 38; http.//www.kuehne－online.de/literatur/schiller.

http://de.wikipedia.org/wiki/Achim_von_Arnim.

http://de.wikipedia.org/wiki/Belsazar.

http://de.wikipedia.org/wiki/Carl_Friedrich_Zelter.

http://de.wikipedia.org/wiki/Carl_Loewe.

http://de.wikipedia.org/wiki/Caspar_David_Friedrich.

http://de.wikipedia.org/wiki/Clara_Schumann.

http://de.wikipedia.org/wiki/Don_Carlos_(Verdi).

http://de.wikipedia.org/wiki/Eichendorff.

http://de.wikipedia.org/wiki/Franz_Schubert.

http://de.wikipedia.org/wiki/Johann_Friedrich_Reichardt.

http://de.wikipedia.org/wiki/Johann_Rudolf_Zumsteeg.

http://de.wikipedia.org/wiki/Goethe.

http://de.wikipedia.org/wiki/Guillaume_Tell.

http://de.wikipedia.org/wiki/Hans_von_Bülow.

http://de.wikipedia.org/wiki/Herder.

http://de.wikipedia.org/wiki/Hugo_von_Hofmannsthal.

http://de.wikipedia.org/wiki/Hugo_Wolf.

http://de.wikipedia.org/wiki/Laokoon.

http://de.wikipedia.org/wiki/Luisa_Miller.

http://de.wikipedia.org/wiki/Rattenfänger_von_Hameln.

http://de.wikipedia.org/wiki/Robert_Schumann.

http://de.wikipedia.org/wiki/Weingartner_Liederhandschrift.

http://de.wikipedia.org/wiki/Weimarer_Fürstengruft.

http://en.wikipedia.org/wiki/Carl_Friedrich_Zelter.

http://imslp.org/wiki/Category:Composers.

http://millie.furman.edu/whisnant/dieromantik/komponisten.htm.

http://programm.ard.de/TV/3sat/2011/07/03

http://thats−me.ch/kuenstler/l.v−beethoven/19716

http://www.altebilder.net/menschen/bilder/gotthold_ephraim_lessing.jpg

http://www.fannyhensel.de/bio_frame.htm

http://www.haz.de/Nachrichten/Kultur/Musik/Vor−200−Jahren−wurde−der−
    Komponist−Franz−Liszt−geboren.

http://www.klassika.info

http://www.mainz.de/WGAPublisher/online/html/default/SGBM−7SADUZ.DE.O

http://www.naxos.com

http://www.nmz.de/artikel/war−friedrich−schiller−ein−komponist

http://www.krefelder-singverein.de/chorgeschichte.html

http://www.recmusic.org/lieder/cindex.html

http://www.rodoni.ch/opernhaus/elektra/elektra.html

http://www.salzburgerbachchor.at/page.php?show=start

http://www.spotlightstranscom.de/tbs-bekannte-namen.htm

http://www.thisisjanewayne.com/news/2011/02/17/155-todestag-von-heinrich-heine

http://www.youtube.com

http://www.zeit.de/2009/47/Vorbilder-Schiller

인명 찾아보기

542

546